KB094673

안나 카레니나 3

이 도서의 국립중앙도서관 출판예정도서목록(CIP)은 서지정보유통지원시스템 홈페이지(http://seoji.nl.go.kr)와
국가자료공동목록시스템(http://www.nl.go.kr/kolisnet)에서 이용하실 수 있습니다.
(CIP제어번호: CIP2009003139)

세계문학전집
003

Лев Толстой : Анна Каренина

안나 카레니나 3

레프 톨스토이 장편소설
박형규 옮김

문학동네

일러두기

1. 번역 대본으로는 1978년에 모스크바 예술문학출판사에서 발간하기 시작한 톨스토이 저작집 전22권 중 1981~1982년에 발간된 8~9권을 사용했다. *Анна Каренина* (Л. Н. Толстой. Собрание сочинений. В 22-х т. Т. 8~9. М., Худож. лит., 1981~1982)

2. 주석은 모두 옮긴이의 것이다.

3. 각 권 서두의 '주요 등장인물'은 독자의 이해를 돕기 위해 옮긴이가 넣은 것이다.

4. 외래어의 표기는 국립국어원 외래어 표기법에 준했으나, 일부는 현지 발음이나 관용에 따랐다.

5. 원서의 프랑스어(또는 기타 언어) 부분은 이탤릭체로 처리했고, 강조 부분은 고딕체로 처리했다.

6. 성서의 인용은 공동번역 개정판에 따랐다. 단, 편명은 독자에게 익숙한 개역개정판에 따랐다.

차례 ▎

제6부   7
제7부   225
제8부   409

해설 | 인생에서 선의 의미의 이해   501
레프 톨스토이 연보   523

1권
제1부
제2부

2권
제3부
제4부
제5부

주요 등장인물

안나(아르카디예브나 카레니나) ⋯ 카레닌의 아내. 오블론스키의 여동생.
카레닌(알렉세이 알렉산드로비치) ⋯ 그녀의 남편. 페테르부르크의 고위 관료.
세료자(세르게이, 쿠티크) ⋯ 그녀의 외아들.

오블론스키(스테판 아르카디치, 스티바) ⋯ 안나의 오빠. 자유주의적 귀족.
돌리(다리야 알렉산드로브나, 돌린카, 다셴카) ⋯ 그의 아내. 셰르바츠키 공작의 맏딸.

셰르바츠키 노공작 부부 ⋯ 모스크바의 귀족.
키티(카테리나 알렉산드로브나, 카텐카, 카탸) ⋯ 셰르바츠키 공작의 막내딸.

레빈(콘스탄틴 드미트리치, 코스탸) ⋯ 부유한 귀족 지주. 실천적인 노동 연구가.
세르게이 이바노비치 코즈니셰프 ⋯ 그의 이부형(異父兄). 유명 저술가.
니콜라이 레빈(니콜렌카) ⋯ 그의 친형. 폐환자.
스비야시스키 ⋯ 그의 친구. 지방의 귀족.
아가피야 미하일로브나 ⋯ 그의 유모. 가정부.
마리야 니콜라예브나(마샤) ⋯ 니콜라이 레빈의 정부(情婦).

브론스키(알렉세이 키릴로비치, 알료샤) ⋯ 귀족 청년장교. 안나의 애인.
벳시 트베르스카야 공작부인 ⋯ 그의 사촌누이. 페테르부르크 사교계의 중심인물.
야시빈 ⋯ 그의 친구. 장교.

리디야 이바노브나 백작부인 ⋯ 사교계 부인. 카레닌의 정신적인 여자친구.
바르바라 공작영애 ⋯ 안나의 고모. 노처녀.
바렌카 ⋯ 마담 시탈의 양녀. 키티의 친구.

제6부

1

다리야 알렉산드로브나는 아이들을 데리고 포크롭스코예에 있는 동생 키티 레비나에게 가서 그해 여름을 지냈다. 그녀의 영지에 있는 집은 이제 완전히 쓰러져버렸으므로 레빈과 그의 아내는 자기들한테 와서 여름을 보내라고 그녀를 설득했던 것이다. 스테판 아르카디치는 이계획에 적극 찬성했다. 그는 자기도 가족과 함께 시골에서 여름을 보낼 수 있다면 얼마나 행복할지 모르겠지만 공무 때문에 그렇게 할 수 없는 것이 유감이라고 말했고, 자신은 모스크바에 남아 어쩌다가 하루 이틀씩 시골을 다녀갔다. 아이들 전부와 가정교사를 거느린 오블론스키네 외에, 이 여름 레빈 부부한테는 그러한 상태에 있는 딸의 뒷바라지를 하는 것을 자신의 의무처럼 여기는 노공작부인도 손님으로 와 있었다. 또 키티가 외국에 있을 때 친구가 된 바렌카도 키티가 결혼하면 찾아오겠다던 약속을 지켜 그의 집에 손님으로 와 있었다. 이들은 모두 레빈 아내의 친척들이나 친구들이었다. 그는 이러한 사람들을 모두 사랑하고 있었지만, 이른바 '셰르바츠키적 요소'의 유입에 의해 레빈식 세계와 질서가 지워져버렸다는 것이 다소 서운했다. 그의 피붙이로는 이번 여름에 단 한 사람 세르게이 이바노비치가 와 있었으나 그도 레빈식의 사람은 아니고 코즈니셰프식 사람이었으므로, 레빈식의 정신은 완전히 소멸해버린 상태였다.

이전에는 텅텅 비어 있던 레빈의 집도 지금은 너무 많은 사람이 모여서 거의 모든 방이 차게 되었고, 노공작부인은 거의 날마다 식탁에 앉을 때 머릿수를 세어 열세번째 손자나 손녀를 작은 식탁에 따로 떼어 앉혀야 했다.* 그래서 열심히 살림살이를 돌보고 있던 키티 또한 손님과 아이들의 여름철 식욕을 채우기 위해 엄청나게 많은 닭이며 칠면조며 오리를 손에 넣느라 적잖이 고생을 했다.

온 집안사람들이 오찬상 앞에 앉아 있었다. 돌리의 아이들은 가정교사와 바렌카와 함께 버섯 따러 갈 장소에 대해 상의하고 있었다. 그 지성과 학식으로 모든 손님에게서 거의 숭배에 가까울 만큼 존경을 받고 있던 세르게이 이바노비치도 버섯 따는 이야기에 끼어들어 모두를 놀라게 했다.

"나도 한번 같이 데려가주었으면 합니다. 나도 버섯따기는 아주 좋아하니까." 그는 바렌카를 쳐다보면서 말했다. "아무튼 굉장히 좋은 놀이니까요."

---

* 열세 사람이 같은 식탁에 앉으면 한 사람이 이듬해에 죽는다는 미신 때문이다.

"네, 그렇게 하세요. 저희들도 굉장히 기뻐요." 바렌카는 얼굴을 붉히며 대답했다. 키티는 돌리와 의미 있는 눈짓을 교환했다. 학식이 높고 총명한 세르게이 이바노비치가 바렌카에게 함께 버섯을 따러 가자고 한 것은 요즈음 완전히 키티의 마음을 사로잡고 있던 어떤 예감을 확인시켜주었던 것이다. 그녀는 자신의 눈짓을 남들이 알아채지 못하게 얼른 어머니와 이야기를 시작했다. 식사가 끝나자 세르게이 이바노비치는 아우를 상대로 시작했던 이야기를 계속하면서, 그리고 버섯따기 준비를 마친 아이들이 나올 문 쪽을 바라보면서 커피잔을 손에 들고 객실 창가에 앉았다. 레빈은 형 옆의 창틀에 걸터앉았다.

키티는 남편 옆에 서서 그에게 뭔가 이야기하기 위해 그녀에게는 아무런 흥미도 없는 이야기가 끝나기만을 기다렸다.

"넌 결혼하고 나서 꽤 여러 가지가 변했군. 좋은 쪽으로 말이야." 세르게이 이바노비치는 키티에게 웃는 얼굴을 해 보이면서, 시작한 이야기에는 그다지 흥미를 가지고 있지 않은 태도로 말했다. "그러나 역설적인 테마를 방어하려는 열정만은 여전하군."

"카탸, 서 있는 것은 좋지 않아." 남편은 그녀에게 의자를 밀어주고 의미 있게 그녀를 쳐다보면서 말했다.

"그래, 그렇지, 그런데 이러고 있을 틈이 없어." 세르게이 이바노비치는 아이들이 뛰어나온 것을 보고는 덧붙였다.

맨 앞에는 꼭 죄는 양말을 신은 타냐가 바구니와 세르게이 이바노비치의 모자를 휘휘 내두르며 옆으로 폴짝폴짝 뛰면서 곧장 그가 있는 쪽으로 왔다.

기운차게 세르게이 이바노비치 옆까지 뛰어온 그녀는 아버지를 쏙 빼닮은 아름다운 눈을 반짝이면서 세르게이 이바노비치에게 모자를 건네고, 수줍어하는 듯한 부드러운 미소로 자신의 숫기를 누그러뜨리면서 그에게 씌워주고 싶다는 태도를 취했다.

"바렌카가 기다리고 있어요." 그녀는 세르게이 이바노비치의 미소를 보고 그렇게 해도 좋다는 것을 알고는 그의 머리에 살짝 모자를 씌워주면서 말했다.

바렌카는 노란 사라사 옷으로 갈아입고, 머리에 하얀 머릿수건을 두르고 문가에 서 있었다.

"갑니다, 갑니다, 바르바라 안드레예브나!" 세르게이 이바노비치는 커피를 다 마시고 여기저기 달린 호주머니에 손수건과 담뱃갑을 나누어 넣으면서 말했다.

"우리 바렌카는 정말 매력적이에요! 그렇죠?" 키티는 세르게이 이바노비치가 일어서자마자 남편에게 말했다. 그녀는 세르게이 이바노비치에게 들릴 만큼 크게 말했고, 분명 그것을 바라고 있었다. "게다가 또 얼마나 아름다운지, 정말 품위 있는 아름다움이에요! 바렌카!" 키티가 소리쳤다. "물방앗간 숲에 가나요? 우리도 뒤따라갈게요."

"몸이 무겁다는 것도 말끔히 잊었나보구나, 키티!" 노공작부인은 부리나케 문에서 뛰어나오며 소리쳤다. "넌 이제 그렇게 큰 소리를 질러선 안 돼."

바렌카는 키티의 목소리와 그녀 어머니의 꾸지람 소리를 듣자 가벼운 발걸음으로 얼른 키티한테 다가갔다. 민활한 동작과 활기 있는 얼굴을 덮은 연짓빛, 이러한 것은 모두 그녀의 마음속에 무언가 심상찮은 일이 일어나고 있음을 나타냈다. 키티는 그 심상찮은 일이 무엇인지 알았기에, 열심히 그녀에게 주의를 기울이고 있었다. 그녀가 지금 바렌카를 불렀던 것은 그저 키티의 생각으로는 오늘의 오찬 뒤에 숲속에서 이루어지지 않으면 안 될 중요한 사건에 대해 마음속으로나마 그녀를 축복하기 위해서일 뿐이었다.

"바렌카, 만약 어떤 일만 실현된다면 나로선 그처럼 기쁜 일이 없을 거예요." 그녀는 바렌카에게 키스하면서 귓속말로 속삭였다.

"당신도 같이 가주시겠어요?" 바렌카는 어찌할 바를 모르고 방금 자기에게 전해진 말을 듣지 못한 척하면서 레빈에게 말했다.

"가겠습니다, 그러나 곳간 있는 데까지만요, 거기서 떨어질게요."

"어머나, 그런 곳에 무슨 일이 있어?" 키티가 말했다.

"새 대형 짐수레도 좀 봐야 하고 수도 세봐야 해!" 레빈이 말했다. "그래 당신은 어디 있으려고?"

"난 테라스에 있을게."

2

테라스에는 부인들이 모두 모였다. 그녀들은 오찬 뒤에는 언제나 거기에 앉아 있는 것을 좋아했지만, 그날은 거기에서 할 일이 있었다. 모두들 배냇저고리를 꿰매고 쌀깃을 바느질하느라고 바빴을 뿐 아니라, 아가피야 미하일로브나로서는 처음 보는 요리법에 따라 물을 넣지 않고 잼을 만드는 중이었다. 키티가 자신의 친정에서 해오던 새로운 방법을 시도한 것이었다. 그런데 지금까지 쭉 이 일을 맡아서 하던 아가피야 미하일로브나는 레빈가에서 하고 있던 방식이 나쁠 턱이 없고, 또 그렇게 하지 않으면 잼이 될 턱도 없다고 생각해서 끓고 있는 나무딸기와 네덜란드 딸기에 물을 부었다가 결국엔 들키고 말았다. 그러나 지금 여러 사람들의 눈앞에서 나무딸기가 고아지는 것을 보자, 아가피야 미하일로브나는 물을 넣지 않고도 잼이 아주 잘 만들어진다는 것을 믿지 않을 수 없었다.

아가피야 미하일로브나는 비탄에 잠긴 것 같은 토라진 얼굴에 헝클어진 머리칼을 하고 앙상한 두 팔을 팔꿈치 언저리까지 걷어붙이고는 화로 위의 냄비를 휘휘 저으며, 딸기가 굳어버려서 잘 고아지지 않기를 간절히 빌면서 시무룩하게 그것을 찬찬히 지켜보았다. 공작부인은 아가피야 미하일로브나의 불만이 딸기잼 만들기의 첫번째 의논 상대인 자기에게 향하리라는 것을 느끼면서, 자기는 다른 것에 한창 정신이 팔려 딸기잼 같은 것에는 조금도 관심이 없다는 태도를 보이려고 애썼다. 그러나 입으로는 다른 것을 이야기하면서도 역시 슬금슬금 곁눈질로 화로 쪽을 쳐다보곤 했다.

"난 집안 하녀들의 옷은 언제나 염가매장에 가서 직접 사 입히고 있어." 공작부인은 시작된 이야기를 계속하면서도 "이제 그만 위꺼풀을 떠내야 하지 않나, 할멈?" 하고 아가피야 미하일로브나를 돌아보며 덧붙였다. "정말 네가 손을 댈 필요는 없어, 뜨거워." 그녀는 키티를 말렸다.

"내가 하겠어요." 돌리가 말했다. 그녀는 일어서서 부글부글 거품을 일으키며 끓고 있는 설탕을 조심스럽게 숟가락으로 젓기 시작했다. 이따금 숟가락에 끈끈하게 엉겨붙은 것을 떼어내기 위해 벌써 빛깔이 변해 노르스름한 장밋빛 위꺼풀에 덮여 밑바닥에 피 같은 시럽이 흐르는 접시에다 숟가락을 탁탁 치면서. '애들은 차와 함께 이것을 핥으면서 얼마나 기뻐할까!' 그녀는 자기가 아이였을 적에 왜 어른들이 가장 맛있는 이 위꺼풀을 먹지 않는지 이상하게 여겼던 것을 회상하면서 자기 아이들을 생각했다.

"스티바는 돈으로 주는 게 훨씬 낫다고 말하곤 해요." 휘젓는 중에도 돌리는 하인들에게는 무엇을 주는 것이 좋은가라는 아까부터 시작된 흥미로운 이야기를 계속했다. "그렇지만……"

"돈 같은 게 뭐가 되겠어!" 공작부인과 키티가 입을 모아 소리쳤다. "그런 사람들은 물건을 좋아하기 마련이야."

"예를 들면, 내가 지난해 우리집의 마트료나 세묘노브나에게 포플린은 아니지만 그 비슷한 것을 사주었어." 공작부인이 말했다.

"네, 저도 기억하고 있어요. 그 사람이 어머니 명명일에 그 옷을 입고 있었죠."

"그건 정말 좋은 무늬였어. 산뜻하고 고아하고 말야. 만약 그 사람 것이 아니었다면 내가 지어 입고 싶을 정도였지. 저 바렌카가 입고 있는 것 같은 무늬였어. 아주 귀엽고 게다가 또 값도 싸고."

"자! 벌써 다 된 것 같아요." 돌리는 숟가락에 든 시럽을 흘려 보이면서 말했다.

"작은 크렌델 모양들이 생기면 되는 거야. 좀더 끓여봐요, 아가피야 미하일로브나."

"이놈의 파리들이!" 아가피야 미하일로브나는 부루퉁한 어조로 말했다. "언제까지 끓여도 마찬가질 거예요." 그녀가 덧붙였다.

"아아, 정말 예뻐, 놀라지 않게 해줘요!" 키티는 뜻밖에도 난간에 앉아 딸기 속을 홱 뒤집어젖히고 가운데를 쪼아먹고 있는 참새를 보면서 말했다.

"그래, 하지만 넌 불에서 좀더 떨어져 있는 게 좋아." 어머니가 말했다.

"*바렌카 이야기인데 말예요.*" 키티는 늘 아가피야 미하일로브나에게 알리지 않으려고 할 때 그러는 것처럼 프랑스어로 말했다. "저어, 엄마, 난 어쩐지 오늘은 뭔가 될 것 같은 느낌이 들어요. 무슨 일인 줄 알고 계시겠죠? 만약 그렇게 된다면 정말이지 얼마나 좋겠어요!"

"이 중매쟁이도 제법 대단한걸요!" 돌리가 말했다. "정말 얼마나 주의깊고 솜씨 좋게 두 사람을 가깝게 만들었는지……"

"아녜요, 정말 말씀해주세요, 엄마, 어떻게 생각하시는지?"

"아니, 내가 뭘 어떻게 생각해? 그 사람(세르게이 이바노비치를 말하는 것이었다)은 언제나 러시아 최고의 짝을 찾을 수 있었지. 지금은 이제 그다지 젊지는 않지만, 그래도 그분에게라면 아직도 대개의 여자들이 기꺼이 시집을 갈 거라고 생각해…… 그 아가씨도 아주 좋은 사람이지만 그분으로 본다면……"

"아녜요, 엄마, 알고 계시죠? 그분에게도 그녀에게도 이보다 더 좋은 연분을 바랄 수 없다는 것을요. 첫째, 그녀는 매력적이죠!" 키티는 손가락을 하나 꼽으면서 말했다.

"그분은 그녀가 굉장히 마음에 드는 눈치예요. 그건 확실해요." 돌리가 맞장구를 쳤다.

"둘째로 그분은 아내의 재산이라든가 지위 따위는 조금도 필요로 하지 않는 위치에 있죠. 그분에겐 다만 예쁘고 사랑스럽고 차분한 아내면 그만이에요."

"그래, 그야 그녀하고라면 틀림없이 평화롭게 살 수 있겠지." 돌리도 찬성했다.

"그리고 셋째로는 그녀가 그분을 사랑하고 있어야 해요. 그런데 이 조건도 갖추어져 있어요······ 그야말로 모든 조건이 다 맞는 거예요······ 그래서 난 그 사람들이 숲에서 돌아올 때면 모든 것이 결정되었기를 진심으로 바라고 있어요. 그건 그들의 눈을 한 번 보면 알 수 있어요. 정말 그렇게 되면 난 얼마나 기쁠까! 어떻게 생각해, 돌리?"

"그렇지만 너는 그렇게 흥분하면 안 돼. 네가 그렇게 흥분할 필요는 전혀 없으니까." 어머니가 말했다.

"네, 전 별로 흥분하지 않았어요, 엄마. 어쩐지 오늘 그분이 청혼할 것 같다는 생각이 자꾸만 드는 것뿐예요."

"아아, 그건 정말 이상한 일이야, 어떻게 언제 남자가 청혼을 하는가 하는 것은······ 뭔가 하나의 장애물 같은 것이 있다가 갑자기 없어져버리니까." 돌리는 스테판 아르카디치와 자신의 과거를 상기하면서 감개무량한 듯 웃는 얼굴로 말했다.

"엄마, 아빠는 어떻게 청혼하셨죠?" 불쑥 키티가 물었다.

"아무것도 특별한 것은 없었어. 아주 솔직했으니까." 공작부인은 이렇게 대답했으나, 그 얼굴은 추억으로 인해 밝게 빛났다.

"아니, 그러니까 어떻게? 엄마도 이야기가 결정되기 전부터 아빠를 사랑하셨나요?"

키티는 자기가 지금 여자의 일생에서 가장 중요한 문제에 대해 어머니와 동등한 위치에서 이야기할 수 있다는 것에 뭔가 특별한 즐거움을 느끼고 있었다.

"사랑했고말고. 그이는 시골 우리집으로 곧잘 놀러왔지."

"그런데 어떻게 해서 결정됐어요? 엄마?"

"너흰 너희들이 뭔가 새로운 거라도 생각해낸 것처럼 여기고 있나보구나? 모두 똑같지 뭘. 눈짓이나 웃는 얼굴로 결정돼버리는 거야……"

"정말, 멋진 말씀이에요, 엄마! 맞아요, 눈짓이나 웃는 얼굴이에요." 돌리가 맞장구쳤다.

"그렇지만 아빠는 어떻게 말씀하셨어요?"

"코스탸는 너에게 어떻게 말하던?"

"그이는 분필로 썼어요, 아주 색다른 방법이었어요…… 그러나 저에게는 이제 아주 오래전의 일인 것만 같아요!" 그녀가 말했다.

세 여인은 똑같은 것에 대해 생각에 잠겼다. 키티가 맨 먼저 침묵을 깨뜨렸다. 그녀는 결혼하기 전 겨울의 일과 브론스키에게 마음이 끌렸던 일들을 회상했다.

"그저 한 가지 걸리는 건…… 바렌카의 옛날 로맨스인데 말예요." 그녀는 상념 속에서 자연스레 그 일이 연상되어 말했다. "전 그 일을 어떻게든 세르게이 이바노비치에게 이야기해서 그분이 마음의 준비를 하게끔 하고 싶어요. 그들, 남자분이란 누구나," 그녀가 덧붙였다. "우리 여자의 과거에 무서울 만큼 질투가 강하니까요."

"그러나 모두 그렇다고는 할 수 없어." 돌리가 말했다. "너는 네 남편을 기준으로 그런 판단을 하고 있는 거야. 그 사람은 지금도 브론스키 생각으로 괴로워하고 있지? 어때, 그렇지?"

"그래." 키티는 생각에 잠긴 듯한 눈으로 웃으면서 대답했다.

"그러나 난 모르겠군." 공작부인은 딸에 대한 어머니의 걱정에서 참견했다. "너의 어떤 과거가 그 사람을 괴롭힌다는 것일까? 브론스키가 너에게 구애한 것이 어떻다는 거야? 그 정도는 어떤 처녀에게도 있는 일이야."

"네, 하지만 우리가 그 일을 이야기하고 있는 건 아네요." 키티는 새빨개져서 말했다.

"아니, 글쎄 좀 들어봐." 어머니는 계속했다. "그래서 넌 그뒤에 브론스키와 이야기하지 말라고 네 입으로 나에게 말하지 않았니, 기억하지?"

"아아, 엄마!" 키티는 괴로운 표정으로 말했다.

"이젠 누구도 젊은이들의 교제를 막을 수는 없어…… 더구나 너희들의 관계는 보통 이상으로 깊어진 적도 없었으니까. 그래서 나도 그 사람에게 뭐라고 말 좀 해주려고 했었다. 그건 그렇고, 애, 넌 그렇게 흥분해선 안 돼. 제발, 그렇게 알고 마음을 가라앉혀라."

"전 조금도 흥분하지 않았어요, *엄마*."

"정말 그때 안나가 있었던 게 키티에게는 얼마나 다행한 일이었는지 몰라요." 돌리는 말했다. "그리고 그녀에게는 얼마나 불행한 일이었는지 모르고요. 정말 완전히 거꾸로 돼버렸어요." 그녀는 자신의 상념에 깊은 감동을 받으면서 덧붙였다. "그 당시 안나는 굉장히 행복했고, 키티는 자기를 불행하다고 여기고 있었지. 이제는 전혀 반대가 돼버렸어! 난 자주 그녀를 생각해요."

"생각할 사람도 참 많구나! 그런 역겹고 더럽고 인정머리없는 여자를." 키티가 브론스키가 아닌 레빈과 결혼한 것을 아직도 서운하게 여기는 어머니가 말했다.

"어째서 엄마는 그런 말씀을 하시는 거죠?" 키티는 유감스럽다는 듯이 말했다. "전 그런 건 생각하지도 않고, 또 생각하고 싶지도 않아요…… 정말 생각하고 싶지도 않아요." 그녀는 테라스의 층계를 올라오는 남편의 익숙한 발소리에 귀를 기울이면서 말했다.

"무슨 이야기야…… 뭘 생각하고 싶지도 않다는 거요?" 레빈은 테라스로 들어서면서 물었다.

그러나 아무도 그에게 대답하지 않았고, 그도 그 질문을 되풀이하지 않았다.

"이거 대단히 미안하게 됐군요, 부인들끼리의 분위기를 깨뜨려서." 그는 불만스럽게 사람들을 둘러보고, 뭔가 자기 앞에서는 말하기 꺼려지는 이야기를 하고 있었다는 것을 깨닫고 이렇게 말했다.

잠시 동안 그는 자기가 아가피야 미하일로브나의 감정을―물을 넣지 않고 잼을 만드는 것뿐만 아니라, 일반적으로 자기네에게는 생소한 셰르바츠키적 영향에 대한 불만을―공유하고 있다는 것을 느꼈다. 그러나 그는 웃는 얼굴로 키티에게 다가갔다.

"그래, 좀 어때?" 그는 지금 모두가 그녀에 대해 보이고 있는 것과 똑같은 표정을 띠고 그녀를 쳐다보면서 물었다.

"아무렇지도 않아." 키티는 빵긋 웃으면서 말했다. "그래 당신 쪽은 어때?"

"음, 그건 달구지보다 세 배 이상을 나를 수 있어. 그럼 어디 어린애들을 맞으러 가볼까? 난 벌써 마차를 준비하라고 일러뒀어."

"아니 뭐라고? 자넨 키티를 리네이카*에 태우고 가려는 건가?" 어머니는 비난하는 어조로 말했다.

"괜찮아요, 살살 걸어가듯 가니까요, 공작부인."

레빈은 세상의 사위들이 하듯이 공작부인을 *어머니*라고는 결코 부르지 않았는데, 그 점이 공작부인은 불쾌했다. 그러나 레빈은 공작부인을 무척 사랑하고 존경했음에도 불구하고, 자신의 돌아가신 어머니에 대한 감정을 훼손시키지 않고는 그녀를 어머니라고 부를 수가 없었던 것이다.

"우리하고 같이 가시겠어요, *엄마!*" 키티가 말했다.

"난 그런 분별없는 짓은 보고 싶지도 않아."

"그럼 전 걸어서 가겠어요. 몸 상태가 아주 좋으니까요." 키티는 일어서서 남편에게로 다가가 그 손을 잡았다.

"몸 상태가 아무리 좋다고 해도 무슨 일에든 정도라는 게 있는 거야." 공작부인이 말했다.

"어때, 아가피야 미하일로브나, 잼은 다 됐나?" 레빈은 아가피야 미하일로브나의 흥을 돋우려고 웃어 보이면서 말했다. "새로운 방식으로 하니 잘돼가?"

"그야 뭐, 틀림없이 잘됐을 겁니다. 우리 방법에 비하면 조금 지나치게 고아진 것 같지만."

"그러는 게 좋아요, 아가피야 미하일로브나. 상하지도 않고 말이지. 안 그래도 집에 있는 얼음은 이제 다 녹아버려서 냉장해둘 수도 없으

---

* 대형 사륜 무개마차.

니까." 키티는 이내 남편의 뜻을 이해하고 할멈에게로 얼굴을 돌리면서 말했다. "하지만 할멈의 소금절임은 엄마도 그렇게 맛있는 건 어디서도 먹어본 적이 없을 정도라고 말씀하셨어요." 그녀는 빵긋이 웃고 할멈의 치마 매무새를 고쳐주면서 덧붙였다.

아가피야 미하일로브나는 시무룩하게 키티의 얼굴을 바라보았다.

"그렇게 위로해주시지 않아도 돼요, 마님. 전 마님이 이렇게 이 사람과 함께 있는 것을 보는 것만으로도 즐거워요." 그녀는 말했다. 이분이 아니라 이 사람이라는 거친 표현이 키티의 마음에 와닿았다.

"할멈도 같이 버섯 따러 가지 않겠어요? 우리에게 좋은 곳을 가르쳐 줘요."

아가피야 미하일로브나는 피식 웃고 '당신껜 아무리 화를 내려고 해도 그렇게 되지 않아요'라고 말하기라도 하듯 머리를 저었다.

"자, 내 말대로 해줘요." 노공작부인이 말했다. "잼 위에다 종이를 씌워서 럼주로 적셔둬요. 그렇게 하면 얼음이 없어도 절대로 곰팡이가 피지 않으니까."

3

키티는 잠시라도 남편과 단둘이 있게 된 것이 특히 즐거웠다. 왜냐하면 그녀는 그가 테라스로 들어와서 무슨 이야기를 하고 있었느냐고 물었으나 아무도 대답을 하지 않았던 그 순간, 어떤 느낌이든 바로 생생하게 반영하는 그의 얼굴에 슬픔의 그림자가 번득이는 것을 알아챘기 때문이었다.

두 사람이 누구보다도 먼저 나가서 수레바퀴 자국이 나 있고 먼지가 자욱한, 그리고 호밀 이삭이며 낟알이 흩어져 있는 한길로 걸어나와 집 안에서 보이지 않게 되면서부터, 그녀는 더욱 강하게 남편의 팔에 달라붙어 그 손을 자기 몸에 꼭 눌렀다. 그는 벌써 아까의 불쾌한 인상은 깡그리 잊어버린 채 그녀와 단둘이 되어 그녀의 임신에 대한 생각이 잠시도 떠나지 않는 지금은 정욕을 초월한, 사랑하는 여인의 옆에 있다는 완전히 순결하고 새로운 기쁨을 느끼고 있었다. 이야기할 것은 별로 없었으나 그는 임신과 더불어 그 눈동자와 마찬가지로 변해버린 그녀의 목소리를 듣고 싶었다. 그 목소리에는 그 눈동자와 마찬가지로 어떤 하나의 좋아하는 일에 자신의 마음을 끊임없이 집중하는 사람에게 흔히 나타나는 부드러움과 진지함이 있었다.

"당신 피곤하진 않아? 더 바싹 기대는 게 좋을 거야." 그가 말했다.

"아니, 당신과 단둘이 있는 게 난 정말 기뻐. 솔직히 말하면 난 여러 사람과 같이 있는 것도 즐겁지만, 단둘이 보냈던 겨울밤 일이 생각나서 견딜 수가 없어."

"그때도 좋고, 지금은 더욱 좋아. 어느 쪽이든 다 좋아." 그는 그녀의 손을 꼭 쥐면서 말했다.

"당신이 들어왔을 때 우리가 무슨 이야길 하고 있었는지 알아?"

"잼 이야기겠지?"

"응, 잼 이야기도 했지. 그러나 나중엔 남자들이 청혼했을 때의 일을 이야기하고 있었어."

"아!" 레빈은 그녀가 이야기하는 내용보다 그 목소리의 울림에 귀를 기울이면서 말했다. 그리고 이제는 숲속으로 접어든 길에 끊임없이 마음을 쓰면서 그녀가 넘어질 만한 곳을 피해서 걸었다.

"그리고 세르게이 이바노비치와 바렌카의 이야기도. 당신 눈치챘어?…… 난 정말 그렇게 되길 열렬히 바라고 있어." 그녀는 말을 계속했다. "당신은 어떻게 생각해?" 말하고 나서 그녀는 그의 얼굴을 찬찬히 쳐다보았다.

"글쎄, 어떻게 생각해야 할지 모르겠군." 레빈은 웃으면서 대답했다. "이러한 문제에서 세르게이 형님은 정말 수수께끼야. 늘 말했던 그대로지……"

"그래, 그분이 사랑했던 어떤 처녀가 죽어버렸다는 거지……"

"음, 내가 아직 어렸을 때의 일이었지. 나도 사람들한테 들어서 알고 있지만. 난 그 무렵의 형을 기억하고 있어. 형은 굉장히 애교 있는 사람이었지. 난 그 무렵부터 형의 여자에 대한 태도를 관찰하고 있었지만, 형은 여자에게 친절하기도 하고 두서너 명의 여자는 마음에 들기도 한 것 같았는데, 그런 사람들조차 형에게는 여자로서가 아니라 다만 인간으로 비쳤던 것 같아."

"그래, 그렇지만 지금 바렌카와의 사이에는…… 무언가 있는 것 같다는 생각이 들어……"

"그야 있을지도 모르지…… 그러나 형이란 사람을 잘 알아두지 않으면 안 돼…… 형은 조금 특별하고 기묘한 사람이니까. 정신적인 생활만으로 살고 있는 사람이고, 너무나도 마음이 순결하고 고상한 사람이니까."

"그러니까 어떻다는 말이야? 이런 일이 그분을 낮추기라도 한다는 말이야?"

"아니, 그런 건 아니야. 형은 정신적인 생활만을 하는 데 길들어져버려서 현실적인 것과는 조화를 이루어 나갈 수 없어. 바렌카 역시 하나의 현실이니까."

레빈은 이제 자신의 생각을 정확한 말로 표현하려고 고심하는 일 없이 거리낌없이 이야기하는 데 익숙해져 있었다. 그는 지금처럼 사랑에 가득차 있는 순간에는 아내가 그가 얘기하려는 것을 약간의 암시만으로도 깨달아버린다는 것을 알고 있었고, 정말로 그녀는 그가 얘기하려는 것을 깨달았다.

"응, 그러나 그녀는 나만큼 현실적이지는 않아. 그야 물론 그분은 결코 나 같은 여자는 좋아하지 않을 테지만. 생각해보면 그녀는 정말 정신적인걸……"

"아냐, 그렇지 않아, 형님은 당신을 굉장히 좋아해. 그래서 나도 기뻐. 나의 친척들이 당신을 좋아한다는 게……"

"응, 그분은 나한테 친절하게 해줘, 그렇지만……"

"그렇지만 죽은 니콜렌카 형 같진 않다는 말이지…… 당신과 형님은 정말 서로를 사랑했으니까." 레빈은 말을 가로챘다. "어째서 이런 말을 입 밖에 내선 안 될까?" 그는 덧붙였다. "난 이따금 나를 꾸짖곤 해. 결국 잊어버리게 되고 마니까. 아아, 그 형은 얼마나 무서운, 그러면서도 매력 있는 사람이었는지…… 저어, 그런데 우리는 무슨 이야길 하고 있었지?" 레빈은 잠깐 잠자코 있다가 말했다.

"당신은 형님이 사랑을 할 수 없는 분이라고 생각하는군." 이번에는 키티가 자기 나름의 표현으로 고쳐서 말했다.

"꼭 사랑을 할 수 없다는 것은 아니야." 레빈은 웃으면서 말했다. "그러나 형에게는 사랑을 하는 데 필요한 약점이란 것이 없어…… 난 늘 그 점에서 형을 부러워했지만, 이렇게 행복하게 지내는 요즈음도 여전 히 형이 부러워."

"당신은 그분이 연애를 할 수 없는 것이 부럽다는 말이야?"

"난 형이 나보다 뛰어나다는 점을 부러워하고 있는 거야." 레빈은 여 전히 웃는 얼굴로 말했다. "형은 한순간도 자기를 위해서 살고 있는 것 이 아니란 말이야. 형의 생애는 의무라는 것에 바쳐져 있으니까. 그러 니까 형은 그처럼 침착하고 만족스럽게 살아갈 수 있는 거지."

"그럼 당신은?" 키티는 애정어린 웃음을 띠고 놀리듯 말했다.

그녀는 자신에게 미소를 짓게 한 사고의 경로를 도저히 말로 표현할 수는 없었을 것이다. 그러나 그녀가 최후로 내린 결론은 형에게 열중해 서 형의 앞에 자기를 낮추고 있는 남편의 태도가 진실은 아니라는 것 이었다. 남편의 이러한 겸손은 형에 대한 애정에서, 자기가 너무나 행 복한 것을 부끄러워하는 마음에서, 특히 언제나 보다 나아지려고 하는 그의 끊임없는 욕구에서 나온 것임을 키티는 알고 있었다. 그녀는 그의 그러한 면이 마음에 들었고 그 때문에 미소를 띠었던 것이다.

"그럼 당신은? 뭐가 불만이야?" 그녀는 여전히 미소를 띠고 물었다.

그는 자신의 불만을 그녀가 부정한다는 것이 기뻤고, 그래서 그는 무의식중에 그녀로 하여금 그 부정의 근거를 토로하게끔 유도했다.

"난 행복해, 그러나 나 자신에 대해서는 불만이야……" 그가 말했다.

"어떻게 당신은 불만을 품을 수가 있어? 행복하다고 말하면서."

"자, 어떻게 이야기할까?…… 나는 실은 지금 당신이 넘어지지 않 게 하는 것 외에는 아무것도 바라고 있지 않아. 아, 그렇게 뛰어서는 안 돼!"그는 그녀가 오솔길에 가로놓여 있던 나뭇가지를 뛰어넘으려고 너무 힘차게 움직인 것을 나무라면서 말을 끊었다. "하지만 나 자신에 대해서 여러 생각을 하거나 나를 다른 사람과, 특히 형과 비교하는 경우에는 내가 참으로 쓸모없는 인간이구나 하고 느끼지 않을 수가 없어."

"그건 어째서 그럴까?" 키티는 여전히 미소를 띠고서 말을 이었다. "당신도 역시 남을 위해서 여러 가지 일을 하고 있잖아. 그 마을들도 그렇고, 직접 농사를 짓는 것도 그렇고, 저서도 그렇지 않아?……"

"아니, 난 특히 지금은 그렇지 않다는 것을 느끼고 있어. 그것도 모두 당신 잘못이지만." 그는 그녀의 손을 지그시 쥐면서 말했다. "난 모든 일을 순전히 건성으로 하고 있는 거야. 그래서 난 당신을 사랑하고 있는 것만큼 이러한 일들을 모두 사랑할 수 있다면 하고 뼈아프게 생각해…… 정말 난 요즘 마치 숙제라도 하는 기분으로 일하고 있으니까."

"그럼 당신은 우리 아빠에 대해서는 어떻게 생각해?" 키티는 물었다. "아빠도 쓸모없는 인간인가? 사회를 위해서는 아무것도 하지 않으니까."

"장인어른? 아니, 그분은 다르지! 사람은 누구나 당신 아버지 같은 단순함과 명백함과 선량함을 지녀야 마땅할 거야. 그런데 나에게 그러한 것이 있을까? 난 할 일을 하지 않고 괴로워하고 있어. 이것은 모두 당신 때문이야. 당신이라는 사람이 없었을 때는, 그리고 아직 이것이 없었을 때에는," 그가 힐끔 그녀의 배를 바라보고 말한 것을 그녀는 알아차렸다. "난 온 힘을 다해 일에 종사하고 있었지. 그러나 지금은 그렇게 안 돼. 그래서 부끄럽단 말이야. 나는 숙제를 하는 기분으로 일하고 있는 것이고, 말하자면 자기를 속이고 있는 거야……"

"그럼 당신은 지금이라도 당장 세르게이 이바노비치와 당신을 바꾸고 싶은 생각이 있어?" 키티는 말했다. "형님처럼 사회적인 일을 하고 자신의 임무를 사랑하기만 하면 그걸로 그만이라고 생각해?"

"물론 그렇지는 않아." 레빈은 말했다. "그러나 난 아무튼 행복해. 그래서 아무것도 알지 못해. 그건 그렇고 당신은 형이 오늘이라도 청혼을 할 거라고 여기고 있나보군?" 그는 잠시 잠자코 있다가 덧붙였다.

"그렇게도 생각했다가, 또 그렇지 않을 것 같은 생각이 들기도 하고. 다만 나는 그렇게 되기를 무척 바라고 있어. 잠깐 기다려줘." 그녀는 허리를 숙여 길가에 핀 들국화를 꺾어들었다. "자, 어디 한번 세어봐. 청혼을 하시겠는지, 어떤지." 그녀는 꽃을 그에게 건네면서 말했다.

"한다, 안 한다." 레빈은 새하얗고 가느다란, 안쪽으로 오목하게 들어간 꽃잎을 하나하나 뜯어내면서 말했다.

"안 돼, 안 돼." 가슴을 울렁이며 레빈의 손가락 끝을 지켜보고 있던 키티는 갑자기 그의 손을 붙잡고 세는 것을 멈추게 했다. "두 잎을 한꺼번에 뗐어."

"그럼 대신에 이런 작은 것은 계산에 넣지 않기로 하지." 레빈은 아직 완전히 피지도 않은 꽃잎을 따내면서 말했다. "아, 벌써 마차가 우릴 따라왔네."

"너 지치진 않았니, 키티?" 공작부인은 큰 소리로 외쳤다.

"아뇨, 조금도."

"힘들면 여기에 타렴. 순한 말이니까 조용히 걷게 하면 될 거야."

그러나 이젠 마차에 탈 것도 없었다. 숲까지 얼마 남지 않았기 때문에 모두들 내려서 걸어갔다.

4

새까만 머리칼 위에 새하얀 머릿수건을 쓴 바렌카는 아이들에게 둘러싸여 상냥하고 즐겁게 그들의 뒷바라지를 하고 있었으나, 좋아하는 남자와 서로 마음을 밝혀야 하는 난처한 경우가 닥치리라는 생각으로 가슴이 두근거리는 통에 굉장히 매력 있게 보였다. 세르게이 이바노비치는 그녀와 나란히 거닐며 넋을 잃고 끊임없이 그녀를 바라보았다. 그녀를 보면서 그는 그녀에게 들은 사랑스러운 말들과 그녀에게서 발견한 온갖 장점을 생각해냈다. 그리고 자기가 지금 그녀에 대해 느끼는 감정은 오랜 옛날 최초의 청춘기에 단 한 차례 경험했던 그 특수한 감정과 같다는 사실을 더욱 뚜렷이 의식했다. 그녀의 옆에 있다는 희열의 감정은 줄곧 증대되어, 마침내 그는 자기가 발견한 가느다란 기둥 위에 가장자리가 말려든 큼직한 갓이 달린 자작나무버섯을 그녀의 바구니에 넣어주면서 그 눈을 힐끔 들여다보았다. 그녀의 얼굴에는 기쁜 듯한, 깜짝 놀란 것도 같은 혼란의 빛이 빨갛게 물들어 있었기 때문에 자기 쪽에서도 당황하여 말없이 너무나 많은 것을 이야기해버린 듯한 웃는 얼굴을 그녀에게 보였을 정도였다.

'만약 그렇다면,' 그는 혼잣말을 했다. '난 잘 생각해서 행동하지 않으면 안 된다. 어린애처럼 한때의 유혹에 빠져서는 안 된다.'

"자, 이번에는 한번 여러분과 갈라져서 딴 쪽으로 버섯을 따러 가볼까. 이래서는 아무리 따도 내 성과가 보이질 않으니까." 그는 이렇게 말하고, 그때까지 다 함께 거닐던 명주실같이 부드럽고 키가 작은 풀 위에 듬성듬성 자작나무의 노목이 들어찬 숲가에서 혼자 떨어져 희끗희끗한 자작나무 줄기 사이로 사시나무 줄기가 회색빛을 아로새기고 개암나무 덤불이 거무튀튀한 숲의 한가운데로 들어갔다. 마흔 걸음쯤 나아가 장밋빛을 띤 붉은 이삭꽃을 잔뜩 단 화살나무 덤불 뒤로 들어가자, 세르게이 이바노비치는 이제 아무도 보는 사람이 없다는 걸 알고 멈췄다. 주위는 죽은듯이 고요했다. 그저 그의 머리 위 자작나무 우듬지에서 꿀벌떼처럼 파리가 끊임없이 윙윙거리는 소리, 그리고 이따금 아이들의 목소리가 들려올 뿐이었다. 갑자기 숲가에서 멀지 않은 곳에서 그리샤를 부르는 바렌카의 낮은 목소리가 울려왔고, 세르게이 이바노비치의 얼굴에 기쁨의 미소가 번졌다. 그 미소를 스스로 의식하자 세르게이 이바노비치는 자신의 기분에 찬성할 수 없다는 듯이 머리를 흔들고는 시가를 꺼내 불을 붙이려고 했다. 그는 자작나무 줄기에다 성냥을 그었으나 아무리 해도 불을 일으킬 수가 없었다. 하얀 껍질의 부드럽고 얇은 막이 성냥의 인에 붙기 때문에 불이 꺼져버렸다. 겨우 한 개비의 성냥에 불이 붙었다. 그러자 향기로운 시가의 연기가 흔들거리는 폭 넓은 탁자보처럼 펼쳐져 산뜻하게 관목 덤불과 자작나무 가지 사이를 지나 앞으로 앞으로, 위로 위로 길게 뻗어갔다. 연기의 띠를 눈으로 좇으면서, 그리고 자신의 기분에 대해 요모조모로 생각하면서 세르게이 이바노비치는 조용한 걸음걸이로 걸어갔다.

'그러나 어째서 안 될까?' 그는 생각했다. '만일 이것이 일시적으로 일어난 충동이거나 정욕이라면, 만약 이것이 끌림, 상호적 끌림(나는 상호적이라고 말할 수 있다)을 느끼고 있는 것에 불과하며 더구나 그것이 내 생활의 모든 경향에 배치된다고 느낀다면, 그리고 이 끌림에 몸을 맡기는 건 나의 사명과 본분에 어긋난다고 느낀다면…… 그러나 전혀 그렇지는 않다. 내가 이 감정에 반대할 수 있는 단 한 가지 이유는 내가 *마리*를 잃었을 때 영원히 그녀의 기억에 충실하겠다고 스스로 맹세했다는 것뿐이다. 이것이 나의 감정에 반대할 수 있는 유일한 근거다…… 더욱이 그것은 중대한 근거이기도 하다.' 세르게이 이바노비치는 이러한 생각이 그 자신에게도 아무런 중요성을 갖지 못함과 동시에 딴 사람의 눈에는 자신의 시적인 역할을 그르쳐버리게 하는 것에 지나지 않음을 느끼면서도 이렇게 혼자 중얼거렸다. '그러나 그 외에는 아무리 찾아봐도 내 감정에 반대할 구실은 찾아낼 수 없을 것이다. 오직 이성만으로 선택한다면 이 이상의 상대는 찾아낼 수 없을 테니까!'

그가 알고 있는 부인네나 처녀들을 몇 사람 생각해보아도 냉정히 판단해서 그가 자신의 아내에게서 발견하기를 바라는 모든, 그야말로 모든 자질을 이만큼 갖추고 있는 여자는 생각해낼 수 없었다. 그녀는 젊음의 매력과 생기를 유감없이 갖추고 있으나 그렇다고 해서 어린애는 아니었다. 그러니 만약 그녀가 그를 사랑하고 있다면 한 사람의 여성으로서 당연한 방식으로 뚜렷한 자각 아래 사랑하고 있을 것이었다. 이것이 첫번째 자질이었다. 둘째로 그녀는 사교성에서 멀 뿐 아니라 분명 사교계라는 것에 반감을 품고 있었다. 그럼에도 불구하고 사교계를 잘 알고 있었고, 세르게이 이바노비치가 그것 없이는 생애의 반려로 생각할 수 없었던 상류층 부인으로서의 모든 예의범절을 터득하고 있었다. 셋째로 그녀는 종교적이었다. 그러나 이를테면 키티가 그렇듯이, 어린애처럼 무의식적으로 종교적이고 착하기만 한 것이 아니라 그녀의 생활 자체가 종교적 신념 위에 기초하고 있었다. 세르게이 이바노비치는 자기가 아내라는 존재에 바라고 있던 모든 것을, 심지어 사소한 데 이르기까지 모조리 그녀에게서 찾을 수 있었다. 그녀는 가난하고 외로운 여자였다. 따라서 그녀는 키티처럼 자기와 함께 일가친척을 잔뜩 데리고 와서는 남편의 가정에 영향을 미치는 일은 없을 것이고, 모든 점에서 남편의 은혜를 느낄 것이다. 그가 언제나 미래의 가정생활에 대해 바라고 있었던 것처럼, 그리고 이 처녀, 이러한 온갖 조건을 한 몸에 갖추고 있는 처녀는 그를 사랑하고 있다. 그는 겸손한 사내이긴 했으나, 그 사실을 인정하지 않을 수 없었다. 게다가 그 또한 그녀를 사랑했다. 다만 한 가지 생각해야 될 문제는 그의 나이였다. 그러나 그는 장수하는 혈통이고 아직 새치 한 올도 없으며 아무도 그를 마흔 살로 보지 않았다. 게다가 또 그는 바렌카가 했던 말, 쉰 살의 사람들이 자기를 늙은이라고 생각하는 곳은 러시아뿐이며 프랑스에서는 쉰 살 정도의 사람은 *한창때*에 속하고 마흔 살 정도의 사람은 자기를 아직 *청년*으로 여긴다고 했던 말을 기억하고 있었다. 어쨌거나 마음으로는 이십 년 전과 다름없는 젊음으로 자기를 생각하고 있는 그에게 나이가 무슨 의미를 가진단 말인가? 그가 지금 숲 가운데에서 다시 숲가로 나가면서 태양이 비껴드는 밝은 빛 속에 노란 옷을 입고 바구니를 손에 들고 경쾌한 걸음걸이로 자작나무 노목 옆을 걷고 있는 바렌카의 우아한 모습을 발견했을 때, 그리고 바렌카의 모습이 그 아름다움으로 그를 놀라게 한 찬란한 햇빛을 비스듬히 받은 노란 귀리밭의 광경과 아득히 파릇파릇한 지평선으로 녹아들고 있는 저멀리 노란빛으로 얼룩진 해묵은 숲의 광경과 하나로 융합된 그때에 그가 느낀 감정이야말로 바로 젊음이 아닐까? 그의 심장은 환희로 옥죄였다. 감격스러움이 그를 사로잡았다. 그는 자신의 마음이 결정됐음을 느꼈다. 바렌카는 버섯을 따려고 막 몸을 구부렸다가 가냘픈 몸짓으로 일어서서 뒤돌아봤다. 세르게이 이바노비치는 시가를 내던지고 결연한 걸음걸이로 그녀 쪽으로 걸어갔다.

5

'바르바라 안드레예브나, 난 아주 젊었을 때 내가 사랑하는 이상적인 여인을 마음에 그리며 그녀를 나의 아내라고 부르게 된다면 얼마나 행복할까 생각했습니다. 나는 오랜 세월을 보내고 나서 이제야 비로소 당신에게서 내가 찾고 있던 것을 발견했습니다. 난 당신을 사랑하고 있으며, 당신에게 손을 내밀고자 합니다.'

세르게이 이바노비치는 바렌카로부터 이젠 열 걸음 남짓밖에 떨어지지 않은 곳에 이르렀을 때 이렇게 마음속으로 말해보았다. 그녀는 무릎을 꿇고 그리샤에게 빼앗기지 않게끔 두 손으로 버섯을 가리면서 어린 마샤를 부르고 있었다.

"이리 와요, 이리! 작은 것들이에요! 많이 있어요!" 그녀는 그 귀여운, 가슴에서 나오는 듯한 목소리로 말했다.

세르게이 이바노비치가 가까이 오는 것을 보고도 그녀는 일어서려고도 하지 않고 자세를 바꾸려고도 하지 않았다. 그러나 주위의 모든 것이 그에게 그녀가 그의 접근을 느끼고 그것을 기뻐하고 있음을 말해주고 있었다.

"어떠세요, 뭐라도 발견하셨어요?" 그녀는 새하얀 머릿수건 밑으로 아름답게 조용히 미소 짓는 얼굴을 그에게로 돌리면서 물었다.

"하나도." 세르게이 이바노비치는 말했다. "당신은요?"

그녀는 자신을 둘러싼 아이들에게 정신이 팔려 그 말에는 대답하지 않았다.

"자, 여기도 있어요, 가지 옆에." 그녀는 탄력 있는 장밋빛 갓을 마른 풀에 가로찢긴 채 그 밑에서 머리를 내밀고 있는 자그마한 시로예시카*를 어린 마샤에게 가리켜 보였다. 그리고 마샤가 하얀 줄기를 둘로 쪼개어 시로예시카를 따자 일어섰다. "이런 놀이는 제가 어렸을 때의 일을 생각나게 해요." 그녀는 아이들 곁에서 떨어져나와 세르게이 이바노비치와 어깨를 나란히 했을 때 덧붙였다.

둘은 묵묵히 대여섯 걸음을 걸었다. 바렌카는 그가 무엇인가를 이야기하고 싶어한다는 것을 알았다. 그녀는 무슨 얘기일지 짐작했고, 기쁨과 두려움으로 가슴이 두근거리며 심장이 얼어붙는 것 같았다. 그들은 마침내 이제 누구에게도 이야기가 들릴 걱정이 없는 데까지 멀리 나아갔지만, 그는 아직 이야기를 시작하지 않았다. 바렌카도 잠자코 있는 것이 더 좋았다. 버섯 이야기를 한 뒤보다 침묵한 뒤에 서로가 하고 싶은 이야기를 하는 것이 한결 마음이 가벼울 것 같았다. 그러나 자신의 의지에 반해 불쑥 나와버리기라도 한 것처럼 바렌카는 이렇게 말했다.

"그럼 당신은 아무것도 발견하지 못하셨단 말이에요? 하긴 숲 안쪽

---

* 버섯의 일종.

에는 오히려 버섯이 귀하지요."

세르게이 이바노비치는 한숨을 쉬고 아무런 대꾸도 하지 않았다. 그녀가 기껏 버섯에 대한 이야기를 꺼낸 것이 서운했던 것이다. 그는 그녀가 어렸을 적 얘기를 꺼냈던 앞서의 대화로 그녀를 돌려보내고 싶었다. 그러나 그 또한 저도 모르게 자신의 의지에 반해 잠시 잠자코 있다가 그녀의 마지막 말에 장단을 맞추었다.

"나도 흰버섯은 주로 숲 가장자리에 있다고 들었습니다만, 흰버섯을 분간할 줄은 몰라요."

또 몇 분인가가 지났고, 두 사람은 아이들과는 더 멀리 떨어져서 완전히 둘이서만 있게 되었다. 바렌카의 심장은 그녀 자신에게도 고동 소리가 들릴 만큼 크게 울렸다. 그녀는 자기가 홍당무같이 빨개졌다가 파리해지기도 하고 또다시 홍당무처럼 되기도 하는 것을 느꼈다.

마담 시탈과 살고 난 뒤에 코즈니셰프 같은 사람의 아내가 된다는 것은 그녀에겐 행복의 절정인 것처럼 여겨졌다. 게다가 그녀는 자기가 그에게 넋을 빼앗기고 있다는 것도 믿어 의심치 않았다. 그리고 그것은 지금 곧 결정되지 않으면 안 되었다. 그녀는 그것이 무서웠다. 그녀로서는 그가 그 말을 하는 것도, 하지 않는 것도 무서웠다.

지금이 아니면 영원히 서로 흉금을 털어놓지 못할 것이다. 세르게이 이바노비치도 이 점을 느꼈다. 모든 것이, 바렌카의 눈동자와 볼의 홍조와 내려뜬 듯한 눈 속에 있는 모든 것이 병적인 기대의 빛을 나타내고 있었다. 세르게이 이바노비치는 그 모습을 보자 그녀가 안타깝게 느껴졌다. 지금 아무것도 이야기하지 않는다면 그녀를 모욕하는 게 되리라고까지 여겨졌다. 그는 마음속으로 자신의 결심을 도와줄 온갖 이유를 얼른 되풀이해보았다. 또 그녀에게 청혼을 하려고 생각해냈던 말도 마음속으로 되풀이해보았다. 그러나 그 대신 갑자기 머릿속에 떠오른 어떤 생각을 좇아서 그는 물었다.

"흰버섯과 자작나무버섯은 어떻게 다른가요?"

그에게 대답을 하는 바렌카의 입술은 흥분 때문에 바르르 떨렸다.

"갓에는 거의 다른 데가 없어요, 다만 뿌리께가 조금."

그리고 이러한 말들이 나오자 그도 그녀도 이 일은 끝장이 났으며, 이야기하지 않으면 안 되었던 것도 이제는 영영 이야기되지 않으리라는 것을 깨달았다. 그러자 그때까지 극도에 이르렀던 그들의 흥분은 가라앉아갔다.

"자작나무버섯 뿌리는 마치 이틀이나 면도를 하지 않은 털 많은 사람의 턱수염을 연상시켜요." 세르게이 이바노비치는 이제 차분한 어조로 말했다.

"네, 정말 그래요." 바렌카는 웃는 얼굴로 대답했고, 두 사람의 발길 방향은 부지불식간에 바뀌었다. 그들은 아이들 쪽으로 걸어가기 시작했다. 바렌카는 괴롭기도 하고 부끄럽기도 했으나, 그와 동시에 홀가분한 감정을 느꼈다.

집으로 돌아와 온갖 이유를 헤아려보았을 때, 세르게이 이바노비치는 자신의 생각이 옳지 않았다는 것을 깨달았다. 그는 *마리*의 기억을 저버릴 수 없었던 것이다.

"조용히, 모두 조용히!" 레빈은 아이들이 떼지어 환성을 지르며 그들한테로 뛰어오자 아내의 몸을 지킬 양으로 그녀의 앞에 딱 버티고 서서 마치 노한 것 같은 목소리로 외쳤다.

아이들에 뒤이어 세르게이 이바노비치도 바렌카와 같이 숲에서 나왔다. 키티는 바렌카에게 물을 필요도 없었다. 그녀는 그들의 얼굴에 떠오른 침착하고 약간 어색한 표정을 보고 자기 계획이 성취되지 않았음을 알았다.

"자, 어때?" 그들이 다시 귀로에 올랐을 때 남편이 그녀에게 물었다.

"틀렸어." 키티는 그녀의 아버지를 생각나게 하는 미소와 어조로 말했다. 레빈은 자주 그녀에게서 그 모습을 보고 만족스러워하곤 했다.

"어째서 틀렸다는 거야?"

"그게 말이야, 이런 거야." 그녀는 남편의 손을 잡아 입으로 가져가서 자신의 꼭 다문 입술에 대면서 말했다. "마치 신부님의 손에다 키스하는 식이니까."

"대체 어느 쪽이 틀렸던 걸까?" 그는 웃으면서 말했다.

"양쪽 다야. 이렇게 했어야 되는 거였는데……"

"농부들이 와……"

"아냐, 우릴 보진 못했어."

6

아이들이 차를 마시는 동안 어른들은 발코니로 나가서 마치 아무 일도 없었던 것처럼 이야기하고 있었다. 그러나 모두들, 특히 세르게이 이바노비치와 바렌카는 소극적이긴 하지만 지극히 중대한 사건이 있었음을 아주 잘 알고 있었다. 두 사람 다 마치 시험에 실패하여 본래의 학년에 주저앉았거나 학교에서 영원히 제적당한 학생이 경험할 법한 감정을 느끼고 있었다. 그 자리에 있었던 다른 사람들도 무슨 일이 일어났음을 느끼면서 그것과는 관계가 없는 다른 문제에 대해 열심히 이야기를 나누었다. 레빈과 키티는 이날 저녁에 특히 자기들을 사랑받고 있는 사람, 행복한 사람이라고 느꼈다. 그러나 그들이 서로에 대한 사랑으로 행복하다는 것은 똑같은 것을 바라고 있으면서도 이룰 수 없었던 사람들에 대한 불쾌한 암시를 내포하고 있었으므로, 그들은 부끄러움을 느끼지 않을 수 없었다.

"두고 봐. 알렉상드르는 오지 않을 테니까." 노공작부인이 말했다.

이날 밤 그들은 기차로 올 스테판 아르카디치를 기다리고 있었는데, 노공작도 어쩌면 자기도 가게 될지도 모른다고 써보냈던 것이다.

"나는 그 까닭도 알고 있지." 공작부인은 계속해서 말했다. "너희 아버지는 젊은 애들은 당분간 저희들끼리 놓아두어야 된다고 늘 말씀하셨으니까."

"아빠는 그래서 우리를 방치해버리셨군요. 우린 요즘 아빠를 뵌 적이 없어요." 키티는 말했다. "그리고 우리가 어째서 젊은 애들인가요? 벌써 이렇게 다 늙었는데."

"아무튼 그 양반이 오지 않으면 나도 떠날 수밖에 없으니까." 공작부인은 서글프게 휴우 하고 한숨을 몰아쉬고 나서 말했다.

"아니, 무슨 말씀이세요, 엄마!" 두 딸은 그녀에게 덤벼들었다.

"너희도 좀 생각해보렴, 아버지 심정도 말이야! 정말 지금에 와서는……"

별안간 전혀 뜻밖에 노공작부인의 목소리가 떨리기 시작했다. 딸들은 입을 다물고 서로 얼굴을 마주보았다. '엄마는 언제나 스스로 뭔지 모르게 슬픈 일을 생각해내서.' 그들은 눈빛으로 말했다. 그들은 공작부인으로서는 딸네 집에 있는 것이 아무리 즐겁다 하더라도, 또한 아무리 자기가 거기서 필요한 사람이라고 느낀다 하더라도, 가장 사랑하는 막내딸을 시집보내고 가정의 보금자리가 텅 비게 됐을 때부터 그녀 자신도 남편도 못 견디게 슬픈 기분이었음을 몰랐던 것이다.

"무슨 일이죠, 아가피야 미하일로브나?" 키티는 갑자기 이상야릇한 태도로 의미 있는 얼굴을 하고 서 있는 아가피야 미하일로브나에게 물었다.

"저녁 때문에요."

"아, 마침 잘됐어." 돌리는 말했다. "넌 가서 그쪽 일을 지시하렴. 난 그리샤와 저쪽으로 가서 학과 복습을 시킬 테니까. 그러지 않으면 그애는 오늘 종일 아무것도 하지 않은 셈이 되니까."

"그건 내 임무야! 아니, 돌리, 내가 갈게." 레빈은 자리를 차고 일어서면서 말했다.

벌써 김나지움에 다니는 그리샤는 여름 동안에 학과를 복습해야만 했다. 모스크바에 있을 때부터 아들과 함께 라틴어를 배우고 있던 다리야 알렉산드로브나는 레빈 부부에게 와서도 적어도 하루에 한 차례씩은 산수와 라틴어의 가장 어려운 부분을 그와 같이 복습한다는 규칙을 스스로 세우고 있었다. 레빈은 그녀를 대신하겠다고 제의했다. 그러나 어머니는 레빈의 교수법을 듣고 그것이 모스크바 교사들이 하는 방법과는 완전히 다르다는 것을 알아차렸기 때문에, 몹시 거북스러워하면서도 레빈의 기분이 상하지 않게끔 애쓰면서 공부는 역시 교사가 하듯이 교과서를 따르지 않으면 안 된다. 그러니 역시 그녀 자신이 하는 것이 좋겠다고 단호히 그에게 말했다. 레빈은 스테판 아르카디치가 무책임한 성격 때문에 교육 같은 것에는 조금도 이해가 없는 어머니에게 감독을 맡겨놓고 자기는 조금도 아랑곳하지 않는 것이 유감스러웠고, 또 교사들이 아이들을 가르치는 방법이 지극히 형편없다는 것도 유감스러웠다. 그러나 그는 처형에게 그녀의 요구대로 가르치겠다고 약속했다. 그리고 그리샤를 가르치는 일을 계속하고 있었으나, 이제는 자신의 방식이 아니라 교과서대로 했기 때문에 자연히 마음이 내키지 않았고, 그 시간을 잊기 일쑤였다. 오늘도 그랬던 것이다.

"아니, 내가 갈게, 돌리, 당신은 여기 있어." 그가 말했다. "걱정 마, 꼭 책대로 하고 있으니까. 다만 스티바가 와서 같이 사냥을 하러 갈 때만은 빼먹을게."

그리고 레빈은 그리샤한테로 갔다.

이것과 똑같은 말을 바렌카도 키티에게 했다. 무엇이나 잘 정리돼 있는 행복한 레빈네에 와 있어도 그녀는 이것저것 일을 찾아내어 도움을 주고 있었다.

"내가 저녁 준비를 시킬 테니 당신은 앉아 있어요." 그녀는 이렇게 말하고 일어서서 아가피야 미하일로브나에게로 갔다.

"그래요, 오늘은 영계가 들어오지 않았을 거예요. 그러면 우리집 닭으로 어떻게……" 키티가 말했다.

"아가피야 미하일로브나하고 잘 상의해서 할게요." 바렌카는 이렇게 말하고 그녀와 함께 가버렸다.

"정말 사랑스러운 아가씨로구나!" 공작부인이 말했다.

"사랑스러운 것만이 아녜요, *엄마*, 저렇게 매력적인 여자는 흔치 않아요."

"그럼 여러분은 오늘 스테판 아르카디치를 기다리시는 겁니까?" 세르게이 이바노비치는 분명 바렌카에 대한 이야기가 계속되는 것을 바라지 않는 듯 이렇게 말했다. "이 집의 두 사위만큼 서로 닮은 데가 적은 사람들도 찾아내기 힘들 겁니다." 그는 엷은 웃음을 띠고 말했다. "한쪽은 활동적인 인간으로 물속의 고기처럼 사회 속에서만 생활하고 있는데 다른 한 사람, 내 아우인 코스챠는 생기가 있고 민첩하고 모든 것에 민감한데도 사회에 나오기만 하면 별안간 육지에 오른 물고기처럼 정신을 잃어버리거나 그렇지 않으면 그저 무턱대고 펄떡펄떡 뛰기만 할 뿐이니까요."

"그래요, 저 사람은 아주 경솔해요." 공작부인은 세르게이 이바노비치를 돌아보면서 말했다. "그래서 사실 난 당신이 한번 저 사람에게 말씀해주셨으면 하고 부탁하려던 참이었어요. 이애(키티)는 여기에 있을 수 없어요. 꼭 모스크바로 가야 해요. 저 사람은 의사를 불러오겠다느니 하고 있지만……"

"*엄마*, 저이는 무슨 일이든 해줘요, 무슨 일이든 다 승낙해줘요." 키티는 어머니가 이 문제에 세르게이 이바노비치를 끌어들이려고 하는 것을 언짢게 여기면서 말했다.

그들의 이야기가 한창일 때 가로숫길 쪽에서 말의 콧김 소리와 자갈길 위에서 삐걱거리는 수레바퀴 소리가 들렸다.

돌리가 남편을 맞으려고 아직 일어서기도 전에 그리샤가 공부하고 있던 방의 창문에서 레빈이 뛰어나와서 그리샤를 안아내렸다.

"스티바야!" 레빈은 테라스 밑에서 소리쳤다. "복습은 이제 끝났어, 돌리, 걱정 마!" 그는 이렇게 덧붙이고 어린애처럼 마차 쪽으로 곧장 뛰어나갔다.

"이스, 에아, 이드, 에주스, 에주스, 에주스."* 그리샤는 가로숫길을 춤추듯이 달려가면서 소리쳤다.

"누군가 한 명 더 있어. 틀림없이 아버님일 거야!" 레빈은 가로숫길의 입구에서 발을 멈추고 소리쳤다. "키티, 가파른 쪽 층계로 내려오면 안 돼. 돌아서 와."

그러나 포장마차 속에 앉아 있던 사람은 노공작이 아니었다. 마차 쪽으로 가까이 갔을 때 레빈은 스테판 아르카디치와 나란히 있는 사람은 공작이 아니라 긴 리본을 뒤로 늘어뜨린 스코틀랜드 모자를 쓴 젊고 아름다우며 건장한 청년이라는 것을 알았다. 그는 셰르바츠키가의 재종뻘인 바센카 베슬롭스키로 페테르부르크와 모스크바 사교계의 총아이고, 스테판 아르카디치의 소개에 의하면 '둘도 없는 훌륭한 인물이자 열광적인 사냥꾼'이었다.

노공작 대신 자기가 온 것으로 야기된 사람들의 실망에는 조금도 아랑곳하지 않고, 베슬롭스키는 이전의 안면을 일깨워주기도 하면서 쾌활하게 레빈과 인사를 나누었다. 그리고 그리샤를 포장마차 안으로 끌어올려 스테판 아르카디치가 데려온 포인터 사냥개 너머로 앉혔다.

레빈은 마차에 타지 않고 그 뒤에서 걸었다. 알면 알수록 좋아지는

---

* 라틴어 삼인칭 대명사의 주격과 소유격. '그, 그녀, 그것, 그의, 그녀의, 그것의(Is, ea, id, ejus, ejus, ejus)'.

노공작이 오지 않았다는 것과, 전혀 생소한 무용자無用者인 바센카 베슬롭스키가 왔다는 것이 그에게는 좀 섭섭했다. 레빈은 어른과 아이들이 활기를 띠고 떼지어 모여 있는 정면 현관의 층계로 다가가서 바센카 베슬롭스키가 유달리 상냥하고 친절한 태도로 키티의 손에 키스하는 것을 보았을 때, 그를 더욱 인연이 없는 무용자처럼 생각했다.

"당신의 부인과 나는 *사촌남매* 간인데다가 전부터 친한 사이였어요." 바센카 베슬롭스키는 또다시 레빈의 손을 꼭 쥐면서 말했다.

"어때, 들새는 좀 있나?" 스테판 아르카디치는 사람들에게 인사도 하는 둥 마는 둥 하고 레빈에게로 얼굴을 돌렸다. "우리는 아주 가차없는 사냥계획을 가지고 왔지. 아, 어머님, 그후로 그들은 모스크바엔 오지 않았습니다. 그리고 타냐, 너에게는 좋은 것을 가지고 왔어! 마차 뒤에 있는 것을 가져오렴." 이렇게 그는 여기저기에다 대고 말했다. "당신은 정말 예뻐졌군, 돌렌카." 그는 다시 한번 아내의 손에 키스하고 그 손을 한쪽 손으로 꼭 쥔 채 다른 손으로 가볍게 두드리면서 말했다.

바로 일 분 전까지만 해도 굉장히 유쾌한 기분이었던 레빈은 이제 어두운 얼굴빛으로 모든 사람을 상대했는데, 그는 모두가 다 마땅치 않았다.

'저 입술로 어젠 누구와 키스했을까?' 그는 아내를 대하는 스테판 아르카디치의 부드러운 태도를 보고 생각했다. 돌리의 얼굴을 바라보니, 그녀 또한 마음에 들지 않았다.

'그녀도 그의 사랑을 믿지 않는다. 그런데도 무엇을 저렇게 반가워하고 있는 걸까? 메스껍다!' 레빈은 생각했다.

그는 일 분 전까지 자기에게 굉장히 정다운 사람이었던 공작부인을 보았다. 마치 여기가 자기 집이라도 되는 양, 이 리본이 나풀거리는 바센카를 환영하고 있는 그녀의 모습이 마음에 들지 않았다.

심지어 사람들과 함께 정면 현관의 층계로 나온 세르게이 이바노비치까지도 가장된 친절로 스테판 아르카디치를 맞는 것이 불쾌했다. 레빈은 형이 오블론스키를 사랑하지도 존경하지도 않는다는 것을 알고 있었다.

바렌카 역시 언제나처럼 짐짓 *새침한 위선자*의 모습을 하고 이 신사와 인사를 하고 있는 꼴이 그는 싫게 느껴졌다. 마음속으로는 어떻게 해야 결혼할 수 있을까만을 생각하고 있는 주제에.

무엇보다도 가장 못마땅한 것은 이 신사가 자신의 시골 내방을 자기에게도 여러 사람들에게도 마치 무슨 잔치나 되는 양 우쭐대는 태도에 키티가 끌려들어간 것이었고, 유달리 불쾌했던 것은 그녀가 그의 미소에 응답한 그 특별한 미소였다.

왁자하게 이야기하면서 모두들 집안으로 들어갔다. 그러나 그들이 자리에 앉자마자 레빈은 돌아서서 나가버렸다.

키티는 남편에게 무슨 일이 있음을 간파했다. 그녀는 남편과 단둘이 이야기할 수 있는 기회를 찾아내고 싶었지만, 그는 사무소에 볼일이 있다면서 황급히 그녀의 곁을 떠나버렸다. 벌써 오랫동안 그에게는 농사가 오늘처럼 이토록 중대하게 여겨졌던 적은 없었다. '저기 있는 패들은 언제나 잔치 기분으로 지낸다.' 그는 생각했다. '그러나 여기의 일은 잔치와 다르다. 그것은 기다려주지 않으니까. 그것 없이는 살아갈 수 없으니까.'

7

레빈은 저녁식사에 부름을 받고서야 집으로 돌아왔다. 입구의 층계 위에는 키티와 아가피야 미하일로브나가 저녁식사에 낼 포도주에 대해 상의하면서 서 있었다.

"도대체 무엇 때문에 그런 수선을 피우는 거요? 여느 때처럼 하면 되지 않소."

"아니, 스티바는 그런 술은 마시지 않아…… 코스탸, 잠깐, 당신 무슨 일 있어?" 키티는 그를 따라 걸으면서 말을 걸었으나 그는 그녀를 기다려주지 않고 매정하게 큰 걸음으로 다급히 식당으로 들어가서 이내 바센카 베슬롭스키와 스테판 아르카디치가 시작한 활기찬 잡담에 끼어들었다.

"그래 어때, 내일 사냥이나 하러 가지 않겠나?" 스테판 아르카디치가 말했다.

"정말 가주셨으면 합니다." 베슬롭스키는 다른 의자로 옮겨앉아 비대한 다리를 다른 쪽 다리 위에 얹으면서 말했다.

"나도 대찬성입니다, 가십시다. 당신은 올해 벌써 사냥을 하셨던가요?" 레빈은 유심히 그의 다리를 바라보면서 키티가 잘 아는, 그에게는 지극히 어울리지 않는 거짓 유쾌함을 띠고 베슬롭스키에게 말했다. "멧도요는 어떤지 모르지만, 꺅도요는 많아요. 다만 아침 일찍 나가지 않으면 안 돼서요. 피곤하지 않겠습니까? 자네는 지치지 않았나, 스티바?"

"나보고 지쳤느냐고? 미안하지만 난 본래 피로라는 걸 몰라! 뭣하면

이대로 자지 않아도 돼! 어디 산책이나 나갈까?"

"정말 한번 밤을 새워볼까요? 거 훌륭한 생각인걸!" 베슬롭스키가 맞장구쳤다.

"그래요, 뭐 당신이 자지 않고 있을 수 있다는 것도, 다른 사람들을 자지 않게 붙잡아둘 수 있다는 것도 우리는 잘 알고 있어요." 돌리는 간신히 눈에 띌 만큼 익살이 섞인 어조로 남편에게 말했다. 그녀는 요즘 줄곧 이런 태도로 자기 남편을 대하고 있었다. "그렇지만 이제 잘 시간이니까…… 난 실례하겠어요, 저녁식사는 하지 않겠어요."

"아니, 잠깐 기다려, 돌렌카." 스테판 아르카디치는 모두들 저녁식사를 하고 있던 큰 식탁의 그녀 곁으로 자리를 옮겨 앉으면서 말했다. "당신에게는 아직 좀더 이야기할 게 있으니까."

"이야기고 뭐고 있을 게 뭐가 있어요."

"그럼 당신은 알고 있나? 베슬롭스키는 안나한테 다녀왔단 말야. 그리고 또 그리 돌아갈 거야. 아무튼 두 사람은 여기서 칠십 베르스타도 못 되는 곳에 있으니까. 나도 꼭 한번 갈 생각이야. 베슬롭스키, 이리 좀 와봐."

바센카는 부인들 쪽으로 옮겨가서 키티와 나란히 앉았다.

"아아, 제발 말씀해주세요, 당신은 그 사람한테 가셨었다고요? 그 사람은 어떻게 지내고 있죠?" 다리야 알렉산드로브나는 그에게로 얼굴을 돌렸다.

레빈은 탁자의 저쪽 끝에 떨어져 앉아 공작부인과 바렌카와 이야기를 계속하면서, 스테판 아르카디치와 돌리와 키티와 베슬롭스키 사이에 활기를 띤 비밀스러운 이야기가 무르익는 것을 보고 있었다. 거기에는 비밀스러운 이야기가 한창일 뿐만 아니라, 무언가를 열심히 이야기하는 바센카의 아름다운 얼굴을 눈도 떼지 않고 바라보는 자기 아내의 얼굴에 진지한 표정이 나타나는 것을 보았다.

"그들은 잘 지내고 있어요." 바센카는 브론스키와 안나에 대해 말했다. "난 물론 그들을 비평할 생각은 없습니다만, 그 사람들한테 가 있으면 마치 내 집에 있는 것 같은 느낌이 듭니다."

"그 사람들은 이제 어떻게 하려는 걸까요?"

"겨울이 되면 모스크바로 갈 것 같아요."

"우리가 다 함께 우 하고 찾아가면 정말 재미있을 거야! 자네는 언제 갈 생각이지?" 스테판 아르카디치가 바센카에게 물었다.

"난 칠월 한 달을 그들네 집에서 지낼 생각입니다."

"당신 가겠어?" 스테판 아르카디치는 아내를 돌아보았다.

"오래전부터 가고 싶었으니까 꼭 가겠어요." 돌리는 말했다. "그녀가 안타까워 죽겠어요, 난 그녀를 잘 알아요. 그녀는 훌륭한 여자예요. 나는 당신이 돌아가고 난 다음에 혼자 가겠어요. 누구에게도 불편을 끼치고 싶지 않아요. 그러니까 당신이 없는 편이 오히려 나을 거예요."

"그것도 좋아." 스테판 아르카디치가 말했다. "그럼 너는, 키티?"

"나요? 내가 뭣 땜에 가요?" 키티는 온몸이 홍당무처럼 발개져서 말했다. 그리고 남편을 돌아보았다.

"그럼 당신도 안나 아르카디예브나와 안면이 있으신가요?" 베슬롭스키가 그녀에게 물었다. "그분은 정말 매력적인 여인이에요."

"네." 그녀는 더욱더 얼굴을 붉히면서 베슬롭스키에게 대답하고 일어서서 남편에게로 다가갔다.

"그럼 당신은 내일 사냥하러 갈 거야?" 그녀가 말했다.

그의 질투는 이 몇 분 동안, 특히 그녀가 베슬롭스키와 이야기할 때 그녀의 빰을 물들였던 홍조에 의해 이미 극에 달해 있었다. 그래서 지금 그녀의 말을 그는 완전히 자기 마음대로 해석했다. 나중에 이 일을 상기했을 때는 정말 이상한 느낌이 들었으나, 지금 그에게는 분명 그가 사냥을 하러 갈 것인가 어쩔 것인가 물은 것은 단지 그녀가 어느 틈에 반해버린(그의 해석에 따르면) 바센카 베슬롭스키에게 그가 만족을 줄 것인가 어쩔 것인가를 알기 위한 것에 지나지 않는다고 여겼던 것이다.

"그래, 가고말고." 그는 자기 자신에게도 불쾌하게 들리는 부자연스러운 목소리로 대꾸했다.

"안 돼, 내일 하루는 집에 있는 게 좋아. 그렇지 않으면 돌리가 형부의 얼굴을 볼 시간이 전혀 없는걸. 사냥은 모레 가도록 해." 키티가 말했다.

키티의 말뜻은 레빈의 머릿속에서 또 다음과 같이 옮겨졌다 '나와 저분을 떼놓지 마. 당신이 가는 것은 상관없지만, 나는 그저 이 아름답고 젊은 분과의 교제를 즐기게끔 해주었으면 좋겠어.'

"아아, 당신이 그러길 바란다면 내일은 집에 있기로 하지." 레빈은 유달리 유쾌한 어조로 대답했다.

한편 바센카는 자기가 옴으로써 일어난 이러한 고통을 전혀 의심해 보지도 않았기 때문에 키티의 뒤를 이어 식탁에서 일어나 미소를 머금은 부드러운 시선으로 그녀의 모습을 뒤좇으면서 그녀의 뒤를 따라 왔다.

레빈은 이 시선을 보았다. 그는 파랗게 질려서 한참 동안 숨을 쉴 수도 없었다. '내 아내에게 어떻게 저런 눈빛을 할 수 있담!' 그의 마음속은 끓어올랐다.

"그럼 내일은요? 꼭 가게 해주십시오." 바셴카는 의자에 앉아 또다시 버릇대로 발을 포개면서 말했다.

레빈의 질투는 한층 더해갔다. 그는 어느 틈에 자기를 아내와 그 정부가 생활의 편의와 만족을 얻기 위해 필요로 하는 것에 불과한 기만당한 남편인 것처럼 생각하게 되었다…… 그럼에도 불구하고 그는 상냥하고 친절하게 바셴카에게 그의 사냥과 엽총과 장화에 대해 묻고 이튿날 사냥을 가는 것에 동의하고 말았다.

레빈에게는 다행스럽게도 노공작부인이 직접 일어서서 키티에게 자러 가라고 주의를 주었기 때문에 레빈은 고민에서 구출되었다. 그러나 그는 또 한번 고통을 느껴야만 했다. 안주인과 작별인사를 나누면서 바셴카는 또다시 그녀의 손에 키스하려고 했지만, 키티는 얼굴을 붉히고 손을 빼내면서 나중에 어머니한테서 주의를 들을 만큼 순박하면서도 거칠게 이렇게 말했다.

"우리집엔 그런 풍습이 없어요."

레빈의 눈에는 상대에게 그러한 태도를 취하게 한 그녀에게 잘못이 있는 것처럼 여겨졌다. 더구나 그러한 태도를 좋아하지 않는다는 것을 그처럼 서투르게 표명한 것이 더욱 잘못인 것처럼 여겨졌다.

"애써 잠자리에 들 것 뭐 있나!" 저녁식사 때 포도주 잔을 기울이고 더없이 유쾌하고 시적인 기분에 빠져 있던 스테판 아르카디치는 말했다. "저것 좀 봐, 키티." 그는 보리수 뒤에서 올라오고 있던 달을 가리키면서 말했다. "정말 아름답다! 베슬롭스키, 세레나데에는 그만인 밤이로군. 그런데 이 사람은 정말 목소리가 좋아, 우리는 오는 내내 노래를 불렀지. 이 사람은 새롭고 아름다운 로망스를 두 개나 가지고 왔어. 어디 바르바라 안드레예브나하고 같이 한번 불러주었으면 싶은데."

모두 뿔뿔이 헤어지고 나서도 스테판 아르카디치는 오랫동안 베슬롭스키와 가로숫길을 거닐고, 그들이 새로운 로망스를 합창하는 목소리가 들려왔다.

그들의 목소리를 들으면서 레빈은 찡찡한 얼굴로 아내의 침실에 있는 안락의자에 앉은 채, 어찌된 영문이냐는 그녀의 물음에도 완강하게 침묵을 지켰다. 그러나 마침내 그녀가 먼저 소심하게 미소 지으면서 "베슬롭스키 때문에 뭔가 못마땅한 일이라도 있었던 거 아냐?" 하고 물었을 때 그 침묵은 깨어지고 그는 모든 것을 털어놓고 말았다. 이 고백이 그를 부끄럽게 했고, 따라서 그는 더욱더 마음이 들끓었다.

그는 잔뜩 찌푸린 눈썹 밑으로 무섭게 눈을 번득이며 그녀 앞에 우뚝 버티고 서서, 자기를 억누르려고 온 힘을 집중하는 듯 억센 팔로 팔짱을 끼고 굳게 가슴을 누르고 있었다. 그의 얼굴 표정은 만일 거기에 그녀의 마음을 움직이게 한 고뇌의 빛이 담겨 있지 않았다면 거칠고 잔인하게까지 보였을 것이다. 그의 광대뼈는 달달 떨렸고 목소리는 자꾸 끊어졌다.

"들어봐, 나는 질투하고 있는 게 아냐. 질투 따위는 할 수도 없고 또 믿을 수도 없어. 내 감정을 제대로 설명할 길이 없지만 아무튼 그것은 무서운 일이야…… 난 질투하는 게 아니야. 하지만 남이 그런 눈빛으로 당신을 본다거나 당신을 생각한다는 사실만으로도 나는 모욕을 느끼고 굴욕스럽지 않을 수 없단 말이야……"

"도대체 어떤 눈빛이라는 거지?" 키티는 될 수 있는 한 성의껏 오늘 저녁에 있었던 모든 이야기며 몸짓이며 그 분위기를 생각해내려고 애쓰면서 말했다.

그녀는 마음속 깊은 곳에서 바센카가 그녀를 뒤따라 식탁의 다른 쪽 끝으로 자리를 옮겼던 그 순간 무언가 야릇한 일이 있었다는 것을 알아챘지만, 그것을 자기 자신에게마저 승인할 용기가 없었다. 더군다나 그에게 그것을 밝혀서 그의 고민을 더하게 할 생각은 없었다.

"그렇지만 지금 나에게 사람들의 눈을 끌 만한 매력이 어디 있단 말이야?……"

"아아!" 머리를 움켜쥐면서 그는 소리쳤다. "이제 그런 말은 차라리 하지 말아줘…… 그럼 만약 당신이 사람을 끌 수 있는 여자라면……"

"어머나, 아니야, 코스탸, 잠깐만, 들어봐!" 그녀는 괴로운 듯이 동정에 가득찬 표정으로 그를 찬찬히 쳐다보면서 말했다. "정말 당신은 무슨 생각을 하고 있는 거야? 나에게는 다른 남자라곤 없어, 없어, 없다고!…… 그럼 난 이제부터 아무도 만나지 말까?"

처음에 그녀는 그의 질투가 모욕으로 느껴졌다. 약간의 기분전환도, 전혀 잘못이 없는 농담도 자기에게는 금지돼 있다고 생각하자 섭섭했다. 그러나 지금 그녀는 그가 맛보고 있는 고민을 없애버리고 그의 마음에 평화를 주기 위해서는 이런 사소한 것은 물론, 어떤 일이든지 기꺼이 희생해도 좋다는 생각이 들었다.

"당신은 지금의 내 입장이 얼마나 두렵고 우스꽝스러운지 살펴주지 않으면 안 돼." 그는 절망적인 속삭임으로 계속했다. "그 사람은 내 집

에서 염치없는 태도와 다리를 꼬는 버릇 외에는 딱히 무례한 행동은
하고 있지 않아. 그는 그것을 가장 좋은 태도라고 여기고 있고, 그러니
나도 그에게 친절하게 대해주지 않으면 안 되는 거야."

"그렇지만 코스챠, 당신은 너무 과장하고 있어." 키티는 마음속으로
지금 그의 질투 속에 표현된 자기에 대한 강렬한 애정을 기뻐하면서
말했다.

"무엇보다도 가장 두려운 것은 당신은 언제나 한결같은 당신이고,
나에게는 둘도 없는 신성한 사람이고, 그리고 우리는 이렇게 행복한
데, 지금처럼 유난히 행복한 때에 느닷없이 저런 오물이…… 아니, 오
물은 아니지. 어째서 그 사람을 나쁘게 말하는 걸까? 난 그 사람과 아
무런 관계도 없어. 그러나, 그러나 뭣 때문에 나의, 그리고 당신의 행복
이……"

"여보, 이제 알았어, 어째서 이렇게 됐는가를." 키티가 말을 꺼냈다.

"어째서? 어째서?"

"저녁식사 때 우리가 이야기하는 것을 당신은 찬찬히 바라보고 있었
지? 난 다 알고 있어."

"음, 그래, 음, 그랬지!" 레빈은 깜짝 놀란 듯이 말했다.

그녀는 자기들이 무슨 이야기를 하고 있었는지를 그에게 전했다. 그
녀는 이야기하면서 흥분으로 숨이 가빠졌다. 레빈은 잠자코 있었으나,
이윽고 그녀의 파랗게 질린 깜짝 놀란 듯한 얼굴을 들여다보더니 별안
간 머리를 움켜쥐었다.

"카챠, 내가 당신을 괴롭혔군! 여보, 나를 용서해줘! 이것은 순전히
정신착란이야! 카챠, 죄다 내가 나빠. 어떻게 이런 하찮은 일로 그렇게

괴로워할 수 있었을까?"

"아냐, 난 당신이 안타까워서 견딜 수가 없어."

"내가? 내가? 내가 뭔데? 미친놈인걸!…… 그런데 어째서 당신을? 생각만 해도 두려운 일이야, 아무 관계도 없는 남이 우리의 행복을 파괴할 수 있다는 건."

"물론, 그건 모욕적이기도 해……"

"아냐, 그럼 난 반대로 그 사람을 일부러 여름 내내 여기에 붙잡아놓고 할 수 있는 한 후의를 베풀겠어." 레빈은 그녀의 손에 키스하면서 말했다. "어디 두고 봐. 내일은…… 그렇지, 정말 내일은 사냥을 가겠어."

8

이튿날엔 부인들이 아직 일어나기도 전에 두 대의 사냥용 승용마차와 카트키*, 짐마차가 현관 앞 차도에 세워져 있었다. 그리고 아침 일찍부터 사냥을 간다는 것을 눈치챈 라스카는 실컷 짖어대며 뛰어다니다가 작은 마차 위의 마부 바로 옆자리에 날름 올라앉아 사람들이 우물우물하고 있는 것이 짜증나고 못마땅하다는 듯 사냥꾼들이 좀체 나오지 않는 문간 쪽을 지켜보았다. 맨 처음에 나온 사람은 두툼한 넓적다리 중간께까지 올라오는 기다란 새 장화를 신고, 초록색 점퍼에 코를 쿡 찌를 만큼 가죽냄새가 풍기는 새 탄약띠를 매고, 예의 그 리본이 달

---

* 마차의 일종.

린 모자를 쓰고 멜빵이 없는 영국식 새총을 든 바센카 베슬롭스키였다. 라스카는 그에게로 뛰어가서 즐거운 듯이 그를 맞았다. 그러고는 한번 훌쩍 뛰어오르는 자기 나름의 방법으로 모두들 뒤이어 나오는지 어떤지를 물었다. 그러나 그에게서 대답을 얻지 못했기 때문에 라스카는 좀 전의 대기장소로 돌아가 머리를 갸우뚱하고 한쪽 귀를 쫑긋 세운 채, 다시 잠자코 웅크리고 앉아버렸다. 마침내 덜컹 하는 큰 소리와 함께 문이 열리고 스테판 아르카디치의 황갈색 얼룩이 있는 포인터종 크라크가 빙빙 돌기도 하고 곤두박질하기도 하면서 뛰어나왔다. 그리고 스테판 아르카디치 자신도 두 손에 총을 들고 입에 시가를 문 채 나타났다. "그만, 그만, 크라크!" 그는 앞발을 포획물 자루에 걸치면서 그의 배와 가슴께로 뛰어오르는 개한테 부드럽게 소리쳤다. 스테판 아르카디치는 허술한 구두와 각반, 해진 바지에 짧은 외투 차림을 하고 있었다. 머리에는 다 찌그러진 모자가 얹혀 있었으나 최신식 총은 명품이었고, 탄약대도 포획물 자루도 낡기는 했으나 최고급품이었다.

바센카 베슬롭스키는 지금까지 이러한 진짜 사냥꾼의 멋을, 옷차림은 남루하지만 사냥도구는 가장 좋은 것을 지닌다는 기분을 이해하지 못했다. 그는 지금 이렇게 누더기를 걸치고 있으면서도 우아하고 세련되며 쾌활하고 귀족적인 모습으로 빛나고 있는 스테판 아르카디치를 보고 비로소 그것을 이해했고, 이다음에는 자기도 꼭 이렇게 해야겠다고 결심했다.

"그런데, 우리 주인은 어떻게 됐죠?" 그가 물었다.

"젊은 아내 때문에." 스테판 아르카디치는 씩 웃으면서 말했다.

"그래요, 게다가 그렇게 매력적이니까요."

"준비는 벌써 다 하고 있었는데, 틀림없이 또 마누라한테 달려갔을 거야."

스테판 아르카디치의 예상대로였다. 레빈은 전날의 어리석은 짓을 용서해줄 것인지 어쩔 것인지를 다시 한번 물어보고, 또한 더욱 몸을 조심하도록 부탁하기 위해 또다시 아내한테 뛰어간 것이었다. 무엇보다 아이들한테서 될 수 있는 한 멀리 떨어져 있는 게 중요했다. 그들은 언제 어디서 쿵 하고 맞부딪쳐올지 알 수 없었다. 또한 그는 그녀에게서 자기가 이틀 동안 집을 비우는 것에 대해 노엽게 여기지 않는다는 다짐을 받고, 또 그저 두어 마디만이라도 좋으니 그녀가 무사하다는 것을 알리는 편지를 내일 아침 말 탄 심부름꾼 편에 꼭 보내달라고 부탁해야 했던 것이다.

키티는 언제나처럼 이틀 동안 남편과 떨어져 있는 것이 쓰라렸지만, 사냥용 장화와 하얀 외투를 몸에 걸치고, 특히 크고 억세게 보이는 남편의 활발한 모습과 자기로서는 이해할 수 없는 사냥꾼다운 흥분에서 오는 일종의 광휘를 보자, 남편의 기쁨을 위해 자신의 슬픔 같은 것은 잊어버리고 즐겁게 작별인사를 나누었다.

"실례했습니다, 여러분!" 그는 정면 현관의 층계로 뛰어나오면서 말했다. "아침거리는 넣었나? 왜 구렁말을 오른쪽으로 맸지? 아니, 그건 어쨌든 상관없어. 라스카, 넌 저리 가서 앉아!"

"그건 어린 암소떼 속에 넣어둬!" 그는 거세한 양들에 대해 물어보기 위해 정면 현관의 층계 옆에서 기다리고 있던 가축사양공을 돌아보며 말했다. "미안합니다, 또 골치 아픈 녀석이 오는군요."

레빈은 카트키에 앉으려고 하다가 고용된 목수가 잣대를 손에 들고 정면 현관의 층계 쪽으로 오는 걸 보고 그쪽으로 뛰어내렸다.

"자넨 어제 사무소에 오지도 않고 이제 와서 날 방해하면 곤란하잖아. 도대체 무슨 일인가?"

"실은 저, 모퉁이 층디딤판을 더 만들게 해주시죠. 모두 세 단만 덧붙이면 됩니다. 대번에 잘 맞춰놓겠습니다. 그렇게 하는 것이 훨씬 보기가 좋습니다."

"그러니까 애초에 내 말을 들었어야 했을 게 아닌가." 레빈은 약이 올라 대꾸했다. "내가 말하지 않았나, 우선 층계의 틀을 만들고, 그다음에 디딤판을 끼우라고. 이젠 바로잡아지지 않아. 내가 시킨 대로 새로 만들란 말야."

그것은 이렇게 된 일이었다. 목수가 지금 짓고 있는 별채에다 층계를 만드는데, 각도를 미리 계산하지도 않고 재목을 잘라놓았기 때문에 막상 붙여보니 디딤판이 모두 기울어져서 층계를 망쳐놓고 말았다. 지금 목수는 그 층계는 그대로 사용하고 거기에 디딤판을 세 단만 더 덧대자고 하는 것이었다.

"그렇게 하면 훨씬 좋아집니다."

"자네 말대로 하면 그 세 단 덧붙인 층계는 어디까지 오게 되지?"

"그거야 문제없습니다, 나리." 목수는 얕잡는 듯한 미소를 띠고 말했다. "딱 좋은 데까지 오게 되죠. 먼저 아래에서 이렇게 올라간다면 말입니다." 그는 확신에 찬 몸짓을 하고 말했다. "이렇게 가고, 이렇게 가서, 이렇게 되죠."

"그렇지만 그 세 단만큼 길이도 늘어날 게 아닌가…… 그것은 어떻게 되지?"

"그러니까 말하자면, 아래로부터 이렇게 가서 이렇게 나오죠." 목수
는 확신이 있는 양 완강하게 주장했다.

"그러면 천장까지 가겠군."

"아닙니다. 그러니까 훨씬 아래에서 붙이게 되는 거죠. 이렇게 가고,
이렇게 가서, 이렇게 나오는 겁니다."

레빈은 총의 꽂을대를 빼어 먼지 위에 층계를 그려 보였다.

"어때, 알았지?"

"나리의 분부대로," 목수는 겨우 모든 것을 알았다는 듯 갑자기 눈을
반짝이면서 말했다. "결국 새로 만들지 않으면 안 되겠군요."

"그래, 그러니까 내가 시키는 대로 하면 돼." 레빈은 마차로 돌아와
앉으면서 소리쳤다. "출발! 개를 붙잡고 있어, 필리프!"

레빈은 집안일과 농사에 대한 모든 번거로움에서 벗어난 지금, 말도
하고 싶지 않을 만큼 삶의 환희와 기대감에 벅차 있었다. 이뿐만 아니
라 그는 사냥터에 가까워질수록 모든 사냥꾼들이 경험하곤 하는 집중
된 흥분을 느끼고 있었다. 만약 지금 그의 마음을 차지하고 있는 뭔가
가 있다면 그것은 그저 콜펜스코예 늪에서는 어떤 사냥감이 발견될 것
인가, 라스카는 크라크와 비교해서 어떤 활약을 보일 것인가, 자기는
오늘 잘 쏠 수 있을 것인가 하는 문제뿐이었다. 어떻게 해야 손님들 앞
에서 창피를 사지 않을 것인가? 어떻게 해야 오블론스키한테 지지 않
도록 쏠 것인가? 이러한 생각도 그의 머리에 떠올랐다.

오블론스키도 똑같은 기분을 맛보고 있었고 그도 마찬가지로 말이
없었다. 바센카 베슬롭스키 혼자 줄곧 유쾌하게 지껄였다. 지금 그가 지
껄이는 것을 듣고 있자니 레빈은 어제 자기가 그에게 올바르지 않았다

는 생각이 들어 부끄러워졌다. 바센카는 참으로 단순하고 선량하며 지극히 쾌활한 청년이었다. 만약 레빈이 독신 시절에 그와 만났다면 틀림없이 친밀해졌을 것이다. 레빈에게는 인생에 대한 그의 유희적인 태도와 방만한 우아함이 다소 불쾌했다. 레빈이 보기에 그는 긴 손톱이니 사냥용 모자니 하는 것들을 갖추고 있다는 이유로 자신에게 절대적이고 숭고한 의의를 부여하고 있는 것 같았다. 이런 점은 그의 선량함과 예의 바름으로 용서될 수 있었다. 그의 뛰어난 교양과 영어 및 프랑스어에 능통한 점, 그리고 그가 자기와 똑같은 세계의 사람이라는 사실이 레빈의 마음에 들었던 것이다.

바센카는 왼쪽 채에 채워진 부마인, 초원에서 자란 돈산의 말이 아주 마음에 들었다. 그는 줄곧 그 말을 칭찬했다.

"초원에서 자란 이런 말을 타고 광야를 달리면 얼마나 좋을까요, 네? 그렇지 않아요?" 그가 말했다.

그는 초원 지대에서 자란 말을 타고 달린다는 그 자체에서 뭔가 야성적이고 아무것도 예측할 수 없는 시적인 것을 상상하고 있었다. 그러나 그의 천진난만은 특히 그 아름다움이며 애교 있는 미소며 동작의 우아함과 결합됐을 때 더욱 고혹적이었다. 그의 기질이 레빈의 마음에 들었기 때문인지, 혹은 레빈이 어제의 잘못을 속죄하기 위해 그에게서 좋은 점만 찾아내려고 애썼기 때문인지 레빈은 그와 함께 있는 것이 즐거웠다.

삼 베르스타쯤 가서 베슬롭스키는 문득 시가와 지갑이 없음을 깨달았으나, 그것을 도중에 빠뜨렸는지 탁자 위에 놓아두고 왔는지 기억하지 못했다. 지갑에는 삼백칠십 루블이나 들어 있어서 그대로 내버려둘 수는 없었다.

"저어, 레빈, 나는 이 돈산의 말을 타고 집까지 달려갔다 올까 합니다만. 그게 가장 좋을 것 같습니다, 네?" 그는 벌써 마차에서 내리려고 하면서 말했다.

"아니, 어째서 당신이?" 레빈은 바센카의 체중이 육 푸드보다 가벼울리는 없다고 생각하면서 대답했다. "내가 마부를 보내겠습니다."

마부는 부마를 타고 집으로 돌아갔고, 레빈은 손수 두 필의 말을 다루게 되었다.

9

"그래 우리는 어디를 어떤 순서로 가는 건가? 잘 좀 설명해주게." 스테판 아르카디치가 말했다.

"계획은 이래. 우리는 먼저 그보즈뎁스코예까지 가는 거야. 그보즈뎁스코예 이쪽으로는 멧도요가 사는 늪이 있고, 저쪽으로는 훌륭한 꺅도요 늪이 있어.* 그리고 그쪽에는 더러 멧도요가 있을 때도 있어. 지금은 아직 더우니까 우리는 석양 무렵까지 거기에 도착하는 거야(이십 베르스타야). 그리고 밤사냥을 하자. 거기에서 하룻밤 새우고 내일은 큰 늪으로 가는 거야."

---

* 야스나야 폴랴나에서 약 20킬로미터 떨어진 카라미셰보 마을 근처 솔로바 개천가의 도요새 사냥터. 늪은 철도 노반에 의해 양분되어 있었다. 그래서 레빈은 '이쪽으로는'이라고 말하고 있다.

"그런데 도중에는 아무것도 없나?"

"있어. 하지만 거긴 미뤄둘 거야, 더우니까. 아주 멋진 조그마한 곳이 두어 군데 있긴 하지만, 과연 뭐가 있을지 없을지도 모르니까."

레빈 자신도 거기에 들러보고 싶은 생각은 있었지만, 집에서 가까운 곳이라 그로서는 언제라도 갈 수 있었고 게다가 또 장소가 너무 좁아 셋이서는 총질을 할 데가 없었다. 그래서 그는 양심을 속여가면서 사냥 감이 있을지 모르겠다고 말했던 것이다. 조그마한 늪을 따라가게 되자 레빈은 얼른 지나가려고 했지만, 스테판 아르카디치는 노련한 사냥꾼의 눈으로 이내 길에서도 보이는 소택지를 발견했다.

"어때, 한번 들러보지 않으려나?" 그는 조그마한 늪을 가리키며 말했다.

"레빈, 제발! 정말 근사하잖아요!" 바셴카 베슬롭스키가 간청하기 시작했고, 레빈도 동의하지 않을 수 없었다.

그들이 미처 마차를 세우기도 전에 두 마리의 개는 앞을 다투면서 재빨리 늪 쪽으로 뛰어갔다.

"크라크! 라스카!……"

개들은 되돌아왔다.

"셋이서 쏘기엔 좁아. 난 여기서 기다리고 있을게." 레빈은 그들이 개 때문에 날아올라 하늘거리면서 늪 위에서 구슬프게 울어대는 댕기물 떼새밖에는 아무것도 발견하지 못하리라고 생각하면서 말했다.

"아니! 같이 갑시다, 레빈, 같이 갑시다!" 베슬롭스키가 불렀다.

"정말 좁아요. 라스카, 돌아와! 라스카! 개는 한 마리로 충분하겠죠?"

레빈은 마차 곁에 남아서 부러운 듯 사냥꾼들을 바라보았다. 사냥꾼들은 온 늪을 돌아다녔다. 바센카도 쏘아 죽인 작은 새 한 마리와 댕기물떼새 몇 마리를 제외하고 늪에는 아무것도 없었다.

"거봐요, 내가 이 늪을 아끼는 게 아니라는 걸 아시겠죠?" 레빈은 말했다. "시간 낭비일 뿐이에요."

"아니, 그래도 재미있었습니다. 보셨죠?" 바센카 베슬롭스키는 총과 댕기물떼새를 양손에 들고 거북스럽게 카트키로 기어오르면서 말했다. "내가 멋지게 쏘아 떨어뜨리는 걸! 그렇죠? 그건 그렇고, 그곳엔 곧 도착하게 됩니까?"

갑자기 말들이 움직였기 때문에 레빈은 머리를 누군가의 총대에 부딪혔고, 그러자 탕 하고 총알이 날아갔다. 실은 그전에 총알이 발사된 것이었으나, 레빈에겐 그렇게 느껴졌던 것이다. 바센카 베슬롭스키가 방아쇠를 잡아당길 때 한쪽의 안전장치를 건 채 다른 쪽 격철을 일으켜놓았기 때문에 일어난 일이었다. 총알은 땅속으로 뚫고 들어갔으므로 아무도 다친 사람은 없었다. 스테판 아르카디치는 머리를 살래살래 내젓고 베슬롭스키를 꾸짖는 것처럼 코웃음을 쳤다. 그러나 레빈은 그를 꾸짖고 싶은 마음은 들지 않았다. 첫째로 자신이 꾸짖는다면 방금 겪은 위험과 자신의 이마에 쑥 나불거진 혹 때문에 그런다고 여겨질 것이고, 둘째는 당사자인 베슬롭스키가 처음에는 어린애처럼 지극히 걱정에 잠겨 있었으나 이윽고 여러 사람의 놀라움에 끌려들어 지극히 마음씨 좋은 얼굴로 웃음을 터뜨렸기 때문에 자기도 웃지 않을 수 없었던 것이다.

그들이 상당히 큰, 꽤 시간이 걸릴 것 같은 두번째 늪에 가까이 갔을 때에도 레빈은 내리지 말고 그냥 가자고 말했지만, 베슬롭스키가 또 그

에게 애원했다. 늪이 좁았기 때문에 이번에도 레빈은 손님에게 후한 주
인으로서 마차 곁에 남았다.

거기에 닿자마자 크라크는 곧장 언덕배기로 달려나갔다. 바셴카 베
슬롭스키는 맨 먼저 개 뒤를 쫓아 뛰어나갔다. 스테판 아르카디치가 미
처 접근하기도 전에 멧도요 한 마리가 벌써 푸드득하고 날아올랐다. 베
슬롭스키가 빗맞혔기 때문에 멧도요는 베다 남은 풀밭 속으로 숨었다.
그러나 이 멧도요는 이제 완전히 베슬롭스키의 손아귀에 든 셈이었다.
크라크는 또다시 새를 발견하고 발을 멈췄으며, 베슬롭스키는 그것을
쏘아서 잡고 마차 쪽으로 돌아왔다.

"이번엔 당신이 가십시오, 내가 말하고 같이 있겠습니다." 그가 말
했다.

레빈은 사냥꾼다운 선망을 느끼기 시작했다. 그는 곧바로 말고삐를
베슬롭스키에게 건네고 늪 속으로 들어갔다.

벌써 아까부터 부당한 취급을 하소연하는 듯 슬프게 끙끙거리고 있
던 라스카는 그때 크라크가 아직 가지 않은, 레빈이 잘 알고 있는 기대
할 만한 언덕배기 쪽으로 곧장 뛰어갔다.

"왜 자넨 저놈을 말리지 않나?" 스테판 아르카디치가 외쳤다.

"저놈은 새들을 놀라게 하는 짓은 하지 않아." 레빈은 자기 개를 자랑
스러워하며 서둘러 뒤따라가면서 대답했다.

사냥감을 찾으면서 라스카는 친숙한 조그만 언덕 가까이로 다가갈
수록 더욱더 진지해졌다. 늪의 작은 새는 겨우 한순간밖에 라스카의 주
의를 끌지 않았다. 개는 조그만 언덕 앞에서 한 번 동그라미를 그리고
두번째로 동그라미를 그리기 시작하다가, 갑자기 부르르 떨며 얼어붙

은 것처럼 굳어버렸다.

"이리 와, 이리 와, 스티바!" 레빈은 자신의 심장이 더욱 세차게 고동치기 시작한 것과 그의 긴장된 청각을 폐쇄하고 있던 빗장 같은 것이 없어지기라도 한 것처럼 갑자기 모든 소리가 거리감을 잃고 한꺼번에 무자비하게 그의 귓전을 두들기기 시작한 것을 느끼면서 소리쳤다. 그는 스테판 아르카디치의 발소리를 멀리서 들려오는 말발굽소리로 잘못 듣고, 자기가 막 밟은 조그만 언덕의 가장자리가 풀뿌리째 무너지는 바실바실한 소리를 멧도요의 날아오르는 소리로 잘못 들었으며, 또 그다지 멀지 않은 뒤쪽에서 물이 절벅절벅하고 튀는 소리를 듣고도 그것이 무엇인지 판단할 수 없었다.

그는 발을 성큼성큼 내디뎌 개 쪽으로 다가갔다.

"잡아!"

멧도요가 아닌 꺅도요가 개의 발밑에서 푸드덕하고 날아올랐다. 레빈은 총을 고쳐잡았지만, 그가 겨냥을 한 순간 예의 물 튀는 소리가 점점 크고 가까워졌으며, 게다가 또 베슬롭스키가 야릇할 만큼 큰 소리로 뭔가 외치는 목소리가 한데 얽혀 들려왔다. 레빈은 자신의 총이 꺅도요 뒤쪽으로 약간 빗나갔다고 생각했으나 그냥 발사했다.

분명히 빗맞혔다고 생각하면서 레빈은 사방을 두리번거렸고, 카트키에 매인 말이 길을 벗어나 늪 속으로 들어가고 있는 것을 보았다.

베슬롭스키가 사격을 구경할 양으로 늪 속으로 마차를 몰고 들어와 말을 빠뜨려버렸던 것이다.

"에잇, 제기랄!" 레빈은 진창 속에 빠져버린 마차 쪽으로 돌아가면서 중얼거렸다. "어째서 이런 데로 들어왔어요?" 그는 퉁명스러운 어조로 그에게 말하고, 마부를 불러서 말을 마차에서 풀기 시작했다.

레빈은 사격을 방해당한 것도 그의 말이 진창 속에 처박힌 것도 괘씸했지만, 특히 가장 괘씸했던 것은 말들을 풀어 마차에서 떼어내야 하는데 스테판 아르카디치도 베슬롭스키도 말을 마차에 채우는 법을 전혀 모르기 때문에 그와 마부를 돕지 않은 일이었다. 저쪽은 완전히 말라 있었기 때문이라고 하는 바셴카에게는 한마디도 대답하지 않고, 레빈은 말을 풀기 위해 마부와 함께 묵묵히 일했다. 그러나 이윽고 한창 일에 열중하여 몸이 따뜻해지고, 베슬롭스키가 흙받이를 부숴버릴 만큼 꽉 잡고 열심히 카트키를 끌어당기는 것을 보자 레빈은 자기가 어제의 감정의 여파로 베슬롭스키에게 너무 쌀쌀맞았던 것을 후회했다. 그래서 그는 유달리 상냥하게 대해 그 냉담을 벌충하려고 애썼다. 모든 일이 원상태로 복구되고 마차가 길 위로 끌려나왔을 때 레빈은 아침거리를 꺼내라고 마부에게 일렀다.

"좋은 식욕은 좋은 양심이래요! 이 영계를 먹으니까 쑤욱 장화의 밑바닥까지 내려가는 것 같은 느낌이 드는군요." 또다시 쾌활해진 바셴카는 두 마리째 영계를 먹으면서 프랑스의 격언을 인용해서 말했다. "자, 이걸로 우리의 불행은 끝났습니다. 이제부터는 모든 일이 잘돼갈 거예요. 그러나 나만은 죄갚음을 하기 위해 마부석에 앉을 의무가 있습니다. 그렇지 않습니까? 네? 아니, 아니, 난 아우토메돈*입니다. 자, 어디 한번 보십시오, 내가 어떻게 당신들을 싣고 가는가를!" 그는 마부에게 말고삐를 넘겨주라고 레빈이 간청해도 그것을 놓지 않고 대답했다. "아

---

* 호메로스의 『일리아스』에 나오는 아킬레우스의 마부.

니, 난 속죄를 하지 않으면 안 됩니다. 또 난 마부석에 있는 것이 좋습니다." 그리고 그는 말을 몰았다.

레빈은 그가 말들을, 특히 그에게는 부려질 것 같지 않은 왼쪽의 구렁말을 지치게 하지 않을까 약간 걱정이 되었다. 그러나 자기도 모르는 사이에 그의 쾌활함에 끌려들어 마부석에 자리잡은 베슬롭스키가 달리는 내내 부르는 로망스를 듣거나 혹은 *사두마차*를 영국식으로 몰려면 어떻게 해야 하는가 하는 이야기며 그의 몸짓에 마음을 빼앗겼다. 이리하여 그들 모두는 식후의 가장 유쾌한 기분으로 그보즈뎁스코예 늦까지 갔다.

10

바센카가 세차게 말을 몰았기 때문에 그들은 너무 일찍 늪에 도착해버렸고, 햇살이 아직도 따가웠다.

여행의 주요 목적지인 바로 그 늪에 가까워지면서 레빈은 어느 새 어떻게 하면 바센카한테서 벗어나 그의 방해 없이 자유로운 행동을 취할 수 있을까를 생각했다. 스테판 아르카디치도 분명 똑같은 것을 바라고 있었고, 레빈은 그의 얼굴에 진정한 사냥꾼이 사냥을 시작하기 전에 곧잘 보이곤 하는 불안한 표정과 그 특유의 마음씨 좋은 교활함이 나타나 있는 것을 보았다.

"어떻게 움직일까? 훌륭한 늪이로군. 아니, 매도 있군." 스테판 아르카디치는 갈대밭 상공에 동그라미를 그리며 날고 있던 커다란 새 두 마리를 가리키면서 말했다. "매가 있는 곳에는 틀림없이 사냥감이 풍부하니까."

"자, 저거 봐, 여러분." 레빈은 다소 우울한 표정으로 장화를 잡아당겨 올리기도 하고 총의 격발장치를 살펴보기도 하면서 말했다. "저기 갈대가 보이지?" 그는 강의 오른편에 펼쳐져 있는, 절반까지 베어진 넓고 질컥질컥한 풀밭 속에 암녹색으로 검푸르게 보이는 조그만 섬을 가리켰다. "늪은 바로 저기서 시작되고 있어. 우리 앞에 저기 저, 녹색이 짙은 데서부터야. 늪은 저기에서 오른쪽으로, 지금 말이 걷고 있는 방향으로 뻗어 있어. 저기에는 몇 개의 언덕이 있고 멧도요가 많아. 그리고 저 갈대밭 주위에서부터 저 오리나무숲이 있는 데까지와 저 물레방앗간 옆까지, 그리고 저기, 후미진 곳이 있지? 그 언저리가 가장 좋은 데야. 저기서 나는 한 번에 깍도요를 열일곱 마리나 잡은 적이 있어. 그럼, 우리는 여기서 개 두 마리를 데리고 두 패로 갈라지는 거야. 그런 다음 저 물레방아가 있는 데서 만나기로 하지."

"그럼 누가 오른쪽으로 가고 누가 왼쪽으로 가나?" 스테판 아르카디치는 물었다. "오른쪽이 넓으니까 자네들 둘이서 가. 난 왼쪽으로 가겠어." 그가 능청스럽게 말했다.

"좋습니다! 어디 우리 둘이서 코를 납작하게 해줍시다. 자 갑시다, 갑시다!" 바셴카가 장단을 맞추었다.

레빈은 동의하지 않을 수 없었고, 그들은 두 패로 갈라졌다.

그들이 늪으로 들어가자마자 두 마리의 개는 함께 사냥감을 찾기 시작하고, 녹물처럼 물이 탁한 진창 쪽으로 나아갔다. 레빈은 라스카의 이처럼 주의깊고 고정되지 않은 수색법을 잘 알고 있었다. 또 이 장소도 잘 터득하고 있었기에 그는 꺅도요떼를 찾으리라 기대했다.

"베슬롭스키, 나란히 갑시다!" 그는 나지막한 목소리로 뒤에서 물을 철벅철벅 튀기며 따라오는 친구에게 말했다. 그는 콜펜스코예 늪에서 뜻밖의 발사를 당하고 나서부터는 이 친구의 총의 방향이 줄곧 마음에 걸려 견딜 수 없었던 것이다.

"아니, 훼방을 놓진 않을 테니 내 걱정은 하지 마시고."

그러나 레빈은 '단단히 조심하도록 하세요, 서로 쏘거나 하는 일이 없도록' 하고 그를 보내면서 당부했던 키티의 말이 떠올라 신경이 쓰이지 않을 수 없었다. 두 마리의 개는 자기 진로를 따라 앞을 다투면서 차츰 목적지로 가까이 다가갔다. 레빈은 꺅도요에 대한 기대감이 너무 강했기 때문에, 진창에서 발을 빼낼 때 자신의 구두 뒤축이 내는 소리까지도 꺅도요의 울음소리로 여길 지경이었다. 그때마다 총을 치켜들고 개머리판 끝을 굳게 움켜쥐었다.

탕! 탕! 그의 귓전에서 총소리가 울렸다. 바센카가 사정거리 밖의 먼 늪 위를 빙빙 맴돌다가 그 순간 사냥꾼들 쪽으로 날아온 오리떼를 향해 발사한 것이었다. 레빈이 사방을 둘러볼 틈도 없이 꺅도요 한 마리가 소리 높이 날아올랐고 한 마리, 또 한 마리, 그리하여 여덟 마리가량이 뒤따라 날아올랐다.

스테판 아르카디치는 그중 한 마리가 방향을 바꾸려고 한 순간에 총을 쏘아 맞혔다. 꺅도요는 둥그렇게 몸을 말며 철벅하고 진흙 위에 떨어졌다. 오블론스키는 갈대밭 위로 아직 낮게 날고 있던 다른 한 마리를 보고 천천히 겨냥했다. 발사의 굉음과 함께 그 꺅도요도 철벅 떨어졌다. 그리고 다치지 않은 쪽의 흰 날개를 파닥거리면서 베어버린 갈대

속에서 빠져나가려고 했다.

레빈은 그처럼 운이 좋지 않았다. 그는 첫번째 꺅도요를 너무 가까이에서 쏘아 빗맞혔다. 그래서 그것이 벌써 날아올라갔을 때 다시 한번 겨냥했으나, 바로 그때 또다른 새가 발밑에서 날아올라 그의 주의를 끌었기 때문에 그는 또다시 실패하고 말았다.

그들이 총알을 재는 동안 또 한 마리가 날아올랐고, 이미 총알을 재고 난 베슬롭스키가 또다시 두 발의 산탄을 물속에다 쏘아버렸다. 스테판 아르카디치는 자기가 쏜 꺅도요를 주워 빛나는 눈으로 레빈을 힐끔 바라보았다.

"자, 이제 따로따로 떨어질까." 스테판 아르카디치는 이렇게 말하더니, 총을 언제라도 쏠 수 있게끔 잡고서 개에게 휘파람을 불고는 왼발을 절룩거리며 한쪽으로 걸어갔다. 레빈과 베슬롭스키는 다른 쪽으로 갔다.

레빈에게는 첫 발을 실패하면 약이 오르고 부아가 나서 그날 하루종일 총질이 잘되지 않는 징크스가 있었다. 그날도 역시 그러했다. 꺅도요는 굉장히 많았다. 개가 쫓는 앞에서도 사냥꾼의 발부리에서도 꺅도요는 끊임없이 날아올랐다. 그러니까 레빈은 아까의 실패를 충분히 돌이킬 수가 있었을 텐데도, 그는 쏘면 쏠수록 거리가 알맞고 말고는 아랑곳하지 않고 빵빵 쏘아대며 한 마리도 잡지 못해도 조금도 당황하지 않고 즐거워하는 듯한 베슬롭스키 앞에 부끄러움을 느꼈다. 레빈은 마음이 달아 자제력을 잃고 더욱 약이 오른 나머지 나중에는 발사하면서도 맞히리라는 기대를 거의 접어버렸다. 라스카도 이를 눈치챈 것 같았다. 라스카는 점점 찾는 것을 게을리하며 의심쩍고 꾸짖는 듯한 눈으로 사냥꾼들을 보고만 있었다. 사격에 사격이 잇따랐다. 화약 연기가 사냥꾼들의 주위에 자욱했지만, 포획물 자루의 널따랗고 큼직한 그물 속에는 겨우 가볍고 조그마한 꺅도요 세 마리가 들어 있을 뿐이었다. 더구나 그중 한 마리는 베슬롭스키가 맞힌 것, 한 마리는 둘이 함께 쏜 것이었다. 한편 늪의 다른 쪽에서는 그리 빈번하지는 않았으나 레빈의 귀에는 틀림없이 명중한 듯이 울리는 스테판 아르카디치의 총소리가 들리고, 거의 그때마다 "크라크, 크라크, 가지고 와!" 하는 목소리가 들렸다.

이것이 더욱더 레빈의 마음을 어지럽혔다. 꺅도요들은 갈대밭 위의 공중을 끊임없이 빙빙 맴돌았다. 진창을 철벅철벅 걸어다니는 소리와 공중에서 나는 그 울음소리가 끊임없이 사방에서 들렸다. 처음에 날아오른 꺅도요 한 떼는 공중을 한 바퀴 돌고 또다시 사냥꾼들 앞으로 내려왔다. 두 마리의 매 대신 지금은 수십 마리의 꺅도요가 날카로운 울음소리를 내면서 늪 위에서 빙빙 맴돌았다.

늪의 태반을 돌아다닌 레빈과 베슬롭스키는 농부들의 목초지가 갈대밭 쪽으로 내려오며 긴 띠가 되어 분계를 이루는 데까지 왔다. 목초지는 어떤 데선 밟혀서 길이 난 자취로, 또 어떤 데선 길게 풀을 베어낸 자취로 알아볼 수 있었다. 그 띠들의 절반은 벌써 완전히 베어져 있었다.

풀을 아직 베어내지 않은 곳에서는 베어낸 곳보다 새가 발견될 희망이 적었지만, 레빈은 스테판 아르카디치와 만날 약속이 돼 있었으므로 베어낸 데와 베어내지 않은 데를 가리지 않고 동행과 같이 앞으로 나아갔다.

"보세요, 사냥꾼들!" 말을 풀어놓은 달구지 옆에 앉아 있던 농부들

중 한 사람이 그들에게 소리쳤다. "이리 와서 뭐라도 좀 드시구려! 한잔 드시구려!"

레빈은 돌아보았다.

"오시구려, 괜찮으니까!" 새빨간 얼굴을 한 텁석부리의 쾌활한 농부가 흰 이를 드러내고 햇빛에 반짝이는 녹색의 모난 병을 치켜들면서 소리쳤다.

"저 농부들은 뭐라고 떠벌리고 있는 거죠?" 베슬롭스키가 물었다.

"보드카를 마시러 오라는 겁니다. 아마 풀밭을 나누고 있나봅니다. 나도 한잔하고 싶습니다만." 레빈은 베슬롭스키가 보드카에 유혹되어 그들에게로 가기를 바라는 다소 교활한 생각을 하면서 말했다.

"어째서 우리에게 대접하려는 걸까요?"

"그야 흥이 나니까 그렇겠죠. 정말, 어디 한번 가보시지 않겠어요? 재미있을 겁니다."

"갑시다, 재미있겠군요."

"가보십시오, 가보십시오, 물레방앗간으로 가는 길쯤은 쉽게 찾으실 테니까!" 레빈은 외치고서 걸어갔다. 그는 뒤돌아다보고, 베슬롭스키가 몸을 구부리고 지친 발을 질질 끌면서 쭉 뻗은 한쪽 손에다 총을 받쳐든 채 늪지에서 농부들 쪽으로 나가는 것을 만족스럽게 지켜보았다.

"당신도 와요!" 한 농부가 레빈을 향해 소리쳤다. "사양할 거 없어요! 피로조크라도 자셔보시구려! 어서!"

레빈은 보드카를 마시고 빵을 한 조각 먹고 싶은 강한 욕구를 느꼈다. 그는 몸이 갑자기 느슨해지고 진창에 들러붙은 발이 무거워지는 것을 느꼈기에 잠깐 동안 망설였다. 그런데 개가 멈춰 섰다. 그도 이내 모든 피로를 잊고 가볍게 개 쪽으로 진창 속을 걸어갔다. 그의 발밑에서 한 마리의 꺅도요가 날아올랐다. 그는 쏘아서 떨어뜨렸다. 그러나 개는 계속 서 있었다. "잡아와!" 개의 발밑에서 또 한 마리가 날아올랐다. 레빈은 발사했다. 그러나 정말 운이 나쁜 날이었다. 그는 그것도 빗맞히고 말았다. 그래서 방금 쏘아 떨어뜨린 새를 찾으러 갔으나 그것도 발견하지 못했다. 그는 갈대밭을 샅샅이 찾아 헤맸으나, 라스카는 그가 쏘아 떨어뜨렸다는 것을 믿지 않고 찾으러 보내도 찾는 체만 할 뿐이었다.

레빈은 자신의 실패를 바센카 탓으로 돌리고 있었지만, 이제는 그가 없는데도 역시 잘되지 않았다. 꺅도요는 그 언저리에도 많았지만, 레빈은 빗맞히기만 할 뿐이었다.

비껴 비치는 햇빛이 아직 따가웠다. 땀에 흠뻑 젖은 옷은 몸뚱이에 철썩철썩 들러붙고, 물이 잔뜩 들어간 왼쪽 장화는 무겁게 철부덕철부덕 소리를 내고, 화약 찌끼에 더럽혀진 얼굴에는 땀이 구슬처럼 흘러내렸다. 입안은 씁쓸하고, 코에서는 화약과 녹물 냄새가 나고, 귀에는 끊임없이 꺅도요의 날개 소리가 들렸다. 총신은 손을 댈 수 없을 만큼 뜨거워져 있었다. 심장은 빠르고 짧게 고동치고, 두 손은 흥분 때문에 떨리고, 지친 발은 흙더미와 진창에 엎드러지기도 하고 비틀거리기도 했다. 그러나 그는 여전히 계속해서 걸었고 계속해서 쏘아댔다. 마침내 볼썽사나운 실수를 한 뒤에 그는 총과 모자를 땅에다 내팽개쳐버렸다.

'안 돼, 정신을 차려야만 한다!' 그는 속으로 말했다. 그는 총과 모자를 주워올리고 라스카를 가까이 불러 늪지에서 나왔다. 마른 데로 나오자 그는 흙더미 위에 앉아 장화를 벗고 물을 뺐다. 그런 다음 다시 늪으로 돌아가서, 녹내가 나는 물을 마시고 뜨거워진 총신을 물로 식힌 후 얼굴과 두 손을 씻었다. 상쾌한 기분이 되자 그는 이번에는 몸이 달아서는 안 된다고 굳은 결심을 하며 또다시 꺅도요가 내려앉은 쪽으로 돌아갔다.

그는 마음을 가라앉히려 했지만, 여전히 마찬가지였다. 그의 손가락은 그가 새를 가늠하기 전에 먼저 방아쇠를 당겨버렸다. 모든 것이 점점 더 나빠질 뿐이었다.

그가 늪에서 나와 스테판 아르카디치와 만나기로 돼 있던 오리나무 숲으로 갔을 때, 그의 포획물 자루에는 겨우 다섯 마리뿐이었다.

스테판 아르카디치보다 그의 개가 먼저 나타났다. 고약한 냄새를 풍기는 늪의 진흙 때문에 온몸이 새까매진 크라크는 오리나무의 비비 꼬인 뿌리 밑에서 훌쩍 뛰어나와 승리자 같은 얼굴을 하고 라스카와 서로 냄새를 맡았다. 크라크에 이어 오리나무 뒤에서 스테판 아르카디치의 허우대 좋은 모습이 나타났다. 그는 새빨간 땀투성이 얼굴을 하고 깃의 단추를 끄른 채 여전히 조금 절뚝거리는 걸음걸이로 레빈한테로 걸어왔다.

"그래 어떤가? 한창 빵빵 쏘는 것 같더군!" 그는 쾌활하게 웃어 보이면서 말했다.

"자넨?" 레빈은 물었다. 그러나 물을 필요도 없었다. 그는 벌써 팽팽하게 들어찬 사냥 주머니를 보고 있었으니까.

"뭐, 별것 없어."

그가 잡은 것은 열네 마리였다.

"정말 훌륭한 늪이야! 자넨 틀림없이 베슬롭스키가 방해되었을 거야. 게다가 또 두 사람이 한 마리의 개로는 어렵지." 스테판 아르카디치는 자신의 승리를 겸손하게 말했다.

11

레빈과 스테판 아르카디치가 언제나 레빈이 묵어가는 농부의 초가에 이르렀을 때 베슬롭스키는 벌써 그곳에 와 있었다. 그는 초가 한가운데 버티고 앉아 두 손으로 벤치 등받이를 잡고 이 집 주인 아주머니의 남동생인 병사에게 진흙투성이 장화를 잡아당기게 하면서 그 전염성 강한 쾌활한 웃음을 흘리고 있었다.

"나도 방금 왔습니다. *유쾌한 패들이었어요.* 글쎄 좀 생각해봐요, 그 패들은 나에게 술을 권하기도 하고 음식을 대접하기도 하더군요. 그 빵은 정말 훌륭했습니다! *정말 훌륭해요!* 그리고 그 보드카…… 난 그렇게 맛있는 것을 마셔본 적이 없어요! 그러면서도 결코 돈을 받으려고 하지 않았어요. 줄곧 '나쁘게 여기지는 마십쇼'라고만 말하면서요."

"무슨 돈을 받겠어요? 그 녀석들은 말하자면 나리에게 대접을 해드린 겁니다. 그래 나리 그 녀석들이 보드카를 팔려고 가지고 있는 줄 아셨습니까?" 병사는 간신히 새까매진 양말과 함께 젖은 장화를 쑥 잡아빼며 말했다.

오두막집 안은 사냥꾼들의 장화와 몸뚱이를 핥아대는 더럽혀진 개들 때문에 구질구질해지고, 늪과 화약 내음으로 가득차 있는데다가 나이프도 포크도 없었음에도 불구하고, 사냥꾼들은 사냥 뒤가 아니면 맛볼 수 없는 특별한 맛으로 차를 마시고 저녁을 들었다. 몸을 씻고 산뜻해진 그들은 깨끗이 청소된 건초 곳간으로 들어갔다. 마부들이 주인들을 위해 잠자리를 마련하고 있었다.

벌써 어두워졌으나 사냥꾼들은 아무도 자려고 하지 않았다.

사격이며 개며 이전의 사냥에 대한 추억 등 이런저런 이야기 사이를 헤매던 끝에 대화는 모두에게 흥미로운 화제로 향했다. 이러한 야박이며 건초의 향기로운 내음이며 망가진 달구지의 근사함이며(앞바퀴가 빠져 있었으므로 그는 부서진 것으로 여겼던 것이다) 그에게 보드카를 대접했던 농부들의 착한 됨됨이며 저마다 주인의 발밑에 엎드려 있는 개들에 대해 바센카가 이미 여러 번 되풀이한 찬미의 말에 이어, 오블론스키는 지난해 여름에 말투스한테 가서 했던 사냥의 훌륭함에 대해 이야기했다. 말투스는 유명한 철도 벼락부자였다. 스테판 아르카디치는 이 말투스가 트베리현에서 얼마나 좋은 늪을 샀는지, 그곳이 어떻게 관리되고 있는지, 사냥꾼들을 태우고 날랐던 마차가 어떠했는지, 식사 준비를 갖추고 늪가에 쳐졌던 천막이 얼마나 훌륭했는지에 대해 이야기했다.

"자네를 이해하지 못하겠군." 레빈은 건초 위에서 몸을 일으키며 말했다. "어떻게 자네는 그런 인간이 불쾌하지 않을까. 라피트주가 나오는 아침상은 굉장히 훌륭할 거라는 건 나도 알지만, 그런 사치가 자네는 정말 불쾌하지 않다는 건가? 그러한 패들은 모두 옛날의 주류 전매상 같은 자들이고, 세상 사람의 모멸을 받아 마땅한 방법으로 돈벌이를 하고 있단 말야. 그들은 세상 사람의 모멸쯤은 숫제 아랑곳하지도 않아. 그런 뒤에 그 부정하게 번 돈으로 그때까지의 모멸을 보상하려고 하는 녀석들이야."

"정말 말씀하신 그대롭니다!" 바센카 베슬롭스키가 맞장구쳤다. "정말입니다! 그야 물론 오블론스키는 *선의*로 찾아가셨겠지만, 세상 사람들은, '오블론스키마저 그런 녀석한테 드나든다⋯⋯'고 말하고 있으니까."

"아니, 전혀." 이렇게 말하면서 오블론스키가 씩 웃는 것을 레빈은 알아챘다. "나는 다만 그 사내를 유복한 장사치나 귀족 누구누구 이상으로 부정한 인간이라고 여기지 않을 뿐이야. 어느 쪽이건 모두 한결같이 지혜와 노력으로 돈벌이를 한 거니까."

"그래, 그러나 어떤 노력으로? 이권을 얻고 전매하는 것이 과연 노력이라고 할 수 있을까?"

"물론, 노력이지. 만일 그 사람, 또는 그런 종류의 사람이 없었다면 철도 같은 것은 부설되지 않았을 테니까."

"하지만 그들의 노력은 농민이나 학자의 그것과 비교해본다면 성질이 다른 것이지."

"그렇게 말하면 그렇지만 그 활동이 하나의 결과, 철도라는 것을 낳았다는 의미에서는 확실히 노력이야. 하지만 자넨 아마 철도 같은 건 무용하다고 생각하고 있겠지."

"아냐, 그건 별개의 문제야. 나도 철도가 유익한 것쯤은 인정하고 있어. 하지만 치른 노력에 상응하지 않는 그러한 이득은 모두 부정이라고 할 수 있어."

"누가 그 상응의 기준을 정한단 말인가?"

"부정한 수단, 교활한 방법에 의한 이득은," 레빈은 옳고 그름의 경계를 분명히 규정할 권위가 자기에게 없음을 느끼면서도 말했다. "말하자면 은행의 이득과 같은 것은," 그는 계속했다. "악이야. 노력 없이 수만의 부를 획득한다는 것은 징세대리권의 경우와 마찬가지이고 그저 형태가 바뀌었을 뿐이야. 국왕은 갔도다, 새로운 국왕 만세! 같은 논리야! 즉, 겨우 징세대리권이 폐지되자마자 재빨리 철도며 은행이 나타난 거야. 마찬가지로 노력이 들지 않는 돈벌이가 말야."

"그래, 어쩌면 그건 정말 진실이기도 하고 또 신랄한 의견일지도 모르지…… 누워 있어, 크라크!" 스테판 아르카디치는 분명 자신의 주장이 옳다고 믿는 듯 침착한 태도로, 몸뚱이를 닥닥 긁기도 하고 건초를 온통 뒤집어쓰기도 하는 개를 향해 소리쳤다. "그러나 자넨 정당한 노력과 부정한 노력의 경계를 결정하지 않았어. 그럼, 어디 한번 물어보겠네. 내 서기장은 일에서는 나보다 많이 알고 있는데도 봉급은 내가 더 많이 받고 있어. 이것은 부정인가?"

"나는 모르겠어."

"음, 그럼 내가 한마디하지. 알겠나, 가령 지금 말야, 자넨 농사에 들인 노력에 대해 오천 루블의 순이익을 남긴다고 해. 그런데 이 집 주인인 농부는 아무리 노력해봐도 오십 루블 이상은 얻지 못한단 말야. 그렇다고 하면 이것도 내가 서기장 이상의 봉급을 받고 말투스가 선로기사 이상의 수입을 얻는 것과 마찬가지로 부정한 것이 되겠지. 그러나 도리어 나는 거기에서 이러한 사람들에 대한 사회의 아무런 근거도 없는 일종의 적대적인 태도를 보게 된단 말이야. 게다가 나는 그 태도에 부러움까지 있는 것 같은 생각이 든단 말야……"

"아니, 그것은 공정하지 않은 생각이군요." 베슬롭스키는 말했다. "부러움 같은 게 있을 턱이 없어요. 거기에는 뭔가 불순한 것이 있으니까 말입니다."

"아니, 잠깐." 레빈이 끼어들었다. "자넨 내가 오천 루블 받고 농부가 오십 루블밖에 받지 못하는 것은 불공평하다고 하는군. 자네 말 그대로야. 그것은 불공평해, 나도 그렇게 느끼고 있어, 하지만……"

"그건 정말 그렇군요. 우리는 먹고 마시고 사냥이나 하며 늘 빈둥빈둥 놀고 있는데 저 농민들은 무한정 일만 하고 있죠. 이것은 도대체 어찌된 일일까요?" 바센카 베슬롭스키는 분명 난생처음으로 이런 일을 생각이라도 한 듯, 지극히 진지한 태도로 말했다.

"옳지, 자네는 느끼고 있지만, 자넨 자기 재산을 저 농부에게 주려고는 하지 않는단 말이야." 스테판 아르카디치는 일부러 레빈을 꼬집듯이 말했다.

요즈음 이 두 동서 사이에는 은근한 적의 같은 것이 생겼다. 그들이 두 자매의 남편이 되고 나서부터 그들 사이에는 어느 쪽이 보다 나은 생활을 하는지 경쟁심이 생기기라도 한 것 같았다. 그래서 지금 개인적인 뉘앙스를 띠기 시작한 대화 가운데 그 적의가 나타난 것이었다.

"아무도 내게 그것을 요구하는 자가 없으니까 주지 않는 거야. 또 설혹 주고 싶어도 나는 줄 수가 없어." 레빈은 대답했다. "줄 만한 사람이 없으니까."

"이 집 농부에게 주게나. 그는 마다하지 않을 거야."

"그래, 하지만 어떻게 주어야 하지? 함께 가서 부동산 이전 등기를 해줘야 하나?"

"난 몰라. 하지만 만약 자네가 자신에게 재산에 대한 권리가 없다고 믿는다면……"

"난 전혀 그렇게 믿지는 않아. 도리어 줄 권리가 없다고 느끼지. 토지에 대해서도 가족에 대해서도 나에게 의무가 있다고 생각해."

"아니, 잠깐만. 아무튼 말이야, 자네가 만일 불평등을 불공평하다고 생각하고 있다면 어째서 자네는 평등을 실행하지 않는 거지?"

"난 소극적이긴 하지만 실행은 하고 있어. 나와 그들 사이에 존재하는 지위의 격차가 더이상 커지지 않도록 애쓰고 있다는 의미에서 말이지."

"아니, 미안하지만 그것은 패러독스야."

"그래요, 그것은 어딘가 소피스트적인 변명이군요." 베슬롭스키가 맞장구쳤다. "아! 주인장." 그는 삐걱거리는 문소리를 내면서 곳간으로 들어온 농부에게 말했다. "어째 아직 자지 않고 있었나?"

"무슨, 잠을 자다니요! 전 또 나리들께서 주무시고 계실 줄 알았는데 와보니까 아직도 이야길 하고 계시는군요. 전 여기 있는 갈고리를 가지러 왔습니다. 그 개는 물진 않겠죠?" 그는 조심스럽게 맨발을 내디디면서 덧붙였다.

"그래 자넨 어디서 자나?"

"우린 밤치기* 나갑니다."

"아아, 정말 좋은 밤이다!" 지금 막 열어젖혀진 문의 큼직한 틀 속에 밤의 어스무레한 빛 사이로 보이는 오두막집의 한귀퉁이와 말을 풀어놓은 마차의 한귀퉁이를 보면서 베슬롭스키는 말했다. "저것 좀 들어보

---

* 밤에 말을 방목하는 것.

십시오, 여자들이 노래를 부르고 있습니다. 썩 잘 부르는군. 어이, 저건 누가 부르고 있는 거야, 주인장?"

"남의집사는 여자아이들이 어울려서 부르는 것입죠."

"어디 산책이나 나가시지 않으렵니까? 어차피 잠들진 못합니다. 오블론스키, 가십시다!"

"누워서 산책을 할 수 있다면 좀 좋으련만." 기지개를 켜면서 오블론스키는 대답했다. "누워 있는 것이 좋을 것 같아."

"그럼 나 혼자서라도 가겠습니다." 베슬롭스키는 기운 좋게 일어나 구두를 신으면서 말했다. "그럼 실례하겠어요, 여러분. 만약 재미있으면 데리러 오겠습니다. 덕분에 사냥해서 잡은 고기를 실컷 먹었으니 그 은혜는 잊지 않겠어요."

"어때, 정말 좋은 사내지?" 오블론스키는 베슬롭스키가 나가고 농부가 문을 닫았을 때 말했다.

"응, 좋은 사내야." 레빈은 방금 전까지 화제가 되었던 문제에 대해 계속 생각하면서 대답했다. 그로서는 꽤 뚜렷하게 자신의 사상과 감정을 표명한 셈이었는데, 바보도 아니고 가식적이지도 않은 두 친구가 입을 모아 그가 궤변을 늘어놓으며 스스로를 위안하고 있다고 이야기했던 것이다. 이 일이 그의 마음을 어지럽혔다.

"그건 그렇고, 친구. 말하자면 현재의 사회제도를 올바른 것으로 인정하고 그 입장에서 자신의 권리를 옹호하든가, 혹은 내가 하고 있는 것처럼 자기가 부정한 특권을 이용하고 있다는 걸 인정하면서 만족스럽게 그것을 이용하든가, 이 둘 중 하나를 취할 수밖에 별도리가 없어."

"아니, 그렇게는 안 돼. 만약 그것이 부정한 이익이라면 자네도 만족스럽게 이용할 수는 없을 거야. 적어도 나는 할 수 없어. 나에게 무엇보다도 필요한 건 스스로 죄가 없다고 느끼는 것이니까."

"그건 그렇고, 정말 한번 나가보지 않으려나?" 스테판 아르카디치는 분명히 사상의 긴장으로 지쳐버린 듯한 태도로 말했다. "잠이 오질 않잖아. 자, 나가자고!"

레빈은 대답하지 않았다. 소극적인 의미에서이긴 하지만, 올바르게 행동하고 있는 셈이라고 좀전의 대화에서 자기가 했던 말이 그의 마음을 사로잡고 있었다. '그러면 정말 소극적으로밖에는 올바르게 행동할 수 없는 것일까?' 그는 자신에게 물었다.

"그러나 하여간, 이 새 건초가 얼마나 향긋한 내음을 풍기고 있느냐 말야!" 스테판 아르카디치는 몸을 일으키면서 말했다. "아무래도 잠이 오질 않아. 바센카가 말야, 저기에서 뭔가 꾀하고 있을 거야. 저봐, 웃음소리와 그 녀석의 목소리가 들리지? 가지 않겠나? 가자고!"

"아니, 난 가지 않겠어." 레빈이 대답했다.

"이것도 그럼 자네의 원칙이라는 것 때문인가?" 스테판 아르카디치는 어둠 속에서 자기 모자를 찾으면서 웃음 섞인 소리로 말했다.

"원칙이라고 할 것까지는 없지. 그러나 내가 무엇 때문에 가야 하냔 말야?"

"거봐, 자네는 스스로를 불행하게 만들고 있는 거야." 스테판 아르카디치는 모자를 찾아 일어서면서 말했다.

"무슨 소리야?"

"그럼 뭐야, 자네 마누라에 대한 태도를 내가 모르고 있다고 생각하나? 나도 들어서 알고 있어. 자네가 이틀 동안의 사냥에 갈 것인가 어쩔 것인가 하는 것이 자네들 사이에서 굉장히 큰 문제였다는 것을. 그런 일은 모두 목가牧歌로서는 더할 나위 없는 것이지만, 실제 생활에서는 우스꽝스러울 뿐이야. 남자는 어디까지나 독립적이지 않으면 안 되니까. 남자에게는 남자의 흥미가 있는 거야. 사내는 사내답게 굴지 않으면 안 돼." 문을 열면서 오블론스키가 말했다.

"그렇다면 뭐야, 촌색시들의 뒤꽁무니라도 쫓아다녀야 한다는 말이야?" 레빈이 물었다.

"그럼, 왜 또 가서는 안 되지? 그것이 재미있는데. *아무렇지도 않은 일이잖아.* 내 아내가 그 때문에 어떤 해를 입는 것도 아니고, 내게는 유쾌한 일이 될 테고, 중요한 것은 가정의 신성을 지키는 일이야. 가정에서는 아무 일이 없도록, 그러나 자신의 손은 언제나 자유롭게끔."

"그럴지도 모르지." 레빈은 퉁명스럽게 말하고 옆으로 돌아누워버렸다. "내일은 일찍 나가지 않으면 안 돼. 나는 아무도 깨우지 않고 새벽에 나가겠어."

"*여러분, 빨리 와요!*" 되돌아온 베슬롭스키의 목소리가 들렸다. "*황홀해요!* 내가 발견했는데 말예요. 황홀해요, 완전히 그레트헨*이에요. 나는 그 여자와 벌써 친구가 됐습니다. 정말 굉장한 여자예요!" 그는 마치 그녀가 오직 자기 때문에 아름다운 여자로 만들어지기라도 한 듯, 또 자기를 위해 이러한 미녀를 마련해준 누군가에게 만족하고 있기라도 한 듯 신이 난 어조로 말했다.

레빈은 자는 체했고, 오블론스키는 덧신을 신고 담배에 불을 붙이면

---

* 괴테의 『파우스트』에 등장하는 파우스트의 연인.

서 곳간에서 나갔다. 그러자 이내 그들의 목소리는 딱 그쳐버렸다.

레빈은 오랫동안 잠을 이룰 수가 없었다. 그는 자신의 말들이 건초를 씹는 소리를, 이윽고 집주인이 맏아들과 함께 준비를 갖추어 밤치기에 나가는 기척을 들었다. 그리고 또 예의 그 병사가 집주인의 막내아들인 조카와 함께 곳간 저쪽에서 잘 준비를 하는 소리도 들었다. 그 사내아이가 가느다란 목소리로 삼촌에게 어린애에게는 크고 무섭게 보였던 개들에 대한 자신의 인상을 이야기하는 소리도 들었다. 사내아이가 저 개들은 무엇을 잡는 것일까 하고 묻는 것이며 병사가 졸린 듯한 목쉰 소리로 사냥꾼들은 내일 늪으로 가서 총을 쏠 거라고 이야기하는 것을 들었다. 그리고 또 병사가 어린애의 질문에서 빠져나가려고 이렇게 말하는 것도 들었다. "이젠 그만 자, 바시카, 자거라, 그러잖으면 가만두지 않을 테니까." 금세 병사는 코를 골기 시작했고, 완전히 잠잠해졌다. 다만 말 울음소리와 꺅도요의 울음소리가 들릴 뿐이었다. '그래 정말 소극적으로밖에는 별도리가 없는 것일까?' 그는 또 마음속으로 되풀이했다. '하지만 그래서 어떻다는 거야? 내가 나쁜 게 아니다.' 그리고 그는 내일의 일을 생각하기 시작했다.

'내일은 아침 일찍 나가고 열을 올리지 않도록 조심해야지. 꺅도요는 얼마든지 있다. 멧도요도 있고. 돌아오면 키티에게서 쪽지가 와 있겠지. 그래, 역시 스티바가 말한 것이 정말인지도 모른다. 나는 그녀에 대해 사내답지 않다. 나는 약해져버렸다…… 그러나 도저히 어쩔 수가 없다! 이런, 또 소극적이군!'

그는 잠결에 베슬롭스키와 스테판 아르카디치의 유쾌한 이야기 소리와 웃음소리를 들었다. 그는 잠깐 눈을 떴다. 달이 떠 있었고, 두 사람은 달빛을 환히 받으며 활짝 열어젖혀진 문간에 서서 이야기하고 있었다. 스테판 아르카디치는 촌색시의 생기발랄함을 막 껍질을 벗긴 신선한 호두에 비유하며 무엇인가를 이야기하고 있었다. 그러자 베슬롭스키도 그 전염성 강한 웃음을 흘리면서 무엇인가를 되풀이했다. 아마 어떤 농부의 입에서 '이거 봐요, 마음에 드는 여자가 있으면 대담하게 구애하시구려!' 하는 말을 들었다고 얘기하는 것이리라. 레빈은 비몽사몽간에 말했다.

"여러분, 내일은 날이 밝기 전에 가겠어!" 그리고 잠들었다.

12

아침 일찍 눈을 뜨자 레빈은 친구들을 깨워보았다. 바센카는 엎드려서 양말을 신은 채 한쪽 다리를 길게 뻗고 좀처럼 대답 같은 것을 기대할 수 없을 만큼 깊이 잠들어 있었다. 오블론스키는 잠결에 이렇게 빨리 가는 것은 싫다고 중얼댔다. 몸을 동그랗게 웅크린 채 자고 있던 라스카조차도 내키지 않는 듯 억지로 건초 더미 가장자리에서 일어서서 느릿느릿 뒷발을 번갈아가며 쭉 뻗었다가 꼿꼿하게 펴곤 했다. 구두를 신고 총을 들고 삐걱거리는 곳간 문을 조심스럽게 열고 레빈은 한길로 나왔다. 마부들은 마차 곁에서 자고 있었고, 말들도 졸고 있었다. 그래도 한 마리만은 콧등으로 여물통을 뒤적거리면서 귀찮은 듯이 귀리를 먹고 있었다. 바깥은 아직 어두컴컴했다.

"아니, 어째서 이렇게 빨리 일어나셨어요, 나리?" 오두막집에서 나온

이 집의 늙은 안주인이 마치 다정한 옛 친지라도 대하는 듯한 정다운 어조로 그에게 말했다.

"사냥을 가느라고, 할멈. 이리로 가면 늪으로 나갈 수 있겠지?"

"집 뒤로 곧장 가세요. 우리집 타작마당을 지나서요, 나리. 삼밭을 지나면 거기에 오솔길이 있어요."

햇볕에 그을린 맨발을 조심스럽게 내디디면서 노파는 레빈을 안내하고 타작마당 옆의 울타리 문을 밀어젖혀주었다.

"이리 곧장 가시면 늪이 나와요. 우리집 아이들도 간밤부터 거기에 가 있습죠."

라스카는 앞장서서 힘차게 오솔길을 달렸다. 레빈은 가볍고 빠른 걸음걸이로 줄곧 하늘을 올려다보면서 그 뒤에서 따라갔다. 그는 어떻게 해서든지 해가 뜨기 전에 늪까지 갔으면 싶었다. 그러나 태양은 우물우물하지 않았다. 그가 집을 나왔을 때 아직 환하던 달이 지금은 수은 조각처럼 무디게 겨우 빛나고 있었다. 아까는 보지 않을 수 없었던 아침놀이 지금은 찾지 않으면 안 될 만큼 희미해져 있었다. 아까는 먼 들판의 저편 끝에 어렴풋하던 얼룩이 지금은 뚜렷하게 보였다. 그것은 호밀낟가리였다. 이미 꽃가루를 털어낸 향기롭고 키가 큰 삼에 맺혀 있던, 햇빛을 받지 않아 아직 보이지 않는 이슬은 레빈의 두 다리와 외투 허리띠 위까지 흠뻑 적셨다. 맑은 아침의 정적 속에서는 지극히 작은 소음까지도 똑똑히 들렸다. 한 마리의 꿀벌이 총알처럼 윙윙거리는 소리를 내며 레빈의 귓전을 스쳐갔다. 그는 주위를 둘러보았고 곧 두번째 세번째 꿀벌도 찾아냈다. 벌들은 모두 양봉장의 울타리 뒤에서 날아와 삼밭 위를 지나 늪 쪽으로 사라져갔다. 오솔길은 곧장 늪으로 뻗어 있

었다. 늪이 있는 곳은 피어오르는 수증기로 이내 알 수 있었다. 수증기
는 어떤 데는 짙게 어떤 데는 엷게 피어올랐으므로 갈대와 버들 덤불
은 마치 조그만 섬이라도 되는 양 그 수증기 위에서 흔들렸다. 늪의 낭
떠러지며 길가에는 밤치기에 나온 농부들과 사내애들이 누워서 카프
탄을 둘러쓰고 날이 새기 전 한잠을 붙이고 있었다. 그들에게서 그다지
멀지 않은 곳에서는 말 세 필이 줄에 매인 채 돌아다니고 있었다. 그중
한 필은 족쇄를 찰카닥찰카닥 울리고 있었다. 라스카는 앞으로 나아가
고 싶어 연신 사방을 두리번거리면서도 주인과 나란히 걸었다. 자고 있
던 농부들의 옆을 지나 최초의 습지에 다다르자 레빈은 총을 살펴보고
개를 놓아주었다. 세 필 중 하나, 살찐 세살박이 구렁말은 개를 보자 뛰
어오르며 꼬리를 높이 올리고 히힝거렸다. 그러자 나머지 두 필도 기겁
을 하고 묶인 발로 물을 튀기며 진창에 발굽을 박았다 뺄낼 때마다 손
뼉치는 듯한 소리를 내면서 늪에서 뛰어나왔다. 라스카는 발을 멈추고
비웃는 듯이 말을 바라보고 나서 질문을 하듯 레빈을 쳐다보았다. 레빈
은 라스카를 쓰다듬어주고 나서 이제 시작해도 좋다는 신호로 휘파람
을 불었다.

라스카는 즐거운 듯이, 그러나 조심스럽게 발 아래 질퍽이는 진창
속을 뛰어갔다.

늪 속으로 뛰어들자 라스카는 바로 코에 익은 나무뿌리며 늪의 풀이
며 진창냄새, 코에 선 말똥냄새 속에서도 새의 냄새를, 온통 주변에 떠
돌며 다른 어느 냄새보다도 강하게 라스카를 자극하는 물씬한 새의 냄
새를 맡았다. 늪의 이끼며 물풀이 우거진 어딘가에 그 냄새가 유독 강
한 곳이 있었지만, 어느 방향이 강하고 어느 방향이 약한가를 판단할

수는 없었다. 그 방향을 알기 위해서는 저멀리 바람받이까지 가보아야만 했다. 라스카는 자기 발의 움직임도 느끼지 못할 만큼 가벼우면서도 필요에 따라서는 언제든지 딱 멎을 수 있을 만큼 긴장된 약진으로 날이 새기 전 동쪽에서 불어오는 미풍을 피해 오른쪽으로 뛰어가다가 바람을 향해 몸을 돌렸다. 잔뜩 팽창된 콧구멍으로 공기를 한숨 들이쉬자, 갑자기 라스카는 그놈들의 흔적뿐만 아니라 그놈들이 바로 자기 앞에, 더구나 한두 마리가 아니라 무수히 있음을 감지했다. 라스카는 달리는 속도를 늦추었다. 그들은 거기 있었지만, 정확히 어디인지 라스카는 아직 결정할 수 없었다. 그 장소를 똑똑히 알아내기 위해 라스카는 그 자리에서 동그라미를 그리기 시작했는데, 그때 돌연 주인의 목소리가 라스카를 불러세웠다. "라스카! 저기야!" 그는 반대 방향을 가리키면서 라스카에게 말했다. 라스카는 자기가 시작한 탐색을 계속하는 것이 좋지 않겠느냐고 묻는 듯한 표정으로 잠깐 동안 거기에 서 있었다. 그러나 레빈은 아무것도 있을 것 같지 않은, 물에 잠긴 조그마한 언덕들이 많은 곳을 가리키면서 노한 듯한 목소리로 명령을 되풀이했다. 라스카는 그에게 만족을 주기 위해 그의 말대로 찾는 체하며 일단 조그마한 언덕들 사이를 돌아다녀보고 아까의 자리로 되돌아오자, 이내 또 새들이 있다는 것을 감지했다. 이번에는 주인이 훼방을 놓지 않았으므로 라스카는 자기가 해야 할 일을 알았다. 그래서 자신의 발밑도 보지 않고 흥분해서 흙이 높다랗게 솟은 데에 걸려 넘어지기도 하고 물속에 빠지기도 하면서, 그럴 때마다 구부정하고 튼튼한 발로 다시 일어서면서 라스카에겐 온갖 의문을 해결해주는 예의 그 동그라미를 그리기 시작했다. 그놈들의 냄새는 더욱더 강하고 선명하게 라스카의 후각을 자극했다. 그러자 갑자기 라스카에게는 새 한 마리가 거기에, 그 조그마한 언덕 뒤에, 라스카가 있는 데서 다섯 걸음 정도 떨어진 곳에 있는 것이 뚜렷해졌다. 그래서 그는 발을 멈추고 온몸이 얼어붙은 것처럼 서 있었다. 라스카의 낮은 키로는 자기 앞의 아무것도 볼 수가 없었으나, 냄새에 의해 새가 다섯 걸음도 채 떨어지지 않은 곳에 있음을 알았던 것이다. 라스카는 더욱 강하게 그것을 감지하고 기대감을 즐기면서 서 있었다. 라스카의 긴장된 꼬리는 꼿꼿하게 서고 그 끝만이 미세하게 떨렸다. 라스카의 입은 가볍게 벌어지고 귀는 쫑긋 서 있었다. 한쪽 귀는 달리는 동안 뒤집어진 채로 라스카는 세차게 그러나 주의깊게 호흡하고 있었다. 그러다가 한층 더 주의깊게, 머리가 아닌 눈만 돌려 주인을 바라보았다. 그는 라스카에게는 익숙한 표정으로, 그러나 그 무서운 눈빛을 하고 언덕에 엎드리면서 야릇할 만큼 살몃살몃(라스카에게는 그렇게 여겨졌다) 걸어왔다. 라스카에게는 살몃살몃 걷고 있는 것처럼 보였지만, 사실 그는 뛰고 있었던 것이다.

라스카가 온 몸뚱이를 땅바닥에 깔고 가볍게 입을 벌린 채 마치 뒷발로 크게 긁어모으는 것 같은 특수한 자세를 취하자, 레빈은 라스카가 멧도요들을 노리고 있다는 것을 깨닫고서 그는 마음속으로 맨 처음의 한 마리는 꼭 잡게 해달라고 하느님께 빌면서 라스카 쪽으로 뛰어갔다. 라스카 옆으로 바싹 다가서면서 그는 자신의 눈높이에서 라스카의 앞을 건너다보았고 라스카가 코로 감지한 것을 눈으로 발견했다. 거기에서 겨우 일 사젠쯤 떨어진 도도록한 두 흙더미 사이에 한 마리의 멧도요가 보였다. 멧도요는 고개를 갸우뚱하고 귀를 기울였다. 이윽고 조금 날개를 폈다가는 또다시 접고 나서 새는 거북스럽게 꼬리를 흔들면서 흙더미 뒤로 숨어버렸다.

"잡아! 잡아!" 레빈은 뒤에서 라스카를 쿡 찌르면서 소리쳤다.

'그렇지만 나는 갈 수 없다.' 라스카는 생각했다. '어디로 가야 할 것인가? 여기서라면 새가 있는 곳을 알 수 있지만, 한 발짝이라도 움직이기만 하면 새들이 어디에 있는지 그것이 무슨 새인지 전혀 모르게 될 것이다.' 그러나 그는 라스카를 무릎으로 쿡 찌르며 잔뜩 흥분하여 속삭였다. "잡아, 라소치카, 잡아!"

'별수 없군, 저렇게 원하니 해보지. 하지만 나는 책임 못 져.' 라스카는 이렇게 생각하며 냅다 도도록한 흙더미 사이로 돌진했다. 지금은 이미 아무것도 느끼지 못했고, 아무것도 모르고 그저 보고 듣고 할 뿐이었다.

먼젓번 장소에서 열 걸음쯤 떨어진 곳에서 기름진 울음소리와 특유의 두드러진 날갯짓소리를 내면서 멧도요가 날아올랐다. 그러자 탕 하는 한 발의 총성과 함께 새는 철퍼덕하고 축축한 진창으로 하얀 가슴을 부딪히며 무겁게 떨어졌다. 다른 한 마리는 어물거리지 않고 레빈의 등뒤에서 개가 오기 전에 날아올랐다.

레빈이 그쪽을 돌아보았을 때 새는 벌써 멀리 날아가고 있었다. 그러나 레빈은 총을 쏘아 보기 좋게 그것을 맞혔다. 두번째 멧도요는 스무 걸음쯤 날아가더니 순간 말뚝처럼, 팽이처럼 위로 치솟았으나 이내 던져진 공처럼 무겁게 툭 하고 마른 흙 위에 떨어졌다.

'이거 잘될 것 같군!' 레빈은 아직 뜨겁고 살이 통통한 멧도요를 사냥 주머니 속에 넣으면서 생각했다. "어때, 라소치카, 잘될 것 같지?"

레빈이 장전을 하고 다시 앞으로 나아갔을 때, 구름에 가려 아직 보이지는 않았지만 태양이 벌써 떠 있었다. 달은 완전히 빛을 잃고 한 조각 구름처럼 하늘에 희끄무레하게 떠 있었다. 별은 이제 하나도 보이지 않았다. 조금 전에는 이슬에 젖어 은빛으로 빛나던 소택지도 지금은 황금빛으로 반짝이고 있었다. 녹슨 물은 완전히 호박빛이었다. 풀의 파란 빛은 누르스름한 녹색으로 변했다. 늪의 작은 새들은 이슬에 반짝이며 긴 그림자를 던지고 있는 개울가의 떨기나무 덤불 위에서 떼지어 움직이고 있었다. 매 한 마리가 눈을 뜨더니 목을 좌우로 갸우뚱거리고 불만스럽게 늪을 바라보면서 건초가리 위에 앉아 있었다. 갈까마귀들은 들 쪽으로 날아가고, 맨발의 사내아이는 카프탄 아래서 일어나 머리를 빗고 있던 영감 쪽으로 벌써 말을 몰아가고 있었다. 화약 연기는 녹색 풀 위를 우유처럼 뽀얗게 떠돌았다.

사내아이 하나가 레빈의 곁으로 뛰어왔다.

"아저씨, 어제 저기에 오리가 있었어요!" 사내아이는 그에게 소리치고 멀찍이 떨어져 그의 뒤를 따라왔다.

레빈은 자신의 솜씨에 감탄하고 있는 이 사내아이 앞에서 또다시 연깍도요 세 마리를 거푸 쏘아 맞혀 갑절이나 더 유쾌한 기분이 되었다.

13

맨 처음의 짐승이나 새를 빗맞히지만 않으면 그날의 사냥은 잘된다는 사냥꾼들의 입버릇은 역시 옳았다.

삼십 베르스타나 돌아다닌 나머지 지치고 주렸지만 행복한 레빈은, 열아홉 마리의 훌륭한 들새와 사냥 주머니에 들어가지 않아 허리띠에 매단 한 마리의 오리를 가지고 아침 아홉시가 지나서야 숙소로 돌아왔다. 두 친구는 벌써 오래전에 잠을 깨고 시장기가 들었기 때문에 조반을 먼저 끝낸 참이었다.

"잠깐, 잠깐만, 분명히 열아홉 마리 있을 테니까." 레빈은 하늘을 날던 때의 그 훌륭한 위용을 잃고 지금은 몸뚱이가 구부러진 채 말라 오그라들고 피로 더럽혀져 힘없이 머리를 옆으로 꺾고 있는 멧도요와 깍도요를 다시 한번 세면서 말했다.

계산은 틀림없었고, 스테판 아르카디치가 부러워하는 모습에 레빈은 유쾌했다. 게다가 숙소로 돌아오니 키티의 쪽지를 가지고 온 심부름꾼을 보게 되어 더욱 유쾌했다.

'나는 아주 건강하고 즐겁게 지내. 만일 내 걱정을 하고 있다면 좀더 안심해도 좋아. 내 곁에는 지금 새로운 경호자인 마리야 블라시예브나가 붙어 있거든(그녀는 산파로, 레빈의 가정생활에 새로 등장한 중요 인물이었다). 내 문안을 왔는데, 나는 아주 건강한 상태라고 해. 하지만 우리는 당신이 돌아올 때까지 머물러달라고 했어. 모두 유쾌하고 건강해. 그러니 당신도 서둘지 말고, 만일 사냥이 재미있다면 하루쯤 더 있어도 괜찮아.'

만족스러운 사냥과 아내의 편지라는 두 가지 기쁨이 너무 컸기 때문에 사냥 뒤에 일어났던 두 가지 사소하고 불쾌한 일도 레빈은 지극히 가볍게 넘겨버렸다. 하나는 적갈색 부마가 분명 어제 과로한 탓으로 먹이를 먹지 않고 맥없다는 것이었다. 마부 말로는 내장을 앓고 있다고 했다.

"어제 조금 과하게 달린 것 같아요, 콘스탄틴 드미트리치." 그는 말했다. "아무튼 길도 나지 않은 데를 십 베르스타나 뛰게 했으니까요."

처음에는 그의 좋은 기분을 잡치게 했으나 결국엔 크게 웃고 넘겨버린 또하나의 불쾌한 일은, 일주일이 걸려도 다 먹어치울 수 없을 만큼 키티가 많이 들려보냈던 음식이 하나도 남지 않았다는 것이었다. 주리고 지쳐서 사냥에서 돌아오면서 레빈은 줄곧 피로조크 생각만 하고 있었기 때문에, 오두막에 도착하자마자 라스카가 들새를 감지하듯 그 냄새를 맡고 입맛을 다셨을 정도였다. 그래서 곧 피로조크를 가져오라고 필리프에게 명령했다. 그런데 피로조크는 고사하고 영계마저 떨어졌다는 것이었다.

"아니, 정말 이 사람의 식욕은!" 스테판 아르카디치는 바센카 베슬롭스키를 가리키고 웃으면서 말했다. "나도 식욕부진으로 괴로워하는 일은 없는 편인데, 이 사람의 식욕에는 참으로 놀라지 않을 수 없어……"

"*하지만 맛있었어요.*" 베슬롭스키는 자기가 다 먹어치운 쇠고기를 칭찬했다.

"음, 그러면 별수 없지!" 레빈은 어두운 얼굴빛으로 베슬롭스키를 보면서 말했다. "그럼 필리프, 쇠고기를 가지고 와."

"쇠고기도 다 드셔서 뼈는 개를 주어버렸습니다." 필리프가 대답했다.

레빈은 너무 화가 났기 때문에 저도 모르게 불만스러운 어조로 말해버렸다.

"무엇이든 조금쯤 남겨두어도 좋았을 텐데!" 그는 정말 울고 싶은 심정이었다.

"그럼 그 새들의 창자를 빼내고 말야." 그는 바센카 쪽을 외면하면서 떨리는 목소리로 필리프에게 말했다. "뱃속에 쐐기풀을 쟁여둬. 그리고 우유라도 얻어다줘."

마침내 우유를 실컷 마시고 나자 그는 다른 사람 앞에서 불만을 털어놓은 것이 부끄러웠고, 공복으로 인한 자신의 원망도 웃어넘겨버렸다.

해질녘에 또 사냥을 나갔을 땐 베슬롭스키도 몇 마리쯤을 쏘아서 떨어뜨렸고, 밤이 되어 그들은 귀로에 올랐다.

돌아올 때도 갈 때와 마찬가지로 즐거웠다. 베슬롭스키는 노래를 부르기도 하고, 자기에게 보드카를 대접하면서 '나쁘게 생각하지 마십쇼' 하고 말했던 농부들과의 여흥을 즐거운 기분으로 회상하고, 또 호두알들*이며 하녀며 농부와 함께했던 밤놀이에 대해서도 이야기했다. 농부 한 사람은 그에게 아내가 있느냐고 묻더니 그가 아직 독신이라고 하자 '그럼 이봐요, 남의 여편네만 욕심내지 말고 빨리 자기 걸 한 사람 만드시구려' 했다는 것이었다. 이 한마디는 특히 베슬롭스키를 웃게 했다.

"요컨대 말입니다, 이번 여행이 난 지극히 만족스럽습니다. 당신은 어떻습니까, 레빈?"

"나도 굉장히 만족스럽습니다." 레빈은 진심으로 말했다. 그는 집에 있는 동안 바센카 베슬롭스키에게 느꼈던 적의를 이제 조금도 느끼지 않았을 뿐만 아니라, 오히려 그에 대해 더없이 정다운 기분을 느끼게 된 것이 유달리 기뻤다.

---

* 호두에 비유된 촌색시들을 가리킨다. 제6부 11장 참조.

14

이튿날 열시에 레빈은 이미 집에서 농장을 한 바퀴 빙 돌아보고 바센카가 묵고 있는 방의 문을 노크했다.

"들어오세요." 베슬롭스키가 소리쳤다. "용서하십시오, 나는 지금 막 목욕을 끝낸 참입니다." 그는 속옷 바람으로 레빈 앞에 서서 싱글거리면서 말했다.

"아니, 어려워하지 마십시오." 레빈은 창가에 앉았다. "간밤에는 편히 주무셨습니까?"

"마치 죽은 사람 같았습니다. 오늘도 사냥하기에 정말 멋진 날씨로군요!"

"그러게 말입니다. 차로 하겠습니까, 커피로 하겠습니까?"

"아니, 둘 다 됐습니다. 아침을 먹겠습니다. 나는 참으로 부끄럽습니다. 부인들께선 벌써 일어나셨겠지요? 이런 때는 조금 걷는 것이 제일이에요. 나에게 말을 보여주시지 않겠습니까?"

뜰을 산책하며 마구간으로 갔다가 평행봉에서 함께 체조까지 하고 나서 레빈은 손님과 집으로 돌아와 나란히 객실로 들어갔다.

"우리는 훌륭한 사냥을 하고 돌아왔습니다. 아아, 그 재미야말로!" 베슬롭스키는 사모바르 앞에 앉아 있던 키티 쪽으로 다가가면서 말했다. "부인들께서 이러한 즐거움을 누리지 않는다는 것은 정말 안타까운 일이에요."

'흠, 그래, 이 사람은 안주인에게 이러쿵저러쿵 지껄이지 않고는 견딜 수 없나보군.' 레빈은 생각했다. 그러자 그는 또다시 이 손님이 키티에게 말을 걸 때 보이는 승리자 같은 표정과 미소에 무언가 꺼림칙한 것이 있음을 느꼈다……

마리야 블라시예브나며 스테판 아르카디치와 함께 식탁의 반대편에 앉아 있던 공작부인은 레빈을 자기 옆으로 부르고 키티의 해산을 위해 모스크바로 옮기는 일과 집을 준비하는 일에 대해 의논하기 시작했다. 레빈에게는 완성되어가고 있는 존재의 위대함을 쓸데없는 일들로 손상시키는 모든 준비라는 것이 불쾌했다. 결혼 때와 같이, 아니 그때보다도 더 많이 손꼽아 헤아리며 기다리는 미래의 해산을 위해 하는 준비가 지극히 굴욕적인 것으로 여겨졌다. 그는 태어날 아이를 기저귀로 싸는 법 따위의 이야기를 듣지 않으려고 줄곧 애를 썼다. 그는 또 뭔가 정체불명의 굉장히 긴 붕대며, 돌리가 유달리 중대한 것처럼 강조하던 삼각수건이니 하는 것에서 눈을 돌리고 그것들을 보지 않으려고 애썼다. 사내애가 태어난다는(그는 사내애가 태어날 것이라고 믿고 있었다) 것은, 사람들이 그렇게 다짐해주었음에도 그 자신은 역시 믿을 수 없을 만큼 예사롭지 않은 일로 여겨졌다. 그것은 한편으로는 너무 거창해서 도무지 있을 수 없을 만큼 행복한 일로 여겨졌고, 또 한편으로는 더없이 신비로운 사건처럼 여겨졌다. 그렇기 때문에 앞을 넘겨다보는 것 같은 예측이며, 그에 따른, 마치 사람이 만든 아무것도 아닌 일에 대한 것 같은 준비가 그에게는 괴롭고 굴욕적인 것으로 여겨졌다.

그러나 공작부인은 그의 기분을 이해하지 못했고, 그가 이러한 것을 생각하거나 이야기하길 좋아하지 않는 이유는 경솔하고 냉담하기 때문이라며 그를 들들 볶아댔다. 그녀는 스테판 아르카디치에게 집을 물색해달라고 부탁했고, 이번에는 레빈을 자기 곁으로 불렀다.

"나는 아무것도 모릅니다, 공작부인. 좋도록 하십시오." 그가 말했다.

"그러나 언제 옮길 것인지는 자네들이 정해줘야지."

"나는 정말 모릅니다. 내가 알고 있는 것은 다만 몇백만 명의 아이들이 모스크바니 의사니 하는 것 없이도 훌륭하게 태어나고 있다는 것뿐입니다…… 도대체 무엇 때문에……"

"그래, 만약 그렇다면……"

"그게 아니라, 키티가 원하는 대로 하지요."

"키티에게는 아무것도 얘기할 수 없어! 그럼 자네는 내가 키티를 놀라게 하기를 바라고 있나보군? 당장 올봄만 해도 나탈리 골리치나는 서툰 산부인과의사 때문에 죽어버렸어."

"그러니까 나는 공작부인 말씀대로 무슨 일이든 따르겠어요." 그는 어두운 얼굴을 하고 말했다.

공작부인은 그에게 뭔가를 이야기하기 시작했지만, 그는 그 말을 듣고 있지 않았다. 공작부인의 이야기가 그의 기분을 상하게 하긴 했으나, 그를 침울하게 한 것은 그 이야기가 아니라 사모바르 옆에서 일어나고 있는 사태였다.

'아니, 이건 말도 안 된다.' 그는 키티 쪽으로 몸을 구부리고 타고난 아름다운 웃는 얼굴을 보이며 그녀에게 무엇인가를 말하고 있는 바셴카와 얼굴을 붉히고 들떠 있는 것 같은 그녀를 이따금 힐끔거리면서 생각했다.

바셴카의 자세와 눈빛과 웃는 얼굴에는 뭔가 불순한 것이 있었다. 레빈은 키티의 자세와 눈빛에까지 뭔가 불순한 것이 있음을 보았다. 그의 눈은 빛을 잃고 말았다. 그는 또다시 전날처럼 갑자기 아무런 예고도 없이 행복과 평안과 득의의 절정에서 절망과 증오와 굴욕의 심연으로 내팽개쳐진 것 같은 자신을 느꼈다. 또다시 그에게는 모든 사람이, 모든 것이 불쾌해졌다.

"제발, 공작부인, 제발 좋을 대로 하십시오." 그는 또다시 사방을 둘러보면서 말했다.

"모노마흐의 모자는 무거운 것이로군."* 스테판 아르카디치는 분명 공작부인과의 이야기뿐만 아니라, 자기가 눈치챈 레빈의 마음속 괴로움을 빗대면서 농담처럼 말했다. "아니, 당신 오늘은 꽤 늦은 것 같군, 돌리!"

모두들 다리야 알렉산드로브나를 맞기 위해 일어섰다. 바센카는 잠깐 일어서서 신세대 청년들 특유의 부인에 대한 정중함이 결핍된 태도로 가볍게 머리를 숙였을 뿐, 그대로 또 웃으면서 무엇인가를 계속 이야기했다.

"나는 마샤 때문에 정말 진땀을 뺐어요. 그애는 잠을 설치다보니까 오늘은 어찌나 떼를 쓰던지요." 돌리가 말했다.

바센카와 키티 사이에 오가던 이야기는 또다시 전날의 화제, 즉 안나에 대한 것과 사랑은 사회의 규범을 초월할 수 있는가 하는 것으로 옮겨갔다. 키티에게는 이 화제가 불쾌했고, 게다가 그 내용 자체 때문에, 그가 이야기하는 어조 때문에, 특히 이 일이 남편에게 미칠 영향을 그녀가 이미 알고 있다는 것 때문에 그녀는 마음이 불안해졌다. 그러나 그녀는 이 이야기를 중단하기에는, 게다가 이 청년의 명백한 관심이 그

* 푸시킨의 희곡 『보리스 고두노프』에 나오는 대사. '모노마흐의 모자'는 '왕관'을 의미한다.

녀에게 준 만족의 기색을 감추기에는 너무나 단순하고 순진했다. 그녀는 이 이야기를 중단하고 싶었지만, 어떻게 해야 할지 몰랐다. 그녀는 자기가 무슨 짓을 하더라도 그 모든 것을 남편이 알아채고 나쁜 쪽으로만 곡해하리라는 것을 알고 있었다. 그리고 실제로 그녀가 돌리에게 마사에 대해 묻고, 그리고 바센카가 자기에게는 지루한 그 이야기가 끝나기를 기다리면서 무관심한 태도로 돌리 쪽을 바라보기 시작했을 때, 이 질문이 레빈에게는 부자연스럽고 혐오감을 느끼게 하는 얕은 꾀처럼 여겨졌던 것이다.

"어때, 오늘도 버섯을 따러 가지 않겠어?" 돌리가 말했다.

"네, 꼭이요, 나도 가겠어요." 키티는 말하고 나서 얼굴이 빨개졌다. 그녀는 예의로라도 바센카에게 그도 갈 것인지 어쩔 것인지를 묻고 싶었지만, 묻지 않았다. "당신 어디 가는 거야, 코스탸?" 그녀는 남편이 단호한 걸음걸이로 자기 옆을 지나가려고 할 때, 죄 지은 사람 같은 얼굴을 하고 그에게 물었다. 이 죄 지은 사람 같은 표정이 그의 모든 의혹을 확인해주었다.

"내가 없는 동안에 기계사가 와 있었나본데, 난 아직 만나지 못했어." 그는 그녀 쪽은 보지도 않고 말했다.

그는 아래층으로 내려가 미처 서재에 이르기도 전에, 총총걸음으로 다급하게 쫓아오는 귀에 익은 아내의 발소리를 들었다.

"무슨 일이 있어?" 그는 무뚝뚝하게 그녀에게 말했다. "우리는 바빠."

"잠깐 실례하겠어요." 그녀는 독일인 기계사를 보고 말했다. "남편에게 할 이야기가 좀 있어서요."

독일인은 나가려고 했으나 레빈이 그에게 말했다.

"아니, 그럴 것까진 없습니다."

"기차는 세시던가요?" 독일인은 물었다. "될 수 있으면 늦지 않고 싶어서요."

레빈은 그 말에는 대답하지 않고 아내와 함께 방밖으로 나갔다.

"자, 내게 할 이야기가 뭐죠?" 그는 프랑스어로 말했다.

그는 그녀의 얼굴을 보지 않았고, 그녀가 임신한 몸으로 바들바들 떨면서 가련하고 짓밟힌 것 같은 표정으로 있는 것을 보고 싶지도 않았다.

"난 말이야…… 난 이런 생활은 견딜 수 없어서 그것을 말하고, 이런 괴로움은……" 그녀가 말했다.

"하인이 있소, 저기 식당에." 그는 퉁명스럽게 말했다. "소란은 피우지 말아요."

"그럼 이리로 들어가!"

그들은 홀에 서 있었던 것이다. 키티는 그 옆의 방으로 들어가려고 했다. 그러나 거기에서는 영국인 가정교사가 타냐를 가르치고 있었다.

"그럼, 뜰로 나가!"

뜰로 나간 두 사람은 오솔길을 쓸고 있는 한 농부와 마주쳤다. 그러나 이제는 그 사나이가 그녀의 눈물에 젖은 얼굴이며 그의 흥분된 얼굴을 보리라는 것도, 자기들이 천재지변에서 빠져나온 사람들 같은 꼴을 하고 있다는 것도 생각하지 않았다. 그저 자기들 단둘이 되어 모든 것을 서로 탁 털어놓고 서로의 오해를 일소하고 그때까지 맛보고 있던 고민에서 빠져나가야겠다는 생각에 몰두한 채 그들은 성큼성큼 걸어갔다.

"이렇게 생활할 수는 없어! 너무 괴로워! 나도 괴롭고 당신도 괴로워하고 있어. 왜 그래야 하지?" 그녀는 두 사람이 마침내 보리수가 줄지어 선 길 한쪽 구석에 쓸쓸히 서 있는 벤치에 이르렀을 때 말했다.

"그러나 한마디만 내게 이야기해줘. 그 사내의 말투에는 어딘가 부적절한, 불순한, 비열하고 매서운 데가 있지 않았어?" 그는 전날 밤 그녀 앞에 섰을 때와 마찬가지로 또다시 두 주먹을 가슴에다 포갠 자세로 그녀 앞에 우뚝 서서 말했다.

"있었어." 그녀는 떨리는 목소리로 말했다. "그렇지만 코스탸, 당신은 설마 그것이 내 잘못이 아니란 걸 모르는 건 아니겠지? 나는 아침부터 두번 다시 그런 일이 없었으면 하고 바라고 있었어. 그렇지만 그런 사람들은…… 아아, 어째서 그런 사람이 왔을까? 우리는 그렇게 행복했었는데!" 그녀는 배가 잔뜩 나온 몸을 온통 들썩거리며 흐느끼느라 할딱거리면서 말했다.

정원사는 두 사람을 쫓아온 사람도 없고 또 누군가에게서 도망쳐나올 이유도 없었던 것 같은데, 게다가 또 벤치 같은 데에 딱히 유쾌한 것이 있을 턱이 없었는데도 두 사람이 마침내 완전히 침착하고 명랑한 표정이 되어 자기 곁을 지나 집 쪽으로 돌아가는 모습을 보고 어안이 벙벙했다.

15

아내를 이층으로 데려다주고 나서 레빈은 돌리의 방으로 갔다. 다리야 알렉산드로브나는 이날 왠지 몹시 기분이 울적했다. 그녀는 방안을 돌아다니면서, 한쪽 구석에 서서 울부짖고 있는 계집아이에게 노엽게 말하고 있었다.

"오늘은 종일 그렇게 그 구석에 서 있어. 밥도 혼자 먹고, 인형도 갖고 놀면 안 돼. 새 옷도 너에겐 지어주지 않을 거야." 그녀는 이제 어린 아이에게 어떤 벌을 줘야 할지 몰라서 이렇게만 말하고 있었다.

"아아, 앤 고약한 아이야!" 그녀는 레빈을 돌아보았다. "정말 어디서 이런 고약한 기질을 가져왔을까?"

"도대체, 뭘 했는데?" 레빈은 다소 냉담한 어조로 말했다. 그는 자신의 일을 의논하고 싶어서 왔기 때문에, 이처럼 공교로운 상황에 부딪힌 것이 유감스러웠다.

"이 아이는 그리샤와 함께 딸기밭에 가서, 거기에서…… 아아, 정말 무슨 짓을 했는지! 나는 말할 수도 없어. 이렇게 되고 보니 더욱더 미스 엘리엇이 생각나. 이번 가정교사는 조금도 신경을 써주지 않아. 흡사 기계 같아…… 글쎄, 생각 좀 해봐, 저런 조그만 계집애가……"

그리고 다리야 알렉산드로브나는 마샤가 한 짓을 이야기했다.

"그런 일은 아무것도 아니야. 그런 것은 전혀 나쁜 기질이 아니야. 단순한 장난이잖아." 레빈은 그녀를 위로했다.

"그건 그렇고, 당신은 무슨 기분 나쁜 일이라도 있나보군? 무슨 볼일이 있지?" 돌리는 물었다. "아래층에서 무슨 일이 있었어?"

이렇게 물어보는 돌리의 어조에서 레빈은 자기가 말하려고 마음먹고 온 것을 수월하게 꺼낼 수 있을 것 같은 느낌이 들었다.

"나는 아래층에 없었어. 키티하고 둘이서 뜰에 있었거든. 우리는 벌써 두 차례나 싸웠어. 그…… 스티바가 온 후로."

돌리는 명민하고 이해심 있는 눈초리로 그의 얼굴을 바라보았다.

"숨김없이 나에게 이야기해주시지 않겠어? 키티가 아니라 그 신사에게 어쩌면 불쾌할지도 모를, 아니 불쾌하다기보다는 두렵고 남편 되는 사람으로서 모욕으로 느껴지는 그런 태도가 있었는지 없었는지?"

"말하자면 글쎄, 뭐라고 해야 할까…… 아, 서 있어, 그 구석에 가만히 서 있으라니까!" 그녀는 어머니의 얼굴에 희미한 미소가 떠오른 것을 보고 몸을 움직이려던 마샤를 돌아보며 말했다. "사교적인 관점에서 말한다면, 그분의 몸가짐은 일반적인 젊은 남자들의 몸가짐과 별로 다른 데가 없다고 해야겠지. 그 사람은 젊고 아름다운 여자에게 알랑거리는 거야. 그러니까 세상일에 익숙한 남편이라면 도리어 그것을 기뻐할 테지만."

"그렇군, 그렇군." 레빈은 어두운 얼굴을 하고 말했다. "그러면 당신도 눈치채고 있었군?"

"그야 나뿐만이 아냐. 스티바도 눈치채고 있어. 차를 마신 뒤 바로 나에게 이렇게 말한걸. '내가 보기에 아무래도 베슬롭스키 녀석이 키티의 마음을 사려고 하는 듯한데' 하고."

"그렇다면 잘됐군. 이제 완전히 결심했어. 그 작자를 내쫓겠어." 레빈이 말했다.

"어머나, 당신은 머리가 돌기라도 했어?" 돌리는 놀라며 외쳤다. "아니 이봐, 코스탸, 정신 차려!" 그녀는 웃으면서 말하고는 "너는 이제 그만 파니한테 가봐" 하고 마샤에게 일렀다. "그렇지만 당신이 만약 정 그렇게 하고 싶다면 내가 스티바에게 말할게. 그러면 그 사람이 어떻게든 잘 데리고 갈 테니까. 이리로 많은 손님이 오기로 돼 있다고 한다든가, 해서 말이야. 정말 그 사람은 여기에는 어울리지 않는 사람이야."

"아니, 괜찮아. 내가 직접 말하겠어."

"그렇지만 당신이 나서면 싸움이 벌어지지 않을까?"

"아니, 괜찮아. 그렇게 하는 것이 나로선 기분이 좋으리라고 생각하니까, 틀림없이 그러는 편이 유쾌할 거야." 레빈은 눈을 번득이면서 말하고는 "저어, 그리고 이 아이는 용서해줘, 돌리! 이제 다음부턴 그러지 않을 테니까" 하고 어린 죄인에 대해 덧붙였다. 아이는 파니한테로 가지 않고 어물어물하며 어머니 앞에 서 있었다. 눈을 내리깐 채 어머니의 시선을 기다리고 찾으면서.

어머니는 아이의 얼굴을 보았다. 그러자 소녀는 으앙 하고 울음을 터뜨리고 어머니의 무릎 사이에 얼굴을 파묻었다. 돌리는 아이의 머리에 수척한, 그러나 부드러운 자신의 손을 얹었다.

'도대체 우리와 그 사내 사이에 어떤 공통점이 있는 것일까?' 레빈은 생각하고는 베슬롭스키를 찾으러 나갔다.

현관방을 지나면서 그는 정거장에 보낼 사륜 포장마차를 준비하라고 명령했다.

"어제 용수철이 부러져서요." 하인이 대답했다.

"그래, 그럼 여행용 사륜마차로 준비해, 얼른. 손님은 어디 계시지?"

"방으로 가셨습니다."

레빈은 마침 바센카가 가방에서 여러 가지 물건을 꺼내놓고 새 로망스 악보를 늘어놓은 뒤 말을 타고 떠나기 위해 각반을 치고 있는 참에 들이닥쳤다.

레빈의 얼굴에 뭔가 심상찮은 표정이 있었기 때문인지, 그렇지 않으면 바센카 자신도 자기가 한 *이 작은 알랑거림*이 이 가정에 어울리지 않는다는 것을 느끼고 있었기 때문인지, 아무튼 그는 레빈이 들어온 것을 보자 약간(사교계의 사람으로서 허용될 정도로) 당황한 것 같았다.

"당신은 각반을 치고 말을 탑니까?"

"네, 그러면 훨씬 덜 더럽혀지니까요." 바센카는 통통한 다리를 의자 위에 올리고 아래쪽의 후크를 잠그면서 쾌활하고 사람 좋은 미소를 띠고 말했다.

그는 의심할 것도 없이 선량한 청년이었다. 레빈은 그의 두려워하는 듯한 눈빛을 보자 그가 가여워지고, 한 집의 주인으로서 자기가 부끄러워졌다.

탁자 위에는 두 사람이 오늘 아침 같이 체조를 했을 때 물에 젖은 평행봉을 들어올리려다가 부러뜨렸던 막대기 동강이가 놓여 있었다. 레빈은 그것을 집어들고 어떻게 말문을 열어야 할지 몰라 그 끝의 갈라진 데를 꺾기 시작했다.

"실은……" 그는 얼버무리려다가, 문득 키티에게 지금까지 있었던 일을 상기하고는 결연하게 상대의 눈을 들여다보면서 말했다. "나는 당신을 위해서 마차를 준비하도록 일러두었습니다."

"네?" 바센카는 깜짝 놀라 반문했다. "도대체 어딜 가는 겁니까?"

"당신이 기차역으로 가주셨으면 좋겠습니다." 레빈은 막대기 동강이의 끝을 잡아뜯으면서 우울하게 말했다.

"당신이 어딜 가시는 건가요, 아니면 무슨 일이 일어난 겁니까?"

"손님이 많이 오기로 돼 있습니다." 레빈은 억센 손가락으로 갈라진 막대기 끝을 더욱더 세차게 꺾으면서 말했다. "아니, 손님이 오는 것은 아닙니다. 아무 일도 일어난 것은 아닙니다. 그러나 나는 당신이 돌아가주셨으면 합니다. 나의 무례함은 아무렇게나 좋으실 대로 생각해주십시오."

바센카는 멈칫했다.

"이유를 이야기해주시기를 당신께 부탁드립니다……" 한참 만에야 겨우 이해가 된 듯 그가 위엄 있게 말했다.

"나는 그것을 말씀드릴 수는 없습니다." 레빈은 자신의 뺨이 떨리는 것을 숨기려고 애쓰면서 조용히 또박또박 말했다. "당신 역시 묻지 않는 것이 좋을 겁니다."

그러는 동안 갈라진 막대기 동강의 끝이 완전히 꺾여버렸으므로, 레빈은 크게 갈라진 틈에 손가락을 걸어서 막대기를 둘로 쪼개고 그 한쪽이 떨어지려는 것을 얼른 붙잡았다.

레빈의 긴장된 팔이며 오늘 아침 체조를 할 때 보였던 근육이며 번득이는 눈이며 조용한 목소리며 떨리는 두 볼이 말로 표현하는 것 이상으로 바센카를 납득시킨 모양이었다. 그는 어깨를 으쓱하며 얕잡는 듯한 미소를 띠더니 고개를 끄덕였다.

"오블론스키를 만나볼 수는 없습니까?"

그가 어깨를 으쓱한 것도 미소를 띤 것도 레빈을 노하게 하지는 않았다. '이 사내가 그 외에 무엇을 더 할 수 있겠어?' 그는 생각했다.

"지금 곧 이리로 보내겠습니다."

"이게 무슨 어이없는 짓이야!" 스테판 아르카디치는 친구한테 그가 이 집에서 쫓겨나게 되었다는 말을 듣고 나서 손님이 나가기를 기다리면서 뜰을 어정거리고 있던 레빈에게 달려와 말했다. "아니, 정말 우스운 이야기가 아닌가! 자네 파리에게 쏘이기라도 했나? 아니, 이건 정말 당치도 않은 이야기야! 자네는 도대체 어떻게 여긴 건가, 적어도 젊은 사내가 말이야……"

그러나 레빈이 파리에 쏘인 데는 더욱더 아픔을 더해온 것처럼 보였다. 그는 스테판 아르카디치가 그 이유를 설명하려고 했을 때 또다시 새파랗게 질려서 얼른 그를 가로막았던 것이다.

"제발 이 문제에 참견하지 말아줘! 나로서는 달리 어떻게 할 수가 없으니까! 나는 자네에 대해서도 그 사내에 대해서도 굉장히 부끄럽게 여기고 있어. 그렇지만 이 집에서 떠나는 것쯤은 그 사람에게 그다지 큰 슬픔은 아닐 거야. 그러나 나와 아내에겐 그 사내가 있는 것이 아주 불쾌하기 짝이 없단 말이야."

"그러나 그 사람에게는 모욕이야! 뿐만 아니라 어리석은 짓거리야!"

"내게는 모욕이기도 하고 고통이기도 해! 나에겐 아무 죄가 없어, 괴로워해야 할 까닭이 없단 말야!"

"아아, 나는 설마 자네가 이런 짓을 하리라고는 생각지 않았어! 그야 질투를 하는 것도 좋아. 그러나 이쯤 되면 정말 어리석은 짓이란 말야!"

레빈은 홱 돌아서서 그의 곁을 떠나 가로숫길 안쪽으로 걸어가서는 혼자서 여기저기 거닐었다. 이내 그는 여행용 사륜마차의 바퀴 소리를 들었다. 그리고 그 스코틀랜드 모자를 쓴 바셴카가 건초 위에 앉아서 (공교롭게도 여행용 사륜마차에는 좌석이 없었기 때문에) 털석털석하고 꺼불거리면서 가로숫길을 따라 마차를 타고 가는 것이 나무 사이로 보였다.

'아니, 또 무슨 일이 있나?' 레빈은 하인이 집에서 뛰어나와 여행용 사륜마차를 세우는 것을 보고 생각했다. 그것은 레빈이 까맣게 잊고 있던 기계사 때문이었다. 기계사는 한참 머리를 조아리면서 무엇인가를 베슬롭스키에게 말하다가, 이윽고 여행용 사륜마차에 올라타고 함께 떠나갔다.

스테판 아르카디치와 공작부인은 레빈의 행위에 분개했다. 그 자신도 스스로를 지극히 우스꽝스러운 사람으로 느꼈을 뿐만 아니라, 모두 자기가 잘못한 것 같아 면목이 없었다. 그러나 자기와 아내가 받은 고통이 얼마나 컸던가를 떠올리자 그는 또다시 이런 일이 일어난다면 어떻게 할 것인가를 자문해보고, 역시 똑같은 짓을 할 것이라고 생각했다.

이러한 일들이 있었음에도 불구하고 이날 해가 질 무렵에는 레빈의 행위를 용서하지 않았던 공작부인만을 제외하고는 모두 마치 벌을 받은 뒤의 어린아이나, 혹은 답답하고 까다로운 손님 대접을 치르고 난 어른들처럼 야릇할 만큼 활기 있고 쾌활한 기분이 되었다. 그래서 그날 밤 공작부인이 들어가버리자 모두들 바센카가 쫓겨난 사건을 마치 먼 옛일처럼 서로 이야기했다. 아버지에게서 재미있게 이야기하는 재능을 물려받은 돌리는 그녀가 손님을 위해 일부러 새 리본을 달고 객실로 나가자마자 그때 갑자기 덜커덕하는 짐마차 소리가 들렸다는 이야기를 하면서 세 차례 네 차례 계속해서 새로운 우스갯소리를 덧붙여 바렌카를 포복절도케 했다. 짐마차 따위에 타고 있는 건 도대체 누굴까 하고 내다보니 바로 그 바센카가 예의 스코틀랜드 모자를 쓰고 각반을 치고 로망스를 불러대며 건초 위에 앉아 있었다는 것이다.

"당신도 참, 사륜 여행마차라도 준비하도록 일러두지 그랬어요! 그런데 조금 있자 '기다려줘요!'라는 목소리가 들리지 않겠어요. 그래서 아아, 화해가 되었구나 생각하며 보고 있자니까 그 뚱뚱한 독일인을 그 사람 옆에 태우더니 떠나버리지 않겠어요…… 그래서 모처럼 새 리본을 단 것도 허사가 돼버렸어요!……"

16

다리야 알렉산드로브나는 자기가 마음먹은 대로 안나한테로 마차를 달렸다. 그녀로서는 동생을 슬프게 하고 동생의 남편에게 불쾌한 짓을 하는 것은 무척 괴로운 일이었다. 그녀는 레빈 부부가 브론스키와는 절대로 아무런 교제도 하고 싶지 않다고 생각하는 것을 지극히 당연한 일이라고 이해하고 있었다. 그러나 그녀는 안나를 방문하여 설혹 그녀의 처지가 바뀌었다 하더라도 자신의 감정은 결코 바뀔 수 없다고 그녀에게 전하는 게 자신의 의무라고 생각했다.

다리야 알렉산드로브나는 이 여행을 위해서는 레빈에게 신세를 끼치지 않아야겠다고 생각하고 마을로 사람을 보내 말을 빌리려 했다. 그러나 레빈은 이에 대해 듣고서 그녀를 책망했다.

"어째서 당신이 거기 가는 것을 내가 불쾌해할 거라고 생각하지? 게다가 말이야, 만약 내가 그 일을 불쾌해한다고 해서 당신이 내 말을 써주지 않는다면 한층 더 불쾌할 거야." 그는 말했다. "당신은 아직 내게 꼭 가야겠다고 말한 적이 없었어. 게다가 마을에서 말을 빌린다는 것이 첫째 나에게는 불유쾌해. 그리고 중요한 것은, 마을 사람들은 설사 말을 빌려주더라도 그 집 앞까지 모셔다드리지는 않아. 말쯤은 우리에게 얼마든지 있어. 그러니 내 기분이 상하는 걸 원치 않는다면 부디 내 집의 말을 써줘."

다리야 알렉산드로브나는 동의하지 않을 수 없었고, 정해진 날에 레빈은 처형을 위해 부림말과 승마용 말 중에서 골라내어 사두마차에 채울 말과 교체할 말을 준비했다. 보기에는 그다지 좋지 않으나 이 정도면 다리야 알렉산드로브나를 그날 중으로 목적지까지 대줄 수 있으리라고 여겨졌다. 마침 그때는 모스크바로 돌아갈 공작부인을 위해서도 산파를 위해서도 말이 필요한 때였으므로, 이렇게 한다는 것은 레빈에게 상당한 부담이었다. 그러나 그는 손님에 대한 의무에서라도 자기 집에 머물고 있는 다리야 알렉산드로브나가 딴 데서 말을 빌리게 할 수는 없었다. 더욱이 말값으로 다리야 알렉산드로브나에게 청구될 이십 루블이 그녀에게는 적지 않은 금액이라는 것을 알고 있었고, 또 지극히 좋지 못한 상태였던 다리야 알렉산드로브나의 경제 사정이 레빈 부부에게는 자기 일처럼 느껴졌기 때문이었다.

다리야 알렉산드로브나는 레빈의 권고에 따라 동이 틀 무렵에 출발했다. 길은 좋고 사륜 포장마차는 편안하고 말들은 기운차게 달렸다. 마부석에는 마부 외에 만약의 경우를 위해 레빈이 하인 대신으로 딸려 보낸 사무원이 앉아 있었다. 다리야 알렉산드로브나는 마침내 꾸벅꾸벅 졸기 시작했고, 말을 교대할 역참에 도착할 무렵이 되어서야 겨우 눈을 떴다.

레빈이 일찍이 스비야시스키를 방문할 때 들렀던 그 부유한 농부 집에서 차를 마시고 그 집 아낙네들과는 아이들에 대해, 늙은이와는 그가 굉장히 추켜올린 브론스키 백작에 대해 서로 이야기한 뒤, 다리야 알렉산드로브나는 열시가 되자 다시 마차에 올랐다. 집에서 그녀는 아이들을 보살피느라고 무엇을 생각할 시간이 조금도 없었다. 그러나 지금 이 네 시간의 여행을 하면서 이제까지 억눌려 있던 온갖 상념이 갑자기 그녀의 머릿속에 떼지어 떠올랐기 때문에 그녀는 난생처음으로 자신의 온 생활에 대해 여러 방면으로 생각해보았다. 그녀의 상념은 그녀 자신에게도 이상야릇했다. 처음에 그녀는 아이들에 대해 생각했다. 아이들은 공작부인과 특히 키티가(그녀는 키티 쪽을 보다 많이 기대하고 있었다) 보살펴주겠다고 했지만 그럼에도 역시 아이들의 일이 걱정되었다. '마샤가 또 그런 장난을 시작하지는 않을지, 그리샤가 말에 차이지는 않을지, 릴리의 배가 또 탈이 나지 않으면 좋으련만.' 그러나 이윽고 현재에 대한 고민은 가까운 장래의 고민으로 옮겨갔다. 그녀는 올겨울에는 모스크바에서 새로운 집을 빌려야 한다는 것, 객실의 가구를 갈아야 한다는 것, 맏딸에게 털가죽 외투를 만들어줘야 한다는 것에 대해 생각하기 시작했다. 다음에 그녀에게는 더욱 먼 미래의 문제가 떠올랐다. 아이들을 어떻게 보살펴야 할 것인가 하는 문제였다. 계집아이들은 그대로 괜찮다고 하더라도, 그녀는 생각했다. 사내아이들은?

지금은 내가 그럭저럭 그리샤를 가르칠 수 있지만, 그것도 단지 내가 지금 뱃속에 아이가 없는 자유로운 몸이기 때문이다. 스티바는 물론 아무런 의지도 되지 않는다. 그러니 나는 친절한 사람의 힘을 빌려 아이들을 보살피지 않으면 안 된다. 그러나 만약 또 아이를 낳게 된다면……' 그러자 그녀의 머리에는, 흔히 여자에게는 산고라는 저주가 지워져 있다고들 말하지만, 그것은 옳지 않다는 생각이 들었다. '낳는 것은 아무것도 아니다. 뱃속에 아이를 가지고 있는 것, 그것이 괴로운 것이다.' 그녀는 자기가 마지막으로 임신했을 때의 일과 그애의 죽음을 회상하면서 생각했다. 그러자 아까 여인숙에서 젊은 아낙네와 주고받았던 이야기가 생각났다. 어린애가 있느냐는 질문에 아름다운 젊은 아낙네는 쾌활하게 대답했다. "딸애가 하나 있었습니다만, 하느님이 데려가버렸어요. 그래서 단식과 금육 기간에 묻어버렸습니다."

"어머나, 그럼 새댁은 굉장히 슬펐겠군?" 다리야 알렉산드로브나가 물었다.

"뭐가 슬퍼요? 영감님한테는 꽤 많은 손자가 있는걸요. 아이가 있으면 그저 걱정거리가 늘 뿐이에요. 일은 물론 아무것도 할 수 없게 돼버리니까요. 정말 방해가 될 뿐이에요."

젊은 아낙네는 마음씨가 착하고 귀여운 얼굴을 하고 있었지만, 그녀의 이런 대답은 다리야 알렉산드로브나에게 메스꺼운 인상을 주었다. 그러나 지금 무의식중에 그 말이 생각난 걸 보면 이런 파렴치한 말 속에도 일말의 진리는 있었던 것이다.

'그렇다, 정말로.' 다리야 알렉산드로브나는 십오 년에 걸친 자신의 결혼생활을 회고하면서 생각했다. '임신, 입덧, 지력의 쇠퇴, 모든 것에 대한 무관심, 무엇보다도 추해지는 얼굴. 키티도, 젊고 아름다운 키티도 그렇게 얼굴이 빠졌다. 나 같은 것이 임신하면 얼마나 미워질지는 뻔하다. 해산, 괴로움, 그 추한 괴로움, 그 최후의 한순간…… 그리고 수유, 그 불면의 밤들, 그 무서운 아픔……'

다리야 알렉산드로브나는 아이를 낳아 젖을 먹일 때마다 경험한, 젖

꼭지가 으스러지는 듯한 아픔을 기억해내는 것만으로도 오싹해졌다. '그리고 아이들의 병, 끊임없는 불안, 양육, 못된 성격(그녀는 딸기밭에서 어린 마샤가 저지른 장난을 생각해냈다), 교육, 라틴어, 이거고 저거고 모두 조금도 알 수 없는 어려운 것들뿐이다. 그중에서도 가장 무서운 것은 이 아이들의 죽음이다.' 그러자 또다시 그녀의 가슴에는 모정을 영원히 괴롭힐 무참한 기억, 갓난아이 때 크루프*로 죽은 막내아들에 대한 기억, 아이의 장례식, 조그마한 장밋빛 관을 앞에 놓은 사람들의 무심한 태도, 금빛 몰의 십자가가 달린 장밋빛 뚜껑으로 관을 덮었을 때 곱슬곱슬한 머리칼이 내려덮인 여위고 조그마한 이마와 깜짝 놀란 것처럼 벌리고 있던 조그마한 입을 보고서 가슴이 갈기갈기 찢기는 듯했던 자신의 외로운 아픔 등이 떠올랐다.

'그렇지만 이런 일들은 도대체 모두 무엇 때문일까? 이런 모든 것의 결과는 무엇인가? 나는 한시도 마음이 편할 날이 없이 임신과 육아에만 매달린 채 줄곧 화를 냈다 투덜거렸다 하며 자신도 괴롭히고 다른 사람들도 괴롭히는데다 남편과 대립하여 한평생을 보내고, 아이들은 변변한 교육도 받지 못한 채 불행하고 가난한 인간으로 성장해간다. 당장 지금만 하더라도 레빈의 집에서 여름을 보내지 않았다면 우리는 어떻게 지내고 있었을지 모른다. 물론 코스탸와 키티는 잘 보살펴주니까 묵고 있는 동안 기분이 나쁠 일은 조금도 없다. 그래도 언제까지나 이러고만 있을 수는 없다. 그 사람들에게도 어린애가 생긴다. 그렇다, 그러면 이렇게 우리를 도울 수만도 없게 될 것이다. 지금만 하더라도 그

---

* 급성 폐쇄성 후두염. 후두점막에 섬유소성의 가막이 생겨 목소리가 쉬고 호흡곤란을 일으키는 질환.

사람들에게는 짐덩어리일 것이다. 그렇다고 해서 자기 앞으로 거의 아무것도 남겨놓지 않은 아버지가 어떻게 우리를 도울 수 있으랴? 그러나 나 혼자서는 아이들을 교육할 수 없고, 그렇다고 남의 힘을 빌리고 굽실굽실한다는 것도 괴롭고, 그러고 보면 더없이 행복하게 살아가는 것은 더이상 어린애가 죽지 않고 내가 어떻게든 길러내는 것뿐이다. 가장 잘되는 경우라야 아이들이 나쁘게 되지 않는 것 정도다. 말하자면 이것이 내가 바랄 수 있는 전부인 것이다. 그저 그것만을 위해서 얼마만큼의 고통과 곤란을 겪어야 할지…… 내 인생은 파멸하고 말았다!' 그녀에게는 또다시 그 젊은 아낙네가 말했던 것이 떠올랐고, 또다시 그 말이 메스껍게 느껴졌다. 그러나 그녀는 그 말 속에 일말의 잔혹한 진리가 있다는 것을 인정하지 않을 수 없었다.

"어때, 아직도 멀었나, 미하일라?" 다리야 알렉산드로브나는 자기에게 공포를 불어넣는 상념에서 마음을 돌리려고 사무원에게 물었다.

"이 마을에서 칠 베르스타랍니다."

마차는 마을의 한길을 달려 다리 쪽으로 나아갔다. 다리 위에는 새끼를 감아 어깨에 걸친 쾌활한 아낙네들 한 무리가 높은 소리로 즐겁게 이야기하면서 걷고 있었다. 아낙네들은 다리 위에서 잠깐 발을 멈추고 호기심에 찬 눈으로 사륜 포장마차를 돌아다보았다. 그녀를 돌아보는 그들의 얼굴은 어느 것이나 다 건강하고 쾌활하고 그녀를 자극하는 환희와 생명으로 가득차 있는 것처럼 다리야 알렉산드로브나에게는 여겨졌다. '모두 살아 있다. 모두 삶을 즐기고 있는 것이다.' 다리야 알렉산드로브나는 마차가 아낙네들의 곁을 지나 산길로 접어들자 말의 걸음이 빨라짐에 따라 또다시 낡은 사륜 포장마차의 부드러운 용수철에 유쾌하게 몸을 흔들리면서 생각을 계속했다. '그런데 나는 마치 감옥에서 나온 사람처럼, 여러 걱정으로 나를 죽여버릴 것 같은 세계에서 도망쳐 나와서 지금 겨우 잠깐 동안 정신을 차렸을 뿐이다. 모두들 살아 있다. 방금 그 아낙네들도, 나탈리도, 바렌카도, 지금 찾아가는 안나도. 그저 나만이 그렇지 않다.

그런데 세상 사람들은 모두 안나를 비난한다. 어째서일까? 도대체 내가 더 나은 게 무엇일까? 나에게는 적어도 내가 사랑하는 남편이 있다. 내가 바라는 대로는 아닐지언정, 아무튼 나는 남편을 사랑하고 있다. 그러나 안나는 자기 남편을 사랑하지 않았다. 도대체 그것이 왜 나쁘다는 것일까? 그녀는 살고 싶어한다. 하느님이 우리의 영혼에 그러한 마음을 심어놓은 것이다. 나라도 틀림없이 똑같은 짓을 했을 것이다. 그녀가 나와 남편의 문제 때문에 모스크바의 집에 와주었던 그 야단스럽던 때에 내가 그녀의 말을 들었던 것이 과연 잘한 짓이었는지 나로서는 아직도 판단이 서지 않는다. 나는 그때 남편을 버리고 다시 한번 삶을 고쳐 시작했어야 했다. 그랬다면 나는 정말로 사랑하기도 하고 사랑을 받을 수도 있었을 것이다. 지금 나에게 어디 그녀보다 나은 데가 있는 것일까? 나는 그 사람을 존경하지는 않는다. 그 사람이 나에게 필요하기 때문에,' 그녀는 남편에 대해 생각했다. '내 쪽에서도 참고 있을 뿐이다. 어찌하여 그것이 낫단 말인가? 그때였다면 나는 아직 다른 남자의 마음에 들 수도 있었다. 조금은 아름다움이 남아 있었으니까.' 다리야 알렉산드로브나는 계속 생각했고, 그녀는 잠깐 거울이 보고 싶어졌다. 그녀의 손주머니 속에 작은 여행용 거울이 들어 있었기에 그것을 꺼내려고 했다. 그러자 마부와 나란히 앉아 흔들리는 사무원의 뒷모습이 보였다. 그녀는 그들 가운데 누군가가 돌아본다면 매우 부끄러우리라 여기고 거울을 꺼내는 것은 그만두었다.

그러나 거울에 비추어보지 않더라도 지금도 아직 늦지 않았다고 그녀는 생각했다. 그녀는 스티바의 친구로 자기에게 유달리 친절한 세르게이 이바노비치며, 아이들이 성홍열에 걸렸을 때 자기와 함께 병구완을 해주었고 자기에게 마음을 두고 있었던 사람 좋은 투롭친을 생각해냈다. 그리고 또 한 사람 아직 젊은 사내가 있었는데, 남편이 농담조로 말했던 것에 따르면 그녀를 자매들 중에서 가장 아름답다고 여기는 청년이었다. 그러자 지극히 정열적인, 현실에 있을 수 없는 그러한 로맨스가 다리야 알렉산드로브나의 앞에 그려졌다. '안나가 한 짓은 훌륭하고, 나는 이제 결코 그녀를 비난하지 않겠다. 그녀는 행복하고, 상대방도 행복하게 해주고, 나처럼 굴복당하지 않고, 틀림없이 여느 때처럼 생기 넘치고 영리하며 무엇에나 마음을 터놓고 있을 것이다.' 다리야 알렉산드로브나는 생각했다. 그러자 능청스러운 미소가 그녀의 입가에 주름을 만들었다. 그녀는 안나의 로맨스에 대해 생각하면서 그것과 평행하게 자기를 사랑하는 상상 속의 근사한 남자와의 로맨스를 그려보았다. 그녀도 안나와 마찬가지로 모든 것을 남편에게 고백한다. 그리고 그 말을 들었을 때 놀라고 혼란스러워하는 스테판 아르카디치의 모습이 그녀를 쌩긋 웃게 했다.

이러한 공상 속에서 그녀는 보즈드비젠스코예로 가는 길의 모퉁이에 접어들었다.

17

마부는 사두마차를 세우고 달구지 옆에 농부들이 앉아 있는 오른쪽
의 호밀밭을 돌아보았다. 사무원은 뛰어내리려고 하다가 고쳐 생각하
고 농부 한 사람을 자기 쪽으로 손짓해 부르면서 명령하는 듯한 말투
로 소리질렀다. 마차가 달리는 동안 불어오던 미풍은 마차가 서자마자
멈춰버렸다. 화난 듯 꼬리를 휘두르며 등에를 쫓던 흠뻑 땀에 젖은 말
들의 몸뚱이에는 등에들이 잔뜩 달라붙어 있었다. 달구지 쪽에서 들려
오던 큰 낫을 두드려서 바로잡는 금속성도 멎었다. 농부 한 사람이 일
어서서 사륜 포장마차 쪽으로 걸어왔다.

"에이, 정말 느려터졌군!" 사무원은 버실버실 마른 울퉁불퉁한 길을
느럭느럭 디디면서 맨발로 걸어오는 농부를 향해 노한 것처럼 소리쳤
다. "어이, 빨리 오지 못하나!"

보리수 껍질로 고수머리를 질끈 동여맨 농부는 굽은 등을 땀으로 까
맣게 적시면서 걸음을 재촉하여 포장마차로 다가와서 햇볕에 그을린
손으로 마차의 흙받기를 잡았다.

"보즈드비젠스코예의 나리 댁 말씀예요? 백작님 댁 말씀이죠?" 그는
되풀이했다. "저 작은 산을 넘으면 바로 왼쪽으로 돌아가세요. 그리고
곧장 넓은 길을 따라서 가시면 저택이 나옵니다. 그런데 당신네는 도대
체 어느 분을 찾아가십니까? 백작님인가요?"

"아아, 모두들 집에 계실까, 할아범?" 다리야 알렉산드로브나는 심지
어 이런 농부한테까지도 안나를 어떻게 불러야 좋을지 몰라 애매하게
말했다.

"계실 겁니다." 농부는 맨발을 옮겨 디뎌 흙 위에 다섯 발가락이 뚜렷이 박힌 발자국을 남기면서 말했다. "틀림없이 계실 겁니다." 그는 이야기를 계속하고 싶어하는 태도로 되풀이했다. "어제도 손님들이 오셨습니다. 언제나 손님들이 많지요…… 어, 뭐라고?" 그는 달구지 쪽에서 뭔가 외치는 젊은이를 돌아보았다. "아, 그래! 조금 전에도 모두들 풀을 베는 기계를 보러 말을 타고 여길 지나가셨습니다. 그렇지만 지금쯤은 틀림없이 집에 도착하셨을 겁니다. 그건 그렇고 당신네는 어떤 분들인가요?……"

"우린 먼 데서 온 사람들이야." 마부석에 오르면서 마부가 말했다. "그럼 이제 얼마 안 남았군?"

"그러니까 바로 저기라고 말했잖아요. 달려가자마자……" 농부는 손으로 포장마차의 흙받기를 만지작거리면서 말했다.

튼튼해 보이는 땅딸막한 젊은이도 옆으로 다가왔다.

"뭐, 거두어들일 일이라도 있나요?" 그가 물었다.

"난 모르겠어."

"그러니까 말하자면 왼쪽으로 가시면 됩니다, 그러면 곧 닿게 돼요." 농부는 분명 이 나그네들을 놓아주고 싶지 않은 눈치로 더 이야기하고 싶은 듯이 말했다.

마부가 말을 몰았는데, 마차가 막 길을 꺾어들자마자 농부가 소리쳤다.

"기다려요! 여보세요, 손님! 기다리라니까!" 두 사람이 입을 모아 외쳤다.

마부가 말을 세웠다.

"모두들 오십니다! 저기 오십니다!" 농부가 외쳤다. "보시구려, 저기들 오십니다!" 그는 그 길을 따라 오고 있는 말을 탄 네 사람과, 말 한필이 끄는 이륜마차에 탄 두 사람을 가리키면서 외쳤다.

브론스키와 경마 기수와 베슬롭스키와 안나가 말을 타고, 바르바라 공작영애와 스비야시스키가 이륜마차에 타고 오는 중이었다. 그들은 운동 삼아 이번에 새로 들여온 곡식 베는 기계의 성능을 보러 나갔던 것이다.

승용마차가 멈추자 말을 탄 사람들은 보조를 늦추고 다가왔다. 맨 앞에는 안나가 베슬롭스키와 말을 나란히 하고 있었다. 안나는 갈기를 베어낸 꼬리가 짧고 키가 그리 크지 않은 탄탄한 영국산 콥종種 말을 차분히 몰고 있었다. 높은 모자 밑으로 칠흑 같은 머리칼이 드리워져 있는 그녀의 아름다운 머리, 통통한 어깨, 검은 승마복에 감싸인 가는 허리, 침착하고 우아한 승마 자세에 돌리는 경탄하지 않을 수 없었다.

처음에는 안나가 말을 탄 것이 점잖지 못한 행동처럼 여겨졌다. 다리야 알렉산드로브나는 마음속으로 여자의 승마는 언제나 젊은 여자들의 경솔한 미태媚態라고 생각해왔으므로, 안나와는 어울리지 않는 것이었다. 그러나 서로 가까이 다가가 자세히 보고 나서 그녀는 곧 안나의 승마를 시인해버렸다. 그 화려함에도 불구하고 그녀의 자세와 옷차림과 동작 모두가 그 누구도 이보다 더 자연스러울 수 없으리라고 여겨질 만큼 산뜻하고 점잖고 위엄이 있었다.

안나와 나란히 오는 잿빛의 팔팔한 기병용 말 위에는, 살찐 다리를 앞으로 쭉 뻗어 자신의 풍채를 과시하는 듯한 태도로 그 스코틀랜드 모자에 달린 리본을 나부끼고 있는 바센카 베슬롭스키가 타고 있었고,

다리야 알렉산드로브나는 그를 알아보고 유쾌한 미소를 금할 수 없었다. 그들의 뒤에서 브론스키가 따라왔는데, 그는 달리느라 기운이 난 듯한 우량종의 짙은 갈색 말을 타고 있었다. 그는 고삐를 당겨 말을 제지했다.

그의 뒤에서는 기수의 옷차림을 한 왜소한 사나이가 말을 타고 왔다. 스비야시스키와 공작영애는 커다란 경마용 검정말 한 필이 끄는 새 이륜마차를 타고 말을 탄 사람들을 뒤쫓아왔다.

낡은 포장마차의 한쪽 구석에 몸을 바싹 밀어붙이듯이 타고 있는 몸집 작은 사람이 돌리임을 알아보자마자 안나의 얼굴은 갑자기 기쁨의 미소로 빛났다. 그녀는 아아 하고 외치며 안장 위에서 몸을 떨고는 갤럽으로 말을 달렸다. 포장마차에 가까워지자 그녀는 누구의 도움도 빌리지 않고 훌쩍 말에서 뛰어내려 승마복 자락을 치켜들면서 돌리 쪽으로 뛰어왔다.

"너일 거라고 짐작은 했지만 설마 하는 마음도 있었어. 정말 기뻐! 내가 얼마나 기쁜지 너는 상상조차 할 수 없을 거야!" 그녀는 돌리에게 얼굴을 대고 키스를 하기도 하고, 또 갑자기 떨어져서 싱글벙글하고 그녀를 위아래로 훑어보기도 하면서 말했다.

"난 정말 기뻐, 알렉세이!" 그녀는 말에서 내려 그들 쪽으로 다가오는 브론스키를 돌아보고 말했다.

브론스키는 잿빛의 중산모를 벗고 돌리 옆으로 다가갔다.

"당신이 오신 것을 우리가 얼마나 기뻐하는지 당신은 좀처럼 믿지 못하실 겁니다." 그는 한마디 한마디에 특별한 의미를 담아 튼튼한 하얀 이를 드러내고 미소 지으며 말했다.

바센카 베슬롭스키는 말에서 내리지는 않고 모자만 벗어 머리 위로 기쁜 듯이 리본을 내흔들면서 손님을 환영했다.

"저 사람은 바르바라 공작영애야." 안나는 이륜마차가 다가왔을 때 돌리의 궁금해하는 듯한 눈빛을 보고 대답했다.

"아!" 다리야 알렉산드로브나가 말했다. 그러나 그녀의 얼굴은 부지중에 불만을 나타냈다.

바르바라 공작영애는 돌리 남편의 고모뻘로, 돌리는 전부터 그녀를 알고 있었으나 존경하지는 않았다. 그녀는 바르바라 공작영애가 온 생애를 유복한 친척들을 오가며 식객으로 지내왔다는 것을 알고 있었다. 그런데 그녀가 지금 전혀 남인 브론스키의 집에서 지내고 있다는 것은 남편의 친척으로서 돌리를 부끄럽게 했다. 안나는 돌리의 얼굴빛을 읽자 당황하여 얼굴이 상기되고 부지중에 승마복 자락을 손에서 놓는 바람에 걸려서 비틀거렸다.

다리야 알렉산드로브나는 세워진 이륜마차 쪽으로 가서 바르바라 공작영애와 싸늘하게 인사를 나누었다. 스비야시스키 또한 구면이었다. 그는 기인인 친구가 젊은 아내와 어떤 생활을 하고 있는가를 묻고 재빠른 눈길로 짝이 맞지 않는 말들이며 너덜너덜한 흙받기를 단 포장마차를 살펴본 후 부인들에게 이륜마차에 탈 것을 권했다.

"대신, 내가 이 탈것으로 가겠어요." 그가 말했다. "말은 순하고, 공작영애는 말 다루는 솜씨가 훌륭하니까."

"아녜요, 그냥 그대로 계세요." 옆으로 다가온 안나가 말했다. "우리는 포장마차로 가겠어요." 그러더니 돌리의 팔을 잡고서 그녀를 데리고 갔다.

다리야 알렉산드로브나의 눈은 지금껏 본 적이 없는 우아한 승용마차와 훌륭한 말과 자기를 둘러싼 우아하고 눈부신 사람들을 돌아보았다. 그러나 무엇보다도 그녀를 놀라게 한 것은 자기가 잘 알고 있고 또한 사랑하고 있는 안나에게 일어난 변화였다. 만약 주의력이 좀더 모자라고 또 이전의 안나를 알지 못하며, 특히 다리야 알렉산드로브나가 마차를 타고 오면서 줄곧 했었던 그러한 생각을 해본 적이 없는 여자였다면 안나에게서 딱히 특별한 것을 알아채지 못했을 것이다. 그러나 지금 돌리는 자기가 안나의 얼굴에서 발견한, 사랑을 하고 있는 여자의 얼굴에만 나타나는 그 일시적인 아름다움에 큰 충격을 받았다. 그녀의 얼굴에 있는 모든 것들, 턱과 뺨에 깊이 팬 보조개, 입술의 모양새, 얼굴 주위를 날아다니는 것 같은 미소, 눈의 반짝임, 우아하고 민첩한 동작, 음성의 풍부함, 그리고 베슬롭스키가 그녀의 콥종 말에게 오른발부터 갤럽하는 법을 가르칠 테니까 한번 타보게 해달라고 말했을 때 부드러우면서도 발끈하던 어조까지, 모두가 유난히 매혹적이었고, 안나 자신도 그것을 알고 기뻐하는 것처럼 보였다.

두 여자가 포장마차에 탔을 때 두 사람의 마음에 갑자기 혼란이 일어났다. 안나는 돌리가 자기를 보는 주의깊고 의심쩍은 눈빛 때문에 당황했고, 돌리는 스비야시스키가 탈것이라고 말한 뒤였으므로 안나가 자기와 함께 탄 이 더럽고 낡은 포장마차가 저도 모르게 창피하게 느껴졌던 것이다. 마부인 필리프와 사무원도 똑같이 느끼고 있었다. 사무원은 자신의 당황을 감추기 위해 부인네를 태우느라고 부산을 떨었으나, 필리프는 시무룩한 얼굴을 하고 이러한 외적인 우월에 굴종해서는 안 된다고 미리 마음의 준비를 했다. 그는 경마용 검정말을 힐끗 보고 벌써 마음속으로 이 이륜마차를 끌고 있는 검정말은 다만 산책용 정도로 좋을 뿐이고, 여간해선 더울 때 단숨에 사십 베르스타나 달려갈 것 같지는 않다고 단정해버리고 힐쭉 빈정대는 듯한 웃음을 띠었다.

농부들은 모두 달구지 옆에서 일어나 제 나름의 비평을 하면서 서로 인사하는 손님들을 신기한 듯 즐겁게 보고 있었다.

"양쪽 다 기뻐하고 있군, 오랫동안 만나지 않았던 거야." 보리수 껍질로 머리를 동여맨 고수머리 노인이 말했다.

"저거 봐, 게라심 영감, 저 검은 종마로 곡식 다발을 나르게 하면 정말 신날 거야!"

"저기 저 바지를 입은 사람은 여자야?" 그들 중 한 사람이 여자 안장에 앉아 있는 바센카 베슬롭스키를 가리키면서 말했다.

"아냐, 남자야. 저거 봐, 정말 멋있게 앉아 있는걸."

"자, 어때, 모두 이제 낮잠이라도 자지 않겠나?"

"지금 낮잠이 다 뭐야!" 영감은 곁눈질로 해를 바라보며 말했다. "이거 봐, 벌써 정오가 지났어! 갈고랑이 들게나, 나가자고!"

18

안나는 여위고 늘어진 주름 사이에 먼지가 앉은 돌리의 얼굴을 바라보고 자기 마음에 떠올랐던 것, 즉 돌리가 야위었다는 말을 하려고 했다. 그러나 자기 자신은 더 아름다워졌다는 것, 그리고 돌리의 눈빛에서 그녀도 그렇게 생각하고 있다는 것을 깨닫자 그녀는 휴우 한숨을 몰아쉬고 자기에 대해 이야기하기 시작했다.

"너는 나를 보고," 그녀는 말했다. "이런 상황에 있으면서 어떻게 행복할 수 있을까 이상하다고 생각하지? 그래! 정말 이런 말을 한다는 것은 아주 부끄럽지만, 난…… 나는 더할 나위 없이 행복해. 나에게는 무언가 꿈 같은, 마법 같은 일이 일어났어. 마치 무섭고 답답해져서 갑자기 눈을 뜨고 보니 무서운 것이라곤 조금도 없다는 것을 느낄 때와 같은 그런 기분이야. 나는 꿈에서 깨어난 거야. 나는 괴롭고 무서운 생활을 해왔어. 그러나 지금 나는 이미 훨씬 전부터, 특히 이곳에 온 뒤로는 완전히 행복해졌어!……" 그녀는 호기심과 수줍음이 어린 미소를 띠고 돌리의 얼굴을 쳐다보면서 말했다.

"나도 정말 기뻐!" 돌리는 웃는 얼굴로, 그러나 저도 모르게 의도한 것보다 냉담한 어조로 말했다. "난 너를 위해서 정말 기쁘게 생각하고 있어. 어째서 편지를 주지 않았어?"

"어째서냐고?…… 나는 그것까지는 감히 할 수 없었어…… 아무래도 넌 내 처지를 잊었나본데……"

"다른 사람도 아닌 나에게 감히 할 수 없었다니? 만일 네가 내 생각을 알고 있다면…… 나는 말이야, 이렇게 생각하고 있어……"

다리야 알렉산드로브나는 오늘 아침 자기가 한 생각을 털어놓으려 했으나, 어째서인지 지금은 적합하지 않은 것처럼 여겨졌다.

"그러나 그 이야기는 나중에 할게. 이것은, 이 근처의 건물들은 다 뭐야?" 그녀는 화제를 바꿀 양으로 아카시아며 라일락으로 된 푸르른 생울타리 뒤로 들여다보이는 붉은색과 녹색의 지붕들을 가리키면서 물었다. "마치 작은 도시 같군."

그러나 안나는 그 말에 대답하지 않았다.

"아니, 아니! 말을 돌리지 마! 넌 내 처지를 어떻게 생각하고 있어, 응?" 그녀가 물었다.

"나는……" 다리야 알렉산드로브나는 말을 시작하려고 했다. 그러나 이때 바센카 베슬롭스키가 예의 콥종 말을 타고 오른발부터 내딛는 갤럽을 가르치느라 짧은 재킷에 싸인 몸뚱이로 여자용 안장의 부드러운 가죽 위에서 육중한 소리를 내며 두 사람의 곁을 달려 지나갔다.

"잘됩니다, 안나 아르카디예브나!" 그가 외쳤다.

안나는 그를 보지 않았다. 그러나 또다시 다리야 알렉산드로브나는 마차 속에서 이런 긴 이야기를 시작하는 것은 부적절하다고 여겨서 자신의 의견을 생략해버렸다.

"나는 아무것도 생각하고 있지 않아." 그녀는 말했다. "그저 언제나 너를 사랑하고 있을 뿐이야. 그런데 사람을 사랑한다는 것은 있는 그대로의 그 사람 전체를 사랑하는 것이지, 그 사람이 이렇게 돼주었으면 하는 것은 아니야."

안나는 친구의 얼굴에서 고개를 돌리고 눈을 가늘게 뜬 채(이것은 돌리가 전에 알지 못했던 그녀의 새로운 버릇이었다) 이러한 말들의 의미를 잘 이해하려는 듯 생각에 잠겼다. 그리고 분명 돌리가 바란 대로 그 말을 이해한 양 돌리의 얼굴을 힐끔 쳐다보았다.

"설령 너에게 죄가 있다고 하더라도," 그녀는 말했다. "네가 이렇게 와주었다는 것과 지금 한 말로 완전히 지워져버릴 거야."

돌리는 안나의 눈에 눈물이 핑 도는 것을 보았다. 그녀는 묵묵히 안나의 손을 쥐었다.

"그런데 이 건물들은 뭐야? 정말 꽤 많은데!" 그녀는 잠시 침묵이 흐른 뒤 자신의 물음을 되풀이했다.

"이것은 집에서 일을 보고 있는 사람들의 집이며 공장이며 마구간이야." 안나가 대답했다. "그리고 여기서부터는 유원지야. 완전히 황폐해져 있던 것을 알렉세이가 손을 대서 새롭게 고쳐놓았어. 그이는 이 영지를 굉장히 사랑하고 있거든. 나는 정말 전혀 예기치도 않았지만, 그이는 농장 일에 완전히 넋을 빼앗겨버렸어. 그러나 그이는 워낙 재능이 풍부하니까! 그이는 무엇을 하거나 훌륭하게 해치워. 권태라는 것을 모를 뿐만 아니라 그야말로 열심히 하니까. 내가 알고 있는 한 그이는 면밀하고 훌륭한 농장 주인이 되어버렸어. 농사일에 대해서는 인색해지기까지 했어. 그러나 농사에 관해서만 그래. 몇만이라는 액수가 되면 그이는 계산 같은 건 하지 않아." 그녀는 여자가 자기만 알고 있는 애인의 비밀스러운 특성을 이야기할 때 곧잘 보이는 그 기쁜 듯한 능청스러운 미소를 띠고 말했다. "저봐, 저기 큰 건물 보이지? 새 병원이야. 난 십만 루블 이상 들 거라고 생각해. 저것이 지금 그이의 *도락*이야. 게다가 어떤 것이 동기가 되어 시작했느냐 하면, 언젠가 농부들이 와서 목초지를 더 싸게 이용할 수 있게 해달라고 부탁했어. 그런데 그이가 거절한 듯해서 내가 인색하다고 나무랐어. 물론 그 일 때문만은 아니야. 여러 가지 이유가 겹치긴 했지만, 아무튼 그이는 자기가 전혀 인색하지 않다는 걸 보이기 위해서 저 병원을 세우기 시작한 거야. 이런 일은 *사소한 것*이지만, 나는 그 때문에 그이를 더욱 사랑하고 있어. 아아, 이제 곧 집이 보일 거야. 아직도 할아버지 때 그대로야. 그이는 외부는 조금도 바꾸지 않았거든."

"어머나, 정말 훌륭하군!" 뜰에 있는 다양한 초록빛의 해묵은 나무들 사이로 드러나 보이는 둥근 기둥이 늘어선 훌륭한 저택을 돌리는 무의식중에 놀란 눈으로 쳐다보면서 말했다.

"정말 좋지, 응? 게다가 저 집의 위층에서 바라보는 경치는 더욱 좋아."

그들은 자갈이 깔리고 화단으로 꾸며진, 그리고 두 일꾼이 인공을 더하지 않은 구멍투성이의 자연석으로 무너지기 쉬운 화단의 가장자리를 쌓고 있던 뜰에 마차를 몰고 들어가 달개가 있는 현관 앞의 차도에 멈추었다.

"아, 벌써 모두 와 있군!" 안나는 정면 현관의 층계에서 막 끌어낸 승마용 말을 보면서 말했다. "정말 좋지 않아, 저 말은? 콥종 말이야. 내 애마지. 이리 데려와서 설탕을 줘요. 백작은 어디 계시지?" 그녀는 제복차림으로 뛰어나온 두 하인에게 물었다. "아, 저기 계시군!" 그녀는 베슬롭스키와 같이 자기 쪽으로 나오는 브론스키를 발견하고 말했다.

"당신은 공작부인을 어디로 모실 건가요?" 브론스키는 안나에게 프랑스어로 말했으나 그 대답을 기다리지 않고, 다시 한번 다리야 알렉산드로브나와 인사하고 이번에는 그녀의 손에 키스했다. "나는 발코니가 있는 넓은 방이 좋을 거 같은데?"

"오 아녜요, 거기는 너무 멀어요! 그보다는 모퉁이에 있는 방이 나을 거예요. 그래야 얼굴도 더 많이 보게 되고요. 그럼 자, 가실까요." 안나는 하인이 가져온 설탕을 자신의 애마에게 주면서 말했다.

"당신은 자신이 해야 할 일을 잊고 계시는군요." 그녀는 마찬가지로 정면 현관의 층계로 나온 베슬롭스키에게 말했다.

"죄송하지만, 나도 호주머니에 잔뜩 가지고 있답니다." 그는 조끼 호주머니에 손가락을 집어넣고 싱글벙글하면서 말했다.

"그러나 오시는 게 너무 늦었어요." 그녀는 말이 설탕을 핥느라고 적신 손을 손수건으로 닦으면서 말했다. 안나는 돌리 쪽을 돌아보았다. "오래 묵고 가겠지? 아니면 하루? 그건 안 돼!"

"그렇지만 난 그렇게 약속하고 온걸, 어린애들이……" 돌리는 포장마차에서 손주머니를 가져와야 한다는 것과, 자신의 얼굴이 틀림없이 먼지투성이가 되어 있을 거라는 생각 때문에 혼란스러워하면서 말했다.

"아냐, 돌리, 내 사랑…… 뭐, 그건 이따 얘기해. 아무튼 가자, 가자!" 안나는 돌리를 방으로 데리고 갔다.

그 방은 브론스키가 말한 객실이 아니고 돌리라면 양해해주리라고 안나가 말했던 구석방이었다. 그러나 양해를 구하지 않으면 안 되는 방마저도 돌리 같은 사람은 한 번도 살아본 적이 없는, 그리고 외국의 훌륭한 호텔을 상기시켰을 만큼 사치스러운 방이었다.

"아, 돌리, 난 정말 행복해!" 안나는 승마복 그대로 잠깐 동안 돌리의 곁에 앉아 말했다. "너도 아이들 이야기를 해줘. 난 스티바와 잠깐 만났어. 하지만 오빠와는 아이들 이야기를 할 수 없잖아. 내가 정말 좋아하는 타냐는 어떻게 지내고 있어? 많이 컸겠지?"

"응, 많이 컸어." 다리야 알렉산드로브나는 자기가 아이들에 대해 이렇게 냉담한 어조로 대답하게 된 것에 스스로 놀라면서 간단하게 대답했다. "우리는 레빈의 집에서 즐겁게 지내고 있어." 그녀가 덧붙였다.

"만약 내가 알고 있었다면," 안나는 말했다. "네가 나를 멸시하지 않는다는 것을…… 애들도 모두 데려왔다면 좋았을 텐데. 스티바는 알렉세이와 오래전부터 다정한 친구잖아." 이렇게 덧붙이고 나서 그녀의 얼굴이 갑자기 새빨개졌다.

"응, 그렇지만 우리는 정말 잘 지내……" 돌리는 어쩔 바를 모르면서 대답했다.

"어머나, 정말 나 좀 봐, 기쁜 나머지 쓸데없는 소리만 지껄이고. 다만 내 사랑, 난 너를 만나게 돼서 얼마나 기쁜지 몰라!" 안나는 또다시 돌리에게 키스하면서 말했다. "그건 그렇고, 넌 아직 나에 대해 무엇을 어떻게 생각하고 있는지 말해주지 않았어. 정말 궁금해. 그렇지만 나는 네가 있는 그대로의 나를 보아주는 것이 무엇보다도 기뻐. 나는 무엇보다도 다른 사람들에게 내가 뭔가를 변명하고 싶어하는 것처럼 보이고 싶지 않아. 그런 변명은 결코 할 생각이 없어. 나는 그저 살고 싶을 뿐이야. 나 이외의 어떤 사람에게도 나쁜 짓을 하고 싶지 않을 뿐이야. 나에게도 그만한 권리는 있어, 그렇지 않아? 그렇지만 이렇게 간단하게 할 이야기는 아니야. 그러니까 나중에 모든 걸 천천히 이야기해. 잠깐 옷을 갈아입고 올게. 그리고 곧 하녀를 이리 보낼게."

19

혼자 남은 다리야 알렉산드로브나는 주부의 눈으로 방을 둘러보았다. 모든 것, 그녀가 이 집으로 오면서 보았고 그 안을 돌아다니면서 보았고 지금 또 이 방에서 본 모든 것이 그녀의 마음에 그녀가 영국 소설에서 읽었을 뿐 아직 한 번도 러시아에서는, 특히 이런 시골에서는 전혀 접한 적이 없었던 새로운 유럽풍의 사치와 멋과 풍요로움의 인상을 새겨놓았다. 프랑스제 최신 벽지에서 온 방안에 깔려 있는 융단에 이르기까지 모두가 새로운 것들뿐이었다. 침대에는 스프링이 달린 매트리스가 깔려 있고, 특별한 침대 머리맡이 갖춰져 있고 조그마한 쿠션 위에는 값비싼 비단 베갯잇이 씌워져 있었다. 대리석 세면대, 화장대, 작은 소파, 테이블, 벽난로 위의 청동 시계, 창문 커튼, 이러한 모든 것이 다 값지고 새로운 것들뿐이었다.

시중을 들기 위해 들어온 멋쟁이 하녀는 머리 모양에서 옷차림에 이르기까지 돌리보다 훨씬 세련되었고, 그 방 전체와 마찬가지로 새롭고 값져 보였다. 다리야 알렉산드로브나는 그녀의 공손함, 청초함, 친절함이 마음에 들었지만, 그녀와 함께 있는 것은 어쩐지 거북스러웠다. 그녀는 운 나쁘게 잘못 넣어 온 기워진 재킷을 하녀가 볼까봐 두려웠다. 자기 집에서는 그렇게도 자랑스럽게 여겼던 그 형겊이며 기워진 데가 창피해진 것이다. 집에서는 여섯 벌의 재킷을 지으려면 일 아르신에 육십오 코페이카 하는 천이 이십사 아르신 든다. 말하자면 바느질이며 장식붙임을 따로 하더라도 십오 루블 이상의 돈이 드는데, 그 십오 루블을 절약했다는 사실이 이 하녀 앞에서 부끄럽다는 것은 아니었지만 어쩐지 거북스러웠다.

다리야 알렉산드로브나는 옛날부터 친숙한 안누시카가 방으로 들어왔을 때 정말이지 안도의 한숨을 쉬었다. 멋쟁이 하녀는 마님에게 불려갔기 때문에 다리야 알렉산드로브나한테는 안누시카가 남았다.

안누시카는 부인의 내방이 몹시 기쁜 듯 끊임없이 떠들었다. 돌리는 이 여자가 안주인의 신상에 대해, 특히 안나 아르카디예브나에 대한 백작의 사랑과 헌신에 대해 자신의 의견을 늘어놓고 싶어한다는 것을 알아챘지만, 상대방이 그쪽으로 이야기를 옮겨가려 하면 계속해서 저지했다.

"저는 안나 아르카디예브나와 같이 자랐기 때문에 저에게는 무엇보다도 소중한 분이에요. 그야 뭐 우리가 이러쿵저러쿵할 일은 아녜요. 그렇지만, 아무튼, 저렇게 사랑하고……"

"저 미안하지만, 이것을 빨도록 맡겨줘." 다리야 알렉산드로브나는 그녀의 말을 가로막았다.

"알겠어요. 이 댁에는 세탁을 위해 두 여자가 따로 고용돼 있습니다만, 흰 것은 모두 기계로 하고 있어요. 백작은 무슨 일이건 자기 자신이 직접 여러 가지를 지시하고 계세요. 정말 보기 드문 남편이에요……"

돌리는 안나가 방으로 들어와서 안누시카의 수다를 중단시켜준 것이 기뻤다.

안나는 아주 산뜻한 새 모시옷으로 갈아입고 있었다. 돌리는 주의 깊게 이 산뜻한 옷을 보았다. 그녀는 이 담백함이 무엇을 의미하며 얼마만큼의 돈이 드는가를 알고 있었다.

"오래전부터 아는 사이지." 안나는 안누시카에 대해 말했다.

안나는 이제 전혀 동요하지 않았다. 그녀는 완전히 여유롭고 침착했다. 돌리는 그녀가 벌써 자신의 내방이 그녀에게 주었던 감동에서 완전히 벗어나 그녀의 감정과 속내가 간직되어 있는 마음의 문을 닫아버린 듯 피상적이고 냉담한 태도를 취하고 있음을 알았다.

"그건 그렇고 네 딸애는 어떻게 되었어, 안나?" 돌리가 물었다.

"아니? (그녀는 자신의 딸 안나를 그렇게 불렀다.) 건강해. 아주 좋아졌어. 그앨 보고 싶어? 그럼, 가자. 보여줄게. 정말 그애 때문에 여러 가지 걱정도 많았지." 그녀는 이야기하기 시작했다. "유모 때문에 말이야. 우리는 이탈리아인 유모를 두었지. 좋은 여자이긴 하지만 말할 수 없는 바보야! 우리는 돌려보낼 생각이었는데, 아이가 그녀에게 완전히 정이 들어버려서 여전히 집에 두고 있어."

"그건 그렇고 어떻게 했어?……" 돌리는 그 작은 여자애가 어느 쪽의 성을 갖게 되는가를 물어보려고 했으나, 안나의 얼굴이 별안간 싹 흐려진 것을 알아채고 얼른 질문을 바꾸었다. "어떻게 했어? 이제 젖은 뗐어?"

그러나 안나는 눈치를 채고 물었다.

"그런 것을 물어볼 생각이 아니었잖아? 그애의 성에 대해 물어볼 생각이었지? 그렇지? 그 점에 대해서는 알렉세이도 괴로워하고 있어. 그애에게는 성이 없어. 굳이 말하자면 그애는 카레니나야." 안나는 속눈썹밖에 보이지 않을 만큼 눈을 가느다랗게 뜨고 말했다. "그렇지만," 그녀는 갑자기 또 표정이 밝아졌다. "그건 나중에 천천히 이야기하기로 해. 그것보다 자, 가자. 너에게 그애를 보여줄게. *정말 귀여워*, 벌써 기어다니고 있어."

아이방에서는 온 집안의 어디에서나 다리야 알렉산드로브나를 놀라게 했던 사치가 한층 더 뚜렷이 드러났다. 거기에는 영국에 직접 주문한 장난감 수레도, 보행기도, 기어 돌아다니기에 편리하게 만들어진 당구대식 소파도, 요람도, 그네와 목욕통도 있었다. 모두 영국제로 튼튼하고 품질이 좋은 분명히 아주 값비싼 것들이었다. 방은 크고 천장이 매우 높고 밝았다.

그녀들이 들어갔을 때 아기는 셔츠 바람으로 탁자 옆 조그마한 안락의자에 앉아 온통 가슴을 적시면서 수프를 받아먹고 있었다. 아이방에 딸린 러시아인 하녀는 수프를 먹여주면서 자기도 먹고 있었던 것 같았다. 유모도 보모도 없었다. 그들은 옆방에 있었다. 거기서 기묘한 프랑스어로 이야기하는 소리가 들려왔는데, 이 여자들은 그러한 말로 겨우 서로 의사소통을 할 수 있었던 것이다.

안나의 목소리가 들리자 성장을 한, 키가 크고 불쾌한 낯빛과 불순한 표정을 한 영국인 여자가 허둥지둥 금발의 고수머리를 내흔들며 문으로 들어와, 안나가 별로 나무라지도 않는데 이내 자기 변명을 시작했다. 안나가 한마디 할 때마다 이 영국인 여자는 허둥지둥 몇 번이고 이렇게 말했다. *"네, 마님."*

눈썹이 검고 머리털이 검은, 팽팽하게 잡아당긴 닭살같이 튼튼하고 붉은 몸에 새빨간 볼을 한 아기는 낯선 얼굴을 보고 험한 표정을 지었음에도 불구하고 단박에 다리야 알렉산드로브나의 마음에 들었다. 그녀는 그 아이의 건강한 모습이 부러웠고, 그애가 기어다니는 모양 또한 아주 마음에 들었다. 그녀의 아이들은 하나도 이렇게 기어다니지는 않았다. 그애가 융단 위에 앉혀지고 옷의 뒷자락이 밑으로 접혀들어간 모습은 깜찍할 만큼 귀여웠다. 그애는 조그마한 짐승처럼 빛나는 까만 눈으로 어른들을 둘러보며, 분명 자기가 귀여움 받는 것이 기쁜 듯 방실거리면서 두 다리를 옆으로 벌리고 힘차게 두 손을 앞으로 내뻗고는 재빨리 몸을 그쪽으로 끌어붙였다가는 또다시 손을 앞으로 뻗었다.

그러나 아이방 전체의 분위기, 특히 영국인 여자는 다리야 알렉산드로브나의 마음에 몹시 거슬렸다. 오직 지금 안나의 비정상적인 가정에는 점잖은 부인은 일하러 오지 않을 것이라는 이유에서만, 다리야 알렉산드로브나는 사람을 보는 안목을 가진 안나가 어째서 이토록 비호감인 비천한 영국인 여자를 자기 아이를 위해 고용했는지 이해할 수 있었다. 게다가 두서너 마디 이야기하는 사이에 이내 다리야 알렉산드로브나는 안나와 유모와 보모와 아이가 서로 서먹하다는 것, 어머니가 여기에 오는 일이 극히 드물다는 것을 눈치챘다. 안나는 아이에게 장난감을 꺼내주려고 했으나 어디 있는지 찾지 못했다.

돌리가 무엇보다 놀란 것은 아이에게 이가 몇 개나 나 있느냐는 물음에 안나가 틀리게 답했고, 최근에 난 이 두 개에 대해서는 전혀 모르고 있다는 것이었다.

"나는 이따금 스스로 측은한 생각이 들 때가 있어. 여기에서는 내가 마치 필요 없는 사람 같은 기분이 들어." 안나는 아이방을 나오면서 문가에 있던 장난감을 피하기 위해 치맛자락을 치켜들면서 말했다. "첫아이 때는 전혀 이렇지 않았는데 말이야."

"나는 그 반대일 거라 생각하고 있었어." 다리야 알렉산드로브나는 조심스레 말했다.

"오, 그렇지 않아! 너도 알고 있잖아, 내가 그애를, 세료자를 만났던걸." 안나는 뭔가 멀리 있는 것을 보기라도 하는 듯 눈을 가느다랗게 뜨고 말했다. "그렇지만 이 일은 나중에 천천히 얘기해. 너는 모를 수도 있겠지만, 나는 지금 갑자기 산더미 같은 음식 앞에 내놓인 굶주린 사람 같아. 무엇부터 손을 대야 할지 전혀 모르겠어. 산더미 같은 음식이라는 것은, 너에게 지금부터 하려고 하는, 지금까지 누구하고도 할 수 없었던 이야기를 말하는 거야. 정말로 나는 무엇부터 말해야 할지 모르겠어. *하지만 너를 가만히 내버려두지는 않을 거야.* 나는 다 이야기하지 않으면 안 되니까. 그래, 먼저 네가 여기서 만나게 될 사람들을 대충 이야기해줘야 하겠지." 그녀는 이야기를 시작했다. "부인들부터 말할게. 바르바라 공작영애, 너도 알고 있겠지. 나도 너와 스티바가 그분을 어찌 생각하는지는 알고 있어. 스티바는 그분이 살고 있는 목적은 오직 카테리나 파블로브나 고모님보다 자기가 우월하다는 걸 나타내기 위해서라고 말하고 있어. 그건 정말 그래. 그래도 그분은 좋은 사람이야. 그리고 나는 그분에게 감사하고 있어. 페테르부르크에 있었을 때 나는 꼭 한번 *샤프롱**이 필요했던 적이 있었어. 그때 마침 그분이 와주셨어. 정말 좋은 분이야. 그분은 내 처지의 괴로움을 아주 가볍게 해주었어. 너에게는 내 처지의 괴로움이 어떤 것이었는지 이해가 안 갈 거야⋯⋯ 거기, 그러니까 페테르부르크에서 말이야." 그녀는 덧붙였다. "여기서는 난 완전히 안정되어 있고 행복해. 그렇지만 이것도 나중에 얘기하기로 해. 다른 분들에 대해 이야기해야 하니까. 스비야시스키, 이분은 귀족단장으로 굉장히 훌륭한 사람이지만 알렉세이에게 뭔가 볼일이 있는 것 같아. 이렇게 시골에서 살게 된 후로 알렉세이는 그 재산 덕택으로 크나큰 세력을 갖게 되었거든. 그리고 투시케비치, 이 사람은 너도 알 거야. 벳시 측근에 있던 사람인데 지금은 버림을 받고 우리한테 와 있어. 이 사람은 알렉세이의 표현을 빌리자면, 자기가 나타내 보이려고 하는 그대로를 받아들여준다면 매우 유쾌한 사람 중 하나이고, 바르

---

* 젊은 부인이 공적인 자리에 나갈 때 필요한 동행인.

바라 공작영애의 말을 빌리자면 *게다가 훌륭한 사람*이지. 다음은 베슬롭스키…… 너는 이분도 알고 있을 거야. 아주 귀여운 어린애지." 그녀는 말했다. 그러자 능청스러운 미소가 그녀의 입술 언저리에 새겨졌다. "그건 그렇고, 레빈과의 그 야만적인 이야기는 도대체 어떻게 된 거야? 베슬롭스키가 알렉세이에게 얘기했지만 우리는 믿어지지가 않아. *그 사람은 정말 얌전하고 순박한 사람인데*." 그녀는 또다시 똑같은 미소를 띠고 말했다. "남자들에게는 심심파적이라는 것이 필요해. 그래서 알렉세이에게도 온갖 사람들이 필요하지. 그렇기 때문에 나는 이러한 사람들을 모두 소중히 여기고 있어. 말하자면 나는 집안을 언제나 활기 있고 유쾌하게 해두지 않으면 안 돼. 알렉세이가 뭔가 새로운 것을 바라거나 하지 않게끔 말이야. 그리고 또 한 사람, 집사가 있어. 아주 성실한 독일인으로 자신의 일을 잘 알고 있어. 그래서 알렉세이는 이 사람을 몹시 소중하게 여기고 있어. 그리고 의사, 젊은 사람으로 완전한 허무주의자는 아니지만 뭐랄까, 나이프로 음식을 먹는 타입이지…… 그렇지만 아주 뛰어난 의사야. 그리고 건축기사도 있지…… *하나의 조그마한 궁전이라고 할까*."

20

"자, 공작영애, 돌리를 데려왔어요. 당신이 그렇게 만나보고 싶어하셨던." 안나는 다리야 알렉산드로브나와 함께 널따란 석조 발코니로 나가면서 말했다. 거기에는 그늘진 곳에 수틀을 앞에 놓고 알렉세이 키릴로비치 백작을 위해 안락의자 덮개를 수놓으면서 바르바라 공작영애가 자리잡고 있었다. "이분은 만찬 때까지는 아무것도 들고 싶지 않다고 하시지만, 뭐든 조금이라도 갖다드리라고 일러주세요. 나는 알렉세이를 찾으러 가서 모두 모시고 올 테니까요."

바르바라 공작영애는 친절하지만 약간 보호자연하는 태도로 돌리를 맞고 이내 자기가 안나한테 와 있는 것은 자신의 동생 카테리나 파블로브나, 즉 안나를 길러낸 장본인보다도 언제나 더 안나를 사랑해왔기 때문이며, 특히 모든 사람이 안나를 버리고 만 지금으로서는 가장 괴로운 시기에 있는 그녀를 돕는 것이 자신의 의무라고 생각했기 때문이라고 설명하기 시작했다.

"남편이 저애와 이혼해주면, 그럼 나는 또 외로운 생활로 돌아갈 거야. 그렇지만 지금은 내가 도움이 될 수도 있으니까, 내게는 아무리 쓰라린 일이라도 나는 내 의무를 다하고 있는 거지. 이러니저러니해도 나는 남들과는 다르니까. 그건 그렇고, 넌 정말 친절하구나, 정말 잘 와주었어! 저 두 사람은 가장 의좋은 부부처럼 잘 지내고 있어. 두 사람을 심판하는 것은 하느님이지, 우리가 아니야. 그렇지만 비류좁스키와 아베니예바만 하더라도…… 니칸드로프만 하더라도, 바실리예프와 마모노바만 하더라도, 리자 넵투노바만 하더라도…… 모두 그랬겠잖아. 하지만 어느 누구도 그 사람들에 대해 이러쿵저러쿵하지 않았어! 그리고 결국에는 누구나 다 그 사람들과 교제하게 되었지. 그리고 이 집에서는 굉장히 즐겁고 예의바른 풍습이 행해지고 있어. 완전히 영국식이야. 아침식사 때 모두 얼굴을 맞대고 그뒤엔 뿔뿔이 흩어져버리지. 저녁식사 때까지 저마다 하고 싶은 일을 해. 저녁식사는 일곱시야. 스티바가 너를 여기 보낸 것은 정말 잘한 일이야. 그에게는 여기 사람들의 힘을 빌리는 것도 필요하니까. 너도 알겠지만, 백작은 어머니와 형님을 통해 무슨 일이라도 할 수 있는 지위에 있으니까. 그래서 그들은 여러 가지 좋은 일을 하고 있어. 그 사람은 너에게 병원에 대해 이야기하지 않던가? *훌륭한 것이 될 거야. 모든 걸 파리에다 주문하니까.*"

두 사람의 이야기는 당구실에서 남자들 무리를 찾아내어 그들과 함께 테라스로 돌아온 안나에 의해 중단되었다. 저녁식사까지는 아직 꽤 많은 시간이 있었고 날씨가 좋았기 때문에 남은 두 시간을 보내기 위한 몇 가지 방법이 제안되었다. 시간을 보내는 방법은 보즈드비젠스코예에는 얼마든지 있었고, 그것들은 모두 포크롭스코예에서 행해지던 방법과는 달랐다.

"*테니스 한 게임 어때요.*" 베슬롭스키가 그 아름다운 미소로 싱긋 웃으면서 제안했다. "나는 또 당신과 짝이 되겠습니다, 안나 아르카디에브나."

"아니, 더우니까, 그것보다는 뜰을 조금 거닐고 보트를 내어 다리야 알렉산드로브나에게 강가를 보여드리는 게 더 나을 거야." 브론스키가 말을 꺼냈다.

"나는 무엇이든 찬성입니다." 스비야시스키가 말했다.

"돌리에게는 산책이 가장 좋으리라고 생각해요, 그렇지 않아요? 그런 뒤에 보트를 타요." 안나가 말했다.

그렇게 하기로 의견이 모아졌다. 베슬롭스키와 투시케비치는 욕장으로 가서 보트를 준비하고 기다리겠다고 약속했다.

그들은 둘씩 짝지어 오솔길을 걸었다. 안나는 스비야시스키와, 돌리는 브론스키와. 돌리는 자기가 지금 끼어들게 된 전혀 새로운 환경 때문에 조금 얼떨떨하고 불안했다. 추상적이고 논리적으로 그녀는 안나의 행위를 정당하다고 여겼을 뿐만 아니라 심지어 격려하기까지 했다. 도덕적인 생활의 단조로움에 지친, 조금도 나무랄 데 없이 도덕적인 여자에게 흔히 있는 것처럼 그녀는 먼 발치에서 이 죄 많은 사랑을 용서했을 뿐만 아니라 부러워하기까지 했던 것이다. 게다가 그녀는 또 진심으로 안나를 사랑하고 있었다. 그러나 지금 눈앞에 있는 그녀를, 이러한 그녀에게는 남이고 다리야 알렉산드로브나에게는 낯설고 세련된 분위기의 사람들에게 둘러싸인 그녀를 보자 어쩐지 거북스럽고 어색하지 않을 수 없었다. 특히 불쾌한 것은 자기가 누리는 편의를 위해 모든 것을 용서하고 있는 것 같은 바르바라 공작영애를 보는 일이었다.

말하자면 관념적으로는 돌리도 안나의 행위를 시인하고 있었지만, 안나가 이러한 행위를 하게 만든 당사자인 그 사내를 보는 것은 불쾌했다. 게다가 그녀는 전부터 브론스키가 마음에 들지 않았다. 그녀는 그를 매우 교만한 사내라고 여겼으며, 그에게서 부 이외에는 아무것도 자랑할 만한 면모를 발견하지 못했다. 그런데 브론스키는 본의 아니게 자신의 집이었으므로 전보다도 더 그녀의 마음에 압박을 가했고, 돌리는 그와 같이 있을 때면 편안한 기분이 될 수 없었다. 그녀는 그에 대해 아까 재킷 때문에 하녀에게 느꼈던 것과 똑같은 감정을 경험했다. 그 헝겊을 댄 것이 하녀에게 각별히 부끄러운 것은 아니었지만 어쩐지 거북했던 것처럼, 그와 같이 있으니까 그녀는 자기 자신이 부끄러운 것은 아니지만 어쩐지 자꾸 거북스러워서 견딜 수가 없었다.

돌리는 자기가 당황하고 있음을 느끼고 열심히 화제를 찾았다. 그녀는 그처럼 오만한 사람에게 이 집들과 정원 따위를 칭찬하는 것은 틀림없이 그를 불쾌하게 하리라고 생각했지만, 달리 화제가 생각나지 않았으므로 별수 없이 자기는 이 집이 몹시 마음에 들었다고 그에게 말했다.

"네, 퍽 아름다운 건축이에요. 특히 그 훌륭한 고풍 양식이 말예요." 그가 말했다.

"나는 정면 현관 층계 앞의 뜰이 아주 마음에 들어요. 저것은 옛날부터 저대로였나요?"

"오 천만에요!" 그는 말했다. 그의 얼굴은 만족스러운 듯 환해졌다. "저 뜰이 올봄에 어땠는지 보여드렸더라면 좋았을 텐데 말입니다."

그는 처음에는 삼가는 것 같았으나 이윽고 차츰 열을 띠며 정원 장식의 온갖 세세한 점에까지 그녀의 주의를 돌리려 했다. 브론스키는 그 저택의 개량과 장식에 많은 노력을 쏟고 있었으므로 새로운 손님에게 그것을 자랑하지 않을 수 없는 듯, 다리야 알렉산드로브나의 찬사도 진심으로 기뻐하고 있는 것처럼 보였다.

"만약 병원을 둘러보고 싶으시다면, 그리고 지치지 않으셨다면, 별로 멀지 않으니까 같이 가실까요." 그는 정말로 지루해하지 않는지 확인하려는 듯 그녀의 얼굴을 들여다보면서 말했다.

"당신도 가겠소, 안나?" 그는 안나 쪽을 돌아보고 물었다.

"우리도 가요. 어때요?" 안나는 스비야시스키를 바라보며 말했다. "그렇지만 베슬롭스키와 투시케비치를 보트 안에서 기다리게 하면 어떡해요. 그 사람들한테도 전갈을 보내야죠. 아아, 이게 바로 저이가 지금 세우고 있는 기념비예요." 안나는 아까 병원에 대해 이야기했을 때

보였던 것과 같은 능청스러운 미소를 띠고 돌리를 돌아보면서 말했다.

"아니, 정말 큰 사업이군요!" 스비야시스키가 말했다. 그러나 그는 브론스키에게 동의하는 사람으로 보이지 않기 위해 이내 가벼운 비난이 섞인 말을 덧붙였다. "하지만 난 이상하다는 생각이 들어요, 백작." 그는 말했다. "당신은 민중을 위해서 위생적인 방면에서는 이렇게 많은 일을 하고 계시면서, 학교에 대해서는 전혀 무관심하니 말입니다."

"학교 같은 것은 이제 신기하지도 않으니까요." 브론스키는 말했다. "하지만 저어, 꼭 그래서는 아니고, 어쩌다보니 이렇게 되어버렸기 때문에 내가 결국 이 일에 정신을 빼앗겨버린 거죠. 병원은 이쪽 길입니다." 그는 가로숫길에서 옆으로 빠지는 오솔길을 손가락질하면서 다리야 알렉산드로브나를 돌아보았다.

부인들은 양산을 펴고 옆쪽의 오솔길로 들어갔다. 모퉁이를 몇 번지나 작은 문 밖으로 나가자 다리야 알렉산드로브나는 옆쪽의 높직한 곳에 벌써 거의 준공되어 있는 큼직하고 근사하며 정묘한 형태의 건물을 보았다. 아직 페인트칠이 되지 않은 강철 지붕은 강렬한 햇빛에 눈이 부실 만큼 반짝반짝 빛났다. 벌써 다 된 건물 옆에는 재목에 둘러싸인 또하나의 건물이 세워지고 있었고, 앞치마를 걸친 일꾼들은 널빤지를 깐 발판 위에서 벽돌을 쌓고 통에 든 회반죽을 부어 흙손으로 반드럽게 하고 있었다.

"여기 일은 굉장히 빨리 진척되는군요!" 스비야시스키가 말했다. "내가 저번에 왔을 때는 아직 지붕이 없었는데요."

"가을까지는 모두 완성될 거 같아요. 내부는 거의 다 완성되어 있으니까요." 안나가 말했다.

"그런데 저 새 건물은 뭐예요?"

"의무실과 약국입니다." 브론스키가 대답했다. 그러나 짧은 외투를 입은 건축기사가 자기에게 다가오는 것을 보자 부인들에게 양해를 구하고 그쪽으로 갔다.

일꾼들이 회반죽을 꺼내고 있던 석회갱을 빙 돌아가서 그는 건축기사와 함께 멈춰 서서 뭔가 열심히 이야기하기 시작했다.

"박공이 아직도 낮아." 그는 무슨 일이냐고 묻는 안나에게 대답했다.

"그러니까 내가 말하지 않았어, 주추를 올리지 않으면 안 된다고." 안나가 말했다.

"물론 그러는 것이 좋았겠지요, 안나 아르카디예브나." 건축기사는 말했다. "그러나 이제 어쩔 수 없습니다."

"네, 나는 이런 일에 상당한 흥미를 가지고 있어요." 안나는 그녀의 건축 지식에 놀라움을 표한 스비야시스키에게 대답했다. "저 새 건물은 병원과 어울리게 지어야 했어요. 그런데 뒤늦게 착안하여 설계 없이 짓기 시작한 거라서요."

건축기사와 이야기를 마치자 브론스키는 부인들을 병원 안으로 데리고 갔다.

바깥쪽은 아직 처마의 박공을 달아가는 중이었고 아래층은 페인트를 한창 칠하고 있었으나, 위층은 벌써 거의 완성되어 있었다. 옥상으로 통하는 널따란 주철의 층계를 올라가서 그들은 들머리의 큰 방으로 들어섰다. 벽은 대리석 느낌으로 벽토칠이 되었고 통으로 된 창유리도 벌써 끼워졌으며, 다만 쪽매마루만이 아직 완성되지 않았다. 들어올린 널빤지를 대패질하고 있던 소목들은 일손을 멈추고 머리에 동여맸던

끈을 풀더니 주인들에게 인사를 했다.

"이곳은 응접실입니다." 브론스키가 말했다. "이 방에는 데스크와 테이블과 장 외엔 아무것도 놓지 않을 생각입니다."

"이리 들어가요. 창 옆으로 다가가지 말아요." 안나는 페인트가 말랐는지 확인하면서 말했다. "알렉세이, 페인트는 이제 다 말랐어요." 그녀가 덧붙였다.

그들은 응접실에서 복도로 나갔다. 거기서 브론스키는 그들에게 신식 환기 설비를 보여주었다. 그러고는 대리석 목욕통이며 특수한 스프링이 달린 침대를 보여주었다. 다음에는 죽 늘어선 병실과 저장실, 세탁물을 넣어두는 방, 신식 난로와 필요한 물건을 실어 복도로 날라도 전혀 소리를 내지 않는 외바퀴 수레, 그 밖의 온갖 것을 보여주었다. 스비야시스키는 새로운 개량품에 안목이 있는 사람으로서 모든 것에 감탄했다. 돌리는 처음 보는 물건들에 그저 경탄할 뿐이었고, 모든 것을 알아보려고 일일이 자세하게 질문했는데, 그것이 또 브론스키를 대단히 만족스럽게 했다.

"정말, 이곳이 완성되면 그야말로 러시아에서 유일하게 제대로 설비를 갖춘 완전한 병원이 될 겁니다." 스비야시스키가 말했다.

"그런데 산실產室은 만들지 않나요?" 돌리가 물었다. "시골에서는 그것이 꼭 필요해요. 나는 때때로……"

그러자 브론스키는 여느 때처럼 은근하지만 단호하게 그녀의 말을 가로막았다.

"이곳은 산원이 아니고 병원이니까요. 전염병 외의 모든 병을 치료하기 위해 세워진 곳이죠." 그는 말했다. "잠깐 이것을 보실까요……"

그는 회복기에 있는 환자용으로 새로 주문한 휠체어를 다리야 알렉산드로브나 쪽으로 밀어냈다. "이런 식입니다." 그는 휠체어에 앉아 그것을 움직이기 시작했다. "아직 허약하다든가 혹은 병이 나서 걸을 수 없는 사람이 바깥바람을 쐴 필요가 있을 경우에는 이것을 타고 직접 굴려 가면 됩니다……"

다리야 알렉산드로브나는 모든 것에 흥미를 느꼈고 모든 것이 매우 마음에 들었지만, 그중에서도 가장 그녀의 마음에 들었던 것은 이처럼 자연스럽고 순박한 열의를 보여준 브론스키라는 사람이었다. '그래, 이 사람은 무척 사랑스럽고 선량한 사람이야.' 그녀는 이따금 그가 말하는 것은 건성으로 들으면서 그의 얼굴과 표정을 유심히 바라보고 마음속으로 자기를 안나의 자리에 놓아보면서 생각했다. 지금 그의 활기 있는 모습이 완전히 그녀의 마음에 들었기 때문에, 그녀는 안나가 그에게 반한 이유를 이해할 수 있을 것 같았다.

21

"아니, 공작부인은 지치셨을 테고, 또 말 같은 것에는 흥미가 없을 거요." 브론스키는 새로 산 수말을 스비야시스키가 보고 싶다고 하자 양마장養馬場으로 가자고 제안한 안나에게 말했다. "그럼 둘이서 다녀와요, 나는 공작부인을 집으로 모시고 가서 이야기나 하고 있겠소." 그가 말했다. "당신이 괜찮으시다면 말입니다." 그러면서 그는 그녀를 돌아보았다.

"나는 말에 대해서는 아무것도 모르니까 그러는 편이 좋겠어요." 다리야 알렉산드로브나는 약간 놀란 듯이 말했다.

그녀는 브론스키의 표정에서 그가 자기에게 볼일이 있다는 것을 눈치챘다. 그녀의 생각대로였다. 작은 문을 지나서 다시 뜰 안으로 들어오자마자, 그는 안나가 간 쪽을 되돌아보며 그녀가 이제 자기들을 볼 수도 없고 자기들의 이야기를 들을 수도 없음을 확인하고 나서 이렇게 말문을 열었다.

"내가 당신에게 말씀드릴 것이 있다는 것은 이미 짐작하셨을 줄 압니다." 그는 웃음을 머금은 눈으로 그녀의 얼굴을 쳐다보면서 말했다. "내가 당신을 안나의 친구라고 믿는 것도 잘못된 생각은 아니겠지요?" 그는 모자를 벗고 손수건을 꺼내어 약간 벗어진 머리를 닦았다.

다리야 알렉산드로브나는 아무 대답도 하지 않고 그저 깜짝 놀란 것처럼 그를 바라보았다. 그와 단둘이 남게 되자 그녀는 갑자기 무서워졌다. 그의 웃음을 머금은 눈동자와 엄한 얼굴 표정이 그녀를 무섭게 했던 것이다.

그가 그녀에게 얘기하려는 것에 대한 지극히 잡다한 상상이 그녀의 머릿속에 번뜩였다. '이 사람은 나에게 아이들을 모두 데리고 이리 옮겨와달라는 말을 꺼내려는 건 아닐까. 만일 그런 일이라면 나는 어떻게든 거절하지 않으면 안 된다. 아니면 또 나에게 모스크바에서 안나를 위한 사교클럽을 만들어달라고 말하려는 것인지 모른다…… 아니면 바센카 베슬롭스키나 그와 안나의 관계에 대한 것일까? 어쩌면 키티에 대해, 자신이 죄책감을 느끼고 있다는 말을 하려는 것일까?' 그녀는 아무튼 불유쾌한 일들만 예상했으나, 그가 말하고 싶어하는 것은 아무래도 짐작할 수가 없었다.

"당신은 안나에게 대단한 영향력을 갖고 있고, 그녀는 당신을 무척 좋아합니다." 그가 말했다. "나를 도와주십시오."

다리야 알렉산드로브나는 의심쩍은 듯 두려워하는 눈으로 그의 정력적인 얼굴을 바라보았다. 그 얼굴은 때로는 전체가, 때로는 군데군데 보리수의 잎 그늘로 새어드는 햇빛에 비치기도 하고 또다시 그늘에 들어 어두워지기도 했다. 그녀는 그가 먼저 말하기를 기다리고 있었으나, 그는 지팡이로 자갈을 짚으면서 묵묵히 그녀와 나란히 걷기만 했다.

"안나의 예전 벗 가운데 우리를 찾아주신 부인은 당신뿐입니다. 바르바라 공작영애는 별개입니다. 당신이 우리를 찾아주신 것은, 당신이 우리의 처지를 올바른 것이라고 인정해주셨기 때문이 아니라 이러한 처지의 괴로움을 충분히 이해해주신 나머지 예나 다름없이 그녀를 사랑하고 그녀를 도와주고 싶기 때문이라고 생각합니다. 어떻습니까, 내 생각이 맞습니까?" 그는 그녀를 돌아보면서 물었다.

"오 그래요." 양산을 접으면서 다리야 알렉산드로브나는 대답했다. "그렇지만……"

"아니," 그는 그녀의 말을 가로막았다. 그는 그렇게 하면 상대방이 거북한 입장에 처하게 된다는 것을 잊고 무의식중에 그 자리에서 발을 멈춰버렸다. 그래서 그녀도 그만 걸음을 멈추지 않을 수 없었다. "안나의 쓰라림과 괴로움을 나 이상으로 강하고 깊게 느끼는 사람은 아무도 없어요. 당신도 나를 감정이 있는 인간이라고 여겨주신다면, 그 점은 잘 이해하시리라고 생각합니다. 이러한 상황을 만든 원인은 나에게 있으므로 나는 그 사실을 뼈아프게 느끼고 있습니다."

144

"알고 있어요." 다리야 알렉산드로브나는 그가 사뭇 진지하고 야무진 어조로 이러한 얘기를 하는 것에 자기도 모르게 빠져들면서 말했다. "그렇지만 당신이 언제나 자신이 원인이라고만 여기고 있기 때문에 과장해서 생각하시는 것은 아닐까요." 그녀가 말했다. "사교계에서 그녀의 처지가 괴롭다는 건 나도 알고 있어요."

"사교계는 지옥이지요!" 그는 음울하게 이맛살을 찌푸리고 재빨리 말했다. "이 주일간의 페테르부르크 체류중에 그 사람이 받은 정신적인 고통은 도무지 상상도 할 수 없을 정도입니다…… 이것은 믿어주시기 바랍니다."

"네, 그렇지만 여기서는 안나도…… 당신도 사교계의 필요성을 느끼지 않는 동안은, 그때까지는……"

"사교계!" 그는 경멸하듯이 말했다. "내가 사교계에 무슨 필요를 느끼겠어요?"

"그러니까 그때까지는, 아마도 영구히 그럴지도 모르지만, 당신들은 행복하고 평화로울 거예요. 나는 이곳에서 안나의 모습을 보고 그녀가 행복하게, 정말 행복하게 지내고 있다는 것을 알았어요. 그녀가 자기 입으로 이미 나에게 말했어요." 다리야 알렉산드로브나는 웃는 낯으로 말했다. 그러나 지금 그렇게 말하면서 그녀는 부지중에 안나는 정말로 행복할까 하고 의심해보지 않을 수 없었다.

그러나 브론스키는 그 사실을 의심하고 있지는 않은 듯했다.

"그렇습니다, 그렇습니다." 그는 말했다. "그녀가 고통이라는 고통은 다 거쳐서 부활했다는 것을 나는 알고 있습니다. 그녀는 행복합니다. 그녀는 현재 행복합니다. 하지만 나는?…… 나는 우리를 기다리고 있는 일이 두렵습니다…… 실례했습니다, 더 걷고 싶으십니까?"

"아뇨, 아무래도 상관없어요."

"그럼, 여기에라도 앉으실까요."

다리야 알렉산드로브나는 가로숫길 한쪽 구석에 있는 벤치에 앉았다. 그는 그녀 앞에 멈춰 섰다.

"그녀가 행복하다는 건 나도 알고 있습니다." 그는 되풀이했다. 그러나 그녀가 과연 행복한가 어떤가 하는 의문이 더욱 강하게 다리야 알렉산드로브나를 사로잡았다. "그러나 이것이 언제까지 계속될까요? 우리가 한 짓이 옳은가 그른가는 별문제예요. 하지만 주사위는 던져졌습니다." 그는 러시아어에서 프랑스어로 바꿔 말했다. "그리고 우리 두 사람의 일생은 결합돼버렸습니다. 우리는 가장 거룩한 사랑의 사슬로 묶여버린 것입니다. 우리에게는 아이가 하나 있습니다, 앞으로 더 생길지도 모릅니다. 그러나 법률과 우리 처지의 온갖 사정으로 인해 갖은 고민과 경험을 거친 뒤에 지금 마음으로 쉬고 있는 그녀가 보지도 않고 또 보고 싶어하지도 않는 수천 가지 착잡한 일이 생길 거라는 게 문제입니다. 이것은 벌써 빤한 일입니다. 나는 그것을 보지 않을 수 없습니다. 내 딸아이는 법률상으로는 내 애가 아니라 카레니나로 되어 있습니다. 나는 이러한 허위를 견딜 수 없습니다!" 그는 맹렬한 거부의 몸짓을 하며 말하고는 묻는 듯한 어두운 눈빛으로 다리야 알렉산드로브나의 얼굴을 바라보았다.

그녀는 아무런 대꾸도 하지 않고 그저 그를 바라볼 뿐이었다. 그는 계속했다.

"내일이라도 아들이, 내 아들이 태어난다면, 그 아이도 법률상으로는 카레닌이지, 내 성의 계승자도 내 재산의 상속자도 아닙니다. 우리의 가정이 아무리 행복하다 하더라도, 또 우리에게 몇 명의 아이들이 더 생긴다 하더라도 나와 그들 사이에는 아무런 관계가 없는 것입니다. 그들은 카레닌들입니다. 이러한 경우의 괴로움과 두려움은 당신도 이해해주실 겁니다! 나는 이 점을 안나에게 얘기할까도 생각해보았습니다. 그러나 이런 얘기는 그녀의 기분을 뒤흔들어놓을 겁니다. 그녀는 이런 것에 대해선 모르고, 그래서 나도 그녀에게 아무것도 말할 수가 없는 것입니다. 그럼 이번에는 어디 한번 다른 문제를 보실까요. 나는 그녀의 사랑으로 행복하지만, 나도 뭔가 일을 하지 않으면 안 됩니다. 그리하여 지금의 일을 발견했고, 이 일을 자랑스럽게 여기고 있고, 궁정이며 군대에서 이전 동료들이 하는 일에 비해 훨씬 훌륭한 것으로 여기고 있습니다. 그리고 이제 이렇게 된 이상 무슨 일이 있더라도 이 일을 그들의 일과 바꾸는 짓은 하지 않을 생각입니다. 나는 여기서 자리를 잡아 일하고 있고, 나는 행복하고 만족스럽고 우리의 행복을 위해서는 이 이상 아무것도 필요 없습니다. 나는 이 일을 사랑합니다. *이보다 나은 것이 없다고 말할 수는 없지만, 오히려 그것은⋯⋯*"

다리야 알렉산드로브나는 여기에 이르자 그의 설명이 뒤범벅되어버린 것을 알아챘다. 그녀는 이야기가 어째서 이렇게 옆길로 샜는지 알 수 없었으나, 그가 안나에게는 이야기할 수 없었던 자기들의 내밀한 문제에 대해 일단 입을 열었기 때문에 이제 샅샅이 털어놓게 되었다는 것, 그리고 그의 시골에서의 일이라는 문제도 안나와 그의 관계라는 문제와 마찬가지로 그의 마음속 깊이 감춰진 생각의 일부라는 것은 짐작할 수 있었다.

"그러니까, 요점은 말입니다." 그는 마음을 가라앉히고 말했다. "중요한 것은 이루어지고 있는 사업이 자기와 함께 끝나버리는 것이 아니다, 일을 하는 한편, 자기에게는 후계자가 있다는 확신을 가지고 있지 않으면 안 된다는 것입니다만 나에게는 그것이 없습니다. 어디 좀 생각해보세요, 자기와 자기가 사랑하는 여자 사이에서 태어난 아이들이 자기의 것이 아니라 다른 누군가, 그들을 미워하고 그들에 대해 알려고도 하지 않는 어떤 사람의 것이 된다는 사실을 미리 알고 있는 남자의 처지를. 참으로 무서운 일이지 않습니까!"

그는 입을 꽉 다물어버렸다. 분명 격렬한 흥분 상태에 있는 듯했다.

"네, 물론 그 마음은 알고 있어요. 그렇지만 안나도 어떻게 할 도리가 없잖아요?" 다리야 알렉산드로브나가 말했다.

"아닙니다, 그 점이야말로 바로 내가 이야기하고자 하는 것입니다." 그는 간신히 마음을 가라앉히면서 말했다. "안나에게는 방법이 있고, 그녀에게 달려 있습니다…… 내 아이들을 양자로 삼기 위해 황제께 청원한다고 하더라도, 역시 이혼은 필요합니다. 그리고 그것은 안나에게 달려 있습니다. 그녀의 남편은 이혼에 동의해주었습니다. 왜 그, 언젠가 당신의 남편이 이야기하여 완전히 매듭지어주려고 했던 그때에 말입니다. 그러니까 지금이라도 그 사람이 거절하는 일은 없으리라고 봅니다. 안나가 그저 그 사람에게 편지 한 장 써 보내면 그만입니다. 그때 그 사람은 그녀 쪽에서 그렇게 하고 싶다는 의사만 확실히 한다면 자기는 결코 거절하지 않겠다고 솔직히 답변을 해왔으니까요. 물론," 그는 침울하게 말했다. "그것은 심장이 없는 그런 인간들만이 할 수 있는 위선적인 잔혹한 처사이기는 하지만요. 그 사람은 자기에 대해 회상하는 것이 그녀에게 얼마나 큰 고통인가를 빤히 알고 있습니다. 알고 있으면서 그녀의 편지가 필요하다는 것입니다. 나도 그녀가 괴로워하고 있다는 것을 압니다. 그러나 어쨌든 일이 중대하니까, 무슨 일이 있어도 이 같은 감정의 섬세함이라는 문제는 딛고 넘지 않으면 안 됩니다. 안나와 아이들의 행복과 생존에 관한 일이니까요. 저도 정말, 정말 괴롭지만 제 자신에 대해 이야기하는 것이 아닙니다." 그는 자기가 괴롭다는 것을 호소한다기보다 상대를 위협하는 것 같은 표정으로 말했다. "그러니까 말입니다, 공작부인, 나는 부끄러움도 잊고 당신을 구원의 닻으로 여기면서 이렇게 매달립니다. 나를 돕는다고 생각하시고, 그 사람에게 편지를 써서 이혼 청구를 하도록 그녀를 설득해주십시오!"

"네, 물론이죠." 알렉산드로브나는 알렉세이 알렉산드로비치와 최후로 만났을 때의 일을 생생하게 기억해내고 생각에 잠긴 어조로 말했다. "네, 물론이죠." 그녀는 안나를 생각하고 결연하게 이렇게 되풀이했다.

"그녀에 대한 당신의 영향력을 이용하여 꼭 그녀가 편지를 쓰도록 해주세요. 나는 그녀와 이 일에 대해 이야기하고 싶지도 않고, 또 이야기가 될 것 같지도 않으니까요."

"좋습니다, 내가 이야기하겠어요. 그렇지만 그녀는 어째서 스스로 그런 생각을 하지 않을까요?" 다리야 알렉산드로브나는 그때 문득 어째선지 눈을 가느다랗게 뜨는 안나의 기묘하고 새로운 버릇을 떠올리면서 말했다. 그녀는 안나가 눈을 가느다랗게 뜬 것은 항상 이야기가 생활의 내적인 부분에 이를 때였다는 것에 생각이 미쳤다. '마치 그녀는 아무것도 바로 보지 않으려고 자신의 생활에 대해 눈을 가늘게 뜨고 있는 것 같다.' 돌리는 생각했다. "나 자신을 위해서도 그녀를 위해서도 꼭 이야기하겠어요." 다리야 알렉산드로브나는 감사해하는 그의 표정을 보고 대꾸했다.

두 사람은 일어나서 집 쪽으로 걸어갔다.

22

벌써 집에 돌아와 있는 돌리를 보자 안나는 그녀가 브론스키와 무슨 이야기를 했는지 묻기라도 할 것처럼 그녀의 눈을 찬찬히 보았으나, 말로는 아무것도 묻지 않았다.

"벌써 식사 시간이 다 됐나봐." 안나는 말했다. "우리는 아직 얼굴도 제대로 보지 못했군. 나는 얼른 밤이 되기만을 즐거운 마음으로 기다리고 있어. 난 이제 가서 옷을 갈아입어야 해. 너도 그래야겠지? 우리는 모두 공사장에서 먼지투성이가 되어버렸으니까."

돌리는 자기 방으로 갔으나 갑자기 우스워졌다. 그녀는 이미 가장 좋은 옷을 입고 있었으므로 갈아입을 것이 없었다. 그러나 어떻게든 정찬을 위해 몸단장했음을 나타내기 위해 그녀는 하녀에게 옷에 솔질을 해달라고 부탁하고, 커프스와 리본을 바꾸어 달고 머리에는 레이스 장식을 붙였다.

"이것이 내가 할 수 있는 전부야." 그녀는 웃는 얼굴로, 이것으로 벌써 세번째 갈아입은 여전히 지극히 소박한 옷차림을 하고 그녀의 방에 들어온 안나에게 말했다.

"그래, 여기서 우리는 너무 격식을 차리지." 그녀는 자신의 차림새를 사과하는 듯한 어조로 말했다. "알렉세이는 네가 찾아준 것을 아주 기뻐하고 있어. 이렇게 기뻐하는 것은 그이에게는 좀처럼 드문 일이야. 그이는 너한테 반해버렸어." 그녀가 덧붙였다. "피곤하진 않아?"

식사 때까지는 이제 무언가 이야기할 시간도 없었다. 객실로 들어가자 거기에는 벌써 바르바라 공작영애와 검은 프록코트를 입은 남자들이 쪽 자리에 앉아 있었다. 건축기사는 연미복을 입고 있었다. 브론스키는 이 여자 손님에게 의사와 집사를 소개했다. 건축기사는 병원에서 벌써 소개를 받은 터였다.

뚱뚱한 급사장이 깨끗하게 면도된 둥근 얼굴과 풀을 빳빳이 먹인 흰 나비 모양의 넥타이를 뽐내면서 식사 준비가 되었다고 알려왔으므로 부인들은 자리에서 일어섰다. 브론스키는 스비야시스키에게 안나 아르카디예브나한테 팔을 빌려줄 것을 부탁하고, 자기는 돌리한테로 갔다. 베슬롭스키는 투시케비치를 앞질러 바르바라 공작영애에게 팔을 내밀었기 때문에, 투시케비치는 의사며 집사와 함께 걸어갔다.

식사도 식당도 식기도 하인도 술도 요리도 모두 이 집 전체의 새롭고 호사스러운 분위기에 잘 조화되어 있었을 뿐만 아니라 한층 더 새롭고 사치스러워 보였다. 다리야 알렉산드로브나는 자기에겐 생소한 이 호사를 관찰했다. 그러나 한 집안의 살림을 꾸려나가는 주부로서 그것들 가운데 어느 하나도 자기 집에 적용해야겠다는 생각은 들지 않았다. 그만큼 이곳의 모든 호사는 그녀의 생활양식에 비해 훨씬 더 높은 데 있었다. 그녀는 자기도 모르는 사이에 그러한 모든 것들의 미세한 점까지 눈여겨보며 누가 어떤 방법으로 이렇게 한 것일까를 자문해보지 않을 수 없었다. 바센카 베슬롭스카나 그녀의 남편은 물론, 스비야시스키를 비롯하여 그녀가 알고 있는 많은 사람들도 결코 이런 것은 생각하지 않을 터였다. 그들은 모든 점잖은 주인이 자신의 손님들에게 느끼게 하려고 시도하는 것, 즉 자기 집이 아무리 잘 정리되어 있다 해도 주인인 자기로서는 아무런 노력도 치른 것이 아니며 저절로 이렇게 되었다는 것을 곧이곧대로 믿고 있었다. 그러나 다리야 알렉산드로브나는 아이들의 아침 죽마저도 저절로 되는 것은 아니라는 것, 하물며 이만큼 공력이 든 훌륭한 정찬에는 누군가의 세심한 주의가 베풀어져야 한다는 것을 알고 있었다. 그래서 그녀는 알렉세이 키릴로비치가 식탁을 둘러보는 시선에 의해, 또 급사장에게 고갯짓으로 신호를 하고 자기에게 보트비니야*와 보통 수프 중 선택하기를 권하는 그 태도에 의해 모든 것이 주인 스스로의 보살핌에 의해 행해지고 있고, 또한 유지되고 있다는 것을 알았다. 이러한 일들 모두에 안나는 분명히 베슬롭스키와 마찬가지로 전혀 신경쓰지 않고 있었다. 그녀도 스비야시스키도 공작 영애도 베슬롭스키도, 한결같이 자기들을 위해 준비된 것을 즐겁게 향락하고 있는 손님에 지나지 않았다.

안나는 그저 이야기를 잘 이끌고 간다는 점에서만 안주인이었다. 집사나 건축기사처럼 전혀 다른 세계에 속한 사람들, 자기들의 생소한 호사 앞에서 두려워하지 않으려고 애쓰기도 하고 또 공통된 이야기 속에 오래 끼어 있을 수 없는 사람들이 섞인 조그마한 식탁에서 보통의 안주인으로서는 지극히 곤란하게 여겨질 어려운 대화를 안나는 언제나처럼 재치와 자연스러움을 발휘하여, 또한 다리야 알렉산드로브나가

---

* 채소와 생선이 든 차가운 수프.

관찰한 바에 의하면 심지어 만족까지 느끼면서 이끌어갔다.

대화는 투시케비치와 베슬롭스키가 둘이서만 보트를 탔던 일로 옮겨갔다. 그러자 투시케비치가 페테르부르크의 요트클럽에서 거행됐던 최근의 경주에 대해 얘기하기 시작했다. 그러나 안나는 이야기가 잠깐 끊어지기를 기다렸다가 이내 건축기사를 침묵에서 끌어내기 위해 그쪽으로 얼굴을 돌렸다.

"니콜라이 이바노비치는 말이죠, 그만 깜짝 놀라시지 않겠어요." 그녀는 스비야시스키에 관해 이야기했다. "요전에 오셨을 때보다 건물이 굉장히 진척됐다고 말예요. 아닌 게 아니라 나도 날마다 거기 가보면서도 일이 너무 빨리 진행되는 것에는 놀라지 않을 수 없어요."

"각하하고는 일을 하기가 아주 좋으니까요." 건축기사는 싱글벙글하면서 말했다(그는 자신의 가치를 인식하고 있는 은근하고 침착한 사람이었다). "현청의 일 같은 것과는 전혀 다르지요. 서류를 한 뭉치씩 작성하는 대신 제가 백작께 직접 말씀드리면 그저 꼭 세 마디면 완전히 해결되니까요."

"아메리카식이군요." 스비야시스키가 싱글벙글하면서 말했다.

"그렇습니다, 거기에서는 건물이 모두 합리적으로 세워지고 있습죠……."

대화는 미합중국에서의 정권 악용이라는 것으로 옮겨갔으나, 안나는 이번엔 집사를 침묵에서 끌어내기 위해 다른 화제를 꺼냈다.

"곡식을 베는 기계 본 적 있어?" 그녀는 다리야 알렉산드로브나를 돌아보며 말했다. "너를 만났을 때 마침 우리는 그것을 보러 갔다 오던 참이었어. 나도 실은 처음 봤어."

"어떻게 움직이는 건데?" 돌리가 물었다.

"마치 가위 같은 거야. 한 장의 판자에 조그마한 가위가 잔뜩 붙어 있달까, 꼭 이렇게."

안나는 반지로 뒤덮여 있는 하얗고 아름다운 두 손에 나이프와 포크를 들고 그 시늉을 해보였다. 그녀는 자신의 설명으로는 전혀 이해되지 않으리라는 것을 분명히 알고 있었지만, 자기가 기분좋게 이야기하고 있다는 것과 자기 손이 아름답다는 것을 알고 있었으므로 설명을 계속했다.

"그보단 펜나이프 같다고 하는 편이 나을 겁니다." 베슬롭스키는 그녀에게서 눈을 떼지 않고 건들거리는 듯한 어조로 말했다.

안나는 겨우 알아챌 정도의 미소를 띠었으나, 거기에 대해 대꾸하지는 않았다. "어때요, 그렇지 않아요, 카를 표도리치? 마치 가위 같잖아요?" 그녀는 집사 쪽으로 이야기를 돌렸다.

"네, 그렇습니다." 독일인은 독일어로 대답했다. "그것은 지극히 간단한 것입니다." 그리고 그는 기계의 구조를 설명하기 시작했다.

"유감스럽게도 묶는 장치는 달려 있지 않더군요. 나는 빈의 박람회에서 철사로 묶는 장치가 달려 있는 기계를 보았어요." 스비야시스키가 말했다. "그것이 아무래도 효율적인가보더군요."

"그렇다고 하더라도…… 철삿값을 산정하지 않으면 안 되니까요." 침묵에서 불려나온 독일인은 브론스키를 돌아보고 말했다. "그럼 어디 한번 산정해볼까요, 각하." 이렇게 말하고 독일인은 어느새 손을 호주머니에 넣어 연필이 끼워진 수첩을 꺼내 계산하려고 했다. 그러나 자기가 지금 식탁에 앉아 있다는 것을 상기하고 브론스키의 싸늘한 눈빛을 의식했으므로 자제했다. *"하지만 너무 복잡하고 번거로워지니까."* 그는 말을 맺었다.

*"소득을 가지고 싶으면 번거로움도 겪어야 하죠."** 바센카 베슬롭스키는 독일인을 야유하듯 말했다. *"나는 독일어를 숭배합니다."* 그는 여전히 미소를 띠고서 다시 안나를 돌아보며 말했다.

"그만." 그녀는 농담조로 짐짓 엄격한 표정을 지으며 말했다.

"우리는 당신을 밭에서 만나게 될 줄 알았어요, 바실리 세묘니치." 그녀는 병약한 얼굴을 한 의사에게 말을 걸었다. "당신은 거기에 갔었나요?"

"가기는 갔었지만, 곧 도망쳐버렸습니다." 의사는 우울하지만 익살 섞인 어조로 대답했다.

"그럼 좋은 운동을 하신 셈이군요."

"훌륭했어요!"

"그런데요, 그 할멈은 어떻죠? 티푸스가 아니면 좋을 텐데요?"

"티푸스. 티푸스는 아니지만 그다지 상태가 좋은 편은 아녜요."

"어머나, 가여워라!" 안나가 말했다. 이렇게 해서 고용된 사람들에게 예의치레를 두루 끝내고 나서 그녀는 손님들 쪽으로 얼굴을 돌렸다.

"그러나 당신의 이야기만 듣고선 아무래도 기계를 만들기가 까다로울 것 같군요, 안나 아르카디예브나." 스비야시스키가 농담을 걸었다.

"어머나, 어째서요?" 안나는 미소를 띠고 말했다. 그 미소는 기계의 구조에 대한 그녀의 설명에 무언가 교태스러운 데가 있어서 스비야시

---

* '소득(Dochots)'과 '번거로움(Klopots)'은 러시아어 'доходы'와 'хлопоты'를 독어로 음차해서 말한 것. 곧이어 나오는 베슬롭스키와 안나의 대사는 프랑스어로 말한 것이다.

스키의 눈에 띄었음을 그녀도 알고 있다는 것을 암시했다. 이렇듯 젊고 요염한 안나의 이 새로운 교태는 돌리의 마음을 불쾌하게 했다.

"하지만 대신에 안나 아르카디예브나의 건축에 관한 지식은 정말 놀라운 데가 있어요." 투시케비치가 말했다.

"아니 정말, 나는 어제 안나 아르카디예브나가 주각이니 대좌니 하고 말씀하시는 것을 들었지요." 베슬롭스키가 말했다. "그렇죠?"

"전혀 놀라실 것은 없어요. 매일 보고 듣고 하는걸요." 안나는 말했다. "그런데 당신은 아마 집이라는 것이 무엇으로 만들어지는지도 모르고 계신 것 같군요?"

다리야 알렉산드로브나는 안나와 베슬롭스키 사이에 보이는 이러한 시시덕거림이 불만스러웠으면서도 부지중에 그 속에 빠져들어가는 자신을 발견했다.

브론스키는 이러한 경우에도 레빈과는 정반대의 태도를 취했다. 그는 베슬롭스키의 요설에는 조금도 아랑곳하지 않는 모양이었고, 오히려 그러한 장난에 부채질을 하고 있었다.

"그럼 베슬롭스키, 돌을 붙이는 데는 무엇을 쓰는지 아십니까?"

"물론, 시멘트지요."

"브라보! 그런데 시멘트란 도대체 어떤 물건입니까?"

"그것은 풀 같은…… 아니, 회반죽 같은 거예요." 베슬롭스키가 말하자 일동은 폭소를 터뜨렸다.

식탁에 앉아 있는 사람들 사이에 오가는 이야기는 음울한 침묵에 잠겨 있는 의사와 건축기사와 집사를 제외하고, 때로는 유유히 미끄러지기도 하고 때로는 무언가에 걸려서 늘어지기도 하고 때로는 누군가의 아픈 데를 쿡 찌르기도 했으나, 한시도 멈추지 않았다. 한번은 다리야 알렉산드로브나가 아픈 데를 찔리고 화가 나서 얼굴을 붉혔지만, 나중에는 자기도 뭔가 쓸데없이 불쾌한 말을 하지는 않았나 돌이켜 생각해 보았다. 스비야시스키는 레빈에 대한 얘기를 꺼내더니, 러시아의 농업에 기계는 그저 해가 될 뿐이라는 그의 기괴한 견해를 이야기했다.

"나는 아직 레빈 씨를 아는 기쁨을 누리지 못했습니다만," 브론스키는 씩 웃으면서 말했다. "아마 그분은 자기가 비난하고 있는 그러한 기계들을 아직 한 번도 다루어본 적이 없겠지요. 설사 또 보거나 쓴 일이 있다고 하더라도 고작해야 그만그만한 러시아 기계이고 외국제 기계는 아닐 겁니다. 그러니 어떤 의견이 있을 수 있겠습니까?"

"요컨대 터키식 의견이죠." 베슬롭스키는 안나를 돌아보면서 말했다.

"나에게는 그 사람의 생각을 변호할 힘이 없습니다." 다리야 알렉산드로브나는 얼굴을 붉히며 말했다. "그래도 그가 상당히 교양 있는 사람이라는 것은 말할 수 있어요. 만약 그가 여기에 있었다면 당신들에게 훌륭하게 답변했을 것입니다만, 나는 그렇게 할 수 없으니까요."

"나는 그 사람을 무척 사랑합니다. 우리는 절친한 친구입니다." 스비야시스키는 사람 좋아 보이는 웃는 얼굴로 말했다. "그러나 미안한 말씀입니다만, 그는 조금 변덕스럽다고 할까요. 예를 들면, 그는 지방자치회도 치안재판도 모두 불필요하다고 단언하고, 그 어떤 일에도 관계하려고 하지 않으니까요."

"그것은 우리 러시아 사람들에게 공통된 무관심 때문입니다." 브론스키는 발이 달린 얇은 컵에 얼음병에 든 물을 따르면서 말했다. "우리의 권리가 우리에게 과하는 의무를 느끼지 않기 때문에, 따라서 그러한 의무를 부정하는 것입니다."

"그렇지만 나는 자신의 의무를 다하는 데 그 사람만큼 엄격한 이를 알지 못합니다." 다리야 알렉산드로브나는 브론스키의 얕잡는 듯한 말투에 발끈해서 말했다.

"나는 그 반대로," 브론스키는 어째선지 그녀의 이야기에 몹시 자극을 받은 듯한 말투로 계속했다. "아시다시피 이 니콜라이 이바니치(그는 스비야시스키를 가리켰다) 덕택으로 명예 치안판사로 선출되었는데, 그렇게 사람들이 나에게 부여한 명예에 대해 깊이 감사하고 있습니다. 그래서 나는 집회에 나가고, 말과 관련된 농부의 사건을 판가름할 의무가 내가 누릴 수 있는 모든 권리와 마찬가지로 내게는 지극히 중요한 것이라고 여깁니다. 그러니까 만약 내가 지방자치회 의원에 선출되는 일이 있으면 그 또한 명예라고 생각할 것입니다. 나는 오직 이런 일에 의해서만 내가 지주로서 향유하는 이익의 대가를 치를 수 있으니까요. 그러나 불행히도 대부분의 사람들은 대지주들이 국가에 대해 치르지 않으면 안 될 의무의 의의를 전혀 이해하지 못하고 있어요."

다리야 알렉산드로브나는 그가 자기 집의 식탁에서 자기 의견을 정당한 것으로 여기며 태연하게 도사리는 품이 어쩐지 아니꼽게 여겨졌다. 그녀는 정반대 의견을 품고 있는 레빈 역시 자기 집의 식탁에서 자신의 의견을 늘어놓을 때는 똑같이 확신에 차 있었다는 것을 떠올렸다. 그러나 그녀는 레빈을 좋아해서 그의 편을 들었다.

"그럼 백작, 우리는 이다음의 선거에서 당신을 믿어도 좋겠습니까?" 스비야시스키는 말했다. "그러나 팔일에는 미리 그곳에 가 있도록 조금 일찍 출발하지 않으면 안 됩니다. 만일 나한테 들러주신다면 굉장히 영광이겠습니다."

"나는 어느 정도는 네 제부의 의견에 찬성해." 안나가 말했다. "그분과 똑같지는 않습니다만," 그녀는 미소를 띠고 덧붙였다. "요즘엔 이 공적인 의무라는 것이 너무 많지 않은가 하는 생각이 들어요. 예전엔 어떤 일에도 충당될 수 있을 만큼 관리가 많았습니다만, 지금은 모든 것이 공공사업이니까요. 알렉세이도 여기 온 지 아직 반 년밖에 안 되었는데 벌써 이런저런 대여섯 군데의 공공단체 임원이에요. 감독관이라든가, 판사라든가, 지방자치회 의원이라든가, 배심원이라든가, 말과 관련된 무엇이라든가. *이대로 가다가는* 사시사철 그런 일에 얽매여 있게 될 거예요. 그리고 그런 일이 너무 많아지면 결국엔 형식적인 게 돼버리지는 않을까 걱정됩니다. 당신은 몇 군데나 임원으로 되어 있죠, 니콜라이 이바니치?" 그녀는 스비야시스키를 향해 말했다. "틀림없이 스물 이상이겠죠?"

안나는 장난기를 섞어 덧붙였으나, 그 말투에는 안절부절못하는 느낌이 있었다. 안나와 브론스키를 주의깊게 관찰하고 있던 다리야 알렉산드로브나는 이것을 눈치챘다. 그녀는 브론스키가 이 말을 귀에 담자마자 진지하고 완강한 표정을 지었던 것도 놓치지 않았다. 게다가 바르바라 공작영애가 화제를 바꾸기 위해 황망히 페테르부르크의 지인들에 대해 이야기하기 시작한 것을 알아채고 또 아까 정원에서 브론스키가 갑자기 자신의 일에 대해 이야기를 꺼냈던 것을 생각해내자, 돌리는 이 공공사업 운운하는 문제와 관련해 뭔가 안나와 브론스키 사이에 내밀한 다툼이 얽혀 있음을 깨달았다.

요리도 술도 식탁 차림도 모두 훌륭했지만, 그러한 것들은 모두 다리야 알렉산드로브나가 요즈음 멀리하고 있는 초대연이며 무도회 등에서 흔히 보았던 것과 똑같이 전혀 개인의 인격을 인정하지 않는, 여유가 없는 성질의 것들이었다. 따라서 평상시의 조그마한 모임이 이런 분위기라는 것은 그녀에게 더욱 불쾌한 인상을 주었다.

식사 후에 모두들 잠시 테라스에 머물러 있었다. 그러다가 *테니스*를 하기 시작했다. 경기자들은 두 패로 갈려서 정성껏 반반하게 골라놓은 크로케 그라운드의 도금이 된 말뚝에 팽팽하게 쳐진 네트 양쪽으로 나누어 섰다. 다리야 알렉산드로브나도 같이 해보려고 했으나 오랫동안 치는 방법을 터득할 수가 없었고, 겨우 터득했을 때에는 이미 완전히 지쳐버렸기 때문에 바르바라 공작영애 옆에 앉아 경기자들을 바라보기만 했다. 그녀의 파트너였던 투시케비치도 마찬가지로 그만두었다. 그러나 나머지 사람들은 오랫동안 경기를 계속했다. 스비야시스키와 브론스키는 둘 다 아주 잘, 그리고 열심히 쳤다. 그들은 자기들 쪽으로 오는 공의 방향을 날카롭게 포착하고 허둥대거나 어물어물하지 않고 재빨리 공 쪽으로 뛰어가서 튀어오르길 기다렸다가, 빠르고 정확하게 라켓으로 공을 쳐서 네트 건너편으로 넘기곤 했다. 베슬롭스키는 다른 사람들보다 서툴렀다. 그는 너무나 흥분해 있었다. 대신에 타고난 쾌활함으로 모든 사람들의 기분을 돋우는 역할을 했다. 그의 웃음소리와 외침소리는 잠시도 그치지 않았다. 그도 다른 남자들과 마찬가지로 부인들의 양해를 구하고 프록코트를 벗었다. 새하얀 셔츠 소매를 드러낸 채 상기되고 땀에 젖은 얼굴을 한 그의 건장하고 아름다운 모습은 그 시원시원한 동작과 함께 뚜렷하고 생생하게 사람들의 기억에 남았다.

그날 밤 다리야 알렉산드로브나도 잠자리에 들어가서 눈을 감자마자 크로케 그라운드를 뛰어 돌아다니는 바센카 베슬롭스키의 모습을 다시 한번 눈앞에 보았던 것이다.

경기를 하는 동안에도 다리야 알렉산드로브나는 유쾌하지 않았다. 그녀는 그 와중에도 역시 계속되고 있는 바센카 베슬롭스키와 안나의 희롱하는 태도며, 아이도 없이 어른들끼리 어린애 같은 놀이를 하고 있는 전반적인 부자연스러움이 거슬렸다. 그러나 다른 사람의 기분을 다치게 하지 않으려고, 또한 어떻게든 시간을 보내기 위해 잠시 쉬고 나서 또 경기에 어울려 유쾌한 척했다. 그날 온종일 그녀는 자기보다 능숙한 배우들과 연극을 하고 있는 듯한, 그리고 자신의 서투른 연기가 무대 전체를 망치고 있는 것 같은 기분을 맛보았다.

그녀는 지내기에 좋기만 하면 이틀 동안 머물 생각으로 온 것이었다. 그러나 해질녘이 되도록 테니스를 하는 동안 다음날 돌아가기로 결심했다. 오는 도중 그토록 몸서리를 쳤던 어머니로서의 고통스러운 걱정들이 아이들 없이 하루를 지낸 지금에 와서는 어느 틈에 새로운 빛으로 그녀를 끌어당겼다.

석양의 차와 밤의 뱃놀이 뒤에 혼자서 자기 방으로 물러와 옷을 벗고 잠을 자기 위해 성긴 머리칼을 풀 양으로 앉았을 때, 다리야 알렉산드로브나는 비로소 마음이 한결 가벼워짐을 느꼈다.

그녀는 안나가 이내 찾아오리라고 생각하니 불유쾌하기까지 했다. 그녀는 자기만의 생각에 빠져 다만 혼자 있고 싶었다.

23

돌리가 잠자리에 들려고 할 때 안나가 잠옷 바람으로 그녀 방으로 들어왔다.

이날 안나는 몇 차례 마음속의 문제에 대해 이야기를 꺼냈으나, 매번 두서너 마디로 중지해버렸다. "나중에 단둘이 있을 때 다 이야기할게. 너에게 이야기해야 할 게 많아." 그녀는 말했었다.

이제야 그들은 단둘이 있게 되었지만, 안나는 막상 무엇을 이야기해야 좋을지 몰랐다. 그녀는 창가에 앉아 돌리의 얼굴을 지켜보면서 전에는 아무리 이야기해도 끝이 없을 것처럼 여겨졌던 가슴에 쌓이고 쌓인 이야기들을 마음속에 펼쳐보았으나, 무엇 하나 찾아낼 수가 없었다. 그녀에게는 이 순간, 모두 다 얘기된 듯한 느낌이 들었던 것이다.

"저, 키티는 어때?" 그녀는 휴우 한숨을 쉬고 돌리를 쳐다보면서 말했다. "솔직히 말해줘, 돌리. 그녀는 나에게 화를 내고 있진 않아?"

"화를 내다니? 아냐." 다리야 알렉산드로브나는 웃는 얼굴로 말했다.

"그렇지만 미워하고, 경멸하고 있지?"

"오 아냐! 너도 알겠지만, 그런 건 용서될 수 있는 일이 아니잖아."

"그래, 그래." 안나는 몸을 돌려 열려 있던 창밖을 내다보면서 말했다. "그렇지만, 내 죄는 아니야. 그럼 누구의 죄라고 해야 할까? 죄가 있다는 것은 도대체 뭘까? 그래 달리 어떻게 할 수 있었을까? 넌 어떻게 생각해? 네가 스티바의 아내가 아니었다면 하는 생각을 할 수 있어?"

"나도 정말 모르겠어. 그렇지만 네가 나에게 얘기하려는 건……"

"그래, 그래. 하지만, 우리는 아직 키티 이야기를 끝내지 않았어. 그녀는 행복한가? 남편이 훌륭한 분이라는 이야기는 들었지만."

"훌륭한 정도가 아니야. 나는 아직 그보다 더 착한 사람을 본 적이 없어."

"아아, 정말 기뻐! 난 정말 기뻐! 훌륭한 정도가 아니라니." 안나가 되 풀이했다.

돌리는 빙그레 웃었다.

"그건 그렇고, 네 얘기를 들려줘. 우리에겐 긴 이야기가 있을 거야. 그리고 나는 그…… 그분하고 이야기했어……" 돌리는 그를 뭐라고 불 러야 좋을지 알 수 없었다. 그를 백작이라고 부르는 것도 알렉세이 키 릴로비치라고 부르는 것도 어쩐지 거북스러웠던 것이다.

"알렉세이하고," 안나는 말했다. "나도 알고 있어, 두 사람이 이야기 나눈 것을. 그렇지만 나는 너한테서 직접 듣고 싶어. 네가 나에 대해, 내 생활에 대해 어떻게 생각하고 있는지?"

"갑자기 그렇게 물으면 어떻게 대답해야 할지 모르겠어. 그리고 또 정말이지 나는 아무것도 몰라."

"아냐, 아무튼 말해줘야 해…… 넌 내 생활을 보고 있어. 그렇지만 네 가 온 것이 마침 여름이라 우리는 우리끼리만 생활하고 있는 게 아니 라는 점을 잊지 말아줘…… 우리는 이른봄에 이리 와서 완전히 둘이 서만 지내고 있었어. 그리고 앞으로도 단둘이서 살게 될 테지만, 나는 이제 그 이상 아무것도 바라는 게 없어. 하지만 또 그이 없이 나 혼자 외톨이로 있을 때의 일도 한번 생각해봐. 그리고 그런 일은 앞으로 종 종…… 아무래도 그런 일은 앞으로 자주 있을 것이고, 그이가 시간의 절반은 집밖에서 지내게 될 거라고 생각하고 있어." 그녀는 일어서서 돌리 옆으로 자리를 옮기면서 말했다.

"물론," 그녀는 뭔가 말하려는 돌리를 가로막고 계속했다. "물론 나는 억지로 그이를 붙잡아두려는 것은 아니야. 나는 붙든다든가 하지는 않을 거야. 요즘 경마가 벌어져서, 그이의 말이 출전하니까 그이도 나가고 있어. 나도 몹시 기뻐. 그렇지만, 나에 대해서도 생각해봐. 내 처지도 한번 생각해봐줘…… 아니, 그래, 난 뭣 때문에 이런 말을 다 하고 있담!" 그녀가 웃었다. "그래, 그이가 대체 너에게 무슨 말을 하던?"

"그분은 나 역시 하고 싶었던 말을 했으니까, 그분의 대변인이 되는 것은 나로서는 어렵지 않아. 딴 게 아니야, 네 처지를 개……" 다리야 알렉산드로브나는 말을 어물어물했다. "개선한다든가 수정한다든가 하는 것은 어려운 일일까, 불가능한 일일까 하는 것뿐이었어…… 그리고 너도 알고 있을 거야, 이것에 대한 내 의견은…… 그러나 아무튼 간에 너는 할 수만 있다면 결혼을 해야만 해……"

"말하자면 이혼 말이지?" 안나는 말했다. "너는 페테르부르크에서 나를 찾아준 유일한 부인이 벳시 트베르스카야였다는 것을 알고 있지? 너도 그 여자 알지? 사실 그녀는 이 세상에서 가장 타락한 여자야. 그녀는 더할 나위 없이 야비한 방법으로 남편을 속이면서 투시케비치와 관계하고 있었어. 그러면서도 그녀는 나에게 말했어. 내 처지가 애매한 동안은 나와 교제할 수 없다고. 그러나 이런 말을 했다고 해서 내가 그녀와 너를 비교한다고 생각하면 곤란해…… 나도 네 마음을 잘 알고 있어. 나는 그저 부지중에 생각이 났을 뿐이니까…… 그건 그렇고 그이는 너에게 무슨 말을 하던?" 그녀는 다시 물었다.

"그분은 너와 자신의 일로 괴롭다고 했어. 어쩌면 너는 그것을 이기

주의라고 할지도 몰라. 그렇지만 그것은 굉장히 정당하고 고귀한 이기주의야! 그분은 우선 첫째로 자기 아이를 법률상 정당한 자신의 아이로 만들고, 너의 정당한 남편이 되어 너에 대해 법률상의 권리를 갖고 싶어해."

"어떤 아내도, 아니 노예라 해도 지금의 내 처지와 같을 수는 없을 거야." 안나는 침울한 어조로 말을 가로챘다.

"그분이 가장 바라고 있는 것은…… 네가 괴로워하지 않았으면 하는 거야."

"그건 불가능한 얘기야! 그리고?"

"그리고 가장 중요한 것은 두 사람 사이의 아이들에게 정당한 성을 갖게 하고 싶다는 거야."

"아이들이라고요, 어떤?" 안나는 돌리 쪽을 보지 않고 눈을 가늘게 뜨면서 말했다.

"아니와 앞으로 태어날……"

"그 일이라면 그 사람이 걱정할 것은 없어. 나에게는 이제 아이는 없을 테니까."

"아니, 어떻게 그렇게 단언할 수 있어?……"

"없을 거야, 내가 그걸 바라지 않아."

그리고 돌리의 얼굴에 떠오른 호기심과 경악과 공포가 뒤섞인 순박한 표정을 알아채고, 몹시 흥분해 있었음에도 불구하고 안나는 상긋 웃었다.

"그 병을 앓은 뒤에 의사가 나에게 말했어……………………
………………………………………………………………………………………… "

"그럴 리가!" 돌리는 크게 눈을 뜨고 말했다. 돌리에게 이것은 그 결과와 결론이 너무나 엄청난 것이어서 처음에는 좀처럼 완전히 납득할 수 없을 것 같은 느낌이 들면서도, 그러나 한편 그것에 대해 좀더 충분히 생각해봐야만 될 것 같은 느낌이 드는 그러한 발견들 가운데 하나였다.

이제까지 그녀에게는 수수께끼였던, 아이를 하나나 둘밖에 가지지 않은 가정의 비밀을 별안간 그녀에게 설명해준 이 발견은 무수한 생각과 성찰과 모순된 감정을 그녀의 마음에 불러일으켰다. 그 때문에 그녀는 아무 말도 못하고 그저 눈을 크게 뜬 채 깜짝 놀란 듯이 안나를 바라볼 뿐이었다. 이것은 지금까지 그녀가 열심히 공상했던 것이었다. 그러나 지금 그것이 실행될 수 있는 일이라는 걸 알게 되자 그녀는 갑자기 무서워졌다. 너무나 복잡한 문제에 대한 너무나 간단한 해결이라는 생각이 들었던 것이다.

"그건 부도덕한 일이 아닐까?" 그녀는 잠시 뒤 겨우 이렇게 말했다.

"어째서? 아니, 한번 생각해봐. 나는 둘 중 하나를 선택하지 않으면 안 돼. 임신을 하거나, 즉 병들어 앓든가 자기 남편의, 남편이라고 해도 괜찮겠지, 동료가 되든가." 안나는 일부러 달뜨고 경박한 어조로 말했다.

"그래, 그래." 다리야 알렉산드로브나는 자기도 생각한 적이 있는 바로 그 논리에 귀를 기울이면서 말했지만, 이미 이전과 같은 확신은 없었다.

"너나 다른 사람들에게는," 안나는 그녀의 마음을 짐작하기라도 한 듯 말했다. "아직 이해가 안 될지도 모르지만 나에게는…… 이해해줘,

166

나는 아내가 아니야. 그이는 사랑이 있는 동안만 나를 사랑해줄 거야. 그렇다면 나는 무엇으로 그이의 사랑을 이어나가야 할까? 이런 모습으로?"

그녀는 하얀 두 팔을 배 앞으로 뻗쳐 보였다.

흥분했을 때 흔히 그렇듯이, 갖가지 회상이 다리야 알렉산드로브나의 머릿속에 굉장히 빠르게 소용돌이쳤다. '나는,' 돌리는 생각했다. '스티바를 나에게 붙들어두지 못했다. 그이는 나를 떠나 다른 여자한테로 가버렸다. 그러나 그이가 나를 저버리고 갔던 최초의 여자도 쾌활하고 아름답다는 것만으로는 언제까지나 그이를 붙잡아둘 수 없었다. 그이는 그 여자를 버리고 또다른 여자를 손에 넣었다. 과연 안나가 그러한 것으로 브론스키 백작을 매혹하여 붙잡아둘 수 있을까? 그 사람이 만일 그런 것만 찾게 된다면, 언젠가는 더욱더 매력 있고 쾌활한 치장이나 자태를 발견할 것이다. 그녀의 드러난 팔이 아무리 희고 곱다고 해도, 그녀의 풍만한 몸매며 검은 머리칼 아래 빛나는 얼굴이 아무리 곱다고 해도 그는 더욱더 좋은 것을 발견하게 될 것이다. 역겹고 가련한, 그럼에도 불구하고 사랑스러운 내 남편이 발견했던 것과 마찬가지로.'

돌리는 아무런 대답도 하지 않고 그저 한숨만 몰아쉴 뿐이었다. 안나는 이 한숨이 동의하지 않는다는 뜻임을 알아채고 말을 계속했다. 그녀의 가슴속에는 아직도 뭐라고 반박할 수 없을 만큼 굉장히 강력한 논리가 있었다.

"너는 그게 좋지 않다고 말하는 거지? 하지만 좀더 깊이 생각해야 해." 그녀는 계속했다. "너는 내 처지를 잊고 있어. 어떻게 내가 아이를 바란다든가 할 수 있겠어? 나는 출산의 고통 따위를 말하는 게 아냐.

난 그런 것은 두렵지 않아. 그보다도 내 아이들이 어떻게 될 것인지를 생각해봐. 남의 성을 가져야만 하는 불행한 아이들이야. 그리고 마침내 자기가 태어났다는 것 자체로 아버지와 어머니와 자신의 탄생까지 부끄러워할 수밖에 없는 처지가 될 거야."

"그래, 그러니까 그 때문에라도 이혼이 필요하지 않겠어?"

그러나 안나는 그 말을 듣지 않았다. 그녀는 여태까지 여러 번 자신을 설득해왔던 그 논리들을 남김없이 말하고 싶었던 것이다.

"만약 불행한 자를 이 세상에 만들어내지 않기 위해서라도 쓰지 않는다면, 이성理性이라는 것이 나에게 주어진 보람이 어디에 있겠어?"

그녀는 돌리의 얼굴을 보았지만, 대답을 기다리지 않고 말을 계속했다.

"그 불행한 아이들 앞에 나는 늘 죄책감을 느끼지 않으면 안 돼." 그녀는 말했다. "이 세상에 태어나지만 않으면 그 아이들은 적어도 불행하지는 않아. 하지만 만일 그 아이들이 불행하다면 그 죄는 나 한 사람에게 있는 거야."

이것은 다리야 알렉산드로브나가 자기 자신에 대해 생각했던 것과 완전히 똑같은 논법이었다. 그러나 지금 그녀는 그 말의 의미를 이해할 수 없었다. '현재 존재하지 않는 존재에 대해 어떻게 죄책감을 느낀다는 걸까?' 그녀는 생각했다. 그러자 별안간 그녀의 가슴에 하나의 생각이 떠올랐다. 설사 어떤 경우라 하더라도 그녀가 가장 사랑하는 그리샤에 대해 태어나지 않았던 것이 좋았다는 생각을 품을 수 있을까? 이 생각이 그녀에게는 지극히 야만적이고 기괴한 것으로 여겨졌으므로, 그녀는 이 아찔하고 혼란스럽게 얽혀드는 생각을 떨쳐내기 위해 저도 모르게 머리를 내저었을 정도였다.

"아니, 나는 잘 모르겠지만 그것은 좋은 일은 아니야." 그녀는 얼굴에 혐오스러운 표정을 띠고 겨우 말했다.

"그래, 그렇지만 이것을 잊으면 안 돼, 네 위치와 내 위치가 다르다는 것을…… 게다가 그뿐만 아니라," 안나는 자기의 논거는 풍부하고 돌리의 그것은 빈약함에도 불구하고, 아무튼 그것이 좋지 않은 일임을 자인하는 태도로 덧붙였다. "지금의 내가 너와 똑같은 입장에 있는 게 아니라는 가장 중요한 점을 잊으면 안 돼. 너에게 문제는 네가 이제 더이상 아이를 갖고 싶지 않다고 여기는가 아닌가이지만, 나에게 문제는 내가 아이를 갖기를 바라고 있는가 아닌가야. 이건 굉장한 차이야. 그리고 알겠지만 지금의 처지로는 난 아이를 바랄 수 없어."

다리야 알렉산드로브나는 반박하지 않았다. 그녀는 갑자기 자기와 안나는 이제 아주 멀리 떨어져버렸고 두 사람 사이에는 영원히 합치될 수 없는, 따라서 말을 하지 않는 편이 오히려 좋을 듯한 의문들이 존재하는 것 같은 기분을 느꼈다.

24

"그렇다면 넌 더욱더 너의 위치를 확실하게 해두지 않으면 안 돼, 그럴 수 있다면." 돌리가 말했다.

"그래, 그럴 수 있다면." 안나는 갑자기 완전히 다른, 조용하고 서글픈 목소리로 말했다.

"그럼, 이혼은 할 수 없다는 말인가? 네 남편이 승낙했다고 들었는데."

"돌리! 이 이야기는 더이상 하고 싶지 않아."

"그럼 이제 그만둬." 다리야 알렉산드로브나는 안나의 얼굴에 고뇌에 찬 표정이 나타난 것을 알아채고 얼른 말했다. "나는 다만 네가 너무 어두운 쪽만 보고 있는 것 같아서."

"내가? 아냐, 조금도. 나는 굉장히 유쾌하고 만족스러워. 봤잖아, 나는 연애도 한다니까. 베슬롭스키와……"

"그래, 솔직히 말하자면, 베슬롭스키의 태도가 나에게는 마땅찮아." 다리야 알렉산드로브나는 화제를 바꾸려고 이렇게 말했다.

"어머나, 전혀 그런 일은 없어! 알렉세이를 간질이고 있을 뿐 그 밖에는 아무 의미도 없어. 그 사람은 아직 어린애이고 마치 내 손아귀에 들어 있는 것 같아. 보다시피 나는 그를 내 생각대로 다루고 있는걸. 그는 정말이지 너의 그리샤와 마찬가지야…… 돌리!" 갑자기 그녀는 말을 돌렸다. "넌 내가 어두운 쪽만 보고 있다고 말했어. 내 상황을 너는 이해하기 어렵겠지만, 그것은 너무나 끔찍한 일이야. 그래서 나는 아무것도 보지 않으려 하고 있어."

"그러나 나는 상황을 바로 보아야 한다고 생각해. 할 수 있는 일은 할 필요가 있다고 생각해."

"그렇지만 할 수 있는 일이란 게 뭐가 있을까? 아무것도 없어. 넌 내가 알렉세이와 결혼해야 함에도 불구하고 전혀 그것에 대해 생각하지 않는 것처럼 말하고 있어. 내가 그것을 생각하지 않는다고!" 그녀는 되풀이했다. 그러자 짙은 홍조가 그녀의 얼굴에 번졌다. 그녀는 일어서서 가슴을 펴고 휴우 하고 무거운 한숨을 추스르고 나서 예의 경쾌한 걸음걸이로 이따금 발을 멈추면서 방안을 서성이기 시작했다. "내가 생각하지 않는다고? 하루도, 아니 한 시간도 그것을 생각하지 않은 적이 없어. 그것을 생각하고 스스로를 나무라지 않은 적이 없어…… 그렇지만 그런 생각을 하면 나는 미칠 것만 같아. 미칠 것만 같아." 그녀는 되풀이했다. "그 생각만 하면 모르핀 없이는 잠들 수 없을 정도야. 하지만 좋아, 침착하게 이야기해보지. 누구든 예외 없이 이혼하라고 이야길 해. 그렇지만 첫째로, 그 사람이 그렇게 해주지 않아. 그 사람은 지금 리디야 이바노브나 백작부인의 지배하에 있으니까."

다리야 알렉산드로브나는 의자에 허리를 쭉 펴고 앉은 채 괴로운 동정의 얼굴로 고개를 돌리면서, 방안을 서성이는 안나의 모습을 눈으로 좇았다.

"그래도 청해볼 필요는 있잖아." 그녀는 조용히 말했다.

"청해본다고 해. 그럼 어떻게 될까?" 그녀는 분명 수천 번도 더 생각을 거듭하여 지금은 외우다시피 한 생각을 말하기 시작했다. "그것은 이런 얘기지. 그 사람을 미워하고는 있지만 아무튼 그 사람에 대한 자신의 죄를 인정하는, 그리고 그 사람을 관대한 사람이라고 여기는 내가 굴욕을 참고 그 사람한테 편지를 쓰지 않으면 안 된다는 거야…… 설사, 모든 것을 참고 그리 해본다고 쳐. 그러면 나는 모욕에 찬 답장을 받든가, 혹은 승낙을 받겠지. 하지만 또 좋아, 설사 승낙을 받았다고 쳐……" 안나는 방의 한쪽 끝에 이르자 커튼을 만지작거리면서 멈춰 섰다. "나는 승낙을 받으면, 그럼 아…… 아들은? 그 사람들은 아이를 나에게 넘겨주지 않을 거야. 그리고 그애는 내가 버리고 온 아버지

밑에서 나를 경멸하면서 자랄 거야. 이해해줘, 나는 결국엔 두 사람을, 세료자와 알렉세이를 똑같이, 그러나 양쪽 다 내 몸 이상으로 사랑하고 있어."

그녀는 방 가운데로 나와서 두 손으로 가슴을 꼭 누르면서 돌리 앞에 멈춰 섰다. 하얀 잠옷을 입은 그녀의 모습은 유달리 크고 풍만하게 보였다. 그녀는 잠자코 고개를 숙이고 눈썹 아래 반짝이는 눈물에 젖은 눈으로, 헝겊으로 기운 재킷을 입고 나이트캡을 쓴 허술한 차림새로 흥분하여 온몸을 와들와들 떨고 있는 몸피가 작고 홀쭉한 돌리를 보고 있었다.

"나는 오직 이 두 사람만을 사랑해. 그런데 이 둘은 양립할 수 없는 거야. 나는 이 둘을 결합시킬 수가 없어. 하지만 나에게 필요한 것은 그들뿐이야. 그러니까 만일 그것이 안 된다면 어차피 마찬가지야. 어떻게 되건 마찬가지야. 그리고 언젠가는 어떻게든 끝이 나게 될 거야. 그러니까 나는 이에 대해 이러쿵저러쿵 말하고 싶지도 않고 또 할 수도 없어. 그러니까 너도 제발 나를 꾸짖지 말아줘. 무엇이 됐건 나를 비난하지 말아줘. 네 순결한 마음으로는 내가 괴로워하는 문제를 좀처럼 이해할 수 없을 테니까."

그녀는 다가와서 돌리 곁에 앉았고, 겸연쩍은 표정으로 돌리의 얼굴을 들여다보면서 그 손을 쥐었다.

"너는 어떻게 생각하고 있어? 나에 대해 어떻게 생각하고 있어? 정말이지, 나를 멸시한다든가 하진 말아줘. 나는 멸시당할 만한 사람은 아니야. 나는 남달리 불행할 뿐이야. 만약 불행한 인간이란 것이 있다면, 그것은 바로 나야." 이렇게 말하고서 그녀는 얼굴을 돌리고 울음을 터뜨렸다.

혼자 남게 되자 돌리는 기도를 하고 잠자리에 들었다. 안나와 이야기를 하는 동안 그녀는 안나가 안타깝게 여겨졌다. 그러나 지금은 도저히 안나에 대해 생각할 수가 없었다. 집안일이며 아이들에 대한 회상이 뭔가 특별한, 새로운 매력과 새로운 빛을 띠고 그녀의 가슴속에 떠올라 왔다. 그러한 그녀의 세계는 지금 그녀에게 더할 나위 없이 귀중하고 정다운 것으로 여겨졌으므로, 그녀는 이제 무슨 일이 있더라도 그 세계 이외의 곳에서 무익한 하루를 지내고 싶지 않았기에, 내일은 반드시 여기를 떠나리라 마음먹었다.

한편 안나는 자기 방으로 돌아오자 작은 잔을 들고 그 속에 모르핀이 주성분인 약을 몇 방울 따랐다. 그런 다음 꿀꺽 단숨에 들이켜고 잠시 동안 그 자리에 가만히 앉아 있다가 조용하고 쾌활한 기분이 되어 침실로 들어갔다.

그녀가 침실로 가자 브론스키는 주의깊게 그녀를 훑어보았다. 그는 그녀가 그렇게 오래 돌리의 방에 있었던 이상 틀림없이 나누었을 그 이야기의 흔적을 찾으려고 했다. 그러나 그는 마음속의 흥분을 꾹 억누르고 뭔가 숨기고 있는 듯한 그녀의 표정에서 익숙하지만 지금도 여전히 그를 사로잡고야 마는 아름다움과 그것에 대한 자의식과 그의 마음을 감동시켜야겠다는 바람 외에는 아무것도 발견할 수 없었다. 그는 그녀들이 무슨 이야기를 했는지 물어보고 싶지는 않았으나, 그녀 쪽에서 먼저 말문을 열기를 기대했다. 하지만 그녀는 이렇게 말할 뿐이었다.

"나는 돌리가 당신 마음에 든 것이 정말 기뻐. 그렇지 않아?"

"그렇지만 나는 전부터 그녀를 알고 있는걸 뭐. 게다가 또 굉장히 마음씨가 좋은 사람인 것 같아. *하지만 지극히 평범한 여자야.* 아무튼 나는 그녀가 와준 것이 굉장히 기뻐."

그는 안나의 손을 잡고 뭔가 묻는 것처럼 그녀의 눈을 찬찬히 들여다보았다.

그녀는 그의 눈빛을 다른 의미로 받아들이고 그에게 미소를 지어 보였다.

이튿날 아침 다리야 알렉산드로브나는 주인들의 간청에도 불구하고 돌아갈 채비를 했다. 허름한 카프탄을 입고 절반쯤 구멍이 뚫린 모자를 쓴 레빈의 마부는 누덕누덕한 흙받기가 달린 포장마차를 털빛이 제각각 다른 말들에게 채워서, 모래가 깔리고 지붕이 있는 현관 앞쪽으로 음울하지만 의연한 표정으로 몰고 들어왔다.

바르바라 공작영애며 남자들과 작별을 하는 것이 다리야 알렉산드로브나로서는 불유쾌했다. 하루를 보내고 난 뒤 그녀도 주인들도 서로가 어울리지 않는다는 것, 그들은 함께 있지 않는 편이 낫다는 것을 똑똑히 느꼈다. 그저 안나만은 슬펐다. 그녀는 돌리가 지금 가버리면 이제 아무도 이 만남이 불러일으켜주었던 감정을 자신의 마음에 떠올려줄 사람이 없다는 것을 알고 있었다. 이러한 감정을 잠깨워준다는 것은 그녀에게는 고통이었지만, 그녀는 역시 그 감정이 그녀의 마음에서 가장 좋은 부분이라는 것을, 그리고 그녀 마음의 이 부분은 그녀가 보내고 있는 이런 생활 속에서는 빨리 소멸해버린다는 것을 알고 있었다.

들로 나오자 다리야 알렉산드로브나는 홀가분하고 유쾌한 기분을 느꼈기에, 마부와 사무원에게 브론스키의 집이 마음에 들었는지 물어

174

볼까 생각했는데, 그때 마부 필리프가 불쑥 말을 꺼냈다.

"부자이기는 합니다만, 귀리는 딱 세 메라*밖에 주지 않았습니다. 닭이 울 무렵에는 한 알도 남지 않았습니다. 세 메라가 다 뭡니까? 겨우 입가심밖에 되지 않아요. 요새 귀리야 역참에서도 사십오 코페이카밖에 하지 않는데요. 우리집에선 손님의 말들에게는 얼마든지 먹는 대로 주고 있습니다."

"정말 깍쟁이 나리야." 사무원도 장단을 맞추었다.

"그렇지만 자넨 그 댁의 말들은 마음에 들었겠지?" 돌리가 물었다.

"그야 말할 것도 없지요. 먹는 것도 훌륭하고. 그렇지만 제겐 어쩐지 답답하게 느껴지더군요. 다리야 알렉산드로브나 마님께선 어떠셨는지 모르겠습니다만요." 그는 예쁘장하고 착해 보이는 얼굴로 그녀를 돌아보고 말했다.

"나도 역시 마찬가지였어. 어때, 석양까지는 닿게 될까?"

"닿도록 해야죠."

집으로 돌아와서 모든 사람의 너무도 행복하고 유달리 정다운 얼굴을 보자 다리야 알렉산드로브나는 자신의 여행이며 브론스키네가의 호사스러운 생활이며 그들의 뛰어난 취미와 오락 등에 대해 굉장히 생생한 말투로 이야기하면서 누구도 반박할 엄두를 내지 못하게 했다.

"안나와 브론스키가 얼마나 정답고 사랑스러운 사람들인지 이해하기 위해서는 그 두 사람 다 잘 알지 않으면 안 돼요. 나는 이번에 가서 그 브론스키라는 사람을 굉장히 많이 알게 되었어요." 그녀는 이번에는

---

* 러시아의 옛 무게 단위로, 1메라는 26.24리터.

진지한 말투로 자기가 거기서 느꼈던 막연한 불만이며 거북스러움은
완전히 잊어버리고 이렇게 말했다.

25

브론스키와 안나는 여전히 똑같은 상태로, 여전히 이혼에 대해서는
아무런 수단도 강구하지 않고 그해 여름과 가을을 시골에서 지냈다. 그
들 사이에는 서로 아무데도 가지 않는다는 결정이 내려져 있었으나, 단
둘이 지내는 날이 차츰 길어지고 특히 가을이 되어 손님도 없어지자
두 사람 다 자기들이 이러한 생활을 도저히 배겨낼 수 없으리란 것, 이
생활을 바꾸지 않으면 안 되리라는 것을 느끼기 시작했다.

그들의 생활은 그 이상을 바랄 수 없을 만큼 훌륭해 보였다. 충분한
재산이 있고, 건강하고, 아이도 있고, 게다가 또 두 사람 다 일을 가지
고 있었다. 안나는 손님이 없어지고 난 후에도 여전히 덧없는 단장으로
몸을 가꾸며 대부분의 시간을 독서로 소일했다. 그녀는 소설이건 딱딱
한 내용이건 화제에 오른 책이라면 닥치는 대로 주문했고, 자기에게 오
는 외국의 신문 잡지에서 추천하는 책도 모조리 주문했다. 그러고는 쓸
쓸한 생활을 하고 있는 경우에만 나타나는 읽을거리에 대한 깊은 주의
력으로 그러한 책들을 통독했다. 이뿐만 아니라 그녀는 브론스키가 관
계하고 있는 온갖 문제들도 서적이며 전문지를 통해 연구하고 있었으
므로, 그는 자주 농학이나 건축상의 문제부터 때로는 말 사육이나 스포
츠에 관한 문제까지 불쑥 그녀에게 묻곤 했다. 그는 그녀의 지식과 기

억력에 놀랐고, 처음에는 의심하며 증명을 요구했다. 그러면 그녀는 그가 질문한 것들을 책 속에서 찾아내어 그에게 보여주었다.

병원의 건축 역시 그녀의 흥미를 끌었다. 그녀는 그 일을 도왔을 뿐 아니라 자기도 여러 가지로 설계하거나 고안하기도 했다. 그러나 그녀의 주된 관심은 역시 그녀 자신의 일이었다. 자기가 어느 정도로 브론스키에게 귀중한지, 그가 저버린 것을 어느 정도까지 그에게 보상할 수 있는지 하는 것이었다. 브론스키는 그녀 생활의 유일한 목적이 되어 있는, 그의 마음에 들려고 할 뿐만 아니라 그에게 도움이 돼야겠다는 이 희망을 존중하고 있었지만, 동시에 그녀가 사랑의 그물로 그를 붙잡아 싸려고 하는 것에는 적잖이 괴로움을 느꼈다. 날이 지날수록 그러한 그물에 붙잡혀 있는 자신의 모습을 자각하는 일이 많아지자, 그는 차츰 그것에서 빠져나가려는 정도까진 아니지만 그것이 자신의 자유를 방해하지는 않는지 시험해보고 싶은 마음이 커졌다. 만일 이 끊임없이 쌓여가는 욕망, 자유를 누리고 싶다든가 집회나 경마로 인해 도시에 가야만 할 경우에 안나가 번번이 소란을 일으키는 일이 없게끔 하고 싶다는 욕망만 아니었다면 브론스키는 지금의 생활에 충분히 만족했을 것이다. 그가 선택한 역할, 러시아 귀족의 핵심을 이루는 부유한 지주라는 역할은 완전히 그의 취미에 맞았을 뿐만 아니라, 그렇게 반년을 지낸 지금은 시시각각으로 더욱 큰 만족을 그에게 가져다주었다. 그리고 그의 일은 더욱더 그의 흥미를 샘솟게 하면서 훌륭하게 진행되고 있었다. 병원이며 기계며 스위스에서 사들인 암소며 그 밖의 온갖 것들이 그에게 막대한 금액을 요구했음에도 불구하고 그는 스스로 결코 허비한 것이 아니며 재산을 불린 것이라고 확신했다. 수입에 관한 것, 재목이며 곡식이며 양털의 매각이라든가 토지의 대부 같은 경우 브론스키는 부싯돌처럼 굳세게 끝까지 제값을 고수할 줄 알았다. 그리고 대규모 농업에서는 이곳에서도 그 밖의 영지에서도 그는 지극히 단순하고 위험이 없는 방법을 취했고 극도로 실용적이었으며 사소한 일에도 타산적이었다. 독일인 집사는 굉장히 교활하고 물샐틈없는 사람으로 처음에는 물건값을 훨씬 비싸게 불러놓고, 잘 알아보니 같은 것을 훨씬 싸게 살 수 있는 방법이 있으니 그것만으로도 당장 이러저러한 이득이 있다면서 온갖 견적을 늘어놓고 그에게 사기를 권했지만, 브론스키는 그런 수작에는 넘어가지 않았다. 그는 집사의 말에 귀를 기울이고 여러 가지를 묻고 나서 지극히 새로우며 러시아에서는 아직 알려져 있지 않아 사람들을 놀라게 할 수 있는 물건인 경우에만 주문에 동의했다. 이뿐만 아니라 그는 여분의 돈이 있을 때에만 큰 지출을 하기로 정했고, 실제로 지출을 할 때에도 다양한 방면에서 세세한 점까지 연구하고 같은 돈으로 최상의 것을 손에 넣도록 명령했다. 그러니 그의 이런 방식을 보면, 그가 재산을 낭비하고 있는 게 아니라 불리고 있는 게 분명했다.

시월에는 카신현에서 귀족단장 선거가 있었다. 그 현에는 브론스키며 스비야시스키며 코즈니셰프며 오블론스키의 영지가 있었고, 레빈의 영지도 조금 있었다.

이 선거는 여러 정세나 그에 관여한 사람들의 명성으로 모두의 주의를 끌었다. 선거를 위해 온갖 것들이 의논되고 준비되었다. 지금까지 한 번도 선거에 참여한 일이 없는 모스크바나 페테르부르크나 외국에 있던 사람들까지 이 선거에 모여들었다.

브론스키는 벌써 오래전부터 거기에 가기로 스비야시스키와 약속이 되어 있었다.

선거 직전이 되자, 그때까지도 자주 보즈드비젠스코예를 찾아왔던 스비야시스키가 브론스키한테 들렀다.

그 전날 벌써 브론스키와 안나 사이에는 이 예정된 여행 때문에 거의 싸움에 가까운 일이 벌어졌다. 시골에서는 지극히 지루한 숨막히는 가을날이었다. 브론스키는 싸움에 대한 마음의 준비를 하면서 그때까지는 한 번도 보인 적이 없는 싸늘하고 엄격한 표정으로 안나에게 자신의 여행을 알렸다. 그러나 놀랍게도 안나는 지극히 차분한 태도로 그 통지를 받고 그저 언제 돌아오냐고만 물었을 뿐이었다. 그는 그녀의 이러한 차분함이 이해되지 않았으므로 멍하니 그녀의 얼굴을 바라보았다. 그녀는 그의 눈을 마주보며 웃음을 지었다. 그는 그녀가 이런 식으로 자기 속으로 파고들어가버린다는 것을 알고 있었고, 이러한 일은 그녀가 그에게는 알리지 않고 자기 혼자서 무언가 결심한 바가 있을 경우에만 일어난다는 것도 알고 있었다. 그는 그것이 무서웠다. 그러나 그는 싸움을 피하고 싶은 욕망이 강했으므로 자기가 믿고 싶었던 것, 즉 그녀의 이성이 올바르다는 걸 믿는 척했고 또 어느 정도까지는 정말로 그것을 믿었다.

"당신이 지루해하지 않으면 좋을 텐데."

"응." 안나는 말했다. "안 그래도 어제 고티예*에서 책이 한 상자 도착했으니까 괜찮아. 지루하지는 않을 거라고 생각해."

---

* 쿠즈네츠키 다리에 위치한 V. I. 고티예의 모스크바 고서점.

'음, 이러한 방식으로 나가려는 거로군. 그러는 편이 오히려 낫다.' 그는 생각했다. '그러잖으면 또 싸우게 될 수밖에 별도리가 없으니까.'

이렇게 해서 그는 그녀가 속내를 털어놓고 얘기하도록 끌어내지 않고 선거장으로 떠났다. 그가 서로 속내를 다 털어놓지 않고 그녀에게서 떠나버린 것은 두 사람이 관계를 맺은 이래 이번이 처음이었다. 이 사실은 그의 마음을 불안하게 했지만, 한편으로는 그러는 것이 낫다고 생각했다. '물론 처음엔 지금처럼 뭔가 애매하고 찜찜한 느낌도 들겠지만, 결국엔 그녀도 익숙해질 것이다. 나는 어떠한 경우에도 그녀에게 무엇이든 다 줄 수 있지만, 내 남자로서의 독립성만은 포기할 수 없다.' 그는 생각했다.

26

레빈은 구월에 키티의 분만을 위해 모스크바로 옮겼다. 그는 벌써 꼬박 한 달이나 하는 일도 없이 모스크바에서 지냈다. 그때 카신현에 영지가 있고 이번 선거에 깊이 관여하고 있던 세르게이 이바노비치는 선거장에 갈 채비를 하고 있었다. 그는 셀레즈뇹스키군의 선거권을 가지고 있던 아우에게 같이 가자고 권유했다. 더불어 레빈에게는 외국에 있는 누나를 위해 어떻게든 결말을 지어주지 않으면 안 될 후견인 문제와 상환금 수령에 관한 볼일도 카신에 있었다.

레빈은 그럼에도 여전히 주저하고 있었지만, 그가 모스크바에서 지루해하는 것을 보고 가기를 권하던 키티가 그에게는 말하지 않고 팔십 루블이나 하는 귀족의 제복을 주문해버렸다. 이 제복에 치러진 팔십 루블이 아까워서라도 레빈은 가기로 결심했다. 그리고 그는 카신을 향해 출발했다.

레빈은 벌써 엿새나 카신에 머물면서 집회에 얼굴을 내밀기도 하고 어쩐지 잘 진척되지 않는 누나의 일로 동분서주하기도 했다. 그러나 귀족단장들은 모두 선거 일로 분망했으므로 후견에 관한 간단한 문제마저 마무리지을 수가 없었다. 또하나의 볼일인 돈의 수령 또한 마찬가지 장애에 부딪혔다. 금령 해제를 위해 오래 동분서주한 끝에 돈은 겨우 교부받게 되었다. 그러나 직무에 몹시 충실한 공증인은 금전교부서를 발행할 수 없었다. 왜냐하면 거기엔 의장의 서명이 필요한데 의장은 직무를 인계하지 않은 채 정례회의에 나가 있었기 때문이었다. 이러한 온갖 번거로움, 여기저기 쏘다니는 분주함, 청원자의 불쾌한 처지를 충분히 알고 있으나 도울 수 없는 지극히 선량하고 친절한 사람들과의 면담, 아무런 결과도 가져오지 못하는 이 모든 긴장은 레빈의 마음에 꿈속에서 체력을 쓰려고 할 때 경험하는 그 짜증스러운 무력감과 흡사한 괴로운 느낌을 가져다주었다. 그는 종종 굉장히 친절한 자신의 대리인과 이야기하고 있을 때에도 그런 기분을 느꼈다. 이 대리인은 레빈을 어려움에서 구출하기 위해 할 수 있는 한 모든 일을 하고 온 지력을 동원하고 있는 것 같았다. "그럼 이렇게 한번 해보세요." 그는 여러 차례 말했다. "거기하고 거기에 한번 가보세요." 그러고서 대변인은 사건 전체에 장애가 되고 있는 근본 원인을 피하기 위한 방법을 무수히 제공하는 것이었다. 그러나 그렇게 말하고 나서 이내 또 이렇게 덧붙였다. "아무튼 조금 늦어지기는 할 거예요. 좌우간 한번 해보세요." 그래서 레빈은 해보았고, 발로 걸어다니고, 마차를 타고 다녔다. 모두들 선량하고 친절했지만, 결국엔 피해서 지나왔던 장애가 또다시 머리를 쳐들고 일어나 길을 가로막았다. 특히 레빈에게 유감스러웠던 점은 자기가 누구와 싸우고 있는지, 자신의 일이 늦어지는 것이 도대체 누구에게 이익이 되는지 전혀 알 수 없다는 점이었다. 이에 대해선 아무도 모르는 것 같았다. 대리인도 몰랐다. 만약 레빈이 역 개찰구에서는 왜 한 줄로 서야 하는지를 이해하듯이 이 문제도 이해할 수 있었다면 딱히 모욕감이나 노여움은 느끼지 않았을 것이다. 그러나 지금 그가 부닥친 장애에 대해서는 그것이 무엇 때문인지 그에게 설명할 수 있는 이가 아무도 없었다.

그러나 레빈은 결혼하고 나서 인간이 완전히 변했다. 그는 너그러워졌고, 무엇 때문에 조직이 이따위로 되어 있는지 이해되지 않는 일이 있어도 상황을 완전히 알고 난 다음이 아니라면 옳고 그름을 판단할 수는 없다고, 아마 이렇게 될 필요가 있었을 것이라고 자기에게 말하며 화를 내지 않으려고 애썼다.

지금 선거에 출석해서 참여하고 있으면서도 그는 마찬가지로 비판한다든가 말다툼을 벌이지 않도록, 자기가 존경하는 명예롭고 훌륭한 사람들이 엄청난 진지함과 열의로 관여하고 있는 일을 최대한 잘 이해할 수 있도록 노력하고 있었다. 결혼한 이후부터 레빈은 그때까지 자신이 경박한 태도를 취하고 있었기 때문에 쓸데없다고 여겼던 일에도 여러 가지로 새롭고 진지한 의미가 있음을 깨달았고, 이 선거에서도 그 의미를 탐구하고 있었다.

세르게이 이바노비치는 그에게 이번 선거에서 예상되는 개혁의 성격과 의미를 설명했다. 법률에 의해 여러 중요한 공무를—후견 문제(레빈이 지금 시달리고 있는 바로 그 문제)도, 귀족단 소유의 막대한 돈도, 남자 김나지움, 여자 김나지움, 군사 김나지움도, 그리고 새로운 규정에 따른 국민교육과 나아가 지방자치회까지도—장악하고 있는 현의 귀족단장 스네트코프는 성격이 좋은 정직한 사람이지만, 막대한 재산을 낭비했으며 새로운 시대의 요구를 이해하지 못하는 구식 귀족이었다. 그는 무슨 일이든 항상 귀족의 편을 들었고, 국민교육의 보급에는 정면으로 반대했으며, 본디 아주 중대한 의의를 가져야만 할 지방자치회에 계급성을 부여했다. 그러니 그 자리에 기필코 현대적이며 발랄하고 활동적인 신인을 앉히고, 단순히 귀족으로서가 아니라 지방자치회의 한 요소로서 귀족에게 주어진 모든 권리에서 최대한 자치의 이익을 끌어내도록 일을 처리하지 않으면 안 되었다. 모든 점에서 언제나 다른 현보다 한 걸음 앞서고 있던 부유한 카신현에는 지금 굉장한 세력이 형성돼 있었으므로, 여기에서 정당하게 실행된 정책은 다른 현은 물론 러시아 전체의 모범이 될 수 있었다. 따라서 이 선거는 중대한 의미를 지니고 있었다. 귀족단장 자리에는 스네트코프 대신 스비야시스키나, 더 욕심을 부린다면 전 대학교수이며 총명하기로 정평이 난 세르게이 이바노비치의 막역한 벗인 네베돕스키를 앉히기로 계획되어 있었다.

회의는 지사의 개회사로 시작되었다. 그는 귀족 일동을 향해 조국의 복지를 위해 추호도 공평을 잃는 일 없이 그 공적으로 의원을 선출하기를, 그리고 카신현의 명예로운 귀족들이 이제까지의 선거와 마찬가지로 신성하게 그 의무를 이행하여 군주君主의 높은 신임에 보답하기를 희망한다고 연설했다.

연설을 끝내자 지사는 회장에서 나갔고, 그러자 귀족들은 떠들썩하게, 심지어 어떤 자는 거의 열광적으로 지사를 뒤쫓아가서 그 주위를 둘러쌌다. 지사는 털가죽 외투를 입고 정답게 현의 귀족단장과 대화하고 있었다. 레빈은 모든 사태를 파고들어 하나도 놓치지 않을 생각으로 군중 속에 끼어 있다가 지사가 이렇게 말하는 것을 들었다. "꼭, 마리야 이바노브나에게 전해주세요. 안사람은 고아원을 방문하느라 찾아뵙지 못하는 것을 굉장히 유감으로 여기고 있다고." 이런 이야기를 하는 동안 귀족들은 모두 유쾌하게 저마다 털가죽 외투를 찾아입고 대성당으로 마차를 달렸다.

대성당에서 레빈은 다른 사람들과 함께 손을 들고 사제장의 말을 반복하면서 지극히 엄숙한 선서로써 지사의 희망을 모두 이행할 것을 맹세했다. 교회의 성사는 레빈에게 언제나 큰 힘을 발휘했다. 그는 '십자가에 입맞추나이다'라고 하면서, 똑같은 문구를 되풀이하고 있는 이 늙은이와 젊은이가 뒤섞인 사람들 쪽을 돌아보았을 때, 진한 감동을 느꼈다.

이틀째와 사흘째에는 귀족단의 재산과 여자 김나지움에 대한 문제가 토의되었다. 그 문제는 세르게이 이바노비치가 설명한 것처럼 딱히 중대한 의미를 지니고 있지 않았고, 레빈도 자신의 볼일로 분주한 탓에 출석하지 않았다. 나흘째에는 현의 테이블에서 현의 재산에 대한 감사가 행해졌다. 그리고 그때 처음으로 신구 양당의 충돌이 일어났다. 재산을 감사하도록 위임받았던 위원회는 재산이 모두 완전히 보전되어 있다고 보고했다. 현 귀족단장은 일어서서 자신에 대한 귀족들의 신임에 감사하면서 눈물을 흘렸다. 귀족들은 소리 높여 그에게 인사하고 그의 손을 잡았다. 그러나 그때 세르게이 이바노비치 패의 한 귀족이 일어서서, 자기는 위원회가 그러한 감사를 행하는 것이 귀족단장에 대한 모욕이라고 생각해 재고금 감사는 행하지 않았다는 얘길 들었다고 말했다. 그러자 부주의하게도 위원회 중 한 사람이 그 말을 뒷받침했다. 그때 몸집이 작고 굉장히 젊어 보이는, 그러나 대단히 신랄한 신사가 현 귀족단장에게는 아마 공금의 사용액수를 정확히 보고하는 것이 유쾌한 일일 것이다, 그러니 위원회의 과도한 점잖음은 그의 정신적인 만족을 빼앗는 일이 될 것이라고 말을 꺼냈다. 그러자 위원회는 자기네의 보고를 취소했고, 세르게이 이바노비치가 일어서서 그 재산 감사라는 것이 과연 행해졌는가 행해지지 않았는가 우선 그것부터 확인할 필요가 있다고 논리적으로 설파하고 상세히 모순점을 지적했다. 세르게이 이바노비치에게 반대파의 웅변가가 답변했다. 다음에는 스비야시스키가 발언하고, 또다시 그 신랄한 신사가 발언했다. 논쟁은 오래 계속되어 끝날 기미가 없었다. 레빈은 이 문제로 사람들이 이렇게 오래 논쟁하는 것에 놀라지 않을 수 없었다. 게다가 그가 세르게이 이바노비치에게 정말 공금이 낭비되고 있다고 생각하는지를 물었을 때 세르게이 이바노비치는 다음과 같이 대답했던 것이다.

"오 아니야! 그는 정직한 사람이야. 하지만 아버지가 가정을 다스리는 것 같은 귀족단의 낡은 사업 관리 방법은 좀 흔들어놓을 필요가 있어."

닷새째에는 군의 귀족단장 선거가 있었다. 이날은 여러 군에서 상당한 소란이 있었다. 셀레즈뇨스키군에서는 스비야시스키가 무투표의 만장일치로 선출되었고, 그의 집에서는 만찬이 베풀어졌다.

27

엿새째에는 현 귀족단장 선거가 있을 예정이었다. 크고 작은 홀들은 각양각색의 제복을 입은 귀족들로 꽉 들어찼다. 상당수의 사람들은 오직 이날을 위해 온 것이었다. 오랫동안 만나지 않았던 지인들이 어떤 자는 크림에서, 어떤 자는 페테르부르크에서, 또 어떤 자는 외국에서 돌아와 이 홀에서 만났다. 현 귀족단장의 탁자가 있는 곳과 황제의 초상 밑에서는 논쟁이 벌어지고 있었다.

귀족들은 큰 홀에도 작은 홀에도 제각기 무리 지어 진을 치고 있었고, 그 적의에 찬 시새움 짙은 눈빛이며, 남이 가까이 오면 그쳐버리는 이야기며, 두서너 사람이 무언가를 수군거리면서 일부러 먼 복도까지 나가는 모양으로 보아 각 파의 사람들은 제각기 남이 들으면 안 될 비밀을 가지고 있는 것이 분명했다. 외관만 보아도 귀족들은 현저하게 신구 두 패로 갈려 있었다. 구파 쪽 사람들은 거의 다 단추로 잠그는 구식 제복을 입고 칼을 차고 차양이 달린 모자를 쓰거나 각자의 출신에 따라서 해군이나 기병의 제복을 착용하고 있었다. 늙은 귀족들의 제복은 어깨에 심을 넣어 구식으로 지어진 것으로, 눈에 띄게 작고 허리가 짧으며 꽉 죄어 입고 있는 사람들이 그 옷을 맞춘 뒤에 커버리기라도 한 것처럼 보였다. 젊은 사람들은 하얀 조끼 위에 옷자락이 길고 어깨가 넓으며 단추를 잠그지 않는 제복이나 혹은 검은 깃에 월계관과 법무성의 휘장을 수놓은 제복을 입고 있었다. 이 젊은 패 쪽에는 또 확연히 구분되는 궁정 관리의 제복 차림도 곳곳에 보였다.

그러나 노소의 구별이 당파의 구별과 일치하지는 않았다. 레빈이 살펴본 바에 의하면 젊은이들 중에서도 어떤 사람들은 구파에 속했고, 반대로 굉장히 나이 먹은 두서너 귀족은 스비야시스키 같은 사람들과 무엇인가를 서로 수군거리고 있는 것으로 보아 분명히 신파의 열렬한 지지자였다.

레빈은 사람들이 담배를 피우기도 하고 가벼운 식사를 하기도 하는 작은 홀 안의 자기네 그룹 옆에 서서 그들의 이야기에 귀를 기울이면서 이야기 내용을 이해하려고 헛되이 자신의 지력을 긴장시키고 있었다. 세르게이 이바노비치가 중심이 되었고 다른 패들은 그 주위에 모여 있었다. 레빈은 다른 군의 귀족단장으로 그들의 당파에 속해 있는 흘류스토프와 스비야시스키가 하는 이야기에 귀를 기울이는 중이었다. 흘류스토프는 자신의 군을 이끌고 스네트코프에게 입후보를 간청하는 것에 동의하지 않았으나, 스비야시스키는 그렇게 해달라고 열심히 그에게 권고하고 있었고, 세르게이 이바노비치 또한 그 안에 찬성하고 있었다. 레빈은 무슨 이유로 반대파가 자기들이 당선을 바라지 않는 현 귀족단장에게 입후보를 간청할 필요가 있는 것인지 도무지 이해가 되지 않았다.

막 가벼운 식사를 마치고 한잔하고 온 스테판 아르카디치는, 향수 냄새가 코를 찌르는 테두리 장식이 된 모시 손수건으로 입가를 닦으면서 상급시종의 제복 차림으로 그들에게 다가왔다.

"진지 점령은 확실해." 양쪽 구레나룻을 쓰다듬으면서 그는 말했다.

"세르게이 이바니치!"

그리고 잠깐 이야기에 귀를 기울이고 나서 그는 스비야시스키의 의견에 동의를 표했다.

"한 군만으로 충분해. 스비야시스키는 두말할 것 없이 반대파겠지." 그는 레빈을 제외하고는 모두들 이해하고 있는 듯한 말을 했다.

"어때, 코스탸, 자네도 이제 겨우 이 재미를 알게 된 것 같군?" 그는 레빈을 돌아보면서 덧붙이고 그의 손을 꽉 쥐었다. 레빈은 자기가 그 재미를 알게 됐다면 기뻤을 테지만 대체 뭐가 뭔지 전혀 이해가 가지 않았으므로 이야기하고 있는 사람들에게서 몇 발짝 떨어져 어째서 현 귀족단장에게 입후보를 간청해야 하는지를 스테판 아르카디치에게 물어보았다.

"오, 성자 같은 단순함이여!" 스테판 아르카디치는 이렇게 말하고는 짧고 명료하게 현재 상황을 설명해주었다.

만일 지난번 선거처럼 모든 군이 현 귀족단장에게 입후보를 요청한다면 그는 만장일치로 선출될 것이다. 그런 일이 있어서는 안 된다. 그러나 지금은 여덟 군이 그의 입후보에 동의하고 있다. 나머지 두 군이 그것을 거절한다면 스네트코프는 입후보를 거절할지도 모른다. 그러면 구파는 자기 파에서 다른 후보를 선출하게 될 것이다. 그러면 모든 계산이 수포로 돌아가게 된다. 그러나 만일 스비야시스키의 군 하나만 그의 입후보를 종용하지 않는다면 스네트코프는 결국 나오게 될 것이다. 이쪽에서는 일부러 그에게 투표하고 그를 선출할 것처럼 한다. 그러면 반대파는 잘못 계산하고 이쪽에서 후보자를 냈을 때 그에게 투표하게 될 것이다.

레빈은 이해했으나 아직 완전히 납득되진 않았기 때문에 또 몇 가지 질문을 하려고 했는데, 그때 모든 사람이 갑자기 지껄이고 떠들어대면서 큰 홀 쪽으로 움직여갔다.

"어떻게 됐나? 뭐야? 누구를?" "신임? 누구에게? 뭐야?" "반박하고 있어?" "불신임이야." "플료로프가 투표하지 못해." "뭐, 재판을 받고 있기 때문이라고?" "그런 식이면 아무도 투표하지 못해. 이건 협잡이야." "법대로 해!" 레빈은 사방에서 이렇게 떠들어대는 소리를 듣고, 무엇인가를 놓치고 보지 못할까봐 급히 서둘고 있는 여러 사람들과 함께 큰 홀로 들어갔다. 그러고는 많은 귀족들에게 짓눌리면서 현 귀족단장이며 스비야시스키며 그 밖의 중요 인사들이 무엇인가에 대해 열심히 토론하고 있는 현 귀족단장의 탁자 쪽으로 나아갔다.

<h2 style="text-align:center">28</h2>

레빈은 토론 장소에서 상당히 멀리 떨어져 있었다. 그의 옆에 있던 한 귀족이 호흡을 하면서 내는 침울한 목쉰 소리와, 또 한 사람의 구두창이 삐걱거리는 소리가 방해되어 그는 똑똑히 들을 수 없었다. 멀리서 귀족단장의 부드러운 목소리와, 다음에 그 신랄한 신사의 날카로운 목소리와, 뒤이어 스비야시스키의 목소리가 들려올 뿐이었다. 그가 알아들은 바로는 그들은 법문의 의미와 예심을 받고 있는 자라는 말의 의미에 대해 토론하고 있었다.

탁자 쪽으로 가려는 세르게이 이바노비치에게 길을 터주기 위해 군중은 양쪽으로 갈라졌다. 세르게이 이바노비치는 신랄한 신사의 이야기가 끝나기를 기다리고 있다가 무엇보다도 확실한 방법은 법문을 참조하는 것이라고 생각한다며 서기에게 그 조문을 찾아달라고 부탁했다. 그 조문에는 의견 불일치의 경우에는 투표에 따라야 한다고 기재되어 있었다.

세르게이 이바노비치는 조문을 읽고 그 의미를 설명하기 시작했으나, 그때 키가 크고 비대하며 허리가 구부정한, 콧수염을 물들이고 목을 뒤에서 조르는 듯 깃이 꽉 조인 제복을 입은 한 지주가 그를 가로막았다. 지주는 탁자로 나아가 반지로 탁자를 한 번 두드리고 큰 소리로 고함을 질렀다.

"투표해! 공*으로 결정하는 거야! 이러니저러니 말할 필요 없어! 투표, 투표!"

그러자 별안간 몇 사람이 목소리를 높여 떠들어댔고, 반지를 낀 키가 큰 귀족은 더욱더 격앙되어 큰 소리로 외쳐댔다. 그러나 무엇을 말하고 있는지 알아들을 수는 없었다.

그는 세르게이 이바노비치가 제의했던 것과 똑같은 말을 하고 있었다. 그러나 분명히 세르게이 이바노비치와 그 당파를 미워하고 있었고, 이 미움의 감정이 그의 당파 전체에 퍼지자마자 반대파에서도 그보다 온건하기는 하지만 똑같이 울분에 찬 대항을 일으켰다. 외침소리가 사방에서 일어났고, 잠시 동안 모든 것이 뒤죽박죽이 돼버렸다. 그래서 현 귀족단장은 질서의 회복을 요청하지 않으면 안 되었다.

---

* 선거용의 작은 공.

"투표, 투표! 적어도 귀족이라면 알 것이다." "우리는 필요하다면 기꺼이 피를 흘릴 것이다……" "황제의 신임이다……" "귀족단장의 재산을 감사해선 안 돼. 그는 가게 점원이 아니니까." "그런 것은 문제가 아니야." "투표에 부쳐주시기 바랍니다! 이게 무슨 꼴이야……" 이러한 거칠고 미친 듯한 외침소리가 사방에서 들렸다. 사람들의 눈빛이며 얼굴빛은 그들이 하는 말보다 더 독살스럽고 사나웠다. 그 모든 것들은 도저히 융화할 수 없는 증오를 드러내고 있었다. 레빈은 뭐가 뭔지 전혀 이해가 되지 않았다. 그래서 사람들이 플료로프에 대해 투표에 부쳐야 할 것인가 아닌가 하는 문제를 결정하는 데 이렇게까지 열을 올리는 걸 야릇하게 생각했다. 그는 나중에 세르게이 이바노비치가 그에게 설명해주었던 다음의 삼단논법을 잊고 있었던 것이다. 말하자면 사회의 복지를 위해서는 현재의 현 귀족단장을 낙선시켜야 하고, 그를 낙선시키기 위해서는 많은 지지표를 획득해야 하고, 많은 지지표를 획득하기 위해서는 플료로프에게 투표권을 주어야 하고, 플료로프의 권리를 인정하기 위해서는 법문을 어떻게 해석할 것인지 명백하게 하는 일이 필요했던 것이다.

"한 표의 차가 모든 일을 결정할 수도 있으니까. 공공의 일에 봉사할 생각이라면 진지하고 철저하게 하지 않으면 안 돼." 세르게이 이바노비치는 말을 맺었다.

그러나 레빈은 이런 논리를 깡그리 잊고 있었으므로 자기가 존경하는 훌륭한 사람들이 이처럼 불쾌하고 격분한 흥분 상태에 있는 것을 보는 것이 쓰라렸다. 이 쓰라린 기분에서 벗어나기 위해 그는 토론이 끝나기도 전에 다른 홀 쪽으로 가버렸다. 거기에는 식기장 옆에 급사들이 있을 뿐이고 그 밖에는 아무도 없었다. 식기를 닦고 접시와 잔을 치우고 있는 하인들의 분망한 모습과 침착하고 활기 있는 얼굴을 보자 레빈은 마치 악취가 코를 찌르는 방에서 청신한 공기 속으로 나온 것 같은 의외의 편안함을 느꼈다. 그는 자못 만족스레 급사들의 모습을 바라보면서 이리저리 거닐었다. 반백의 구레나룻을 기른 한 급사가 자기를 우롱하고 있는 젊은 패들에게 경멸의 빛을 보이면서 냅킨 접는 법을 가르치고 있는 모습이 그는 굉장히 마음에 들었다. 레빈은 이 늙은 급사에게 뭔가 말을 걸어야겠다고 생각했다. 마침 그때 귀족 평의회의 서기로, 현내 귀족의 이름이며 부칭父稱을 모조리 알고 있다는 비상한 재주를 가진 늙은이가 찾아와서 그를 불렀다.

"잠깐 와주십시오, 콘스탄틴 드미트리치." 그는 레빈에게 말했다. "형님께서 찾고 계십니다. 투표가 시작됐습니다."

레빈은 홀로 들어가서 흰 공을 받자 형인 세르게이 이바노비치의 뒤를 따라서 탁자 옆으로 다가갔다. 거기에는 스비야시스키가 의미심장하게 빈정대는 얼굴을 하고 턱수염을 손아귀에 몰아넣어 냄새를 맡으면서 서 있었다. 세르게이 이바노비치는 한쪽 손을 상자 속에다 집어넣고 자신의 공을 어딘가에다 놓았다. 그러고는 레빈에게 자리를 비켜주고 그대로 멈춰 섰다. 레빈은 옆으로 다가갔으나, 뭐가 뭔지 완전히 잊어버리고 있었으므로 어리둥절하여 세르게이 이바노비치를 돌아보며 물었다. "어디에 놓죠?" 그는 이 질문을 다른 사람에게 들리게 하고 싶지 않았으므로 가까이에 있는 사람들이 이야기하는 틈을 타서 조용히 물었던 것이다. 그러나 이야기하고 있던 패들이 갑자기 입을 다물어버렸으므로 그의 쑥스러운 질문은 모두에게 들리고 말았다. 세르게이 이바노비치는 얼굴을 찌푸렸다.

"그것은 각자의 신념에 따를 일이야." 그는 엄격한 어조로 말했다.

두서너 사람이 히죽 웃었다. 레빈은 얼굴을 붉히며 얼른 한쪽 손을 천 밑에다 집어넣고, 오른손에 공을 가지고 있었으므로 그냥 오른쪽에 놓았다. 놓고 나서 그는 왼손도 함께 집어넣었어야 했다는 생각을 하고 얼른 손을 넣었으나 이미 늦었다. 그래서 더욱 거북스러워진 레빈은 얼른 맨 뒤쪽으로 물러났다.

"찬성, 백스물여섯 표! 반대, 아흔여덟 표!" 에르ρ 음을 발음하지 않는 서기의 목소리가 울렸다. 뒤이어 웃음소리가 일었다. 단추 한 개하고 호두 두 개가 상자 속에서 나왔기 때문이었다. 문제의 귀족은 투표권을 인정받았고, 신파가 승리를 거둔 것이다.

그러나 구파측에서는 자기들이 졌다고는 생각하지 않았다. 레빈은 그들이 스네트코프에게 입후보를 종용하는 소리를 들었고, 일단의 귀족들이 무엇인가를 지껄이는 현 귀족단장을 둘러싸고 있는 것을 보았다. 레빈은 그쪽으로 가까이 갔다. 귀족들에게 대답하면서 스네트코프는 자기에 대한 신임과 그들의 사랑에 대해 얘기하고, 자신의 공적 같은 것은 그저 근무하는 십이 년간을 귀족들에게 바쳐온 충실함에 불과하기 때문에 자기에게 그만한 가치는 없다고 말하고 있었다. 몇 번이고 그는 이런 말을 되풀이했다. "나는 다만 신념과 정의감을 가지고 적극 소임을 다해왔을 뿐입니다, 고맙고 감사합니다." 그러다 그는 갑자기 솟구치는 눈물 때문에 말을 멈추고 홀 밖으로 나가버렸다. 그 눈물이 자기가 부당한 대우를 받고 있다는 의식에서 온 것인지, 귀족들에 대한 사랑에서 온 것인지, 그렇지 않으면 자기가 사면초가의 처지에 있음을 느끼고 긴장해서인지는 확연하지 않았으나, 아무튼 그의 흥분은 귀족들 대부분에게 전해져 그들을 감동케 했다. 레빈 또한 스네트코프에게 따뜻한 연민을 느꼈다.

문간에서 현 귀족단장은 레빈과 부딪쳤다.

"실례했습니다, 용서하십시오." 그는 낯선 사람을 대하는 듯한 어조로 말했다. 그러나 상대가 레빈임을 알아채고는 조심스레 미소를 띠었다. 레빈에게는 그가 흥분 때문에 뭔가 말하고 싶어도 말하지 못하고 있는 것처럼 느껴졌다. 바쁜 걸음으로 나가는 그의 얼굴빛과, 제복 가슴에 십자가를 걸고 금몰이 달린 흰 바지를 입은 몸 전체의 인상이 레빈에게는 궁지에 몰려서 자포자기한 야수를 생각나게 했다. 귀족단장의 얼굴에 떠오른 이 표정이 유달리 레빈의 마음을 움직였다. 왜냐하면 바로 전날 그는 예의 후견 일로 그의 집을 방문하여 선량한 가장으로서의 그의 훌륭한 모습을 보고 왔기 때문이었다. 낡은 가구가 있는 커다란 집, 분명 이전의 농노제 시대부터 같은 주인을 섬기고 있는 듯한, 멋을 부리기는커녕 도리어 꾀죄죄한 차림이지만 그러나 예의바른 늙은 하인들, 귀여운 외손녀를 어루만지고 있던 레이스 머리장식과 터키풍의 숄을 걸친 뚱뚱하고 마음씨 좋아 보이는 아내, 학교에서 돌아와 아버지에게 인사를 하면서 그 큼직한 손에 키스하던 김나지움 육학년생인 아들, 주인의 진실되고 온정에 찬 말과 몸짓, 이 모두가 어제 레빈의 마음에 본의 아닌 존경과 동정을 불러일으킨 것이었다. 그래서 레빈에게는 지금 이 늙은이가 지극히 가엾고 불쌍하게 여겨졌다. 그는 이 늙은이에게 뭔가 유쾌한 이야기를 해주고 싶어졌다.

"틀림없이 당신은 또다시 우리의 귀족단장이 될 것입니다." 그가 말했다.

"그럴 리가요." 깜짝 놀란 것처럼 돌아보며 귀족단장은 말했다. "나는 지쳐버렸어요, 게다가 또 이젠 늙었고요. 더 젊고 훌륭한 사람이 얼마든지 있습니다. 그런 사람에게 맡기는 편이 좋을 거예요."

이렇게 말하고 귀족단장은 옆문으로 들어가버렸다.

마침내 가장 엄숙한 때가 찾아왔다. 곧 선거를 시작해야 했다. 양당의 영수들은 손가락으로 흑백의 공을 세고 있었다.

플료로프에 대한 논쟁은 신파에 플료로프의 한 표를 주었을 뿐만 아니라 또한 그만큼의 시간을 이용할 수 있게 해주었으므로, 신파에서는 구파의 간책에 의해 선거에 참여할 가능성을 잃었던 세 사람의 귀족을 불러내는 데 성공했다. 음주벽이 있던 두 귀족은 스네트코프 일파의 간계로 술에 녹아떨어지고, 또 한 사람은 제복을 도둑맞아버린 것이었다.

이것을 알자 신파에서는 플료로프에 대한 논쟁이 벌어지고 있는 사이에 냉큼 몇 사람을 삯마차로 보내어, 한 귀족에게는 제복을 입혀주고 술에 녹아떨어져 있던 두 사람 중 한 사람도 회장으로 데려오는 데 성공했다.

"한 사람은 데려왔습니다. 물을 끼얹어주었습니다." 그 사내를 데리러 갔던 지주는 스비야시스키 옆으로 다가가서 말했다. "걱정 없습니다, 도움이 될 겁니다."

"너무 취한 건 아닌가요, 넘어지거나 하는 일은 없을까요?" 머리를 흔들면서 스비야시스키가 말했다.

"아니, 괜찮습니다. 그저 여기서 술을 먹이지만 않으면…… 어떤 일이 있어도 먹여서는 안 된다고 급사에게 일러두었습니다."

사람들이 담배를 피우거나 간단한 식사를 하는 좁은 방은 귀족들로 꽉 차 있었다. 흥분은 시시각각으로 증대되어 누구의 얼굴에도 불안이 현저히 드러났다. 그중에서도 세세한 사정이며 공의 개수를 잘 알고 있던 우두머리들이 특히 강하게 흥분하고 있었다. 그들은 눈앞에 닥친 싸움의 지도자들이었다. 그 밖의 사람들은 싸움을 앞둔 병사들처럼, 비록 마찬가지로 전투 준비를 하고는 있을지언정 그동안 심심풀이가 될 것을 찾고 있었다. 어떤 사람들은 선 채로 또는 탁자에 앉아 음식을 먹고 있었고, 어떤 사람은 담배를 물고 길쭉한 방안을 이리저리 거닐면서 오랫동안 만나지 못했던 벗들과 이야기를 나누고 있었다.

레빈은 먹고 싶지 않았고, 담배도 피우지 않았다. 자신의 지기들, 말하자면 세르게이 이바노비치며 스테판 아르카디치며 스비야시스키 같은 사람들과 함께 어울리고 싶지도 않았다. 왜냐하면 시종무관 제복을 입은 브론스키가 그들이 열심히 이야기하고 있는 속에 끼어 있었기 때문이다. 레빈은 어제도 선거장에서 그를 보았으나 그와는 만나고 싶지 않아서 애써 피했다. 그는 창가로 가 앉아 사람들 무리를 둘러보며 자기 주위에서 이야기되고 있는 내용에 귀를 기울였다. 그는 어쩐지 서글픈 느낌이 들었다. 왜냐하면 그가 본 바로는 모두 다 활기를 띠고 마음을 졸이며 열중하고 있는데, 자기 한 사람만은 옆에 해군 제복을 입고 앉은, 이가 하나도 없어 입술을 우물거리는 아주 늙어빠진 영감과 함께 아무런 흥미도 할일도 없이 어물어물하고 있었기 때문이다.

"저놈은 완전히 무뢰한이에요! 나는 그자에게도 그렇게 말해줬습니다. 그런데 전혀 아랑곳하지 않아요. 아니 물론 그렇겠죠! 그 녀석은 삼 년이나 걸려서도 그 사실을 몰랐던 놈이니까요!" 포마드를 바른 머리 털을 수놓인 제복 깃 위로 늘어뜨린, 키가 그다지 크지 않고 허리가 구 부정한 지주가 선거라고 특별히 신고 온 듯한 새 장화의 뒤축으로 마 루청을 세차게 구르면서 맹렬하게 외쳤다. 그러고는 불만스러운 눈빛 을 레빈에게 슬쩍 던지고 나서 거칠게 홱 몸을 돌려버렸다.

"그래요, 아무래도 조금 수상한 데가 있어요." 몸집 작은 지주가 가는 소리로 맞장구를 쳤다.

그에 이어 한 패의 지주들이 어느 비대한 장군을 옹위하고 바쁜 걸 음으로 레빈 쪽으로 가까이 왔다. 분명히 사람들에게 들리지 않게 이야 기할 수 있는 장소를 찾는 듯했다.

"그 녀석, 내가 그 녀석의 바지를 훔치게 했다고 함부로 주둥아릴 놀 리고 있으니 말야! 틀림없이 제놈이 처마셨을 거야! 그런 녀석이 공작 이라니 침이라도 탁 뱉어주고 싶을 정도야. 그 녀석은 감히 그런 말을 할 수 없어. 돼지 같은 녀석!"

"하지만 이것 봐요! 그들은 조문에 의거하고 있어요." 다른 한 패 쪽 에서는 이렇게 말했다. "아내는 귀족으로 등록되어야 해요."

"법문 같은 것은 나에게 아무런 의미도 없어요! 나는 양심의 소리에 따라서 말하고 있는 겁니다. 다행히 우리는 태어나면서부터 귀족이야. 의심의 여지가 없죠."

"각하, 코냑이나 하러 가십시다."

무엇인가를 큰 소리로 외치고 있는 귀족의 뒤를 따라서 또다른 한 패가 왔다. 그 귀족은 아까 술에 떨어진 세 사람 중 하나였다.

"나는 언제나 마리야 세묘노브나에게 제대로 땅세를 받고 빌려주라고 권했어요. 아무튼 그녀는 돈 버는 법을 모르니까요." 옛 참모본부의 대령 제복을 입고 반백의 콧수염이 있는 한 지주가 기분좋은 목소리로 말했다. 레빈이 스비야시스키의 집에서 만난 적이 있는 지주였다. 레빈은 이내 그를 알아보았다. 지주 쪽에서도 레빈의 얼굴을 보고 있었고, 그 자리에서 두 사람은 인사를 교환했다.

"정말 반갑군요. 그렇고말고요! 잘 기억하고 있습니다. 작년에 왜 그 귀족단장 니콜라이 이바노비치 댁에서."

"그래, 당신의 농사는 그뒤로 어떻습니까?" 레빈이 물었다.

"언제나 손해만 보고 있지요." 지주는 공손한 미소를 띠었으나 그럴 수밖에 없다는 듯 침착하고 확신에 찬 표정을 보이며 그의 옆에 멈춰 서서 대답했다. "그건 그렇고, 당신은 어떻게 우리 현에 오셨습니까?" 그가 물었다. "우리의 *쿠데타*에 참여하기 위해서 오셨습니까?" 그는 정확하게, 그러나 서투르게 프랑스어를 발음하면서 말했다. "온 러시아가 다 모인 셈이군요. 상급시종과 대신격의 사람들까지 보이니 말예요." 그는 상급시종 제복의 흰 바지를 입고 장군과 나란히 걷고 있던 스테판 아르카디치의 의젓한 모습을 가리켰다.

"부끄러운 말씀입니다만, 실은 난 귀족 선거의 의미가 전혀 이해되지 않아요." 레빈이 말했다.

지주는 그의 얼굴을 바라보았다.

"아니 알고 모르고 할 것이 뭐가 있어요? 아무 의미도 없습니다. 그저 타성으로 움직이고 있는 것에 불과한, 이젠 폐지된 것이나 마찬가지인 제도니까요. 저 제복들을 한번 보세요. 저것이 웅변적으로 말해주고 있습니다. 치안판사들이니 상임이사들이니 하는 패의 집회이지 귀족의 집회는 아니라는 것을."

"그럼 당신은 무엇 때문에 나오셨습니까?" 레빈이 물었다.

"습관이지요, 그뿐입니다. 또 단결을 유지해가는 것은 필요하니까요. 말하자면 일종의 도덕적인 의무라고 할까요. 그리고 또 솔직히 말하자면, 나 자신의 이해관계도 있다고 할 수 있지요. 실은 내 사위가 상임이사로 선출되고 싶어해서요. 아무튼 돈이 없는 자들이니까 가결시켜주어야 합니다. 그러나 저런 신사들이야말로 무얼 하러 왔을까요?" 그는 현 귀족단장의 탁자에서 한창 무언가를 얘기하고 있는 그 신랄한 신사쪽을 손가락질하면서 말했다.

"저것이 새로운 세대의 귀족입니다."

"새롭기는 하지만, 귀족은 아녜요. 저들은 토지 소유주들에 지나지 않아요. 우리야말로 지주입니다. 그들은 귀족으로서 스스로 제 목숨을 끊고 있는 것입니다."

"그러나 당신은 그것은 이제 시대에 뒤떨어진 제도라고 말씀하고 계시잖아요."

"시대에 뒤떨어진 것은 사실이지만, 아무튼 더 신중히 취급되어야 할 것이긴 합니다. 비록 스네트코프라고 할지라도…… 우리는 아무튼 좋거나 나쁘거나 간에 수천 년의 역사를 가지고 있습니다. 그런데 아시겠습니까? 가령 우리가 자기 집 앞에 조그마한 뜰을 만들어야겠다는 생각을 했는데 마침 거기에 백 년이나 된 나무가 있다고 합시다…… 그렇다면 설사 그 나무가 아무리 구부러진 고목이라고 하더라도 당신은 화단을 만들기 위해 그 고목을 베어내지 않고 오히려 그 나무를 이용하는 식으로 화단을 꾸미실 겁니다. 일 년 만에 그런 나무를 길러내지는 못할 테니까요." 그는 조심스러운 어조로 말하고 나서 이내 말머리를 돌렸다. "그런데 당신의 농사는 어떻습니까?"

"별로 재미없어요. 이익을 오 퍼센트 정도밖에 못 봐요."

"그래요, 그러나 당신은 또 자기 보수를 계산에 넣지 않았지요. 당신 자신도 상당한 보수를 요구할 만한데요. 나 자신만 하더라도 말입니다, 직접 농사에 손을 대기 전까지는 직장에서 삼천 루블을 받았습니다. 현재 나는 그때보다 훨씬 더 많은 일을 하고 있습니다만, 당신과 마찬가지로 오 퍼센트의 이익밖엔 얻지 못하고 있습니다. 그것도 운좋을 때 얘기죠. 더구나 제 노력은 공짜고요."

"그럼 어째서 당신은 그런 일을 하고 계시죠? 완전히 손해라는 걸 아시면서."

"하지만 누구나 다 그렇게 하고 있습니다! 아니면 어떻게 해야 한다는 말씀입니까? 습관이죠. 말하자면 그렇게 하지 않으면 안 될 것 같으니까요. 좀더 자세히 말하자면 말입니다." 지주는 창가에다 팔꿈치를 짚으면서 계속 이야기했다. "우리집 자식놈은 농사엔 조금도 취미가 없어요. 아무래도 학자 기질이에요. 그래서 이제 내 뒤를 잇게 할 놈도 없습니다만, 그래도 난 계속하지 않을 수 없습니다. 올해는 채소 재배를 해봤습니다."

"그렇습니다, 그렇습니다." 레빈은 말했다. "확실히 말씀하신 그대롭니다. 농사에서 채산이 맞지 않아도 그저 계속 하고 있는 듯한 느낌이 항상 들거든요…… 말하자면 토지에 대해 일종의 의무를 느끼고 있다고나 할까요."

"그런데 또 이런 이야기도 있어요." 지주는 계속했다. "언젠가 이웃 상인이 집에 찾아와서 나와 함께 농장이며 뜰을 거닐었습니다. 그런데 그자가 '아니, 스테판 바실리치, 댁에서는 모든 것이 다 빈틈없이 손질되어 있지만 뜰은 전혀 돌보지 않으신 것 같군요' 하지 않겠어요. 그러나 우리집 뜰은 상당히 손이 가 있거든요. '내 생각에 저 보리수는 베어버리시는 것이 좋겠습니다만. 이대로는 수액이나 얻을 뿐이지만, 천 그루나 되는 이 나무들을 베어버린다면 훌륭한 수피樹皮가 한 그루에서 두 장씩 나오니까요. 요즘에는 수피가 더 값이 좋으니까 나 같으면 데 꺽 베어버릴 텐데요.' 이런 식입니다."

"그런 사람은 그렇게 번 돈으로 가축을 산다든가 어느 정도의 토지를 헐값으로 사서 농부들에게 빌려준다든가 하겠지요." 레빈은 싱글벙글하면서 끼어들었다. 분명 벌써 여러 차례 그러한 타산에는 부딪힌 적이 있다는 말투로. "말하자면 그 사내는 그렇게 해서 재산을 만들겠지요. 그러나 당신이나 나는 그저 가지고 있는 것을 잃지 않도록 해서 아이들에게 넘겨주기만 하면 되니까요."

"당신은 결혼하셨다면서요?" 지주가 말했다.

"네." 레빈은 만족스러운 표정으로 자랑스럽게 대답했다. "그래요, 정말 이상한 일이에요." 그는 말을 이었다. "이렇게 우리는 손익은 생각하지도 않고, 옛날의 베스타 신녀들처럼 무슨 불을 지키는 역할이라도 분부받은 듯이 살고 있으니 말입니다."

지주는 하얀 콧수염 밑으로 히쭉 웃었다.

"우리 가운데에도 똑같은 사람들이 있습니다. 내 친구인 니콜라이 이바니치라든가 이번에 여기 온 브론스키 백작 같은 사람들은 농업을 하나의 기업으로 이어가려 하고 있으니까요. 하지만 그것도 지금까지는 자본을 들이는 것 외엔 아무런 성과도 못 내고 있어요."

"그런데 무엇 때문에 우리는 상인처럼 행동하지 않는 걸까요? 어째서 우리는 수피를 벗기기 위해 뜰을 벌거숭이로 만들지 않는 걸까요?" 레빈은 문득 마음속에 떠오른 생각으로 되돌아가서 말했다.

"바로 그겁니다. 그야말로 당신이 표현한 것처럼 불을 지키기 위해서입니다. 꼭 그렇지 않더라도, 귀족답지 않은 일이니까요. 그리고 귀족으로서 우리의 일은 이런 선거장에 있는 것이 아니라 우리 고장의 우리집에 있는 것입니다. 또 해야 할 일과 하지 않아야 할 일을 정하는 데에도 계급 특유의 본성이라는 것이 있습니다. 이 점은 농부도 역시 같을 것입니다. 나는 언제나 그들을 눈여겨보고 있습니다만, 좋은 농부일수록 반드시 될 수 있는 한 많은 토지를 빌리려고 합니다. 그리고 그것이 아무리 나쁜 땅이라고 하더라도 죽자꾸나 경작하는 것입니다. 마찬가지로 채산도 맞추지 않고, 손해날 것도 빤히 알고 있습니다만."

"우리도 그와 마찬가지예요." 레빈은 말했다. "아니, 당신을 뵙게 되어 정말, 정말로 기뻤습니다." 그는 자기 쪽으로 다가온 스비야시스키를 보고 이렇게 덧붙였다.

"우리 두 사람은 댁에서 뵌 뒤로 처음 만난 셈이군요." 지주가 말했다. "그래선지 무던히도 지껄였습니다."

"그럼, 틀림없이 새 제도에 대한 험담이라도 하고 계셨겠군요?" 스비야시스키는 싱글벙글하며 말했다.

"그것도 있었죠."

"한껏 울분을 푸셨겠습니다그려."

30

스비야시스키는 레빈의 팔을 잡고 같이 자기네 친구들 쪽으로 갔다. 이제는 더이상 브론스키를 피할 수 없었다. 그는 스테판 아르카디치와 세르게이 이바노비치와 나란히 서서 그리로 다가오는 레빈을 똑바로 바라보고 있었다.

"정말 반갑습니다. 언젠가도 한번 뵙는 영광을 얻었던 적이 있었다고 기억합니다만…… 셰르바츠카야 공작부인 댁에서." 그는 레빈에게 손을 내밀면서 말했다.

"네, 나도 뵌 적이 있다는 것은 잘 기억하고 있습니다." 레빈은 말했다. 그러더니 새빨갛게 얼굴을 붉히고 이내 몸을 홱 돌려 형과 이야기를 시작했다.

브론스키도 씩 웃고 스비야시스키와 이야기를 계속했다. 분명 레빈과 이야기하고 싶은 마음은 조금도 없다는 태도로. 그러나 레빈은 형과 이야기를 하면서도 끊임없이 브론스키 쪽으로 눈길을 보냈다. 자신의 무례함을 보상하기 위해서는 어떤 이야기를 꺼내야 할지 생각하면서.

"지금은 뭐가 문제입니까?" 레빈은 스비야시스키와 브론스키를 돌아보며 물었다.

"스네트코프가 문제입니다. 그 사람이 거절하든가 승낙하든가, 어느 쪽이든 결정을 하지 않으면 안 됩니다." 스비야시스키가 대답했다.

"그래, 그 사람은 도대체 뭐라고 합니까? 승낙했습니까, 아닙니까?"

"말하자면 그것이 문제입니다. 어느 쪽으로도 결정하지 않아서요." 브론스키가 말했다.

"만일 그 사람이 거절한다면, 누가 나서는 겁니까?" 레빈은 브론스키를 힐끔 쳐다보면서 물었다.

"입후보하고 싶은 사람은 누구든지요." 스비야시스키가 말했다.

"당신은 어떻습니까?" 레빈이 물었다.

"아니, 나는 정말 아니에요." 스비야시스키는 어찌할 바를 모르며 세르게이 이바노비치 옆에 서 있던 신랄한 신사 쪽으로 깜짝 놀란 시선을 던지면서 말했다.

"그럼 누굽니까? 네베돕스키?" 레빈은 어리벙벙해지는 것을 느끼면서 말했다.

그러나 그 말은 더욱 부적절했다. 네베돕스키와 스비야시스키 두 사람 다 후보자였던 것이다.

"이제 나는 절대 나가지 않겠어." 신랄한 신사가 대답했다.

이 신사가 바로 네베돕스키였다. 스비야시스키는 그와 레빈을 서로에게 소개했다.

"아니, 자네까지 열을 띠게 된 모양이군그래?" 스테판 아르카디치는 브론스키에게 눈짓을 하면서 말했다. "이거 정말 경마와 다름없군. 내기를 해도 되겠는걸."

"그래, 무척 자극이 강해서 말야." 브론스키가 말했다. "일단 손을 댔으니 좀처럼 중도에서 그만둬지지가 않아. 영락없는 전쟁이야!" 그는 눈살을 찌푸리고 억센 턱을 굳게 다물면서 말했다.

"정말 대단한 책략가야, 스비야시스키는! 저 사람에게는 모든 것이 명확해."

"오 그래." 브론스키는 건성으로 말했다.

침묵이 찾아들었다. 그동안 브론스키는 아무것도 보지 않고 있을 수 없었으므로 레빈을, 그의 발을, 제복을, 그리고 얼굴을 바라보았다. 그는 자기 쪽을 보고 있는 레빈의 음울한 눈길을 알아채자 그저 뭐라도 말을 하기 위해 입을 열었다.

"어째서 당신은 쭉 시골에 살고 계시면서도 치안판사가 되지 않으셨나요? 치안판사의 제복을 입지 않으셨군요."

"나는 치안재판 같은 건 어리석은 제도라고 생각하기 때문입니다." 레빈은 음울한 어조로 말했다. 그는 처음 만났을 때 보였던 자신의 무례함을 보상하기 위해 브론스키와 이야기를 나눌 기회를 줄곧 기다리고 있었음에도 불구하고.

"나는 그렇게 생각하지 않습니다, 오히려 그 반대입니다." 브론스키는 놀랐으나 침착하게 말했다.

"그런 건 장난감이나 마찬가지예요." 레빈은 그의 말을 가로막았다. "치안판사 같은 것은 우리에게는 전혀 필요하지 않습니다. 나는 팔 년 동안 단 한 번도 아무런 사건을 일으킨 적이 없습니다. 설사 어떤 사건이 일어났다고 하더라도, 그들의 손에 걸리면 완전히 잘못된 판결이 내려져버립니다. 게다가 또 치안판사는 내 집에서 사십 베르스타나 떨어진 곳에 있습니다. 그래서 나는 불과 일이 루블 안팎이 걸린 사건에 십오 루블이나 들여 대리인을 불러오지 않으면 안 됩니다."

그리고 그는 한 농부가 어떤 물레방앗간에서 밀가루를 훔쳤는데 물레방앗간 주인이 그에게 불평하자 농부는 도리어 비방죄로 상대를 고소했다는 이야기를 했다. 그것은 때와 장소에 맞지 않는 지극히 어리석은 이야기였고, 레빈 자신도 말하면서 그 점을 느꼈다.

"오, 여전히 기인이로군그래!" 스테판 아르카디치는 언제나처럼 아몬드 같은 미소를 띠고 말했다. "그건 그렇고 그만 가지 않겠나. 투표가 시작되고 있는 것 같아……"

그리고 그들은 흩어졌다.

"나는 도무지 모르겠어." 아우의 서툰 언동을 보고 있던 세르게이 이바노비치는 말했다. "어찌하면 너처럼 그렇게 정치적인 분별이 모자랄 수 있는지. 우리 러시아 사람들의 결점은 거기에 있단 말이야. 현 귀족단장은 우리의 적이야. 그런데 너는 그 사람과 *친밀한 사이*가 돼 있는 데다가 그에게 입후보해달라고 부탁까지 했어. 그리고 브론스키 백작 말야…… 그야 나도 그와의 친교는 바라지 않아. 그 사람에게서 만찬 초대를 받았지만 나는 가지 않겠어. 그러나 아무튼 그 사람은 우리 편이야. 어떻게 그 사람을 적대시할 수가 있느냐 말야. 그리고 너는 네베돕스키가 나올 것인지 아닌지 물었지만 그런 짓은 하는 게 아냐."

"나는 아무것도 모르겠어! 그리고 이런 일은 모두 쓸데없는 짓이야." 레빈은 음울하게 대답했다.

"너는 툭하면 무엇이든 쓸데없다고 말하지만, 네가 한번 해보렴. 좀처럼 잘되지 않을 테니까."

레빈은 입을 다물어버렸고, 두 사람은 같이 큰 홀로 들어갔다.

현 귀족단장은 자기에 대해 뭔가 흉계가 꾸며져 있음을 어렴풋이 느끼고 있었음에도 불구하고, 또 자기에게 입후보를 종용한 것이 전원은 아니었음에도 불구하고 역시 나서기로 결심했다. 홀 안은 죽은듯이 잠잠해졌고, 서기가 큰 소리로 이제부터 근위 기병대위 미하일 스테파노비치 스네트코프가 현 귀족단장 후보로서 투표에 부쳐지리라는 것을 고시했다.

군 귀족단장들은 공이 든 쟁반을 가지고 자기들의 탁자에서 현 귀족단장 탁자 쪽으로 움직여가기 시작했고 투표가 시작됐다.

"오른쪽에 놓는 거야." 스테판 아르카디치는 레빈이 형과 함께 귀족단장을 따라 탁자 쪽으로 다가갔을 때 그의 귀에다 대고 속삭였다. 그러나 레빈은 이미 좀전에 설명을 들었던 예의 계획을 잊고 있었으므로 스테판 아르카디치가 '오른쪽에'라고 말한 것은 잘못 안 것이 아닌가 하고 걱정이 되었다. 스네트코프는 그들의 적이었기 때문이다. 투표함 쪽으로 다가갈 때 그는 공을 오른손에 들고 있었으나, 아무래도 잘못 안 것처럼 생각되어 함 바로 앞까지 가서 공을 왼손에다 바꿔들었다. 그리고 정확히 그것을 왼쪽에다 놓았다. 함 옆에 서 있던, 팔꿈치의 움직임 하나로 어느 쪽에 놓는지 알 수 있다는 이 방면의 전문가인 사내는 불만스럽게 얼굴을 찌푸렸다. 그의 안목도 쓸모가 없었던 것이다.

모든 것이 조용해지고 공을 헤아리는 소리만 들렸다. 드디어 한 사람의 목소리가 찬성한 사람과 찬성하지 않은 사람의 수를 선언했다.

귀족단장은 대다수의 사람에게서 찬성을 받았다. 일동은 왁자그르하게 떠들면서 곧장 문 쪽으로 돌진했다. 스네트코프가 들어오자 귀족들은 축사를 퍼부으면서 그를 둘러쌌다.

"자, 이제 이것으로 끝났어?" 레빈은 세르게이 이바노비치에게 물었다.

"아니, 이제 겨우 시작되었을 뿐이에요." 스비야시스키가 싱글벙글하면서 세르게이 이바노비치를 대신하여 대답했다. "다른 후보자 쪽이 더 많은 표를 얻을지도 모르니까요."*

레빈은 또다시 그 점을 완전히 잊고 있었던 것이다. 그는 이제야 겨우 거기에 뭔가 알쏭달쏭한 계획이 숨어 있었음을 기억했으나, 그것이 어떤 내용이었던가를 생각해내려니 성가셨다. 그는 침울한 기분을 느꼈고, 이러한 군중 속에서 벗어나고 싶었다.

아무도 그에게 주의하고 있는 사람은 없었고, 또 그를 필요로 할 사람도 없을 것처럼 여겨졌으므로 그는 조용히 식당으로 사용하는 작은 홀 쪽으로 들어갔다. 그리고 또다시 급사들의 모습을 보며 퍽이나 마음이 가벼워지는 걸 느꼈다. 늙은 급사가 그에게 뭔가 먹을 것을 권했고 레빈은 응했다. 강낭콩을 곁들인 커틀릿을 한 접시 먹고 급사와 그의 이전 주인에 대한 것들을 조금 이야기하고 나서, 레빈은 그처럼 불쾌함을 겪었던 홀에는 또다시 들어가고 싶지 않아서 방청석 쪽으로 걸어갔다.

방청석은 아래층에서 오가는 말을 한마디도 놓치지 않을 양으로 난간 너머로 몸을 내밀고 있는 성장을 한 부인들로 가득차 있었다. 부인들 주위에는 말쑥한 차림을 한 변호사들이나 안경을 낀 김나지움 교사들이나 사관들이 서 있기도 하고 앉아 있기도 했다. 모두들 귀족단장이 선거에 지쳤다는 얘기나 토론이 재미있었다는 얘기를 하고 있었다. 어떤 한 패 속에서 레빈은 자기 형에 대해 칭찬하는 소리를 들었다. 한 부인이 변호사에게 말하고 있었다.

"나는 코즈니셰프의 연설을 들은 것이 굉장히 기뻐요! 잠시 뱃속을

---

* 만일 후보자가 선거에서 표를 더 많이 얻을 경우 그 사람이 귀족단장이 되기도 했다.

비워둘 값어치는 충분히 있었어요. 어쩜 그렇게 훌륭할까요! 정말 똑똑하고 잘 들리는 말씨예요! 당신네 법조인들 중에도 저만큼 연설을 잘하는 분은 없을 정도예요. 그저 한 사람 마이델이 있겠습니다만, 그역시 저 정도의 능변은 아니에요.”

난간 옆에 빈자리를 발견한 레빈은 난간에 기대어 주변을 보고 듣기로 했다.

귀족들은 모두 제각각 군별로 갈린 칸막이 속에 자리를 잡고 있었다. 홀 한가운데에는 제복 차림의 한 사내가 일어서서 날카로운 큰 목소리로 포고하고 있었다.

“현 귀족단장 후보자로 육군 기병 이등대위 예브게니 이바노비치 오푸흐틴을 추천합니다.”

죽음 같은 침묵이 엄습했고, 어느 가냘픈 늙은이의 목소리가 들렸다.

“사절합니다!”

“칠등문관 표트르 페트로비치 볼을 천거합니다.” 또다시 똑같은 목소리가 말했다.

“사절합니다!” 젊고 날카로운 목소리가 울렸다.

또다시 똑같은 말이 나오고 또 “사절합니다”라는 외침이 터졌다. 그런 일이 한 시간가량 계속되었다. 레빈은 난간에 팔꿈치를 짚고 그 광경을 보고 들었다. 처음에는 그도 놀라움을 느끼고 그것이 의미하는 바를 알고 싶어했다. 그러나 이윽고 자기로서는 좀처럼 알 수 없다는 것이 뚜렷해지자 그는 갑자기 지루해졌다. 또한 모든 사람의 얼굴에서 보았던 흥분과 적의를 상기하자 슬퍼졌다. 그래서 그는 그만 돌아가기로 결심하고 아래로 내려갔다. 방청석 입구를 지날 때 그는 지친 눈빛으로 여기저기 서성거리고 있는 침울한 얼굴의 김나지움 학생과 마주쳤다. 또 층계 위에서는 한 쌍의 부부, 굽 높은 구두를 신고 바삐 뛰어가는 부인과 경쾌한 검사보와 부딪쳤다.

"늦을 염려는 없다고 말했는데도." 검사보는 레빈이 부인에게 길을 양보하느라고 옆으로 비켜주자 이렇게 말했다.

레빈이 이미 출구의 층계로 나와서 조끼 호주머니에서 외투의 번호 표를 꺼내고 있을 때 서기가 덥석 그를 붙들었다. "저, 콘스탄틴 드미트리치, 투표가 시작되었습니다."

후보자로는 그처럼 단호하게 사절했던 네베돕스키가 서 있었다.

레빈은 홀의 입구로 다가갔다. 문은 꼭 닫혀 있었다. 서기가 노크를 해 문이 열리자, 얼굴이 벌게진 두 지주가 레빈에게 부딪칠 듯한 기세로 뛰어나왔다.

"이제 난 정말 딱 질색이야." 그중 한 지주가 말했다.

지주들 바로 뒤에서 현 귀족단장이 얼굴을 쑥 내밀었다. 그 얼굴은 고달프고 겁에 질려 보기에도 끔찍할 정도였다.

"아무도 내보내서는 안 된다고 말했잖아!" 그가 수위에게 소리쳤다.

"저는 들여보낸 겁니다, 각하!"

"오, 주여!" 현 귀족단장은 휴우 하고 무거운 한숨을 토하고 하얀 바지를 입은 다리를 지친 듯이 놀리면서 고개를 숙이고 홀 한가운데의 큰 탁자 쪽으로 갔다.

계획한 대로 네베돕스키는 다수의 표를 얻고 현 귀족단장이 되었다. 많은 사람들은 흥겨워 어쩔할 바를 모를 정도로 기뻐했지만, 또다른 많은 사람들은 불만스러워하고 슬퍼했다. 전 현 귀족단장은 숨길 수 없는 절망에 빠져 있었다. 네베돕스키가 홀에서 나가자 군중은 그를 둘러싸고 환희에 취하여 그의 뒤를 따라갔다. 마치 그들이 첫날에 개회를 선언한 지사의 뒤를 따라갔던 것과 마찬가지로, 또 스네트코프가 피선되었을 때 그의 뒤를 따라갔던 것과 마찬가지로.

31

새로 선출된 현 귀족단장과 의기양양한 신파의 많은 사람들이 그날 브론스키의 집에서 정찬을 같이 했다.

브론스키가 선거장에 나온 것은 첫째로 시골살이가 지루했으며 안나에게 자신의 자유에 대한 권리를 나타낼 필요가 있었기 때문이었고, 둘째로 스비야시스키가 지방자치제 선거 때 자기를 위해 쏟아준 노고에 대해 이번 선거에서 그를 도와 보답하기 위해서, 그리고 무엇보다 그가 스스로 선택한 귀족이자 지주로서의 온갖 의무를 충실히 수행하기 위해서였다. 그러나 그는 선거라는 것이 이처럼 자신의 흥미를 끌고 마음을 움직이리라고는, 또 자기가 그러한 일을 이처럼 잘 해치울 수 있으리라고는 전혀 예기치 못했다. 그는 이곳 귀족사회에서는 완전히 신출내기였으나 성공을 거둔 게 확실했고, 벌써 귀족들 사이에서 나름의 세력을 획득한 셈이라는 그의 판단도 틀린 것은 아니었다. 그의 세력에 힘을 더한 것은 역시 그의 부와 명성 그리고 옛친구로 재계에 종사하고 있으며 카신에 굉장히 번창중인 은행을 보유한 시르코프에게서 양도받은 시내의 훌륭한 저택, 시골에서 데려온 뛰어난 요리사, 단순한 친구 이상으로 브론스키의 친구의 비호를 받는 현지사와의 친교 같은 것들이었다. 그러나 무엇보다도 큰 힘이 되었던 것은 누구에 대해서도 평등하고 단순한 그의 태도였다. 이 태도는 귀족의 대다수로 하여금 그가 악하고 교만하다는 기존의 의견을 지극히 신속하게 바꿔놓았다. 그 스스로도 키티 셰르바츠카야와 결혼한 미친 것 같은 신사―아무런 이유도 없이 격렬한 악의를 품고 아무런 도움도 되지 않는 어리석은 말들을 그에게 퍼부었던 그 사내―외에는 그와 알게 된 귀족은 모두 그의 편이 되었음을 느꼈다. 네베돕스키의 성공에도 그가 굉장히 큰 힘이 되었음을 그는 분명히 알고 있었고, 다른 사람들 또한 그 공을 인정했다. 그래서 지금도 그는 자기 집 식탁에서 네베돕스키의 당선을 축하하면서 자기가 투표한 자를 위한 승리의 쾌감을 만끽하고 있었다. 그리고 선거 자체도 굉장히 그의 흥미를 돋우었으므로, 그는 삼 년* 안에 어떻게든 정식 결혼을 하게 되면 자기도 한번 후보로 나서봐야겠다고 생각했다. 마치 기수를 경마에 내보내 승전품을 탄 뒤 자기가 직접 나가보고 싶어지는 것과 비슷했다.

　지금이야말로 기수의 승리가 축하를 받고 있었다. 브론스키는 식탁의 상석에 자리를 잡고 그의 오른쪽에는 시종무관장인 젊은 지사가 앉아 있었다. 모두에게 이 사내는 엄숙하게 개회를 선언하여 연설을 하고, 브론스키가 목격했듯이 많은 사람의 마음속에 존경과 숭배감을 품게 한 현의 주요 인사였다. 그러나 브론스키에게 그는 그저 자기 앞에서 어리둥절해하고 있는, 그리고 자신이 *고무하려고* 애쓰고 있는 마슬

---

* 귀족단장의 임기.

로프 카티카(이것은 귀족 견습사관학교 시절 그의 별명이었다)에 지나지 않았다. 왼쪽에는 젊고 강직하며 신랄한 얼굴을 한 네베돕스키가 앉아 있었다. 그에 대해서는 브론스키도 솔직한 존경의 태도를 취했다.

스비야시스키는 자신의 실패를 쾌활하게 달래고 있었다. 그러나 그 자신도 샴페인 잔을 손에 들고 네베돕스키를 돌아보면서 귀족들이 앞으로 따르지 않으면 안 될 새로운 운동의 대표자로 이 이상의 인물을 찾아낼 수는 없다고 자기가 말했던 것처럼, 그에게도 실패라고까지 할 정도는 아니었다. 따라서 그의 말처럼 진실된 사람들은 누구나 오늘의 성공을 기뻐하며 축복하고 있었다.

스테판 아르카디치도 유쾌하게 시간을 보냈으며, 모든 사람들이 만족하고 있어 기뻤다. 훌륭한 식사가 진행되는 동안 선거의 뒷이야기가 이러쿵저러쿵 차츰 들춰졌다. 스비야시스키는 현 귀족단장의 눈물 섞인 연설을 희극적으로 흉내내 보이고는 네베돕스키를 돌아보면서 각 하는 눈물보다 더 복잡한 다른 자산 감사법을 선택하지 않으면 안 된다고 말했다. 그리고 또 한 사람의 익살스러운 귀족은, 현 귀족단장의 무도회를 위해 스타킹을 신은 하인들이 불려왔는데 만일 신임 현 귀족단장이 스타킹을 신은 하인들이 있는 무도회를 열지 않을 것 같으면 지금 그들을 돌려보내야 할 것이라고 이야기했다.

사람들은 식사중에 네베돕스키에게 얼굴을 돌리고는 '우리의 현 귀족단장'이니 '각하'니 하면서 말을 걸었다.

이것은 마치 아직 앳된 신혼 부인을 일부러 '*마님*'이니, 또는 남편의 성으로 부르는 것과 똑같은 만족감을 가져다주었다. 네베돕스키는 이러한 호칭을 전혀 염두에 두지 않았을 뿐만 아니라 오히려 경멸하는 태도를 취했지만, 내심 행복을 느끼면서도 지금 모두가 잠겨 있는 새롭고 자유주의적인 분위기에 어울리지 않는 그 기쁨을 밖으로 드러내지 않으려고 젖 먹던 힘을 다해 자기를 억누르고 있는 것이 분명했다.

만찬이 진행되는 동안 선거의 경과에 흥미를 가지고 있는 사람들에게 몇 통의 전보가 띄워졌다. 잔뜩 기분이 좋았던 스테판 아르카디치도 다리야 알렉산드로브나에게 다음과 같은 전보를 쳤다. '네베돕스키 열두 표 차로 당선. 축하중. 전언하라.' 그는 "그들도 기쁘게 해주지 않으면 안 돼요"라고 말하면서 전보 내용을 큰 소리로 받아쓰게 했다. 그러나 다리야 알렉산드로브나 쪽에서는 전보를 받았을 때 전보요금 일 루블 때문에 한숨을 쉬었을 뿐이었다. 그녀는 그것이 식후의 여흥이라는 것을 알았다. 스티바가 식사 뒤 *전보놀이*를 하는 나쁜 버릇이 있다는 것을 익히 알고 있었으니까.

훌륭한 요리와, 러시아의 주점에서 산 것이 아니라 직접 외국에서 주문한 술은 모두 굉장히 고상하고 산뜻하고 맛좋은 것뿐이었다. 스무 명쯤의 손님들은 모두 자유주의 사상을 같이하는 참신하고 총명하고 신분이 높은 활동가 가운데에서 스비야시스키가 골라낸 사람들이었다. 그들도 또한 반농담으로 새로운 현 귀족단장을 위해서, 지사를 위해서, 은행장을 위해서, 또 '상냥한 우리의 주인'을 위해서 축배를 들었다.

브론스키는 만족했다. 지방에서 이런 유쾌한 흥취를 얻으리라고는 전혀 예기치 못했던 일이었다.

식사가 끝날 무렵에는 한층 더 유쾌해졌다. 지사는 브론스키에게 그와 알고 지내길 원하는 자신의 아내가 주최하는, 동포를 위한 자선 음악회에 출석해달라고 청했다.

"무도회도 있을 거야, 우리 미인들도 보게 되고. 참으로 신날 거야."

"*내 취미에는 안 맞는걸.*" 브론스키는 자신이 좋아하는 말로 이렇게 대답했지만, 씩 웃고 가기로 약속했다.

모두가 이제 식탁을 떠날 참이 되어 담배를 피우기 시작했을 때 브론스키의 시종이 쟁반에 놓인 편지를 가지고 그에게로 다가왔다.

"보즈드비젠스코예에서 특별 급족이 왔습니다." 그는 의미 있는 표정을 띠고 말했다.

"놀라운걸, 저 사람은 검사보인 스벤티츠키를 쏙 빼박은 것 같군." 손님 중 한 사람이 프랑스어로 시종에 대해 말했을 때, 브론스키는 얼굴을 찌푸리고 편지를 읽고 있었다.

편지는 안나에게서 온 것이었다. 그것을 읽어보기도 전에 그는 이미 그 내용을 짐작했다. 선거는 닷새면 끝나리라는 예상하에 그는 금요일에는 돌아온다는 약속을 하고 왔다. 오늘은 토요일이었다. 그러니까 그는 그 편지의 내용이 그가 약속한 대로 돌아가지 않았다는 것에 대한 비난이 틀림없으리라는 것을 알고 있었다. 그가 어제저녁에 보낸 편지는 틀림없이 아직 닿지 않았을 테니까.

내용은 그가 예상한 대로였지만, 그 형식은 전혀 뜻밖의, 유달리 불쾌한 것이었다―'아니가 중병에 걸렸어, 의사는 폐렴이 될지도 모른다고 해. 혼자서 어떻게 해야 할지 모르겠어. 바르바라 공작영애는 방해만 될 뿐 전혀 도움이 되지 않아. 그제와 어제 몹시 기다린 끝에 당신이 어디서 무엇을 하고 있는지 알고 싶은 일념으로 지금 심부름꾼을 보내는 거야. 내가 직접 가보려고도 생각했지만, 그러면 당신이 불쾌해하리라는 것을 알기에 마음을 바꾸었어. 그럼 내가 어떻게 해야 좋을지 아

무쪼록 회답을 보내줘.'

어린애가 앓고 있는데 그녀는 자기가 직접 오려고 생각했다는 것이다. 딸이 아픈데, 적의를 품은 이 소행은 뭔가.

당선을 축하하는 이 죄 없는 즐거움과 이제 돌아가지 않으면 안 될 음울하고 답답한 사랑, 이 둘은 그 도드라진 대조로 브론스키의 마음을 쳤다. 그러나 돌아가지 않을 수 없었기에, 그는 그날 밤 첫 기차로 자기 집으로 돌아갔다.

32

브론스키가 선거를 위해 떠나기 전, 안나는 그가 어딘가로 떠날 때마다 두 사람 사이에 늘 되풀이되는 불화가 단순히 그를 냉담하게 만들 뿐만 아니라 자기에게로 끌어당기는 데 전혀 도움이 되지 않는다는 것을 생각하며 그와의 작별을 조용히 견디기 위해 될 수 있는 한 자기 감정을 억제하자고 결심했다. 그러나 그가 출발을 알리러 왔을 때 그녀를 바라보던 냉담하고 험악한 눈빛은 그녀의 자존심에 상처를 입혔고, 그가 떠나기도 전에 그녀의 냉정은 벌써 깨져버렸다.

혼자 남은 뒤에 자유의 권리를 주장하는 것 같던 그의 눈빛을 요모조모로 생각해보고 그녀는 여느 때처럼 같은 데로, 자신의 굴욕에 대한 의식 쪽으로 되돌아갔다. '그이는 언제 어디로든 자기가 원하는 데로 떠나갈 권리를 가지고 있다. 그저 떠나갈 뿐만 아니라 나를 내버려둘 권리도 가지고 있다. 그이는 모든 권리를 가지고 있지만, 나는 아무런 권리도 가지고 있지 않다. 그것을 아는 그이가 그런 짓을 해서는 안 되었다. 하지만 그이가 도대체 무슨 짓을 했단 말인가?…… 그이는 싸늘하고 냉정한 눈빛으로 나를 보았다. 물론 그것은 단정할 수 없고 무의식적인 것이었지만, 이전에는 그런 일이 없었으니까 그 눈빛은 여러 가지 뜻을 품고 있는 것이다.' 그녀는 생각했다. '그 눈빛은 그이의 마음이 식어가고 있음을 나타내는 것이다.'

그러나 그녀는 비록 그의 마음이 식어가고 있다는 확신을 얻었다 해도 어떻게 할 수가 없었다. 어떤 식으로도 그에 대한 자신의 태도를 바꿀 수는 없었다. 여전히 지금까지와 마찬가지로 사랑과 매력만으로 그를 묶어둘 수밖에 별다른 도리가 없었다. 그래서 그녀는 역시 지금까지와 마찬가지로 낮에는 일, 밤에는 모르핀으로 그의 사랑이 식어버리면 어쩌나 하는 무서운 생각을 지울 수밖에 없었다. 그러나 실제로는 또하나의 방법이 있었다. 그를 묶어두는 것이 아니라(그녀는 그의 사랑 외에는 아무것도 바라지 않았으니까), 이쪽에서 가까이 다가가서 그가 그녀를 버릴 수 없도록 하는 위치로 들어가는 것이었다. 즉 전남편과 이혼하고 그와 결혼하는 것이었다. 그래서 그녀는 그러길 바라게 되고, 이제 그 또는 스티바가 자기에게 그 얘기를 들고 나오면 냉큼 동의해야겠다고 결심했다.

이런 일을 생각하면서 그녀는 그가 비우기로 돼 있던 닷새 동안을 그 없이 지낸 것이었다.

산책을 하기도 하고 바르바라 공작영애와 이야기를 하기도 하고 병원을 보러 가기도 하고, 주로 독서, 잇따른 독서로 시간을 소비했다. 그러나 엿새째에 마부가 그를 데리고 돌아오지 않자 그녀는 자기에겐 이제 그를 생각하는 마음, 그가 거기서 무엇을 하고 있을지 생각하는 마음을 지울 힘이 없어졌음을 느꼈다. 그때 마침 그녀의 딸이 병이 났다. 안나는 딸을 간호하기 시작했으나, 그 일도 그녀의 마음을 가라앉히지는 못했다. 더구나 그 병이 위험한 것이 아니었기 때문에 더했다. 아무리 애써도 그녀는 이 딸아이를 사랑할 수가 없었고, 그렇다고 또 사랑을 가장할 수도 없었다. 그날 해질녘이 되어 혼자서 멍하니 있던 안나는 이 일이 너무 마음에 걸렸으므로 자칫 직접 시내까지 나가볼까 마음먹을 정도였으나, 다시 생각한 끝에 브론스키가 받은 그 모순투성이의 편지를 써서 그것을 다시 읽어보지도 않고 특별 급족에게 들려서 보낸 것이었다. 이튿날 그녀는 그의 답장을 받고 자기가 한 짓을 뉘우쳤다. 그녀는 그가 떠날 때 자기에게 던졌던 그 냉정한 눈빛이 돌아왔을 때, 특히 딸의 병이 전혀 위험하지 않았다는 것을 알았을 때 다시 나타날 것을 예상하고 오싹해졌다. 그러나 역시 그녀는 그에게 편지를 보낸 것을 기뻐했다. 이제 안나는 그가 자신 때문에 괴로워하고 있다는 것, 그가 그녀한테로 돌아오기 위해 자신의 자유를 버리고 오는 것을 언짢게 여기고 있음을 알았지만, 그럼에도 불구하고 그가 돌아오는 것이 기뻤다. 그가 귀찮게 여겨도 좋다. 그저 그녀가 그를 보고 그의 일거일동을 알 수 있도록 그를 그녀 옆으로 돌아오게만 하면 되는 것이다.

그녀는 바깥바람 소리에 귀를 모으고 마차가 닿기를 이제나저제나 기다리며 거실의 램프 밑에서 텐*의 신간을 읽고 있었다. 몇 번인가 그

---

* 이폴리트 텐. 프랑스 철학자, 문예비평가, 작가. 1870년 그의 저서 『이성에 대하여』가 출간되었다. 안나 카레니나가 "불안으로부터 벗어나라고 이성이 주어진 것이라면 벗어나야만 한다"(제7부 31장)고 생각하는 것은 이 책에서 받은 인상과 연관이 있는 듯하다.

녀는 마차 바퀴 소리를 들은 것 같았다. 그러나 매번 그녀의 착각이었다. 마침내 마차 바퀴 소리뿐만 아니라 마부의 외침소리며 현관 앞 차도에서 나는 무딘 울림 소리를 들었다. 그리고 트럼프점을 치고 있던 바르바라 공작영애까지 그것을 확인했으므로 안나는 일어섰다. 그러나 그녀는 이전에 벌써 두 차례나 그랬던 것처럼 아래층으로 내려가려고는 하지 않고 얼굴을 붉히며 그 자리에 멈춰버렸다. 그녀는 갑자기 자기의 거짓이 부끄러워졌던 것이다. 그러나 그보다도 그가 자기에게 어떤 태도를 취할 것인지가 가장 두려웠다. 굴욕스러운 느낌은 오래전에 사라졌다. 그녀는 그저 그의 불만스러운 표정이 두려운 것뿐이었다. 그리고 그녀는 어린애가 이틀째에는 벌써 완전히 건강해졌다는 것을 생각했다. 그녀는 자기가 편지를 보낸 꼭 그때부터 어린애가 나아진 것이 불만스럽게 여겨졌을 정도였다. 그러고 나서 그녀는 그 눈과 그 팔을 지닌 그가 여기 온전히 있다는 것을 갑자기 떠올렸다. 이윽고 그녀는 그의 목소리를 들었다. 그러자 그녀는 모든 것을 잊고 기뻐서 그에게로 뛰어갔다.

"그래, 아니는 어때?" 그는 자기 쪽으로 뛰어오는 안나를 올려다보며 층계 아래에서 쭈뼛쭈뼛 말했다.

그는 의자에 앉아 있었고, 하인이 그의 발에서 방한용 장화를 벗기고 있었다.

"괜찮아, 굉장히 좋아졌어."

"그럼 당신은?" 그는 몸을 털면서 말했다.

그보다 조금 전에 이 구절을 기차 안에서 안나의 옆자리 여자가 프랑스어로 말했다. "사람에게 이성이 주어진 이유는 자신을 불안하게 하는 것으로부터 벗어나기 위해서예요."

그녀는 두 손으로 그의 한쪽 손을 잡고 그의 얼굴에서 눈을 떼지 않은 채 그 손을 자신의 허리 쪽으로 끌어당겼다.

"정말 다행이군." 그는 싸늘하게 그녀를, 그 머리 모양을, 자기를 위해 갈아입은 것이 분명한 옷을 훑어보면서 말했다.

이 모든 것이 그의 마음에 들었지만, 그것은 벌써 몇 번이나 되풀이된 것인가! 그러자 그녀가 그토록 두려워하던 돌같이 냉엄한 표정이 그의 얼굴에 선명히 떠올랐다.

"정말 다행이군. 그럼 당신은 건강한 거야?" 그는 젖은 턱수염을 손수건으로 닦고 그녀의 손에 키스하면서 말했다.

'아무래도 상관없다.' 그녀는 생각했다. '이이가 여기 있기만 하면 그만이다. 여기에 있는 한, 이이는 나를 사랑하지 않을 수 없다. 사랑하지 않을 수 없다.'

그날 저녁은 바르바라 공작영애도 같이 유쾌하고 행복하게 지냈다. 바르바라 공작영애는 그가 없는 동안 안나가 모르핀을 써서 곤란했다고 그에게 하소연했다.

"그렇지만 어쩔 수가 없잖아? 나는 잠을 잘 수가 없는걸…… 온갖 생각이 떠올라서 말이야. 당신만 집에 있으면 절대로 쓰지 않아. 이젠 절대로."

그는 선거 이야기를 들려주었고, 안나는 교묘하게 이것저것 물어보면서 그를 기쁘게 했던 것, 즉 그의 성공 쪽으로 말머리를 돌리는 데 성공했다. 그녀는 그에게 그가 재미있어할 것 같은 집안일을 남김없이 이야기했다. 실제로 그녀가 이야기한 것은 모두 지극히 유쾌한 것들뿐이었다.

그러나 밤이 깊어져서 단둘이 있게 됐을 때, 안나는 자기가 그를 또 다시 완전히 점유하게 된 것을 알고 그 편지에 대한 눈빛의 무거운 인상을 씻어버리고 싶은 생각이 들었다. 그녀는 말했다.

"숨기지 말고 말해줘. 저어, 당신은 그 편지를 받았을 때 언짢게 생각했겠지? 그리고 나를 믿지 않았겠지?"

그렇게 말을 해버리자마자 그녀는 그가 지금 자기에게 아무리 부드러워져 있다고 해도 그것만은 용서해줄 것 같지 않다는 것을 깨달았다.

"그래." 그는 말했다. "정말 이상한 편지였어. 아이가 병이 났다고 하더니 또 당신이 몸소 오려고 했다니 말이야."

"그렇지만 그건 모두 사실이었어."

"그러니까 나도 의심하거나 하진 않아."

"아니야, 당신은 의심하고 있어. 당신은 불만스러워하고 있어, 나는 다 알아."

"그런 일은 결코 없어. 솔직히 내가 불만스럽게 여기는 점은 의무라는 것이 존재한다는 사실까지 인정하려고 하지 않는 당신의 태도야……"

"음악회에 간다는 의무 말인가……"

"아니, 이런 이야기는 이제 그만둡시다." 그가 말했다.

"어째서 또 그만두자는 거야?" 그녀가 말했다.

"나는 사람이란 흔히 피할 수 없는 일에 부딪히는 경우가 있다는 것을 말하려고 했을 뿐이야. 바로 지금만 하더라도 나는 또 집안일로 곧 모스크바까지 갔다 오지 않으면 안 되니까…… 아아, 안나, 어째서 당신은 그렇게 안절부절못하는 거야? 내가 당신 없이 살 수 없다는 것쯤이야 모를 리가 없을 텐데?"

"그럼 당신은," 안나는 별안간 달라진 목소리로 말했다. "지금의 이 생활을 귀찮게 여기는 거겠지…… 그래, 당신은 이제 겨우 돌아와서는 또다시 떠나겠다니, 마치 세상 남자들이 하는 것처럼……"

"안나, 그 말은 너무 무자비해. 나는 내 일생을 포기해도 좋다는 각오를 하고 있는데……"

그러나 그녀는 그 말을 듣지 않았다.

"만약 당신이 모스크바에 간다면 나도 같이 가겠어. 나는 이런 데 남아 있기 싫어. 우리는 헤어져버리든가 아니면 함께 있든가 둘 중 하나를 택하지 않으면 안 돼."

"그러니까 그것 하나가 나의 소원이라는 것은 당신도 잘 알고 있잖아. 하지만 그러기 위해서는……"

"이혼이 필요하다는 말이지? 난 그 사람에게 편지를 쓰겠어. 나도 나 자신이 이런 생활을 견뎌낼 수 없다는 것을 알게 됐어…… 그 대신 이번에는 모스크바에 같이 가겠어."

"당신은 마치 나를 위협이라도 하는 것 같군. 그러나 좋아, 나도 당신과 떨어져 있고 싶지 않으니까. 그보다 더 내가 바라는 것은 아무것도 없으니까." 브론스키는 웃는 얼굴로 말했다.

그러나 그가 이 부드러운 말을 입 밖에 냈을 때, 그 눈 속에서는 단순한 싸늘함 이상으로 심술궂은 추궁을 받아 잔인해진 사람의 눈빛이 번쩍거렸다.

그녀는 이 눈동자를 보고 그 의미를 올바르게 추측했다.

'만약 그렇게 된다면, 그것이야말로 불행이다!' 그의 눈동자는 말했다. 그것은 순간적인 인상이었으나, 그녀는 영원히 그것을 잊지 않았다.

안나는 남편에게 이혼을 청하는 편지를 썼고, 십일월 말에 페테르부르크에 가야만 했던 바르바라 공작영애와 헤어져서 브론스키와 함께 모스크바로 떠났다. 날마다 알렉세이 알렉산드로비치의 회답을 기다리면서, 그것만 오면 이내 이혼하리라 생각하면서 그들은 이제 부부처럼 함께 살았다.

제7부

1

레빈 부부는 모스크바에 와서 벌써 석 달을 지냈다. 이러한 일에 소상한 사람들의 아주 정확한 계산에 따르면 키티가 아이를 낳았어야 할 시기는 벌써 오래전에 지나버렸다. 그러나 그녀는 지금도 역시 그대로였고 어느 모로 봐도 두 달 전보다 산기가 더 가까워진 것처럼은 보이지 않았다. 의사도 산파도 돌리도 어머니도, 특히 다가올 일을 생각하면 두려움이 들던 레빈은 초조해지고 불안해지기 시작했다. 그 속에서 오직 키티만은 스스로 완전히 침착하고 행복한 기분으로 지내고 있었다.

그녀는 이제 또렷하게 자기 안에 머지않아 태어날 갓난애, 그녀에겐 어느 정도 이미 실재하는 갓난애에 대한 새로운 애정의 싹을 의식하며 즐겁고 흐뭇하게 그 애정에 귀를 기울였다. 이제 태아는 더이상 그녀의 일부분만은 아니었고, 때로는 그녀에게서 독립된 자기 자신의 생활을 영위하고 있었다. 이 때문에 그녀는 자주 고통을 느꼈지만, 동시에 또 야릇하고 생소한 기쁨으로 웃고 싶어지기도 했다.

그녀가 사랑하는 사람들은 모두 그녀와 함께 있었고, 누구나 다 그녀에게 친절하고 그녀의 뒷바라지를 잘해주고 그녀에겐 그저 즐거운 것만을 보여줬으므로, 만약 그녀가 이러한 생활도 곧 끝난다는 것을 느끼고 있지 않았다면 그야말로 그녀는 이 이상의 즐거운 생활을 바라지 않았으리라고 여길 정도였다. 단 하나 이런 생활의 아름다움을 해친 것은 그녀의 남편이 그녀가 사랑하던, 시골에 살 때의 그가 아니라는 점이었다.

그녀는 시골에서 그가 손님을 대하는 침착하고 친절한 태도를 좋아했다. 그런데 도시에선 줄곧 안절부절못하고 누군가가 그를, 심지어 그녀를 모욕한 것은 아닌가 하는 것만을 두려워하는 소심한 사람이 되어버렸다. 시골에서 그는 자기에게 맞는 장소에 있음을 스스로 똑똑히 알고 아무데도 허겁지겁 나다니는 일이 없었으며, 조급한 생각을 품고 있는 날은 전혀 없었다. 그런데 도시에서의 그는 마치 무엇인가를 놓치지 않으려는 것처럼 항상 허둥거렸고, 그에게는 아무것도 할일이 없었다. 그래서 그녀는 그를 가엾게 여겼다. 다른 사람들의 눈에는 그가 가여운 사람으로 보이지 않는다는 것도 그녀는 알았다. 키티는 이따금 자기가 사랑하는 사람이 남에게 주는 인상을 정확히 알기 위해 제삼자의 눈으로 그 사람을 보려고 했는데, 사교계에서 그를 바라보았을 때에는 그가 가여운 사람이기는커녕 그 훌륭한 태도와, 여성을 대할 때의 다소 구식이지만 수줍어하는 정중함과, 씩씩한 모습과, 유달리 인상적인(그녀에겐 그렇게 여겨졌다) 얼굴 생김새로 인해 무척 사람을 끄는 데가 있다는 것을 알고 질투심과 심지어 두려움마저 느낄 정도였다. 그러나 그녀는 그의 외면이 아니라 내면을 보았다. 이곳에서는 그가 진정한 그가 아니라는 것을 알았다. 그녀는 그의 상태를 달리 단정할 수 없었다. 이따금 그녀는 마음속으로 도시생활에 적응하지 못하는 그를 나무랐다. 그러나 때로는 여기서 그녀가 만족하게끔 자신의 생활을 영위하는 것이 그에겐 참으로 곤란한 일임을 자인하기도 했다.

정말로 그가 무엇을 할 수 있었겠는가? 그는 카드놀이를 좋아하지 않았다. 클럽에도 가지 않았다. 오블론스키와 같은 부류의 쾌활한 사내들과 교제하는 것이 무엇을 의미하는지를 키티도 이제는 알고 있었다…… 그것은 술을 마시는 것, 그리고 술을 마신 뒤 어딘가로 가는 것이었다. 그녀는 이러한 경우 사내들이 가는 곳을 생각하면 겁이 났다. 사교계에 나가는 것은 어떨까? 그러나 사교계에 나가기 위해서는 젊은 여자들에게 접근하는 것에서 즐거움을 찾아내지 않으면 안 된다는 것을 그녀는 알고 있었고, 그것을 바랄 수는 없었다. 그러면 그녀나 어머니나 언니들과 함께 집에 들어박혀 있는 것은 어떨까? 그러나 언제나 똑같은 이야기, '알리나-나디나식'(자매들 사이에서 오가는 단순한 이야기를 노공작은 이렇게 부르고 있었다) 수다가 그녀에겐 아무리 재미있고 즐거울지라도 그에겐 지루하리라는 것을 그녀는 알고 있었다. 그렇다면 그에게는 그 밖에 무슨 일이 남은 것일까? 자신의 저술을 계속하는 일일까? 그도 그렇게 해보려고 시도했었고, 처음에는 그 저술을 위한 발췌와 조사를 하려고 도서관에 다녔었다. 그러나 그가 그녀에게 들려준 바에 의하면 아무것도 하지 않고 있을수록 그에겐 더욱더 시간의 여유가 줄어든다는 것이었다. 게다가 그는 여기에 와서 자신의 저술에 대해 너무 지나치게 떠든 나머지 중요한 사상이 온통 뒤엉켜 흥미를 잃어버렸다고 그녀에게 하소연했다.

이 도시생활의 유일한 이득은 그들 사이에 한 번도 싸움이 일어나지 않았다는 것이었다. 도시에서는 생활상태가 달라졌기 때문인지, 아니면 그들 둘 다 이 점에 대해 조심스럽고 신중해졌기 때문인지, 아무튼 모스크바에서는 그들이 도시로 옮겨올 때 그토록 두려워했던 질투로 인한 말다툼은 절대로 일어나지 않았던 것이다.

이 문제와 관련하여 그들 두 사람에게 아주 중대한 사건이 일어나긴 했는데, 그것은 다름 아닌 키티와 브론스키의 만남이었다.

키티의 대모로 평소 그녀를 무척 귀여워하던 마리야 보리소브나 노공작부인이 그녀를 꼭 한 번 보았으면 한다고 했다. 몸이 무거웠으므로 아무데도 나다니지 않던 키티는 아버지와 함께 이 존경스러운 노부인을 찾아갔고 거기에서 브론스키를 만났다.

이 해후에서 굳이 키티가 자기를 나무랄 일이 있었다면 단지 그녀가 이제 평복 차림을 한, 한때는 가까웠던 사람을 알아본 순간 호흡이 멎고 피가 심장에 넘쳐 불꽃같은 홍조가 얼굴을 뒤덮었다는(그녀는 그것을 느꼈다) 점뿐이었다. 그러나 그것도 겨우 몇 초에 불과했다. 일부러 큰 소리로 브론스키에게 이야기를 걸었던 아버지가 아직 그 이야기를 끝내기도 전에 그녀는 벌써 브론스키를 똑바로 보았으며, 만약 필요하다면 마리야 보리소브나 공작부인과 이야기하듯이 그와 이야기할 수 있을 만큼 마음의 준비가 되어 있었다. 그뿐만 아니라 모든 태도에서, 말투와 미소에 이르기까지 그 순간 배후에 붙어 있는 것 같은 느낌이 들었던 남편에게서 잘했다고 칭찬을 들을 수 있을 만큼의 준비가 충분히 되어 있었다.

그녀는 두서너 마디 그와 말을 나누고, 그가 선거에 대해 '우리 의회'라고 부르며 익살을 떨자 조용히 미소까지 지어 보였을 정도였다. (그 익살을 알아들었다는 것을 나타내기 위해 웃는 얼굴을 지어 보일 필요가 있었다.) 그러나 이내 그녀는 마리야 보리소브나 공작부인 쪽으로 얼굴을 돌리고, 그가 작별을 고하고 일어설 때까지 한 번도 그를 보지 않았다. 그때에야 그녀는 그를 바라보았으나, 그것은 분명 사람이 인사를 하고 있는데 그쪽을 보지 않는 것은 예의에 어긋난다는 정도의 이유에 지나지 않았다.

그녀는 브론스키와의 해후에 대해 아버지가 자기에게 아무 말도 하지 않은 것이 고마웠다. 그러나 그녀는 이 방문 후에 여느 때처럼 산책을 하는 동안 아버지가 보였던 유난히 부드러운 태도로 미루어, 아버지가 그녀에게 만족하고 있음을 알았다. 그녀도 스스로에게 만족했다. 그녀는 브론스키에 대한 지난 감정의 추억을 마음속 어딘가에서 야무지게 억누르고 그에 대해 끝까지 냉담하고 침착한 태도를 보였을 뿐만 아니라, 사실 그렇게 할 수 있는 힘을 자신에게서 찾아내리라고는 전혀 예상하지 못했다.

레빈은 그녀가 마리야 보리소브나 공작부인 집에서 브론스키를 만났다고 이야기했을 때 그녀보다도 훨씬 더 얼굴을 붉혔다. 이 만남을 그에게 이야기하는 것은 그녀로선 굉장히 어려운 일이었으나, 해후의 자초지종에 대해 이야기하기란 더욱 어려운 일이었다. 왜냐하면 레빈은 아무것도 묻지 않고 다만 눈살을 찌푸리고 그녀를 바라보기만 했기 때문이었다.

"당신이 없어서 난 정말 섭섭했어." 그녀는 말했다. "그렇지만 당신이 그 방 안에 없었다는 걸 말하는 건 아니야…… 당신 앞이었더라면 그처럼 자연스러운 기분으로 있지는 못했을 테니까…… 난 지금이 훨씬 더, 훨씬, 훨씬 더 빨개져 있는걸." 그녀는 금방이라도 울음을 터뜨릴 것처럼 얼굴을 붉히며 말했다. "그렇지만 어디 문틈으로라도 엿보고 있어주었으면 하는 생각이 들었어."

그녀의 진심어린 눈은 레빈에게 그녀가 자기에게 만족하고 있다는 것을 보여주었다. 그래서 그녀의 얼굴이 새빨개졌음에도 불구하고 그는 이내 마음이 가라앉아 그녀가 오로지 바라고 있던 대로 이런저런 질문을 하기 시작했다. 모든 경위를, 그녀가 처음에는 얼굴을 붉히지 않을 수 없었지만 이윽고 처음 만나는 사람을 대하듯 단순하고 가벼운 마음이 될 수 있었다는 것을 세세히 듣고 나자 레빈은 완전히 쾌활해져서 자기도 상당히 기쁘다, 이제는 선거장에서 했던 것과 같은 어리석은 행동거지는 하지 않겠다, 앞으로는 브론스키를 만나면 될 수 있는 한 다정한 태도를 취하겠다고 말했다.

"만나서 괴로운 누군가, 마치 원수 같은 사람이 어딘가에 있다고 생각하는 것은 무척 괴로운 일이니까 말이야." 레빈은 말했다. "난 정말, 정말 기뻐."

2

"그럼, 볼 백작 댁에 좀 들러줘." 키티는 열한시쯤 남편이 외출하기 전 그녀의 방에 들렀을 때 말했다. "당신은 클럽에서 식사를 하지? 아버지가 당신 이름도 함께 써넣으셨대. 그런데 오전엔 무엇을 할 거야?"

"그저 카타바소프한테나 좀 들를까 해." 레빈이 대답했다.

"무슨 일로 이렇게 일찍?"

"그 사람이 나를 메트로프에게 소개해주겠다고 약속했거든. 내 일에 대해 그 사람과 이야기하고 싶은 게 있어서. 그는 페테르부르크의 유명한 학자니까." 레빈이 말했다.

"그래, 언젠가 당신이 굉장히 칭찬했던 게 그분의 논문이었던가? 그럼, 그다음에는?" 키티가 말했다.

"어쩌면 누님 일로 재판소에 들를지도 몰라."

"그럼 음악회에는?" 그녀가 물었다.

"혼자서 어떻게 간담!"

"어머, 다녀와. 새로운 곡을 여러 개 연주하나보던데…… 늘 그렇게 재미있어하면서. 나라면 어떻게든 꼭 갈 거야."

"아니, 어찌됐건 식사 전에 한번 돌아올 거야." 그는 시계를 들여다보면서 말했다.

"프록코트를 입고 가. 그 길로 곧장 볼 백작부인한테 들를 수 있게."

"하지만, 정말 꼭 가야 하나?"

"어머, 그럼! 그분은 우리한테 들러주셨는걸. 글쎄, 그게 뭐가 어렵다고 그래? 잠깐 들러서 한 오 분쯤 날씨 이야기라도 하다가 일어서서 나오면 되는 걸 가지고."

"당신은 믿지 않을 테지만 난 그런 일에는 익숙하지 못해서 말이야. 정말 부끄러워서 어찌할 수가 없어. 글쎄, 어떻게 그런 짓을? 생판 남이 찾아가 주저앉아서 아무런 일도 없이 어물어물하고 있으면서 그쪽에 방해나 되고 내 기분도 어지럽히고, 그러고서 되돌아오다니."

키티는 웃어댔다.

"하지만 당신도 총각 시절엔 곧잘 남들을 방문하지 않았어?" 그녀가 말했다.

"그러긴 했지. 하지만 언제나 부끄럽게 생각하고 있었어. 그런데다 지금은 그런 습관에서 아주 멀어져버렸기 때문에, 그런 방문을 하기보단 차라리 이틀쯤 밥을 굶는 편이 나을 정도야. 정말 부끄러운 일이야! 그리고 나는 늘 이런 느낌이 들어 견딜 수가 없어. 상대방이 잔뜩 노해서, 어째서 볼일도 없는데 끄덕끄덕 찾아오느냐고 말할 것만 같아."

"무슨 말이야, 화를 내다니. 그런 거라면 좋아, 내가 당신에게 보증을 하지." 키티는 웃음을 머금고 그의 얼굴을 쳐다보면서 말했다. 그녀는 그의 손을 잡았다. "그럼 안녕…… 어서 다녀와."

그는 아내의 손에 키스를 하고 나가려고 했으나 그녀가 그를 멈춰 세웠다.

"코스탸, 나에게 이제 오십 루블밖에 남지 않았다는 거 알아?"

"그럼, 은행에 들러 찾아올게. 얼마나?" 그는 낯익은 그녀의 불만스러운 표정을 보면서 말했다.

"아냐, 잠깐만." 그녀는 그의 손을 잡았다. "조금만 더 이야기를 해. 난 이 일이 마음에 걸려서 견딜 수가 없어. 내가 전혀 가욋돈을 쓰고 있는 것도 아닌데, 돈은 자꾸만 어디론가 흘러나가고 있어. 역시 뭔가 우리 씀씀이에 문제가 있나봐."

"그렇기야 하겠어." 그는 기침을 하고 그녀의 얼굴을 흘깃 보며 말했다.

그녀는 이 기침을 알고 있었다. 그것은 그의 불만, 그녀에 대해서가 아니라 자기 자신에 대한 불만의 징후였다. 정말로 그는 불만스러웠다. 지출이 많다는 것 때문이 아니라 거기에 뭔가 졸렬한 것이 있음을 알면서도 자기가 억지로 그것을 잊으려 한다는 것을 상기했기 때문이었다.

"밀을 팔라고 했고 물방앗간의 대금을 먼저 받으라고 소콜로프에게 일러뒀으니까, 돈 걱정은 조금도 하지 마."

"그래. 하지만 나는 돈이 너무 들어서 걱정이……"

"괜찮아, 괜찮아." 그는 거듭 말했다. "그럼 다녀오리다, 응."

"아냐, 정말, 나는 이따금 엄마 말을 들은 게 후회돼. 시골에 있는 편이 훨씬 좋았을 거야! 이런 일을 해가지고 나는 다른 사람들을 괴롭히고, 우리는 또 돈을 낭비하고……"

"무슨 말이야. 난 결혼한 뒤로 여태까지 지금의 상태를 바꾸는 것이 좋을지도 모르겠다는 말을 하고 싶었던 적은 한 번도 없어……"

"정말?" 그녀는 그의 눈을 똑바로 쳐다보면서 말했다.

그는 그저 그녀를 위로하고 싶은 마음에서 아무 생각 없이 이렇게 이야기한 것이었다. 그러나 그녀를 보고 진심이 담뿍 담긴 사랑스러운 눈이 묻는 듯이 자기에게 고정되어 있는 것을 느끼자, 그는 또다시 마음속에서 똑같은 말을 되풀이했다. '나는 이 사람에 관해 말끔히 잊고 있었구나.' 그는 생각했다. 그리하여 그는 가까운 장래에 자기들을 기다리고 있는 일을 생각해냈다.

"이제 곧이지? 기분은 어때?" 그는 그녀의 두 손을 잡고 속삭였다.

"난 지금까지 너무 많이 생각해버려서 이젠 아무 생각도 안 들어. 아무것도 모르겠어."

"두렵지도 않아?"

그녀는 쓴웃음을 지었다.

"전혀." 그녀가 말했다.

"그럼 무슨 일이 있으면, 나는 카타바소프 집에 있을 테니까."

"아니, 아무 일도 없을 거야, 그런 거 생각하지 마. 나는 아빠와 함께 가로숫길로 산책하러 갈 거야. 그 길에 돌리한테 들르고. 그럼 식사 전에 돌아오겠지? 아아, 참! 당신은 돌리네가 이제 아주 옴짝달싹도 못하게 되었다는 걸 알고 있어? 여기저기 빚투성이가 되어 돈이라고는 한 푼도 없대. 그래서 어제 엄마와 아르세니(그녀는 언니의 남편 리보프를 이렇게 불렀다)와 상의해서 당신과 아르세니가 스티바에게 이야기해보기로 결정지었어. 이래서는 정말 어떻게 손을 쓸 수도 없어. 그런데 이 일을 아빠한테 얘기할 수는 없잖아…… 그렇지만 만약 당신하고 아르세니가 어떻게 잘 말해준다면……"

"그렇지만 우리가 무엇을 할 수 있겠어." 레빈이 말했다.

"하여튼 아르세니한테 가서 상의해봐. 당신에게 우리가 결정한 것을 얘기할 테니까."

"그래, 아르세니와 상의하는 거라면 나는 미리 무엇이든 동의해두겠어. 그럼 그 사람에게도 들르지. 만약 음악회에 가게 되면 나는 나탈리와 함께 갈 거야. 그럼 다녀오리다."

정면 현관의 층계에서 결혼하기 전부터 그를 섬겼고, 지금은 도시에서의 집안살림을 맡고 있는 노복 쿠지마가 레빈을 멈춰 세웠다.

"크라삽치크(시골에서 데려온 왼쪽의 멍에말이었다)의 편자를 갈아 주었는데도 아직 발을 절고 있습니다." 그는 말했다. "어떡해야 좋을까요?"

모스크바로 옮겨온 초기에 레빈은 시골에서 데려온 말을 부리고 있었다. 이런 방면의 일을 될 수 있는 한 좋게 해결해서 되도록 값싸게 해나가고 싶었던 것이다. 그러나 지내보니 자신의 말들을 유지하는 비용이 삯말을 빌리는 값보다 비싸게 든다는 것이 드러나서 그 역시 삯말을 쓰고 있었다.

"수의사를 불러봐, 어쩌면 찰과상인지도 모르니까."

"그럼, 카테리나 알렉산드로브나 마님께는 어떡하지요?" 쿠지마가 물었다.

보즈드비젠스코예에서 십체프 브라제크까지 가려면 무거운 사륜 여행마차에 힘센 말을 두 필 채우고 눈이 녹아 질퍽거리는 길을 사분의 일 베르스타나 가야 했고, 그에 대해 오 루블이나 치르고서도 말을 네 시간이나 세워놓지 않으면 안 된다든가 하는 것도 지금은 이미 모스크바 생활 초기에 그랬던 것만큼 레빈을 놀라게 하지는 않았다. 그런 것도 당연히 여기게끔 되었다.

"삯마차꾼에게 말을 두 필 끌고 오게 해서 우리 사륜 여행마차에 채우라고 해." 그가 말했다.

"알겠습니다."

도시생활 덕으로 시골에서라면 얼마나 자신의 노고와 주의를 요했을지 모를 까다로운 문제를 그처럼 간단하고 손쉽게 해결하고 나서 레빈은 정면 현관의 층계로 나갔다. 그러고는 삯마차를 불러 타고 니키츠카야 거리로 달리게 했다. 가는 도중에 그는 벌써 돈이니 하는 문제는 전혀 생각하지 않고, 그저 사회학을 전공하는 페테르부르크의 학자와 인사를 나누고 자신의 저술에 대해 그와 이야기하게 될 일만을 공상하고 있었다.

처음 모스크바로 옮겨왔을 때 레빈은 시골에서 살고 있는 사람에게는 아주 기괴하고 비생산적인, 그러나 불가피하게 여기저기에서 그에게 요구하는 지출에 몹시 놀랐다. 하지만 지금은 벌써 그도 그것에 익숙해져버렸다. 이것은 흡사 항간에서 흔히 이야기하는 주정꾼의 경우, 즉 '첫 잔은 말뚝처럼, 두 잔째는 매처럼, 석 잔째는 조그마한 새처럼'이라는 것과 똑같은 상황이었다. 처음 하인과 문지기의 제복 값으로 백 루블 지폐를 바꿨을 때 레빈은 자기도 모르게 이렇게 생각하지 않을 수 없었다. 이렇게 아무런 필요도 없는 짓을. 그러나 그가 그런 것은 없어도 되지 않겠느냐고 은근히 비추었을 때 공작부인과 키티가 보인 놀라움으로 미루어보아 불가피할 만큼 필요한 제복, 이 제복은 꼭 여름에 들이는 일꾼 두 명분의 품삯, 말하자면 부활절 주간부터 사순절 전날까지의 약 삼백 일 동안 매일 아침 일찍부터 밤늦게까지 계속하는 노동과 맞먹는다. 그래서 그 백 루블 지폐는 말뚝처럼 그의 목에 걸렸던 것이다. 그러나 그다음에 일가붙이를 위한 정찬에 쓸 음식을 이십팔 루블어치 사기 위해 바꾼 백 루블 지폐는 레빈의 마음에 이 이십팔 루블은 많은 사람들이 땀을 뻘뻘 흘리고 끙끙거리면서 베고 묶고 타작하고 부치고 체질을 하고 자루에 넣고, 그리하여 겨우 만들어내는 십 체트베르티의 귀리에 상당한다는 연상을 불러일으키기는 했으나, 앞서보다는 쉽게 지나가버렸다. 그리고 지금은 거의 매일처럼 교환되는 수표도 전혀 그러한 연상을 불러일으키지 않고 마치 조그마한 새처럼 날아가버리고 말았다. 돈을 얻기 위해 치른 노력이 그 돈으로 사들인 것이 주는 만족과 비등한가 하는 생각, 그러한 생각은 벌써 오래전에 어딘가로 사라져버렸다. 일정한 곡식을 낼 때 그 이하로는 낼 수 없다는 일정한 값이 있다는 가계상의 회계도 역시 잊히고 있었다. 그가 오랫동안 값을 유지해오던 호밀도 한 달 전의 시세보다도 일 체트베르티에 오십 코페이카나 싼 값으로 팔렸다. 이러한 지출을 계속하는 날에는 빚을 지지 않고 한 해를 지탱하기가 어렵다는 생각, 이러한 생각조차 벌써 아무런 의미도 지니지 않았다. 그리고 오직 한 가지만이 요구되었다. 다름아니라 내일 살 쇠고기 값을 걱정하지 않도록 그 출처와 상관없이 언제나 은행에 돈을 가지고 있어야 한다는 것이었다. 어쨌든 이 요구는 지금까지는 채워져왔다. 그는 언제나 은행에 돈이 있었다. 그러나 지금은 은행의 돈도 다 써버렸고, 게다가 또 앞으로는 어디서 돈을 마련해야 할지 그로서는 얼른 생각이 나지 않았다. 이러한 생각은 키티가 돈 이야기를 들고 나왔을 때 잠시 그의 마음을 어지럽혔다. 그러나 그는 그 생각을 하고 있을 겨를이 없었다. 그는 카타바소프에 대해, 눈앞에 닥친 메트로프와의 만남에 대해 생각하며 마차를 몰고 갔다.

3

레빈은 이번에 모스크바에 와서 결혼한 뒤로 만나지 못했던 대학 시절의 동창 카타바소프 교수와 다시 친근하게 내왕하고 있었다. 그에겐 카타바소프가 명쾌하고도 단순한 인생관의 소지자라는 점이 즐거웠다. 레빈은 카타바소프의 명쾌한 인생관은 그의 빈약한 성정에서 유래한 것이라 생각했고, 카타바소프는 카타바소프대로 레빈의 사상의 무질서는 그의 지적 훈련이 부족한 탓이라고 생각했다. 그러나 카타바소프의 명쾌함이 레빈에게는 유쾌했고, 지적 훈련이 모자란 레빈의 사상의 풍부함은 카타바소프에게 유쾌했다. 그래서 그들은 이따금 만나서 논쟁하기를 좋아했다.

레빈은 자기 저술의 일부분을 카타바소프에게 읽어주었고, 카타바소프는 그것이 마음에 들었다. 그 결과 어제 어떤 공개 강연 자리에서 레빈과 만났을 때 카타바소프는 전에 레빈이 애독했던 논문의 저자인 유명한 메트로프가 지금 모스크바에 와 있다는 것, 카타바소프가 레빈의 저술에 대해 이야기했더니 그가 굉장히 흥미를 보였다는 것, 그리고 메트로프는 내일 열한시에 그의 집으로 올 예정이며 레빈과도 기꺼이 사귀리라는 걸 알려주었다.

"자넨 아주 고지식한 사람이 되었는걸, 정말 잘 왔어." 조그마한 객실에서 레빈을 맞으면서 카타바소프는 말했다. "난 벨소리를 듣고 생각했지. 자네가 제시간에 온다는 것은 있을 수 없는 일이라고…… 그건 그렇고 몬테네그로 사람들은 어때?* 아무튼 무인의 후예니까 말이야."

"무엇이 어떠냐는 거야?" 레빈이 물었다.

카타바소프는 간단하게 요즘의 전황을 전해주었다. 그러고 나서 서재로 안내하더니 아주 인상이 좋은 용모를 가진 그다지 키가 크지 않고 뚱뚱한 사람을 그에게 소개했다. 그 사람이 메트로프였다. 이야기는 잠시 동안 정치 문제와 최근의 사변에 대해 페테르부르크의 상류사회가 어떻게 관망하고 있는가 하는 것에 머물렀다. 메트로프는 어떤 정확한 출처로부터 그의 귀에 들어온 말, 이 문제에 대해 황제와 장관 한 사람이 주고받았다는 이야기를 전했다. 그런데 카타바소프도 역시 어떤 믿을 만한 출처에서 황제가 그것과는 전혀 반대의 내용을 이야기한 것으로 들은 터였다. 그래서 레빈은 그와 같이 전혀 다른 두 가지 이야기가 나올 수 있는 상황을 억지로 생각해보기 시작했고, 이 주제에 대한 이야기는 이것으로 끝났다.

"그렇습니다, 이 사람은 토지와 관련된 노동자의 자연적 조건에 대해 거의 책 한 권을 저술하고 있죠." 카타바소프는 말했다. "전문가는 아닙니다만, 자연과학자로서 나는 이 사람이 인류를 동물학상의 법칙 이외의 존재로 취급하지 않고, 오히려 환경에 대한 종속성을 인정하고 그 종속 가운데에서 진보와 발달의 법칙을 구하는 데 흥미를 느끼고 있습니다."

"그건 굉장히 재미있는 얘기군요." 메트로프가 말했다.

"사실 나는 본래 농업에 관한 책을 쓸 생각이었습니다만 농업의 주

---

* 터키와의 전쟁(1862년) 뒤 몬테네그로는 술탄의 지배하에 놓였으나 외국 지배에 반대하는 몬테네그로인들의 투쟁은 그치지 않았다. 1876년 몬테네그로에서 봉기가 일어났고, 봉기자들은 대형으로 짜 산간에서 파르티잔전을 벌였다. 몬테네그로의 투쟁에 대해 당시의 모든 러시아 신문과 잡지가 보도했다.

요 요소인 노동자를 연구하는 사이에," 레빈은 얼굴을 붉히면서 말했다. "전혀 예기치 않은 결과에 도달하고 말았습니다."

그러고서 레빈은 마치 땅바닥을 손으로 더듬는 듯 조심스럽게 자신의 견해를 설명하기 시작했다. 그는 메트로프가 일반적으로 인정되고 있는 정치경제학적 학설에 반대하는 논문을 쓴 것을 알고 있었지만, 자신의 새로운 견해에 대해 어느 정도까지 그의 동감을 기대할 수 있을지는 확실하지 않았고, 또 이 학자의 총명하고 침착한 표정에서 그것을 미루어 헤아릴 수도 없었다.

"하지만 당신은 어떠한 점에서 러시아 노동자의 특질을 발견하고 있습니까?" 메트로프는 말했다. "말하자면 그들의 동물학적인 특질에서입니까, 혹은 그들이 놓여 있는 조건에서입니까?"

레빈은 이 질문에 이미 자기와는 일치할 것 같지 않은 사상이 표현되고 있음을 알았다. 그러나 그는 러시아 노동자는 토지에 대해 다른 국민과는 전혀 다른 견해를 지니고 있다는 점을 논거로 하여 자신의 사상을 계속 개진했다. 그리고 이 주장을 입증하기 위해 그는 자기가 본 바에 의하면 러시아 민족의 이러한 견해는 동쪽에 있는 광대무변하고 텅 빈 경지에 식민해야 한다는 각자의 사명을 자각하는 데서 유래하는 것이라고 서둘러 덧붙였다.

"민족의 일반적인 사명이니 하는 것으로 결론을 내리게 되면 오류를 범하기 쉬워집니다." 레빈을 가로막으면서 메트로프가 말했다. "노동자의 상태는 언제나 토지와 자본에 대한 관계에 의해 좌우되는 것이니까요."

그리고 레빈에게는 이제 그 사상을 끝까지 다 설파하게 해주지 않고 메트로프는 자기 학설의 특성을 그의 앞에 개진하기 시작했다.

레빈은 이해하려고 애쓰지 않았기 때문에 그의 학설의 특수한 점이 어떤 부분에 있는지 납득이 가지를 않았다. 그러나 그는 메트로프가 그러한 논문을 써서 경제학자들의 학설을 논박했음에도 불구하고 역시 다른 사람들과 마찬가지로 러시아 노동자의 상태를 단순히 자본과 임금과 소작료의 견지에서만 보고 있다는 것을 깨달았다. 메트로프도 러시아의 최대 지방인 동부에서는 소작료를 아직은 전혀 받지 않는다는 것, 임금이란 팔천만 러시아 민중의 십중팔구에게는 그저 그날그날의 양식이 되는 정도에 불과하다는 것, 또 자본도 그저 가장 원시적 도구의 형태 외에는 아직 존재하지 않는다는 것을 인정하지 않을 수 없었다. 그럼에도 불구하고, 또 임금에 대해 레빈에게 설명했던 것과 같이 자기 나름의 새로운 학설을 가지고 많은 점에서 일반적인 경제학자와는 의견을 달리하고 있음에도 불구하고 그는 역시 이 견지에서만 모든 노동자들을 보고 있었다.

레빈은 마지못해 그의 말을 듣고 있으면서 처음엔 이따금 반박했다. 그는 이따금 자신의 견해를 전부 얘기했다면 그 이상의 설명은 불필요했으리라고 여기며 이를 술회하기 위해 메트로프의 이야기를 가로막고 싶어졌다. 그러나, 이윽고 두 사람의 관점이 도저히 서로 이해할 수 없을 정도로 상반된다는 것을 깨닫자 그는 이젠 반박조차 하지 않고 그저 상대편에게 귀를 기울였다. 그래서 지금은 이미 메트로프가 이야기하는 내용에는 전혀 흥미가 없었음에도 불구하고, 상대편의 말을 들으면서 그는 일종의 만족을 느꼈다. 이런 훌륭한 학자가 이렇게까지 열심히 주의를 기울여 레빈의 지식에 대해 이 정도 신뢰를 가지고 때로는 그저 암시만으로 문제의 전면을 나타내면서 자신의 사상을 그에게 피력하고 있다는 것이 레빈의 자존심을 만족시켰던 것이다. 그는 이것을 자신의 가치 때문이라고 여겼다. 왜냐하면 그는 메트로프가 이미 주위의 모든 사람들을 상대로 몇 번씩 토론을 벌인 나머지 새로운 사람의 얼굴만 보면 신바람이 나서 이 문제를 입에 담는다는 것, 그렇지 않더라도 대체로 자기에게 흥미가 있는 문제일 것 같으면 그 내용이 아직 자기 자신에게 뚜렷하지 않다 하더라도 어느 누구에게든 기꺼이 이야기를 늘어놓는 사람이라는 것을 알지 못했기 때문이다.

"그건 그렇고, 늦겠습니다." 카타바소프는 메트로프가 설명을 마치자마자 시계를 보면서 말했다.

"그래, 오늘 스빈티치의 50주년 기념제*가 애호가협회에서 열릴 예정이야." 카타바소프는 레빈의 물음에 답했다. "나는 표트르 이바니치하고 그리 가기로 했어. 나는 동물학상의 그의 공적에 대해 잠깐 이야기하기로 약속했어. 어때, 같이 가지 않겠어? 굉장히 재미있을 거야."

"정말 시간이 다 되었군." 메트로프가 말했다. "당신도 함께 가시지 않겠어요? 만약 괜찮으시다면 끝나고 우리집으로 와주십시오. 꼭 한번 저술을 읽어주셨으면 싶은데요."

"아니, 별말씀을. 게다가 아직 다 되지도 않았는데요. 하지만 모임에 따라가게 해주시는 것은 다시없는 기쁨입니다."

"어때, 자네도 들었지? 나는 다른 의견서를 제출했어." 별실에서 프록코트로 갈아입고 나온 카타바소프가 말했다.

---

* 톨스토이의 익살은 1870년대에 실제로 만연했던 온갖 기념제에 대한 상업적이고 과도한 열중을 겨냥하고 있다.

그리하여 대학 문제에 대한 이야기가 시작되었다.*

대학 문제라는 것은 올겨울 모스크바에서 아주 중대한 사건이었다. 노교수 세 사람이 교수회의에서 젊은 교수들의 의견을 받아들이지 않았기 때문에 젊은 교수들은 다른 의견서를 제출했다. 일부 사람들의 비평에 따르면 이 의견서는 참으로 불쾌한 것이었고, 또다른 사람들의 의견에 따르면 가장 간명하고 정당한 내용이었다. 그리하여 교수들은 두 파로 분열되고 말았다.

카타바소프가 속해 있던 일파의 사람들은 상대편에게서 비열한 무고와 기만을 보았고, 다른 쪽의 사람들은 상대편에게서 권위에 대한 불손함과 유치함을 보았다. 레빈은 대학과 관계는 없었지만 모스크바에 온 뒤로 벌써 몇 번이나 이 사건에 대해 듣기도 하고 이야기도 했기 때문에 그 문제에 대해서는 나름의 의견도 가지고 있었다. 그래서 그도 이야기에 관여했는데, 셋의 이야기는 한길에 나와서도 계속되어 대학의 낡은 건물에 닿을 때까지 이어졌다.

모임은 벌써 시작되어 있었다…… 카타바소프와 메트로프가 자리잡은 나사 탁자보가 덮인 탁자에는 여섯 사람이 앉아 있었다. 그중 한 사람은 원고 위에 바짝 몸을 구부리고서 무언가를 한창 읽고 있었다. 레빈은 탁자 주위에 있던 빈 의자 하나에 걸터앉아 옆에 앉아 있던 대학생에게 무엇이 낭독되고 있는지를 나지막한 목소리로 물었다. 대학생

---

* 1875년 1월호 『러시아통보』, 즉 『안나 카레니나』의 첫 몇 장이 실린 바로 그 호에 N. 류비모프 교수의 논문 「대학 문제」도 발표되었다. 이 논문은 『모스크바 신문』에 실린 그의 「대학서간」에 의해 시작된 논쟁이 있었다. '젊은 교수들'은 그가 대학을 내각의 손에 건네고 있다며 그를 비난했다. 류비모프의 이름은 이미 니콜라이 1세 시대에 대학을 시찰했던 미그니츠키의 이름과 함께 거론되었다.

은 불만스러운 눈빛으로 레빈을 돌아보고 이렇게 말했다.

"전기傳記예요."

레빈은 학자의 전기에는 흥미가 없었으나, 무심코 듣고 있는 사이에 이것저것 그 유명한 학자의 생애에 대해 흥미롭고 새로운 사실을 알게 되었다.

낭독자가 원고를 다 읽고 나자 사회자는 감사를 표하고, 이 기념일을 위해 시인 멘트가 그에게 부쳐왔다는 작품 몇 편인가를 낭독하고 나서, 다시 시인에 대한 감사의 말을 몇 마디 늘어놓았다. 그다음에 카타바소프가 그 쩌렁쩌렁한 목소리로 고인의 학술상의 공적에 관한 자기 원고를 낭독했다.

카타바소프가 다 읽고 났을 때 레빈은 시계를 보고 벌써 한시가 지났음을 알았고, 음악회에 가기 전까지는 이제 도저히 메트로프에게 자신의 저술을 읽어줄 틈이 없겠다고 생각했으며, 이제는 그렇게 하고 싶은 생각도 없었다. 낭독이 진행되는 사이에도 그는 여전히 아까의 이야기를 생각했다. 이제야 그에겐 설사 메트로프의 사상에 의의가 있다고 하더라도 자신의 사상에도 역시 같은 의의가 있다는 것, 그리고 이러한 사상이 명료해지고 무언가에 도움이 되기도 하려면 단지 각자가 따로따로 자신의 길에서 활동하는 경우에 한정돼 있고 좀전과 같은 교환에서는 아무것도 얻을 수 없다는 것이 뚜렷해졌다. 그래서 레빈은 메트로프의 초대를 거절하기로 결심하고, 모임이 끝나자 메트로프에게로 다가갔다. 메트로프는 때마침 정치상의 새로운 사건에 대해 그와 이야기하고 있던 사회자에게 레빈을 소개했다. 그때 메트로프는 오늘 아침 레빈에게 했던 것과 똑같은 이야기를 사회자에게 늘어놓고 있었다. 그래서 레빈도 오늘 아침 얘기했던 것과 똑같은 의견을 논술했으나, 조금이라도 변화를 주기 위해 막 그의 머릿속에 떠오른 새로운 생각까지도 함께 얘기했다. 그뒤에 다시금 대학 문제에 대한 이야기가 시작되었다. 레빈은 그 이야기를 이미 전부 들은 터였으므로 메트로프에게 황급히 유감스럽긴 하지만 그의 초대에 응할 수 없다는 것을 알리고 작별을 고한 다음 리보프에게로 마차를 몰았다.

4

키티의 언니인 나탈리와 결혼한 리보프는 지금까지의 생애를 줄곧 외국과 두 수도에서 보냈고, 교육도 그곳에서 받았으며 외교관으로 근무하면서 지내왔다.

지난해 그는 외교관직에서 물러나 모스크바의 궁내부宮內部로 전근을 해왔다. 딱히 불쾌한 일이 있었기 때문이 아니라(그는 누구와도 결코 불쾌한 일을 일으키는 사람이 아니었다) 두 사내아이에게 될 수 있는 한 훌륭한 교육을 시켜주기 위해서였다.

습관이나 견해에서 두 사람은 극도로 상반되고 리보프가 레빈보다 연상이었지만, 그들은 이 겨울 동안 아주 친밀해졌으며 서로를 좋아했다.

리보프가 집에 있었기에, 레빈은 거침없이 그의 방으로 들어갔다.

리보프는 허리띠가 달린 실내용 프록코트에 섀미가죽 구두를 신고 안락의자에 앉아 반쯤 재가 된 시가를 아름다운 손으로 조심스럽게 몸에서 멀찍이 비껴들고서, 푸른 유리알 *코안경*을 끼고 독서대에 세워져 있는 책을 읽고 있었다.

곱슬곱슬하고 반짝거리는 은빛 고수머리가 한결 명문 출신다운 인상을 더해주고 있는 아름답고 화사하며 아직 젊은 그의 얼굴은 레빈의 모습을 보자 갑자기 미소로 빛났다.

"이거 잘됐군! 나는 지금 당신에게 심부름꾼을 보내려고 마음먹고 있었던 참이에요. 그래 어때요, 키티는? 자, 이리 앉아요. 이쪽이 더 편하니까……" 그는 일어서서 흔들의자를 밀어주었다. "『*주르날 드 상트 페테르부르크*』*에 실린 최근의 회람문을 읽어보셨습니까? 나는 훌륭한 글이라고 생각하고 있습니다만." 그는 약간 프랑스어 억양이 있는 어조로 말했다.

레빈은 카타바소프에게서 들은 페테르부르크에서의 풍설을 전하고 정치에 관한 이야기를 조금 하고 나서, 메트로프와 지기가 되었다는 것과 모임에 참석했던 것을 얘기했다. 그 얘기는 무척 리보프의 흥미를 끌었다.

"바로 그거예요, 내가 당신을 부러워하는 이유가. 당신은 그처럼 흥미로운 학문의 세계로 거침없이 들어갈 수 있으니까요." 그는 이렇게 말하고 나서 이내 여느 때처럼 자기에게 편리한 프랑스어로 말을 바꿨다. "정말 내겐 틈이라는 게 없어요. 근무라든가 아이들의 뒷바라지에 완전히 시간을 빼앗기고 있어서요. 게다가 별로 부끄럽다고는 생각하지 않습니다만, 내 교양이 너무나도 모자라서요."

---

* 1842년부터 페테르부르크에서 프랑스어로 발간되었던 러시아의 반(半)연간 간행물로, 상류 귀족층의 정치적 의견을 반영했다.

"그럴 리가 있습니까." 레빈은 웃으면서 말했다. 유달리 겸손한 인간으로 여겨지고 싶다거나 겸손한 인간이 되고 싶다는 바람에서 나오는 것이 결코 아니라 완전히 마음속에서 우러나온, 스스로를 낮추는 리보프의 태도에 그는 언제나처럼 감동했다.

"아아, 정말입니다! 나는 이제야 내 교양이 모자란다는 것을 뼈아프게 느끼고 있어요. 아이들을 교육하기 위해서도 나에겐 기억을 새롭게 되살려야만 할 일과 새로 배워야만 할 일이 많아요. 왜냐하면 교사만으론 부족하고, 꼭 감독관이 필요하기 때문이죠. 마치 당신네의 농사에 노동자들과 감독자가 필요하듯이 말예요. 지금만 하더라도 나는 이런 것을 읽고 있어요." 그는 독서대 위에 놓여 있던 부슬라예프의 문법책을 가리켰다.* "미샤를 위해서 읽어둬야 할 필요가 있어서요. 그런데 이게 또 무척 어려워요…… 자, 이 대목을 나에게 좀 설명해주지 않겠어요. 여기 이런 말이 있는데……"

레빈은 그런 것은 알 수가 없다, 오히려 자기가 가르침을 받아야 할 정도라고 말하려고 했으나 리보프는 들어주지 않았다.

"역시, 당신은 이것을 비웃고 있군요!"

"천만에요, 당신은 잘 모르시겠지만, 나는 당신을 볼 때마다 내 앞에 닥친 일, 즉 아이들의 교육에 대해 늘 배우고 있습니다."

"그렇지만, 배울 것이 없을 텐데요." 리보프가 말했다.

"아무튼 내가 알고 있는 것은," 레빈은 말했다. "당신의 아이들보다 잘 교육된 아이들을 본 적이 없다는 것과 당신의 아이들보다 더 훌륭

---

* F. I. 부슬라예프는 러시아 인문학자이자 주요한 문법 저서 『러시아의 역사 문법시론』 (1858)과 『교회 슬라브어와 일치된 러시아어 문법교과서』의 저자다.

한 아이들을 바라기란 무리라는 것뿐입니다."

리보프는 기쁨을 겉으로 드러내지 않으려고 자제하는 기색이 역력했지만, 그의 얼굴은 미소로 환해졌다.

"그저 나보다 잘되어주기만 했으면 하는 생각뿐예요. 그것이 내 희망의 전부예요. 당신은 아직 잘 모르실 테지만," 그는 말하기 시작했다. "우리 아이들처럼 외국생활 때문에 교육이 뒤떨어진 아이들을 가르치기가 무척 힘드네요."

"그건 모두 따라붙을 수 있습니다. 아무튼 아이들이 모두 재주가 있으니까요. 역시 중요한 것은 덕을 쌓는 교육이에요. 그것이 바로 내가 댁의 아이들을 볼 때마다 가르침을 받는 점입니다."

"덕을 기르는 교육이라고 당신은 말씀하셨습니다. 그러나 그것이 얼마나 어려운지는 얼른 상상이 가지 않을 겁니다! 가까스로 한쪽을 두드려 부수었는가 하면, 어느새 다른 쪽이 고개를 쳐들고 나와 또다시 싸움을 벌여야 하니까요. 만일 종교의 도움이 없었다면, 이 문제로는 언젠가 둘이서도 얘기한 적이 있지만요, 정말 그 도움이 없다면 어떤 아버지도 자기 힘만으로는 아이들을 교육할 수 없을 거예요."

레빈에겐 언제나 흥미로운 이 이야기는 그때 마침 외출 준비를 하고 들어온 미인 나탈리야 알렉산드로브나에 의해 중단되었다.

"당신이 와 계실 줄은 전혀 몰랐어요." 그녀는 오래전부터 싫증이 날 만큼 들어온 이야기가 중단된 것이 분명 조금도 유감스럽지 않을뿐더러 오히려 기쁜 듯한 어조로 말했다. "그래, 키티는 어때요? 나는 오늘은 댁에서 만찬을 할까 생각하고 있어요. 그건 그렇고 아르세니." 그녀는 남편을 돌아보았다. "당신은 여행마차로 가겠지……"

그리고 부부 사이엔 이날 하루를 어떻게 지낼 것인가 하는 의논이 시작되었다. 남편은 직무상의 일로 누군가를 만나러 가야만 했고, 아내는 음악회와 남동南東위원회의 회의에 나가야만 했기 때문에 여러 가지를 결정하고 계획하지 않으면 안 되었다. 레빈도 집안 식구로서 그 의논에 관여해야 했다. 결국 레빈은 나탈리와 같이 음악회와 공개 모임에 갔다가 거기서 마차를 아르세니가 있는 사무소로 보낸다, 그러면 그는 그것을 타고 아내한테 들렀다가 그녀를 키티에게 데리고 간다, 그러나 만약 그의 일이 덜 끝났으면 그땐 여행마차를 되돌려보낸다, 그러면 레빈이 나탈리와 함께 집으로 간다는 식으로 결정되었다.

"왠지 이 사람이 나를 놀려대서 큰일이야." 리보프는 아내에게 말했다. "우리 애들이 아주 훌륭하다느니 하고 우기니 말이야. 그렇게 나쁜 점투성이인데도."

"아르세니는 아무튼 극단적이에요. 나는 언제나 말하지만," 아내는 말했다. "완전함을 바라다가는 절대로 만족할 수 없을 거예요. 아빠는 곧잘 우리가 자랄 무렵엔 아이들은 다락방에 처박히고 부모님이 이층에서 지낸다는 극단적인 풍조가 있었지만, 지금은 정반대가 되어 부모님은 골방에 있고 자식들은 이층에 있다고 말씀하세요. 그건 정말이에요. 요즘은 부모가 자기 생활을 가져서는 안 되고, 그저 무엇이든 자식들을 위하도록 돼 있으니까요."

"하지만 그것이 유쾌하다면 어쩌지?" 리보프는 아름다운 미소를 띠고 아내의 손을 만지면서 말했다. "당신을 모르는 사람은 당신이 친어머니가 아니라 계모라고 생각하겠군."

"아니, 무슨 일이든 극단이라는 건 좋지 않아." 나탈리는 남편의 페이

퍼나이프를 탁자 위의 정해진 자리에 놓으면서 침착한 어조로 말했다.

"자, 이리 오렴, 완벽한 아이들!" 리보프는 그때 마침 들어온 아름다운 두 사내아이를 보고 말했다. 그들은 레빈에게 인사를 하고 나서, 분명 무언가를 묻고 싶어하는 태도로 아버지에게 다가갔다.

레빈은 그들과 이야기를 해보고 또 그들이 아버지에게 이야기하는 것도 들어보고 싶었으나, 공교롭게도 나탈리가 그에게 말을 건넨데다가 또 리보프의 동료인 마호틴이 그와 함께 누군가를 만나러 가기 위해 궁내부 관리의 제복 차림으로 방에 들어왔기 때문에 갑자기 이야기는 헤르체고비나, 코르진스카야 공작영애, 두마의회, 아프락시나 부인의 급작스러운 죽음에 관한 것들로 넘어가버렸다.

레빈은 부탁받고 온 용건을 까맣게 잊고 있었다. 이미 현관으로 나와서야 겨우 그것을 생각해냈다.

"아아, 키티가 말입니다. 오블론스키에 대해 당신과 뭔가 의논해달라고 하더군요." 그는 리보프가 아내와 그를 배웅하러 층계 위에 나타났을 때 말했다.

"그래, 그래, 어머님은 우리 동서들이 그 사람을 공격하기를 바라시지만 말예요." 그는 얼굴을 붉히면서 말했다. "그러나 어떻게 내가?"

"그럼 내가 그 사람을 공격하지요." 소매 없는 흰 개 모피 외투를 입고 이야기가 끝나기를 기다리던 리보바가 생긋 웃으면서 말했다. "자, 가요."

5

낮 음악회에서는 굉장히 흥미로운 두 곡이 연주되었다.

하나는 환상곡 〈광야의 리어왕〉*, 하나는 바흐에게 헌정된 사중주곡이었다. 둘 다 새로운 곡이고 참신한 내용의 음악이었으므로 레빈은 그것들에 대한 나름의 의견을 정리해보고 싶어졌다. 그래서 처형을 칸막이 좌석에 안내하고 나서 그는 둥근 기둥이 있는 곳에 서서 될 수 있는 한 충실하게 음악을 들어보리라 마음먹었다. 그는 언제나 자신의 음악에 대한 주의를 지극히 불쾌한 쪽으로 돌려버리는 흰 넥타이를 맨 지휘자가 어지럽게 휘두르는 손이며, 음악회에 온다고 유달리 정성스럽게 자신의 귀를 리본으로 누르고 모자를 쓴 귀부인들이며, 아무것에도 마음을 두지 않고 멍하니 있거나 혹은 음악엔 아랑곳하지 않고 다른 이런저런 것에 정신이 팔린 사람들을 보느라 마음을 어지럽히거나 인상을 망가뜨리지 않으려고 애를 썼다. 그는 이른바 음악에 조예가 깊은 사람들이나 요설가를 만나는 것을 피하며 그 자리에서 자기 앞만 내려다보면서 가만히 귀를 기울였다.

그러나 리어왕 환상곡에 귀를 기울이면 기울일수록 그는 뭔가 일정

---

* 표제음악, 즉 문학의 슈제트를 위해 쓰인 음악에 대한 패러디다. 톨스토이는 이런 음악을 비판적으로 대했다(이에 대해서는 그의 미학 논저 『예술이란 무엇인가』를 참조할 것). 셰익스피어의 「리어왕」의 주제에 의거하여 M. A. 발라키레프는 〈리어왕〉(1860)을, P. T. 차이콥스키는 〈템페스트〉(1874)를 썼다. 톨스토이는 "나는 내가 차이콥스키와 어떻게 알음알이가 되었는지를 기억하고 있다"고 말했다. "그는 나에게 〈템페스트〉를 연주해주었다." 톨스토이는 음악 작품을 시 작품에, 혹은 그 반대방향으로 맞춰야 한다는 것은 온갖 창조의 가능성이 사라져버리게 하는 편견에 사로잡힌 요구라고 여겼다.

한 의견을 구성할 가능성으로부터 차츰 멀어져가는 자신을 느꼈다. 감정의 음악적인 표현이 서서히 모양을 이루기 시작하자마자 이내 또다른 음악적인 표현의 새로운 단서가 되거나, 때론 그저 작곡가의 변덕으로밖에 여겨지지 않는 아무런 맥락도 없이 굉장히 복잡한 음향이 되어 산산이 흩어지는 것이었다. 이 음악적인 표현의 단편 자체도 때로는 아름다울 때도 있었으나 대체로 불쾌했는데, 전혀 느닷없고 너무나도 맥락이 없었기 때문이다. 쾌활, 우수, 절망, 부드러움, 승리감 같은 것들이 마치 광인의 감정처럼 엉망으로 뒤섞여 나타났다. 그리고 그러한 감정은 마찬가지로 광인에게서 보듯 느닷없이 어딘가로 흘러가버렸다.

레빈은 이 연주를 듣는 동안 마치 무도舞蹈를 보고 있는 귀머거리 같은 느낌을 경험했다. 일막이 끝났을 때 그는 완전한 의혹에 빠졌고, 아무런 보상도 얻지 못했던 정신적 긴장 때문에 굉장한 피로를 느꼈다. 사방에서 요란한 박수 소리가 들려왔다. 모든 사람이 일어나 걸어나가며 이야기하기 시작했다. 다른 사람의 감상을 듣고 자신의 의혹을 풀어보리라 마음먹은 레빈은 음악 전문가를 찾으러 다니다가, 전부터 안면이 있는 페스초프와 이야기하고 있던 저명한 음악 전문가 한 사람을 발견하고는 기뻐했다.

"정말 경탄할 만하군요!" 페스초프가 굵직한 베이스 목소리로 말했다. "안녕하세요, 콘스탄틴 드미트리치. 코델리아가 가까이 오는 것이 느껴지는 대목, 그 여인, 영원한 여성성이 운명과의 싸움으로 들어서는 대목은 구상적具象的, 말하자면 조각적이고 참으로 색채가 풍부한 것 같더군요. 그렇지 않아요?"

"그런데 왜 거기에 코델리아가 나오는 걸까요?" 환상곡이 광야에서의 리어왕을 그려낸 것임을 까맣게 잊고 레빈은 조심스럽게 물었다.

"코델리아가 나오는 이유는…… 자, 이걸 보세요!" 페스초프는 손에 들고 있던 새틴으로 돌돌 만 프로그램을 손가락으로 두드리면서 레빈에게 건네주고 말했다.

그제야 비로소 레빈은 환상곡의 표제를 생각해내고, 얼른 프로그램 뒤에 인쇄되어 있는 러시아어로 번역된 셰익스피어의 시를 읽었다.

"그것이 없으면 도저히 따라갈 수가 없습니다." 지금까지의 이야기 상대가 가버리고 상대할 사람이 없어진 페스초프는 레빈을 돌아보고 말했다.

이 막간에 레빈과 페스초프는 바그너파* 음악의 장점과 단점에 대해 논쟁을 벌였다. 레빈은 바그너와 그 후계자들의 오류는 음악을 다른 예술의 영역으로 옮기려는 데 있다, 그것은 마치 시가 마땅히 회화가 해야 할 얼굴 윤곽의 묘사를 하려고 들 때 그르치는 것과 매한가지라고 주장했다. 그러한 오류의 예로서 그는 받침돌 위에 세운 시인의 상 주위에 떠도는 시적인 형상들의 그림자를 대리석에다 새기려고 착안한** 조각가를 들었다. "이러한 그림자는, 그림자가 층계를 붙들고 있

---

* 리하르트 바그너는 독일 대작곡가이자 오페라 이론가, 개혁자다. 톨스토이는 바그너파의 경향을 표제음악과 연관시켰으며 또한 총합예술('모든 종류의 예술의 융합') 이론과도 연관시켰다. 바이로이트 황실극장의 바그너 오페라(4부작 〈니벨룽겐의 반지〉 등) 공연은 장엄함이 특징이었다. 바그너주의는 러시아와 프랑스에서 격렬한 논쟁을 불러일으켰다. 톨스토이는 바그너와 바그너파의 모든 경향에 대해 비판적으로 대했다.
** 톨스토이는 M. M. 안토콜스키의 푸시킨 상(像) 제작계획안을 염두에 두고 있다. 그 작품은 1875년 미술아카데미에서 전시되었다. 조각가는 푸시킨을 바위 위에 앉아 있는 것으로 표현했으며, 그에게로 난 층계를 그의 작품 속 주인공들이 올라오고 있다. 안토콜스키의 생각에 따르면 푸시킨 상은 푸시킨 시의 조형적 표현이 되어야 했다.

는 일이 좀처럼 없는 것처럼, 조각가가 표현할 수 있는 것이 아닙니다.”
레빈이 말했다. 이 문구는 그의 마음에 들었으나 이전에 똑같은 문구를
바로 페스초프에게 말하지 않았었나 하는 생각이 희미하게 떠올랐으
므로, 그는 그 말을 입 밖에 내자마자 갑자기 당황하기 시작했다.

페스초프는 예술은 하나여야 하고, 따라서 온갖 종류의 예술이 하나
로 융합*된 경우에만 최고의 표현에 도달할 수 있다고 주장했다.

다음 곡을 레빈은 도저히 들을 수 없었다. 페스초프가 그의 옆에 서
서 줄곧 말을 걸면서 진부하고 어색한 단순화 운운하며 그 곡을 비난
하고, 또 회화에서의 라파엘전파의 단순함과 비교하기도 했기 때문이
다. 나오다가 레빈은 많은 지기들과 만났고, 그 사람들과도 정치며 음
악이며 공통된 지인들에 관해 이야기를 나눴다. 그러는 동안 그는 또
방문하는 것을 까맣게 잊고 있던 볼 백작과도 만났다.

“그래요, 그럼 지금 바로 다녀오세요.” 리보바는 그에게서 그 말을 들
었을 때 이렇게 말했다. “어쩌면 당신을 받아주지 않을지도 모르니, 그
럼 곧 나를 데리러 공회 쪽으로 와주세요. 시간은 넉넉할 테니까요.”

6

“오늘은 아마 방문을 받아주시지 않겠지?” 레빈은 볼 백작부인 댁의
현관방으로 들어가면서 말했다.

---

* 바그너의 오페라 개혁은 특수한 종류의 총합예술을 창조하려고 시도한 것이었다. 톨
스토이는 그러한 종류의 예술은 실현 불가능한 것으로 여겼다.

"아닙니다, 받고 있습니다." 문지기가 주저없이 그의 외투를 벗기면서 말했다.

'이게 뭐람.' 레빈은 한숨을 쉬며 한쪽 장갑을 벗고 모자를 고쳐들면서 생각했다. '나는 뭣 때문에 왔을까? 도대체 무슨 이야기를 해야 하나?'

들머리의 객실을 가로질러가던 레빈은 문간에서 걱정스럽고 엄격한 얼굴로 하인에게 무엇인가를 분부하고 있던 볼 백작부인과 만났다. 레빈을 보자 그녀는 방긋 웃고 안에서 목소리가 새어나오고 있는 두번째 조그마한 객실로 그를 안내했다. 그 객실에는 백작부인의 두 딸과 레빈도 안면이 있는 모스크바의 대령이 안락의자에 앉아 있었다. 레빈은 그들에게로 다가가서 인사하고 모자를 무릎 위에 놓으면서 소파 구석에 앉았다.

"당신 부인의 건강은 어떠세요? 당신은 음악회에 가셨었죠? 우리는 가지 못했어요. 어머님이 추도식에 가셔야만 했기 때문에요."

"네, 나도 들었습니다…… 정말 갑작스러운 죽음입니다." 레빈이 말했다.

백작부인이 와서 소파에 앉더니 마찬가지로 아내에 대한 안부와 음악회에 대해 물었다.

레빈은 물음에 대답하고 나서 또다시 아프락시나의 갑작스러운 죽음에 대한 얘기를 되풀이했다.

"그러나 그분은 늘 약한 편이었으니까요."

"당신은 어제의 오페라에는 가셨었나요?"

"네, 갔었습니다."

"루카*가 정말 훌륭하더군요."

"네, 정말 훌륭했습니다." 그는 이렇게 말하고는 그들에게 자신이 어떻게 여겨지건 전혀 아랑곳하지 않고 그 가수의 기량과 특질에 대해 그들이 벌써 몇백 번 들었던 얘기를 되풀이했다. 볼 백작부인은 경청하는 체했다. 이윽고 그가 얘기하고 싶은 만큼 충분히 하고 나서 입을 다물자, 이번엔 그때까지 침묵을 지키던 대령이 말하기 시작했다. 대령 역시 오페라와 조명에 대해 이야기했다. 마지막으로 튜린의 집에서 있을 예정인 *광기의 날***에 관한 이야기를 하고 나서, 대령은 웃음을 터뜨리고 요란한 소리를 내며 일어서서 나가버렸다. 레빈도 역시 일어섰으나 백작부인의 안색을 보고서 아직 자기가 돌아갈 때가 아니라는 걸 알아챘다. 아직 이 분은 더 있어야 했다. 그는 도로 주저앉았다.

그러나 그는 이러한 짓을 하고 있는 것이 얼마나 어리석은가 하는 것만을 생각하고 있었으므로, 적당한 화제를 발견하지 못하고 그저 잠자코 있었다.

"당신은 공개회의에 나가지 않으세요? 굉장히 재미있다는 이야기였습니다만." 백작부인이 입을 열었다.

"네, 다만 처형을 데리러 가겠다고 약속했습니다." 레빈이 말했다.

침묵이 찾아들었다. 어머니는 딸과 또 한번 눈을 마주쳤다.

'자, 이젠 괜찮을 것 같군.' 레빈은 이렇게 생각하고 일어섰다. 부인들

---

* 파올리네 루카는 이탈리아 출신의 오스트리아 오페라 가수다. 1870년대 초 러시아에 와 비제의 〈카르멘〉 주역으로 큰 성공을 거두었다.

** 보마르셰의 희곡 「광기의 날 혹은 피가로의 결혼」에서 유래한 것으로 카니발, 무도회를 '광기의 날'이라고 일컬었다.

은 그의 손을 잡고 부인에게 *안부*를 전해달라고 부탁했다.

문지기는 모피 외투를 건네면서 그에게 물었다.

"실례입니다만 성함이 어떻게 되십니까?" 그러고는 이내 그의 이름을 큼직하고 훌륭하게 제본된 방명록에 적어넣었다.

'물론 나는 어떻든 상관없지만, 역시 부끄럽고 두렵고 어리석은 느낌이 든다.' 레빈은 이렇게 생각하면서, 누구나 다 하고 있는 일이라는 것으로 간신히 자신을 위로했다. 그러고는 처형을 찾아 집으로 데려가기 위해 위원회의 공개회의장으로 마차를 몰았다.

공개회의에는 많은 평민들과 대부분의 상류층 사람들이 모여 있었다. 레빈은 아주 재미있다고 소문난 사업 보고에 늦지 않았다. 사업 보고의 낭독이 끝나자 상류층 사람들은 한군데로 모였고, 그 자리에서 레빈은 스비야시스키를 만나 오늘밤 유명한 강연이 있을 예정인 농업협회의 모임에 꼭 출석하라는 초대를 받기도 했고, 조금 전에 경마장에서 왔다는 스테판 아르카디치와 그 밖의 많은 지인들도 만났다. 그리고 또 이 회의와 새 곡, 소송에 대한 이런저런 비평을 지껄이기도 하고 또 듣기도 했다. 그런데 아마 주의력이 해이해진 때문이었으리라. 그는 소송에 대해 이야기하면서 이상한 실수를 했고, 이 실수를 그뒤에도 자주 언짢은 기분으로 회상했다. 그는 러시아에서 재판을 받고 있던 한 외국인에게 가해질 형벌*에 대해, 또 그를 국외 추방에 처한다면 얼마나 부

---

* 1875년 모스크바 저당대부상업은행이 갑자기 폐쇄되었다. 전무 폴란스키, 외국부장 랑도, 그리고 이사들이 체포되었다. 부정사건의 주인공은 철도왕 폴랴코프와 거래했던 B. G. 스트루스베르크였다. 허위거래는 은행을 파산으로 몰아넣었다. 스트루스베르크는 자신의 죄를 인정하지 않았으나 법원의 결정에 따라 국외로 추방당했다. 1876년 11월까지 끈 이 스캔들 과정은 세간의 분노를 불러일으켰다. '스트루스베르크 사건'에 대한 반

당한 일인가에 대해 이야기하는 사이에 전날 어떤 지인과의 대화에서 얻어들었던 말을 되풀이하고 만 것이었다.

"나는 그 사람을 외국으로 추방한다면 마치 꼬치고기를 벌하려고 물속에다 놓아주는 것과 똑같은 것이라고 생각하는데요." 레빈은 이렇게 말했다. 그러고 나서 그는 자기가 마치 스스로의 표현인 듯이 말한 그 문구가 실은 크릴로프**의 우화에서 나온 것이고, 전날의 지인은 그것을 신문의 칼럼에서 주워내어 되풀이했을 뿐임을 생각해낸 것이었다.

처형과 함께 집에 돌아와서 쾌활하고 무사한 키티의 얼굴을 보고 레빈은 클럽으로 마차를 달렸다.

7

레빈은 마침 알맞은 시간에 클럽에 닿았다. 그와 함께 많은 내빈과 회원들이 마차로 들이닥쳤다. 레빈은 아주 오랫동안, 그가 대학을 나온 직후 모스크바에 살면서 사교계에 출입하기 시작한 이래로 클럽에는 발을 들여놓은 적이 없었다. 그는 클럽을 기억하고 있었고, 그 설비의 외부적인 세부사항도 잘 기억하고 있었으나 전에 클럽에서 맛본 인상은 잊고 있었다. 그러나 널따란 반원형의 뜰에 삯마차를 몰고 들어가 마차에서 내려 현관 층계에 발을 딛고 견대를 찬 문지기가 소리도 없

항은 『안나 카레니나』뿐만 아니라 살티코프-셰드린의 풍자적 저서 『온유와 면밀함 사이에서』에도 나타난다.
** I. A. 크릴로프. 러시아 우화시인.

이 문을 열어 그를 맞으며 공손하게 고개를 숙이자마자, 위층으로 가지고 가는 것보다 아래층에 벗어놓고 가는 편이 덜 귀찮다고 해서 회원들이 벗어놓고 간 덧신과 모피 외투를 문지기방에서 발견하자마자, 또 그의 도착을 알리는 신비로운 벨소리를 듣고 융단이 깔린 비스듬한 층계를 올라가면서 층계참에 서 있는 조상彫像을 보고 위층의 문간에서 서두르지도 어물어물하지도 않고 문을 열고 들어가는 손님을 흘깃흘깃 바라보는 클럽 제복 차림의 얼굴이 익은 나이든 세번째 문지기를 보자마자 먼 옛날 클럽의 인상, 즉 휴식과 만족과 예의의 인상이 별안간 레빈을 사로잡았다.

"저, 모자를." 문지기는 모자를 문지기방에다 두고 가야 한다는 클럽의 규칙을 잊고 있었던 레빈에게 말했다. "참 오랜만입니다. 공작께서 어제 당신의 이름을 기입하셨습니다. 스테판 아르카디치 공작은 아직 안 보이십니다."

문지기는 비단 레빈뿐만 아니라 그의 일가친척을 모두 알고 있었으므로 이내 그와 가까운 사람들에 대해 일러준 것이었다.

병풍을 몇 개 둘러 나누어둔 입구의 홀과, 오른쪽에 칸막이를 치고 과일을 차려둔 방을 지나 레빈은 느릿느릿 걸어가는 한 노인을 앞질러 많은 사람들이 떠들고 있는 식당으로 들어갔다.

그는 손님들을 둘러보면서 거의 꽉 들어찬 식탁들을 따라 걸어갔다. 여기저기서 온갖 사람들이—늙은이, 젊은이, 겨우 안면이 있는 사람, 가까운 친구들이 그의 눈에 들어왔다. 한 사람도 노했거나 걱정스러운 얼굴을 하고 있는 이는 없었다. 모든 사람들이 걱정과 노고는 모자와 함께 문지기방에 두고 유유히 물질생활의 행복을 향락하려는 것처럼 보였다. 스비야시스키도 셰르바츠키도 네베돕스키도 노공작도 브론스키도 세르게이 이바노비치도 있었다.

"아, 어째서 늦었나?" 공작은 미소를 띠고 어깨 너머로 한 손을 내밀면서 말했다. "키티는 어떤가?" 그는 조끼의 단추에 꽂고 있던 냅킨을 바로잡으면서 덧붙였다.

"괜찮습니다, 건강합니다. 지금쯤은 셋이 집에서 식사를 하고 있을 겁니다."

"아, 알리나 – 나디나 말이로군. 그런데 이 가까이에는 자리가 없는데. 저 탁자로 가서 얼른 자리를 잡게." 공작은 이렇게 말하고 몸을 돌려 조심스럽게 모캐 수프가 든 접시를 받아들었다.

"레빈, 이리 오십시오!" 조금 떨어진 곳에서 친절한 목소리가 들렸다. 투롭친이었다. 그는 젊은 군인과 함께 앉아 있었고, 그 옆엔 두 개의 의자가 방향이 바뀌어 놓여 있었다. 레빈은 기꺼이 그들에게로 다가갔다. 그는 평소부터 이 선량한 난봉꾼 투롭친을 좋아했다—그에겐 키티에게 청혼했을 때의 추억이 연결되어 있었다—게다가 지금은 그처럼 긴장되고 고답적인 온갖 이야기를 한 뒤였으므로 선량한 투롭친의 얼굴빛이 유달리 유쾌하게 느껴졌던 것이다.

"여긴 당신과 오블론스키를 위해 잡아둔 자리입니다. 그분도 곧 올 겁니다."

언제나 웃고 있는 듯한 쾌활한 눈매로 몸을 무척 반듯이 하고 앉아 있던 군인은 페테르부르크 사람인 가긴이었다. 투롭친이 두 사람을 서로에게 소개했다.

"오블론스키는 언제나 늦는군요."

"아, 저기 왔습니다."

"자넨 지금 막 왔지?" 성큼성큼 그들에게로 다가오면서 오블론스키가 말했다. "잘했어. 보드카는 마셨나? 그럼, 가지."

레빈은 일어서서 그와 함께 몇 종류의 보드카와 온갖 간단한 안주가 늘어놓여 있는 커다란 탁자 쪽으로 걸어갔다. 스무 가지나 되는 간단한 안주 가운데 무엇이든 좋아하는 것을 고를 수 있을 법했으나 스테판 아르카디치는 뭔가 특별한 것을 주문했고, 그러자 거기에 서 있던 제복 차림의 급사 한 사람이 냉큼 주문한 것을 가지고 왔다. 두 사람은 한 잔씩 들이켜고 자리로 돌아갔다.

생선 수프를 먹는 사이에 이내 또 가긴에게 샴페인이 날라져왔고, 그는 샴페인을 네 개의 잔에 따르도록 명령했다. 레빈은 권하는 술을 물리치기는커녕 한 병 더 주문하기까지 했다. 그는 몹시 시장했으므로 만족스럽게 먹고 또 마셨다. 그리고 더욱더 만족스러운 마음으로 여러 사람의 즐겁고 단순한 이야기에 한몫 끼었다. 가긴은 목소리를 낮추고 페테르부르크의 새로운 일화를 이야기했다. 일화는 천박하고 어리석은 것이긴 했으나 너무나 우스웠으므로, 레빈은 가까이 있던 사람들이 휙 그를 돌아보았을 만큼 큰 소리로 웃었다.

"그것과 똑같은 종류로 '나는 도저히 참을 수가 없다!'는 이야기가 있는데 말야. 자넨 알고 있나?" 스테판 아르카디치가 물었다. "아니, 정말 재미있어. 이봐, 한 병 더 줘." 그는 급사에게 이렇게 명령하고 나서 얘기하기 시작했다.

"표트르 일리치 비놉스키께서 보내셨습니다." 나이든 급사가 거품이 이는 샴페인이 부어진 얇은 잔 두 개를 스테판 아르카디치와 레빈에게 들고 와서 스테판 아르카디치의 이야기를 가로막았다. 스테판 아르카디치는 잔을 받고 식탁 저쪽 끝에 있던 머리가 벗어진 빨간 수염의 사나이와 눈짓을 주고받더니 싱글벙글하면서 머리를 흔들어 보였다.

"저 사람은 누구야?" 레빈이 물었다.

"자넨 언젠가 한번 우리집에서 만난 적이 있잖아, 기억하고 있지? 착한 녀석이야."

레빈은 스테판 아르카디치가 하는 대로 잔을 높이 들었다.

스테판 아르카디치의 일화도 마찬가지로 매우 재미있는 것이었다. 레빈도 자기가 아는 일화를 이야기했는데, 그것도 마찬가지로 사람들의 마음에 들었다. 이윽고 이야기는 말에 대한 것, 오늘의 경마에 대한 것, 브론스키의 아틀라스가 얼마나 용맹스럽게 일등상을 탔는가에 대한 것으로 옮겨갔다. 레빈은 어떻게 식사를 끝마쳤는지도 모를 정도였다.

"아! 저기 왔군!" 막 식사가 끝날 무렵, 스테판 아르카디치는 키가 훤칠한 근위대령과 함께 그에게로 오고 있던 브론스키에게 의자 등받이 너머로 몸을 젖히고 손을 내밀면서 이렇게 말했다. 브론스키의 얼굴에도 역시 클럽 특유의 즐거움과 명랑함이 빛나고 있었다. 그는 쾌활하게 스테판 아르카디치의 어깨 위에 팔꿈치를 짚고 무엇인가를 상대에게 속삭이고 나서 여전히 즐거운 미소를 띠고 레빈에게도 손을 내밀었다.

"또 이렇게 뵙게 되어 무척 반갑습니다." 그가 말했다. "그때 선거장에서 당신을 찾았습니다만 벌써 떠나셨다고 하더군요."

"네, 나는 그날 바로 떠났습니다. 우리는 지금 막 당신의 말 이야기를 하던 참이었습니다. 축하합니다." 레빈이 말했다. "굉장한 속력이었다

264

고요."

"그러고 보니 당신도 말을 갖고 계시지요."

"아뇨, 아버지는 꽤 많이 갖고 계셨던 모양이지만, 나는 그저 그것을 기억하고 있는 데 지나지 않습니다."

"자넨 어디에서 식사했나?" 스테판 아르카디치가 물었다.

"두번째 식탁에서, 기둥 뒤."

"이 사람을 위해 축배를 들었지." 키가 큰 대령이 말했다. "아무튼 두번째 황제상이니까 말이지. 이 사람이 말로 얻을 수 있었던 행복을 나도 카드로 얻을 수 있으면 좋겠는데 말이야."

"자, 그건 그렇고 황금 같은 시간을 허송하고 있을 순 없어. 어디 지옥의 방*으로나 한번 가볼까." 대령은 이렇게 말하고 탁자에서 떨어져 갔다.

"저 사람이 야시빈이에요." 브론스키는 투롭친에게 대답하고 그들 옆의 빈자리에 앉았다. 그는 자신에게 권해진 큰 샴페인 잔을 들이켜고 나서 또다시 한 병을 청했다. 클럽의 분위기 때문인지 아니면 마신 술의 영향 때문인지 레빈은 가축의 우량종에 관해 브론스키와 이야기하면서 자기가 이 사내에 대해 아무런 적의도 느끼지 않게 된 것을 기쁘게 여겼다. 게다가 그는 이야기하는 동안 아내가 마리야 보리소브나 공작부인 집에서 그를 만났다고 이야기했던 것까지도 언급하고 말았다.

"아아, 마리야 보리소브나 공작부인 말이지, 그녀는 정말 매력적인 여자야!" 스테판 아르카디치는 그렇게 말하고 나서 그녀에 관한 일화

* 영국클럽의 도박장.

를 이야기하여 모든 사람을 웃겼다. 특히 브론스키는 레빈이 이제 완전히 그와 화해했다는 느낌이 들었을 만큼 사람 좋은 태도로 크게 웃었다.

"그럼 이걸로 끝났나?" 일어서서 미소 지으며 스테판 아르카디치는 말했다. "자, 갈까!"

8

식탁에서 떠나면서 레빈은 걸음에 따라 두 손이 유달리 규칙적으로 가볍게 흔들리는 것을 느끼며 가긴과 함께 천장이 높은 방들을 지나서 당구장 쪽으로 걸어갔다. 큰 홀을 지나가다 그는 장인과 마주쳤다.

"그래, 어떤가? 우리의 안일의 전당이 마음에 드나?" 공작은 그의 손을 잡고 말했다. "슬슬 한번 돌아볼까."

"나도 실은 여기저기 구경 삼아 한번 거닐고 싶었습니다. 정말 재미있었습니다."

"그래, 자네에겐 재미있을 거야. 하지만 내 재미는 자네완 또 달라. 저기 보게, 저기 오는 저런 늙은이들은 말이야." 그는 부드러운 장화를 신은 발을 가까스로 옮기면서 그들 쪽으로 걸어오는 입술이 축 처지고 허리가 굽은 클럽 회원을 가리키면서 말했다. "자넨 저 사람이 태어나면서부터 저런 실류피크였다고 생각할 거야."

"실류피크가 뭡니까?"

"자넨 이 명칭을 모르는 모양이군. 이 클럽의 은어야. 달걀 굴리기 알지? 그걸 너무 오랫동안 굴리면 실류피크가 되어버려. 우리 동료들도 그와 마찬가지야. 클럽만 쫓아다니다보면 결국엔 실류피크가 되어버리는 거야. 자넨 그렇게 웃고 있지만, 우리 패들은 이젠 자기가 언제 실류피크가 될지 모른다고 걱정하고 있지. 자넨 체첸스키 공작을 알고 있나?" 공작이 물었다. 레빈은 그의 표정으로 미루어 그가 뭔가 우스운 얘기를 하려고 한다는 걸 알았다.

"아니요, 모릅니다."

"어허, 이런 일도 있나! 체첸스키 공작은 아주 유명한 인물인데. 아니, 그런 건 어쨌든 괜찮아. 그 공작은 일 년 내내 공을 치는 사람이라고 생각하면 틀림없어. 그런데 그 역시 삼 년 전까지는 실류피크 패가 아니라고 호언장담했었어. 오히려 자기가 다른 사람들을 실류피크라고 부르면서 말이야. 그런데 언젠가 한번은 그가 클럽에 찾아왔는데 우리 문지기가 말이야…… 자네도 알고 있지, 바실리를? 왜 그 뚱뚱한 녀석 말이야. 그 녀석은 대단한 익살꾼이라네. 그런데 말이야, 체첸스키 공작이 그 녀석에게 '어때, 바실리, 누구누구 와 있나? 실류피크 패들은 와 있나?'라고 물었지. 그러자 그 녀석이 '나리가 세번째입니다'라고 대답한 거야. 정말, 이보게, 그렇게 말했단 말이야!"

여기저기에서 마주치는 지인들과 인사하고 이야기를 나누면서 레빈과 공작은 모든 방을 보고 돌아다녔다. 벌써 몇 개의 탁자가 준비되고 카드놀이 상습자들이 작은 노름판을 벌인 큰 홀과, 온갖 사람들이 장기를 두고 세르게이 이바노비치가 누군가하고 이야기하면서 소파에 앉아 있는 방과, 구석의 오목한 곳에 놓인 소파 옆에 샴페인을 둘러싸고 쾌활한 한 패가 모여 있던(그 속에 가긴도 끼어 있었다) 당구실을. 그리고 그들은 지옥의 방도 들여다보았다. 거기에는 어느새 야시빈이 자리잡고 있는 탁자 주위에 많은 내기꾼들이 떼를 지어 있었다. 두 사람은 또 소리를 내지 않도록 조심하면서 어둠침침한 독서실에도 들어가보았다. 거기에는 갓을 씌운 램프 밑에서 닥치는 대로 이것저것 잡지를 뒤적거리고 있는 성난 듯한 얼굴의 한 젊은 사내와, 독서에 열중하고 있는 대머리 장군이 앉아 있었다. 두 사람은 또 공작이 이른바 지식의 방이라고 부르는 곳에도 들어가보았다. 그 방에서는 세 신사가 최근의 정치 문제에 대해 열심히 얘기하고 있었다.

"공작, 오시죠, 준비가 되었으니까." 카드놀이 패 중 한 사람이 거기서 그를 발견하고 이렇게 말했고, 공작은 가버렸다. 레빈은 앉아서 잠시 논쟁에 귀를 기울이고 있었으나, 문득 오늘 아침 이야기의 자초지종을 생각해내자 갑자기 못 견디게 지루해졌다. 그는 부랴부랴 일어나 아까 같이 있어서 즐거웠던 오블론스키와 투롭친을 찾으러 나갔다.

투롭친은 음료가 담긴 큰 잔을 손에 들고 당구실의 높다란 소파에 앉아 있었고, 스테판 아르카디치는 그 방 먼 구석의 문간에서 브론스키와 뭔가 이야기를 하고 있었다.

"그애는 지루해하는 것이 아니라, 이 흐리멍덩하고 애매한 상태 때문에 그런 거야." 레빈은 이러한 말을 듣고서 얼른 물러가려고 했다. 그러나 스테판 아르카디치가 그를 불러세웠다.

"레빈!" 스테판 아르카디치가 외쳤고, 레빈은 그의 눈에 눈물은 아니지만 어떤 물기가 있는 것을 알아챘다. 그가 취했거나 혹은 깊이 감동했을 때면 언제나 있는 일이었다. 지금은 그 양쪽 다였다. "레빈, 가면 안 돼." 그는 이렇게 말하고, 분명히 어떤 일이 있어도 그를 놓치고 싶지 않다는 태도로 그의 팔꿈치께를 꽉 쥐었다.

"이 사람은 나의 진실한, 둘도 없는 좋은 친구야." 그는 브론스키에게 말했다. "자네도 나에겐 가깝고 귀중한 사람이야. 그래서 나는 자네들 두 사람이 다정하고 가까운 사이가 됐으면 좋겠고, 또 그렇게 되리라는 것을 알고 있어. 왜냐하면 자네들은 둘 다 좋은 사람이니까."

"그래, 우리는 이제 우정의 키스만 나누면 되는 거야." 브론스키는 손을 내밀면서 부드러운 농담조로 말했다.

레빈은 그가 내민 손을 재빨리 잡고 굳게 쥐면서 말했다.

"나는 정말, 정말로 기쁩니다."

"급사, 샴페인 한 병." 스테판 아르카디치가 외쳤다.

"나도 정말 기쁩니다." 브론스키가 말했다.

그러나 스테판 아르카디치의 희망과 그들 서로의 희망에도 불구하고 그들에겐 이야기할 것이 없었고, 두 사람 모두 그것을 느꼈다.

"이 친구는 안나와 안면이 없는데, 자넨 그걸 알고 있나?" 스테판 아르카디치는 브론스키에게 말했다. "그래서 나는 꼭 이 친구를 그애에게 데려가고 싶네. 가지 않으려나, 레빈!"

"정말이야?" 브론스키가 말했다. "그녀가 얼마나 기뻐할까. 나도 곧 집으로 돌아가고 싶지만," 그는 덧붙였다. "야시빈이 마음에 걸려서 말야. 그가 다 끝낼 때까지 여기에 있어주고 싶군."

"뭐야, 상황이 안 좋나?"

"줄곧 잃고만 있어. 그를 말릴 수 있는 건 나뿐이니까."

"그럼, 피라미드카 한판 어때? 레빈, 자네도 하겠지? 좋아, 됐어." 스테판 아르카디치가 말했다. "피라미드카를 준비해주게." 그는 점수기록원에게 얼굴을 돌렸다.

"진작에 다 준비돼 있습니다." 이미 공을 세모꼴로 배치하고 심심풀이로 빨간 공을 굴리고 있던 점수기록원이 대답했다.

"그럼, 시작할까."

한 판이 끝난 뒤 브론스키와 레빈은 가긴의 탁자 옆에 앉았다. 그러다가 레빈도 스테판 아르카디치의 제의에 따라 승부에 끼었다. 브론스키는 끊임없이 찾아오는 지인들에게 둘러싸여 탁자 옆에 앉아 있는가 하면, 지옥의 방으로 야시빈을 보러 가기도 했다. 레빈은 아침의 정신적인 피로에서 풀려나 즐거운 휴식을 만끽했다. 브론스키에 대한 적의를 잃어버린 것은 그를 기쁘게 했고, 평안과 예의와 만족의 느낌이 줄곧 그를 떠나지 않았다.

게임이 끝나자 스테판 아르카디치는 레빈의 팔짱을 끼었다.

"자, 그럼 어디 안나한테 가볼까. 지금 바로, 어때? 안나는 집에 있어. 나는 오래전부터 자넬 데리고 가겠다고 그애에게 약속했었어. 자넨 오늘밤 어디에 갈 생각이었나?"

"뭐 별로 갈 데도 없어. 농업협회에 가기로 스비야시스키와 약속하기는 했지만. 그럼, 갈까." 레빈이 말했다.

"좋아, 가! 어이, 내 마차가 와 있나 좀 알아봐줘." 스테판 아르카디치는 급사를 보고 말했다.

레빈은 탁자로 다가가서 게임으로 잃은 사십 루블을 지불하고 뭔가 비밀스러운 방법으로 카운터 옆에 서 있던 늙은 급사만이 알고 있는 클럽비를 지불한 다음, 유달리 두 팔을 흔들면서 홀 전체를 가로질러 출구 쪽으로 나갔다.

9

"오블론스키 씨의 여행마차!" 문지기는 성난 듯한 저음으로 외쳤다. 여행마차가 닿자 두 사람은 올라탔다. 여행마차가 클럽 정문을 벗어날 때까지의 최초 몇 분 동안 레빈은 클럽의 평안과 만족과 주위 사람들의 흠잡을 데 없는 우아함을 계속 느꼈으나 여행마차가 한길로 나와 울퉁불퉁한 길을 달려가는 동요를 느낌과 동시에, 스쳐지나가는 삯마차 마부의 노한 듯한 고함소리를 듣고 희미한 불빛에 비치는 선술집과 구멍가게의 빨간 간판을 보자마자 그 느낌은 삽시간에 무너져버렸다. 그는 자신의 행동에 대해 반성하기 시작하고 자기가 안나한테 가는 것이 과연 옳은 일인가를 자문해보았다. 키티는 뭐라고 말할까? 그러나 스테판 아르카디치는 그에게 생각에 잠길 여유를 주지 않았고, 마치 그의 의혹을 헤아리기라도 한 듯 그것을 얼버무리려 했다.

"정말 기뻐." 그가 말했다. "자네가 그애를 알게 되는 것이 말이야. 자네도 알고 있을 테지만, 돌리는 오래전부터 그러길 바라고 있었으니까. 리보프도 그애에게 간 적이 있고 지금도 이따금 찾아가고 있어. 그애는 내 누이이긴 하지만," 스테판 아르카디치는 말을 이었다. "나는 그애가 훌륭한 여자라고 떳떳하게 말할 수 있어. 자네도 알게 될 테지만. 그런데 그애는 굉장히 괴로운 처지에 빠져 있어. 특히 지금은 더해."

"무엇 때문에 지금은 더하다는 거지?"

"사실 우리는 지금 이혼 문제로 그애의 남편과 담판중인데, 그리고 그도 동의는 하고 있는데, 어린애라는 까다로운 문제가 하나 걸려 있어서 이미 오래전에 해결되었어야 할 사건을 벌써 석 달 동안이나 질질 끌고 있어. 이혼만 되면 그애는 곧 브론스키와 결혼할 거야. '이사야여 환호하라'를 노래하며 빙빙 도는 낡은 관습*은 정말 어리석은 거야. 어느 누구도 믿지 않고, 그저 인간의 행복을 방해하는 게 고작이야!" 스테판 아르카디치는 덧붙였다. "하여튼 그렇게만 되면 그들의 관계도 나나 자네처럼 분명해질 텐데."

"도대체 뭐가 까다롭다는 거야?" 레빈이 말했다.

"아아, 그건 참으로 장황하고 지루한 이야기야! 모든 것이 무척 모호하니까. 하지만 요컨대 문제는 그녀가 두 사람을 모르는 이가 없는 이 모스크바에서 이혼이 성립되기만을 기다리면서 벌써 석 달이나 지내왔다는 점에 있어. 아무데도 나가지 않고, 여자라고는 돌리 외엔 누구 한 사람 만나지도 않고 말이야. 왜냐하면 그애는 동정으로 찾아주는 것을 바라지 않기 때문이야. 게다가 그 어리석은 바르바라 공작영애, 그 여자까지 민망하다며 가버렸으니까. 만약 다른 여자였다면 어찌해야 할지 몰랐을 거야. 하지만 그애는, 자네도 이제 알게 되겠지만 훌륭하게 자신의 생활을 꾸려가며 냉정을 잃지 않고 위용을 지니고 있어. 왼쪽 골목길로, 교회 맞은편 골목으로 들어가는 거야!" 스테판 아르카디치는 여행마차의 창문 밖으로 몸을 내밀면서 소리쳤다. "에잇, 정말 덥군!" 그는 말하고 나서 영하 십이도라는 추위임에도 이미 상당히 벌어져 있던 모피 외투의 앞자락을 열어젖혔다.

"하지만 그녀에게는 딸애가 있잖아. 그 뒷바라지만으로도 아마 바쁘리라고 생각하는데?" 레빈이 말했다.

---

* 교회에서 올리는 결혼식을 일컫는다.

"자넨 어쩐지 모든 여자를 암컷으로만, 알을 품은 암탉으로만 생각하는 것 같군." 스테판 아르카디치는 말했다. "여자가 바쁘다고 하면 당연히 아이들 때문임이 틀림없다는 거군. 사실 그애도 딸아이는 훌륭하게 기르고 있는 것 같은데, 딸아이에 대해서는 들어본 적이 없어. 그애는 무엇보다도 저술에 쫓기고 있어. 이렇게 말하면 자네는 조소할지 모르지만, 그건 잘못이야. 그애는 어린이책을 쓰고 있어. 누구에게도 그것에 관해선 말하지 않고 있지만 나한테는 읽어주었고, 내가 그 원고를 보르쿠예프에게 넘겨줬지…… 알고 있지? 그 출판업자…… 그 자신도 저술가인 모양이야. 그자는 뭘 좀 아는 듯이 훌륭한 작품이라고 말하더군. 그런데 이렇게 말하면 자네는 그애를 여성 작가라고 생각할지 모르겠군? 천만에. 그애는 무엇보다도 심장을 지닌 여자야, 만나면 알게 되겠지만. 지금 그 집에는 영국인 계집아이와 그 가족이 더부살이를 하고 있기 때문에 그애도 몹시 바빠."

"뭔가, 그건 박애주의적인 것 같군."

"자넨 무슨 일이든지 나쁘게만 보려 하는군. 박애주의적인 것이 아니라 진심에서야. 그들의 집, 즉 브론스키의 집에 영국인 조마사가 한 사람 있었는데, 그 분야의 대가였지만 주정뱅이였어. 그래서 줄창 마셔버린 나머지 *진전섬망*에 빠져 가족이고 뭐고 다 내팽개쳐버렸어. 그애는 그것을 보고 도와준 거야. 그리고 차츰 더 끌려들어 지금은 온 식구가 그애의 손에 굴러들어와 있는 형편이야. 하지만 그애가 하는 일이니까 거만하게 돈으로 해결한다는 식은 아니야. 사내아이들에겐 김나지움에 들어갈 준비로 직접 러시아어를 가르쳐주고 있고, 계집아이는 손수 맡아서 기르고 있어. 아무튼 이제 안나를 만나면 알겠지만."

여행마차는 마당으로 들어갔고, 스테판 아르카디치는 썰매 한 채가 서 있는 현관 앞의 차도에서 요란스레 벨을 눌렀다.

문을 열어준 임시 고용된 하인에게 주인이 있는지 없는지 묻지도 않고 스테판 아르카디치는 곧장 안으로 들어갔다. 레빈은 자기가 하고 있는 일이 옳은가 그른가 하는 의혹에 차츰 강하게 사로잡히면서 그의 뒤를 따라갔다.

거울을 보고서 그는 자신의 얼굴이 빨개진 것을 알았다. 그러나 그는 자기가 취하지 않았다는 것을 확신하고 있었기에 그대로 스테판 아르카디치를 따라 융단을 깐 층계를 거쳐 위층으로 올라갔다. 올라가자 스테판 아르카디치는 친근한 사람을 대하듯 절을 한 하인에게 안나 아르카디예브나한테 누가 와 있느냐고 묻고 보르쿠예프 씨가 와 있다는 대답을 들었다.

"어디에 있나?"

"서재에 계십니다."

어두운 빛깔의 나무벽으로 둘러싸인 그다지 크지 않은 식당을 지나, 스테판 아르카디치와 레빈은 부드러운 융단 위를 밟으면서 커다랗고 어두운 빛깔의 갓을 씌운 램프가 켜져 있는 서재로 들어갔다. 반사경이 달린 또하나의 램프는 벽 가장자리에서 여자의 커다란 전신 초상화를 비추고 있었는데, 레빈은 저도 모르게 이 초상화에 주의가 끌렸다. 그것은 이탈리아에서 미하일로프가 그린 안나의 초상화였다. 스테판 아르카디치가 칸막이 안쪽으로 들어가고 사내의 이야기 소리가 뚝 그친 동안, 레빈은 밝은 빛을 받아 틀에서 떠오를 것만 같아 보이는 초상화에 넋을 잃고 그 앞에서 떨어지지 못했다. 그는 자기가 지금 어디에 있는지조차 잊어버리고 사람들의 얘기 소리에도 아랑곳하지 않고 이 놀라운 초상화에서 눈을 떼지 않았다. 그것은 그림이 아니라, 살아 있는 매력적인 여인이었다. 새까만 고수머리와 노출된 어깨와 팔, 그리고 부드러운 솜털로 덮인 입가엔 생각에 잠긴 듯 아슴푸레한 웃음의 그림자를 드리우고 사람의 마음을 어지럽힐 것만 같은 눈빛으로 부드럽게 으쓱거리는 듯 그를 찬찬히 바라보고 있는, 살아 있는 매력적인 여인이었다. 살아 있는 여인이 아니라는 증거는, 다만 현실의 여인이 그렇게 아름다울 수는 없다는 것뿐이었다.

"정말 반가워요." 그는 갑자기 옆에서 분명히 자기에게 말을 건네는 듯한 목소리를 들었다. 그가 넋을 잃고 있던 바로 그 초상화 속 여자의 목소리였다. 안나가 그를 맞으러 격자 울타리 뒤에서 나왔다. 레빈은 서재의 어두컴컴한 속에서 다채로운 암청색 옷을 걸친 초상화의 바로 그 여인을 보았다. 말할 것도 없이 그녀는 초상화와 똑같은 자세, 똑같은 표정을 보이지는 않았지만 화가가 그 초상화 위에 포착했던 것과 똑같은 완벽한 아름다움만은 변함이 없었다. 현실의 그녀는 비록 그림만큼 눈부시지는 않았으나, 그 대신 살아 있다는 것 자체로 초상화에서는 볼 수 없는 어떤 새로운 매력을 갖추고 있었다.

10

그녀는 그를 만나는 기쁨을 숨기려 하지도 않고 그를 맞기 위해 일어서 있었다. 그 조그마하고 힘이 넘치는 손을 그에게 내밀었을 때와 똑같은 침착한 태도로 그에게 보르쿠예프를 소개하고, 거기 앉아 일하고 있던 불그스름한 머리칼의 아름다운 소녀를 가리키며 자신의 수양딸이라고 말했다. 레빈에겐 상류층 부인답게 줄곧 조용하고 자연스러운 그녀의 태도가 정답고 기분이 좋았다.

"정말, 정말 기뻐요." 그녀는 되풀이했다. 그녀의 입에 오르면 이런 간단한 말까지도 어째선지 레빈의 귀에는 특별한 의미가 있는 것처럼 울렸다. "난 오래전부터 당신에 대해 알고 있었고 궁금해하고 있었어요. 스티바와의 우정으로 보나 또 당신의 부인에 대해서도…… 나는 부인을 아주 잠깐밖엔 뵙지 못했습니다만 그때의 꽃 같은, 아름다운 꽃 같은 인상은 지금도 생생하게 기억하고 있어요. 그분도 이제 어머니가 되신다고요!"

그녀는 이따금 레빈에게서 오빠에게로 시선을 옮기면서 여유롭고 유연한 태도로 말했고, 레빈도 자기가 좋은 인상을 주었음을 느꼈다. 그래서 그도 마치 어릴 적부터 그녀를 알고 있기라도 한 양 그녀와 함께 있는 것을 이내 편안하고 단순하고 즐겁게 느끼기 시작했다.

"내가 이렇게 이반 페트로비치를 모시고 알렉세이의 서재에 자리잡은 것은," 그녀는 담배를 피워도 좋으냐는 스테판 아르카디치의 물음에 대답했다. "사실 나도 담배를 피우고 싶었기 때문이에요." 그녀는 레빈을 쳐다보고 그도 담배를 피우는지 묻는 대신 거북 등딱지로 된 담뱃갑을 자기 쪽으로 끌어당겨 담배 한 개비를 꺼냈다.

"오늘은 몸이 좀 어때?" 오빠가 그녀에게 물었다.

"괜찮아. 신경도 여전하고."

"어때, 굉장히 좋지?" 스테판 아르카디치는 레빈이 초상화를 쳐다보고 있는 것을 알아채고 말했다.

"이보다 훌륭한 초상화는 본 적이 없어."

"게다가 굉장히 닮았어요, 그렇지 않아요?" 보르쿠예프가 말했다.

레빈은 초상화에서 실물 쪽으로 눈을 옮겼다. 안나가 그의 시선을 느낌과 동시에 묘한 광채가 그녀의 얼굴을 환하게 비췄다. 레빈의 얼굴은 새빨개졌고, 그는 자신의 얼떨떨함을 숨기기 위해 그녀가 다리야 알렉산드로브나를 만난 것은 오래전의 일이냐고 물으려 했다. 그러나 그때 마침 안나가 이렇게 말문을 열었다.

"나는 지금 이반 페트로비치와 바셴코프의 최근 그림들에 대해 이야기하던 참이었어요. 당신도 보셨나요?"

"네, 보았습니다." 레빈이 대답했다.

"실례했어요, 무슨 말씀을 하시려는 것을 가로막아버려서……"

레빈은 그녀가 돌리를 만난 것은 오래전의 일인지 어떤지를 물었다.

"어제 왔었어요. 그리샤 일로 김나지움에 대해 굉장히 화가 나 있었어요. 라틴어 교사가 그 아이에게 불공평한 처사라도 한 모양이에요."

"그랬군요. 나도 그 그림들을 보았는데요, 그다지 마음에 들지 않더군요." 레빈은 그녀가 꺼냈던 이야기로 되돌아가서 말했다.

레빈의 말투는 이제 아침나절의 이야기에서 보였던 것 같은 사무적인 어조와는 거리가 멀었다. 그녀와의 이야기에서는 하나하나의 말이 특별한 의미를 가졌다. 그녀와 이야기하는 것은 즐거웠고, 그녀의 말을 듣는 것은 더욱 기분이 좋았다.

안나의 말씨는 자연스럽고 재치가 있었을 뿐만 아니라 태연했으며, 자신의 생각에는 아무런 가치를 두지 않고 상대방의 생각에는 지극히 큰 가치를 두었다.

이야기는 예술의 새로운 경향이라든지 프랑스 화가가 그린 성서의 새로운 삽화*에 대한 것으로 이어졌다. 보르쿠예프는 조잡하다고까지 할 수 있는 사실주의라며 그 화가를 공격했다. 레빈은 프랑스인은 어느 국민보다도 예술 속에 여러 가지 제약을 끌어들였기 때문에 그 결과 그들은 사실주의의 복귀에 특별한 가치를 발견하고 있는 거라고 말했다. 거짓말을 하지 않는다는 것에서 그들은 시를 발견하고 있다고 말했다.

레빈이 지금까지 입 밖에 낸 어떤 재치 있는 말도 이만큼의 만족을 그에게 준 적은 없었다. 안나의 얼굴은 그녀가 이 견해의 가치를 인정함과 동시에 갑자기 더욱더 빛났다. 그녀는 웃음을 터뜨렸다.

"나는 그만 웃고 말았어요." 그녀는 말했다. "마치 누군가와 너무나 꼭 닮은 초상화를 보면 그만 웃지 않을 수 없는 것처럼 말예요. 당신이 말씀하신 것은 지금의 프랑스 예술**의 특질을 정말 잘 정의하고 있어요. 그림만이 아니라 졸라나 도데의 문학까지도 말이에요. 하지만 가상

---

* 1875년 러시아에서 도레의 판화가 실린 새롭고 화려한 '갈베르크판' 성서가 광고되었다. 귀스타브 도레는 프랑스 화가이자 판화가이며, 단테의 『신곡』, 세르반테스의 『돈키호테』 등의 출판물에 삽화를 그렸다. 톨스토이는 성서에 곁들인 도레의 삽화에서 테마의 미학적 해석만을 발견했다. 그의 의견에 따르자면 도레는 온갖 것에서와 마찬가지로 성서에서도 슈제트를 취하고 있으며, 아름다움에만 마음을 쓰고 있다.
** 1870년대 프랑스에서는 자연주의라는 문학 유파가 형성되었다. 자연주의 선언인 에밀 졸라의 『파리 서간』이 러시아 잡지 『유럽 소식』에 발표되었다. 졸라의 정의에 따르자면 '새로운 장편소설의 첫번째 특징은 인생의 정확한 재현이며, 모든 소설적 허구는 무조건 없어야 한다'는 것이었다. 톨스토이는 자연주의를 부정적으로 대했다. 자연주의자들의 미학적 프로그램에 대한 비평은 나중에 톨스토이의 『예술이란 무엇인가』에서 계속되었다.

의 유형적인 인물로부터 자신의 *개념*을 만들어내고, 이윽고 모든 *결합*이 이루어지게 되면 이번엔 그렇게 꾸며진 인물이 싫어져서 더 자연스럽고 참다운 인물을 만들어내기 시작한다는 것은 어떤 세상에도 흔히 있을 수 있는 일일 거예요."

"그건 정말 그렇습니다!" 보르쿠예프가 말했다.

"그럼 두 분은 클럽에 가셨었군요?" 그녀는 오라버니에게로 얼굴을 돌리고 말했다.

'그렇다, 그렇다, 이 사람이야말로 진짜 여자다!' 레빈은 자기를 잊고 그때 갑자기 돌변한 그녀의 아름답고 변화무쌍한 얼굴을 찬찬히 바라보면서 생각했다. 레빈에겐 그녀가 오빠에게 몸을 구부리고 무슨 말을 하고 있는지는 들리지 않았지만, 그는 그 표정의 변화에 놀랐다. 조금 전까지만 해도 그토록 잔잔하고 아름다웠던 그녀의 얼굴이 뜻밖에 야릇한 호기심과 분노와 오만을 드러냈기 때문이다. 그러나 그것도 불과 일 분간 계속됐을 뿐이었다. 그녀는 마치 무엇인가를 생각해내려는 듯이 잠시 눈을 가늘게 뜨고 가만히 있었다.

"하지만, 그래요, 이런 이야기는 아무에게도 흥미가 없을 테니까." 그녀는 이렇게 말하고 영국인 소녀에게로 얼굴을 돌렸다.

"*객실에 차를 준비하도록 일러줘.*"

소녀는 일어서서 나갔다.

"어때, 저앤 시험에 붙었나?" 스테판 아르카지치가 물었다.

"거뜬히 붙었어. 굉장히 재주가 많고, 성질이 착해."

"그런 말을 하는 걸 보니, 넌 결국 네 아이보다 저앨 더 귀여워하게 되는 거 아닐까."

"남자들은 모두 그렇게 말한다니까. 애정에 많고 적고가 어디 있어. 딸은 한쪽의 애정으로 사랑하는 거고, 쟤앤 또다른 한쪽의 애정으로 사랑하는 거지."

"내가 이쯤에서 안나 아르카디예브나에게 드리고 싶은 말씀이 있지요." 보르쿠예프가 말했다. "저 영국 소녀를 위해 쏟고 있는 정력의 백분의 일만이라도 러시아의 아동교육 사업에 쏟으신다면 안나 아르카디예브나는 훨씬 크고 유익한 사업을 하게 되실 겁니다."

"그렇게 말씀해주시는 건 고맙습니다만, 난 그럴 수 없어요. 알렉세이 키릴리치 백작도 나를 굉장히 격려해주세요(그녀는 알렉세이 키릴리치 백작이라는 말을 하면서 애원하는 듯하고 수줍어하는 듯한 눈으로 레빈을 보았고, 그도 그만 은근하고 긍정적인 눈빛으로 답했다). 시골에서 학교라도 경영하면 좋을 거라고요. 그래서 나도 몇 번인가 가보았어요. 아이들은 굉장히 사랑스러웠지만, 나는 그러한 일에 얽매일 수는 없어요. 당신은 정력이라고 말씀하시지만, 정력은 사랑에 바탕을 두고 있는 거예요. 사랑은 어디선지도 모르게 솟아오르는지, 명령을 내려서 어떻게 할 수 있는 것은 아니니까요. 현재 나는 저 아이를 사랑하고 있지만, 어째서 그렇게 사랑스러운지 나 자신도 까닭을 모르겠어요."

그리고 그녀는 또다시 레빈 쪽을 힐끔 쳐다보았다. 그녀의 미소도 눈동자도, 모든 것이 그에게 이렇게 말하고 있었다. 그녀는 그의 의견을 존중하며 동시에 그들이 서로 이해하고 있다는 것을 이미 안다고. 지금은 오직 그를 향해 이야기하고 있다고.

"나도 그 기분은 잘 알고 있습니다." 레빈이 대답했다. "학교건 무엇이건 그 같은 시설에 마음을 집중하는 일은 가능하지 않습니다. 나는 박애주의적인 사업이 항상 좋은 결과를 가져오지 못하는 것도 결국은 이 때문이라고 생각해요."

그녀는 잠시 잠자코 있다가 빙긋이 웃었다.

"그래요, 그래요." 그녀는 시인했다. "나는 도저히 할 수 없었어요. 그 *정도의 큰 마음이 나에겐 없어요.* 지저분한 여자아이들이 많은 양육원 전체를 사랑할 만큼의 마음이. 나는 그런 일에는 *한 번도 성공하지 못했어요.* 세상에는 그런 일로 자신의 *사회적 지위를* 만든 부인들이 꽤 많지만요. 요즘엔 더욱 많은 것 같지만요." 그녀는 서글프고 의지하는 듯한 표정을 짓고 겉으론 오빠에게로 얼굴을 돌리면서, 그러나 분명히 레빈을 상대로 말했다. "그러니까 지금은 무슨 일이든 꼭 해야만 하는 때인데도 나는 도무지 할 수가 없어요." 그러더니 갑자기 눈살을 찌푸리고(레빈은 그녀가 눈살을 찌푸린 것은 자기 이야기만을 하고 있는 스스로에 대해서라는 걸 알았다) 그녀는 말머리를 돌렸다. "나는 당신에 대해선 얘기를 듣고 알고 있었어요." 그녀는 레빈에게 말했다. "당신이 공민으로는 적합하지 않은 분이시라는 것을요. 그래서 나는 그때마다 당신을 열심히 변호했습니다만."

"나를 어떻게 변호해주셨나요?"

"그때그때의 공격에 응해서였죠. 그건 그렇고 차나 드시지 않겠어요?" 그녀는 일어서서 모로코가죽으로 장정된 책을 집어들었다.

"그것을 좀 보여주시지 않겠어요, 안나 아르카디예브나?" 보르쿠예프는 그 책을 가리키면서 말했다. "꼭 좀 봐야 할 일이 있습니다."

"어머나, 안 돼요. 아직 완성되지 않았어요."

"내가 이 친구에게 얘기했지." 스테판 아르카디치는 레빈을 가리키면서 누이에게 말했다.

"쓸데없는 짓을. 내가 쓴 것은 리자 메르찰로바가 감옥에서 가지고 나와 이따금 나에게 팔곤 했던, 죄수들이 만든 목각이나 조그만 바구니 같은 거예요. 그는 그 협회에서 옥사를 담당하던 사람이에요." 그녀는 레빈을 보고 설명했다. "그런 물건들은 불행한 사람들의 인내가 낳은 기적 같은 거예요."

그때 레빈은 드물게 그의 마음에 든 이 여자의 얼굴에서 또다시 새로운 표정을 발견했다. 지혜와 우아와 아름다움 외에 그녀의 마음속엔 깊은 진실성이 있었다. 그녀는 자기 처지의 괴로움을 조금도 그에게 숨기려 하지 않았다. 그런 얘기를 하고 나서 그녀는 한숨을 쉬었다. 그러자 그녀의 얼굴은 엄숙한 표정을 띠고 화석처럼 굳어버렸다. 얼굴에 그러한 표정을 띤 그녀는 전보다도 한층 더 아름다웠다. 레빈에게 이 표정은 새로운 것이었다. 그것은 화가에 의해 초상화 위에 포착된, 행복에 빛나기도 하고 행복을 낳기도 하는 표정과는 완전히 다른 것이었다. 그녀가 오빠의 손을 잡고 그와 함께 높은 문 쪽으로 나갈 때 레빈은 다시 한번 초상화와 그녀의 모습을 번갈아 보았고, 그녀에게 그 자신도 놀랄 만큼 정다움과 가여움을 느꼈다.

그녀는 레빈과 보르쿠예프에게 객실로 들어가도록 청하고, 자기는 오빠와 무엇인가를 이야기하기 위해 뒤에 남았다. '이혼에 대해서인가, 브론스키에 대해서인가, 브론스키가 클럽에서 무엇을 하고 있는지에 대해서인가, 그렇지 않으면 나에 대해서인가?' 레빈은 생각했다. 그러자 그녀가 스테판 아르카디치와 무엇을 이야기하고 있을까 하는 의문이 너무나 세차게 그의 마음을 요동치게 했으므로, 그는 안나 아르카디예브나가 쓴 어린이를 위한 읽을거리의 가치에 대해 보르쿠예프가 이야기하는 내용도 거의 귀에 들어오지 않을 지경이었다.

차를 마시는 동안에도 마찬가지로 유쾌하고 충실한 이야기가 계속되었다. 화제를 찾아야 할 일은 단 일 분도 없었을 뿐만 아니라, 반대로 얘기하고 싶은 것도 다 이야기할 틈이 없어서 남의 이야기에 귀를 기울이면서 기꺼이 참고 기다리지 않으면 안 될 정도였다. 그녀 한 사람뿐만 아니라 보르쿠예프와 스테판 아르카디치가 하는 말까지 레빈에겐 모두 그녀의 관심과 의견 덕택으로 특별한 의미를 가지는 것으로 여겨졌다.

재미있는 이야기에 귀를 기울이면서도 레빈은 시종 그녀의 모습에, 그 아름다움과 슬기와 교양과, 동시에 그 솔직함과 성실함에 넋을 잃고 있었다. 그는 듣기도 하고 이야기하기도 하면서 끊임없이 그녀의 감정을 헤아리려고 애쓰면서 그녀에 대해, 그녀의 내면생활에 대해 생각했다. 그리고 전에는 그처럼 엄하게 그녀를 비난했던 그가 지금은 뭔가 불가사의한 사고의 변화에 의해 그녀를 변호하고 브론스키가 그녀를 충분히 이해하고 있지 않는 게 아닌가 하며 가엾이 여기고 걱정하기까지 했다. 열시가 지나서 스테판 아르카디치가 돌아가자며 일어났을 때에도(보르쿠예프는 그전에 돌아갔다) 레빈은 지금 막 온 것 같은 느낌이 들었다. 그는 서운한 마음을 안고 같이 자리에서 일어섰다.

"안녕히 가세요." 그녀는 그의 손을 꼭 쥐고 끌어당기는 듯한 눈빛으로 그의 눈을 쳐다보면서 말했다. "나는 정말 기뻐요, *얼음이 녹아서.*"

그녀는 그의 손을 놓고 눈을 가늘게 떴다.

"꼭 부인에게 전해주세요. 나는 옛날과 다름없이 그분을 사랑하고 있다고요. 만약 내 처지를 용서할 수 없다면, 영원히 용서하지 말기를 바란다고요. 용서하기 위해선 내가 경험했던 것을 경험하지 않으면 안 될 테니까요. 그분에게 어떻게 그런 일을 시킬 수 있겠어요."

"알겠습니다, 꼭 전하겠습니다……" 레빈은 얼굴을 붉히면서 말했다.

11

'이 얼마나 놀랍고 사랑스럽고 가여운 여자인가.' 그는 스테판 아르카디치와 함께 얼어붙은 바깥공기 속으로 나가면서 생각했다.

"그래 어때? 내가 말한 대로지?" 레빈이 압도당한 것을 눈치채고 스테판 아르카디치는 말했다.

"그래," 레빈은 생각에 잠긴 듯한 어조로 대답했다. "정말 비범한 여자야! 총명함을 떠나서 놀라울 정도로 진실미가 넘치는 여자야. 나는 정말 가여운 생각이 들어 견딜 수가 없어!"

"이제 모든 일이 곧 잘 수습될 거야. 그러니까 이제부턴 너무 사람을 나쁘게 말하지 말라고." 스테판 아르카디치는 여행마차의 문을 열면서 말했다. "그럼 실례하겠어, 우리는 가는 길이 다르니까."

안나에 대해서, 그리고 그녀와 주고받았던 모든 이야기의 지극히 단순하고 세세한 부분까지 끊임없이 생각하면서, 또 그때 그녀의 얼굴에 떠오른 미세한 표정 하나하나까지 떠올리면서, 차츰 그녀의 처지에 깊이 마음이 끌리고 연민을 느끼면서 레빈은 집으로 돌아왔다.

집에 오니 쿠지마가 카테리나 알렉산드로브나는 무사하고 언니들은 조금 전에 돌아갔다는 것을 알리며 두 통의 편지를 레빈에게 전했다. 레빈은 잊어버리기 전에 읽어봐야겠다고 생각하고 당장에 현관에 선 채로 편지를 읽었다. 한 통은 관리인 소콜로프에게서 온 거였다. 소콜로프는 밀을 팔 수 없다는 것, 단가가 불과 오 루블 반밖에 안 된다는 것, 그러나 달리는 돈이 들어올 데가 없다는 사실들을 적었다. 다른 한 통은 누님에게서 온 거였다. 자신의 일이 아직껏 해결되지 않았다는 점 때문에 그를 나무라는 내용이었다.

'그럼 오 루블 반으로 팔아야겠다. 만약 그 이상 받을 수 없다면.' 이 전에는 무척 까다롭게만 여겨지던 첫번째 문제를 레빈은 전에 없이 가볍게 해결해버렸다. '여기 있으면서 줄곧 바쁘다는 건 이상한 일이야.' 그는 두번째 편지에 대해 생각했다. 누님에게 부탁받은 일을 아직 해결하지 못한 것을 미안하게 생각했다. '오늘도 재판소에 가지 않았다. 하지만 전혀 시간이 없었으니까.' 그는 내일은 기필코 이 일을 해결하지 않으면 안 되겠다고 결심하고 아내한테로 갔다. 아내에게 가면서 레빈은 부랴부랴 이날 하루를 회상해보았다. 이날의 일은 모두가 이야깃거리였다. 남들에게 들은 이야기, 남들과 같이 어울린 이야기. 그것들은 모두 만약 혼자서 시골에 있었다면 결코 신경쓰지도 않았을 문제에 대한 것들이었으나, 여기서는 그것이 굉장히 재미있었다. 그리고 그러한 이야기들은 전부 유쾌하기만 했다. 다만 그중 두 가지만은 전혀 유쾌하다고 할 수 없었다. 하나는 그가 꼬치고기에 대해 말했던 것이고, 또하나는 안나에 대해 그가 느낀 부드러운 연민 속에 어쩐지 좋지 않은 무언가가 있다는 것이었다.

레빈은 서글프고 쓸쓸한 모습의 아내를 발견했다. 자매 셋이서 함께한 저녁식사는 굉장히 유쾌하게 끝났지만, 그뒤에 그녀들은 그가 돌아오기를 기다리고 또 기다렸다. 그러는 사이에 모두 지루해하기 시작했고, 언니들이 먼저 돌아가자 그녀는 혼자 남게 되었던 것이다.

"그래, 당신은 무얼 하고 있었어?" 그녀는 그의 눈 속에 뭔가 묘하게 수상쩍은 빛을 보고는 물었다. 그러나 그가 모든 것을 이야기하는 데 훼방을 놓지 않기 위해 그녀는 자신의 주의를 숨기고 격려하는 듯한 미소를 띤 채, 이날 저녁을 어떻게 지냈는가 하는 그의 이야기를 경청했다.

"나는 굉장히 기뻤어, 브론스키를 만난 것이 말이야. 아무튼 그와 같이 있어도 이번엔 굉장히 마음이 가볍고 아무렇지도 않게 대할 수 있었으니까. 당신도 이해하겠지만, 이제는 절대 그를 만나지 않으려고 애쓸 거야. 하지만 그 거북스러움만은 이제 끝났어." 그는 말했다. 그러나 절대 만나지 않으려고 애쓴다면서도 이내 그 길로 안나한테 간 것을 떠올리고는 얼굴을 붉혔다. "우리는 농부들의 음주에 대해 이야기했는데 말이야, 하지만 농부들과 우리 계급 중 어느 쪽이 더 마시는가를 논한다면, 난 모르겠어. 농부들은 축제일에나 마시지만, 우리는……"

그러나 키티는 농부들의 음주에 관한 토론에는 흥미가 없었다. 그녀는 그의 얼굴이 빨개진 것을 보고 그 이유가 궁금해졌다.

"그리고 그다음엔 어딜 갔어?"

"스티바가 안나 아르카디예브나에게 가보자고 자꾸 권해서 말이야."

이렇게 말해버리자 레빈의 얼굴은 더욱더 빨개졌다. 안나를 방문한 일이 좋았던가 나빴던가 하는 그의 의혹은 마침내 명백하게 밝혀졌다. 그는 그것이 해서는 안 될 짓이었음을 비로소 깨달았다.

키티의 눈은 안나의 이름을 듣는 순간 유달리 크게 휘둥그레지고 반짝 빛났지만, 그녀는 힘껏 자기를 억누르며 흥분을 감추고 그를 속이려 했다.

"아!" 그녀는 이렇게 말했을 뿐이었다.

"내가 찾아갔다고 설마 화내진 않겠지. 스티바가 부탁했고 돌리도 그러길 바라고 있었으니까." 레빈은 계속했다.

"오, 조금도." 그녀는 말했으나, 그는 그녀의 눈에 그에게 조금도 좋을 리 없는 자제의 빛이 나타난 것을 보았다.

"그녀는 굉장히 사랑스럽고, 굉장히, 굉장히 가여운 좋은 여자야." 그는 안나에 관해, 그녀의 일에 대해, 그녀의 전언에 대해 이야기하고서 덧붙였다.

"그래, 물론 그녀는 굉장히 가여운 여자지." 그가 이야기를 끝냈을 때 키티는 말했다. "편지는 누구한테서 온 거야?"

그는 그녀에게 대답하고, 그녀의 가라앉은 태도에 안심하며 옷을 갈아입으러 나갔다.

그가 돌아왔을 때 키티는 여전히 안락의자에 앉아 있었다. 그가 옆으로 가자 그녀는 그를 힐끔 쳐다보고 갑자기 울기 시작했다.

"왜 그래? 왜 그래?" 그는 벌써 지레 무엇인가를 짐작하고 물었다.

"당신은 그 더러운 여자에게 홀딱 반해버리고 말았어. 그 여자는 당신을 매혹해버렸어. 나는 당신의 눈빛을 보고 알았어. 그래, 그래! 이제 어떻게 될까? 당신은 클럽에서 술을 마시고, 또 마시고, 노름을 하고,

그러고는 찾아갔지…… 그런 여자한테! 안 돼, 우리 돌아가…… 나는 내일 돌아가겠어."

한참 동안 레빈은 아내를 달랠 수 없었다. 마침내 그는 가엾다고 생각하는 마음이 술기운과 함께 그의 마음을 뒤흔들어 그만 안나의 교묘한 영향력에 굴복당해버렸다고, 그러나 앞으로는 꼭 그녀를 피하도록 하겠다고 고백하고서야 겨우 그녀를 달랠 수 있었다. 그가 진심으로 고백한 한 가지는, 언제나 똑같은 이야기와 먹고 마시는 일 외에 아무것도 하는 게 없는 모스크바에서 이처럼 오래 지냈기 때문에 자기가 바보가 되어버렸다는 것이었다. 그들은 새벽 세시까지 이야기를 계속했다. 세시가 되어서야 겨우 화해를 하고 잠들 수 있었다.

12

손님을 배웅하고 나서 안나는 앉지 않고 방안을 이리저리 거닐기 시작했다. 그녀는 무의식적이긴 했지만(요즈음 그녀가 어떤 젊은 남자에게도 그랬듯이) 레빈의 마음에 자기에 대한 사랑의 감정을 일깨우기 위해 하룻저녁 내내 할 수 있는 모든 것을 다 했으면서도, 그리고 아내가 있고 양심이 있는 남자에 대해, 단 하룻저녁으로 가능한 범위에서는 충분히 그 목적을 이루었다는 것을 알면서도, 또 그에게 굉장히 호감을 느꼈으면서도(브론스키와 레빈 사이에는 남자의 관점에서 보면 현저한 차이가 있음에도 불구하고 그녀는 여자로서 두 사람에게 공통점이 있음을 발견했는데, 키티가 브론스키와 레빈 두 사람을 동시에 사랑했던 것도 그 때문이었다) 그가 방에서 나가버리자마자 그에 대한 생각을 그만두었다.

하나의, 오직 하나의 상념이 온갖 형태로 끈덕지게 그녀를 따라붙었다. '나는 남에겐, 가족이 있고 사랑하는 사람이 있는 사람에게까지 이만큼의 영향을 줄 수 있는데 어째서 그이는 나에게 이렇게 차가운 것일까…… 아니, 차가운 건 아니다. 그이는 나를 사랑한다. 그건 나도 알고 있다. 하지만 뭔가 새로운 것이 지금 우리를 갈라놓으려 하고 있다. 어째서 그이는 하룻저녁 내내 집에 없는 것일까? 그이는 스티바에게 야시빈을 두고 갈 수 없다, 그의 승부를 지켜봐줘야 한다고 전갈을 보내왔다. 야시빈이 그 정도로 어린애인가? 하지만 그건 또 그렇다고 하자. 그이는 거짓말을 한 적이 없으니까. 하지만 그 사실 속에는 뭔가 다른 것이 있다. 그이는 자기에겐 달리 하지 않으면 안 될 의무가 있음을 나에게 과시할 기회를 즐기고 있다. 나는 그것을 알고 있고 그것에는 이의가 없다. 하지만 무엇 때문에 그것을 굳이 나에게 증명하려고 하는 것일까? 그이는 나에 대한 자신의 사랑이 자신의 자유를 방해해서는 안 된다는 것을 나에게 보여주려고 하는 거다. 하지만 나에겐 증명 같은 것은 필요 없다. 나에게는 사랑이 필요한 것이다. 그이는 모스크바에서의 내 생활이 얼마나 괴로운지 좀더 알아줘야 할 게 아닌가. 도대체 이런 것이 생활이라고 할 수 있을까? 아니다, 나는 살고 있는 게 아니다. 그저 언제까지나 늘어지고만 있는 해결을 기다리고 있을 뿐이다. 여전히 답장은 오지 않는다! 스티바마저 알렉세이 알렉산드로비치에겐 갈 수 없다고 말한다. 하지만 나도 더이상 편지를 쓸 수는 없다. 나는 무엇 하나 할 수도, 시작할 수도, 바꿀 수도 없다. 나는 나 자신을 꾹

누르고 영국인 가족이라든지 글쓰기라든지 독서라든지 하는 것으로 위안해가면서 기다리는 것이다. 하지만 이러한 것은 모두 기만에 지나지 않는다. 이러한 것은 모두 모르핀이나 마찬가지다. 그이는 나를 더 가엾게 여겨줘야 하련만.' 그녀는 자기에 대한 연민의 눈물이 하염없이 흘러넘치는 것을 느끼면서 생각했다.

그녀는 브론스키가 울리는 요란스러운 벨소리를 듣고 얼른 눈물을 닦았다. 뿐만 아니라 램프 옆에 자리를 잡고 앉아 책을 펴고 천연스러운 태도를 취했다. 그녀는 그가 약속대로 돌아오지 않은 것을 불만스럽게 여기고 있음을 그에게 보여주지 않으면 안 되었다. 그러나 불만에 그치고 자신의 슬픔, 특히 자기 연민 같은 것은 단연코 보여서는 안 되었다. 그녀가 스스로를 가엾게 여기는 것은 상관없지만, 그가 그녀를 가엾게 여기도록 해서는 안 되었다. 그녀는 싸움을 바라지 않았고, 싸움을 좋아한다고 평소 그를 나무랐지만, 저도 모르게 스스로 싸움을 거는 위치에 서지 않을 수 없었다.

"어때, 지루해하지는 않았어?" 그는 그녀 옆으로 다가가면서 활기 있고 쾌활한 어조로 말했다. "참으로 무서운 매력이 있다니까, 노름은!"

"아냐, 나는 지루하지 않았어. 이미 오래전부터 지루해하지 않도록 연습해온걸. 스티바가 왔었고, 또 레빈도."

"그래, 그 사람들은 당신을 방문하고 싶다고 했었으니까. 어때, 레빈은 마음에 들었어?" 그는 그녀 옆에 앉으면서 말했다.

"응, 아주. 그들은 방금 돌아갔어. 야시빈은 어떻게 됐어?"

"일만 칠천 루블을 땄어. 그래서 나는 그를 불러냈지. 그래 그도 그만 돌아가려고 하다가는 또 되돌아가서, 지금은 한창 잃고 있어."

"그럼 여태까지 무엇 때문에 남아 있었어?" 그녀는 돌연 그의 얼굴을 쳐다보고 이렇게 물었다. 그녀의 얼굴 표정은 싸늘하고 적의가 서려 있었다.

"당신은 스티바에게 야시빈을 데리고 돌아오기 위해 남겠다고 말했다면서. 그런 당신이 그를 놓아두고 와버렸으니 말이야."

싸움을 준비하는 싸늘한 표정이 그의 얼굴에도 똑같이 나타났다.

"첫째, 나는 그 친구에게 당신에게 말을 전해달라고 부탁한 적이 전혀 없어. 둘째, 나는 결코 거짓말을 하지 않아. 요컨대 내가 남아 있고 싶었기 때문에 남아 있었을 뿐이야." 그는 얼굴을 찌푸리면서 말했다. "안나, 당신은 어째서, 어째서?" 그는 몇 분간 침묵한 뒤에 그녀에게로 몸을 구부리면서 이렇게 말하고, 그 위에 그녀가 손을 놓아주기를 바라면서 한쪽 손을 폈다.

그녀는 정다움으로 이끄는 이 부름을 기쁘게 여겼다. 그러나 그 어떤 불가사의하고 사악한 힘이, 마치 투쟁 조건이 그녀에게 항복을 허용하지 않기라도 한 것처럼 그 유혹에 몸을 맡기는 것을 허락하지 않았다.

"물론 당신은 남아 있고 싶었으니까 남아 있었을 거야. 당신은 뭐든지 자기가 하고 싶은 대로 하니까. 하지만 당신은 무엇 때문에 그런 말을 나에게 하는 거야? 무엇 때문에?" 그녀는 차츰 흥분의 정도를 더하면서 말했다. "그래, 누가 당신의 권리에 대해 이러쿵저러쿵하고 있다는 거야? 당신은 자기만 정직한 사람이 되기를 바라는 거로군. 어디 마음껏 정직한 사람이 되어봐."

그는 손을 거두고 얼굴을 돌렸다. 그 얼굴에는 이전보다도 한층 더

완강한 표정이 나타났다.

"그야 당신에겐 이런 일은 아집으로 끝나는 일이지." 그녀는 그를 찬찬히 쳐다보고 있다가 갑자기 그녀를 약오르게 하는 이 얼굴 표정에 알맞은 말을 발견하고 이렇게 말했다. "아집이야. 당신에게는 다만 나에 대해 승리자가 되느냐 마느냐 하는 것만이 문제일 거야. 그러나 나에게는……" 그녀는 다시 자기가 가여워져서 울음을 터뜨릴 뻔했다. "만약 당신이 나에게 그것이 어떠한 의미인지 알아준다면! 지금처럼 당신이 나에 대해 적의를, 그래, 말 그대로 적의야, 적의를 품고 있다는 걸 느낄 때 그것이 나에게 어떤 의미인지를 알아준다면! 그러한 순간에 내가 얼마나 불행에 가까워지는지, 얼마나 내가 두려워하는지, 나자신을 두려워하는지를 조금이라도 알아준다면!" 그녀는 흐느낌을 숨기려 얼굴을 돌렸다.

"도대체 우리는 무슨 말을 하고 있는 거야?" 그는 그녀의 절망한 표정 앞에 공포를 느끼고 또다시 그녀에게 몸을 숙여 그녀의 손을 잡고 손에 키스하면서 말했다. "무엇 때문에 그런 말을 하는 거야? 그래 내가 집밖에서 위안을 찾고 있기라도 한다는 거야? 내가 여자와의 교제를 피하지 않는다는 거야?"

"그런 건 말할 것도 없잖아!" 그녀가 외쳤다.

"그럼 말해봐. 당신을 안심시키기 위해서 내가 어떻게 해야 하는지? 당신을 행복하게 하기 위해선 나는 무슨 짓이든 할 생각이니까." 그녀의 절망에 마음이 움직인 그는 말했다. "지금 같은 얄궂은 슬픔에서 당신을 구해내기 위해선 나는 무슨 짓이라도 할 테니까, 안나!"

"이젠 괜찮아, 이젠 괜찮아!" 그녀는 외쳤다. "나도 모르겠어. 외로운 생활을 하고 있기 때문인지, 신경쇠약 탓인지…… 자, 이제 이런 이야기 그만두기로 해. 그보다도 경마는 어떻게 됐어? 당신은 아직 이야기 해주지 않았어." 그녀는 이번에도 자기가 얻어낸 승리의 기쁨을 숨기려고 애쓰면서 말했다.

그는 하인에게 저녁식사 준비를 이르고 나서 그녀에게 경마에 대해 상세히 이야기하기 시작했다. 그러나 그녀는 차츰 싸늘해져가는 그의 눈동자와 태도에서 그가 그녀의 승리를 용납하지 않고 있다는 것, 그녀가 맞서 싸워온 그 아집이 또다시 그의 마음속에 뿌리를 뻗쳐오고 있다는 것을 알았다. 그는 마치 자기가 그녀에게 항복한 것을 뉘우치기라도 한 듯 그녀에게 전보다도 한결 싸늘해졌다. 그러자 그녀는 자기에게 승리를 주었던 그 말, 즉 '내가 얼마나 무서운 불행에 가까워지는지, 나자신을 두려워하는지'라고 한 그 말을 생각해내고는 이 무기가 위험하고 이제 두 번 다시 써선 안 된다는 것을 깨달았다. 그리고 그녀는 둘 사이에는 그들을 이어주는 사랑과 나란히, 그의 마음에서도 또 그녀 자신의 마음에서도 제거할 수 없는 일종의 호전적이고 사악한 정신이 끼여 있다는 것을 느꼈다.

13

인간이 길들 수 없는 상황이란 없는데, 특히 자신의 주위 사람들이 모두 마찬가지로 사는 모습을 볼 때라면 더욱 그렇다. 레빈은 그날 자기가 처했던 형편 속에서 편안히 잠들 수 있으리라고는 석 달 전만 해도 믿을 수 없었을 것이다. 아무런 목적도 없는 무의미한 생활, 더구나 수입 이상의 생활을 하면서 술타령(그는 클럽에서의 자기 행동을 달리 표현할 수가 없었다) 후 예전에 아내가 사랑했던 남자와 함부로 우정을 맺기도 하고, 게다가 타락한 여자라고밖에 부를 수 없는 여자를 방문하는 더없이 분별없는 짓을 하고, 더욱이 또 그 여자에게 마음이 이끌려 아내를 비탄에 잠기게 한 후에 자기가 편안히 잠들 수 있으리라고는. 그러나 그는 피로와 전날의 불면과 술기운 덕분으로 곤하고 편안하게 잠들었다.

다섯시에 삐꺽 문 여는 소리가 그의 잠을 깨웠다. 그는 벌떡 일어나 주위를 둘러보았다. 키티는 그의 옆에 없었다. 그러나 칸막이 뒤쪽에서 불빛이 아른거리고 그녀의 발소리가 들렸다.

"왜 그래?…… 왜 그래?" 그는 잠이 덜 깬 채 말했다. "키티! 무슨 일이야?"

"아무것도 아니야." 그녀는 촛불을 손에 들고 칸막이 뒤에서 나오면서 말했다. "몸이 안 좋아서." 그녀는 유달리 귀엽고 의미 있는 미소를 지으면서 말했다.

"뭐? 시작된 건가, 시작된 거야?" 깜짝 놀란 어조로 그가 말했다. "그럼 심부름꾼을 보내야지." 그리고 그는 허둥지둥 옷을 입기 시작했다.

"아니, 아냐." 그녀는 벙실벙실 웃고 손으로 그를 눌러앉히면서 말했다.

"정말 아무것도 아니야. 그저 살짝 안 좋았을 뿐이야. 이젠 나아졌어."

그러고서 그녀는 침대로 돌아와 촛불을 끄고 도로 누워 조용해졌다. 그는 숨죽인 듯한 그녀의 조용함을, 특히 그녀가 칸막이 뒤에서 나오며

'아무것도 아니야' 하고 말했을 때의 묘하게 부드럽고 흥분된 표정을 미심쩍게 여기긴 했으나, 너무 졸려서 그대로 다시 잠들어버렸다. 훨씬 뒤에야 그는 그녀의 조용한 숨결을 상기하고, 여자의 생애에서 가장 큰 일에 대한 기대 속에서 꼼짝도 하지 않고 그의 옆에 누워 있었을 때 그녀의 거룩하고 사랑스러운 영혼 속에서 일어나고 있던 일체의 감회들을 이해했다. 일곱시에 그는 어깨에 닿은 그녀 손의 감촉과 조용한 속삭임에 잠이 깼다. 그녀는 그때까지 그를 깨워서 안타까운 마음과 그와 이야기하고 싶은 욕망 사이에서 혼자 갈등하고 있기라도 한 것 같았다.

"코스탸, 놀라지 말아줘. 아무것도 아니니까. 그러나 어쩐지…… 리자베타 페트로브나를 부르러 보내야 할 것 같아."

촛불이 또다시 켜져 있었다. 그녀는 침대 위에 앉아 요즈음 시작한 뜨개질감을 손에 들고 있었다.

"정말 놀라지 말아줘. 아무것도 아니니까. 나는 조금도 두렵지 않아." 그의 놀란 얼굴을 보고 그녀는 말했다. 그리고 그의 손을 자신의 가슴에다, 이윽고 자신의 입술에다 눌렀다.

그는 부랴부랴 뛰어일어나서 그녀에게서 눈을 떼지 않은 채 정신없이 가운을 걸치고, 그러고 나서도 그녀를 찬찬히 보면서 거기에 멍하니 서 있었다. 그는 나가지 않으면 안 되었으나, 그녀의 눈동자에서 떨어질 수가 없었다. 그는 지금까지도 그녀의 얼굴을 사랑스럽게 여기고 있지 않았던가. 그녀의 표정과 눈을 잘 알고 있지 않았던가. 그러나 그는 여태까지 지금과 같은 그녀를 한 번도 본 적이 없었다. 그는 어젯밤 그녀의 슬픔을 생각해내자 현재의 이러한 그녀 앞에 자기가 지극히 추악하고 끔찍한 사람처럼 여겨져 견딜 수가 없었다! 그녀의 벌겋게 상기된 얼굴은 나이트캡 밑으로 비어져나온 부드러운 머리칼에 둘러싸인 채 기쁨과 결단으로 빛나고 있었다.

키티의 성격에는 본래 부자연스럽거나 가식적인 데는 적었으나, 레빈은 역시 갑자기 모든 덮개가 걷히고 그녀 영혼의 깊이가 그녀의 눈 속에 나타난 지금, 자기 앞에 나타난 것에 놀라지 않을 수 없었다. 그리고 그가 사랑하는 그녀는 이 단순함과 적나라함 속에서 한결 더 아름답게 보였다. 그녀는 미소 지으며 그를 쳐다보았다. 그러나 갑자기 그 눈썹이 파르르 떨렸고, 그녀는 고개를 쳐들고 재빨리 그의 옆으로 바싹 다가와서 그의 손을 잡더니 온몸을 웅크려붙이고 타는 듯한 입김을 뿜었다. 마치 고통에 몸을 허우적거리면서 그 고통을 그에게 하소연하는 것 같았다. 처음에 그는 여느 때의 버릇으로 자기에게 죄가 있는 것처럼 느꼈다. 그러나 그녀의 눈빛은 부드러웠고 그 부드러움은 그녀가 그를 나무라지 않을 뿐만 아니라, 오히려 이 고통으로 인해 그를 사랑하고 있음을 말해주었다. '이 일에 대해 죄가 있는 것이 내가 아니라면 도대체 누구일까?' 그는 그 죄인을 벌하기 위해 이 고통의 책임자를 모색하며 부지불식간에 이렇게 생각했다. 그러나 그 죄인은 찾을 수 없었다. 죄인이 설사 없다 해도, 단지 그녀에게 도움을 주고 그녀를 고통으로부터 벗어나게 하는 것은 불가능했다. 그럴 수 없었을 뿐만 아니라 그러지 말아야 했다. 그녀는 고통을 호소하면서도 이 고통을 견디며 그것을 기뻐하고 또한 사랑했다. 그는 그녀의 영혼 속에서 무언가 아름다운 것이 완성되어가고 있음을 보았지만, 그것이 무엇인지는 이해할 수 없었다. 그것은 그의 이해를 넘어선 것이었다.

"어머니에게는 내가 심부름꾼을 보냈어. 그렇지만 당신은 빨리 리자

베타 페트로브나를 데리러 다녀와줘…… 코스탸!…… 이제 괜찮아, 나
아졌어."

그녀는 그에게서 떨어져서 벨을 울렸다.

"자, 이제 괜찮으니 가줘. 지금 파샤가 오니까 나는 이제 괜찮아."

레빈은 그녀가 밤중에 가져다놓은 뜨개질감을 집어들고 다시 뜨기
시작하는 것을 놀란 얼굴로 보고 있었다.

레빈이 한쪽 문으로 나가려고 했을 때 다른 문으로 하녀가 들어오는
소리가 들렸다. 그는 문간에서 발을 멈추고 키티가 하녀에게 세세하게
지시를 하며 자기도 하녀와 함께 침대의 위치를 바꾸기 시작하는 소리
를 들었다.

그는 옷을 갈아입고 삯마차가 아직 없었으므로 자기 마차에 말들을
채우는 동안 또다시 침실로 뛰어들어왔다. 발끝으로 걷는 게 아니라 날
개가 돋아난 것 같았다(그에게는 그렇게 느껴졌다). 침실에서는 두 하
녀가 걱정스러운 얼굴을 하고 무엇인가를 옮겨놓고 있었고, 키티는 서
성거리면서도 날쌔게 갈고리바늘을 움직여 뜨개질을 하면서 지시를
하고 있었다.

"나는 곧 의사에게 다녀올게. 리자베타 페트로브나에겐 심부름꾼을
보냈지만, 나도 들를게. 그 밖에 뭐 볼일은 없어? 좋아, 돌리에게 말이
지?"

그녀는 그를 보고는 있었으나, 그가 하는 말을 듣고 있지 않은 것이
분명했다.

"그래, 그래. 가, 가." 얼굴을 찌푸리고 그에게 손을 내저으면서 그녀
는 재빨리 말했다.

그가 이미 객실까지 나왔을 때 갑자기 하소연하는 듯한, 그러나 이내 멈춰버린 신음소리가 침실에서 울려왔다. 그는 멈추었으나 그것이 무슨 소리인지는 한참 동안 알아차리지 못했다.

'그렇다, 그녀일 것이다.' 그는 혼잣말을 하며 머리를 움켜쥐고 아래층으로 뛰어내려갔다.

"주여, 자비를 베풀어주소서! 용서해주소서, 도와주소서!" 그는 불쑥 입으로 튀어나온 말을 되풀이했다. 그는 불신자였지만 이 말을 그저 입으로가 아니라 진심으로 되풀이했다. 지금 이 순간 그는 자신이 품고 있는 온갖 회의도, 또한 이성에 의한 믿음은 불가능하다는 자신의 체험까지도 신에게 매달리려고 하는 그를 조금도 방해하지 않는다는 것을 알았다. 그러한 모든 것은 지금 먼지처럼 그의 영혼에서 훅 날아가버렸다. 그가 그 손안에 자신의 몸, 자신의 영혼, 자신의 사랑이 있음을 느끼는 존재에게 매달리지 않는다면, 대체 누구에게 매달린단 말인가?

말은 아직 준비되어 있지 않았지만, 그는 단 일 분도 헛되이 보내지 않기 위해 취해야 할 수단에 대한 주의와 체력의 특별한 긴장을 몸안에 느끼면서 말을 기다리지 않고 걸어나가서 쿠지마에게 자기 뒤를 쫓아오라고 일렀다.

길모퉁이에서 그는 급히 달려오는 야간 삯썰매와 마주쳤다. 조그만 썰매에는 벨벳 외투를 입고 숄을 둘러쓴 리자베타 페트로브나가 타고 있었다. "감사합니다, 하느님, 감사합니다!" 그는 그녀의 금발머리와 유달리 정색을 해서 엄격해 보이기까지 하는 조그만 얼굴을 알아보자 춤이라도 출 듯한 마음으로 되풀이했다. 그러고는 마부에게 멈추라고도 하지 않고 그녀와 나란히 왔던 쪽으로 달렸다.

"그럼 한 두어 시간쯤 되었군요? 그 이상은 아니지요?" 그녀가 물었다. "표트르 드미트리치 댁에 가시더라도, 너무 서두르실 것은 없어요. 그리고 약국에서 아편도 구해오세요."

"그럼 무사히 끝나리라고 생각하는 거죠? 주여, 자비를 베풀어주소서, 도와주소서!" 레빈은 문안에서 달려나온 자신의 말을 보고 이렇게 소리쳤다. 그는 쿠지마와 나란히 썰매 위에 뛰어올라 의사의 집으로 달리라고 명령했다.

14

의사는 아직 일어나지 않았다. 하인은 "늦게 주무셨기 때문에 아침에는 깨우지 말라는 분부셨습니다. 그러나 곧 일어나실 겁니다"라고 말했다. 하인은 램프의 등피를 닦고 있었고, 그 일에 완전히 정신을 빼앗긴 것 같았다. 하인이 등피 따위에 열중하면서 레빈의 집에서 일어나고 있는 일에는 무관심하다는 사실이 처음에는 그를 놀라게 했으나, 그는 이내 고쳐 생각하고 아무도 그의 감정을 알고 있는 사람은 없으며 또 알아야 할 의무를 지고 있는 사람도 없으니, 이 무관심의 벽을 뚫고 자신의 목적을 이루려면 침착하게 잘 생각하고 또 단호한 행동을 취하지 않으면 안 된다는 것을 깨달았다. '서두르지 말고, 실수하지 않도록 해야 한다.' 레빈은 이제부터 해야 할 모든 일들을 생각하고 정신력과 체력이 더욱더 맹렬하게 솟아남을 느끼면서 스스로 다짐했다.

의사가 아직 일어나지 않은 것을 알자 레빈은 머릿속에 떠오른 여러 가지 계획 가운데 다음의 방법을 취하기로 결심했다. 쿠지마에게 쪽지를 들려서 다른 의사에게 보내고 자기는 아편을 구하러 약국으로 간다, 만약 그가 돌아왔는데도 아직 의사가 일어나 있지 않으면 그때는 하인을 매수하고 하인이 응하지 않으면 억지로라도 기어코 의사를 깨운다.

약국에서는 말라깽이 약제사가 유리를 닦던 하인과 마찬가지로 무관심하게, 기다리고 있는 마부를 위해 가루약을 오블라트로 싸면서 아편을 내줄 수 없다고 거부했다. 레빈은 서두르지 않고 화를 내지 않으려고 애쓰면서 의사와 산파의 이름을 대고 아편의 용도를 설명하며 그를 설득했다. 약제사는 내줘도 좋은가 어떤가를 독일어로 묻고, 칸막이 벽 너머에서 좋다는 대답을 듣고 나서야 큰 약병과 깔때기를 꺼내어 작은 병에다 느릿느릿 그것을 따르고 상표를 붙였다. 그런 건 필요 없다는 레빈의 말을 무시하고 약제사는 병을 봉해 다시 종이로 싸려고 했다. 레빈은 더이상 참을 수가 없었다. 그는 약제사의 손에서 병을 냅다 잡아채어 큰 유리문 밖으로 뛰어나갔다. 의사는 아직도 일어나지 않았고, 이제 융단을 깔고 있던 하인은 여전히 깨우는 것을 거부했다. 레빈은 서두르지 않고 십 루블 지폐를 꺼내들고 차분하게, 그러나 시간을 허비하지 않도록 애쓰면서 그에게 지폐를 쥐어주고 표트르 드미트리치는(그때까지는 그처럼 하잘것없는 인간으로 보였던 표트르 드미트리치가 지금 레빈에겐 얼마나 위대하고 중요한 인물로 여겨졌던가!) 언제든지 와주기로 약속이 되어 있기 때문에 결코 화를 내거나 하지는 않는다, 그러니 안심하고 바로 깨워달라고 부탁했다.

하인은 승낙을 하고 위로 올라가더니 레빈을 응접실로 안내했다.

레빈은 방문 뒤에서 의사가 기침을 하고, 걷고, 세수하고, 뭔가 이야기하는 소리를 들었다. 삼 분쯤 흘렀다. 레빈에겐 한 시간도 더 지난 것처럼 여겨졌다. 그는 이제 더이상 기다릴 수가 없었다.

"표트르 드미트리치, 표트르 드미트리치!" 그는 애원하는 듯한 목소리로 열려 있는 문을 향해 외치기 시작했다. "실례를 용서해주십시오. 그대로도 괜찮으니 나를 들어가게 해주십시오. 벌써 두 시간이나 지났습니다."

"다 됐습니다, 다 됐습니다!" 의사가 대답했다. 그러나 레빈은 의사가 웃음 섞인 소리로 말하고 있다는 데 놀랐다.

"일 분만이라도……"

"지금 갑니다."

의사가 구두를 신는 사이에 또 이 분이 지나고, 웃옷을 입고 머리를 다듬는 사이에 또다시 이 분이 지났다.

"표트르 드미트리치!" 애처로운 목소리를 내며 레빈이 재차 말하려는 순간, 마침 몸치장을 하고 머리를 곱게 다듬은 의사가 불쑥 나타났다. '이 사람들에겐 양심이라는 게 없는 모양이다.' 레빈은 생각했다. '사람이 죽어가고 있다는데도 머리를 빗다니!'

"안녕하십니까!" 그에게 손을 내밀면서, 마치 자신의 태연함으로 그를 놀리기라도 하는 듯한 어조로 의사가 말했다. "서두르실 것은 없습니다. 그래, 증세는?"

레빈은 되도록 자세히 이야기하려고 애쓰면서 아내의 증세에 대해 필요하지도 않은 내용까지 남김없이 늘어놓기 시작했다. 의사에게 바로 자기와 함께 가달라고 부탁하느라 줄곧 자신의 말을 중단해가면서.

"네, 하지만 서두르실 것은 없어요. 당신도 알겠지만, 보나마나 나는 필요 없을 거예요. 그래도 약속을 했으니까 가긴 가겠습니다. 하지만 서두를 것은 없어요. 당신도 좀 앉으십시오. 커피라도 한잔, 어떻습니까?"

레빈은 그에게 자신을 조롱하고 있는 것은 아니냐고 눈빛으로 물으면서 그를 뚫어지게 쳐다보았다. 그러나 의사 쪽에서는 조롱할 생각이 전혀 없었다.

"알겠습니다, 알겠습니다." 싱글벙글하면서 의사가 말했다. "나 자신도 가정이 있는 사람입니다만, 우리 남편들은 이러한 경우에는 정말 비참한 존재예요. 우리 환자 가운데는 이럴 때마다 남편이 항상 마구간으로 내뺀다는 사람도 있지요."

"하지만 당신은 어떻게 생각하십니까, 표트르 드미트리치? 무사히 끝나리라고 생각하십니까?"

"물론 지금까지의 경과로 미루어 순산이 틀림없습니다."

"그럼 집으로 곧 와주시겠지요?" 레빈은 커피를 가져온 하인 쪽을 아니꼽게 쳐다보면서 말했다.

"한 시간쯤 있다가."

"그건 안 돼요, 제발!"

"그래요, 그럼 커피나 마시게 해주십시오."

의사는 커피를 마시기 시작했다. 두 사람은 잠시 잠자코 있었다.

"그건 그렇고, 터키를 통쾌하게 쳐부수고 있더군요. 당신은 어제의 급전을 읽으셨습니까?" 의사는 흰 빵을 오물오물 씹으면서 말했다.

"아닙니다, 나는 도저히 이러고 있을 수 없습니다!" 레빈은 자리를 박차고 일어서면서 말했다. "그러면 십오 분쯤 뒤엔 와주시겠지요?"

"반시간 뒤에."

"정말이죠?"

레빈은 집으로 돌아오다가 공작부인의 마차와 마주쳤고, 두 사람은 함께 침실로 향했다. 공작부인의 눈에는 눈물이 고였고, 손은 덜덜 떨고 있었다. 그녀는 레빈을 보자 덥석 껴안고 울기 시작했다.

"그래 어때요, 리자베타 페트로브나?" 그녀는 땀으로 번들번들한 얼굴에 걱정스러운 빛을 띠고 두 사람을 맞으러 나온 리자베타 페트로브나의 손을 잡으며 말했다.

"순조롭습니다." 그녀는 말했다. "부인께 누우시라고 말씀해주세요. 그렇게 하는 것이 편할 테니까요."

잠에서 깨어 일의 진상을 깨달은 순간부터 레빈은 이제 아무것도 깊이 생각한다든가 예상한다든가 하지 않고, 온갖 사고와 감정을 폐쇄하여 단호히 아내의 기분을 어지럽히지 않도록, 나아가 그녀를 안심시키고 그녀의 용기를 북돋워주도록 애쓰면서 눈앞에 닥친 사건을 배겨낼 마음의 준비를 했다. 도대체 어떤 일이 일어날지, 어떤 결과가 나올지 생각하는 것조차 자기에게 허용하지 않고, 보통 얼마나 걸리는 것일까 하는 생각에만 집중하면서 레빈은 마음속으로 다섯 시간 동안 자신의 심장을 손 안에 꼬옥 움켜쥔 채 배겨낼 마음의 준비를 했고, 그렇게 할 수 있을 것 같았다. 그러나 의사한테서 돌아와 또다시 그녀의 고통을 보는 순간 그는 한숨을 쉬며 하늘을 우러러 '주여, 용서하소서, 도와 주소서' 하고 더욱더 자주 되풀이하게 되었다. 그리고 자기로선 도저히 견뎌낼 것 같지 않은, 금방 울음을 터뜨리든가 도망쳐버리든가 할 것만 같은 공포를 끊임없이 느꼈다. 그는 그 정도로 괴로웠던 것이다. 그러나 겨우 한 시간이 지났을 뿐이었다.

이 한 시간 뒤에 또 한 시간, 두 시간, 세 시간이 지나 그가 인내할 수 있는 최대한도라고 어림잡은 다섯 시간이 완전히 지나가버렸는데도 상태는 여전히 바뀌지 않았다. 그래도 그는 여전히 견디고 있었다. 일 분마다 이제 인내의 극한까지 도달한 것처럼 느끼면서도, 그녀에 대한 연민으로 자신의 심장이 금방이라도 터질 것 같음을 느끼면서도 가만히 참고 있을 수밖에 별다른 도리가 없었기 때문이었다.

그러나 또 몇 분인가가 지나고 몇 시간인가가 지나 다시 또 몇 시간인가가 지나자 그의 고통과 공포감은 더욱더 커지고 날카로워졌다.

그것 없이는 아무것도 생각할 수 없는 일상생활의 모든 조건이 레빈에겐 이젠 모조리 존재하지 않게 되어버렸다. 그는 시간관념마저 잃고 말았다. 때로는 몇 분간이, 그녀가 그를 자기 옆으로 불러서 땀이 송송한 손에 예사롭지 않은 힘을 실어 그의 손을 꼭 쥐는가 하면 갑자기 또 밀어젖히기도 하던 몇 분간이 그에겐 몇 시간처럼 여겨지는가 하면 또 몇 시간이 몇 분처럼 여겨졌다. 그래서 그는 칸막이 너머의 리자베타 페트로브나에게서 촛불을 켜달라는 부탁을 받고서야 벌써 저녁 다섯시라는 것을 알고 깜짝 놀랐다. 만약 누군가 그에게 지금은 아직 아침 열시라고 말했다 해도 그는 이처럼 놀라지는 않았을 것이다. 그는 지금 자기가 어디에 있는지도 언제 무슨 일이 있었는지와 마찬가지로 전혀 모르고 있었다. 그는 키티의 타는 듯한, 때로는 주저주저하며 괴로워하는 듯한, 때로는 미소 지으며 그를 달래는 듯한 얼굴을 보았다. 그는 또 반백의 고수머리를 풀어헤치고 솟구쳐오르는 눈물을 입술을 깨물어 억지로 삼키며 얼굴이 상기되어 긴장하고 있는 공작부인도 보았다.

그리고 또 돌리도, 굵은 시가를 태우는 의사도, 강직하고 침착한 태도로 남의 마음을 달래지 않고는 가만두지 않을 듯한 얼굴을 한 리자베타 페트로브나도, 찡그린 얼굴을 하고 홀 안을 가만히 거닐고 있는 노공작도 보았다. 그러나 그들이 언제 어떻게 나가고 들어갔는지, 그들이 어디에 있었는지는 조금도 알지 못했다. 공작부인은 의사와 함께 침실에 있었는가 하면 어느새 식탁이 준비된 서재 쪽으로 가 있었다. 그녀가 없어졌는가 하면 이번에는 돌리가 거기에 있었다. 나중에야 레빈은 사람들이 자기를 어딘가로 보냈던 것을 생각해냈다. 한번은 그에게 탁자와 소파를 나르도록 했다. 그는 그것이 그녀를 위해 필요한 일이라고 생각하고서 열심히 했다. 나중에 가서야 비로소 자기 자신을 위해 잠자리를 준비한 것이었음을 알았다. 그리고 그는 무엇인가를 물어보도록 서재에 있던 의사에게 보내졌다. 의사는 그것에 대답하고 곧이어 두마의 무질서에 대해 이야기하기 시작했다. 그리고 그는 또 침실에 있던 공작부인에게 금박을 한 은빛 성의를 입은 성상을 가져다주어야 했다. 그래서 공작부인의 늙은 하녀와 함께 선반에 올라갔다가 성등^{聖燈}을 깨뜨리고 말았다. 공작부인의 늙은 하녀는 아내에 대해서, 그리고 성등에 대해서도 걱정하지 말라면서 그를 위로했다. 그래서 그는 성상을 가지고 와 그것을 키티의 베갯머리에 놓고 조심스레 베개 뒤에다 밀어넣었다. 그러나 어디서, 언제, 무엇 때문에 이러한 일이 모두 행해졌는지 그는 알지 못했다. 왜 공작부인이 그의 손을 잡고 안타까워하는 눈빛으로 그를 쳐다보면서 마음을 가라앉히라고 말했는지, 왜 돌리가 그에게 식사를 권하며 방에서 데리고 나갔는지, 왜 의사까지도 정색을 하고 동정의 눈으로 그를 보며 물약을 권했는지 그로서는 이해가 가지 않았다.

그는 그저 일 년 전 현청소재지의 한 호텔 방안, 니콜라이 형의 죽음의 자리에서 완성되었던 것과 똑같은 무언가가 완성되고 있음을 알았고 또한 느꼈을 뿐이었다. 그러나 그것은 슬픔이었고, 이것은 기쁨이었다. 하지만 그 슬픔도 이 기쁨도 마찬가지로 생활의 모든 일상적 조건 밖에 있었고, 이 일상생활 속의 틈새 같은 것이었으며, 그 틈새를 통해 숭고한 무언가가 모습을 보이는 것이었다. 양쪽의 경우 모두 똑같은 쓰라림과 괴로움을 가지고 다가왔고, 어느 경우에도 이 숭고한 무언가를 눈여겨보면 똑같이 신비로운 작용에 의해 영혼은 여지껏 전혀 몰랐던 무한히 높은 곳으로, 이미 이성은 도저히 그 뒤를 따를 수 없는 높이에까지 이르는 것이었다.

'주여, 용서하소서, 도와주소서.' 그는 이렇게 줄곧 마음속으로 되풀이했다. 그처럼 오랫동안 완전히 소원했음에도 불구하고 유년 시절이나 소년 시절과 조금도 다름없이 무조건 믿는 단순한 마음으로 하느님을 향하고 있는 자기를 느끼면서.

그동안 내내 그는 완전히 다른 두 기분을 오가고 있었다. 하나는 아내의 옆에서 떨어져 굵다란 궐련을 연거푸 피우며 이제 가득찬 재떨이 가장자리에다 그것을 연방 비벼 끄는 의사나 돌리나 공작과 함께 있는 때로, 거기에서는 식사나 정치나 마리야 페트로브나의 병 등이 화제에 올라 레빈도 문득 잠깐 동안은 지금 상황을 완전히 잊어버리고 마치 꿈에서 깨어난 듯한 기분이 되었다. 그러나 또하나는 그녀의 곁에, 그 머리맡에 있을 때의 기분으로 거기에서 그는 그녀에 대한 안타까움으로 심장이 금방이라도 터질 것 같으면서도 여전히 터져버리지는 않은 채 부단히 하느님께 기도를 올리고만 있는 것이었다. 침실에서 날아오는 외침소리가 그를 자기 망각의 순간에서 끌어낼 때마다 그는 처음에 자신을 엄습했던 것과 똑같은 야릇한 착각에 빠졌다. 즉 외침소리를 들을 때마다 그는 뛰어일어나 자기를 변호하기 위해 달려가려 했으나, 그러다가 자기에게 죄가 있는 것이 아님을 생각해내고서 그녀를 보호해주고 싶다, 도와주고 싶다고 생각하는 것이었다. 그러나 그녀를 보면 그는 또다시 자신이 돕는 건 불가능하다는 걸 알고 두려움에 빠져 "주여, 용서해주소서, 도와주소서" 하고 되뇌었다. 그리고 시간이 감에 따라 이 두 가지 기분은 차츰 강해졌다. 그녀의 곁에서 떨어져 있을 때는 완전히 그녀를 잊어버리고 차분한 기분이 되었고, 그렇지 않을 때는 그녀의 고통에 대한 안타까움과 그것을 도울 방도가 없다는 무력감이 차츰 강해졌다. 그는 뛰어일어나 어딘가로 달아나고 싶었지만, 역시 결국엔 그녀 곁으로 달려갔다.

이따금 그녀가 너무도 자주 부를 때면 그는 그녀를 나무라고 싶은 기분이 되었다. 그러나 유순한 웃음을 띤 그녀의 얼굴을 보고 "걱정을 끼치네"라는 말을 들으면 이번에는 하느님을 나무라고 싶어졌으며, 또 하느님을 생각하면 이내 용서와 자비를 빌게 되는 것이었다.

15

그는 시간이 늦은 것인지 이른 것인지 몰랐다. 촛불은 벌써 다 타버렸다. 돌리는 서재로 돌아오자마자 의사에게 조금 누워 있으라고 권했다. 레빈은 의사가 얘기하는 사기꾼 최면술사의 이야기를 들으면서 거기에 앉아 그의 궐련에서 떨어진 재를 바라보았다. 진통이 멎어 있는 때였으므로 그는 모든 것을 잊고 있었다. 그는 지금 일어나고 있는 일들을 말끔히 잊어버리고 의사의 이야기에 귀를 기울였다. 갑자기 뭐라고 형언할 수 없는 외침소리가 울려퍼졌다. 그 외침소리는 너무나도 끔찍했기 때문에 레빈은 뛰어일어나지도 못하고 숨죽인 채 깜짝 놀란 의심쩍은 눈으로 의사를 바라보았다. 의사는 귀를 기울이고 고개를 갸웃거리더니 격려하는 듯한 미소를 띠었다. 이쯤 되자 레빈에겐 모든 것이 너무나도 이상했기 때문에 이젠 오히려 아무것에도 놀라지 않을 정도였다. '아마 본래 이런 것인가보다.' 그는 생각했고 그냥 그대로 앉아 있었다. 그러나 도대체 그것은 누구의 외침이었을까? 그는 뛰어일어나 발꿈치를 들고 침실로 뛰어들어가서 리자베타 페트로브나와 공작부인의 뒤를 돌아 머리맡의 자기 자리로 가서 섰다. 외침소리는 가라앉았지만, 지금은 무언가 바뀐 데가 있었다. 그게 무엇인지 그는 보지도 않았고 알지도 못했으며, 또 보려고도 알려고도 하지 않았다. 그러나 그는 그 변화를 리자베타 페트로브나의 얼굴빛에서 보았다. 리자베타 페트로브나의 얼굴은 긴장되어 창백했고 그 아래턱은 약간 떨렸으며 그 눈은 걱정스레 키티의 얼굴에 머물러 있긴 했으나 여전히 결연한 빛을 띠고 있었다. 땀에 젖고 벌겋게 달아오른 살갗에 흩어진 머리칼이 끈끈하게 들러붙은 키티의 얼굴은 그를 향한 채 괴로운 듯 그의 시선을 찾고 있었다. 처들린 두 손이 그의 손을 청했다. 그녀는 땀에 젖은 두 손으로 그의 차디찬 손을 붙잡아 자신의 얼굴에다 누르기 시작했다.

"가면 안 돼, 가면 안 돼! 난 무섭지 않아, 무섭지 않아!" 그녀는 빠르게 말했다. "엄마, 귀걸이를 떼어주세요. 성가셔서 견딜 수 없어요. 당신은 두렵지 않지? 빨리, 빨리, 리자베타 페트로브나……"

그녀는 굉장히 빠르게 이렇게 말하고는 웃어 보이려 했다. 그러나 갑자기 그녀의 얼굴이 보기 흉하게 일그러지더니 그를 자기 곁에서 밀어냈다.

"아냐, 아아, 무서워! 나는 죽어, 죽어! 저리로 가, 저리 가!" 그녀는 이렇게 외쳤고, 다시 그 무엇과도 비교할 수 없는 외침소리가 시작되었다.

레빈은 머리를 움켜쥐고 방을 뛰쳐나갔다.

"괜찮아, 괜찮아, 다 잘될 거야!" 돌리가 뒤에서 그에게 말했다.

그러나 그들이 뭐라고 말하건 그는 이제 모든 게 끝났다는 것을 알았다. 그는 기둥에 머리를 기대고 옆방에 선 채 지금까지 한 번도 들어본 적이 없는 그 누군가의 외침소리, 절규를 들었다. 그는 그것이 예전에 키티였던 사람의 외침임을 알았다. 그는 벌써 오래전부터 아이 따위는 안중에도 없었다. 지금은 더욱 그 아이가 미웠다. 그는 이제 그녀의 목숨까지도 어떻게 되든 상관없었고, 그저 이 무서운 고통이 멎기만을 바랄 뿐이었다.

"선생님! 도대체 어떻게 된 겁니까? 어떻게 된 거예요? 하느님!" 그는 들어온 의사의 손을 붙잡고 말했다.

"이제 다 되어갑니다." 의사가 말했다. 이렇게 말하는 의사의 얼굴이 너무나도 진지했으므로 레빈은 다 되어간다는 말을 죽어가고 있다는 뜻으로 받아들였다.

그는 정신없이 침실로 뛰어들어갔다. 그가 처음으로 본 것은 리자베타 페트로브나의 얼굴이었다. 그 얼굴은 한층 굳어진 표정으로 긴장되어 있었다. 키티의 얼굴은 없었다. 아까까지 그것이 있던 자리에는 기괴하게 일그러져 끔찍한 소리를 내는, 무어라 말할 수 없이 무서운 뭔가가 있을 뿐이었다. 그는 자신의 심장이 금방이라도 터질 것 같음을 느끼면서 침대의 횡목에 얼굴을 묻었다. 무서운 외침소리는 멎지 않았다. 차츰 더 심해지더니 마치 공포의 극한에 다다르기라도 한 것처럼 갑자기 뚝 가라앉아버렸다. 레빈은 자신의 귀를 믿지 않았지만, 의심할 수도 없었다. 외침소리는 가라앉았고, 조용한 분주함과 옷 스치는 소리와 가쁜 숨소리가 들리고, 그 더듬거리지만 생생하고 부드럽고 행복한 듯한 그녀의 목소리가 조용히 말했다. "이제 끝났다."

그는 고개를 쳐들었다. 두 손을 힘없이 이불 위에 내던지고, 어느 때보다도 아름답고 조용한 얼굴로 그녀는 말없이 그를 찬찬히 바라보았다. 그녀는 미소를 지으려고 했으나 그럴 수가 없었다.

갑자기 레빈은 자신이 스물두 시간 동안 지냈던 이승 같지 않은 신비롭고 무서운 세계에서 순식간에 본래의 평범한 세계, 그러나 지금은 그가 견뎌내지 못할 만큼 찬연하고 새로운 행복의 광채로 빛나는 세계로 되돌아온 느낌이 들었다. 팽팽하게 당겨져 있던 현은 모조리 끊어져버렸다. 조금도 예기치 못했던 환희와 흐느낌과 눈물이 걷잡을 수 없는 힘으로 그의 안에 솟구쳐 그의 전신을 들썩이게 해 그는 오랫동안 입을 열 수 없었다.

그는 침대 앞에 무릎을 꿇고 아내의 손을 입술에 가져다대고 연거푸 키스했다. 그녀의 손은 손가락의 가냘픈 움직임으로 그의 키스에 답해주었다. 그러나 그동안에도 침대의 한쪽 발치에서는 리자베타 페트로브나의 민첩한 손 안에서 마치 촛대 위의 불꽃처럼 인간적 존재의 생명이 요동하고 있었다. 그것은 방금 전까지는 전혀 존재하지 않았던 생명체였고, 그 자신과 똑같은 권리와 똑같은 의의를 가지고 살아가며 자기를 닮은 존재를 번식시키리라.

"건강해요! 건강해요! 게다가 사내아이예요! 안심하세요!" 레빈은 리자베타 페트로브나가 떨리는 손으로 갓난아이의 등을 가볍게 두드리며 이렇게 말하는 소리를 들었다.

"엄마, 정말이에요?" 키티의 목소리가 말했다.

공작부인의 흐느낌만이 그녀에게 대답했다.

그러나 침묵 속에서 어머니의 물음에 대한 가장 정확한 대답으로 방 안의 억눌려 있는 듯한 사람들의 얘기 소리와는 전혀 다른, 전혀 새로운 목소리가 들렸다. 그것은 어디서인지도 모르게 나타난 새로운 인간적 존재의 용감하고 방약무인한, 아무것도 아랑곳하지 않는 외침소리였다.

만약 조금 전에 누군가가 레빈을 보고 키티는 죽었다, 그도 그녀와 함께 죽었다, 그들의 아이는 천사다, 하느님은 거기 그들의 눈앞에 있다고 말했다 하더라도 그는 전혀 놀라지 않았을 것이다. 그러나 이미 현실세계로 되돌아와버린 지금에는 아내가 살아 있고 건강하며, 이렇게 필사적인 소리를 내면서 외치는 존재가 자신의 아들임을 이해하기 위해 그는 비상한 사고력을 발휘하지 않으면 안 되었다. 키티는 살아 있고, 고통은 끝났다. 그리고 그는 무어라 말할 수 없을 만큼 행복했다. 그는 이 일을 이해했고 그로 인해 지극히 행복했다. 그러나 갓난아이는? 어디에서, 무엇 때문에 왔으며, 도대체 누구란 말인가?…… 그는 도저히 이해할 수 없었고, 이런 생각에 익숙해질 수 없었다. 그에게는 그것이 어쩐지 무익하고 불필요한 것처럼 여겨져서 오랫동안 익숙해 질 수가 없었다.

16

아홉시가 지나 노공작과 세르게이 이바노비치와 스테판 아르카디 치는 레빈의 집에서 자리를 같이하고 잠시 산모에 대해 이야기하고 나서 다른 일들에 대해서도 여러 이야기를 나누고 있었다. 레빈은 그들의 대화를 듣고 있었으나, 그 와중에도 어느새 오늘 아침까지 있었던 일을 회상하고는 또 어제의 그 사건이 일어났을 때까지 자기가 어떠했던가를 생각하곤 했다. 그때로부터 마치 백년쯤 지나버린 것 같았다. 그는 자기가 어딘가 남이 다다를 수 없는 높이에 올라가 있는 듯한 느낌이 들었고, 같이 대화하는 사람들을 모욕하지 않기 위해 애써 거기서 내려와 있는 듯한 느낌이 들었다. 그는 대화를 하면서도 끊임없이 아내에 대해, 지금 그녀의 자세한 상태에 대해, 그리고 아들에 대해 생각했고, 그 존재를 생각하는 데 익숙해지려고 애썼다. 결혼 이후 그에게는 미지의 새로운 의미를 그의 앞에 가져다준 여자의 세계라는 것이 지금 그의 이해 속에서 그의 상상으로는 도저히 미칠 수 없을 만큼 높은 데로 올라가버렸다. 그는 어제 클럽에서의 식사 이야기를 들으면서 생각했다. '지금 그녀는 무얼 하고 있을까? 자고 있을까? 몸은 어떨까? 무엇을 생각하고 있을까? 아들은, 드미트리는 울고 있을까?' 그러다가 대화 도중에, 어떤 말이 끝나기도 전에 돌연 자리를 차고 일어나서 방밖으로 나갔다.

"그애한테 가도 좋은지 알아봐주게." 공작이 말했다.

"알겠습니다, 지금 곧." 레빈은 이렇게 대답하고서 발을 멈추지도 않고 바로 그녀한테로 갔다.

그녀는 자지 않고, 앞으로 있을 세례식에 관해 여러 가지 계획을 세우면서 어머니와 조용히 이야기하고 있었다.

몸치장을 하고 머리를 빗고 어딘가 푸른 기가 도는 화사한 머릿수건을 쓰고 이불 위에다 두 손을 내놓고 반듯이 누워 있던 그녀는 눈빛으로 그를 맞고 역시 눈빛으로 그를 자기 옆으로 불렀다. 언제나 밝은 그녀의 눈빛은 그가 가까이 다가감에 따라 더욱더 밝아졌다. 그녀의 얼굴에는 흔히 사자死者의 얼굴에서 볼 수 있는, 지상의 것에서 천상의 것으로 옮아가는 변화가 나타났다. 그러나 사자의 경우는 영원한 이별이고, 이것은 만남이었다. 그러자 분만의 순간에 느꼈던 것과 똑같은 흥분이 또다시 그의 마음에 가득찼다. 그녀는 그의 손을 잡고 잠을 좀 잤는지 물었다. 그는 대답할 수 없었으므로, 자신의 나약함을 뼈저리게 느끼면서 얼굴을 돌렸다.

"난 한숨 잤어, 코스탸!" 그녀는 그에게 말했다. "그래서 지금은 아주 기분이 좋아."

그녀는 그를 바라보았으나 갑자기 표정이 변했다.

"그애를 나한테 줘요." 갓난아이의 울음소리를 듣고 그녀는 말했다. "이리 줘요, 리자베타 페트로브나, 이이도 보게요."

"자, 아빠에게 보여드려요." 리자베타 페트로브나는 무언가 새빨갛고 야릇하게 꼬물대는 것을 안아올려 들고 오면서 말했다. "하지만 잠깐 기다려주세요. 그전에 몸치장 좀 할까요." 이렇게 말하고 리자베타 페트로브나는 꼼지락거리는 새빨간 것을 침대 위에다 놓고 손가락만으로 그것을 들어올려 엎어놓기도 하고 벌려놓기도 한 다음 무엇인가를 뿌리기도 하면서 갓난아이를 싸기 시작했다.

레빈은 이 조그맣고 가련한 존재를 바라보면서, 그것에 대한 아버지다운 감정의 편린이나마 자신의 가슴에서 찾아내려고 헛된 노력을 되풀이했다. 그는 그저 혐오감을 느낄 뿐이었다. 하지만 그것이 발가벗겨지고 그와 마찬가지로 다섯 개의 손가락이 달린, 특히 다른 손가락과는 구별되는 엄지손가락까지 뚜렷하게 달려 있는 가느다란 고사리손과 사프란빛 발이 얼핏 보였을 때, 또 리자베타 페트로브나가 부드러운 용수철이라도 다루듯이 그 기운차게 내뻗은 손을 눌러 리넨 옷 속에다 밀어넣으려는 것을 보았을 때, 그는 이 생명체에 대해 갑자기 강한 연민을 느끼고 그녀가 아기를 다치게 하지나 않을까 하는 격렬한 두려움에 휩싸여 부지중에 그녀의 손을 눌렀다.

리자베타 페트로브나는 웃어댔다.

"괜찮아요, 괜찮아요!"

갓난아이의 몸치장이 마무리되어 야무진 인형처럼 바뀌자 리자베타 페트로브나는 자신의 솜씨를 뽐내기라도 하려는 듯 아기를 흔들어 보고 나서, 레빈이 완전히 꾸며진 아들을 볼 수 있도록 옆으로 몸을 비켰다.

키티도 눈을 떼지 않고 곁눈질로 그쪽을 바라보았다.

"이리 줘요. 이리 줘요!" 그녀는 이렇게 말하고 나서 일어나려고까지 했다.

"어머나, 카테리나 알렉산드로브나, 그렇게 움직이시면 안 돼요! 잠깐만 기다리세요, 지금 드릴 테니까. 그럼 아빠에게 먼저 보여드릴까요, 어쩌면 이렇게 훌륭하담!"

그리고 리자베타 페트로브나는 한쪽 손으로(다른 한쪽 손은 그저 손가락만으로 흔들흔들하는 뒤통수를 받치고 있었다) 이 괴상하고 꼼지락거리는, 포대기의 가장자리에 머리를 숨긴 새빨간 생명체를 레빈 앞에 안아올려 보였다. 그러나 거기에는 역시 코도 있고 곁눈질을 하는 눈도 있고 쩍쩍거리는 입술도 있었다.

"정말 예쁜 아이예요!" 리자베타 페트로브나가 말했다.

레빈은 괴로운 마음으로 한숨을 쉬었다. 이 예쁜 아이도 그의 마음에는 한갓 혐오와 연민의 정을 불러일으킬 뿐이었다.

이 감정은 그가 기대했던 감정과는 전혀 다른 것이었다.

그는 리자베타 페트로브나가 아기를 아직 익숙하지 않은 키티의 젖가슴에 들이대는 동안 얼굴을 돌리고 있었다.

돌연 웃음소리가 그의 고개를 쳐들게 했다. 키티의 웃음소리였다. 갓난애가 젖을 빨아댄 것이었다.

"자, 이젠 충분해요, 충분합니다!" 리자베타 페트로브나가 말했으나, 키티는 갓난애를 놓지 않았다. 갓난애는 그녀의 품안에서 잠들었다.

"자, 봐." 키티는 그에게 잘 보이도록 갓난아이를 그에게로 돌려주면서 말했다. 아기의 늙은이 같고 조그마한 얼굴이 갑자기 한층 더 쭈글쭈글해지더니 재채기를 했다.

레빈은 감동의 눈물을 가까스로 억누르고 미소를 지으면서 아내에게 키스하고 어두운 방을 나섰다.

이 조그마한 생명체에 대해 그가 느꼈던 감정은 그가 기대했던 것과는 전혀 다른 것이었다. 이 감정 속에는 유쾌하거나 기쁜 것은 조금도 없었다. 반대로 그것은 새롭고 괴로운 두려움이었다. 그것은 다치기 쉽고 생소한 영역에 대한 의식이었다. 이 의식이 처음에는 너무나도 괴로웠고, 또 이 의지가지없는 생명체가 괴로워하는 일은 없을까 하는 두려움이 너무나도 강했기 때문에, 갓난아이가 재채기를 했을 때 그가 경험한 뜻 모를 기쁨과 자랑스러움이라는 불가사의한 감정마저도 전혀 알아채지 못했던 것이다.

17

스테판 아르카디치의 사정은 몹시 좋지 않았다.

숲을 판 대금의 삼분의 이는 이미 다 써버렸고, 나머지 삼분의 일도 거의 전부 일할을 감하고 상인에게서 앞당겨 받아버렸다. 상인은 그 이상 돈을 내지 않았다. 게다가 또 올겨울은 다리야 알렉산드로브나가 처음으로 자신의 재산권을 정면으로 주장하고, 숲의 나머지 삼분의 일에 대한 대금 수령증에 서명하는 것을 거부했다. 봉급은 전부 살림살이와 피할 수 없는 자질구레한 빚을 갚는 데 쓰였다. 돈이라고는 한푼도 없었다.

불쾌하고 거북한 상황이었고, 스테판 아르카디치 생각으로는 이대로 계속되어서는 안 될 일이었다. 이렇게 된 원인은 그의 해석에 의하면 그가 받는 봉급이 너무 적다는 데 있었다. 그가 차지하고 있는 지위는 오 년 전에는 분명 참으로 좋았으나 지금은 이미 그렇지가 않았다. 은행장 페트로프는 일만 이천 루블을 받고 있고, 임원인 스벤티츠키는 일만 칠천 루블을 받고 있었으며, 은행을 창립한 미틴은 오만 루블을 받고 있었다. '분명 나는 잠을 자고 있었고, 잊혀버린 것이다.' 스테판 아르카디치는 스스로에 대해 생각했다. 그리하여 그는 귀를 세우고 눈을 부릅뜬 끝에 겨울이 다 갈 무렵 굉장히 좋은 자리를 발견하고 그것을 향해 공세를 개시했다. 처음에는 모스크바에서 백모와 백부와 친구들을 통해 공세에 착수하고, 이윽고 기회가 무르익었다고 보여 봄에는 자기가 직접 페테르부르크로 나갔다. 그것은 이전에 비한다면 상당히 많은 연 천 루블에서 오만 루블까지의 수입이 보장되는, 생기는 것이 많은 지위 중 하나로, 남부 철도와 은행의 상호신용결제합동 대행 기관 위원이라는 지위였다.[*] 이 지위는 이러한 모든 지위와 마찬가지로 한 인간이 아울러 갖추기 어려운 극히 넓은 지식과 활동력을 요구했다. 그러나 이러한 요소를 모두 지닌 사람은 있을 리가 없으므로, 그나마 공정하지 않은 사람보다는 공정한 사람에게 이 지위를 차지하게 하는 것이 상책이었다. 그런데 스테판 아르카디치는 공정한(강세가 없는) 사람이었을 뿐 아니라 모스크바에서 공정한 활동가, 공정한 문인, 공정한 잡지, 공정한 조직, 공정한 경향을 얘기하는 경우에 이 말이 지닌 특수한 의미로도 공정한(강세가 있는) 사람이었다. 즉 이 말은 그저 개인이라든가 조직이 불공정하지 않음을 의미할 뿐만 아니라 경우에 따라서는 그들이 정부에 대해 일침을 놓을 정도의 기량을 지닌 자임을

[*] 본 위원회의 명칭은 1870년대에 실제한 두 기관, '상호토지금융회사'와 '남서철도회사'의 패러디다.

의미했다. 스테판 아르카디치는 모스크바에서 언제나 이러한 말이 쓰이는 사회에 드나들고 있었고 거기에서 공정한 사람으로 통하고 있었으므로, 이 지위에 대해서는 다른 사람들에 비해 보다 많은 권리를 가지고 있었다.

이 지위는 연 칠천 루블에서 일만 루블까지의 봉급을 받고 있었고, 오블론스키는 관리라는 자신의 공직에서 물러나지 않고도 그것을 차지할 수 있었다. 그 지위는 두 장관과 한 귀부인과 두 유대인의 권한 내에 있었다. 이러한 사람들과 이미 완전히 교섭은 돼 있었으나, 스테판 아르카디치도 페테르부르크에 가서 일단 그 사람들을 만나두지 않으면 안 되었다. 게다가 스테판 아르카디치는 카레닌한테서 이혼에 대한 확답을 얻어오겠다고 누이인 안나에게 약속한 터였다. 그래서 그는 돌리한테서 오십 루블의 돈을 얻어 페테르부르크로 출발했다.

카레닌의 서재에 앉아 러시아의 재정이 곤경에 놓인 원인에 대한 그의 보고서 초안을 들으며, 스테판 아르카디치는 그저 자신의 용건과 안나에 대한 이야기를 꺼내기 위해 상대방의 이야기가 끝나기만을 기다렸다.

"그렇지, 정말 그럴 거야." 알렉세이 알렉산드로비치가 그것 없이는 이제 아무것도 읽을 수 없게 된 코안경을 벗고 의심쩍게 예전 처남의 얼굴을 쳐다보았을 때, 그는 말했다. "그야 상세한 점에서는 틀림없는 사실이지만, 우리 시대의 원칙은 역시 자유일 테니까 말야."

"그렇지. 그러나 내가 제창하는 것은 그 자유의 원칙을 포괄하는 다른 원칙이야." 알렉세이 알렉산드로비치는 '포괄한다'는 말에 특히 힘을 주면서, 그리고 그것이 설명되어 있는 부분을 한번 더 읽어서 들려주기 위해 다시 코안경을 쓰면서 말했다.

넓은 여백을 두어 깨끗하게 써내려간 원고를 뒤적이던 알렉세이 알렉산드로비치는 다시 그럴싸한 부분을 읽어내렸다.

"나는 개인의 이익을 위해서가 아니라 그저 사회의 일반적인 행복, 즉 하층계급과 상류계급 모두를 위해 보호무역제도를 원하는 거야." 그는 코안경 위로 오블론스키의 얼굴을 쳐다보면서 말했다. "그러나 그들은 내 뜻을 이해할 수 없어. 그들은 다만 개인적인 이해에만 사로잡혀 있고, 그럴싸한 문구에만 마음을 빼앗기거든."

스테판 아르카디치는 카레닌이 그의 초안을 받아들이려고 하지 않았던 바로 그들, 러시아에서 온갖 사회악의 원인인 그들이 무엇을 하며 무엇을 생각하고 있는가에 대해 말했을 때 그의 이야기가 이제 끝에 가까워지고 있음을 알았다. 그래서 지금으로서는 기꺼이 자유의 원칙을 포기하고 완전히 그에게 동의했다. 알렉세이 알렉산드로비치는 생각에 잠긴 듯한 태도로 자신의 원고를 뒤적거리며 입을 다물었다.

"아아, 참." 스테판 아르카디치가 말했다. "자네한테 부탁이 하나 있어. 언제라도 좋아, 포모르스키를 만나거든 내가 남부 철도의 상호신용 결제합동 대행기관에 이번에 난 위원 자리를 굉장히 희망하고 있다고 한마디 해주면 좋겠는데 말야."

스테판 아르카디치는 자기가 희망하고 있는 이 지위의 명칭에 이제 완전히 익숙해졌으므로 조금도 틀리지 않고 술술 말해치웠다.

알렉세이 알렉산드로비치는 이 새로운 위원회가 하는 일에 대해 묻고 나서 생각에 잠겼다. 그는 이 위원회의 사업에 뭔가 그의 초안과 상반되는 점이 있지나 않을까 생각한 것이었다. 그러나 이 신설 회사의 사업이 굉장히 복잡한데다가 또 그의 초안이 지극히 광범위했기에 그는 당장 그 여부를 판단할 수는 없었다. 그는 *코안경*을 벗으면서 말했다.

"물론 그런 말을 하는 건 아무것도 아니지만, 당신은 뭣 때문에 그런 지위를 바라는 거지?"

"봉급이 좋으니까, 구천까진 주거든, 내 재정상태가⋯⋯"

"구천이라." 알렉세이 알렉산드로비치는 되풀이하고 이맛살을 찌푸렸다. 이처럼 고액의 급료는 그에게 이 방면에서 예상되는 스테판 아르카디치의 활동이 언제나 경제를 우선시하는 그의 초안의 취지에 상반된다는 것을 상기시켰다.

"현대에서 그런 고액의 봉급이야말로 우리 정부의 부정한 경제 *정책*을 나타내는 증거의 본체라고 생각해. 그래서 그것에 대해서도 보고서에 적어두었지."

"흥, 그럼 자네는 어떻게 하겠다는 거야?" 스테판 아르카디치가 말했다. "그래 가령 말이야, 알겠나. 은행장이 일만 루블의 봉급을 받고 있다고 하세. 그건 말하자면 그가 그만한 가치가 있기 때문이 아닐까. 그런가 하면 어떤 기술자는 이만 루블을 받고 있거든. 뭐니 뭐니 해도 상대방에게는 현실적인 문제니까!"

"나는 봉급이란 상품에 대한 대가 같은 것이므로 자연히 수요공급의 법칙에 따르지 않으면 안 된다고 생각해. 그래서 봉급을 정하는 것이 이 법칙에 어긋날 경우, 이를테면 똑같은 대학 출신에 똑같은 지식과 똑같은 재능을 가진 두 기술자가 한 사람은 사만 루블을 받고 한 사람은 이천 루블로 만족하고 있다거나, 또는 특별한 전문지식을 갖지 않은 법학자나 경기병이 거액의 봉급을 받고 은행장 자리에 있는 것 같은 사실을 목격했을 경우, 나는 현재의 봉급이 수요공급의 법칙을 따르지 않고 편파적으로 정해져 있다고 결론짓지 않을 수 없어. 그리고 거기에는 그 자체로도 중대하고 국가의 직무에 지극히 해로운 반향을 끼치는 남용이 있다고 생각해. 그래서 나는 생각하기를⋯⋯"

스테판 아르카디치는 부랴부랴 매제를 가로막았다.

"그래, 그렇지만 말야, 자네도 분명히 유익한 새 기관이 설립되고 있다는 것에는 동의해주게. 어찌되었든 유망한 분야니까 말야! 일을 공정하게 해치운다는 것이 특히 존중되고 있는 거야." 스테판 아르카디치는 강조를 찍으며 말했다.

그러나 공정하다는 말의 모스크바적인 의미는 알렉세이 알렉산드로비치에겐 이해되지 않았다.

"공정하다는 것은 그저 소극적인 성질에 불과해." 그가 말했다.

"어찌되었건 자네가 그렇게 해준다면 난 참으로 고맙겠어." 스테판 아르카디치는 말했다. "그저 한마디만 포모르스키에게 얘기해주면 돼. 그것도 다른 이야기 도중에 잠깐 말이지⋯⋯"

"하지만 이 일은 볼가리노프 쪽이 더 나을 것 같은데." 알렉세이 알렉산드로비치가 말했다.

"볼가리노프는 완전히 응낙했어." 스테판 아르카디치는 얼굴이 빨개지면서 말했다.

스테판 아르카디치가 볼가리노프의 이름을 입에 담자마자 얼굴이 빨개진 것은, 이날 아침 유대인 볼가리노프를 방문했으며 이 방문이 그의 마음에 불쾌한 인상을 남겨놓았기 때문이었다. 스테판 아르카디치는 자기가 이제부터 근무하고 싶어하는 일이 새롭고 생기에 찬 훌륭한 사업임을 확신하고 있었다. 그러나 오늘 아침 볼가리노프가 분명히 고의적으로 그를 다른 청원자들과 함께 두 시간이나 응접실에서 기다리게 했을 때 그는 갑자기 몹시 거북스러웠던 것이다.

그를 거북스럽게 한 것은 류리크의 후예인 오블론스키 공작이 유대인의 응접실에서 두 시간이나 기다렸다는 사실이었는지 아니면 그가 난생처음으로 대대로 정부에 봉사해온 조상의 예에 따르지 않고 새로운 방면으로 진출하려고 하는 사실이었는지 몰라도, 아무튼 그에게는 굉장히 거북스러웠다. 볼가리노프를 기다리던 그 두 시간 동안 스테판 아르카디치는 이리저리 응접실 안을 돌아다니기도 하고 구레나룻을 바로잡기도 하고 다른 청원자들과 이야기하기도 하고 유대인을 기다리고 있다는 것에 대한 말장난을 생각하면서 자기가 느끼고 있는 기분을 다른 사람들, 심지어 자기 자신에게까지도 숨기려고 애썼다.

그러나 그동안 줄곧 그는 거북스러웠고 잔뜩 부아가 났는데, 그것이 무엇 때문인지, 모처럼 생각해낸 '빌로 렐로 도 지다 그리고 나는 도지달-샤'*라는 말장난이 전혀 효과가 없었기 때문인지 아니면 뭔가 다른 원인이 있었는지 그 자신도 분명치 않았다. 마침내 볼가리노프가 굉장히 정중하게, 그러나 분명 상대방의 겸손에 대해 으쓱거리면서 그를 접견하고 거의 거절이나 다름없는 대답을 하자 스테판 아르카디치는 될수 있는 한 빨리 그것을 잊어버리려고 했다. 그래서 지금 그는 그 일을 회상하기만 해도 얼굴이 화끈거리는 것이었다.

* '유대인에게 볼일이 있어 나는 오랫동안 기다렸다'는 뜻. '유대인에게'라는 뜻의 '도 지다'와 '기다렸다'는 뜻의 '도지달샤'의 두운을 맞춘 말장난.

18

"볼일이 하나 더 있는데, 자네도 알 테지만. 안나에 관한 일이야." 스 테판 아르카디치는 잠시 침묵을 지키고 있다가 이 불쾌한 인상을 떨쳐 버리고 나서 말했다.

오블론스키가 안나의 이름을 입 밖에 내자마자 알렉세이 알렉산드 로비치의 얼굴빛은 일변했다. 지금까지의 생기 있는 표정 대신 피로하 고 주검 같은 표정이 나타났다.

"도대체 내게 무엇을 바라는 겁니까?" 안락의자 위에서 몸의 방향을 바꾸고 코안경을 벗으면서 그가 말했다.

"해결이야, 뭔가 분명한 해결이지, 알렉세이 알렉산드로비치. 나는 지금 자네를(스테판 아르카디치는 '모욕을 당한 남편으로서가 아니라' 라고 말하고 싶었으나 그런 표현 때문에 중요한 볼일을 망쳐서는 안 된다고 생각하여 말을 바꿨다) 일개 정치가로서가 아니라(이 말은 어 쩐지 어울리지 않았다) 그저 한 사람의 인간으로서, 선량한 사람, 기독 교인으로 대하고 있는 거야. 자넨 그애를 불쌍히 여겨주지 않으면 안 돼." 그가 말했다.

"그렇다면 대체, 어떤 점을 말입니까?" 카레닌은 조용히 말했다.

"그저 그애를 가엾게 여겨달란 거야. 만약 자네가 나처럼 날마다 그 애를 보고 있었다면, 나는 올겨울 내내 그애와 함께 있었으니 말인데, 자네도 그애를 가엾게 여기지 않을 수 없었을 거라고 생각해. 그애의 처지는 끔찍해, 정말 끔찍하다고."

"내가 보기에는," 알렉세이 알렉산드로비치는 더욱더 날카롭고 거의 째는 듯한 목소리로 대답했다. "안나 아르카디예브나는 자기가 바랐던 것은 전부 가진 듯 여겨집니다만."

"아아, 알렉세이 알렉산드로비치, 제발 서로 비난하는 짓은 그만두자고! 지나간 일은 지나간 일이야. 자네도 알다시피 현재 그녀가 바라고 또한 지금껏 애타게 기다리고 있었던 것이 바로 이혼이니까."

"하지만 내 생각으로는 만약 내가 아들은 여기에 남겨둔다는 조건을 내건다면 안나 아르카디예브나는 이혼을 거절할 겁니다. 그래서 나는 그렇게 답장을 하고 이 사건은 이미 끝난 것으로 생각하고 있었습니다. 지금도 그렇게 생각하고 있습니다." 알렉세이 알렉산드로비치는 날카로운 목소리로 말했다.

"하지만 제발, 화내진 말아줘." 스테판 아르카디치는 매제의 무릎을 만지면서 말했다. "그 문제는 아직 끝나지 않았어. 다시 한번 대충 되풀이해서 얘기해도 괜찮다면 말야, 일이 이렇게 된 거야. 즉 자네들이 처음 갈라졌을 때 자네는 굉장히 관대했어. 최대한 관대했지. 자네는 그 애에게 모든 것을 허락했어. 자유도, 이혼까지도. 그 애는 그걸 고맙게 생각했어. 의심하면 안 돼. 정말로 고맙게 여겼었지. 말하자면 처음에는 너무 지나치게 고마워한 나머지 자네에 대한 자신의 죄를 느끼고서 아무것도 생각해보지 않았고, 또 생각하지도 못했을 정도였어. 그래서 그 애는 자네가 제의한 모든 것을 거절해버렸어. 그러나 그뒤로 현실과 시간이 그 애에게 자신의 처지가 얼마나 괴롭고 견뎌내기 어려운지를 차츰 알려주게 되었다고 할까."

"안나 아르카디예브나의 생활은 나에겐 흥미가 없군요." 알렉세이 알렉산드로비치는 눈썹을 치켜올리면서 말을 가로막았다.

"미안하지만 나는 그 말을 믿지 않아." 스테판 아르카디치는 부드럽게 받아넘겼다. "그애의 처지는 그애에게도 견뎌내기 어려울 뿐만 아니라, 어느 누구에게도 아무런 이익이 되지 않아. 자네는 그애가 그래도 싸다고 말하겠지. 그애도 그것을 알고 있으니까 자네에게 부탁하지 않는 거야. 그애는 자네에게 아무것도 부탁할 용기가 없다고 정직하게 말했어. 하지만 나는, 우리 집안 사람들은, 그애를 사랑하는 사람들은 모두 자네에게 부탁을 하는 거야, 애원을 하는 거야. 도대체 그애는 무엇 때문에 괴로워하는 거지? 그애가 괴로워하는 것이 대체 누구에게 이득이 되지?"

"실례지만, 당신은 나를 피고의 자리에 놓으려는 것 같군요." 알렉세이 알렉산드로비치가 말했다.

"아니, 무슨 소리야, 결코 그렇지 않아, 오해하지 말게." 스테판 아르카디치는 마치 이 접촉이 매제를 부드럽게 하리라고 믿기라도 하듯 다시 그의 손을 만지면서 말했다. "내가 하려는 말은 단 하나야. 그애의 처지가 괴롭다는 것, 그 괴로움은 자네에 의해서만 가벼워질 수 있다는 것, 그리고 그 때문에 자네가 잃을 것은 전혀 없다는 것, 단지 이것뿐이야. 내가 자네를 대신해서 모든 것을 자네가 신경쓰지 않게끔 말끔히 정리해버리겠어. 자네는 그렇게 약속했었잖아."

"전에는 그렇게 약속했었지요. 하지만 나는 아들에 대한 문제가 사건을 끝내버린 걸로 알고 있었습니다. 뿐만 아니라 안나 아르카디예브나에게도 조금은 너그러운 마음이 있겠거니 여겼습니다……" 창백해진 알렉세이 알렉산드로비치는 입술을 파르르 떨면서 간신히 말했다.

"그애야말로 모든 것을 자네의 관대한 마음에 맡기고 있는 거야. 그애는 오직 한 가지, 견뎌낼 수 없는 현재의 처지에서 건져내주기만을 바라고 또 빌고 있는 거야. 그애는 이제 아들을 데려오는 것도 바라지 않아. 알렉세이 알렉산드로비치, 자네는 선량한 사람이야. 조금이라도 좋으니 그애의 처지를 생각해주게. 현재의 상황에서 그애에게 이혼 문제는 생사의 문제나 마찬가지야. 자네가 만약 전에 그러한 약속을 하지 않았더라면 그애도 자신의 처지를 체념하고 시골에서 살았을 거야. 하지만 자네가 약속을 해줬기 때문에 그애는 자네에게 편지를 쓰고 모스크바로 나와버렸어. 그리고 모스크바에서 사람들과 만날 때마다 심장을 비수로 찔리는 듯 느끼면서, 날마다 목을 늘이고 해결을 기다리면서 벌써 여섯 달이나 지내온 거야. 이런 일은 죽음을 선고받은 자에게 어쩌면 용서될지도 모른다고 말을 하면서 목에다 올가미를 채운 채 몇 달 붙잡아 매두는 것과 똑같은 게 아닌가. 제발 그애를 불쌍히 여겨주게. 그러면 뒷일은 모두 내가 맡을 테니…… *자네의 걱정은……*"

"나는 그런 걸 말하고 있는 게 아녜요, 그런 것을……" 알렉세이 알렉산드로비치는 내뱉듯이 그를 가로막았다. "하지만 어쩌면 나는 나로서는 약속할 권리가 없는 것을 약속했는지도 모르겠군요."

"그럼 자넨 약속한 것을 거부하려는 건가?"

"나는 결코 나 자신이 할 수 있는 일의 이행을 거부한다든가 하는 짓은 하지 않습니다. 하지만 그 약속이 어느 정도까지 가능한 일인지 생각해볼 시간을 갖고 싶다는 겁니다."

"그건 안 돼, 알렉세이 알렉산드로비치!" 오블론스키는 펄쩍 뛰면서 말했다. "나는 그러한 말은 믿지 않아! 그애는 지금 여자로서 가장 불행한 처지에 놓여 있는데, 자네는 그러한 일마저 거부하다니……"

"약속한 것이 어느 정도까지 가능한지가 문제예요. *당신은 스스로 자유사상가라고 말하고 있습니다. 하지만 나는 신자이고, 이런 중대한 일에서 기독교의 계율에 반하는 행동을 취할 수는 없습니다.*"

"하지만 기독교 사회에서도 우리 사회에서도 내가 아는 한 이혼은 허용되고 있으니까." 스테판 아르카디치가 말했다. "우리 나라 교회에서도 이혼은 허용되지 않나. 그리고 우리는……"

"허용되지만, 지금과 같은 의미에서는 아닙니다."

"알렉세이 알렉산드로비치, 나는 자네를 모르겠군." 오블론스키는 잠시 침묵을 지키고 나서 이렇게 말했다. "기독교적인 감정에 이끌려 모든 것을 용서하고 일체를 희생하려고 각오했던 것은 자네 쪽이 아니었나(그리고 우리도 그것을 존중하지 않았나). 자네 입으로 말하지 않았나, 루바시카를 빼앗는 자에게는 카프탄까지 주라고. 그런데 지금에 와서……"

"부탁이에요." 갑자기 훌쩍 일어나서 새파랗게 질린 채 턱을 달달 떨면서 알렉세이 알렉산드로비치는 날카로운 목소리로 외쳤다. "부탁인데 이제 그만, 그만하죠…… 이 이야긴."

"아아 그래! 자네를 괴롭혔다면 용서해주게, 용서해줘." 스테판 아르카디치는 거북스럽게 웃는 표정을 짓고 손을 내밀면서 말했다. "나는 심부름꾼으로서 부탁받은 것을 전했을 뿐이니까."

알렉세이 알렉산드로비치는 손을 내밀고 잠시 생각에 잠겼다가 말했다.

"나는 잘 생각하고 계시를 구하지 않으면 안 됩니다. 확답은 모레 말씀드리겠습니다." 그가 뭔가를 생각하고는 말했다.

19

스테판 아르카디치가 막 나가려 할 때 코르네이가 들어와 알렸다.

"세르게이 알렉세이치가 돌아오십니다."

"누구야, 세르게이 알렉세이치가?" 스테판 아르카디치는 말을 꺼냈으나 이내 생각해냈다.

"아아, 세료자!" 그가 말했다. '세르게이 알렉세이치라고 해서 나는 또 국장이나 뭣인 줄 알았지. 그래, 안나도 그애를 만나보라고 부탁했지.' 그는 생각했다.

그는 안나가 자기를 배웅하면서 '어쨌든 그애는 만나게 될 테니까 그애는 어디에 있는지, 누가 그애를 돌보고 있는지 자세히 알아봐줘. 그리고 스티바…… 만약 할 수만 있다면! 그럴 수 있을까?' 하고 말했을 때의 그 수줍어하는 듯한 가련한 표정을 생각했다. 스테판 아르카디치는 그 '만약 할 수만 있다면'이라는 말이 무엇을 의미하는지 알고 있었다. 그것은 만약 아들을 자기가 맡기로 하고 이혼할 수 있다면…… 하는 의미였다. 스테판 아르카디치는 지금으로서는 그러한 일은 전혀 바랄 수도 없다는 것을 알고 있었지만, 조카를 만난다는 것은 역시 기뻤다.

알렉세이 알렉산드로비치는 아들에게는 어머니에 대해 절대로 얘기하지 않고 있으니 그 역시 그녀에 관해서는 한마디도 얘기하지 말아달라는 뜻을 처남에게 전했다.

"그애는 우리가 전혀 예-기-치 못한 어머니와의 상봉 후에 몹시 앓았습니다." 알렉세이 알렉산드로비치는 말했다. "한때는 이제 틀린 게 아닌가 하고 여겼을 정도였습니다만, 적당한 치료와 여름의 해수욕 덕으로 간신히 건강을 회복했지요. 지금은 의사의 권고대로 학교에 보내고 있습니다. 학교 친구들의 덕택으로 지금은 아주 튼튼해졌고 공부도 잘하고 있어요."

"아주 훌륭한 젊은이가 되었군! 과연, 이젠 세료자가 아니라, 어엿한 세르게이 알렉세이치야!" 스테판 아르카디치는 푸른 웃옷에 긴 바지를 입고 활발하게 가뿐한 걸음걸이로 들어온 깔끔한 얼굴과 넓은 어깨의 소년을 보자 벙실거리면서 말했다. 소년은 튼튼하고 쾌활한 얼굴을 하고 있었다. 그는 모르는 사람을 대하듯이 외삼촌에게 절을 했으나 상대를 알아보고는 얼굴을 붉히고, 마치 모욕을 당했거나 뭔가 잔뜩 부아가 난 사람처럼 얼른 얼굴을 돌려버렸다. 소년은 아버지 옆으로 다가가 학교에서 받아온 성적표를 내밀었다.

"음, 꽤 잘한 편이군." 아버지가 말했다. "가봐도 좋아."

"좀 야위었지만 키는 컸군. 애티가 없어지고 완전히 소년이 되어버렸어. 나는 그게 좋다." 스테판 아르카디치가 말했다. "그래, 나를 기억하니?"

소년은 재빨리 아버지의 얼굴을 돌아보았다.

"기억하고 있습니다, *외삼촌*." 그는 외삼촌의 얼굴을 힐끔 쳐다보고 대답했으나, 이내 또 눈을 내리깔았다.

외삼촌은 소년을 가까이 불러 그의 손을 잡았다.

"그래 어떠냐, 어떻게 지내니?" 그는 여러 이야기를 하고 싶었으나, 무슨 이야기를 해야 할지 몰라서 그저 이렇게 말했다.

소년은 얼굴을 붉힌 채 아무런 대꾸도 하지 않고 외삼촌의 손에서 슬며시 자기 손을 빼내려 했다. 그러고는 스테판 아르카디치가 그 손을 놓자마자 묻는 듯한 눈을 흘끗 아버지 쪽에 던지고 나서 풀려난 새처럼 빠른 걸음으로 방을 나가버렸다.

세료자가 마지막으로 어머니를 본 때로부터 어언 일 년이 지났다. 그뒤로 그는 어머니의 이야기를 조금도 듣지 못했다. 게다가 또 올해부터 학교에 들어가서 친구들을 알게 되고 그들을 사랑하게 되었다. 어머니를 만난 뒤에 병이 났을 정도로 강렬했던 어머니에 대한 공상과 회상도 이제 더이상 그의 마음을 차지하지 않았다. 그러한 생각이 마음에 떠오르면 그는 부끄러워하며 그저 계집아이들에게나 어울리는 것이고, 사내아이나 어엿한 학생에겐 있어서는 안 되는 것이라 생각하고 열심히 자기 마음에서 내쫓았다. 그는 아버지와 어머니가 갈라섰으며, 자기는 아버지와 함께 남아야 하는 운명이라는 것을 알고 있었기에, 이 생각에 익숙해지려 애썼다.

어머니를 닮은 외삼촌을 보는 것도 그는 불쾌했는데, 그 만남은 그의 마음에 그가 수치스러운 것이라고 생각한 그 추억을 불러일으켰기 때문이다. 서재의 문간에서 기다리며 들은 두서너 마디의 말에 의해, 특히 아버지와 외삼촌의 표정에 의해 두 사람이 어머니 얘기를 하고 있었으리라는 걸 알아챘으므로 그는 더욱더 불쾌했던 것이다. 자기가 생활을 같이하고 있고 만사를 의탁하고 있는 아버지를 비난한다든가 하지 않기 위해, 그리고 무엇보다도 평소에 수치스러운 것이라고 생각하고 있는 감정에 빠지지 않기 위해 세료자는 자기의 평안을 어지럽히러 온 이 외삼촌을 보지 않으려 애썼고, 옛 기억을 떠올리게 하는 것에 대해 생각하지 않으려 애썼다.

그러나 곧 그를 따라 방에서 나온 스테판 아르카디치가 층계 위에서 그를 발견하고 자기 옆으로 가까이 불러 학교에서 쉬는 시간을 어떻게 보내느냐고 물었을 때, 세료자도 아버지가 없는 자리였으므로 소탈하게 이야기했다.

　"우리 사이에서는 지금 철도놀이가 한창이에요." 그는 외삼촌의 물음에 대답했다. "그건 이렇게 하는 거예요. 의자 위에 둘이서 걸터앉아요. 그게 손님이죠. 그리고 한 사람은 의자 위에 서요. 그다음 모두들 의자에 들러붙어요. 손으로든 허리띠로든, 무엇으로든 괜찮아요. 그러고서 온 교실을 휘젓고 뛰어 돌아다니는 거예요. 문은 미리 다 열어놓아요. 차장 노릇을 하는 건 굉장히 어렵죠!"

　"그건 서 있는 사람이겠군?" 스테판 아르카디치는 벙실거리면서 물었다.

　"네, 그러니까 용기와 수완이 필요해요. 갑자기 멈춘다든가 누군가 굴러떨어진다든가 할 때에는 더욱더."

　"그렇겠군, 장난이 아닌걸." 스테판 아르카디치는 이젠 어린애다움이 사라진, 더이상 순박하다고는 할 수 없는 그 생생하게 어머니를 빼닮은 눈을 서글픈 마음으로 바라보면서 말했다. 그는 안나의 이야기는 하지 않겠다고 알렉세이 알렉산드로비치에게 약속했으나 결국 말하지 않고는 견딜 수 없었다.

　"너, 어머니 기억하니?" 그가 갑자기 물었다.

　"아뇨, 기억 안 나요." 세료자는 얼른 말하고는 얼굴이 자줏빛으로 보일 만큼 빨개져 시선을 떨구었다. 그래서 외삼촌은 더이상 그에게서 아무것도 알아낼 수 없었다.

슬라브인 가정교사는 그로부터 반시간쯤 후 층계 위에서 자신의 제자를 발견했는데, 그가 화를 내고 있는 것인지 울고 있는 것인지 한참 동안 알 수가 없었다.

"왜 그러세요, 넘어져서 다치신 거죠?" 가정교사가 말했다. "그건 위험한 놀이라고 말했잖아요. 교장 선생님께 말씀드려야겠군요."

"다쳤다 하더라도 아무도 눈치채지 못할 거예요. 아마 그럴 거예요."

"그럼 도대체 어떻게 된 거예요?"

"나를 내버려둬요! 내가 기억하고 있든 말든…… 그것이 그 사람과 무슨 상관이야? 왜 내가 기억해야 해? 나를 가만 내버려둬요!" 그는 이제 가정교사가 아니라 온 세상을 향해 말하고 있었다.

20

스테판 아르카디치는 언제나처럼 페테르부르크에서의 시간을 무위하게 보내지 않았다. 페테르부르크에서 그는 누이의 이혼과 취직이라는 볼일 외에도 언제나 그랬듯이 이른바 모스크바의 곰팡이를 떨어내고 기분을 청신하게 해야 했던 것이다.

모스크바는 음악 카페와 승합마차가 있어도, 역시나 고여 있는 웅덩이였다. 스테판 아르카디치는 언제나 그 점을 통감했다. 모스크바에서, 특히 가족과 가까운 곳에 살면 그는 저절로 마음이 우울해졌다. 아무데도 나가지 않고 오랫동안 모스크바에서 지내다보면 결국엔 아내의 어두운 기분과 잔소리, 아이들의 건강과 교육, 자신의 근무상의 자질구레한 이해관계 등으로 마음을 어지럽히게 되고, 자기에게 빚이 있다는 사실까지 그를 괴롭게 했다. 그러나 그저 살짝 페테르부르크까지 나와서 모스크바의 사람들처럼 얼어붙어 있는 게 아니라 살아 있는, 참으로 살아 있는 사회, 그가 드나드는 사회 속에 잠시 머무르는 것만으로도 그러한 생각은 모두 불 앞의 초처럼 순식간에 녹아 사라져버렸다.

아내는?…… 그는 오늘 체첸스키 공작과 이야기를 나눴다. 체첸스키 공작에겐 아내도 있고 귀족 견습사관학교의 생도인 장성한 아들들도 있었다. 그런데 그에게는 정식이 아닌 또하나의 가족이 있었고 거기에도 역시 아이들이 있었다. 첫번째 가족도 나쁘지 않지만, 체첸스키 공작은 두번째 가족과 있을 때 보다 더 행복을 느낀다고 했다. 그래서 그는 자신의 장남을 두번째 가족에게 종종 데려가곤 하는데, 그것이 자식을 위해 유익하고 계발적인 방법이라고 생각한다는 식으로 스테판 아르카디치에게 이야기했다. 모스크바였다면 사람들은 그에 대해 뭐라고 말할까?

아이들은? 페테르부르크에서는 아이들이 아버지의 생활을 방해하지 않았다. 아이들은 학교에서 양육되었고, 모스크바 사람들에게 퍼져 있는, 이를테면 리보프처럼 아이들에게는 온갖 생활의 사치를 제공하고 어버이에게는 그저 근로와 걱정을 떠맡긴다는 그런 야만적인 견해는 이곳엔 없었다. 여기 사람들은 인간이란 우선 자기 자신을 위해 살지 않으면 안 된다고, 문명인은 반드시 그러지 않으면 안 된다는 것을 이해하고 있었다.

근무는? 근무도 여기서는 모스크바에서 하는 것처럼 집요하고 절망적인 노력이 아니었다. 여기서는 근무중에도 재미가 있었다. 우연한 해후, 자발적 봉사, 재치 있는 말, 사람들 앞에서 여러 익살을 부리는 능력만 있으면 누구나 전날 스테판 아르카디치가 만난 현재로는 제일급의 고관인 브랸체프처럼 대번에 출세를 하는 것이다. 근무도 이런 식이라면 흥미진진한 것이다.

게다가 특히 금전상의 문제에 대한 페테르부르크 사람들의 견해는 스테판 아르카디치에게 안도감을 주었다. 그 *생활방식*으로 미루어보아 적어도 오만 루블은 생활비로 쓰고 있다고 여겨지는 바르트냔스키가 이에 대해 전날 그에게 재미있는 말을 들려주었다.

오찬 전에 이야기를 하다가 스테판 아르카디치는 바르트냔스키에게 이렇게 말했다.

"자넨 모르드빈스키와 아주 가까이 지내고 있더군. 그러니 나를 위해서 한마디만 거들어주었으면 해. 실은 내가 노리고 있는 자리가 하나 있는데 말야, 대행기관의 위원인데……"

"나는 안 돼, 곧 잊어버리니까…… 그런데 자넨 무엇 때문에 그런 유대인의 철도사업 같은 것에 눈독을 들이고 있나…… 뭐라 해도 역시 메스꺼운 일이야!"

스테판 아르카디치는 그에게 그것이 현실적인 문제라고 말하지 않았다. 바르트냔스키에겐 그것이 이해가 되지 않으리라고 생각했기 때문이었다.

"돈이 필요해, 살아나갈 길이 없어서 말야."

"하지만 어쨌든 살아가고 있지 않나?"

"살아가고는 있지만, 빚이 있어서 말야."

"뭐, 자네가? 많나?" 바르트냔스키는 동정의 빛을 띠고 말했다.

"굉장히 많아, 한 이만쯤."

바르트냔스키는 쾌활하게 껄껄거렸다.

"오, 행복한 사나이여!" 그는 말했다. "나는 백오십만이나 되는 빚이 있는데다가 무일푼이야. 그래도 보다시피 아직 살아가고 있잖아!"

스테판 아르카디치는 그 말이 허풍이 아니라 실제로 그렇다는 것을 알았다. 지바호프는 삼십만의 빚을 지고 있고 남에게 베풀 일 코페이카도 없는 주제이지만 역시 까딱없이 살고 있다, 잘만 살아가고 있다! 또 크리프초프 백작은 이미 오래전에 사회에서 매장돼버렸으나 여전히 여자를 둘이나 거느리고 있다. 페트롭스키는 오백만이나 탕진해버리고도 여전히 똑같은 생활을 하고 있을 뿐만 아니라 재무성에 근무하며 이만 루블의 봉급을 받고 있다. 그러나 이뿐만 아니라 페테르부르크는 육체적으로도 스테판 아르카디치에게 유쾌한 영향을 주었다. 이곳은 그를 젊어지게 했다. 모스크바에서 그는 이따금 흰머리를 발견하기도 하고, 식후에 잠이 들기도 하고, 기지개를 켜기도 하고, 층계를 한 발짝 한 발짝 가쁜 숨을 쉬면서 오르기도 하고, 젊은 여자와 함께 있어도 권태를 느끼기도 하고, 무도회에서 춤을 추지 않기도 했다. 그러나 페테르부르크에서는 언제나 십 년은 젊어지는 것을 느꼈다.

그는 요즈음 페테르부르크에서, 외국에서 막 돌아온 예순 살 노인인 표트르 오블론스키 공작이 전날 그에게 이야기했던 것과 똑같은 기분을 경험하고 있었다.

"우리는 여기에선 멋있게 살 수가 없어." 표트르 오블론스키는 말했다. "자넨 믿지 않을지 모르지만, 나는 여름 한철을 바덴에서 지냈는데 어땠는 줄 아나? 정말이지 내가 마치 젊은이가 된 느낌이 들지 뭔

가. 젊은 여자를 보면 기분이…… 식사할 때 가볍게 한잔 들이켜기만 해도 힘과 용기가 솟아난단 말야. 그런데 러시아에 돌아오면 아내를 보러 시골에도 갔다 와야 하고 말야. 그래 어떻게 된 줄 아나, 마치 거짓말 같지만 이 주일쯤 지나자 가운을 벗고 연회복을 갈아입는다든가 하는 짓은 완전히 그만둬버리지 않았겠나. 젊은 여자 생각이 다 뭐야! 완전히 노인이 돼버렸어. 이젠 내세의 안락을 빌 수밖에 없게 돼버렸지. 지금이라도 또 파리 같은 데로 나가면 바로 이전처럼 회복될 테지만."

스테판 아르카디치는 표트르 오블론스키와 아주 똑같은 기분을 느꼈다. 모스크바에서 그는 완전히 의기소침해져서 만약 거기에서만 오래 살았으면 아마 내세를 비는 인간이 되어버렸을 것이다. 그러나 페테르부르크에서는 또다시 자기를 버젓한 한 인간으로 느꼈다.

벳시 트베르스카야 공작부인과 스테판 아르카디치는 오래전부터 아주 기묘한 관계를 이루고 있었다. 스테판 아르카디치는 언제나 반농담으로 그녀에게 추근거렸고, 또한 지극히 외설적인 말이 무엇보다도 그녀의 마음에 든다는 것을 알고 있었기에 반농담으로 그런 얘기를 지껄이곤 했다. 카레닌과 그 담판을 지은 이튿날 스테판 아르카디치는 그녀한테 찾아갔다가, 아주 젊어진 기분이 된 나머지 반농담으로 구애하고 지껄이는 와중에 자기도 모르는 사이에 지나치게 들어가버려 이젠 어떻게 빠져나와야 할지 모를 만큼 궁지에 몰리고 말았다. 불행히도 그는 그녀를 좋아하지 않았을 뿐 아니라 오히려 싫어했다. 그럼에도 그렇게 되어버린 것은 그녀가 굉장히 그를 마음에 들어했기 때문이었다. 그래서 때마침 거기에 먀흐카야 공작부인이 찾아와 고역스러운 두 사람의 대면을 중단시켜준 것이 그는 굉장히 기뻤다.

"어머, 당신도 와 계셨군요." 그녀는 그를 보고 말했다. "그래, 불행한 동생분은 어떻게 지내나요? 그렇게 나를 보진 말아주세요." 그녀는 덧붙였다. "세상 사람들이, 그분보다 천 배나 만 배나 나쁜 세상 사람들이 그분을 공격하기 시작했을 때도 나는 그분이 한 행동이 훌륭했다는 것을 알고 있었어요. 그래서 나는 그분이 페테르부르크에 오셨을 때 브론스키가 나에게 알려주지 않았던 것을 용서할 수 없어요. 나는 그분을 찾아가는 건 물론, 어디든지 같이 갔을 텐데 말예요. 아무쪼록 그분에게 내 마음을 전해주세요. 그리고 이제 그분 이야기를 들려주세요."

"네, 그녀는 지금 굉장히 괴로운 처지에 있어요. 그러니까……" 스테판 아르카디치는 먀흐카야 공작부인의 '그분 이야기를 들려주세요'라는 말을 타고난 단순한 성미 탓에 액면대로 받아들이고 이렇게 이야기하기 시작했다. 그러자 먀흐카야 공작부인은 여느 때처럼 곧바로 그를 가로막고 자기 쪽에서 이야기하기 시작했다.

"그분은 나를 제외한 누구나가 몰래 숨어서 하고 있는 짓을 하신 것에 불과해요. 하지만 그분은 거짓말을 하는 것이 싫었던 거예요. 그리고 훌륭하게 해치워버린 거예요. 그분이 그 얼간이 같은 당신의 매제를 버린 것은 더욱 훌륭한 태도였어요. 실례가 되는 말을 지껄이는 것을 용서하세요. 사람들은 모두 그 사람을 보고 현명하다, 현명하다고 했지만 나만은 어리석다고 말했어요. 그러다가 그 사람이 리디야 이바노브나며 랑도와 한통속이 된 것을 보고 이제는 모두들 그 사람을 얼간이라고 말하고 있지요. 나는 그런 세상 이야기에는 동의하고 싶지 않지만 이번만큼은 그럴 수밖에 없어요."

"그러세요, 그럼 어디 한번 나에게 설명해주시겠어요." 스테판 아르카디치는 말했다. "그것은 도대체 어떤 의미일까요? 어제 나는 누이 일로 그 사람한테 가서 확답을 청했는데, 그 사람은 대답하지 않고 잘 생각해보겠다고만 하더니 오늘 아침에는 대답 대신에 오늘밤 리디야 이바노브나 백작부인 댁으로 와달라는 초대를 해왔습니다만."

"아아, 그거예요. 그거예요!" 먀흐카야 공작부인은 신이 난 듯이 말했다. "그 사람들은 틀림없이 랑도의 의견을 물을 거예요."

"랑도의 의견요? 무엇 때문에? 도대체 그 랑도가 누굽니까?"

"어머나, 당신은 쥘 랑도를 모르세요? 그 유명한 쥘 랑도, 그 천리안을?* 그 역시 얼간이지만, 당신 동생분의 운명은 그 사람 손안에 있어요. 당신이 아무것도 모르시는 건 역시 시골생활 덕분이겠죠. 랑도는 파리의 어떤 가게 점원이었어요. 그런데 어느 날 의사를 찾아갔다가 응접실에서 잠이 들었는데, 잠결에 거기에 있던 환자들에게 일일이 충고를 하기 시작했대요. 그런데 그것이 정말 놀라운 충고였나봐요. 그러고 나서, 유리 멜레딘스키 아시죠, 그 환자요? 그 사람의 부인이 랑도에 대해 듣고는 남편을 위해 그를 불렀어요. 그래서 그는 그녀의 남편을 치료하고 있는 거예요. 나 같은 사람의 눈으로 보기엔 아무런 효과도 없는 것 같은데도요. 왜냐하면 멜레딘스키는 여전히 쇠약하니까요. 하지만 그 사람들은 그를 믿고 같이 다니다가 러시아로 데리고 와버린

* '유명한 천리안'은 1870년대 상류사회의 특징적인 인물이었다. 이 소설 중의 랑도는 미국과 유럽에서 활동했고 나폴레옹 3세의 호감을 샀으며 알렉산드르 2세의 궁정에서 알려져 있던 당시의 유명한 영매 대니얼 덩글러스 흄을 떠올리게 한다. 러시아에서 흄은 놀랍게 출세했다. 베즈보로드코 백작의 딸과 결혼하여 백작이 된 것이다. 톨스토이는 러시아 귀족사회를 떠돌아다니는 한 영매의 비상한 변신을 패러디하고 있다.

거예요. 여기서도 너도나도 몰려들다보니까 그는 마구잡이로 치료를 시작해버렸어요. 베즈주보바 백작부인 같은 이는 병이 나았다고 그에게 홀딱 반해버린 나머지 결국엔 양자로 삼아버리지 않았겠어요."

"양자로 삼았다고요?"

"네, 양자로 삼았어요. 그는 이제 랑도가 아니라 베즈주보프 백작이에요. 하지만 그건 아무래도 상관없는 일이고, 중요한 것은 리디야가─난 굉장히 그분을 좋아합니다만, 그분의 머리는 정상이 아니에요─지금은 이 랑도에게 목을 매달고 있어서 그가 없으면 그분도 알렉세이 알렉산드로비치도 아무것도 결정하지 못하는 판국이에요. 그러니까 당신 동생분의 운명도 지금은 이 랑도, 일명 베즈주보프 백작의 손안에 있는 셈이지요."

21

바르트냔스키의 집에서 성찬을 대접받고 코냑을 잔뜩 마신 뒤, 스테판 아르카디치는 정해진 시간보다 조금 늦게 리디야 이바노브나 백작부인의 집으로 갔다.

"부인에게는 또 누가 와 있나? 프랑스인이야?" 스테판 아르카디치는 알렉세이 알렉산드로비치의 눈에 익은 외투와, 또하나의 야릇하고도 수수한 후크로 잠그게 되어 있는 외투를 보고 문지기에게 물었다.

"알렉세이 알렉산드로비치 카레닌과 베즈주보프 백작께서 와 계십니다." 문지기는 엄숙하게 대답했다.

'마흐카야 공작부인 말이 맞구나.' 스테판 아르카디치는 층계를 오르면서 생각했다. '아무래도 이상하군! 하지만 이 여자와 가까이 지내두는 건 나쁘진 않을 거야. 아무튼 대단한 세력자니까 말이야. 이 여자가 포모르스키에게 한마디만 해준다면 그야말로 틀림없는 거다.'

바깥은 아직도 밝은 편이었으나, 커튼이 드리워진 리디야 이바노브나 백작부인의 조그마한 객실에는 램프가 켜져 있었다.

램프 아래 둥근 탁자를 둘러싸고 백작부인과 알렉세이 알렉산드로비치가 조용히 뭔가를 이야기하면서 앉아 있었다. 여자 같은 골반과 무릎께에서 안으로 굽은 다리, 그다지 키가 크지 않은 수척하고 굉장히 창백한 아름다운 얼굴에 반짝반짝 빛나는 아름다운 눈을 하고 프록코트의 깃까지 긴 머리털을 늘어뜨린 한 남자가 초상들이 걸려 있는 벽을 보면서 방 저쪽 끝에 서 있었다. 여주인과 알렉세이 알렉산드로비치에게 인사하고 나서 스테판 아르카디치는 부지중에 다시 한번 그 낯선 사나이를 쳐다보지 않을 수 없었다.

"므시외!" 백작부인은 오블론스키가 놀랐을 정도로 부드럽고 조심성 있게 그를 불렀다. 그리고 그녀는 두 사람을 서로에게 소개했다.

랑도는 얼른 돌아보고 가까이 오더니 싱글벙글하면서 스테판 아르카디치가 내민 손 안에 그 묵직하고 땀이 밴 손을 얹었다가 이내 다시 물러가서 초상을 바라보기 시작했다. 백작부인과 알렉세이 알렉산드로비치는 의미 있는 눈짓을 주고받았다.

"뵙게 되어 대단히 반갑습니다, 특히 오늘은." 리디야 이바노브나 백작부인은 스테판 아르카디치에게 카레닌의 옆자리를 권하면서 말했다.

"나는 당신에게 저분을 랑도라고 소개드렸지요." 그녀는 프랑스인 쪽을 보고 나서, 곧바로 알렉세이 알렉산드로비치에게로 눈길을 옮기며 조용한 목소리로 말했다. "하지만 저분은, 아마 알고 계실 테지만 정식으로는 베즈주보프 백작이에요. 그저 저분이 그러한 칭호를 싫어하셔서 말예요."

"네, 들었습니다." 스테판 아르카디치가 대답했다. "뭐 저분이 베즈주보바 백작부인의 병을 완전히 낫게 했다는 얘기더군요."

"그분은 오늘 우리집에 오셨는데, 정말 딱하기 짝이 없었어요!" 백작부인은 알렉세이 알렉산드로비치를 돌아보며 말했다. "이번의 이별은 그녀에겐 정말 가슴 아픈 일이에요. 그녀에겐 이 일이 굉장한 타격이에요!"

"그럼 저분은 정말로 떠나버리는 겁니까?" 알렉세이 알렉산드로비치가 물었다.

"네, 파리로 돌아가요. 저분은 어제 목소리를 들으셨대요." 리디야 이바노브나 백작부인은 스테판 아르카디치를 쳐다보면서 말했다.

"아아, 목소리를요!" 오블론스키는 자기가 아직 갈피를 잡을 수 없는 특별한 무언가가 이미 일어나고 있든가 혹은 일어나도록 되어 있는 이러한 세계에서는 될 수 있는 한 신중해지지 않으면 안 된다고 느끼면서 되풀이했다.

잠시 동안 침묵이 찾아왔다. 그러자 리디야 이바노브나 백작부인은 이제부터 이야기의 주제로 들어가겠다는 듯이 엷은 미소를 띠고 오블론스키에게 말했다.

"나는 오래전부터 당신을 알고 있었으므로, 이렇게 보다 가까이 알게 된다는 것이 무엇보다 기쁩니다. *내 친구의 친구는 또한 내 친구이기도 하지요.* 친구가 되기 위해선 그 사람의 마음속까지 파고들어가서 생각하지 않으면 안 되는 것입니다만, 당신은 알렉세이 알렉산드로비치에 대해 그렇게 하시지 않는 게 아닌가 생각합니다. 당신은 내가 무슨 말을 하는지 이해하시겠지요." 그녀는 그 아름답고 몽상에 잠긴 듯한 눈을 들고 말했다.

"백작부인, 나도 알렉세이 알렉산드로비치의 처지를 얼마쯤은 이해하고 있어요……" 오블론스키는 무슨 얘기인지 잘 몰랐으므로 일반론에서 그쳐야겠다고 생각하면서 말했다.

"바뀐 것은 외면적인 처지가 아녜요." 리디야 이바노브나 백작부인은 엄격한 어조로 말하고 동시에 애틋한 눈으로 일어나서 랑도 쪽으로 옮겨간 알렉세이 알렉산드로비치의 뒤를 좇았다. "저분의 내면이 변한 거예요. 말하자면 저분에겐 새로운 마음이 주어진 거예요. 그래서 나는 당신이 저분의 심중에 일어난 이 변화를 충분히 고려하지 않으실까봐 걱정됩니다."

"하지만 나도 개괄적으로는 그 변화를 상상할 수 있습니다. 우리는 여태까지 쭉 친밀하게 지내왔고 지금도……" 스테판 아르카디치는 부인의 눈빛에 부드러운 시선으로 답하면서 두 대신 가운데 어느 쪽에다 조언을 부탁해야 할까, 그녀가 그 대신들 중 어느 쪽과 더 가까이 지내고 있을까를 생각하면서 말했다.

"저분의 마음에 일어난 변화가 가까운 이들에 대한 저분의 애정을 약하게 한다는 건 아녜요. 그렇기는커녕 저분의 마음에 일어난 변화는 도리어 그 애정을 강하게 하고 있을 거예요. 그렇지만 당신은 내가 말쏟드리고 있는 것이 잘 이해가 안 가는 건 아닐까요. 어떻습니까, 차 드시겠어요?"그녀는 쟁반째 차를 내밀고 있는 하인 쪽을 눈으로 가리키면서 말했다.

"반드시 그렇지만도 않습니다, 백작부인. 물론, 저 사람의 불행은……"

"그래요, 그 불행, 그것이 지극히 높은 행복이 된 거예요. 저분의 마음이 새로워져서 하느님으로 가득찼을 때."그녀는 스테판 아르카디치의 얼굴을 정답게 들여다보면서 말했다.

'어쩐지 양쪽에다 조언을 부탁해도 좋을 것 같군.' 스테판 아르카디치는 생각했다.

"오, 말씀대롭니다, 백작부인."그는 말했다. "하지만 이러한 마음의 변화는 아무에게도, 꽹장히 친밀하게 지내고 있는 사람에게도 말하기 꺼려지는 아주 내밀한 것이라고 생각합니다만."

"그 반대예요! 우리는 서로 마음을 털어놓고 힘이 되지 않으면 안돼요."

"그렇습니다, 물론. 하지만 거기에는 신념의 차이라는 것도 있고, 게다가 또……"오블론스키는 부드러운 미소를 띠고 말했다.

"신성한 진리의 문제에 신념의 차이 같은 게 있을 턱이 없어요."

"오 그렇습니다, 물론, 하지만……"어찌할 바를 모르고 스테판 아르카디치는 입을 다물어버렸다. 그는 그녀의 이야기가 종교와 관련되어 있다는 것을 비로소 깨달았던 것이다.

"저 사람은 곧 잠이 들 것 같군요." 리디야 이바노브나 옆으로 다가오면서 알렉세이 알렉산드로비치는 의미 있게 귓속말로 말했다.

스테판 아르카디치는 뒤를 돌아보았다. 랑도는 창가에 있는 안락의자의 등받이에 기대어 팔꿈치를 짚고 머리를 떨군 채 앉아 있었다. 그에게로 쏠린 일동의 시선을 알아채자 그는 고개를 쳐들고 어린아이처럼 티없이 미소를 지었다.

"마음 쓰지 마세요." 리디야 이바노브나는 말하고서 알렉세이 알렉산드로비치 쪽으로 의자를 살짝 밀어주었다. "나는 말예요……" 그녀가 뭔가 말하려고 했을 때, 하인이 편지를 가지고 방으로 들어왔다. 리디야 이바노브나는 그것을 훑어보고 나서 잠깐 실례한다고 말하고는 굉장한 속도로 답장을 써서 하인에게 건네고 탁자로 돌아왔다. "나는 말예요," 그녀는 시작했던 이야기를 계속했다. "모스크바 분들, 특히 남자분들이 종교에 대해 굉장히 냉담하다는 것을 알아챘어요."

"오 아닙니다, 백작부인. 모스크바 사람들은 가장 견실하다는 평판을 듣고 있는 것으로 압니다만." 스테판 아르카디치가 대답했다.

"내가 알고 있는 한 당신도 유감스럽지만 냉담한 자들 중 한 사람이에요." 알렉세이 알렉산드로비치가 지친 듯한 미소를 띠고 그를 돌아보며 말했다.

"어떻게 냉담할 수가 있을까요!" 리디야 이바노브나가 말했다.

"이 문제에서 나는 냉담한 것이 아니라, 그저 대기중이라고 할 수 있죠." 스테판 아르카디치는 타고난, 부드럽기 그지없는 미소를 띠면서 말했다. "그런 문제가 필요할 때가 내게는 찾아오지도 않을 것 같은 생각이 드는군요."

알렉세이 알렉산드로비치와 리디야 이바노브나는 눈짓을 교환했다.

"우리는 절대 우리에게 그러한 때가 왔는지 안 왔는지 알 수 없습니다." 알렉세이 알렉산드로비치는 준엄하게 말했다. "우리는 자신에게 준비가 되어 있는가 아닌가를 생각해서는 안 됩니다. 하느님의 은혜는 인간의 생각에 의해 이끌리는 것이 아닙니다. 그것은 부지런히 애쓰는 사람 위에도 내리지 않을 수 있고, 또 사울*처럼 아무런 준비도 하고 있지 않은 사람 위에도 내리는 수가 있으니까요."

"아니, 아직은 아닌 것 같아요." 그동안 프랑스인의 동작을 주의깊게 살피고 있던 리디야 이바노브나가 말했다.

랑도가 일어나서 그들 쪽으로 다가왔다.

"이야기를 들어도 괜찮을까요?" 그가 물었다.

"오 그럼요, 당신을 방해하고 싶지 않았을 뿐이에요." 부드러운 눈빛으로 그를 쳐다보면서 리디야 이바노브나가 말했다. "자, 앉으세요."

"빛을 잃지 않기 위해 우리 인간은 그저 눈을 감지 않고 있으면 되는 거예요." 알렉세이 알렉산드로비치가 말을 이었다.

"아아, 만약 당신이 자신의 영혼 가운데 언제나 하느님이 함께하시는 것을 느끼면서 우리가 맛보는 이 행복을 알아주셨으면 싶어요!" 리디야 이바노브나 백작부인은 행복한 미소를 지으면서 말했다.

"하지만 인간은 때로는 그러한 높은 데로 올라갈 능력이 자기에게 없다는 느낌이 들 때도 있는 겁니다." 스테판 아르카디치는 그러한 종교적인 높이를 인정한다면 자신의 진심을 굽히는 거라고 느끼면서, 동시에 포모르스키에게 한마디만 하면 자기가 바라는 지위를 줄 수 있는 귀부인 앞에서 자신의 자유사상을 표명하는 게 망설여짐을 느끼면서 말했다.

---

* 사도 바울이 개종하기 전의 이름.

"말하자면 당신은 죄가 방해가 되니까, 라고 말씀하고 싶으시겠죠?"
리디야 이바노브나는 말했다. "하지만 그것은 그릇된 생각이에요. 믿는
자에게 죄란 없지요. 죄는 이미 씻겨버렸으니까요. *용서하세요*." 그녀
는 또다시 다른 쪽지를 가지고 들어온 하인 쪽을 쳐다보면서 덧붙였다.
그녀는 그것을 읽고 말로 답변했다. "내일 대공비의 저택에서, 그렇게
전해줘요. 믿는 자에게 죄란 없지요." 그녀는 이야기를 계속했다.

"네, 하지만 행위가 없는 신앙은 죽은 것이니까요." 스테판 아르카디
치는 교리문답 가운데 한 구절을 생각하고 그저 미소만으로 자신의 독
립성을 지키려 하면서 말했다.

"저봐요, 또 「야고보서」의 문구가 나왔습니다." 알렉세이 알렉산드로
비치는 약간 비난하는 듯한 어조로 리디야 이바노브나에게로 얼굴을
돌리면서 말했다. 분명 이것은 그들이 이미 여러 차례 이야기한 문제
인 것 같았다. "이 성구 하나의 그릇된 해석이 얼마나 폐해를 빚어내고
있는지 모릅니다! 이 해석만큼 사람을 신앙으로부터 멀어지게 하는 건
없으니까요. '나에게는 행위가 없다. 그러니까 나는 믿을 수가 없다'느
니 하는 것은 아무데도 적혀 있지 않아요. 전혀 정반대의 내용이 있을
뿐입니다."

"하느님을 위해 일한다, 노동에 의해, 단식과 금욕에 의해 영혼을 구
원받는다는 것은," 혐오를 견딜 수 없다는 듯이 경멸의 빛을 보이며 리
디야 이바노브나 백작부인은 말했다. "이것은 우리 나라 수사들의 야만
적인 해석이에요…… 그런 건 어디에도 적혀 있지 않아요. 그것은 훨
씬 더 간단하고 쉬운 일이에요." 그녀는 궁중에서 새로운 환경 때문에
어찌할 바를 모르는 젊은 여관女官들을 격려할 때 보이는 용기를 북돋

우는 듯한 미소를 짓고 오블론스키를 쳐다보면서 덧붙였다.

"우리는 우리를 위해 고난을 받으신 그리스도에 의해 구원을 받는 겁니다. 우리는 신앙에 의해 구원을 받는 겁니다." 그녀의 말에 눈빛으로 찬성을 표하면서 알렉세이 알렉산드로비치가 맞장구쳤다.

"당신은 영어를 할 줄 아시죠?" 리디야 이바노브나는 묻고 나서 안다는 대답을 듣자 일어나 서가에서 책을 고르기 시작했다.

"난 『안전과 행복』이나 『날개 밑에서』를 읽어드리고 싶습니다만."* 그녀는 묻는 듯이 카레닌 쪽을 힐끔 쳐다보며 말했다. 그리고 책을 찾아 본래의 자리로 돌아와서 그것을 펼쳤다. "아주 짧은 책이지만, 여기에는 신앙에 이르는 도정이며 그때에 영혼을 가득 채워줄 지상의 온갖 행복을 초월한 지복에 관해 쓰여 있어요. 믿는 사람이 불행해지는 일은 없어요. 왜냐하면 그 사람은 이제 혼자가 아니니까요. 들어보세요." 그녀가 읽으려고 할 때 또 하인이 들어왔다. "보로즈디나? 내일 두시에 뵙자고 전해줘요. 그래요." 그녀는 책의 한 부분을 손가락으로 짚고 한숨을 쉬며 그 생각에 잠긴 듯한 아름다운 눈으로 자기 앞을 물끄러미 바라보면서 말했다. "참다운 신앙이란 이만큼의 효력을 가지는 거예요. 당신은 마리 사니나를 알고 계세요? 그녀의 불행에 대해 알고 계세요?

---

* 그랜빌 래드스톡 경의 「신앙의 도움에 의한 구제」에 대한 설교와 관련된 '신(新)신비주의 경향'의 영국의 '넋을 구하는' 소책자 제목. 1874년 래드스톡은 교통부 장관 A. P. 보브린스키의 지원을 받아 페테르부르크의 상류사회 살롱에서 설교했다. 래드스톡의 기본 사상은 그리스도는 자신의 죽음으로 '인류를 속죄했으며', 그래서 개개 인간은 '구원을 받은 자'이고, 행복한 자가 되기 위해 개개 인간에게는 오직 신앙만이 필요하다는 것이다. 궁정의 여관 A. A. 톨스타야가 1876년 3월 28일자 편지로 톨스토이에게 이 흥미로운 정보를 전달했다. 한편 이 편지 가운데서 그녀는 설교자가 인간의 본성을 전혀 모르고 있으며, 심지어 그것에 주의를 기울이지도 않는다고 말했다.

그녀는 단 하나뿐인 아이를 잃어버리고 절망에 빠졌어요. 하지만 그뒤에 어떻게 되었을까요? 그녀는 이 벗을 발견했고, 이젠 자기 아이의 죽음에 대해 완전히 하느님께 감사하고 있어요. 이러한 행복이야말로 신앙이 줄 수 있는 거예요."

"오 그렇군요, 그것은 굉장히……" 스테판 아르카디치는 이제부터 상대방이 책을 읽는다면 어느 정도나마 자기에게도 생각을 정리할 여유가 생기리라고 안심하면서 말했다. '아니, 오늘은 아무것도 부탁하지 않는 편이 좋을 것 같다.' 그는 생각했다. '그보다는 흉한 꼴을 보이기 전에 빨리 물러가는 게 좋겠다.'

"당신은 지루하실 거예요." 리디야 이바노브나 백작부인은 랑도를 돌아보고 말했다. "당신은 영어를 모르시니까. 하지만 이건 짧은 글이니까요."

"오, 저도 알게 되겠지요." 랑도는 아까와 똑같이 웃는 얼굴로 말하고 눈을 감았다.

알렉세이 알렉산드로비치와 리디야 이바노브나는 의미 있는 눈짓을 주고받았고, 낭독이 시작되었다.

22

스테판 아르카디치는 이곳에서 들은 새롭고 이상야릇한 이야기들로 완전히 어리벙벙해져 있었다. 페테르부르크 생활의 복잡함은 모스크바 생활의 침체로부터 그를 끌어내면서 그에게 대체로 자극적인 영향을 주었다. 그는 이 복잡함을 사랑했고 그에게 가까운 낯익은 범위 안에서는 이것을 이해하고도 있었지만, 이 낯선 세계에서는 어리벙벙하고 아찔하여 아무것도 이해할 수 없었다. 리디야 이바노브나 백작부인의 이야기에 귀를 기울이면서, 자기에게 고정되어 있는 랑도의 아름답고 순박한 혹은 교활한—그로서는 판단할 수 없었다—눈빛을 의식하면서, 스테판 아르카디치는 머릿속에 일종의 기묘한 묵직함을 느끼기 시작했다.

지극히 잡다한 상념이 그의 머릿속에서 한데 엉클어졌다. '마리 사니나는 자기 아이의 죽음을 기뻐하고 있다고…… 지금 담배를 피울 수 있다면 참 좋으련만…… 구원을 받기 위해서는 그저 믿기만 하면 된다, 그런데 수사들은 그것을 모르고 있다, 하지만 리디야 이바노브나 백작부인은 알고 있다…… 한데 어째서 나는 이렇게 머리가 무거운 것일까? 코냑 탓일까, 아니면 너무 이상한 말만 들은 탓일까? 아무튼 나도 지금까지는 예의 없는 짓은 하지 않은 것 같다. 하지만 어쨌든 지금 이 여자에게 부탁할 수는 없다. 이야기를 들어보니 이 사람들은 누구에게나 기도를 시키려 드는 모양이다. 내겐 어떻게든 그런 일이 없었으면 좋겠다. 너무나도 어리석으니까. 그건 그렇고 이 여자는 어쩌면 이렇게 쓸데없는 것을 읽고 있는 것일까. 하지만 낭독 솜씨는 정말 훌륭하군. 랑도가 베즈주보프라니, 어떻게 저 사람이 베즈주보프야?' 갑자기 스테판 아르카디치는 자신의 아래턱이 억누를 수 없을 만큼 벌어지며 하품으로까지 번지기 시작한 것을 느꼈다. 그는 하품을 감추기 위해 구레나룻을 잡아당기고 몸을 털었다. 그러나 곧바로 자기가 까무룩 잠들어 코를 골려고 하는 것을 느꼈다. 그 순간 "잠이 들었어요" 하는 리디야 이바노브나 백작부인의 목소리에 그는 퍼뜩 정신을 차렸다.

스테판 아르카디치는 몹시 겸연쩍은, 꼬리를 잡힌 듯한 기분을 느끼면서 깜짝 놀라 정신을 차렸다. 그러나 그는 이내 그 '잠이 들었어요'라는 말은 그가 아니라 랑도를 보고 한 것임을 알고 마음을 놓았다. 프랑스인은 스테판 아르카디치처럼 잠들어 있었다. 스테판 아르카디치의 잠은 그가 생각하기엔 아마 그들을 노하게 했겠지만(그러나 그로서도 확신할 순 없었다. 그만큼 이 모든 상황이 그에게는 야릇하게 여겨졌던 것이다) 랑도의 잠은 그들을 굉장히 기쁘게 했다. 특히 리디야 이바노브나 백작부인이 기뻐했다.

"*나의 친구.*" 리디야 이바노브나는 옷 스치는 소리가 나지 않도록 주름 잡힌 비단옷 자락을 조심스럽게 치켜들면서, 흥분한 나머지 카레닌을 이제 알렉세이 알렉산드로비치가 아니라 *나의 친구*라고 부르면서 이렇게 말했다. "*그에게 손을 줘보세요. 보이세요? 쉿!*" 그녀는 또다시 들어온 하인을 꾸짖었다. "아무도 들이지 마."

프랑스인은 안락의자의 등받이에다 머리를 기댄 채 자고 있었다. 아니면 자는 시늉을 하고 있는지도 몰랐다. 그리고 무릎 위에 놓인 땀이 밴 한쪽 손으로 마치 무엇인가를 붙잡으려는 듯 가냘픈 동작을 취하고 있었다. 알렉세이 알렉산드로비치는 일어서서 조심스럽게 움직이려고 했으나 탁자 모서리에 걸려 휘청거리다가, 그 옆으로 다가가서 자신의 손을 프랑스인의 손 안에 놓았다. 스테판 아르카디치도 함께 일어서서, 만약 자기가 아직 잠을 자고 있는 거라면 빨리 잠을 깨야겠다고 생각하면서 눈을 휘둥그렇게 뜨고 두 사람을 번갈아 바라보았다. 모든 것이 현실의 사건이었다. 스테판 아르카디치는 자신의 머릿속이 차츰차츰 이상해져가는 것을 느꼈다.

"마지막에 온 사람, 의문을 품은 그 사람을 나가게 하라! 나가게 하라!" 프랑스인은 눈을 감은 채 또박또박 말하기 시작했다.

"죄송합니다만, 사정이 이러니까요…… 열시쯤에 다시 와주세요, 내일이면 더욱 좋고요."

"나가게 하라!" 프랑스인은 성마르게 되풀이했다.

"나를 말하는 거죠, 그렇죠?"

그렇다는 대답을 듣자 스테판 아르카디치는 리디야 이바노브나에게 부탁하려고 했던 것도, 누이에 관한 볼일도 잊어버리고 한시바삐 여기서 도망쳐야겠다는 일념으로, 발꿈치를 세운 채 마치 전염병에 감염된 집에서 도망쳐 나가기라도 하듯 한길로 뛰어나갔고, 한시라도 빨리 기분을 돌이켜야겠다는 생각에 오랫동안 삯마차 마부와 지껄이기도 하고 농을 걸기도 했다.

프랑스 극장의 마지막 막에 간신히 맞춰 가서 구경을 하고 난 뒤 타타르인 식당에서 샴페인 잔을 비우자 비로소 스테판 아르카디치는 자신에게 친숙한 분위기 속에서 적이 마음이 놓였다. 그러나 역시 그날 밤은 좀처럼 기분이 산뜻해지지 않았다.

페테르부르크에 있는 동안 머물고 있는 표트르 오블론스키의 집으로 돌아온 스테판 아르카디치는 벳시에게서 온 쪽지를 발견했다. 그녀는 그에게 아까 하던 이야기를 꼭 매듭짓고 싶으니 내일 와주면 좋겠다고 적어보냈다. 그가 막 그 쪽지를 읽고 나서 눈살을 찌푸린 순간, 아래층에서 뭔가 무거운 것이라도 나르는 듯한 사람들의 비척비척하는 무거운 발소리가 들려왔다.

스테판 아르카디치는 무슨 일인가 보러 나갔다. 그것은 회춘한 표트르 오블론스키였다. 그는 층계를 오를 수 없을 만큼 만취해 있었다. 그러나 스테판 아르카디치를 보자 하인들에게 몸을 일으켜달라고 명령하더니 그에게 달라붙어 함께 그의 방으로 올라왔다. 그러고선 그에게 자기가 어떻게 하룻저녁을 지냈는가를 이야기한 다음 이윽고 그대로 잠이 들어버렸다.

스테판 아르카디치에겐 좀처럼 없는 일이었지만, 그는 굉장히 의기소침하여 오랫동안 잠들 수 없었다. 생각해내는 것마다 하나에서 열까지 구역질이 치밀었지만, 그 가운데서도 가장 역겹고 마치 무언가 부끄러운 일인 듯 느껴졌던 것은 리디야 이바노브나 백작부인 집에서 겪은 그날 저녁의 일이었다.

이튿날 그는 알렉세이 알렉산드로비치에게서 안나와의 이혼 문제에 대해 단호히 거절하는 회답을 받았고, 그 결정이 전날 프랑스인이 정말인지 거짓말인지 모를 수면중에 했던 말에 근거하고 있다는 것을 깨달았다.

23

가정생활에서 무엇인가를 꾀하기 위해서는 부부 사이에 완전한 분열이나 사랑의 일치가 있어야 한다. 부부관계가 애매하고 이것도 저것도 아닌 경우에는 어떠한 계획도 실행될 수 없다.

세상에는 남편에게도 아내에게도 싫증이 난 생활을 그대로 몇 해째

이어가는 부부가 꽤 있지만, 그것은 모두 완전한 분열도 일치도 없기 때문이다.

태양은 이미 봄 같지 않고 여름처럼 쨍쨍 내리쬐었으므로 가로숫길의 나무라는 나무는 벌써 오래전에 완전히 잎을 달고 그 잎이 이미 먼지로 덮여버렸을 때, 무더위와 티끌 속의 모스크바 생활은 브론스키에게도 안나에게도 견디기 어려웠다. 그러면서도 그들은 벌써 오래전에 결정한 보즈드비젠스코예로 돌아가는 것을 실행하지 않고 두 사람 다 못 견디게 싫은 모스크바에서 무료한 생활을 이어가고 있었는데, 그것은 요즈음 그들 사이에 일치가 없었기 때문이다.

그들을 갈라놓은 조바심에는 아무런 외부적인 원인도 없었고, 그 기분을 풀려고 했던 모든 시도는 그 조바심을 없애지 못했을 뿐만 아니라 오히려 더욱 부채질했다. 그것은 그녀에겐 그의 사랑이 감퇴했다는 믿음에 기인한 내부적인 조바심이었고, 그에게는 그녀를 위해 자기가 이처럼 괴로운 상황에 빠져 있는데도 그녀는 그것을 덜어주려 하지 않을 뿐만 아니라 오히려 한층 더 괴로운 것으로 만들고 있다는 회한에 뿌리박고 있는 조바심이었다. 두 사람 다 자신의 조바심의 원인을 직접 입 밖에 내지는 않았지만, 서로 상대방이 옳지 않다고 생각하며 사사건건 이를 증명하려고 애썼다.

그녀에겐 그의 모든 것, 즉 온갖 상념, 온갖 욕망, 온갖 정신적·육체적 특색 등등이 오직 하나, 즉 여자에 대한 사랑으로 귀결되었고, 이 사랑은 그녀의 감정에 의하면 모두 그녀 한 사람에게만 집중되어야 했는데, 그 사랑이 감퇴한 것이다. 따라서 그녀의 판단에 의하면 그는 그 사랑의 일부를 다른 몇 명의 여자에게, 혹은 다른 한 명의 여자에게 옮긴

것이 틀림없었다. 그래서 그녀는 질투를 느꼈다. 그녀가 그를 질투한 것은 특정한 여자에 대해서가 아니라 그의 사랑의 감퇴에 대해서였다. 아직 질투의 대상을 갖지 못한 그녀는 그것을 찾고 있었다. 지극히 작은 낌새만 보여도 그녀는 자신의 질투를 하나의 대상에서 또다른 대상으로 옮겼다. 어떤 때는 그가 독신 시절에 관계가 있었던 탓으로 손쉽게 관계를 맺을 수 있었던 천한 여자들에 대해 질투하는가 하면, 어떤 때는 그가 어디서나 자유롭게 만날 수 있었던 사교계의 여자들에 대해 질투하고, 또 어떤 때는 그가 그녀와의 관계를 끊고 결혼하고 싶어하는 가상의 처녀에 대해 질투하기도 했다. 그리고 이 마지막 질투가 그중에서도 가장 그녀를 괴롭혔는데, 특히 그의 어머니가 그를 조금도 이해하지 못하고 그에게 소로키나 공작영애와의 결혼을 권하기도 한다고, 언젠가 서로 숨김이 없었을 때 그 자신이 부지중에 발설한 적이 있었기 때문에 더욱 그랬다.

이리하여 그를 질투하면서 안나는 그에게 원망을 품고 온갖 것에서 원망의 근거를 찾았다. 그리고 자기 처지의 모든 괴로움을 그 한 사람의 탓으로 돌렸다. 천지간에 그녀가 모스크바에서 경험하고 있던 쓰라리고 괴로운 기다림의 상태, 알렉세이 알렉산드로비치의 우유부단과 주저, 자신의 고독, 이러한 것을 전부 그녀는 그의 탓으로 돌렸다. 만약 그가 그녀를 사랑한다면 무엇보다도 먼저 그녀 처지의 모든 괴로움을 이해하고 그 속에서 그녀를 건져내주었을 것이다. 그녀가 시골이 아니라 모스크바에서 사는 것도 그의 탓이었다. 그는 그녀가 바랐던 것처럼 시골에 파묻혀 살 수 없었다. 그에게는 사교계가 필요했고, 그래서 그는 그녀를 이처럼 끔찍한 처지에 놓아두고도 그 괴로움을 이해하려 하지 않았다. 그뿐만 아니라 그녀가 영원히 자신의 아들과 갈라지고 만 것도 그의 탓이었다.

이따금 그들 사이에 찾아드는 정다운 순간마저도 그녀를 달랠 수는 없었다. 이제 그의 정다움 속에서도 그녀는 이전엔 인식하지 못했던 평온함과 자신감의 그림자를 보았고, 그것이 또 그녀를 안절부절못하게 했다.

벌써 황혼녘이었다. 안나는 혼자서 독신자 모임에 나간 그의 귀가를 기다리며 그의 서재 안을(한길의 소음이 거의 들리지 않는 방이었다) 이리저리 서성이며 어제의 말다툼을 세세하게 되새기고 있었다. 그뒤로 줄곧 기억에 남아 있는 모욕적인 말에서 그 말의 원인 쪽으로 거슬러올라가면서 그녀는 마침내 그 이야기의 발단에 도달했다. 그녀는 이 말다툼이 그처럼 악의가 없고 어느 쪽의 마음과도 관계되지 않은 이야기에서 시작되었다는 사실을 오랫동안 믿을 수 없었다. 그러나 정말로 그러했던 것이다. 모든 일은 그가 여자 김나지움을 비웃으며 불필요하다고 말한 데 대해 그녀가 변호하면서 시작되었다. 그는 일반적으로 여성교육이라는 것에 경멸을 표하고, 안나의 보호를 받는 한나라는 영국계집애 따위에게 물리학 지식은 전혀 필요하지 않다고 말했던 것이다.

이것이 안나를 노하게 했다. 그녀는 이 말에서 자신의 일에 대한 모욕적인 암시를 느꼈다. 그래서 그녀는 자기에게 가해진 아픔에 대해 응수할 문장을 생각하고 그것을 입 밖에 냈다.

"나는 일반적으로 연인이 하는 것처럼 당신이 나의 기질과 감정을 이해해주기를 바라지는 않았지만, 그래도 최소한 품위만은 가져주기를 바랐어요." 그녀가 말했다.

그러자 그가 노여움으로 핏대를 올리며 무언가 불쾌한 말을 내뱉었다. 그녀는 자기가 그에게 뭐라고 답했는지 기억하지 못했으나, 그가 순간적으로 무슨 생각에서였는지—아마도 역시 그녀에게 아픈 말을 해주어야겠다는 욕구에서였겠지만—이렇게 말했던 것만은 기억했다.

"나는 당신이 그 계집애에게 홀딱 빠진 것엔 정말이지 흥미가 없소. 왜냐하면 내겐 그것이 부자연스럽게 보이니까."

그녀가 자신의 괴로운 생활을 참고 견디기 위해 고심에 고심을 기울여 간신히 쌓아올린 세계를 파괴하려는 그의 이 잔혹함이, 그녀를 위선적이라느니 부자연스럽다느니 하고 나무라는 그의 이 부당함이 그녀를 폭발시켰다.

"정말 유감이에요, 그저 야비하고 물질적인 것만이 당신에겐 이해가 가고 자연스럽게 보인다는 사실이." 그녀는 이렇게 말하고 방에서 나가버렸다.

어젯밤 그가 그녀의 방으로 왔을 때 그들은 이미 지나가버린 말다툼에 관해서는 얘기하지 않았지만, 둘 다 싸움이 가라앉은 것일 뿐 아직 끝나지 않았다는 것을 느꼈다.

오늘 그는 온종일 집에 없었다. 그래서 그녀는 그와 싸우는 상태가 너무 쓸쓸하고 답답하게 느껴져 모든 것을 잊고 용서하고 화해하고 싶은 마음이 간절히 일어나, 전에 없이 자기를 꾸짖고 그를 변호하고 싶어졌다.

'내가 나빴다. 성마르고, 무작정 질투만 하고. 그이와 화해하고 둘이서 시골로 가자, 그러면 나도 한결 마음이 가라앉을 테니까.' 그녀는 자기에게 말했다.

'부자연스럽다고.' 문득 그녀는 또다시 그 말을 떠올렸다. 그 말 자체보다도 그녀에게 가혹한 말을 해주어야겠다는 그 속셈이 무엇보다도 그녀에겐 모욕적이었다.

'나는 그이가 무슨 말을 하고 싶었는지 알고 있다. 그이는 이렇게 말하고 싶었던 것이다. 자기 딸을 사랑하지 않으면서 남의 아이를 사랑하는 것은 부자연스럽다고. 아이에 대한 사랑을 그이가 알기나 할까? 그이를 위해 희생한 세료자에 대한 내 사랑을 그이가 알기나 할까? 하지만 그이는 나한테 아픈 말을 하고 싶었던 것이다! 아무래도 그이는 딴 여자를 사랑하고 있는 것이다, 아마 틀림없을 것이다.'

이리하여 자신의 마음을 가라앉혀야겠다고 마음먹으면서, 벌써 몇 차례나 되짚었던 생각의 굴레를 또다시 돌고 나서도 자기가 이전의 조바심으로 다시 되돌아온 것을 깨닫고 그녀는 전율했다. '정말 안 되는 것일까? 나는 정말 자기를 이겨낼 수 없는 것일까?' 그녀는 자기에게 말하고, 처음부터 다시 되짚어갔다. '그이는 참되고, 그이는 정직하고, 그이는 나를 사랑한다. 나도 그이를 사랑하고, 머지않아 이혼하게 될 것이다. 또 무엇이 필요한 것일까? 안정과 신뢰다. 그리고 나는 나 자신을 이겨낼 것이다. 그렇다, 이제 그이가 돌아오면 나에게는 잘못이 없더라도 내가 잘못했다고 말하자. 그리고 우리는 시골로 가자.'

이제 더이상 생각하거나 조바심에 사로잡히지 않기 위해 그녀는 벨을 울려 시골로 가져갈 물건들을 넣을 트렁크를 가져오라고 일렀다.

브론스키는 열시에 돌아왔다.

24

"어때, 재미있는 일이 있었어?" 그녀는 얼굴에 겸연쩍은 듯한 부드러운 빛을 띠고 그를 맞으면서 물었다.

"여느 때나 똑같지." 그는 그녀를 흘낏 본 것만으로도 그녀의 기분이 좋다는 것을 알고 대답했다. 그는 이미 이러한 변화에는 익숙해져 있었지만, 이날은 그 역시 굉장히 기분이 좋았으므로 그 점이 유달리 기뻤던 것이다.

"이게 다 뭐야! 정말 잘했어!" 그는 현관방에 놓인 트렁크를 가리키면서 말했다.

"그래, 아무래도 이제 떠나지 않으면 안 되겠어. 나는 아까 마차를 타고 나갔다가 너무나 기분이 좋아서 갑자기 시골로 가고 싶어졌어. 당신에게도 아무런 지장은 없잖아?"

"그럼, 나도 바라는 바야. 지금 곧 저리 가서 의논하지. 잠깐 옷만 갈아입고 올게. 차를 준비하도록 일러줘."

그리고 그는 자신의 서재로 들어갔다.

그의 '정말 잘했어'라는 말 속에는 어린아이가 떼를 쓰는 것을 멎었을 때 얼러주는 듯한, 뭔가 모욕적인 울림이 있었다. 게다가 그녀의 겸연쩍은 태도와 그의 자신에 찬 태도의 대조는 한층 더 굴욕적이었다. 그래서 그녀는 순간 마음속에 투쟁욕이 뭉클 치밀어오르는 것을 느꼈다. 그러나 애써 인내하여 그 기분을 억누르고 아까와 똑같이 쾌활한 태도로 브론스키를 맞았다.

그가 되돌아오자, 그녀는 그에게 일부분은 미리 준비해두었던 말을 되풀이하면서 그날 있었던 일이며 출발에 대한 자신의 계획을 이야기했다.

"실은 말이야, 마치 영감이라고도 할 수 있는 생각이 나에게 일어났어." 그녀는 말했다. "무엇 때문에 여기서 이혼을 기다려야 하지? 시골에서 기다려도 마찬가지잖아? 나는 이제 더이상 기다릴 수가 없어. 이제 그런 것은 기대하고 싶지 않아. 이혼 이야기는 이제 듣고 싶지도 않아. 나는 그런 일은 이제 우리 생활에 아무런 영향도 끼치지 않으리라고 단정해버렸어. 당신도 동의해주겠지?"

"오 물론이야!" 그는 그녀의 흥분된 얼굴을 불안스레 바라보면서 말했다.

"그래 당신은 거기서 무엇을 했어? 어떠한 분들이 오셨어?" 그녀는 잠자코 있다가 말했다.

브론스키는 손님들의 이름을 댔다.

"식사는 훌륭했고 보트경주도 재미있었고 모두가 다 꽤 유쾌했어. 하지만 모스크바라는 곳은 *우스꽝스러운 짓*이 없으면 안 되는 데라서 말이야. 스웨덴 왕비의 수영교사라나 뭐라나 하는 이상한 여자가 나와서 자신의 재주를 보였지."

"어머나, 헤엄을 쳤어?" 이맛살을 찌푸리면서 안나가 물었다.

"어쩐지 이상스러운 빨간 빛깔의 수영복을 입은 나이 먹고 볼품없는 여자였어. 그건 그렇고, 그럼 언제 출발하는 거야?"

"어머나, 어쩜 그런 어리석은 짓거리가 다 있담! 그럼 그 여자는 뭔가 특별한 수영법이라도 보여주던가?" 안나는 그의 물음에 대답하지 않고 말했다.

"특별한 것은 아무것도 없었어. 엄청나게 어리석은 짓이었어. 그래 당신은 언제 떠날 생각이야?"

안나는 무언가 불쾌한 생각을 내쫓으려는 듯이 머리를 흔들었다.

"언제로 할까? 빠르면 빠를수록 좋지만, 그래도 내일은 안 돼. 모레로 할까?"

"그래…… 아니, 잠깐만, 모렌 일요일이군. 일요일에는 *어머니*한테 다녀와야 해." 브론스키는 어찌할 바를 모르고 말했다. 어머니라는 말을 입 밖에 내자마자 미심쩍은 눈길이 자기를 향하는 것을 느꼈기 때문이었다. 그의 당황은 그녀의 의심을 굳혀주었다. 그녀는 발끈 달아올라 그에게서 얼굴을 돌려버렸다. 이제 스웨덴 왕비의 여교사가 아니라 브론스카야 백작부인과 함께 모스크바의 교외에서 지내고 있는 소로키나 공작영애가 안나의 상상을 자극했다.

"거기엔 내일이라도 갈 수 있잖아?" 그녀가 말했다.

"내일은 안 돼. 내가 찾아가는 주된 볼일인데, 위임장도 돈도 내일은 받을 수가 없어." 그가 대답했다.

"그렇다면 차라리 시골로는 가지 않기로 해."

"그건 또 왜?"

"너무 늦어질 것 같으면 아예 안 갈래. 월요일에 간다면 몰라도 그보다 늦어질 거라면!"

"어째서?" 브론스키는 깜짝 놀란 어조로 말했다. "전혀 무의미한 이야기잖아!"

"그야 당신에겐 무의미하겠지. 어차피 당신은 나 같은 건 어떻게 되든 아랑곳없으니까. 당신은 내 생활을 전혀 이해하려고 하지 않아. 나를 여기에 붙잡아두고 있는 것은 오직 한나뿐이야. 그 감정까지 당신은 허위라고 말하고 있어. 게다가 당신은 어제 내가 자신의 딸을 사랑하지 않으면서 그런 영국 계집애를 귀여워하는 체하는 것은 부자연스럽다고 말했잖아. 그럼 내가 여기에서 어떤 생활을 해야 자연스러운 것인지 그걸 좀 알고 싶군!"

한순간 그녀는 정신을 차렸고, 본래의 의도에서 벗어난 것에 두려움을 느꼈다. 그러나 그녀는 스스로를 파멸시키고 있다는 것을 알면서도 도저히 자기를 억누를 수 없었고, 그가 어떻게 잘못되어 있는가를 그에게 드러내 보여주지 않을 수 없었고, 그에게 굴복할 수 없었다.

"나는 결코 그런 말을 한 적이 없어. 단지 그처럼 느닷없는 사랑에는 동감할 수 없다고 말했을 뿐이야."

"당신은 언제나 자신의 솔직함을 자랑하면서, 왜 진실을 말하지 않아?"

"나는 결코 자랑 같은 것을 한 적도, 거짓말을 말한 적도 없어." 그는 부글부글 끓어오르는 격정을 억누르며 조용히 말했다. "매우 유감스럽군, 만약 당신이 나를 존경하지 않는다면……"

"존경이니 하는 말은 사랑이 있어야 할 자리가 텅 비어버린 사실을 숨기기 위해서 생각해낸 것일 뿐이야. 하지만 만약 당신이 이제 나를 사랑하지 않는다면 분명히 그렇다고 말해주는 게 더 낫고 떳떳한 거야."

"아아, 이젠 정말 참을 수가 없어!" 브론스키는 의자에서 벌떡 일어서면서 외쳤다. 그리고 그녀 앞에 우뚝 서서 차근차근 이렇게 말했다. "무엇 때문에 당신은 내 인내력을 시험하려는 거야?" 그는 여러 말을 더 하고 싶지만 간신히 참는 듯한 표정으로 말했다. "인내력에도 한계가 있어."

"그러니까 어떻다는 말이에요?" 그녀는 그의 온 얼굴에, 특히 그 잔인하고 위협적인 눈 속에 뚜렷이 나타난 증오의 표정을 두려운 마음으로 들여다보면서 외쳤다.

"내가 말하고 싶은 것은……" 그는 말을 하려다가 그쳤다. "그보다도 나는 당신이야말로 내게 요구하는 게 뭔지 묻지 않을 수 없군요."

"내가 무엇을 요구할 수 있겠어요? 내가 요구할 수 있는 것은 다만 당신이 지금 생각하고 있는 것처럼 나를 버리지 말았으면 하는 것뿐이에요." 그녀는 그가 미처 다 말하지 못했던 것까지 전부 헤아리고 말했다. "하지만 나는 그것을 요구하는 건 아녜요, 그것은 부차적인 문제예요. 난 사랑을 원해요, 그런데 그것이 없어요. 그러니 이젠 모든 게 끝장난 거예요!"

그녀는 문 쪽으로 걸어갔다.

"잠깐! 잠……깐만!" 브론스키는 미간에 여전히 음울한 주름을 잡은 채 그녀의 손을 붙잡아 멈춰 세우면서 말했다. "도대체 뭐가 어쨌다는 거야? 나는 그저 출발을 사흘만 늦춰야겠다고 말했을 뿐이야. 그런데 당신은 나에게 거짓말쟁이니 정직하지 않다느니 하고 퍼붓고 있잖아."

"그래, 또 한번 말해주겠어. 나를 위해 모든 것을 희생했다고 나를 나무란다든가 하는 사람은," 그녀는 아주 최근의 말다툼에서 그가 한 말을 생각해내고 말했다. "그런 사람은 정직하지 않은 사람보다도 더 나빠. 그야말로 매정한 인간이야."

"이봐, 인내에도 한계가 있어!" 그는 외치고 그녀의 손을 홱 뿌리쳤다.

'저이는 나를 미워하고 있다, 틀림없다.' 그녀는 생각했다. 그러고는 돌아보지도 않고 비틀대는 걸음으로 아무 말 없이 방에서 나와버렸다.

'저이는 딴 여자를 사랑하고 있다, 그것은 분명한 사실이다.' 그녀는 자기 방으로 들어가면서 생각했다. '나는 사랑을 원하지만, 그것이 없다. 그러니 이제 모든 게 끝난 거야.' 그녀는 자신이 한 말을 반복했다. '끝장을 내지 않으면 안 된다.'

'하지만 어떻게 해야 할까?' 그녀는 자문하고는 거울 앞 안락의자에 앉았다.

이제 어디로 갈까, 그녀를 길러준 큰어머니한테 갈까, 돌리한테 갈까, 그보다도 혼자서 외국으로 가버릴까, 그이는 지금 혼자 서재에서 무엇을 하고 있을까, 이 싸움이야말로 마지막일까, 아니면 아직 화해의 가능성이 있는 것일까, 페테르부르크에 있는 예전 친구들은 나에 대해 뭐라고 말할까, 알렉세이 알렉산드로비치는 이 일을 어떻게 여길까, 그리고 만약 드디어 일이 터져버리면 그뒤엔 어떻게 될까 하는 갖가지 생각들이 그녀의 머릿속에 떠올랐다. 그러나 온 마음을 기울여 그러한 생각에 몰두한 것은 아니었다. 그녀의 마음 깊은 곳에는 오직 하나, 흥미를 끄는 막연한 생각이 깃들었지만, 그녀는 아직 그것을 의식할 수 없었다. 그러다가 다시 한번 알렉세이 알렉산드로비치에 대해 생각하자, 산후의 병을 앓았을 때와 그때 자신의 머릿속을 떠나지 않았던 그 기분이 떠올랐다. '왜 나는 죽지 않았을까?' 그녀의 마음에는 그때 자기가 했던 말과 기분이 떠올랐다. 그러자 그녀는 갑자기 자신의 마음속에

깃들었던 생각을 의식했다. 그렇다, 이거야말로 모든 걸 해결해줄 방법이었던 것이다. '그렇다, 죽는 것이다!……'

'알렉세이 알렉산드로비치와 세료자의 치욕과 불명예도, 나의 이 무서운 치욕도, 죽음은 모든 것을 구제해준다. 죽자―그러면 저이도 뉘우치겠지, 나를 불쌍히 여겨주리라, 사랑해주리라, 나를 위해 괴로워해주리라.' 스스로를 가여워하는 듯 희미한 미소를 띤 채, 그녀는 안락의자에 앉아 왼손의 반지들을 뺐다 끼었다 하면서 자기가 죽은 뒤에 그가 느낄 감정을 여러모로 생생하게 마음에 그려보았다.

가까워지는 발소리, 그의 발소리가 그녀의 생각을 흩어놓았다. 그녀는 반지들을 정리하는 데 열중하는 체하며 그를 돌아보려고도 하지 않았다.

그는 그녀 옆으로 다가가서 그녀의 손을 잡고 조용히 말했다.

"안나, 그럼 모레 떠납시다, 당신이 그렇게 하고 싶다면. 나는 무슨 일이라도 따르겠어."

그녀는 잠자코 있었다.

"왜 그래?" 그가 물었다.

"알고 있으면서." 그녀는 말했고, 그 순간 더이상 견뎌낼 힘을 잃고 울음을 터뜨렸다.

"나를 버려줘, 버려줘!" 그녀는 울음 섞인 목소리로 말했다. "나는 내일 나가겠어…… 그보다 더한 짓이라도 하겠어. 내가 누구야? 화냥년이야. 당신의 목에 매달려 있는 돌이야. 나는 당신을 괴롭히고 싶진 않아, 괴롭히고 싶지 않단 말이야! 나는 당신을 자유롭게 해주겠어. 당신은 나를 사랑하지 않아, 당신은 딴 여자를 사랑하니까!"

브론스키는 그녀에게 마음을 가라앉히라고 빌며 그녀의 질투에는 전혀 근거가 없다고, 그녀에 대한 그의 사랑은 결코 중단된 적이 없고 또 앞으로도 중단되는 일이 없으리라고, 지금은 전보다도 더욱더 그녀를 사랑한다고 단언했다.

"안나, 도대체 무엇 때문에 당신 자신과 나를 괴롭히는 거야?" 그는 그녀의 손에 키스하면서 말했다. 그의 얼굴에는 이제야 부드러운 표정이 나타났고, 그녀는 그의 목소리에서 눈물어린 울림을 듣고 자신의 손에 그 흥건함을 느끼는 듯했다. 그러자 그 순간 안나의 절망적인 질투는 걷잡을 수 없는 정열로 바뀌었다. 그녀는 그를 껴안고서 머리고 목이고 손이고 할 것 없이 키스로 덮었다.

25

완전히 화해했다고 느낀 안나는 아침부터 활기 있게 출발 준비를 서둘렀다. 어제는 둘 다 서로에게 양보했기에 월요일에 떠날지 화요일에 떠날지 결정하지 않았지만, 안나는 지금은 하루쯤 늦고 빠르고는 전혀 개의치 않는 기분이 되어 부지런히 출발 준비를 했다. 그녀가 자기 방에 서서 트렁크를 열어젖힌 채 여러 가지 물건을 골라내고 있을 때, 그가 벌써 옷을 갈아입고서 여느 때보다도 일찍 들어왔다.

"그럼 난 얼른 *어머니*한테 다녀올게, 어머니는 예고로프 편에 돈을 보내줄 수 있을 거야. 그러면 내일은 떠날 수 있어." 그가 말했다.

그녀는 더할 나위 없이 기분좋은 상태였으나, 그가 어머니의 별장에 간다고 하자 가슴이 따끔했다.

"그래, 어차피 나도 시간에 대지 못할 거니까." 그녀는 말하고는 이내 이렇게 생각했다. '그렇다면 뭐 애당초 내가 바랐던 대로 할 수도 있었잖아.' "그래, 당신 좋을 대로 해. 식당으로 가, 나도 곧 갈게, 이 필요 없는 것들만 추려내고." 그녀는 벌써 산더미처럼 헌옷가지를 안은 안누시카의 팔에다 또다시 무언가를 얹으면서 말했다.

그녀가 식당으로 들어갔을 때 브론스키는 비프스테이크를 먹고 있었다.

"나는 이제 이 집의 모든 방이 너무 싫어져서 견딜 수가 없어." 그녀는 그의 옆, 자기 커피잔 앞에 앉으면서 말했다. "이렇게 *가구가 딸린 방*들만큼 싫은 건 없어. 이런 방에는 표정이라는 게 없고, 영혼도 없어. 저런 시계, 커튼, 특히 벽지…… 흡사 악몽이야. 보즈드비젠스코예를 생각하면 마치 성지 같은 느낌이 들어. 당신은 아직도 말을 보내지 않았나?"

"아니, 말은 우리 뒤에 출발할 거야. 그런데 당신은 어딜 가려고?"

"나는 윌슨 부인한테 갈까 해. 그녀에게 옷을 가져다줘야 해. 그럼 틀림없이 내일은 떠나는 거지?" 그녀는 쾌활한 목소리로 말했다. 그러나 순간, 그녀의 얼굴빛이 싹 변했다.

브론스키의 하인이 페테르부르크에서 온 전보의 수령증을 받으러 온 것이다. 브론스키가 전보를 받는 것은 전혀 특별한 일이 아니었으나, 그는 뭔가를 숨기고 싶은 듯이 수령증은 서재에 있다고 말하고서 얼른 그녀를 돌아보았다.

"틀림없이 내일까지는 전부 끝내버리겠어."

"누구한테서 온 전보야?" 그녀는 그의 말을 듣지 않고 물었다.

"스티바한테서!" 그는 마지못해 대답했다.

"왜 나한테는 보여주지 않아? 스티바하고 나 사이에 비밀이 있을 턱이 없잖아?"

브론스키는 하인을 다시 불러 전보를 가져오도록 명령했다.

"스티바는 함부로 전보를 치는 버릇이 있어서, 보여주고 싶지 않았던 거야. 아무것도 결정되지 않았는데 어째서 전보를 치느냔 말이야?"

"이혼에 대해서지?"

"그래, 하지만 쓰여 있는 내용은 이래. 아직 아무것도 얻은 것이 없다, 일간 확실한 회답을 할 것이다. 자, 읽어봐."

안나는 떨리는 손으로 전보를 받아서 브론스키가 말한 내용을 읽었다. 그러나 끝에 이런 구절이 덧붙여져 있었다. '희망은 적다. 하지만 할 수 있는 한 모두 해보겠다.'

"어제도 말했듯이 나는 언제 이혼이 성립되건, 또 그것이 잘되든 못되든 전혀 상관없어." 그녀는 얼굴이 빨개져서 말했다. "나에게 숨길 필요는 조금도 없어." '이 사람은 이렇게 숨기기를 잘한다. 여자와의 편지 왕래 같은 것도 잘 숨기고 있을 것이다.' 그녀는 생각했다.

"야시빈이 오늘 아침 보이토프와 함께 찾아온다고 했어." 브론스키는 말했다. "그 녀석, 이번엔 아마 페프초프한테서 몽땅 딴 모양이야. 아니, 몽땅 정도가 아니라 상대방이 도저히 지불할 수 없을 만큼 많이 딴 것 같아. 한 육만 정도나."

"아니, 잠깐만." 그녀는 그가 이렇게 말을 돌리면서 너무나도 명백하게 당황한 모습을 드러내 보인 것에 더욱 부아가 나서 말했다. "어째서 당신은 이 통지가 나에게 숨기지 않으면 안 될 만큼 신경쓰이는 일이라고 생각하지? 나는 이제 이 일에 대해서는 생각하고 싶지 않아. 당신도 나와 마찬가지로 이 일에 대해선 이제 관심을 갖지 말아달라고 그렇게 부탁해뒀잖아."

"나는 일을 명백히 하는 것을 좋아하기 때문에, 그래서 부지중에 관심을 가지게 된 거야." 그가 말했다.

"명백히 한다는 건 형식 속에 있는 게 아니라 사랑 속에 있는 거야." 그녀는 그가 말하는 내용이 아니라 그 싸늘하게 가라앉은 태도에 더욱더 신경을 곤두세우며 말했다. "무엇 때문에 당신은 그것을 바라지?"

'맙소사, 또 사랑타령이로군.' 그는 눈살을 찌푸리면서 생각했다.

"무엇 때문인지 당신도 알잖아. 당신을 위해서, 그리고 이제부터 태어날 아이들을 위해서지." 그가 말했다.

"아이 같은 건 이제 생기지 않아."

"그건 정말 유감이로군." 그가 말했다.

"당신은 아이들을 위해서 그것이 필요하다고 말하는군. 하지만 나에 대해서는 조금도 생각해주지 않잖아?" 그녀는 그가 당신을 위해서, 또 아이들을 위해서'라고 말했던 것을 완전히 잊어버리고, 혹은 애초에 귀에 담지도 않고 추궁했다.

아이를 갖는 문제는 오래전부터 싸움의 원인이 되었고, 또한 그녀를 안절부절못하게 만들었다. 그녀는 아이를 갖고 싶다는 그의 욕망을 그가 그녀의 아름다움을 존중하지 않는 증거라고 제멋대로 해석했다.

"아아, 내가 말했잖아, 당신을 위해서라고. 무엇보다도 당신을 위해서라고." 어딘가 아픈 데라도 있는 듯이 얼굴을 찌푸리면서 그는 되풀이했다. "왜냐하면 나는 당신의 안절부절못하는 기분이 대부분 불안정한 처지에서 오는 게 분명하다고 확신하기 때문이야."

'그렇다, 이제야 이이는 가면 쓰는 것을 그만두고 나에 대한 싸늘한 증오를 완전히 드러내고 있는 것이다.' 그녀는 그의 말은 귀에도 담지 않고, 그녀를 안절부절못하게 하면서 찬찬히 바라보는 냉정하고 잔혹한 재판관의 눈을 두렵게 쏘아보면서 생각했다.

"그런 것이 원인은 아니야." 그녀는 말했다. "나는 내가 완전히 당신의 지배 아래 있다는 것이 어째서 당신이 말하는 내 조바심의 원인이 되는지 이해가 가지 않아. 도대체 거기에 어떤 불안정함이 있다는 거지? 오히려 그 반대잖아."

"당신이 이해하려 하지 않으니 몹시 유감스럽군." 그는 어디까지나 자신의 의지를 관철하려는 생각으로 그녀의 말을 가로막았다. "그 불안정이라는 것은, 당신이 아직도 나를 자유로운 남자로 생각한다는 점에 있는 거야."

"그 점에 관해서라면 당신은 완전히 안심해도 괜찮아." 그녀는 이렇게 말하고 그에게서 얼굴을 돌려 커피를 마시기 시작했다.

그녀는 새끼손가락만을 손잡이에서 뗀 채 찻잔을 들어올려 입으로 가져갔다. 서너 모금 마시고 나서 그를 힐끔 쳐다본 그녀는 그의 얼굴 표정에서 분명히 자신의 손 모양이며 몸짓이며 차를 마시며 입술로 낸 소리가 그에게 불쾌하게 느껴졌음을 알아차렸다.

"나는 당신 어머니가 무엇을 생각하건, 또 당신을 누구에게 장가보내고 싶어하건 전혀 아랑곳하지 않아." 그녀는 떨리는 손으로 찻잔을 내려놓으면서 말했다.

"하지만 우리는 지금 그 이야기를 하는 게 아니잖아."

"아니, 그 이야기를 하고 있었어. 난 심장이 없는 여자는 그 사람이 늙은이건 아니건, 당신의 어머니건 누구건 조금도 흥미가 없어. 그리고 나는 그런 사람에 대해서는 알고 싶지도 않아."

"안나, 부탁이야, 내 어머니에 대해 무례한 말은 하지 말아줘."

"자기 아들의 행복과 명예가 어디에 있는지도 헤아리지 못하는 여자, 그런 여자는 심장이 없는 게 분명해."

"나는 다시 한번 당신에게 부탁하오. 내가 존경하는 어머니에 대해 무례한 말은 하지 말아줘." 그는 목청을 높이고 엄중하게 그녀를 쳐다보면서 말했다.

그녀는 대답하지 않았다. 가만히 그를, 그의 얼굴이며 손을 쳐다보면서 어제의 화해의 순간과 그의 열렬한 애무를 세세하게 떠올렸다. '그런 짓을, 그것과 완전히 똑같은 애무를 이 사람은 다른 여자들에게도 지금까지 퍼부어왔고 앞으로도 퍼부을 것이고 또 퍼붓고 싶어하는 것이다!' 그녀는 생각했다.

"당신은 어머니를 사랑하지 않아. 그런 말은 모두 엉터리야, 엉터리야, 엉터리야!" 그녀는 증오에 차서 그를 노려보면서 말했다.

"그렇다면, 그럼 우리는……"

"결정을 내려야겠지, 나는 결정했어." 그녀는 말하고서 나가려고 했으나, 그때 방안으로 야시빈이 들어왔다. 안나는 그와 인사하고 도로 앉았다.

그녀의 마음에 폭풍이 일고 자신이 어쩌면 무서운 결과를 가져올지도 모를 삶의 전기轉機에 서 있음을 느끼는 이런 경우에, 왜 조만간 모든 것을 알게 될 낯선 사람 앞에서 스스로를 위장하지 않으면 안 되는지 알 수 없었지만, 어쨌든 그녀는 곧 가슴속의 폭풍을 잠재우고 앉아서 손님과 이야기를 시작했다.

"그래, 일은 어떻게 되었죠? 빚은 받으셨어요?" 그녀는 야시빈에게 물었다.

"네, 그럭저럭요. 아마 전부를 받지는 못할 것 같습니다만, 수요일에는 떠나야 하니까요. 그런데 당신들은 언제?" 야시빈은 눈을 가늘게 뜨고 브론스키를 쳐다보면서, 분명 싸움이 있었다는 것을 눈치챈 어조로 말했다.

"모레가 될 것 같군!" 브론스키가 말했다.

"벌써 오래전부터 나온 얘기 아닌가?"

"하지만 이번만큼은 분명히 결정을 보았어요." 화해의 가능성은 생각도 하지 말라는 듯한 눈빛으로 브론스키의 눈을 정면으로 쳐다보면서 안나가 말했다.

"당신은 정말 그 불행한 페프초프가 가엾다고 생각지 않으세요?" 그녀는 야시빈과 이야기를 계속했다.

"가엾다 가엾지 않다 하는 것은 한 번도 생각해본 적이 없습니다, 안나 아르카디예브나. 전장에서도 가여운가 가엾지 않은가 묻지 않는 것과 같지요. 여기에 있는 것이, 이것이 내 전 재산입니다." 그는 옆 호주머니를 가리켜 보였다. "지금은 나도 부자이지만, 오늘 또 클럽에 가면 이번에 나올 때는 한푼도 없는 거지가 되어 있을지도 모르니까요. 왜냐하면 내 상대가 되는 녀석도 나를 발가벗기려 할 테고, 나 역시 그 녀석을 발가벗겨줘야겠다고 생각하고 있으니까요. 말하자면 이렇게 우리는 싸우고 있는 거고, 거기에 즐거움이 있는 겁니다."

"그럼, 만약 당신이 결혼했다면," 안나는 말했다. "당신의 부인은 어찌 여길까요?"

야시빈이 웃음을 터뜨렸다.

"그러니까 나는 결혼을 하지 않았고 또 하려고도 생각하지 않았던 거죠."

"그럼 헬싱포르스는 어떻게 된 거야?" 브론스키는 두 사람의 이야기에 끼어들면서 미소를 띠고 있는 안나를 힐끔 쳐다보았다.

그의 시선을 느끼자 안나의 얼굴은 갑자기 매정스럽게 딱딱한 표정을 지었다. '잊고 있진 않아요. 달라진 건 없어요'라고 말하는 듯이.

"당신도 사랑을 한 적이 있나요?" 그녀가 야시빈에게 말했다.

"이거 무슨 말씀을! 몇 번이나 했는지 모릅니다! 그렇지만 말예요, 사람에 따라서는 밀회 시간이 되면 언제라도 일어설 수 있을 정도로만 카드를 할 수 있는 사람도 있습니다. 하지만 나는 밤의 카드놀이에 늦지 않을 정도로만 사랑을 할 수 있는 쪽이니까요. 말하자면 나는 그렇게 하고 있습니다."

"아니, 내가 묻는 건 그런 얘기가 아녜요. 참다운 사랑 말이에요." 그녀는 헬싱포르스라고 말하고 싶었으나, 브론스키가 한 말을 되풀이하고 싶지는 않았다.

종마를 사기로 한 보이토프가 찾아왔다. 안나는 일어서서 방에서 나갔다.

외출하기 전에 브론스키는 그녀의 방으로 들어왔다. 그녀는 탁자 위에서 뭔가를 찾는 체하려다가, 그처럼 위장하는 것이 쑥스러웠으므로 싸늘한 눈빛을 하고 정면으로 그의 얼굴을 쳐다보았다.

"무슨 볼일이 있나요?" 그녀는 프랑스어로 물었다.

"감베타의 증명서를 가지러 왔소, 그 말을 팔아버렸으니까." 그는 '나에게는 지금 변명할 틈도 없고, 게다가 또 이제 그러한 짓은 아무 소용도 없으니까'라는 뜻을 말보다도 더 또렷하게 표명하는 듯한 어조로 말했다.

'나는 이 여자에 대해 조금도 죄책감을 느끼고 있지 않다.' 그는 이렇게 생각했다. '만약 이 여자가 스스로 자기를 벌하려고 한다면 *더욱더 그녀에게는 나빠질 뿐이다.*' 그러나 막상 나가려고 하자 그녀가 무슨 말인가를 한 것 같아서 그의 마음은 갑자기 그녀에 대한 연민으로 떨렸다.

"뭐라고 했소, 안나?" 그가 물었다.

"아뇨, 아무 말도." 그녀는 여전히 싸늘하게 가라앉은 어조로 대답했다.

'아무 말도 하지 않았다고. 그렇다면 *더욱더 나빠질 뿐이지.*' 이렇게 생각하자 그는 또다시 냉정한 기분이 되어 돌아서서 걷기 시작했다. 그는 방을 나가면서 거울 속에 비친, 부르르 입술을 떨고 있는 그녀의 창백한 얼굴을 보았다. 그는 발을 멈추고 그녀에게 위안의 말을 건네려 했지만, 할말을 미처 생각해내기도 전에 두 발이 그를 방밖으로 옮겨놓아버렸다. 이날 온종일 그는 집밖에서 지냈고, 밤늦게 돌아오자 하녀는 안나 아르카디예브나가 머리가 아프니까 오지 말아달라고 부탁했다는 말을 전했다.

26

싸운 채로 하루를 보낸 적은 지금까지 한 번도 없었다. 오늘이 처음이었다. 더군다나 이것은 싸움이 아니었다. 완전한 냉각에 대한 명백한 승인이었다. 도대체 그가 증명서를 가지러 방으로 들어왔을 때 보였던 그런 눈빛으로 그녀를 본다는 것이 과연 있을 수 있는 일일까? 그녀를 보고 그녀의 마음이 절망으로 당장에라도 터질 듯한 상태에 놓여 있음을 알고도 그처럼 냉담하게 가라앉은 얼굴을 하고 말없이 가버린다는 것이 과연 있을 수 있는 일일까? 그는 단지 그녀에게 냉담해진 것이 아니라, 그녀를 미워하고 있는 것이다. 그것도 다른 여자를 사랑하고 있기 때문에. 그것은 뚜렷한 사실이다.

이리하여 안나는 그의 잔혹한 말을 하나하나 떠올리면서, 게다가 그가 분명히 그녀에게 말하려 했고 또 할 수도 있었던 말까지 요모조모로 떠올리면서 더욱더 자신의 마음을 쥐어뜯었다.

'나는 당신을 붙잡지는 않소.' 그는 이렇게 말할 수도 있었다. '당신은 어디로든 원하는 데로 가도 좋소. 당신이 남편과의 이혼을 바라지 않았던 건 아마 다시 한번 남편에게로 돌아가고 싶었기 때문일 거요. 돌아가요. 만약 돈이 필요하다면 내가 주겠소. 몇 루블이 필요하지?'

야만적인 인간만이 입 밖에 낼 수 있는 지극히 포악스러운 온갖 말을 그는 그녀의 상상 속에서 그녀에게 퍼부었고, 그녀는 그가 실제로 그것을 입 밖에 내기라도 한 것처럼 그를 용서하지 않았다.

'그이가 사랑을 맹세했던 것은 바로 어제의 일이 아닌가? 그 성실하고 정직한 사람이? 그리고 나는 벌써 여러 차례 무의미한 절망을 되풀이해오지 않았던가?' 그것에 이어 그녀는 자기에게 이렇게 말했다.

윌슨 댁을 방문하여 보낸 두 시간을 제외하고 이날 종일 안나는 이제 모두 끝난 것일까, 아니면 아직 화해의 가능성이 있는 것일까, 자기는 지금 곧 이 집을 떠나야 할 것인가 아니면 다시 한번 그를 만나야 할 것인가 하는 의혹 속에서 보냈다. 그녀는 온종일 그를 기다렸고, 밤이 되자 그에게 머리가 아프다고 전하라 일러놓은 다음 자기 방으로 돌아오면서 생각했다. '만약 그이가 하녀의 말에도 아랑곳하지 않고 와준다면, 그것은 그이가 아직 나를 사랑하고 있다는 증거다. 만약 와주지 않는다면, 이미 모든 게 끝났다는 증거이니 그땐 나도 내가 해야 할 일을 결정해야 한다!……'

그날 밤 그녀는 그의 사륜 포장마차가 멈추는 소리를, 그가 울리는 벨소리를, 그의 발소리를, 그리고 하녀와 이야기하는 소리를 들었다. 그는 자기가 들은 말을 그대로 믿고, 더이상 아무것도 알려고 하지 않은 채 자기 방으로 들어가버렸다. 그러고 보니 모든 게 끝난 것이었다.

그러자 죽음이, 그의 마음에 그녀에 대한 사랑을 되살아나게 하고 또 그를 벌하고 그녀의 마음에 뿌리박고 있던 사악한 영혼이 그와 시작한 이 싸움에서 승리를 거둘 유일한 수단으로서 또렷하고 생생하게 그녀 앞에 나타났다.

이젠 모든 것이 어떻게 되든 상관없었다. 보즈드비젠스코예로 가건 가지 않건, 남편이 이혼을 해주건 해주지 않건, 그런 것은 모두 어떻게 되든 상관없었다. 필요한 것은 오직 하나, 그를 벌하는 일뿐이었다.

그녀는 아편의 상용량을 따르면서 죽기 위해서는 이 한 병을 한꺼번에 마시기만 하면 된다고 생각했다. 그러자 그것이 아주 손쉽고 간단한 일처럼 여겨져 거기에서 또다시 어떤 기쁨을 느끼면서, 이미 늦어버렸을 때 그가 얼마나 괴로워하고 뉘우치며 자신의 추억을 사랑할 것인가를 생각했다. 그녀는 눈을 뜬 채 침대에 누워 다 타들어가는 한 자루 촛불의 빛으로 부조가 새겨진 천장의 보꾹이며 그 일부를 덮고 있는 칸막이의 그림자를 바라보면서, 자기가 이제 없어져버리고 그에게 하나의 추억이 되었을 때 그에게 어떤 느낌이 들 것인가를 생생하게 마음속에 그려보았다. '어떻게 나는 그처럼 냉혹스러운 말을 그녀에게 할 수 있었을까?' 그는 이렇게 말하리라. '어떻게 나는 그녀에게 아무 말도 하지 않고 나와버릴 수 있었을까? 하지만 이제 그녀는 없다. 그녀는 영원히 이 세상에서 떠나가버린 것이다. 그녀는 저승에서……' 갑자기 칸막이의 그림자가 흔들리면서 보꾹 전체를, 천장 전체를 덮었다. 또다른 그림자가 다른 방향에서 그것을 향해 돌진했다. 한순간 그림자들은 흩어져버렸으나, 이윽고 그것들은 새로이 속력을 내어 한데 달려들더니 흔들리고 움직이고 얽혔다. 그러자 별안간 모든 것이 캄캄해져버렸다. '죽음이다!' 그녀는 생각했다. 그러자 굉장한 공포가 그녀를 엄습했기 때문에 그녀는 오랫동안 자기가 어디에 있는지조차 분간하지 못했다. 두 손이 달달 떨려 성냥을 찾을 수도, 다 타서 꺼져버린 초 대신 새 초를 켤 수도 없을 정도였다. '아니다, 그래도 살아 있어야 한다! 나는 그이를 사랑한다. 그이도 나를 사랑한다! 지금까지도 이런 일은 있었고, 다 지나갈 것이다.' 그녀는 삶을 되찾은 환희의 눈물이 두 볼에 흐르는 것을 느끼면서 말했다. 자신의 공포에서 빠져나가기 위해 그녀는 허둥지둥 그의 서재로 갔다.

그는 서재에서 깊은 잠에 빠져 있었다. 그녀는 그의 옆으로 다가가 그의 얼굴 위에서 등불을 비추며 오랫동안 내려다보았다. 지금처럼 그가 자고 있을 때면 그녀는 그의 모습을 보면서 그리움의 눈물을 억누를 수 없을 만큼 그에 대한 사랑을 느꼈다. 그러나 그녀는 만약 그가 눈을 뜨면 틀림없이 자신의 정당함을 의식하는 듯한 매정한 눈동자로 그녀를 바라보리라는 것, 그리고 그녀 또한 자신의 사랑을 표현하기 전에 그가 그녀에게 얼마나 죄가 있는가를 말하지 않고는 배겨내지 못하리라는 것을 알고 있었다. 그녀는 그를 깨우지 않고 자기 방으로 돌아와서 또다시 아편을 마시고 해뜰녘 가까이 되어서야 답답하고 얕은 잠에 빠졌으며, 그동안에도 줄곧 자신에 대한 의식을 잃지 않았다.

아침이 되자 브론스키와 관계를 맺기 전부터 몇 번인가 그녀에게 찾아들었던 무서운 악몽이 또다시 나타나서 그녀는 소스라쳐 깨어났다. 턱수염이 텁수룩하게 난 늙은 농부가 쇠붙이 위로 몸을 구부리고 뜻 모를 프랑스어를 중얼거리면서 뭔가를 하고 있었고, 이 악몽을 꿀 때는 언제나 그랬듯이(이것이 이 악몽의 핵심이었다) 그녀는 이 농부가 그녀에게 주의를 기울이지 않은 채 그 쇠붙이로 그녀에게 무언가 무서운 일을 하고 있다는 느낌이 들었다. 그래서 그녀는 식은땀에 함빡 젖어 눈을 떴다.

자리에서 일어났을 때 그녀는 어제 하루가 안개에 싸인 듯이 어슴푸레하게 생각났다.

'싸움이 있었다. 이미 몇 번씩 되풀이한 짓을 다시 했을 뿐이다. 나는 머리가 아프다고 했고, 그래서 그이는 오지 않았던 것이다. 우리는 내일 떠날 것이다. 그러니까 그이를 만나서 출발 준비를 하지 않으면 안 된다.' 그녀는 혼잣말을 했다. 그가 서재에 있다는 것을 생각하고 그녀는 그에게로 나갔다. 객실을 지나가면서 그녀는 현관 앞 차도에 마차가 멎는 소리를 들었다. 창문으로 내다보자 여행마차가 보이고 그 속에서 라일락빛 모자를 쓴 젊은 처녀가 몸을 내밀고, 벨을 울리고 있는 하인에게 뭔가를 명령하고 있었다. 현관방에서 잠깐 이야기하는 소리가 들린 뒤 누군가가 위층으로 올라왔고, 객실의 옆방에서 브론스키의 발소리가 들렸다. 그는 빠른 걸음으로 층계를 내려갔다. 안나는 또다시 창가로 다가갔다. 그는 모자를 쓰지 않은 채 정면 현관의 층계로 나가 여행마차 옆으로 다가갔다. 라일락빛 모자를 쓴 젊은 처녀가 그에게 봉인된 편지 한 통을 건넸다. 브론스키는 웃는 얼굴로 그녀에게 뭔가를 이야기했다. 여행마차는 가버렸다. 그는 얼른 층계를 뛰어올라왔다.

그녀의 마음을 온통 덮고 있던 안개가 갑자기 걷혔다. 어제와 똑같은 감정이 새로운 아픔을 가지고 병든 심장을 쿡 찔렀다. 그녀는 지금 그의 집에서 그와 함께 하루를 더 보낼 만큼 자기가 어떻게 그토록 비굴할 수 있었는지 이해가 되지 않았다. 그녀는 자신의 결심을 알리기 위해 서재에 있는 그에게로 갔다.

"소로키나가 따님과 함께 들러 *어머니가 보낸 돈과 편지를 전해준 거야.* 어제 내가 받을 수 없었기 때문에. 두통은 어때, 좀 나아졌어?" 그는 그녀의 어둡고 엄숙한 얼굴 표정을 보려고도, 또 이해하려고도 하지 않고 침착하게 말했다.

그녀는 방 한가운데 선 채 말없이 그를 뚫어져라 바라보았다. 그는 그녀를 힐끔 곁눈질로 보고 살짝 눈살을 찌푸렸을 뿐 계속해서 편지를 읽었다. 그녀는 몸을 돌려 천천히 방에서 나갔다. 그는 아직 그녀를 붙잡을 수 있었으나, 그녀가 문까지 다 가도록 여전히 잠자코 있었고, 편

378

지를 넘기는 소리만이 들렸다.

"그래, 마침 잘됐어." 그녀가 이미 문밖으로 발을 내디뎠을 때 그는 말했다. "우리는 틀림없이 내일 떠나는 거지? 그렇지?"

"당신이나 가세요, 나는 가지 않겠어요." 그녀는 그를 돌아보면서 말했다.

"안나, 그래서는 살아갈 수가 없잖아……"

"당신이나 가세요, 나는 가지 않겠어요." 그녀가 되풀이했다.

"이제 정말 못 견디겠군!"

"당신은…… 당신은 이 일을 후회하게 될 거예요." 그녀는 이렇게 말하고 나가버렸다.

이 말을 했을 때의 그녀의 절망적인 표정에 놀라 그는 의자를 박차고 일어나 그녀의 뒤를 쫓아가려고 했지만, 고쳐 생각하고는 또다시 주저앉아 입술을 굳게 다물고 이맛살을 찌푸렸다. 이 무례한(그는 그렇게 생각했다) 협박이 어쩐지 그를 화나게 했던 것이다. '나는 온갖 짓을 다 해보았다.' 그는 생각했다. '남은 방법은 하나, 신경을 쓰지 않는 것뿐이다.' 그리고 시내로 나가서 다시 한번 어머니에게 들러 위임장에 서명을 받기 위한 준비를 했다.

그녀는 서재와 식당을 지나가는 그의 발소리를 들었다. 객실에서 그는 발을 멈추었다. 그러나 그는 그녀에게는 발길을 돌리지 않고, 그저 그가 없더라도 보이토프에게 종마를 넘겨주라고 하인에게 일러두었을 뿐이었다. 이윽고 그녀는 사륜 포장마차가 끌려 들어오고 문이 열리고 그가 또다시 나가는 기척을 들었다. 그러나 그는 또다시 현관으로 되짚어 들어왔고, 그에 이어 누군가가 위층으로 뛰어올라갔다. 시종이 그가 잊은 장갑을 가지러 뛰어올라간 것이었다. 그녀는 창가로 다가가서 그가 보지도 않고 장갑을 받더니 한쪽 손으로 마부의 등을 건드리며 뭔가를 그에게 말하는 것을 보았다. 이윽고 그는 창문 쪽에는 눈도 주지 않고 언제나와 같은 자세로 마차 안에 자리잡고 다리를 꼬고는 장갑을 꼈다. 마차는 저쪽 모퉁이를 돌아서 사라져버렸다.

27

'가버렸다! 이제 끝났다!' 안나는 창가에 선 채 속으로 중얼거렸다. 그러자 이에 대한 대답인 양, 어제 촛불이 꺼졌던 순간에 덮쳐왔던 어둠의 인상과 무서운 꿈의 인상이 하나로 녹아들면서 선뜩한 두려움으로 그녀의 마음을 가득 채웠다.

"아냐, 그럴 리가 없다!" 그녀는 외치고 방을 냅다 가로지르면서 요란스럽게 벨을 울렸다. 그녀는 지금 혼자 있는 것이 너무나도 무서웠으므로, 하인이 오는 것을 기다리지도 않고 자기가 직접 그를 찾으러 나갔다.

"백작은 어디로 가셨는지 알아봐줘요." 그녀가 말했다.

하인은 백작이 마구간에 갔다고 대답했다.

"마님께서 외출하셔야 한다면 곧 포장마차를 돌려보내겠다고 여쭈라는 분부셨습니다."

"좋아요. 잠깐 기다려줘요. 지금 곧 쪽지를 쓸 테니까, 그걸 들려서 미하일라를 마구간으로 보내줘요. 급히."

그녀는 앉아서 썼다.

'내가 잘못했어. 돌아와줘, 자세히 이야기하지 않으면 안 되겠어. 부탁이야, 꼭 돌아와줘, 나는 무서워 견딜 수 없어.'

그녀는 쪽지를 봉해 하인에게 건넸다.

그녀는 지금은 혼자 있는 것이 무서웠으므로 하인의 뒤를 따라 방을 나와 아이방으로 들어갔다.

'어머나, 뭔가 잘못됐군. 그애가 아냐! 그애의 파란 눈이며 귀엽고 수줍어하는 듯한 웃는 얼굴은 어디로 가버린 것일까?' 온통 생각이 뒤얽혀 있었으므로 아이방에서 볼 수 있으리라고 여겼던 세료자 대신 까만 고수머리에 토실토실하고 빨간 얼굴을 한 딸아이를 보았을 때, 그녀의 머릿속에 처음 떠오른 생각은 이것이었다. 아기는 탁자에 앉아 코르크 마개로 탁자 위를 집요하게 힘껏 두드리고 있다가 두 개의 새까만 까치밥나무 열매 같은 눈으로 무심히 어머니의 얼굴을 바라보았다. 안나는 영국 여자에게 건강이 지극히 좋고 내일 시골로 돌아간다고 대답한 뒤 딸아이 옆에 앉아 눈앞에서 코르크의 병마개를 돌려 보였다. 그러나 그애의 크게 울리는 웃음소리와 눈썹을 움직이는 품이 너무나도 생생하게 브론스키를 생각나게 했으므로 그녀는 복받쳐오르는 눈물을 억누르고 얼른 일어나서 방을 나왔다. '정말 모든 게 다 끝장이 나버린 것일까? 아냐, 그런 일은 있을 리가 없다.' 그녀는 생각했다. '그이는 돌아올 것이다. 하지만 그 여자와 이야기한 뒤의 그 미소, 그 활기 있는 태도를 그이는 나에게 뭐라고 설명할까? 하지만 설명하지 않더라도 역시 나는 믿어야겠다. 만약 믿지 않는다면 나에게 남아 있는 것은 단 하나뿐이다…… 하지만 나는 그것이 싫다.'

그녀는 시계를 보았다. 십이 분이 지났다. '지금쯤 그이는 편지를 받고 돌아오는 중일 것이다. 오래 걸리지는 않는다. 앞으로 십 분이 다…… 하지만 만약 그이가 돌아오지 않는다면 어떻게 한담? 아냐, 그럴 리가 없다. 어쨌든 나는 그이에게 울어서 부은 얼굴을 보이지 말아야 한다. 얼굴을 씻고 와야지. 아참, 내가 머리를 빗었던가, 안 빗었던가?' 그녀는 자기에게 물어보았지만 생각나지 않았다. 그녀는 머리에 손을 대보았다. '그래, 빗질이 돼 있다. 그런데 언제 한 것일까? 정말 전혀 기억이 없군.' 그녀는 자기 손마저도 믿을 수 없었으므로 정말 빗질이 돼 있는지 어떤지 보기 위해 거울 쪽으로 다가갔다. 머리 손질은 되어 있었다. 그러나 언제 그걸 했는지 생각나지 않았다. '저건 누구일까?' 그녀는 거울 속에서 야릇하게 빛나는 눈으로 깜짝 놀란 듯이 자기를 보고 있는, 타는 듯 달아오른 얼굴을 바라보며 생각했다. '어머, 나로군.' 문득 정신이 든 그녀는 자신의 온몸을 둘러보면서 갑자기 몸에 그의 키스를 느끼는 듯 부르르 떨면서 어깨를 비틀었다. 그러고는 손을 입술로 가지고 가서 거기에 키스했다.

'이게 어떻게 된 것일까, 내 정신이 이상해졌나봐.' 이렇게 생각하면서 그녀는 침실로 들어갔고, 안누시카가 침실을 치우고 있었다.

"안누시카." 그녀는 하녀 앞에 멈추고 무슨 말을 해야 할지 모른 채 그녀를 찬찬히 쳐다보면서 말했다.

"다리야 알렉산드로브나께 가시려는 거죠?" 그녀의 마음을 알고 있다는 듯이 하녀가 말했다.

"다리야 알렉산드로브나한테? 그래, 가겠어."

'가는 데 십오 분, 오는 데 십오 분, 그이는 이제 돌아오고 있을 것이다. 이제 곧 돌아오겠지?' 그녀는 시계를 꺼내어 보았다. '그런데 이런 기분으로 있는 나를 버려두고 그이는 어떻게 밖으로 나갈 수 있었을까? 나하고 화해하지 않고서 어떻게 살아나갈 수 있는 걸까?' 그녀는 창가로 가서 한길을 바라보며 서 있었다. 시간으로 미루어보면 그는 이제 돌아올 때가 되었다. 그러나 시간 계산이 정확하지 않았을 수도 있어서 그녀는 그가 나간 시간을 확인하고 다시 시간을 계산하기 시작했다.

그녀가 자기 시계를 확인하기 위해 대형시계 쪽으로 가려고 한 바로 그때에 마차가 들이닥쳤다. 창문으로 내다보고 그녀는 그의 포장마차란 걸 알았다. 그러나 층계를 올라오는 사람은 아무도 없었고, 아래층에서 이야기 소리만 들렸다. 포장마차로 돌아온 것은 그녀가 보냈던 심부름꾼이었다. 그녀는 그에게로 내려갔다.

"백작님은 뵙지 못했습니다. 주인나리께서는 니제고롯스카야 철도로 떠나셨다고 합니다."

"어머나, 뭐라고? 뭐……" 그녀는 자기 손에다 쪽지를 돌려주는 혈색이 좋고 쾌활한 미하일라를 보며 중얼댔다.

'그렇다, 그이는 이 쪽지를 받지 못한 것이다.' 그녀는 비로소 이해했다.

"그럼 말이야, 이 쪽지를 가지고 바로 교외의 브론스카야 백작부인 댁에 가줘, 알겠어? 그리고 곧 답장을 받아 와줘." 그녀는 심부름꾼에게 말했다.

'그럼 나는, 나는 그동안 무엇을 하지?' 그녀는 생각했다. '그래, 돌리한테 가자, 그게 좋겠다. 그렇게라도 하지 않으면 나는 미쳐버리고 말거다. 그래, 전보를 칠 수도 있지.' 그리고 그녀는 전보문을 썼다.

　꼭 이야기할 게 있음, 곧 귀가 바람.

　전보를 들려보낸 뒤 그녀는 옷을 갈아입으러 갔다. 옷을 갈아입고 모자를 쓰고 나서 그녀는 또다시 뭉실뭉실하게 살찌고 얼굴빛이 차분한 안누시카의 눈을 슬쩍 보았다. 그 조그맣고 착해 보이는 잿빛 눈 속에는 동정의 빛이 역력히 드러나 있었다.

　"안누시카, 애야, 나는 어떻게 해야 하지?" 안나는 마음 붙일 곳이 없어 안락의자에 몸을 파묻고 흐느끼며 말했다.

　"왜 그렇게 걱정하세요, 안나 아르카디예브나! 이런 건 얼마든지 있는 일이잖아요. 잠시 나갔다 오세요, 마음이 풀리실 테니까요." 하녀가 말했다.

　"그래, 난 나가야겠어." 안나가 정신을 차리고 일어서면서 말했다. "만약 내가 없는 사이에 전보가 오거든 다리야 알렉산드로브나 댁으로 보내줘…… 아냐, 내가 그전에 돌아오지."

　'그렇다, 애타게 생각해봐야 별수가 없다, 그보다는 뭔가를 하는 게 낫다, 나가는 게 낫다, 무엇보다도 이 집에서 나가야 한다.' 그녀는 자기 마음속에 일어난 엄청난 울렁거림에 두렵게 귀를 기울이면서 생각했다. 그러고는 바삐 밖으로 나가 포장마차에 올랐다.

　"어디로 가실까요?" 표트르가 마부석에 올라타기 전에 물었다.

　"즈나멘카로, 오블론스키 댁으로."

28

활짝 갠 날씨였다. 아침나절 내내 가랑비가 찔금찔금 내렸으나 막 햇빛이 들었다. 양철 지붕도, 보도의 포석과 차도의 자갈도, 승용마차의 바퀴와 가죽 마구와 놋쇠와 주철 장식도, 온갖 것이 오월의 태양 아래 반짝반짝 밝게 빛났다. 오후 세시, 거리거리에 가장 활기가 넘쳐흐르는 시각이었다.

잿빛 말들의 속보에도 불구하고 탄력이 뛰어난 용수철 덕에 거의 흔들리지 않는 편안한 포장마차의 한쪽 구석에 앉아 안나는 끊임없는 바퀴 소리를 듣고 재빨리 바뀌어가는 산뜻한 바깥 풍경을 바라보고 있었다. 또다시 이 사오 일 동안의 사건을 돌이켜보면서 그녀는 자신의 상황이 집에서 생각했던 것과는 전혀 별개의 것이 되어 있음을 발견했다. 지금은 죽음에 대한 생각도 그처럼 무섭고 뚜렷하게는 느껴지지 않았고, 죽음 자체도 이미 피할 수 없는 것이라고는 생각되지 않았다. 이제야 그녀는 자신의 비굴함에 대해 자기를 나무랐다. '나는 그에게 용서해달라고 애원했다. 나는 그에게 굴복하고 말았다. 내가 나쁘다고 승인해버렸다. 무엇 때문에? 그 정도로 나는 그이 없이는 살아갈 수 없는 것일까?' 안나는 그 없이 살아갈 수 있을까 하는 문제에는 대답하지 않고 간판을 읽기 시작했다. '사무소와 창고. 치과병원. 그렇다, 돌리한테 모든 것을 털어놓고 이야기하자. 그녀는 브론스키를 좋아하지 않는다. 그 점을 생각하면 부끄럽고 쓰라린 느낌이 들지만, 그래도 모든 것을 그녀에게 이야기하자. 그녀는 나를 사랑하고 있다. 그녀의 충고에 따르자. 나는 그이에게 굴복한다든가 하지는 않겠다. 그이가 나를 멋대로 조종하게 내버려두진 않겠다. 필리포프 상점, 흰 빵. 이 가게에선 반죽을 페테르부르크로 실어나른다고 하더군. 모스크바의 물이 그만큼 좋은가봐. 미티시의 우물과 블린.' 그녀는 아주 옛날의 일, 열일곱 살 무렵 고모와 함께 트로이차*까지 갔던 일을 회상했다. '그때도 역시 마차를 타고 갔었지. 그게 정말 나였을까? 그 빨간 손을 한 계집애가? 그 무렵 그렇게도 아름답고 다가갈 수도 없을 것처럼 보였던 많은 것들이 지금은 하찮은 것이 되어버리고, 반대로 그 무렵에 가졌던 것이 지금은 영원히 이를 수 없는 것이 되어버렸다. 이렇게까지 자신을 낮출 수 있으리라고는 그 무렵의 나는 상상이나 할 수 있었을까? 내 편지를 받으면 그이는 얼마나 오만해지고 만족스러워할까! 하지만 나는 그이에게 보여주겠다…… 어쩜 이렇게 페인트 냄새가 독할까. 무엇 때문에 세상에선 줄곧 페인트를 칠하고 집을 세우는 것일까? 유행 의상과 장식품.' 그녀는 간판을 읽었다. 한 사내가 그녀에게 꾸벅 절을 했다. 안누시카의 남편이었다. '우리집의 더부살이.' 그녀는 브론스키가 그렇게 말했던 것을 생각했다. '우리집의? 뭐가 우리집이라는 걸까? 과거를 뿌리째 뽑아버릴 수 없다는 것은 얼마나 무서운 일인가. 완전히 뽑아버릴 수는 없지만, 그 기억을 숨길 수는 있다. 어디 나도 한번 숨겨보자.' 그리고 그녀는 알렉세이 알렉산드로비치와 같이 보냈던 과거에 대해, 또 어떻게 그에 관한 일들을 자신의 기억에서 지워버렸는지에 대해 생각했다. '돌리는 내가 두번째 남편도 버리는 거라고, 그러니까 틀림없이 내가 옳지 않다고 생각하겠지. 도대체 나는 올바른 사람이 되고 싶긴 한 걸

---

* 모스크바 북쪽의 자고르스크에 있는, 14세기에 지어진 트로이차-세르기예프 대수도원의 약칭.

까! 나도 어쩔 수가 없는 일인데!' 그녀는 중얼거렸고, 그러자 울고 싶어졌다. 그러나 그녀는 곧 저기 보이는 두 처녀가 무엇 때문에 저렇게 싱글벙글할 수 있는지 생각하기 시작했다. '틀림없이 사랑에 대해서겠지? 저들은 그것이 얼마나 슬프고 얼마나 천한 것인지를 모른다…… 가로숫길과 아이들. 사내애 셋이 뛰어다니네, 말놀이구나. 세료자! 나는 모든 것을 잃고 그것을 돌이키지 못할 거야. 그렇다, 만약 그이가 돌아오지 않는다면 나는 모든 것을 잃게 된다. 그이는 어쩌면 기차를 놓쳐서 지금쯤은 돌아와 있을지도 모른다. 나는 또 굴종을 바라고 있구나!' 이렇게 그녀는 혼잣말을 했다. '아냐, 돌리에게 가서 거리낌없이 털어놓자. 나는 불행해, 나에겐 당연한 일이야, 내가 나빠, 하지만 나는 역시 불행해, 나를 좀 도와줘, 이 말들과 이 포장마차, 이런 포장마차에 태연히 타고 있다니. 나는 어쩌면 이렇게도 메스꺼운 사람일까. 모두 다 그이의 것인데. 하지만 머지않아 이런 것들을 보지 않게 되겠지.'

안나는 돌리에게 모든 것을 털어놓으면서 할 말을 여러모로 생각하고 일부러 자신의 마음을 후벼파면서 층계를 올라갔다.

"누가 와 계셔?" 그녀는 현관에서 물었다.

"카테리나 알렉산드로브나 레비나가 계십니다." 하인이 대답했다.

'키티! 브론스키가 사랑한 적이 있는 키티로군!' 안나는 생각했다. '그이가 지금껏 그리워하고 있는 바로 그 여자다. 그이는 그녀와 결혼하지 않은 것을 유감스러워하고 있다. 하지만 나에 대해서는 틀림없이 미워하는 마음을 갖고 있겠지. 나하고 같이 살게 된 것을 유감스러워하고 있겠지.'

안나가 왔을 때 자매는 젖 먹이는 법을 의논하고 있었다. 돌리는 동생과의 이야기를 훼방한 손님을 맞으러 혼자서 아래로 내려왔다.

"어머, 아직 떠나지 않았어? 내 쪽에서 찾아가려던 참이었어." 그녀는 말했다. "오늘 스티바에게서 편지가 왔거든."

"우리도 전보를 받았어." 안나는 키티를 찾아 주위를 둘러보면서 대답했다.

"그이는 알렉세이 알렉산드로비치가 도대체 무엇을 요구하는지 모르겠지만, 회답을 얻기 전에는 돌아가지 않겠다고 써보냈어."

"손님이 있는 것 같은데. 그 편지를 읽어볼 수 있을까?"

"응, 키티가 있어." 돌리가 어찌할 바를 모르고 말했다. "지금 아이방에 묵고 있어. 건강이 좀 좋지 않아서."

"그랬군. 그 편지 좀 보여주겠어?"

"곧 가져올게. 하지만 그이는 거절당한 게 아니야. 도리어 스티바는 희망을 갖고 있어." 돌리는 문간에 멈춰 서서 말했다.

"나는 이제 희망을 갖고 있지 않아, 바라지도 않고." 안나가 말했다.

'도대체 이건 어떻게 된 일일까, 키티는 나를 만나는 걸 굴욕이라고 생각하는 것일까?' 안나는 혼자 남게 되자 이렇게 생각했다. '어쩌면 그녀가 옳을지도 모른다. 하지만 설령 그렇다 할지라도 브론스키를 사랑한 적이 있는 그녀가 나에게 보일 태도는 아니다. 그야 이러한 처지에 있는 내가 품위 있는 여자로 받아들여질 수 없다는 건 나도 알고 있다. 나는 처음부터 내가 그이를 위해 전부를 희생했다는 걸 알고 있다! 그리고 이게 그 대가인 것이다! 오, 나는 지금 얼마나 그이를 미워하고 있는 것일까! 애초에 나는 무엇 때문에 이런 데 온 것일까? 오히려 기분이 더 나빠졌다, 더 음침해졌다.' 그녀는 다른 방에서 새어나오는 자매의 이야기 소리를 들었다. '그런데 나는 지금 돌리에게 무엇을 말하려는 것일까, 내가 불행하다는 것으로 키티를 위로하기 위해서일까, 돌리의 보호에 매달리기 위해서일까? 아냐, 돌리 역시 아무것도 이해해주지 않을 것이다. 그러니까 그녀에게 얘기해봐야 별수가 없다. 그저 키티를 만나서 지금은 내가 얼마나 온갖 사람, 온갖 것을 경멸하고 있는지, 얼마나 모든 것을 안중에도 두고 있지 않은지를 보여주는 건 재미있을 것 같지만.'

돌리는 편지를 들고 들어왔다. 안나는 그것을 읽고 말없이 돌려주었다.

"다 알고 있는 얘기야." 그녀는 말했다. "그리고 이런 건 이제 나에겐 조금도 흥미가 없어."

"어머, 어째서? 그래도 나는 희망을 갖고 있어." 호기심 어린 눈으로 안나를 쳐다보면서 돌리가 말했다. 그녀는 아직까지 한 번도 이처럼 기묘하게 안절부절못하는 안나를 본 적이 없었다. "언제 떠나?" 그녀가 물었다.

안나는 눈을 내리깔고 자기 앞을 바라보고 있었으나, 대꾸는 하지 않았다.

"어째서 키티는 나를 피하고 있지?" 그녀는 문간을 보고 얼굴을 붉히면서 말했다.

"어머나, 무슨 말이야! 저앤 지금 아기에게 젖을 먹이고 있어. 그런데 어쩐지 잘되지 않아서 내가 좀 거들어주고 있었어…… 저애는 무척 반가워하고 있어. 이제 곧 올 거야." 거짓말을 잘하지 못하는 돌리는 서투르게 둘러댔다. "저봐, 저기 왔어."

안나가 왔다는 것을 알고 키티는 나오기를 꺼렸지만, 돌리가 그녀를 타일렀다. 키티는 안간힘을 써서 나와서는 얼굴이 새빨개져 그녀의 옆으로 와서 손을 내밀었다.

"만나서 정말 기뻐요." 그녀는 떨리는 목소리로 말했다.

키티는 이 부정한 여자에 대한 적의와, 그러한 여자에게도 너그러워야겠다는 바람 사이에서 빚어진 내면의 갈등으로 마음이 몹시 혼란스러웠다. 그런데 아름답고 상냥한 안나의 얼굴을 보자마자 모든 적의가 갑자기 어딘가로 사라져버렸다.

"설사 당신이 나를 만나주지 않는다고 해도 나는 별로 놀라지 않았을 거예요. 나는 이제 어떤 일에도 길이 들어버렸으니까요. 몸이 좋지 않으셨다고요? 정말 많이 달라지셨어요." 안나가 말했다.

키티는 안나가 적의를 가지고 자기를 바라보고 있다는 것을 느꼈다. 그녀는 그 적의를 이전엔 자기를 위로하는 입장에 있던 안나가 지금은 자기에게 열등감을 느끼는 처지에 있기 때문이라고 해석했고, 그러자 안나가 가여워졌다.

그녀들은 키티의 병에 대한 이야기며 젖먹이에 관한 이야기며 스티바에 대한 이야기를 했지만, 그러한 얘기들은 조금도 안나의 흥미를 끌지 못했다.

"작별인사를 하려고 들렀어요." 그녀가 일어서며 말했다.

"언제 떠나세요?"

그러나 안나는 여전히 대답하지 않고 키티를 돌아보았다.

"나도 정말 기뻐요, 당신을 뵙게 되어서." 그녀는 미소를 지으면서 말했다. "당신에 대해선 여기저기에서 이야기를 듣고 있었어요. 당신 남편분에게서까지요. 그분은 내 집에 와주셨고 난 그분이 굉장히 마음에 들었어요." 분명 악의가 있는 어조로 그녀는 덧붙였다. "지금은 어디에 계시죠?"

"시골에 가셨어요." 키티는 얼굴이 빨개지면서 말했다.

"꼭 내가 안부 전하더라고 말씀해주세요, 정말 꼭이에요."

"네, 꼭!" 동정어린 눈으로 안나의 눈을 들여다보면서 키티는 순진하게 되풀이했다.

"그럼 안녕, 돌리!" 이렇게 말하고 돌리에게 키스하고 키티의 손을 잡은 다음 안나는 부랴부랴 나갔다.

"조금도 변하지 않았군. 옛날처럼 매혹적이야. 정말 아름다워!" 언니와 단둘이 남았을 때 키티는 말했다. "하지만, 어쩐지 불쌍한 데가 있어. 엄청나게 불쌍한 데가 말이야!"

"아냐, 오늘은 어딘가 여느 때완 달라." 돌리는 말했다. "내가 현관까지 배웅했을 때, 금방이라도 울 것만 같은 얼굴을 하고 있었어."

29

안나는 집을 나설 때보다도 더욱 나빠진 기분으로 포장마차에 탔다. 지금까지의 고뇌에 더해 키티와 만나고서는 모욕을 당한 듯한, 버림받은 사람이 된 듯한 느낌까지 들었던 것이다.

"어디로 가시겠습니까? 집으로 돌아가시렵니까?" 표트르가 물었다.

"그래, 집으로." 이제는 어디로 갈지도 생각하지 않고 그녀는 대꾸했다.

'정말 그네들은 뭔가 무섭고 불가해하고 진기한 것이라도 보는 듯이 나를 보고 있었다. 어머나, 저 남자는 동행하는 남자에게 무엇을 저렇게 열심히 이야기하는 걸까?' 그녀는 두 행인을 보면서 생각했다. '도대체 자기가 느끼고 있는 감정을 어떻게 다른 사람에게 전할 수가 있을까? 나도 돌리에게 털어놓고 싶었지만, 털어놓지 않기를 잘했다. 내 불행을 얼마나 기뻐했을까! 물론 그 기쁨을 숨길 테지만, 그녀가 느끼는 주된 감정은 자신이 부러워하던 환락 때문에 내가 벌을 받은 것이라고 기뻐하는 마음일 것이다. 키티, 그녀는 더욱더 기뻐했을 거야. 나는 그녀의 마음속까지 훤히 들여다보고 있지! 그녀는 내가 자기 남편에게 필요 이상으로 상냥하게 대했다는 것을 알고 있다. 그래서 나를 질투하고 미워하겠지. 또한 경멸하기까지 할 테지. 그녀의 눈으로 보면 나는 부도덕한 여자니까. 만약 내가 정말 부도덕한 여자였다면 그녀의 남편이 나에게 반하게 할 수도 있었어…… 만약 내가 원했다면. 아니, 실은 그러길 원했어. 저런, 저 사람은 혼자서 신이 났군.' 그녀는 저쪽에서 부터 달려온 마차 안의 비대한 붉은 얼굴의 신사에 대해 생각했다. 그는 아는 사람인 줄 알고 그녀를 향해 번들거리는 대머리 위로 역시 번들거리는 모자를 살짝 들어올리고 나서야 자기가 잘못 본 것을 알아챈 모양이었다. '저 사람은 나를 알고 있다고 생각한 것이다. 하지만 저 사람은 세상 모든 사람이 너 나 할 것 없이 나를 알고 있는 것과 똑같은 정도로만 나를 알고 있는 것에 지나지 않는다. 우선 나 자신도 나를 모르고 있으니까. 나는 프랑스인들이 말하듯 자신의 식욕을 알고 있을 뿐이다. 저거 봐, 저 아이들은 저런 더러운 아이스크림을 탐내고 있다. 저

아이들도 그것만 알고 있을 뿐이니까.' 그녀는 아이스크림 장수를 불러 세운 두 소년을 바라보면서 생각했다. 아이스크림 장수는 머리에서 통을 내려놓고 수건의 가장자리로 땀에 젖은 얼굴을 닦았다. '우리는 모두 단것, 맛있는 것을 탐낸다. 과자가 없으면 더러운 아이스크림이라도 좋다. 키티도 마찬가지다. 브론스키가 아니면 레빈인 것이다. 그래서 그녀는 나를 질투한다. 밉다고까지 생각한다. 그리하여 우리는 모두 서로를 미워하는 것이다. 나는 키티를, 키티는 나를. 이것이 진실이다. 튜티킨, 미용사⋯⋯. *나도 튜티킨한테 가서 머리를 해야겠군*⋯⋯ 그이가 돌아오면 그렇게 얘기해야지.' 그녀는 생각하고 미소를 지었다. 그러나 그 순간 그녀는 지금의 자기에겐 우스운 이야기를 할 사람이 아무도 없다는 것을 생각했다. '게다가 또 우스운 일이나 재미있는 일은 하나도 없다. 모두 다 역겨워. 저녁기도 종이 울리네. 정말 꼼꼼하게 성호를 긋는 저 상인 좀 봐! 마치 뭔가를 떨어뜨릴까봐 겁내고 있기라도 하는 것 같군. 도대체 무엇 때문에 이러한 교회며 이러한 종소리며 이러한 허위가 존재하는 것일까? 그저 저렇게 상스럽게 욕지거리를 해대는 마부들처럼 우리 모두 서로를 미워하고 있다는 것을 숨기기 위해서일 뿐이다. 야시빈이 말했지. 그 녀석은 자기를 발가벗기려고 덤비고, 자기도 그 녀석에게 그렇게 하려는 거라고. 바로 그게 진실이다!'

그녀가 자신의 처지에 대해 생각하는 것조차 잊어버렸을 만큼 이러한 갖가지 상념에 빠져 있는 동안, 마차는 어느새 그녀의 집 현관 앞에 다다랐다. 맞으러 나온 문지기의 모습을 보고 그녀는 비로소 쪽지와 전보를 들려보냈던 것을 떠올렸다.

"회답은 있었나?" 그녀가 물었다.

"곧 알아보겠습니다." 문지기는 대답하고 나서 책상 위를 보더니 네모난 얇은 봉투를 들어 그녀에게 건넸다. '열시 안에는 갈 수 없음. 브론스키.' 그녀는 읽었다.

"심부름꾼은 아직 돌아오지 않았나?"

"아직 돌아오지 않았습니다." 문지기가 대답했다.

'그렇다면, 나도 내가 해야 할 일을 알고 있다.' 그녀는 생각했다. 가슴속에 치밀어오르는 막연한 분노와 복수의 욕구를 느끼면서 그녀는 위층으로 뛰어올라갔다. '내가 먼저 그이를 찾아가야겠다. 영원히 갈라지기 전에 깨끗이 그이에게 말하리라. 나는 여태까지 한 번도 누군가를 이토록 미워해본 적이 없다!' 그녀는 생각했다. 모자걸이에 걸린 그의 모자를 보고도 그녀는 혐오로 몸을 떨었다. 그의 전보는 그녀의 전보에 대한 회답일 뿐, 그는 아직 그녀의 쪽지를 받아보지 못했다는 것을 그녀는 생각하지 않았다. 그녀는 지금쯤 어머니나 소로키나와 차분히 이야기하면서 그녀의 고뇌를 은근히 기뻐하고 있을 그를 상상했다. '그래, 한시라도 빨리 가지 않으면 안 된다.' 그녀는 어디로 갈지 아직 정하지도 않은 채 자기를 다그쳤다. 이 무서운 집에서 겪고 있는 감정으로부터 한시라도 빨리 빠져나가고 싶었던 것이다. 하인, 벽, 온갖 물건, 이 집에 있는 모든 것이 그녀의 마음에 혐오와 증오를 불러일으켜 납덩이처럼 그녀를 압박해왔다.

'그래, 기차역으로 가야겠다, 만약 거기 없으면 그 집까지 가서 그이를 나무랄 것이다.' 안나는 신문에 실린 기차 시간표를 들여다보았다. 밤 여덟시 이분 기차가 있었다. '그래, 이걸 타야겠다.' 그녀는 마차에 말을 갈아 채우도록 이르고, 당분간 필요한 물건을 여행용 가방에다 차곡차곡 쟁여넣기 시작했다. 그녀는 이번에야말로 자기가 이곳에 다시 돌아오지 않으리라는 것을 알고 있었다. 그녀는 머릿속에 떠오른 온갖 계획 중에서 기차역이나 백작부인의 영지에서 한바탕 난리를 일으킨 뒤 니제고롯스카야 철도의 첫번째 도시에 가서 거기에 남아야겠다는 것만을 어수선한 가운데 결정했다.

식사 준비가 되어 있었다. 그녀는 식탁으로 가서 빵과 치즈 냄새를 맡아보고 모든 음식 냄새가 메스껍게 코를 찌르자, 포장마차를 대라 이르고 그대로 밖으로 나와버렸다. 집들은 벌써 한길 가득히 그림자를 드리우고 있었고, 아직 햇빛이 있어서 따뜻한 맑은 저녁이었다. 가방을 들고 내려왔던 안누시카도, 마차 안에다 그것을 실었던 표트르도, 분명 시무룩해하고 있던 마부도 모두 그녀에게는 메스꺼웠고, 그들의 말이나 동작 하나하나가 그녀를 안절부절못하게 했다.

"자네는 오지 않아도 돼, 표트르."

"하지만 차표는 어떻게 하시려고요?"

"그럼, 좋을 대로 해, 난 아무래도 상관없으니까." 그녀는 언짢게 말했다.

표트르는 마부석에 뛰어올라 두 손을 허리에다 짚고는 기차역으로 가도록 마부에게 명령했다.

30

'또다시 마차다! 이제 모든 것을 알겠다.' 안나는 포장마차가 움직이기 시작해 가볍게 흔들리면서 포장도로의 자갈 위에 바퀴 소리를 내기 시작하고, 또다시 눈에 비치는 풍경이 빠르게 꼬리를 물고 바뀌기 시작하자 마음속으로 말했다.

'그래, 나는 맨 마지막에 무엇을 그렇게 즐겁게 생각하고 있었지?' 그녀는 생각해내려고 애썼다. '튜티킨, *미용사?* 아냐, 그렇지 않다. 그래, 야시빈이 한 말이었다. 삶의 투쟁과 증오, 이것이야말로 사람들을 결합시키는 유일한 것이라고. 아니, 당신들은 어디로 가더라도 허사예요.' 그녀는 분명 교외로 소풍을 가는 듯한 사두마차에 탄 일행을 보고 마음속으로 말했다. '당신들이 데려가는 개도 아무런 도움이 되지 않아요. 자기로부터 도망갈 수는 없으니까요.' 그러고는 표트르가 돌아다본 쪽으로 시선을 던져 거의 죽은 것처럼 만취하여 머리를 흔들흔들하면서 순경에게 어딘가로 끌려가는 한 직공을 보았다. '그래, 저쪽이 더 지름길이다.' 그녀는 생각했다. '나와 브론스키 백작은 많은 것을 기대하고 있었으면서도 둘 다 저 정도의 만족도 발견할 수 없었던 것이다.' 그때 비로소 안나는 모든 것을 명확히 보여주는 듯한 이 밝은 빛을, 지금까지는 그것에 대해 생각하기를 피해왔던 그와의 관계 쪽으로 돌려보았다. '그이는 나에게서 무엇을 찾고 있었던 것일까? 사랑보다는 허영심의 만족이 더 컸던 것이다.' 그녀는 두 사람이 맺어졌을 당시의 그의 말과, 온순한 사냥개를 연상시키던 얼굴 표정을 떠올렸다. 이젠 그 모든 것이 안나의 이러한 생각을 뒷받침해주었다. '그렇다, 그이는 허영심을 만족시키고 우쭐한 기분이 되었던 것이다. 물론 사랑도 있었겠지만, 대부분은 성공에 대한 자랑이었다. 그이는 나를 손안에 넣은 것을 자랑했다. 그런데 지금은 이미 그것도 지나가버렸다. 자랑할 것이 아무것도 없게 돼버렸다. 자랑은커녕 부끄러움이 돼버렸다. 그이는 나에게서 취할 수 있는 것은 모두 취해버렸고, 이제 나는 그이에게 무용지물이 되어버린 것이다. 그이는 나를 무거운 짐으로 느끼고, 나와의 관계 때문에 불명예스러운 인간이 되지 않으려 애쓰고 있다. 그이는 어제 이렇게 말했다. 자기는 자신의 배를 불태울 각오로 이혼과 결혼을 바란다고. 그이는 나를 사랑해. 하지만 어떻게? *맛이 없어져버린 것이다.* 저 남자는 모든 사람을 깜짝 놀래주려 하고, 자기에게 굉장히 만족하고 있다.' 그녀는 승마 연습장의 말을 타고 달려가는 붉은 얼굴의 점원을 바라보면서 생각했다. '그래, 그이는 내게서 이제 아무런 맛도 느끼지 못하게 된 것이다. 만약 내가 그이에게서 떨어져나가면, 그이는 마음속으로 기뻐할 것이다.'

이것은 가정이 아니었다. 그녀는 지금 자기에게 인생의 의미와 인간들간의 관계를 드러내준 그 선명한 빛 속에서 분명하게 그 사실을 본 것이었다.

'내 사랑은 차츰 열정적이고 이기적으로 변해가는데, 그이의 사랑은 점점 식어가고 있다. 이것이 우리의 마음이 멀어지는 원인이다.' 그녀는 생각을 계속해나갔다. '이제 어떻게 할 수도 없다. 내 모든 것은 그이 한 사람에게 있기 때문에, 나는 그이가 조금이라도 더 많은 것을 나에게 주길 바라고 있다. 그런데 그이는 점점 더 나에게서 멀어져가려고 한다. 우리는 말하자면 결합될 때까지는 양쪽에서 서로에게 접근했지만, 그러고 나서는 억누를 수 없는 기세로 제각기 다른 방향으로 떨어져간 것이다. 이것은 어떻게 바꿀 수도 없다. 그이는 나에게 무턱대고 질투가 강하다고 말하지만, 그것은 사실이 아니다. 나는 질투가 강한 여자는 아니다. 그저 나는 불만스러운 것이다. 하지만……' 그녀는 입술을 벌렸고, 갑자기 떠오른 상념으로 흥분한 나머지 포장마차 안에서 자리를 옮겨앉았다. '만약 내가 그저 그이의 애무만을 열망하는 연인 이외의 다른 무언가가 될 수 있다면 좋을지 모르지만, 나는 다른 무언가가 될 수도 없고 또 되려고도 하지 않는다. 이 욕구 때문에 나는 그이에게 혐오를 일으키게 했고, 그이는 그이대로 나에게 증오를 일으키게 했다. 그렇게 될 수밖에 없었던 것이다. 나는 그이가 나를 속이는 짓은 하지 않는다는 것, 소로키나에게 딱히 관심을 갖고 있지 않다는 것, 키티를 사모하고 있지 않다는 것, 나를 저버리는 일은 없으리라는 것을 정말 모르고 있는 것일까? 나는 모두 알고 있지만, 그 때문에 마음이 가벼워진다거나 하는 일은 전혀 없다. 만약 그이가 나를 사랑하지 않고 의무라는 관념에서 나에게 정답고 친절하게 대해줄 뿐 내가 바라는 감정은 없다고 한다면, 그래, 그것은 오히려 증오보다 천 배나 더 나쁘다! 그것은, 지옥이다! 그런데 정말로 그렇다. 그이는 이미 오래전부터 나를 사랑하지 않았다. 사랑이 끝나는 곳에선 반드시 증오가 시작된다. 이런 길은 조금도 모르겠군. 어딘가의 언덕길인 모양인데 가도가도 집뿐이군…… 그리고 어느 집 안에든 사람이 있다, 사람이 있다…… 얼마나 있는 것인지, 끝이 없고, 모두가 서로를 미워하고 있다. 그러면, 나는 스스로 행복해지기 위해 무엇을 바라고 있는 것인지 어디 한번 생각해보자. 그러면? 나는 이혼하게 되고, 알렉세이 알렉산드로비치가 나에게 세료자를 넘겨주고, 나는 브론스키와 결혼한다.' 알렉세이 알렉산드로비치에 대해 생각하자 그녀는 곧바로 그의 부드럽고 생기 없는 흐리멍덩한 눈과, 푸른 힘줄투성이의 하얀 손과, 독특한 말투와 손가락을 꺾는 소리를 눈앞에 생생히 떠올렸다. 그리고 그와 자기 사이에 존재했던, 사랑이라고 이름지어졌던 감정을 생각해내고는 혐오로 몸을 떨었다. '그러면, 나는 이혼하고 브론스키의 아내가 된다. 그럼 키티도 오늘 본 것처럼 나를 보게 될까? 아니. 그럼 세료자는 내 두 남편에 대해 묻거나 생각하지 않게 될까? 나는 브론스키와 뭔가 새로운 감정을 빚어낼 수 있게 될까? 행복하지는 않을지언정 고통스럽진 않을 그 뭔가를 만들어낼 수 있게 될까? 아니다, 아니다!' 그녀는 곧바로 조금의 망설임도 없이 자기에게 대답했다. '불가능하다! 우리는 본질적으로 따로따로인 것이다. 나는 그이의 불행이 되고, 그이는 나의 불행이 되는 것이다. 그렇다고 그 사람도 나도 변할 수는 없다. 모든 시도는 행해졌고, 나사는 죄어질 대로 죄어져버렸다. 어머, 젖먹이를 안은 여자 거지가 있군. 제딴엔 남이 가여워해주리라고 생각할 것이다. 도대체 우리는 모두 서로 미워하고 자기도 남도 괴롭히기 위해, 그저 그것 때문에 이 세상에 내팽개쳐져 있는 게 아닐까? 김나지움 학생들이 오고 있다, 웃고 있네. 세료자는?' 그녀는 떠올렸다. '나도 마찬가지다. 나는 그애를 사랑한다고 생각했고, 나 자신의 애정에 감동했다. 나는 그애 없이 살아왔고, 그애를 다른 사랑으로 바꾸어버렸고, 그 사랑에 만족을 느끼는 동안에는 이 교환을 불평하지 않았다.' 그리고 그녀는 '그 사랑'이라고 이름지은 것을 혐오감을 가지고 떠올렸다. 그러자 그녀는 지금 자신의 생애와 다른 모든 사람들의 생애를 보고 있는 자신의 통찰력이 기쁘게 느껴졌다. '나도, 표트르도, 마부인 표도르도, 저 상인도, 저런 광고로 사람을 끌어들이는 볼가강 유역에 살고 있는 사람들도, 모두가 마찬가지다. 어딜 가도, 어느 세상에서도.' 그녀는 생각했다. 그때 마차는 벌써 니제고롯스카야 기차역의 나지막한 건물 옆에 닿아 있었고, 하물 운반인들이 우르르 그녀 쪽으로 뛰어나왔다.

"오비랄롭카까지 끊을까요?" 표트르가 말했다.

그녀는 자기가 어디로 가는지 무엇 때문에 가는지 까맣게 잊고 있었고, 굉장한 노력으로 겨우 물음의 뜻을 이해할 수 있었다.

"그래." 그녀는 돈이 들어 있는 지갑을 건네면서 그에게 말했고, 한쪽 손에 조그맣고 빨간 손주머니를 들고 포장마차에서 내렸다.

군중을 헤치고 일등 대합실 쪽으로 향하면서 그녀는 자기 상황을 상세히 짚어보고, 어느 쪽으로도 정하지 못해 주저하던 온갖 결심들을 생각했다. 그러자 또다시 희망과 절망이 뒤범벅되어 전과 똑같은 부위를 찔러대며, 와들와들 떨리는 그녀의 마음속 상처를 자극했다. 별 모양의 소파에 앉아 기차를 기다리는 동안 들락날락하는 사람들(그녀에겐 그들이 모두 메스꺼웠다)을 혐오의 눈으로 바라보면서, 그녀는 자기가 저쪽 역에 도착하여 그에게 편지를 써보낼 때와 그때 써보낼 문구에 대해서며 지금쯤 그가 자신의 처지에 대해(이쪽의 괴로움은 모르고) 어머니에게 하소연하고 있을 광경이며 자기가 그 방에 들어갈 때의 일이며 그에게 말해줘야겠다고 마음먹고 있는 것들에 대해 생각했다. 그런가 하면 그녀는 또 인생이라는 것은 더 행복해질 수 있다는 것을, 자기가 얼마나 괴로운 마음으로 그를 사랑하고 또 미워하는가를, 이 심장은 얼마나 놀랍게 고동치고 있는가를 생각했다.

벨이 울렸고, 못생기고 뻔뻔스럽고 성마르고 동시에 자기들이 주는 인상에 줄곧 신경쓰는 한떼의 젊은이들이 지나갔다. 제복에 편상화를 신은 표트르도 멍청하고 짐승 같은 얼굴을 하고 그녀를 열차까지 배웅하기 위해 대합실을 가로질러 그녀 옆으로 다가왔다. 왁자지껄하던 남자들은 안나가 플랫폼으로 나와서 그들 옆을 지나가자 갑자기 잠잠해졌고, 한 사내가 동행한 사내에게 그녀에 대해 뭐라고 수군거렸는데, 물론 역겨운 말이었다. 그녀는 높은 발판을 올라가 텅 빈 객차 안의, 전에는 하얬지만 지금은 지저분하게 더럽혀진 좌석에 앉았다. 손주머니는 스프링이 든 좌석 위에서 흔들리다가 넘어졌다. 표트르는 멍청한 미소를 띠면서 작별의 표시로 금몰을 두른 모자를 창가에 치켜들었고, 어렴성없는 차장이 거칠게 문을 닫고 걸쇠를 걸었다. 투르뉘르*를 댄 못생긴 귀부인(안나는 머릿속으로 이 여자를 발가벗겨보고 그 추악함에 몸을 옹송그렸다)과 소녀가 부자연스럽게 웃으면서 플랫폼을 따라 달려갔다.

"카테리나 안드레예브나한테, 모두 그분한테 있어요, *큰어머니!*" 소녀가 외쳤다.

'저런 애까지도 밉상인 주제에 교태를 부리고 있군.' 안나는 생각했다. 남들의 모습을 보지 않기 위해 그녀는 얼른 일어나서 텅 빈 객차의 건너편 창가에 앉았다. 앞에만 챙이 달린 모자 아래로 헝클어진 머리

---

* 1880년대에 유행했던, 부인복의 뒤쪽이 퍼지게 하기 위해 스커트 밑에다 넣었던 허리받이.

칼이 비어져나온 더러운 옷차림을 한 추한 농부가 차량의 바퀴 쪽으로 몸을 구부리면서 그 창문 옆을 지나갔다. '저 추한 농부는 어딘가 낮이 익은데.' 안나는 생각했다. 그녀는 자신의 꿈을 생각해내고 두려움에 몸을 떨면서 반대편 문 쪽으로 물러앉았다. 차장이 문을 열고 부부 동반객을 들여보냈다.

"나가시렵니까?"

안나는 대답하지 않았다. 차장도, 들어온 손님들도, 베일에 가려진 그녀의 얼굴에 나타난 공포의 빛을 알아채지 못했다. 그녀는 구석의 자기 좌석으로 돌아와서 앉았다. 한 쌍의 부부는 조심스레, 그러나 유심히 그녀의 옷차림을 훑어보면서 건너편에 자리를 잡았다. 앞쪽의 남편도 아내도 안나에게는 아니꼽게 여겨졌다. 남편은 그녀에게 담배를 피워도 좋은지 물었지만, 그것은 분명 담배가 피우고 싶었기 때문이 아니라 그녀에게 말을 걸어보고 싶었기 때문이었다. 그녀의 승낙을 받자 그는 아내를 상대로 담배보다 더 속셈이 뻔히 들여다보이는 이야기를 프랑스어로 하기 시작했다. 그들은 그저 그녀에게 들리게 하기 위해서만 가식적이고 어리석은 소리를 지껄이는 것이었다. 안나는 그들이 얼마나 서로 권태를 느끼고 있으며 서로 미워하고 있는지 분명히 알 수 있었다. 그러자 이 가련한 불구자들을 미워하지 않을 수 없었다.

두번째 벨이 울리고, 그에 이어 짐 나르는 소리, 소음, 외침소리, 웃음소리가 들려왔다. 안나에겐 이제 누구에게도 기쁠 일 따위는 없다는 것이 너무나 분명해졌으므로 이 웃음소리는 고통스러울 정도로 그녀의 신경을 자극했고, 그 소리를 듣지 않기 위해 귀를 막아버리고 싶었다. 마침내 세번째 벨이 울리고 기적소리와 기관차 덜커덩거리는 소리가 울려퍼졌다. 차량을 연결한 쇠사슬이 팽팽하게 당겨졌고, 건너편의 남편이 성호를 그었다. '도대체 무엇 때문에 저런 짓을 하는 건지 저 남자에게 물어보면 꽤 재미있으련만.' 안나는 증오가 가득한 눈으로 그를 힐끔 쳐다보고 생각했다. 그녀는 건너편의 부인 옆 차창으로 열차를 전송하며 플랫폼에 서 있는 사람들이 마치 뒤로 미끄러져가는 듯이 보이는 것을 찬찬히 바라보았다. 안나가 탄 객차는 레일 이음매마다 달가닥 달가닥 규칙적으로 흔들리면서 플랫폼을 지나고 돌담을 지나고 신호소를 지나고 다른 기차 옆을 지나갔다. 기차 바퀴는 점점 더 경쾌하고 매끄럽게 가벼운 음향을 내면서 레일 위를 미끄러져갔다. 차창은 눈부신 석양빛에 비치고, 산들바람은 커튼을 나풀거리게 했다. 안나는 같은 차내의 승객들에 대해서는 말끔히 잊고 열차의 가벼운 흔들림에 몸을 맡긴 채 신선한 공기를 가슴 가득 들이마시면서 또다시 생각에 잠겨들었다.

'그런데 나는 무엇을 생각하고 있었더라? 괴롭지 않은 삶이란 생각할 수 없다, 우리는 모두 괴로워하기 위해 만들어진 것이다, 우리는 모두 그것을 알고 있고 모두들 어떻게 자기를 속여야 할까 그 수단을 궁리하는 것이다, 뭐 이런 것이었지. 하지만 만약 진실을 보았을 때에는 어떻게 해야 하는 것일까?'

"사람에게 이성이 주어진 이유는 자신을 불안하게 하는 것으로부터 벗어나기 위해서예요." 건너편의 부인은 분명히 자신의 말에 만족하는 양 혀 꼬부라진 소리를 내면서 프랑스어로 말했다.

이 말은 마치 안나의 생각에 대꾸라도 하는 것 같았다.

'불안하게 하는 것으로부터 벗어난다.' 안나는 되풀이했다. 그녀는 뺨이 불그레한 남편과 야윈 아내를 한참 주시하고 나서, 이 병약한 아내는 자기 자신을 불가해한 여자라 생각하고 있고, 남편은 그녀를 속이고 있으며, 아내의 자기 자신에 대한 이러한 의견을 지지하고 있다는 것을 알았다. 안나는 마치 그들의 경력과 그들의 마음속 꾸불꾸불한 골목골목을 등불을 켜들고 일일이 비춰보고 있는 듯한 느낌이 들었다. 그러나 거기에는 전혀 재미있는 점이 없었으므로 그녀는 자신의 생각을 이어나갔다.

'그렇다, 나 같은 사람은 굉장히 불안해하고 있다. 그런데 그 불안으로부터 벗어나라고 이성이 주어진 것이라면 벗어나야만 한다. 이제 아무것도 볼 것이 없다고 느낄 때, 또 이러한 것은 모두 보기도 싫다고 느낄 때, 어째서 촛불을 꺼서는 안 되는 것일까? 하지만 어떻게 꺼야 할까? 아니, 어째서 저 차장은 발판을 따라서 뛰어가는 것일까? 어째서 저 사람들은, 차내의 저 젊은 사람들은 저렇게 소리를 지르고 있는 것일까? 어째서 저 사람들은 지껄이고 있는 것일까? 어째서 웃고 있는 것일까? 모두가 다 진실이 아니다, 모두 거짓이다, 모두 기만이다, 모두 악이다!……'

열차가 역에 다가갔을 때 안나는 다른 승객들의 무리를 빠져나가 나병 환자를 피하듯이 그들로부터 떨어져서는 플랫폼에 발을 멈추고 자기는 무엇 때문에 여기에 왔는지, 무엇을 하려고 왔는지 생각해내려고 애썼다. 얼마 전까지는 가능하다고 여겨졌던 모든 계획들이 지금은 아주 어렵게 여겨졌다. 게다가 그녀에게 평안을 주지 않는 이 추악한 사람들의 떠들썩한 무리 속에서는 더욱 어렵게 여겨졌다. 하물 운반인들이 짐을 나르게 해달라고 청하면서 그녀 옆으로 달려오는가 하면, 젊은 남녀가 플랫폼의 널빤지를 구두 뒤축으로 쿵쿵거리며 큰 소리로 얘기하기도 하면서 위아래로 그녀를 훑어보기도 하고, 또 마주치는 사람들이 온갖 방향으로 몸을 피하기도 했다. 그녀는 만약 회답이 없으면 더 멀리 갈 작정이었던 것을 생각해내고는, 하물 운반인 하나를 불러세워 브론스키 백작에게 쪽지를 가지고 갔던 마부가 여기에 있는지 물어보았다.

"브론스키 백작 말씀인가요? 방금 그 댁에서 온 사람이 있었습니다. 소로키나 공작부인과 따님을 마중하러요. 그런데 그 마부라는 사람은 어떻게 생겼습니까?"

그녀가 하물 운반인과 이야기를 하고 있을 때 마부인 미하일라가 빨갛고 유쾌한 얼굴로 말쑥한 푸른색 등거리 외투를 입고 그 위로 시곗줄을 번득거리면서, 분명 자신의 사명을 훌륭히 수행한 것을 뽐내는 듯한 태도로 그녀에게 다가와서 쪽지를 건넸다. 그녀는 봉인을 뜯었고, 그녀의 심장은 읽기도 전에 오그라들었다.

'당신의 쪽지가 여기로 떠나오기 전에 내 손에 들어오지 않았던 것을 매우 유감스럽게 생각해. 나는 열시에 돌아갈게.' 브론스키는 아무렇게나 내갈겨놓았다.

'그래, 내가 생각했던 대로다!' 그녀는 심술궂은 미소를 띠면서 속으로 말했다.

"좋아, 그럼 너는 집으로 돌아가." 그녀는 미하일라를 돌아보고 조용히 말했다. 그녀가 조용히 말한 것은 심장이 하도 빨리 뛰어 숨쉬기가 어려웠기 때문이었다.

'아니, 나는 네가 괴롭히도록 내버려두지 않겠어.' 그녀는 그도 아니고 자기 자신도 아닌, 그녀를 괴롭히는 누군가를 으르대는 것처럼 이렇게 생각했다. 그러고는 기차역의 건물 옆을 지나 플랫폼을 따라 걸어갔다.

플랫폼을 걷고 있던, 하녀인 듯한 두 여자가 고개를 뒤로 돌려 그녀를 쳐다보면서 그녀의 옷차림에 대해 큰 소리로 비평을 했다. "진짜야." 두 여자는 그녀의 옷에 달린 레이스에 대해 말했다. 젊은 사내들은 그녀를 조용히 내버려두지 않았다. 그들은 그녀의 얼굴을 뚫어지게 들여다보고 부자연스러운 목소리로 웃음을 섞어 뭐라고 외치면서 또다시 그녀 옆을 지나갔다. 역장은 지나가다가 그녀에게 기차에 탈 것인지 물었다. 크바스를 파는 소년은 그녀에게서 눈을 떼지 않았다. '맙소사, 나는 어디로 가야 하나?' 플랫폼을 따라 앞으로 앞으로 나아가면서 그녀는 생각했다. 플랫폼 끝까지 와서 그녀는 발을 멈추었다. 안경을 쓴 신사를 맞아 큰 소리로 웃고 이야기하던 몇몇 부인과 아이들은 그녀가 그들 가까이 오자 갑자기 소리를 죽이고 그녀를 돌아보았다. 그녀는 걸음을 빨리하여 그들에게서 떨어져 플랫폼 가장자리로 갔다. 화물열차가 들어왔다. 플랫폼이 흔들거리기 시작했고, 그녀는 자기가 또다시 기차에 타고 있는 듯한 느낌이 들었다.

그러자 갑자기 그녀는 처음 브론스키와 만났던 날 기차에 치여 죽었던 사람에 대해 생각하고, 지금 자기가 해야 할 일을 깨달았다. 빠르고 가벼운 걸음걸이로 급수탑에서 레일 쪽으로 나 있는 계단을 내려간 안나는 지나가는 열차에 바짝 가까이 가서 멈추었다. 그녀는 기차의 차량 밑을, 나사와 쇠사슬이 서서히 움직여가는 맨 첫번째 차량의 높다란 주철제 바퀴를 바라보았다. 그러고는 자신의 눈대중으로 앞바퀴와 뒷바퀴의 한가운데를 정하고 그 부분이 자신의 정면에 오는 순간을 포착하려고 애썼다.

'저기로!' 그녀는 침목 위에 흩뿌려져 있는 석탄 섞인 모래와 그 위로 드리워진 차량의 그림자를 바라보면서 혼잣말을 했다. '저기로, 저 한가운데로, 그이를 벌하고 모든 사람들과 나 자신으로부터 벗어나자.'

그녀는 첫번째 차량의 한가운데가 자신의 정면에 왔을 때, 그 밑에다 몸을 던지려고 했다. 그러나 손에서 놓으려고 했던 빨간 손주머니가 그녀를 붙잡았으므로 기회를 놓치고 말았다. 한가운데는 이미 지나가 버렸던 것이다. 다음 차량을 기다리지 않으면 안 되었다. 해수욕을 하면서 마악 물속으로 뛰어들려고 할 때 여러 차례 경험했던 것과 흡사한 느낌이 그녀를 사로잡았고, 그녀는 성호를 그었다. 성호를 긋는 이 익숙한 동작이 그녀의 마음에 처녀 시절과 어렸을 때의 일련의 추억을 온전하게 불러일으켰고, 갑자기 그녀를 위해 삼라만상을 뒤덮고 있던 어둠이 걷히고 한순간, 생이 그 모든 빛나는 과거의 환희와 더불어 그녀 앞에 나타났다. 그러나 그녀는 다가오는 두번째 차량의 바퀴에서 눈을 떼지 않았다. 그리고 바퀴와 바퀴 사이의 한가운데가 그녀 앞까지 온 바로 그 순간, 그녀는 빨간 손주머니를 내던지고 두 어깨 사이에 머리를 틀어박고 두 손을 짚고 차대 밑으로 넘어지면서, 그리고 곧 일어나려고 하는 듯한 가벼운 동작으로 무릎을 꿇었다. 바로 그 순간, 그녀는 자기가 저지른 짓에 공포를 느꼈다. '나는 어디에 있는 것일까? 나는 무슨 짓을 하고 있는 것일까? 무엇 때문에?' 그녀는 몸을 일으켜 뛰어나오려고 했다. 그러나 무언가 거대하고 무자비한 것이 그녀의 머리를 꽝 하고 떠받고 그 등을 할퀴어 질질 끌고 갔다. '주여, 제 모든 것을 용서해주소서!' 그녀는 이미 저항하기엔 늦었음을 느끼면서 중얼거렸다. 한 농부가 뭐라고 웅얼거리면서 쇠붙이 위로 몸을 구부리고 일을 하고 있었다. 그러자 그녀가 불안과 기만과 비애와 악으로 가득찬 책을 읽을 수 있게 해주었던 촛불이 그 어느 때보다도 환하게 확 타올라, 지금까지 어둠에 싸여 있던 모든 것을 그녀에게 비추어 보이고는 파지직 소리를 내고 어두워지다가 영원히 꺼져버렸다.

제8부

1

거의 두 달이 지났다. 벌써 무더운 한여름이었으나, 세르게이 이바노비치는 이제 겨우 모스크바를 떠날 채비를 하고 있었다.

세르게이 이바노비치의 생활에는 그동안 여러 가지 일이 있었다. 육년간의 노작勞作인 『유럽 및 러시아의 국가체제 원리와 형식의 개관』이라고 표제가 붙은 저서는 벌써 일 년 전에 완성되었다. 이 저서의 몇 장과 서론은 정기간행물에 발표된 바 있고 다른 부분들은 세르게이 이바노비치가 자기 서클의 사람들에게 읽어준 터였기 때문에, 이 저서의 사상은 이미 독자들에게 전혀 새로운 것이 아니었다. 그렇지만 세르게이 이바노비치는 자기 저서의 출판은 독서계에 진지한 반향을 불러일으킬 것이라고, 설사 학문상의 혁명이라고까지는 할 수 없을지라도 적어도 학계에 강한 감동을 줄 것이라고 기대했다.

이 저서는 엄밀한 교정 끝에 마침내 지난해에 출판되어 널리 서점에 배포되었다.

세르게이 이바노비치는 저서에 대해서는 누구에게도 물어보지 않았고 책의 인기가 어떠냐는 친구들의 질문에도 마지못해 일부러 냉담한 대답을 했으며 얼마나 책이 팔리는지 서점에 물어보지도 않았지만, 한편으로는 눈을 번득이며 극도로 주의를 기울여 자신의 저서가 사회와 문학계에 주는 첫인상에 주목하고 있었다.

그러나 일주일, 이 주일, 삼 주일이 지나도 사회에서는 아무런 반응도 나타나지 않았다. 다만 그 방면의 전문가이며 학자인 그의 친구들은 이따금 분명 예의상 그것에 대해 이야기할 뿐이었다. 그 밖의 지인들은 학술적인 내용의 책에는 흥미가 없었으므로 그 책에 대해 그에게 이야기하는 사람은 하나도 없었다. 그리고 사회 전반적으로도 다른 문제에 흥미를 빼앗기고 있는 시기였으므로 전혀 무관심한 분위기였다. 문학계에서도 마찬가지로 한 달 내내 그 책에 관한 말은 한마디도 나오지 않았다.

세르게이 이바노비치는 사람들이 비평을 쓰는 데 필요한 시간을 면밀히 계산해보았으나, 다시 한 달이 지나고 두 달이 지나도 여전히 침묵뿐이었다.

다만 『세베르니 주크*』지의 해학란에 실린 목소리가 망가진 가수 드라반티에 대한 글 뒤에, 코즈니셰프의 저서가 이미 오래전부터 여러 방면의 사람에게서 비난을 받고 일반의 웃음거리가 되었다는 모욕적인

---

* 북방의 딱정벌레.

내용이 조금 언급되었을 뿐이었다.

마침내 석 달째가 되었을 때 어떤 진지한 잡지에 비평문이 나타났다. 세르게이 이바노비치는 그 필자도 알고 있었다. 언젠가 한 번 골룹초프의 집에서 만난 적이 있었다.

그 필자는 아직 앳되고 병약한 잡문가로, 글은 아주 대담했으나 교양이 지극히 부족하고 개인적인 관계에서는 몹시 소심한 사람이었다.

그 필자를 무척 경멸하고 있었음에도 불구하고 세르게이 이바노비치는 어디까지나 존중하는 태도로 그 비평을 읽기 시작했다. 비평은 끔찍했다.

분명 그 잡문가는 그의 저서 전체를 도저히 이해할 수 없을 만큼 심하게 곡해하고 있었다. 그러나 그의 저서를 읽지 않은 사람에게는(그것을 읽은 사람은 거의 아무도 없다는 게 분명했다) 그의 저서 전체가 과장된 말과 심지어 부적절하게(그것은 의문부호로 표시되어 있었다) 쓰인 말의 나열에 지나지 않는다고, 또 그 저자는 전혀 배움이 없는 사람이라고 이해되게끔 교묘하게 발췌해 인용하고 있었다. 비평하는 태도 또한 세르게이 이바노비치 자신조차 그 교묘함을 부인할 수 없을 만큼 교묘했다. 그러나저러나 그것은 끔찍했다.

세르게이 이바노비치는 어디까지나 성실하게 비평가의 논거가 흠잡을 데 없음을 확인했으나, 조소의 대상이 된 결함이나 오류에는 일분도 머무르지 않았다. 이러한 것들을 모두 고의로 추려냈다는 것이 너무나도 명백했던 것이다. 자기도 모르는 사이에 이 비평의 필자와 만났을 때의 일과 그때 이야기했던 것들을 세밀한 부분까지 떠올려보았다.

'내가 뭔가로 그 사람의 기분을 상하게 했을까?' 세르게이 이바노비 치는 자문해보았다.

그는 그 젊은 사람과 만났을 때 그 남자가 자신의 무지를 폭로하는 말을 쓴 것을 정정해주었던 것을 떠올리고, 거기에서 이 비평이 의미하는 바를 발견했다.

이 비평이 발표된 뒤로 그의 저서에 대해서는 활자로든 입으로든 죽음 같은 침묵이 계속됐고, 세르게이 이바노비치는 그만큼 사랑과 노고를 쏟아 만들어낸 육 년간의 노작이 흔적도 없이 사라져버린 것을 보았다.

세르게이 이바노비치의 처지는 그가 이 저술을 완성하고 나자 그때 까지 그의 대부분의 시간을 차지했던 서재 일이 없어졌기 때문에 더욱 더 따분해졌다.

세르게이 이바노비치는 총명하고 교양 있으며 건강하고 활동적인 사람이었으므로 그 활동력을 어디에 써야 할지 몰랐다. 응접실, 회합, 집회, 위원회 등 남들과 담소할 수 있는 장소에서의 회담이 그의 시간의 일부분을 차지하고 있었다. 그러나 노회한 도시인인 그는 세상물정 모르는 그의 아우가 언젠가 모스크바 체재중에 그랬던 것처럼 모든 시간을 담소를 위해 써버리는 것을 스스로 허용하지 않았다. 그래서 그에게는 더욱더 많은 시간과 지력이 남아돌았다.

다행히도 그 저서의 실패로 그에게는 가장 괴로운 때에 이교도 문제,* 아메리카 친선 문제,** 사마라의 기근 문제,*** 박람회 문제, 강신술 문

---

* 1875년 폴란드의 가톨릭교도를 그리스정교로 개종시키는 문제가 생겼다.
** 1866년 카라코조프의 암살 기도 뒤 미국 외교사절단이 도착했으며, 황제에게 '전 미국의 동정과 존경'의 표현이 담긴 워싱턴 회의의 축사가 바쳐졌다. '미국의 친선사절단'

제니하는 것 대신에 지금까지 사회의 한구석에 처박혀 있었던 슬라브 문제****가 갑자기 머리를 쳐들고 일어났다. 그래서 세르게이 이바노비치는 이전에 이 문제의 제창자 중 한 사람이기도 했으므로 자기 힘의 전부를 그 문제에 기울였다.

세르게이 이바노비치가 속해 있던 사람들 동아리에서는 이제 슬라브 문제나 세르비아 전쟁 외에는 어떤 이야기도 하지 않았고 글을 쓰지도 않았다. 평소에 한가한 사람들의 무리가 시간을 보내기 위해 하던 모든 것들이 지금은 슬라브인의 이익을 위해 행해졌다. 무도회, 음악회, 만찬회, 연설, 부인들의 의상, 맥주, 음식점, 이러한 모든 것이 슬라브인에 대한 동정을 표명하고 있었다.

이 문제에 대해 사람들이 쓰고 지껄인 대부분의 내용은 세르게이 이바노비치의 견해와 미세한 점에서 일치하지 않는 데가 있었다. 그는 슬라브 문제가 계속 꼬리를 물고 바뀌어가면서 사회의 본질이라 할 유행

은 수도에서의 떠들썩한 축연, 만찬, 성대한 리셉션으로 환영을 받았다.

*** 1871년과 1872년 사마라현에 한발이 있었고, 1873년에 기근이 시작되었다. 또한 조세 징수로 농민들이 파산했다. 1873년 8월 17일 톨스토이는 『모스크바 신문』에 「기근에 대한 편지」를 발표했다. 사마라현의 농민들을 위하여 기부금 모집위원회가 조직되고 총 2백만 루블과 40만 킬로그램의 식량이 모였다.

**** 오스만제국의 기반으로부터 여러 슬라브 민족을 해방시키는 문제는 1870년대 초미의 정치문제 중 하나였다. 1875년 보스니아와 헤르체고비나에서 봉기가 시작되었고, 1876년 몬테네그로인들이 폭동을 일으켰다. 같은 해 세르비아는 터키에 선전포고를 했다. 불가리아는 러시아의 도움에 기대를 걸었다. 이듬해인 1877년 러시아는 터키에 반발했다. 지배층에서는 1850년대 크림전쟁에서의 패배에 대한 보복으로 콘스탄티노플 공략의 가능성을 검토했다. 크림전쟁에 참전했던 톨스토이는 외국의 지배권에 대한 여러 슬라브 민족의 역사적 투쟁의 의미를 이해하고 있었지만, '콘스탄티노플 원정 계획'에 대한 생각은 호의적으로 받아들이지 않았다.

열의 하나가 되어버린 것을 알았다. 또 그는 이익 추구나 허영을 목적으로 이 문제에 관계한 사람들이 꽤 많다는 것을 알았다. 더욱이 그는 신문들이 사회의 이목을 한몸에 모으고 다른 신문들을 능가하려는 목적으로 불필요하고 과장된 기사를 많이 싣고 있다는 것도 인정했다. 그는 또 사회의 일반적인 흥분에도 불구하고 누구보다도 먼저 뛰어나와 누구보다도 소리 높이 외치고 있는 것은 불우하고 실의에 빠져 있는 사람들, 이를테면 군대를 갖지 않은 사령관이라든가 부처를 갖지 않은 장관이라든가 신문사를 갖지 않은 신문기자라든가 당원을 갖지 않은 정당의 당수라든가 하는 사람들뿐이라는 사실도 알았다. 그는 또 거기에는 경박하고 우스꽝스러운 자가 많이 섞여 있다는 것도 알았다. 그러나 그는 또 사회의 모든 계급을 하나로 묶고 있고 도저히 동정하지 않을 수 없는, 시시각각으로 높아져가는 순수한 광열狂熱이 있다는 것도 간파했고 또한 인정했다. 같은 정교도이자 동포인 슬라브인에 대한 학살은 수난자에 대한 동정과 압제자에 대한 분노를 불러일으켰다. 그리고 위대한 목적을 위해 싸우고 있는 세르비아인과 몬테네그로인의 용맹함은 이미 말뿐만이 아니라 실제로도 자신의 형제들을 구해야겠다는 열망을 온 국민의 가슴속 깊이 심어놓았다.

그러나 그에 더해 세르게이 이바노비치에게는 또하나의 기쁜 현상이 일어났다. 그것은 여론의 출현이었다. 사회는 자신의 열망을 결연하게 발표했다. 세르게이 이바노비치의 말마따나 국민적인 정신이 표현 수단을 찾아낸 것이었다. 그리고 이 문제에 깊이 개입할수록 그에게는 이 일이 분명 대규모가 되리라는 것, 획기적인 사건이 되리라는 것이 더욱더 뚜렷해졌다.

그는 이 대사건에 자신의 전부를 바쳐 분주히 일했고 자기 저서에
대해 생각하는 것조차 잊어버렸다.

지금은 모든 시간을 그 일에 빼앗겨버린 그는 자기에게 오는 편지나
청원에 답장을 낼 틈도 없었다.

봄 한철과 여름의 일부까지 일하고 난 뒤, 칠월에 들어서야 그는 겨
우 시골의 동생에게 갈 준비를 서둘렀다.

그는 이 주일간의 휴양과 먼 벽촌의 신성한 민중 속에 들어가 자기
를 비롯해서 수도와 여러 도시의 주민 전부가 완전히 믿고 있는 국민
적인 정신이 고조되어 있는 상태를 보고 즐기기 위해 떠났다. 오래전부
터 레빈에게 찾아가겠다고 했던 약속을 이행하리라 마음먹고 있던 카
타바소프가 그와 동행했다.

2

세르게이 이바노비치와 카타바소프가 그날따라 유달리 사람들이 붐
비는 쿠르스카야 철도의 기차역에 닿아 여행마차에서 내리면서 짐과
같이 뒤따라오던 하인을 찾아 돌아다본 그때, 마침 거기에 넉 대의 삯
마차에 나눠 탄 의용병들*이 도착했다. 꽃다발을 손에 든 귀부인들이

* 세르비아에서 전쟁이 시작된 뒤 곧바로 러시아 의용병을 모집하는 슬라브 위원회가
조직되었다. 러시아가 참전하기 전까지 정규 군인들이 싸움터로 출발하기 위해서는 퇴
역해야만 했다. 브론스키와 야시빈은 모두 퇴역 군인이다. 러시아 의용병과 의용병 운동
의 운명에 대해서는 도스토옙스키가 『안나 카레니나』와 관련시켜 『작가의 일기』에서,
글레프 우스펜스키가 『세르비아에서』라는 르포르타주에서 다루고 있다.

그들을 맞고는 등뒤에서 쏟아져 들어오는 군중에 밀리면서 기차역 안으로 들어갔다.

의용병들을 맞으러 온 귀부인들 가운데 한 사람이 대합실에서 나오면서 세르게이 이바노비치를 돌아보았다.

"당신도 전송하러 나오셨어요?" 그녀는 프랑스어로 물었다.

"아닙니다, 여행 가는 겁니다, 공작부인. 아우한테 가서 좀 쉬려고요. 당신은 언제나 이렇게 전송하러 오십니까?" 겨우 눈에 뜨일 정도의 미소를 띠고 세르게이 이바노비치가 말했다.

"네, 그렇게 하지 않을 수가 없는걸요!" 공작부인은 대답했다. "여기서 벌써 팔백 명이나 보내졌다는 말은 사실이겠죠? 말빈스키는 내가 그렇게 말씀드려도 곧이듣지 않았습니다만."

"팔백 명 이상입니다. 모스크바에서 출정하지 않은 사람들까지 합한다면 천 명 이상 될 겁니다." 세르게이 이바니치가 말했다.

"그러니까요. 나도 그렇게 말씀드렸다고요!" 귀부인은 자못 기쁜 듯이 맞장구를 쳤다. "그리고 지금은 백만가량의 기부금이 모였다는 것도 역시 사실이겠죠?"

"그 이상입니다, 공작부인!"

"오늘 전보는 어때요? 또 터키가 격파됐더군요."

"그렇습니다, 나도 읽었습니다." 세르게이 이바니치가 대답했다. 그들은 터키군이 온갖 방면에서 사흘 동안 내리 격파되어 후퇴했다는 것과 내일이라도 일대 결전이 있으리라는 것을 확인해준 최근의 전보에 대해 이야기했다.

"아참, 한 훌륭한 청년이 지원했는데요, 어째서인지 허가가 나지 않아요. 그래서 실은 당신에게 부탁드리고 싶었습니다만, 어때요, 나도 그 청년을 알고 있는데, 그를 위해 쪽지를 한 장 적어주실 수 없을까요. 리디야 이바노브나 백작부인 쪽에서 보내온 분입니다만."

지원자인 청년에 대해 공작부인이 알고 있는 것을 최대한 자세히 물어본 다음, 세르게이 이바노비치는 일등 대합실로 들어가 그 방면의 일을 관장하고 있는 사람에게 쪽지를 써서 공작부인에게 건넸다.

"당신도 알고 계시겠죠, 그 유명한 브론스키 백작을…… 그분도 이 기차로 출발하세요." 그가 다시 그녀를 찾아내어 쪽지를 건넸을 때 그녀는 의기양양하고 의미심장한 미소를 띠고 말했다.

"그 사람이 간다는 얘기는 나도 들었습니다만, 언제인지는 모르고 있었습니다. 그럼 이 열차로 떠나는 겁니까?"

"나는 그분을 뵈었어요. 지금 여기에 와 계세요, 어머님 한 분만 전송하러 나왔어요. 그래도 그분으로선 이렇게 떠나시는 게 가장 분별 있는 일이겠죠."

"오, 그럼요, 물론이죠."

그들이 이런 이야기를 하고 있을 때 군중은 그들 옆을 지나 식당 쪽으로 몰려갔다. 그들도 함께 움직여갔다. 그때 샴페인 잔을 든 한 신사가 큰 소리로 의용병들에게 인사말을 늘어놓는 소리가 들려왔다. "신앙을 위하여, 인류를 위하여, 우리 형제들을 위하여." 차츰 소리를 높이면서 신사는 말했다. "이 위업에 대해 어머니 모스크바는 여러분을 축복한다, 지비오*!" 그는 큰 소리로 눈물겹게 말을 맺었다.

---

* 세르비아어 '만세'를 러시아어로 음차한 것.

모든 사람이 지비오를 부르기 시작했고, 그러자 또 새로운 군중이 실내로 확 몰려들어와서 공작부인은 하마터면 밀려 넘어질 뻔했다.

"아! 공작부인, 어때요!" 갑자기 군중 속에서 나타난 스테판 아르카디치가 기쁜 듯 환한 미소를 지으면서 말했다. "아니, 정말 훌륭하고 따뜻한 인사였어요. 그렇지 않습니까? 브라보! 아니, 이런, 세르게이 이바노비치! 당신도 뭔가 한마디 인사말이 있을 법한데요. 그저 몇 마디 격려의 말이라도요. 그런 것엔 아주 훌륭하시니까." 그는 부드러운 존경을 담아 조심스럽게 미소를 머금고 세르게이 이바노비치의 손을 잡아끌면서 말했다.

"아닙니다, 나는 지금 곧 떠나야 합니다."

"어디로요?"

"시골의 아우한테." 세르게이 이바노비치가 말했다.

"그럼 내 안사람을 만나겠군요. 안사람에게 편지를 써놓긴 했습니다만, 당신이 먼저 만나게 될 테니까 나를 만났다는 말을 꼭 좀 전해주세요. 올 *라잇*이라고 하더라고 전해주십시오. 그렇게만 말하면 다 아니까요. 아니, 기왕 부탁드린 김에 내가 연합위원회의 위원으로 임명되었다는 것도 전해주세요…… 그러면 다 알 겁니다! 실은 그 *인생의 조그마한 참사*라고 할까요." 그는 마치 용서를 구하기라도 하듯이 공작부인에게로 얼굴을 돌렸다. "그리고 먀흐카야, 리자가 아니라 비비시 먀흐카야가 소총 천 자루와 간호사 열두 명을 보내왔습니다. 당신께 말씀드렸던가요?"

"네, 들었습니다." 코즈니셰프가 내키지 않는 듯한 어조로 대답했다.

"아무튼 당신이 떠나버린다니 유감이군요." 스테판 아르카디치는 말했다. "실은 내일 출정하는 두 친구를 위해 송별회를 열기로 했거든요. 페테르부르크에서 온 디메르-바르트냔스키와 우리 베셀롭스키, 그리샤 말예요. 이 두 청년이 싸움터로 떠나는 겁니다. 베셀롭스키는 최근에 결혼했는데도 말예요. 정말 훌륭한 사람이에요. 그렇지 않아요, 공작부인?" 그는 귀부인에게로 얼굴을 돌렸다.

공작부인은 대답하지 않고 코즈니셰프 쪽을 바라보았다. 그러나 스테판 아르카디치는 세르게이 이바니치와 공작부인이 그에게서 떨어지고 싶어하는 기색을 보여도 조금도 당황하지 않았다. 그는 싱글벙글하면서 무엇인가를 생각해내려는 것처럼 공작부인의 모자에 달린 깃털 장식을 바라보기도 하고 사방을 휘휘 둘러보기도 했다. 그는 모금함을 들고 옆을 지나가는 귀부인을 보자 그녀를 자기 옆으로 불러 오 루블짜리 지폐를 모금함에 넣었다.

"수중에 돈이 있을 때는 저 함을 가만히 보고만 있을 수는 없지요." 그는 말했다. "그런데 오늘 전보는 어떻습니까? 몬테네그로인의 용감함이란!"

"그게 정말입니까!" 그는 공작부인에게 브론스키가 이 열차로 출발한다는 말을 들었을 때 이렇게 외쳤다. 순간 스테판 아르카디치의 얼굴에는 우수의 빛이 나타났으나, 일 분 후 한 발짝마다 가볍게 뛰어오르는 듯한 걸음으로 구레나룻을 쓰다듬으면서 브론스키가 있는 방으로 들어갔을 때, 스테판 아르카디치는 벌써 누이동생의 시체 위에 쏟았던 절망적인 눈물 따위는 깨끗이 잊고 브론스키를 그저 한 사람의 용사, 옛친구로만 보았다.

"저 사람은 무척 결점이 많은 사람이긴 하지만 정의감이 모자란다고는 할 수 없어요." 공작부인은 오블론스키가 가버리자 이내 세르게이 이바노비치를 보고 말했다. "그런 것이 진짜 러시아 기질, 슬라브 기질 이라고 할 수 있어요! 그저 나는 브론스키가 저 사람을 만나는 것을 불 쾌해하지나 않을까 걱정이 돼요. 뭐니 뭐니 해도 그분의 운명은 나를 깊이 감동시켜요. 당신은 기차 안에서 그분과 이야기라도 나누세요." 공작부인이 말했다.

"네, 만약 그럴 기회만 있다면야."

"나는 지금까지 결코 그분을 좋아하지는 않았어요. 하지만 이번 일 은 많은 것에 대한 죄씻음이 될 거예요. 그분은 자신이 출정할 뿐만 아 니라 자비로 기병중대를 인솔하고 있으니까요."

"네, 들었습니다."

벨이 울렸다. 모두들 개찰구 쪽에 모였다.

"저기 있네요!" 공작부인은 어머니와 팔짱을 끼고 걸어가는, 긴 외투 를 입고 전이 넓은 검은 모자를 쓴 브론스키를 가리키면서 말했다. 오 블론스키는 뭔가를 활기 있게 이야기하면서 그에게 바싹 붙어 걷고 있 었다.

브론스키는 스테판 아르카디치가 하는 말은 전혀 듣고 있지 않은 듯 얼굴을 찌푸린 채 자기 앞만 찬찬히 바라보고 있었다.

아마 오블론스키가 가리켜준 것이리라. 그는 공작부인과 세르게이 이바노비치가 서 있는 쪽을 돌아보고 말없이 모자를 살짝 들었다. 갑자 기 늙어버린, 고뇌를 담고 있는 그의 얼굴은 마치 화석처럼 보였다.

플랫폼으로 나가자 브론스키는 말없이 어머니를 떼놓고 차실 안으 로 모습을 감췄다.

플랫폼에서는 〈주여 황제를 지키소서〉*가 울려퍼졌고, 이윽고 우라! 와 지비오!라는 외침소리가 하늘을 찔렀다. 의용병 중 하나인 키 크고 앳되며 가슴팍이 푹 꺼진 청년이 머리 위로 펠트모와 꽃다발을 내흔들면서 유달리 눈에 띄게 인사를 하고 있었다. 그 뒤에서 두 명의 장교와 더러워진 군모를 쓴 텁수룩한 턱수염의 중년 노인이 똑같이 인사를 하면서 창밖으로 몸을 쑥 내밀었다.

3

공작부인에게 작별을 고한 세르게이 이바니치가 때마침 나타난 카타바소프와 함께 입추의 여지도 없는 기차에 올라타자, 기차가 움직이기 시작했다.

차리친스카야역에서는 청년들이 잘 조화된 합창으로 〈슬라비샤〉**를 부르며 열차를 맞았다. 또다시 의용병들은 절을 하기도 하고 몸을 쑥 내밀기도 했지만, 세르게이 이바노비치는 그들에게 주의를 돌리지 않았다. 그는 이제까지 의용병 관계 일을 어지간히 취급해왔기 때문에 그들에게 공통된 성향을 잘 알고 있었고, 그것은 이제 그의 흥미를 끌지 않았던 것이다. 그러나 자신의 학문상의 일에 쫓겨 의용병들을 볼 기회가 없었던 카타바소프는 그들에게 대단히 흥미를 가지고 그들에

---

* 옛 러시아 국가.
** 러시아 작곡가 글린카의 오페라 〈이반 수사닌〉에 나오는 노래. '찬양받을지어다'라는 뜻이다.

관해 여러 가지로 세르게이 이바노비치에게 물었다.

세르게이 이바노비치는 그에게 이등실로 가서 그들과 이야기해볼 것을 권했다. 다음 역에서 카타바소프는 이 권유를 실행했다.

기차가 정거하자 곧 그는 이등실로 옮겨가서 의용병들과 사귀게 되었다. 그들은 승객들이며 지금 들어온 카타바소프의 주의가 자기들에게 쏠려 있다는 것을 분명히 의식하면서 객차 한쪽 구석에 자리잡고 앉아 큰 소리로 떠들어댔다. 그중에서도 그 머쓱하고 가슴팍이 푹 꺼진 청년이 가장 큰 소리로 떠벌리고 있었다. 그는 분명 취해 있었는데, 자신이 학교에 다닐 때 일어난 어떤 사건에 대해 얘기하고 있었다. 그 맞은편에는 오스트리아 육군 근위대 군복을 입은, 이제 그다지 젊지 않은 한 장교가 앉아 있었다. 그는 싱글벙글하면서 청년의 이야기를 듣다가 이따금 그의 말을 가로막았다. 세번째 사람은 포병의 군복을 입고 그들 옆의 트렁크 위에 앉아 있었다. 네번째 사람은 자고 있었다.

그 청년과 이야기를 해보고 카타바소프는 그가 원래는 스물두 살이 될 때까지 거액의 재산을 탕진해버린 모스크바의 부유한 상인이었음을 알았다. 카타바소프는 그 청년의 유약하고 버릇없으며 병약한 인상이 마음에 들지 않았다. 게다가 지금은 술을 마신 상태였으므로 자기가 영웅적인 행위를 완수하고 있음을 확신하고 가장 불쾌한 방법으로 그것을 자랑하고 있었다.

두번째 퇴역 장교 역시 카타바소프에게 불쾌한 인상을 주었다. 언뜻 보기에도 온갖 짓을 다 해온 사람인 것 같았다. 그는 철도에서 근무한 적이 있는가 하면, 영지 관리인이던 적도 있었고, 또 직접 공장을 경영한 적도 있다면서 불필요하게 어려운 말을 마구 써가면서 이것저것 지껄었다.

세번째 포병은 그들에 반해 사뭇 카타바소프의 마음에 들었다. 그는 겸손하고 조용한 사나이로 분명 퇴역 근위장교의 신분과 상인의 영웅적인 자기희생 앞에 굴복하고 있는 양 자신의 이야기는 한마디도 꺼내지 않았다. 카타바소프가 그를 보고 무엇 때문에 세르비아에 가려고 결심했는지 물었을 때, 그는 겸손한 태도로 이렇게 대답했다.

"그야, 모두들 나가니까요. 세르비아인들을 도와주지 않으면 안 되니까요. 불쌍하잖아요."

"그렇겠군요, 특히 그곳엔 당신 같은 포병이 적으니까요." 카타바소프가 말했다.

"나는 포병대에는 잠깐 있었어요. 아마 보병이나 기병 쪽으로 배치될 듯합니다."

"보병으로 배치될 리가요, 포병이 가장 부족하다고 하던데?" 카타바소프는 그 포병의 나이로 미루어보아 이제 상당한 지위에 올라 있을 거라고 추측하면서 말했다.

"나는 포병대에는 잠시밖에 복무하지 않았어요, 견습사관으로 제대해버려서요." 이렇게 말하고 그는 자기가 진급시험에 합격하지 못한 이유를 설명하기 시작했다.

이런 일들 모두가 카타바소프에게 불쾌한 인상을 주었으므로 의용병들이 술을 마시러 역 쪽으로 나갔을 때, 카타바소프는 누군가와 이야기를 나누면서 자신의 불쾌한 인상을 검증해봐야겠다고 생각했다. 마침 군복 외투를 입은 한 늙은 승객이 아까부터 쭉 카타바소프와 의용병들의 대화에 귀를 기울이고 있었다. 카타바소프는 노인과 단둘이 남게 되자 얼른 그에게로 얼굴을 돌렸다.

"아니 정말, 싸움터로 나가는 사람들의 사정은 참으로 가지각색이로 군요." 카타바소프는 자기 의견을 말함과 동시에 늙은이의 의견도 알아 보려는 의도로 두루뭉술하게 말을 꺼냈다.

늙은이는 이미 두 번의 전쟁을 겪은 군인이었다. 그는 군인이란 어 떤 것인지 알고 있었기에 의용병들의 태도, 말씨, 그리고 내내 술병에 들러붙어 거들먹대는 꼴을 보며 보잘것없는 군인이라고 확신했다. 이 뿐만 아니라 그는 군청소재지의 주민이었기 때문에 그 도시에서 주정 뱅이이자 도둑놈인, 이제는 아무도 고용할 사람이 없게 된 노동자가 종 신병으로 출정했다는 것을 이야기하고 싶어졌다. 그러나 경험상 지금 같은 사회 분위기에서 세론에 반하는 의견을 말하는 것, 특히 의용병을 비난하는 것의 위험을 알고 있었으므로 그 역시 카타바소프의 눈치만 살폈다.

"아무튼 그곳에는 사람이 필요하니까요. 듣자하니 세르비아 장교들 은 아무짝에도 쓸모가 없다고 하더군요."

"오, 그럼, 이들은 용맹한 군인들이 되겠군요." 카타바소프는 눈으로 만 웃으면서 말했다. 그리고 그들은 최근의 전황에 대해 이야기하기 시 작했다. 그러나 두 사람은 최근의 정보대로 터키가 여러 방면에서 격파 되고 있는 지금, 내일의 싸움에 나갈 상대자는 어떠한 자들인가에 대한 각자의 의혹을 서로에게 숨겼다. 이렇게 두 사람은 자기 의견을 터놓지 않고 헤어졌다.

카타바소프는 객차로 돌아와서는 부지중에 자신의 감정을 왜곡하 여, 의용병들을 살펴보니 다들 뛰어난 젊은이인 것 같다고 세르게이 이바노비치에게 전했다.

도시의 큰 역에서는 또다시 노래와 함성이 의용병들을 맞았고, 또다시 모금함을 손에 든 남녀가 나타나는가 하면, 그 현의 귀부인들이 의용병들에게 꽃다발을 바치러 와서 그들의 뒤를 따라 식당으로 들어갔다. 그러나 이런저런 모든 것이 모스크바에 비하면 한결 빈약하고 보잘 것없었다.

4

현청소재지에 정거하는 동안 세르게이 이바노비치는 식당에는 가지 않고 플랫폼으로 나가 이리저리 거닐었다.

그가 맨 처음 브론스키의 차실 옆을 지나칠 때에는 창문에 커튼이 내려져 있었다. 그러나 두번째 지나칠 때는 창가에 노백작부인이 보였다. 그녀는 코즈니셰프를 가까이 불렀다.

"보시다시피 나도 갑니다. 쿠르스크까지 저애를 바래다주고 오려고요." 그녀가 말했다.

"네, 그 이야기는 들었습니다." 그녀가 있는 창가에 발을 멈추고 그 안을 들여다보면서 세르게이 이바노비치는 말했다. "아드님은 참으로 훌륭한 각오를 하셨습니다!" 그는 브론스키가 차실에 없는 것을 보고 이렇게 덧붙였다.

"그래요. 그런 불행을 겪고 보니 그애도 어쩔 수 없었겠지요."

"정말 끔찍한 사건이었습니다!" 세르게이 이바노비치가 말했다.

"아아, 내 마음이 어땠겠어요! 자, 들어오세요…… 아아, 내 마음이 어땠겠어요!" 그녀는 세르게이 이바노비치가 들어와 그녀와 나란히 쿠션에 앉았을 때 거듭 되뇌었다. "그건 정말 상상도 할 수 없을 정도였어요! 여섯 주일 동안 그애는 누구와도 말을 하지 않고, 내가 빌듯이 사정하지 않으면 밥도 먹지 않았으니까요. 그러니까 단 일 분도 그애를 혼자 놔둘 수가 없었어요. 자살에 도움이 될 만한 물건은 모두 숨겼습니다. 우리는 아래층에서 지내고 있었지만, 앞으로 무슨 일이 일어날지는 그야말로 오리무중이었으니까요. 잘 알고 계실 테지만, 그애는 전에도 한번 그 여자 때문에 권총자살을 하려 했던 적이 있었으니까요." 노부인은 이렇게 말하더니, 그때의 일을 회상하는 듯 눈살을 찌푸렸다. "그래요, 그녀는 그런 여자가 응당 끝내야 했던 방법으로 끝낸 겁니다. 죽음까지 그처럼 비열하고 저열한 방법을 택했습니다."

"우리가 심판할 수는 없겠죠, 백작부인." 세르게이 이바노비치는 한숨을 내쉬면서 말했다. "하지만 당신께서 얼마나 마음이 쓰라렸을지는 충분히 이해가 됩니다."

"아, 말도 마세요! 그 무렵 나는 시골의 영지에서 지내고 있었고, 그애도 마침 나한테 와 있었죠. 그곳으로 쪽지가 왔습니다. 그애는 답장을 써보냈어요. 우리는 그 여자가 역에 와 있으리라고는 꿈에도 생각지 못했어요. 그런데 그날 밤 내가 방으로 돌아오자 곧 내 하녀 메리가 역에서 귀부인의 철도 자살이 있었다고 이야기해주었어요. 나는 가슴이 덜컹했습니다! 그 여자다! 바로 깨달았지요. 그리고 맨 먼저 내 입에서 튀어나온 말은, 그 얘길 그애한테 들려줘서는 안 된다는 것이었습니다. 하지만 그애는 이미 여러 사람에게 다 듣고 알고 있었습니다. 그애의 마부가 거기 있다가 다 보았던 겁니다. 내가 그애의 방으로 뛰어갔을 때, 그애는 이미 제정신이 아니었습니다. 보기에도 무서운 꼴을 하고 있었죠. 그애는 한마디도 하지 않고 말을 달려 역으로 갔던가봐요. 거기서 어떤 일이 있었는지는 모르겠지만, 얼마 후에 죽은 사람처럼 되어 집으로 실려왔어요. 나조차도 그애라고 확실히 알아보지 못했을 정도였으니까요. 의사는 *완전 허탈* 상태라고 했습니다. 그뒤로는 거의 미치광이 같은 상태가 시작되었어요.

아아, 말도 마세요!" 백작부인은 한쪽 손을 내저으면서 말했다. "정말 끔찍한 시기였어요! 아니, 당신이 뭐라고 하든, 그 여자는 나쁜 여자예요. 아니, 어떻게 그처럼 무서운 정열이 있는지 모르겠어요! 그것은 모두 뭔가 엉뚱한 짓을 보여주기 위해서였던 거예요. 그 여자는 마침내 그것을 보여준 겁니다. 자기를 망치고 두 훌륭한 남자, 자기 남편과 내 불행한 아들까지 망쳐버린 것이니까요."

"그녀의 남편은 어떻게 되었습니까?" 세르게이 이바노비치가 물었다.

"그분은 그 여자의 딸을 넘겨받았습니다. 처음에 알료샤는 무슨 일에나 응응 하고 동의했었죠. 하지만 지금 그애는 자기 딸을 남에게 넘겨줘버렸다는 것 때문에 몹시 괴로워하고 있어요. 하지만 한번 입 밖에 낸 말을 돌이킬 수는 없었지요. 카레닌은 장례식에 왔었습니다. 하지만 우리는 그와 알료샤를 만나지 못하게 하려고 애썼습니다. 그애를 위해서도, 남편을 위해서도 그러는 편이 좋았을 테니까요. 그 여자는 남편을 놓아주었습니다. 하지만 내 가여운 아들은 그 여자를 위해 모든 것을 포기해버렸던 겁니다. 온갖 것을 다, 출셋길도 어머니도. 그런데도 그 여자는 그애를 불쌍하게 생각하지 않고 일부러 그애의 숨통에다 칼을 꽂아버린 겁니다. 아녜요, 누가 뭐라고 해도, 그 여자의 죽음은 종교심이 없는 추악한 여자의 죽음이에요. 하느님, 부디 용서해주소서. 하지만 나는 아들의 파멸을 보고 있자니 그 여자에 대한 기억까지 증오하지 않을 수 없어요."

"아드님은 지금 어떻습니까?"

"우리에게는 정말 하느님의 도움이에요, 이번 세르비아 전쟁이 말입니다. 나는 이제 늙어서 이런 일은 전혀 알지 못합니다만, 그 아이에게는 하느님께서 보내주신 은혜입니다. 물론 어미로서 나는 두렵습니다. 뿐만 아니라 *페테르부르크에서는 이 일을 그다지 좋게 보지 않고 있다* 더군요. 하지만 그렇다고 어떻게 하겠어요! 그저 이것 하나가 그 아이를 일으켜줄 수 있었으니까요. 그 아이의 친구인 야시빈이 있는 재산을 몽땅 날리고 세르비아로 가려던 참에 그애한테 찾아와서 함께 가자고 권하지 않았겠어요. 지금 그애는 이 일에 열중해 있어요. 그저 부탁입니다, 그애와 얘기나 조금 나눠주세요. 나는 조금이라도 그애의 마음을 틔워주고 싶습니다. 그애는 퍽이나 우울해하고 있습니다. 게다가 이가 아파서 괴로워하고 있어요. 하지만 당신을 뵙게 되면 정말 기뻐할 겁니다. 꼭 그애하고 이야기를 나눠주세요. 그애는 이쪽을 걷고 있을 거예요."

세르게이 이바노비치는 기꺼이 그러겠다고 말하고 열차의 건너편쪽으로 내려갔다.

5

플랫폼에 쌓여 있는 자루 더미에 석양이 비껴 드리운 저녁 그림자 속에서, 긴 외투를 입고 모자를 푹 눌러쓴 브론스키가 두 손을 호주머니에 쑤셔넣은 채 우리 안의 야수처럼 스무 걸음쯤 갔다가는 몸을 홱 돌리면서 연신 왔다갔다하고 있었다. 그 옆에 가까이 갔을 때 세르게이 이바노비치에게는 브론스키가 자신을 보고도 못 본 체하는 것처럼 여겨졌다. 세르게이 이바노비치에게는 아무래도 상관없었다. 그는 브론스키에 대해서는 모든 개인적인 감정을 초월하고 있었으니까.

이때 세르게이 이바노비치의 눈에 브론스키는 위대한 사업을 위한 중요 인물로 비쳤고, 코즈니셰프는 그를 격려하고 용기를 북돋워주는 것이 자신의 의무라고 생각했다. 그는 브론스키 옆으로 다가갔다.

브론스키는 발을 멈추고 찬찬히 쳐다보다가 세르게이 이바노비치를 알아보자 총총거리며 다가서서 그의 손을 굳게 잡았다.

"아마 나와 얼굴을 대하는 것을 바라지 않으시겠지요." 세르게이 이바노비치가 말했다. "하지만 나 같은 사람도 다소 도움이 될 수 있을지 모릅니다."

"나는 지금 누구하고 만나는 것도 불유쾌합니다만, 당신은 그래도 비교적 덜한 편입니다." 브론스키는 말했다. "아무쪼록 용서해주십시오. 이 인생에서 내게 유쾌한 일이라곤 이제 아무것도 없으니까요."

"그 마음은 잘 알겠습니다. 나는 다만 뭔가 당신에게 도움이 될 일이 있었으면 싶어서." 고뇌의 빛이 뚜렷한 브론스키의 얼굴을 쳐다보면서 세르게이 이바노비치는 말했다. "리스티치나 밀란*에게 가져갈 소개편지는 필요하지 않습니까?"

"오 아닙니다!" 겨우 상대의 말을 알아들었다는 듯이 브론스키는 대꾸했다. "괜찮으시다면 조금 걷지 않으시렵니까? 차 안은 답답해서요. 편지라고요? 아니, 감사합니다. 죽으러 가는 자에게 소개장은 필요 없겠지요. 뭐, 터키인에게 가져갈 소개장이라면……" 그는 입가에만 미소를 띠고 말했다. 눈은 여전히 노여움이 치받치는 듯한 고뇌의 표정을 드러내고 있었다.

"그렇군요, 그래도 어차피 그 사람들과 만나야 한다면 그런 것이라도 갖고 있는 편이 조금이나마 낫지 않을까 생각했지요. 하지만 그것은 당신 생각대로 하세요. 나는 당신의 결심을 전해듣고 무척 기뻤습니다. 의용병에 대한 비난의 소리가 거센 와중에 당신 같은 분이 나가주시면 그들에 대한 평가도 저절로 높아질 테니까요."

"인간으로서 나는," 브론스키는 말했다. "그저 나에게 생명은 아무런 가치도 없다는 점에서 값어치가 있습니다. 게다가 또 적을 때려눕히건 적에게 때려눕혀지건 적진에 돌입할 만큼의 육체적인 정력은 충분하다는 것, 그것은 나도 알고 있습니다. 나에게 아무런 필요가 없을 뿐 아니라 역겹기까지 한 이 생명을 줄 수 있는 곳이 생긴 게 매우 기쁩니다. 누구에게라도 좋으니 그저 도움이 되기만 한다면 그만입니다." 이렇게 말하고 그는 자기가 원하는 표정으로 이야기하는 것조차 방해하는 끈질긴 치통 때문에 안절부절못하는 양 광대뼈를 실룩거렸다.

---

* 밀란 오브레노비치는 세르비아의 대공으로 1873년 러시아 황제 알렉산드르 2세와 면담하기 위해 리바디아에 왔다. 그는 러시아의 지원을 믿고 1876년 터키에 선전포고했다. 오랜 싸움 뒤 세르비아는 독립을 얻고, 밀란 오브레노비치는 1882년 왕이 되었다.

"당신은 부활할 겁니다, 내가 예언하겠습니다." 세르게이 이바노비치는 스스로 감동하고 있음을 느끼며 말했다. "자신의 형제들을 멍에에서 구하는 일은 생사를 걸 만한 가치가 있는 훌륭한 일입니다. 나는 당신을 위해 외적인 성공과 내적인 평안을 빌 따름입니다." 그는 이렇게 덧붙이고 손을 내밀었다.

브론스키는 세르게이 이바노비치가 내민 손을 꼭 쥐었다.

"네, 일개 무기로서는 뭔가에 도움이 될 수 있겠지요. 하지만 인간으로서의 나는, 폐허입니다." 잠깐 사이를 두고 그가 말했다.

옥죄이는 것 같은 튼튼한 이의 아픔이 입안을 타액으로 가득 채워서 자유롭게 말을 할 수 없었다. 그는 입을 다물고 레일 위를 천천히 미끄러져 굴러오는 탄수차의 바퀴를 바라보았다.

그러자 뜻밖에 전혀 다른 아픔이, 통증이 아니라 그의 존재 전반에 걸친 내적인 고통이 한순간 그에게 치통을 잊게 했다. 그 불행 이후 한 번도 만나지 않았던 지인과의 이야기에 영향을 받은데다 탄수차와 궤도를 본 순간 갑자기 그녀에 대한 생각이 떠올랐던 것이다. 즉 그가 미친 사람처럼 그 철도역 건물 안으로 뛰어들어갔을 때 그녀가 남겨놓았던 것—사무실 탁자 위에 뭇사람이 훤히 보는 가운데 부끄러움도 없이 축 처져 있던 피투성이의, 방금 전까지도 생명이 통하던 몸뚱이, 무겁게 땋아 늘어져 있는 머리칼과 관자놀이 위에 소용돌이치는 고수머리가 엉킨 채로 뒤로 젖혀진, 조금도 다치지 않은 그녀의 머리, 빨간 입술을 반쯤 벌리고 있는 아름다운 얼굴에 굳게 응결한 야릇한 표정, 수심에 찬 듯한 입가와 뜬 채로 있는 눈 언저리에서는 말다툼 때 그녀가 했던 그 무서운 말, 그가 후회하게 될 거라고 했던, 그 말을 하고 있기라도 하는 듯한 무서운 표정, 이러한 것들이 갑자기 생생하게 떠올랐다.

그는 처음으로 역시 기차역에서 만났을 때의 그녀—신비롭고 아름다운, 행복을 사랑하고 희구하고 또한 가져다주었던 그녀, 최후의 기억에 남아 있는 것처럼 잔혹하고 복수심에 찬 모습이 아닌 그녀를 떠올리려고 애써보았다. 그녀와 함께한 행복했던 순간을 생각해내려고 애써보았지만, 그런 순간은 이제 영원히 독살당해버렸다. 그는 누구에게도 필요하지 않고 결코 씻어낼 수 없는 회한을 남겨놓은 그녀의 멋지게 성공한 위협만을 기억했다. 어느덧 그는 치통을 느끼지 않게 되었고, 대신에 흐느낌이 그의 얼굴을 일그러뜨렸다.

말없이 두어 차례 자루 더미 옆을 오가는 사이에 그는 겨우 마음을 잡고 조용히 세르게이 이바노비치를 돌아보았다.

"어제 이후로 전보를 받으신 것이 없는지요? 적은 세 차례나 격파당했다고 합니다. 하지만 최후의 결전은 내일께나 있을 것 같습니다."

그러고는 밀란 왕의 선언이니 그 선언이 가져올 위대한 효과니 하는 것에 대해 얘기하고 나서, 그들은 두번째 벨이 울리는 소리를 듣고 각자의 차실로 돌아갔다.

6

언제 모스크바를 떠나게 될지 확실치 않았으므로 세르게이 이바노비치는 마중을 나와달라는 전보를 아우에게 쳐놓지 않았다. 그래서 카타바소프와 세르게이 이바노비치가 기차역에서 세낸 여행용 사륜마차를 타고 흑인처럼 새까맣게 먼지를 뒤집어쓴 채 낮 열한시가 넘어 포크롭스코예의 집 현관에 도착했을 때 레빈은 집에 없었다. 아버지와 언니와 같이 발코니에 앉아 있던 키티가 시아주버니를 알아보고 아래층으로 뛰어내려왔다.

"미리 알려주시지 않고, 너무하셨어요." 그녀는 세르게이 이바노비치에게 손을 내밀고 키스를 받기 위해 이마를 내밀면서 말했다.

"이렇게 훌륭히 오지 않았습니까, 괜한 걱정을 끼치지도 않고." 세르게이 이바노비치는 대답했다. "어쩌나 먼지를 뒤집어썼는지 남들에게 손을 대기도 조심스러울 정도예요. 실은 너무 바빴기 때문에 언제 떠나게 될지 알 수 없었습니다. 그런데 당신네는 예나 다름없이," 그는 싱글벙글하면서 말했다. "흐름 밖의 조용한 모래톱에서 조용한 행복을 즐기고 있는 것 같군요. 오늘은 마침내 우리의 친근한 벗 표도르 바실리치를 끌고 왔습니다."

"하지만 난 검둥이는 아닙니다. 씻으면 사람처럼 보일 겁니다." 카타바소프는 손을 내밀고 검은 얼굴에 유난히 번쩍이는 이를 드러내고 씩 웃으면서 여전히 농담조로 말했다.

"코스탸는 굉장히 기뻐할 거예요. 지금 농장 쪽에 가 있습니다만 이제 돌아올 때가 되었어요."

"여전히 농사일로 바쁘신 모양이군요. 그야말로 정말 모래톱이로군요." 카타바소프는 말했다. "우리 도시 사람들에게는 세르비아 전쟁 외에는 아무것도 보이지 않는데 말예요. 그런데 우리 벗은 그 일을 어떻게 생각하고 있을까요? 틀림없이 보통 사람과는 조금 다른 생각을 하고 있겠죠?"

"아녜요, 별로 다를 것도 없어요. 여러분과 마찬가지예요." 키티는 약간 수줍어하는 듯한 태도로 세르게이 이바노비치 쪽을 돌아보고 대답했다. "그럼 곧 그이를 불러오라고 할게요. 참, 우리집에는 지금 아버지가 와 계세요. 최근에 외국에서 돌아오셨어요."

레빈을 부르러 보내고, 먼지투성이 손님들이 씻을 수 있도록 한 사람은 서재로, 한 사람은 이제까지 돌리가 쓰던 방으로 안내하게끔 하고, 손님들에게 식사를 차려내게끔 지시하고 나서 그녀는 임신했을 때와는 사뭇 다른 민첩한 동작으로 발코니로 뛰어올라갔다.

"세르게이 이바노비치와 카타바소프 교수가 오셨어요." 그녀가 말했다.

"오오, 이 무더위에 괴롭게 됐군!" 공작이 말했다.

"아녜요, 아빠, 정말 좋은 분이에요. 코스탸도 그분을 아주 좋아해요." 키티는 아버지의 얼굴에서 조소의 빛을 알아채고 뭔가 탄원이라도 하는 듯한 태도로 미소 지으면서 말했다.

"그래, 나는 상관없어."

"언니, 언니도 저리 좀 가봐." 키티는 언니 쪽을 보고 말했다. "가서 응대 좀 해드려. 그분들은 기차역에서 스티바와 만났대. 형부는 신수가 좋으시더래. 나는 잠깐 미탸한테 갔다올게. 가엾게도 차를 마실 때부터 지금까지 한 번도 젖을 주지 않았으니 말이야. 지금쯤 틀림없이 잠이 깨서 울고 있을 거야." 이렇게 말하고 그녀는 젖이 붇는 것을 느끼면서 서둘러 아이방 쪽으로 갔다.

이것은 그저 그녀의 추측만은 아니었다(그녀와 갓난애의 유대감은 아직 끊어지지 않았다). 그녀는 자기 젖이 붇는 것으로 미루어 갓난애가 배고파하리라는 걸 정확히 알았던 것이다.

그녀는 미처 아이방으로 다가가기도 전에 갓난아이가 울고 있는 것을 알았다. 그리고 정말로 갓난애는 울고 있었다. 그녀는 그 소리를 듣고 걸음을 재촉했다. 그러나 그녀가 걸음을 빨리하면 빨리할수록 아기는 더욱더 큰 소리로 울어댔다. 그것은 아름답고 건강한, 그저 배가 고파서 보채는 목소리였다.

"오래됐어? 할멈, 오래됐어?" 의자에 앉아 젖을 먹일 준비를 하면서 키티는 서둘러 말했다. "자, 빨리 그애를 줘요. 아아, 할멈, 할멈은 어쩌면 그렇게 사람이 갑갑할까. 그런 머릿수건 같은 건 나중에 매도 되잖아!"

갓난애는 너무 심하게 울어서 지쳐 있었다.

"그러시면 안 돼요, 마님." 거의 언제나 아이방에만 들어앉아 있는 아가피야 미하일로브나가 말했다. "무엇이든 잘해드리지 않으면 안 돼요. 옳지, 옳지!" 그녀는 어머니 쪽에는 눈길도 주지 않고 한창 갓난애를 얼렀다.

유모는 갓난애를 어머니 쪽으로 안고 왔다. 아가피야 미하일로브나는 부드러움으로 녹아내릴 듯한 얼굴을 하고 그 뒤에서 따라왔다.

"알아봐요, 나를 알아봐요. 하느님께 맹세해요, 마님, 카테리나 알렉산드로브나, 나를 알아봐요!" 아가피야 미하일로브나는 갓난애보다도 큰 소리로 외쳤다.

그러나 키티는 그녀의 말은 들은 체도 하지 않았다. 그녀의 애달음은 갓난애의 애달음과 마찬가지로 더해갔다.

이 같은 초조함 때문에 수유는 한참 동안 제대로 되지 않았다. 갓난애는 엉뚱한 곳에 입을 댔다가는 짜증을 냈다.

절망적으로 곧 숨이 넘어갈 것처럼 절규하고 젖을 더듬어 찾고 한 뒤에야 겨우 해결되었다. 마침내 어머니도 아이도 동시에 마음이 놓여 둘 다 잠잠해졌다.

"가엾게도 땀에 흠뻑 젖었군." 키티는 어린애를 만져보고 나서 나직한 소리로 말했다. "그런데 할멈은 어째서 이 아이가 사람을 알아본다고 생각해요?" 그녀는 푹 눌러쓴 머릿수건 밑으로 능청맞게(그녀에게는 그렇게 느껴졌다) 이쪽을 보고 있는 어린애의 눈과, 규칙적으로 볼록하게 나왔다 오목하게 들어갔다 하는 볼과, 둥글게 뱅뱅 움직이는 조막손의 빨간 손바닥을 곁눈질로 보면서 덧붙였다.

"그럴 리가 없어요! 만약 벌써 사람을 알아본다면 맨 먼저 나를 알아보았을 거예요." 아가피야 미하일로브나의 단언에 키티는 이렇게 말하고 빙그레 웃었다.

그녀가 빙그레 웃었던 것은, 비록 알아볼 리가 없다고 말하긴 했지만 속으로는 아기가 아가피야 미하일로브나를 알아보았을 뿐만 아니라 모든 것을 알고 이해하고 있다는 것, 더욱이 아무도 모르고 있으며 어머니인 그녀 자신도 아기 덕택으로 겨우 알고 이해할 수 있었던 것까지 많이 알고 또 이해하고 있으리라는 생각 때문이었다. 아가피야 미하일로브나에게도 유모에게도 할아버지에게도, 심지어 아버지에게까지도 미탸는 그저 자기를 위해 물질적인 뒷바라지를 요구하는 하나의 생명체에 지나지 않았다. 그러나 어머니에게 그는 오래전부터 하나의 정신적인 존재로서, 영적인 관계 위에 이루어진 훌륭한 역사를 가지고 있었다.

"이제 잠이 깨면 한번 보세요. 이렇게 하면 아주 좋아서 방글방글하니까요. 맑은 해님처럼 벙글벙글하신답니다." 아가피야 미하일로브나가 말했다.

"그래, 좋아요, 좋아요, 그때 보기로 해요." 키티가 속삭였다. "지금은 가주세요, 아기가 잠들려 하니까."

<h1 style="text-align:center">7</h1>

아가피야 미하일로브나는 발끝으로 걸어나갔다. 유모는 커튼을 내리고 침대에 쳐놓은 모슬린 모기장 밑에서 파리를 쫓아내고 유리창에 부딪혀 붕붕거리는 땅벌을 쫓아내고 나서, 시든 자작나무 가지로 어머니와 아이의 머리 위를 부채질하면서 앉아 있었다.

"덥네, 더워! 비가 내려주면 좀 좋아요." 그녀가 말했다.

"그러게 말야, 그래, 쉬, 쉬, 쉬……" 키티는 가볍게 몸을 흔들면서, 눈을 감았다 떴다 하면서 여전히 가냘프게 내젓고 있는 미탸의 손목을, 마치 실 같은 것으로 꽉 잡아맨 것처럼 오동포동한 고사리손을 부드럽게 살짝 쥐면서 그저 이렇게만 대답했다. 이 고사리손은 키티의 가슴을 울렁거리게 했다. 그녀는 이 고사리손에 입을 맞춰주고 싶어 견딜 수 없었다. 그러나 아기가 잠을 깨지나 않을까 하여 입 맞추기가 두려웠다. 마침내 고사리손은 움직이지 않았고 두 눈은 감겼다. 다만 이따금 쭉쭉 하고 계속 젖을 빨면서 아기는 그 길고 휘움한 속눈썹을 올리고, 어두컴컴한 곳에서는 까맣게 젖어 있는 것같이 보이는 눈으로 어머니의 얼굴을 찬찬히 쳐다보았다. 유모는 모기 쫓는 것을 그치고 꾸벅꾸벅 졸고 있었다. 위층에서는 노공작의 큰 목소리와 카타바소프의 웃음소리가 들려왔다.

'틀림없이 내가 없어도 잘들 어울리고 있는 거야.' 키티는 생각했다. '그러나 역시 코스탸가 없다는 건 유감이야. 틀림없이 또 양봉장에 들렀을 거야. 이렇게 자주 거기 가 있는 건 쓸쓸하긴 하지만 그래도 역시 기쁘다. 그것으로 상당히 기분전환이 되니까. 봄 무렵과 비교해보면 이즈음 훨씬 명랑하고 기분좋은 사람이 되었으니까.'

'그때는 그 사람이 어찌나 우울하고 괴로워하던지 나도 그 사람이 무서울 정도였으니까. 정말 우스운 사람도 다 있지!' 그녀는 빙그레 웃으면서 중얼거렸다.

그녀는 남편을 괴롭히는 것이 무엇인지를 알고 있었다. 그것은 그의 무신앙이었다. 만약 누군가 그녀에게 그는 신앙을 가지고 있지 않으니 내세에서 멸망하지 않겠느냐고 묻는다면 그녀는 멸망할 것이라고 대답할 수밖에 없었다. 그럼에도 불구하고 그의 무신앙은 조금도 그녀를 불행하게 하지 않았다. 그녀는 신앙이 없는 자에게는 구원이 있을 수 없다는 것을 인정하면서도 이 세상의 무엇보다도 자기 남편의 영혼을 사랑하고 있었고, 미소를 짓고 남편의 무신앙에 대해 생각하고는 우스운 사람이라고 혼자 마음속으로 중얼거렸다.

'무엇 때문에 그 사람은 일 년 내내 철학책 같은 것만 읽고 있을까?' 그녀는 생각했다. '만약 그런 책 속에 이러한 것이 모두 쓰여 있다면 그이는 분명 깨달았을 것이다. 또 만약 거기에 올바르지 않은 것이 쓰여 있다면 무엇 때문에 그런 것을 읽는 것일까? 그이는 자기도 신앙을 갖고 싶다고 한다. 그렇다면 왜 믿지 않는 것일까? 틀림없이 너무 지나치게 생각하기 때문일 거야. 말하자면 고독 때문에 지나치게 생각하게 되는 것이지. 언제나 혼자이기 때문이야. 우리와는 모든 것을 이야기할 수 없기 때문이야. 그러니까 오늘 온 손님들은 그이를 틀림없이 기쁘게 할 거야. 특히 그 카타바소프. 코스탸는 그분과 토론하는 것을 좋아하니까.' 그녀는 이렇게 생각했다. 그러고서 곧 생각을 옮겨 카타바소프를 어디에 재워야 할까, 세르게이 이바니치와 같은 방에 묵게 해도 괜찮을까, 아니면 따로따로 묵게 하는 것이 좋을까를 생각했다. 그러자 문득 어떤 생각이 떠올라 그녀는 깜짝 놀라서 몸서리쳤고 미탸까지 깨워버렸다. '틀림없이 빨래꾼이 아직 시트를 가져오지 않았을 것이다. 가뜩이나 손님용 시트도 모두 나와버렸다. 만약 내가 따로 지시를 하지 않으면 아가피야 미하일로브나는 세르게이 이바니치에게 깔던 시트를 내줄 것이다.' 이렇게 생각한 것만으로도 키티는 얼굴로 온몸의 피가 솟구쳐올라오는 듯했다.

'그래, 내가 나서서 지시를 해야지.' 이렇게 그녀는 결심하고 좀전의 상념으로 돌아가서 뭔가 중대한 정신적인 문제에 대해 아직 충분히 생각하지 못했다는 것을 떠올리고 그것이 무엇이었던가를 생각해내려고 애썼다. '그래, 코스탸가 신앙을 가지지 않았다는 것이었지.' 그녀는 다시 빙그레 웃으면서 생각했다.

'그래, 무신앙자다! 하지만 그이는 마담 시탈이나 외국에 있었을 때 내가 되고 싶어했던 그러한 사람이 되는 것보다는 차라리 영원히 이대로 있는 것이 낫다. 맞아, 그이는 적어도 가식적이진 않으니까.'

그러자 그의 선량함을 보여주는 최근의 실례가 선명히 그녀의 마음속에 떠올랐다. 이 주일 전에 돌리는 스테판 아르카디치에게서 애원하는 편지를 받았다. 그는 편지 속에서 그녀에게 그의 부채를 갚아야 하니 그녀의 영지를 처분해서 그의 명예를 구해달라고 탄원하고 있었다. 돌리는 완전히 절망하여 남편을 증오하고 경멸하고 또한 유감스럽게 여기며 이혼을 하더라도 거절하려고 결심했지만, 결국 자기 영지의 일부를 파는 것에 동의할 수밖에 없었다. 그때 남편은 곤경에 빠진 모습으로 그의 마음을 끈 그 문제에 대해 여러 차례 거북스러운 접근을 시도한 끝에 마침내 창피를 주지 않고 돌리를 도울 수 있는 유일한 수단을 생각해내어, 그녀에게 자신의 영지 일부를 돌리에게 주자고 제안했다. 그것은 키티가 이제까지 어림짐작도 못했던 것으로, 이후에 그 일을 생각할 때마다 그녀는 자기도 모르게 감동의 미소를 입가에 담지 않을 수 없었던 것이다.

'어떻게 그이를 무신앙자라고 할 수 있을까? 그렇게 착한 마음씨를 가진 사람이, 누구나 심지어 갓난애의 기분도 상하게 하지 않으려 하는 사람이! 그이는 다른 사람에게는 후하지만 자기에게는 참으로 박한 사람이다. 세르게이 이바노비치는 자신의 비서 노릇을 하는 것이 코스탸의 의무인 양 생각하고 있다. 그의 누님도 마찬가지다. 지금은 돌리까지 애들과 함께 그 사람의 신세를 지고 있다. 게다가 많은 농부들이 마치 그이가 그들에게 봉사할 의무라도 있는 것처럼 날마다 그이한테 몰려오고 있다.'

'그래, 그저 아버지 같은 사람이 되거라, 그런 사람이 되거라.' 키티는 미탸를 유모에게 넘겨주고 그 볼에다 입술을 누르면서 말했다.

8

사랑하는 형이 죽어가는 모습을 앞에 놓고 스무 살에서 서른네 살까지의 어느 사이에 소년 시절의 신앙을 대신하게 된, 이른바 그의 새로운 신념을 통해 처음으로 생사의 문제를 넘어다본 그때부터 그는 죽음보다는 도리어 삶을 두려워하게 되었다. 어디에서, 무엇 때문에, 어째서 왔으며 도대체 그것은 무엇인가 하는 것에 대해 조금도 알 수가 없는 삶을 두려워했다. 유기체, 그 파멸, 물질의 불멸성, 에너지 보존의 법칙, 발전······ 그의 이전 신앙을 대체한 것은 이러한 말들이었다. 이러한 말들이나 그 말들과 맺어져 있는 개념은 지적인 목적을 위해서는 대단히 유용했다. 그러나 삶을 위해서는 아무 도움도 되지 못했고, 그래서 레빈은 갑자기 따뜻한 모피 외투를 모슬린 옷으로 갈아입은 사람이 추위 속으로 나와서야 비로소 자기가 알몸이나 마찬가지라는 것, 따라서 자기는 어쩔 수 없이 괴로워하며 죽을 수밖에 없다는 것을 이론으로가 아니라 자신의 온 존재를 통해 똑똑히 통감하게 되는 것과 같은 상황에 놓인 자기를 느꼈다.

그때부터 그것에 대한 확실한 자각도 없이 예전처럼 생활을 계속하면서도 레빈은 자신의 무지에 대한 이 같은 공포를 느끼지 않는 때가 없었다.

게다가 그는 지금까지 자기가 신념이라고 일컬었던 것도 그저 무지였을 뿐만 아니라, 그에게 필요한 것을 이해하는 것조차 허용하지 않는 사상 계통이었다는 것을 막연하게 느꼈다.

결혼 초기에는 그에게 다가온 새로운 기쁨과 의무가 이러한 사상을 완전히 억누르고 있었다. 그러나 최근 아내의 해산 후에 하는 일도 없이 모스크바에서 빈둥거리는 사이에 레빈에게는 더욱더 빈번히, 더욱더 절실히 해결을 요구하는 문제가 나타나기 시작했다.

그 문제는 다음과 같은 것으로 이루어져 있었다. '만약 내가 자기 삶의 문제에 대해 기독교에서 제시하는 해답을 인정하지 않는다면, 어떠한 해답을 인정해야 하는가?' 그는 자기 신념의 저장고를 샅샅이 뒤져도 해답은커녕 그 비슷한 것조차 발견할 수 없었다.

그는 말하자면 장난감가게나 무기고에서 음식을 찾는 사람의 처지에 있었다.

그는 이제 자기를 위해 부지불식간에 온갖 책, 온갖 회화, 모든 사람들 속에서 이 문제에 대한 태도와 그 해답을 찾고 있었다.

이때 무엇보다도 그를 놀라게 하고 어지럽혔던 것은 그의 계급, 그의 연령대에 있는 사람들 대부분이 그와 마찬가지로 이전의 신앙을 새로운 신념과 바꾼 뒤에도 그에 대해 아무런 불행도 발견하지 못하고 충분히 만족하며 유연히 안주하고 있다는 것이었다. 그 때문에 레빈은 본래의 문제 이외에 다른 문제로도 괴로워했다. 그 사람들은 정말로 그러한 것일까? 거짓으로 꾸미고 있는 것은 아닐까? 그렇지 않으면 그 사람들은 지금 그를 지배하고 있는 문제에 대해 과학이 제공하는 해답을 뭔가 다른 방법으로 자기보다도 훨씬 명료하게 이해하고 있는 것일까? 그래서 그는 열심히 그런 사람들의 견해와 과학적 설명이 쓰여 있는 책을 연구했다.

이러한 문제들이 그를 지배하기 시작한 이래 그가 발견한 한 가지 사실은, 혈기왕성한 대학 시절의 서클에서 종교란 시대에 뒤떨어진 것이고 이미 존재할 의미가 없다고 생각한 것은 잘못이었다는 것이다. 번 듯한 생활을 하고 있는 그와 가까운 사람들은 모두 신자였다. 노공작도, 그가 좋아하는 리보프도, 세르게이 이바니치도, 부인들도 모두 신자였다. 또한 그의 아내는 그가 유년 시절에 그랬던 것처럼 굳은 신앙을 가지고 있었고, 그가 그들의 생활에 대해 가장 큰 존경을 느끼지 않을 수 없었던 러시아 농민들도 백 명 가운데 아흔아홉은 모조리 신앙을 가지고 있었다.

또 한 가지 사실은, 많은 책을 읽어가는 사이에 그와 견해를 같이하는 사람들이 그 견해 외에 어떤 다른 것도 암시하거나 설명하지 않은 채로 그가 그것들에 대한 해답 없이는 살 수 없다고 느끼는 여러 가지 문제들을 한데 뭉뚱그려 부정해버리고, 전혀 관계 없으며 그에겐 흥미가 느껴지지 않는 문제, 이를테면 유기체의 발전이라든가 영혼의 기계론적인 해석이라든가 하는 문제를 해결하려 애쓰고 있다는 것이었다.

이뿐만 아니라 아내의 분만중에 그에게는 이상스러운 사건이 일어났다. 무신앙자인 그가 기도를 시작했고 심지어 기도하는 동안에는 신을 믿었던 것이다. 그러나 그 순간이 지나가버리자 그는 자기 생활 속에서 그때의 정신상태에 내맡길 어떠한 것도 발견할 수 없었다.

그는 그때야말로 자기가 진리를 알았으며 지금은 오류에 빠져 있는 것이라고는 인정할 수 없었다. 왜냐하면 그가 차분히 이 경험에 대해 생각하기 시작하자마자 그 느낌은 산산이 흩어져버렸으니까. 그렇다고 해서 그때 자기가 오류에 빠져 있었던 것이라고도 인정할 수는 없었다. 왜냐하면 그는 그때의 정신상태를 존중하고 있었으니까. 그것을 박약 탓으로 돌린다면 그 순간을 더럽히는 느낌이 들었으니까. 그는 괴

로운 자가당착에 빠져 있었고 그 속에서 빠져나오기 위해 온 정신을
쏟고 있었다.

9

이러한 상념이 그를 압박하고 괴롭히는 정도는 때에 따라 강약의 차
이는 있었으나, 그에게서 떠난 적은 결코 없었다. 그는 읽고 또한 생각
했지만, 읽으면 읽을수록 생각하면 생각할수록 자기가 추구하고 있는
목적에서는 차츰 멀어져가는 듯한 느낌이 들었다.

유물론자들에게서는 해답을 발견할 수 없다고 깨달은 이후, 요즈음
그는 모스크바에서도 시골에서도 플라톤, 스피노자, 칸트, 셸링, 헤겔,
쇼펜하우어 등등* 인생을 비유물론적으로 해석하고 있는 철학자의 저
서를 다시 읽기도 하고 새로 읽기도 했다.

그러한 사상은 그가 책을 읽는 동안이나 다른 학설, 특히 유물론적
학설에 대한 반박을 구할 경우에는 무척이나 풍부한 것으로 여겨졌다.
그러나 그것을 읽고 스스로 문제의 해결을 구하려고 하면 언제나 똑같

---

* 『안나 카레니나』 저작에 앞선 몇 해 동안, 그리고 이 장편소설을 집필하는 동안 톨스
토이는 어느 때보다도 열심히 철학에 매달렸다. "철학적 문제가 올봄 나를 사로잡고 있
습니다"라고 1873년 그는 스트라호프에게 말했다. 가장 톨스토이의 주의를 끈 것은 플
라톤, 칸트, 쇼펜하우어, 데카르트, 스피노자의 저작이었다. 칸트에서 그는 기본적인 윤
리 문제의 제기를 특히 높이 평가했다. 톨스토이는 '철학이란 개인적인 의미에서, 인간
의 삶과 죽음의 의의에 대한 문제에서 가장 훌륭하고 실제적인 대답을 주는 지식'이라고
확신했다. 톨스토이의 이러한 관점은 레빈의 성격과 『안나 카레니나』의 전반적 구상에
흔적을 남기고 있다.

은 일이 되풀이되었다. 영혼이라든가 의지라든가 자유라든가 본체라든가 하는 모호한 말의 장황한 정의를 좇아 철학자들이나 혹은 그 자신이 그를 위해 준비한 말의 함정에 의식적으로 빠져들기만 하면 그는 뭔가 서광을 보는 듯한 느낌이 들었다. 그러나 이와 같은 사상의 인위적인 경로를 잊고 실생활 속에서 주어진 실마리를 따라 자기를 만족하게 한 사상 쪽으로 되돌아가보면, 갑자기 이 인위적인 전당은 카드로 지은 집처럼 무너져버리고 인생에서 이성 이상으로 중대한 위치를 차지하고 있는 어떤 것과는 관계없이 바뀌어 놓인 말로 빚어낸 것에 불과하다는 것이 명백해졌다.

언젠가 쇼펜하우어를 읽으면서 그는 의지라는 말 대신 사랑이라는 말을 놓아보았다.* 그러자 이 새로운 철학은 그가 거기에 머물러 있었던 한 이틀 동안은 그를 위로해주었다. 그러나 실생활로 돌아가서 바라보자 그것 역시 곧바로 무너져내려 따뜻한 맛이 없는 모슬린 옷처럼 되어버렸다.

형인 세르게이 이바노비치는 그에게 호먀코프**의 신학서를 읽어보

---

* '산다는 것에 대한 맹목적인 의미'가 세상을 지배하고 있다고 확신했던 쇼펜하우어의 철학은 이 소설을 쓰는 동안 톨스토이를 끌어당기기도 하고 떠밀기도 했다. 초고의 교정쇄에서는 레빈이 '의지를 거부'하는 쇼펜하우어적 사상, '연민과 진리를 위한 삶'의 사상에 탐닉하고 있다고 말한다. 톨스토이는 쇼펜하우어의 『의지와 표상으로서의 세계』에서 『안나 카레니나』의 최초의 제사('나의 복수')를 차용했으나 나중에 그것을 성서 문구로 고쳤다. 또한 톨스토이는 쇼펜하우어의 견해를 '절망적이고' 암울하고 비판적이며 감동이 없는 것으로 여기게 되었다. 여기에서 '의지'가 '사랑'으로 바뀌는 대입이 생겨났다.
** A. S. 호먀코프는 러시아 종교철학자·작가·시인·시사평론가이자 슬라브주의 창시자 중 한 사람이다. 그는 자신의 신학저서에서 "개인의 사유로는 진리를 이해할 수 없다. 즉 '사랑'으로 연관된 자발적 총체만이 진리를 이해할 수 있다"고 논증했다.

라고 권했다. 레빈은 호먀코프의 저작 제2권을 통독했는데, 처음에는 그 논쟁적이고 화려하고 풍자적인 기지에 움츠러들었으나, 그 속에 담긴 교회에 관한 교리에는 상당히 감동을 받았다. 신의 나라의 진리를 체득하는 것은 일개인에겐 주어져 있지 않고 사랑에 의해 결합된 사람들의 모임, 즉 교회에 주어져 있다는 사상은 처음에 그를 감동시켰다. 모든 사람들의 신앙을 집성하여 머리에 신을 이고, 따라서 신성하고 순결한, 현재 살아서 존재하는 교회를 믿고 그 교회를 통해 신, 창조, 타락, 속죄에 대한 신앙을 얻는 것이 고원하고 신비로운 신이나 창조 등에서 직접 시작하는 것보다는 훨씬 용이하다는 사상이 그를 기쁘게 했다. 그러나 그뒤 가톨릭파의 교회사와 정교파의 교회사를 읽고, 본질적으로 순결해야 할 두 교회가 서로 부정하고 있는 사실을 알게 되자 그는 교회에 관한 호먀코프의 교리에도 환멸을 느껴버렸고, 이 전당도 역시 철학자들의 그것과 마찬가지로 홀연 흩어져버렸다.

이 봄 내내 그는 제정신을 잃은 사람처럼 무서운 순간을 경험했다.

'나는 도대체 무엇인가, 무엇 때문에 이 세상에 온 것인가, 그것을 모르고 살아간다는 건 불가능하다. 그런데 나는 알 수가 없다. 따라서 살아갈 수도 없다.' 레빈은 자신에게 말했다.

'무한한 시간, 무한한 물질, 무한한 공간 속에 물거품 같은 하나의 유기체가 창조되고, 물거품은 잠시 동안 견디다가 터져버린다. 그 물거품은 바로 나다.'

이것은 무서운 오류였으나, 이 방면에서 몇 세기에 걸친 인간의 사색과 고심이 낳은 마지막이자 유일한 결론이기도 했다.

그것은 인간 사상의 거의 모든 방면에 걸친 모든 탐구를 총괄하는 최후의 신념이었다. 또 그것은 군림하는 듯한 신념이었고, 레빈 역시 좌우간 그것이 가장 이해하기 쉬웠으므로 언제 어떻게인지도 모른 채 다른 모든 해석 가운데 그것을 자기 것으로 삼아버렸다.

그러나 그것은 오류였을 뿐만 아니라 일종의 사악한 힘, 사악하고도 역겨운, 도저히 굴복해서는 안 되는 힘의 잔인한 조소였다.

어떻게든 이 힘에서 벗어나지 않으면 안 되었다. 그리고 그 수단은 각자의 수중에 있었다. 사악한 힘에 예속되는 것을 그만두지 않으면 안 되었다. 그리고 그 유일한 수단은, 죽음이었다.

이리하여 행복한 가정의 주인이고 건강한 인간인 레빈도 몇 번인가 자살의 문턱으로 다가가서 목을 매게 될까봐 끈 나부랭이를 숨기기도 하고 권총자살을 하게 될까봐 총을 가지고 다니는 것을 무서워할 정도가 되었다.

그러나 레빈은 권총자살도 하지 않았고 목을 매지도 않았으며 계속 살아가고 있었다.

10

나는 무엇인가, 무엇 때문에 살고 있는가, 이것을 생각하면 레빈은 그 해답을 찾아낼 수 없어서 절망에 빠지곤 했다. 그러나 이것에 대해 자문하는 것을 그쳤을 때는 마치 자기가 무엇이고 무엇 때문에 살고 있는지를 알고 있기라도 한 것 같았다. 왜냐하면 그는 씩씩하고 원기왕성하게 활동하고 또한 생활하고 있었기 때문이었다. 사실 그는 요즈음 전에 비해 훨씬 믿음직스럽게 확고한 생활을 영위하고 있었다.

유월 초순에 시골로 돌아오자 그는 다시 평소의 자기 일로 돌아갔다. 농장 관리, 농부들이며 이웃 사람들과의 관계, 가사 정리, 그의 손에 맡겨져 있는 누이와 형의 문제, 아내와 그 친척들과의 관계, 갓난아이에 대한 걱정, 올봄부터 새로이 몰두하기 시작한 양봉 취미, 이러한 것들이 그의 시간을 차지했다.

이러한 일들이 그의 마음을 차지한 것은 전에 해왔던 것처럼 어떤 일반적인 견해에 의거하여 자신을 위해 그것들을 정당화했기 때문이 아니었다. 오히려 지금은 한편으로는 공공의 이익을 위해 시도했던 이전의 계획이 실패한 것에 환멸을 느꼈고, 또 한편으로는 자신의 사색과 사방팔방에서 덮쳐오는 일의 산더미에 너무나 바빴으므로 공공의 이익에 대한 고찰은 모두 내던져버렸기 때문이었다. 그리고 이러한 일들이 그의 마음을 차지한 것은 단지 그로서는 자기가 하고 있는 것을 계속하지 않으면 안 되었기 때문에, 말하자면 그렇게 할 수밖에 다른 도리가 없다고 여겼기 때문일 뿐이었다.

이전에(거의 유년 시절부터 시작되어 완전한 어른이 될 때까지 줄곧) 그가 모든 사람을 위한, 러시아를 위한, 마을 전체를 위한 이익이될 만한 뭔가를 하려고 애쓰고 있었을 때에는 그런 생각이 유쾌하게 느껴졌지만, 그의 행위에는 언제나 맥락이 없었고 그것이 필요불가결한 것이라는 확신도 없었으며 처음에는 지극히 위대한 것으로 여겨지던 행위 자체도 차츰 작고 쓸데없는 것이 되더니 마침내 무로 사라져버렸다. 그러나 결혼한 후에는 자기를 위해서라는 범위로 생활을 차츰 좁게 한정하기 시작하자 자신의 활동에 대해 생각해도 이제 아무런 기뿜도 느끼지 않는 대신 자신의 일이 필요한 것이라는 확신을 느꼈고, 또 일이 이전보다 훨씬 잘 진척되어 줄곧 커가고 있음을 알았다.

이리하여 그는 자신의 의지에 반해 쟁기의 보습처럼 차츰 깊게 흙속으로 파고들어갔으며, 이제는 밭두둑을 파헤치지 않고는 거기서 빠져나올 수 없게 되었다.

선조가 해온 대로 가정생활을 영위한다는 것, 즉 그들과 똑같은 문화적 상태에서 생활하고 똑같이 자녀를 교육한다는 것은 의심할 나위 없이 필요한 일이었다. 마치 먹고 싶을 때 식사를 하는 것과 마찬가지였다. 그리고 먹기 위해서는 식사를 준비해야 하는 것처럼, 포크롭스코예의 농업 또한 수입이 생기도록 운영하지 않으면 안 되었다. 빚을 갚는 것과 마찬가지로 그 옛날 레빈이 조부가 유지해 물려주었던 전 재산에 대해 조부에게 감사했던 것처럼, 그의 아들이 재산을 상속받을 때에는 그의 아들 또한 그에게 똑같이 감사할 수 있도록 선조 전래의 토지를 유지해나갈 필요가 있었다. 그러기 위해서는 토지를 남에게 빌려준다든가 하지 않고 자기가 직접 경작해 가축을 치고 밭에 거름을 주고 숲을 가꿀 필요가 있었다.

세르게이 이바노비치와 누이의 일도, 그에게 의견을 구하러 몰려오는 것에 길들어버린 모든 농부들의 일도, 마치 안고 있는 갓난애를 내던질 수 없는 것처럼, 하지 않을 수 없는 일이었다. 게다가 아이들을 거느리고 와 있는 처형과 갓난애를 안고 있는 아내의 편의에 대해서도 걱정해줄 필요가 있었고, 설사 잠시라도 매일 그들과 함께 있어주어야 했다.

이러한 일들 전부가 새 사냥과 새로운 양봉 취미와 한데 어울려 레빈의 생활을, 생각해보면 그에게는 아무런 의미도 없는 생활의 전부를 채워버렸던 것이다.

그러나 레빈은 자기가 무엇을 해야 하는지 확실히 알고 있었을 뿐만 아니라 그러한 모든 것을 어떻게 해야 하는지, 또 어떠한 일이 다른 일보다도 중요한지도 충분히 알고 있었다.

그는 일꾼들을 될 수 있는 한 싸게 고용하지 않으면 안 된다는 사실을 알고 있었다. 그러나 선금을 건네어 그들을 보통의 품삯보다도 싸게 붙잡아두는 것은 설사 그에게 아무리 유리할지언정 해서는 안 될 짓이었다. 사료가 부족할 때는 불쌍하긴 하지만 농부들에게 짚을 팔 수 있었으나, 요릿집과 선술집은 그에게 벌이가 될지라도 폐지할 필요가 있었다. 숲의 도벌에 대해서는 가급적 엄중하게 처벌하지 않으면 안 되었으나, 그의 밭에 들어온 가축에 대해 벌금을 물릴 수는 없었다. 그것이 숲지기들을 괴롭히고 농부들을 부채질하게 되더라도 그의 밭에 들어온 가축은 놓아주지 않을 수 없었다.

한 달에 일할이라는 이자를 고리대금업자에게 치르고 있던 표트르에겐 그로부터 벗어나도록 돈을 빌려주지 않으면 안 되었다. 그러나 소작료를 내지 않은 농부들에게 그것을 깎아주거나 기한을 연장해줄 수는 없었다. 목초지를 베지 않아 건초를 망친 것에 대해 집사의 책임을 간과할 수는 없었다. 그러나 묘목을 심어놓은 팔십 데샤티나의 풀을 모조리 베게 할 수는 없었다. 아버지가 죽었다고 해서 일손이 바쁜 때에 집으로 돌아간 일꾼은 아무리 가여울지언정 용서해줄 수는 없었고, 중요한 달에 쉰 데 대해서는 그만큼 품삯을 제하지 않으면 안 되었다. 그러나 나이를 먹어 아무데도 쓸모가 없는 하인에게는 다달이 먹을 것을 주지 않을 수 없었다.

레빈은 또 밖에서 집으로 돌아왔을 때는 무엇보다도 먼저 건강이 좋지 않은 아내한테 가보지 않으면 안 되었지만, 세 시간 가까이 그를 기다린 농부들은 조금 더 기다리게 해도 괜찮다는 것을 알고 있었다. 그리고 또 햇꿀벌떼의 집을 갈아주는 만족이 아무리 크다 해도, 그 만족을 버리고 집갈이를 늙은이에게 맡기고 양봉장까지 그를 만나러 온 농부들과 이야기하지 않으면 안 된다는 것도 그는 알고 있었다.

자기가 하고 있는 일이 좋은지 나쁜지 그는 몰랐지만, 지금은 그런 것을 증명하려고 하지 않을 뿐만 아니라 그런 것에 대해 이야기하거나 생각하는 것도 회피하고 있었다.

이런저런 생각은 그를 의혹으로 이끌어 해야 할 일과 하지 않아야 할 일을 분간하지 못하게 방해했다. 생각하지 않고 그저 생활하고 있을 때에는 그는 자신의 마음속에 올바른 재판관의 존재를 끊임없이 느꼈고, 그 재판관이 가능한 두 행위 가운데 어느 것이 옳고 어느 것이 그른지를 판가름해주었다. 그래서 그는 잘못된 짓을 했을 경우에는 이내 그것을 느꼈다.

이리하여 그는 나는 무엇인가, 또 무엇 때문에 이 세상에 살고 있는가 하는 것을 알지도 못하고, 또 언젠가는 알 가능성이 있다는 생각조차도 하지 않고 살아가고 있었다. 그리고 자살하게 될까봐 두려워할 정도로 자신의 무지를 괴로워하면서도, 동시에 인생에서의 자기 특유의 일정한 길을 굳게 지키면서 생활하고 있었다.

11

세르게이 이바노비치가 포크롭스코예에 도착한 날은 레빈에게는 가장 괴로운 날 가운데 하루였다.

농민 전체가 인생의 다른 세계 어디에서도 볼 수 없는 자기희생적인 정신의 비상한 긴장을 노동 속에서 발휘하는, 가장 바쁜 때였다. 이 긴장은 만약 그 능력을 발휘하는 사람들 자신이 그것을 존중하기만 한다면, 그리고 그것이 해마다 되풀이되는 것이 아니었다면, 그리고 또 그 긴장의 결과가 그처럼 단순한 것이 아니었다면 상당히 높이 평가되었을 것이다.

호밀과 귀리를 베고 묶어서 나르고 목초지를 베고 휴경지를 갈아엎고 씨앗을 털고 가을 파종을 하고, 이러한 일들은 모두 단순하고 아무것도 아닌 것처럼 여겨졌다. 그러나 이러한 일을 남김없이 성공적으로 해치우기 위해서는 삼사 주 내내 노소 구별 없이 온 마을 사람들이 다 나서서 크바스와 양파와 흑빵을 먹으면서, 밤에는 밤대로 타작을 하고 다발을 나르고 하면서 하루에 겨우 두서너 시간밖에 자지 않으며 여느 때의 갑절 이상이나 일을 해야 했다. 이러한 일은 해마다 러시아 전역에서 행해지는 것이었다.

삶의 대부분을 시골에서 농민들과 가까운 관계를 맺으면서 보내온 레빈은 이 농번기가 되면 언제나 이 공통된 농민다운 흥분이 자기에게도 전해오는 것을 느꼈다.

이른아침부터 그는 마차를 몰아 호밀의 첫 파종과 가리하기 위해 운반되는 귀리를 보러 갔다. 그는 아내와 처형이 일어날 때쯤 집으로 돌아와 그들과 함께 커피를 마시고, 이번에는 걸어서 씨앗 준비를 위해 새로 마련한 탈곡기를 가동하기로 되어 있던 농장으로 갔다.

이날 종일 레빈은 집사며 농부들과 이야기하거나 집에서 아내와 돌리와 조카들과 장인과 이야기하는 동안에도 요즈음 농사에 관한 걱정 외에 그의 머릿속을 차지하고 있던 오직 하나의 문제만을 생각했고, 이러한 자신의 의문과 관계가 있는 것을 삼라만상 속에서 찾고 있었다. '나는 도대체 무엇인가? 나는 어디에 있는가? 무엇 때문에 나는 여기에 있는가?'

껍질을 갓 벗겨낸 사시나무 생목의 도리에 딱 붙어 있는 개암나무 가지의 아직 지지 않은 향기 좋은 잎과 짚으로 새로 지붕을 인 곡창의 서늘한 곳에 서서, 레빈은 타작할 때 일어나는 매캐한 마른 먼지가 자욱이 피어오르는 열어젖혀진 문을 통해 타는 듯한 태양에 비친 타작마당의 건초와, 막 곳간에서 끌어낸 새 짚과, 지저귀면서 처마밑으로 날아들어와 날개를 파닥거리며 출입문의 들창가에 앉은 머리가 얼룩덜룩하고 가슴이 하얀 제비와, 또 어두운 먼지투성이의 곡창 안에서 일하는 농민들을 쳐다보면서 이상한 생각을 하고 있었다.

'이러한 일은 모두 무엇 때문에 행해지는 것일까?' 그는 생각했다. '무엇 때문에 나는 여기에 서서 그들을 부리고 있는 것일까? 어째서 그들은 모두 악착을 부리며 내 앞에서 자신의 열성을 보이려 애쓰는 것일까? 친숙한 저 마트료나 할멈(나는 저 할멈 집에 불이 나서 들보가 떨어져 다쳤을 때 치료해준 적이 있었다)은 어째서 저렇게 바둥거리는 것일까?' 그는 곡창의 울퉁불퉁하고 단단한 마루를 거뭇하게 볕에 탄 맨발로 쿵쿵 디디면서 갈퀴로 알곡을 긁어모으고 있는 수척한 할멈을 쳐다보면서 생각했다. '그때 그녀는 다 나왔다. 그러나 오늘내일은 아닐 지라도 한 십 년 지나면 그녀는 흙속에 묻혀버릴 것이다. 그리고 그녀도, 저기서 빨간 치마를 입고 날렵하고 부드러운 동작으로 줄기에서 이삭을 털고 있는 멋쟁이 여자도, 아무것도 남지 않으리라. 저 여자도 곧 묻혀버릴 것이고, 저 얼룩무늬 거세말도.' 그는 배를 불룩거리며 콧구멍을 벌름거리고 가쁜 숨을 몰아쉬면서 자기 밑에서 움직이는 수레바퀴를 간신히 끌고 있는 말을 바라보면서 생각했다. '저놈도 곧 묻혀버릴 것이고, 저 곱슬곱슬한 턱수염을 왕겨투성이로 만들고 찢어진 루바시카 사이로 하얀 어깨를 드러낸 타작꾼 표도르도 묻혀버릴 것이다. 그런데도 저 사내는 곡식 다발을 풀기도 하고 무엇인가를 명령하기도 하고 여자들한테 고함을 지르기도 하고 민첩한 동작으로 속도조정기의 가죽 벨트를 고치기도 한다. 그러나 무엇보다도 중요한 것은 저들뿐만 아니라 나도 묻혀버리고 결국엔 아무것도 남지 않게 된다는 사실이다. 무엇 때문일까?'

그는 이러한 생각을 하면서도 한편으론 한 시간에 얼마나 탈곡되는가를 헤아리기 위해 시계를 보고 있었다. 하루의 작업량을 정하기 위해서는 알아둘 필요가 있었던 것이다.

'이제 곧 한시다. 그런데 겨우 세번째 낟가리에 달려들었을 뿐이다.' 이렇게 생각하고 레빈은 타작꾼 옆으로 다가가서 탈곡기 소리보다 더 크게 소리를 지르면서 조금 더 줄여서 넣으라고 그에게 주의를 주었다.

"넣는 양이 너무 많아, 표도르! 이거 봐, 가득차 있잖아. 그러니까 빨리 되지 않는 거야, 더 고르게 넣어야 돼!"

땀이 배어난 얼굴에 끈끈하게 들러붙은 먼지로 새까매진 표도르는 큰 소리로 뭐라고 대답했으나, 여전히 레빈이 말한 대로는 하지 않았다.

레빈은 탈곡기 옆으로 다가가서 표도르를 밀어젖히고 자기가 직접 곡식단을 넣기 시작했다.

그는 얼마 남지 않은 농부들의 점심때까지 내리 일하고 나서 타작꾼과 함께 곡창에서 나와 종자용으로 타작마당에 높이 쌓아올려둔 정연한 황색의 호밀 낟가리 옆에 발을 멈추고 이야기를 시작했다.

이 타작꾼은 전에 레빈이 그곳 농업조합에 토지를 나눠준 적이 있는 먼 마을 출신이었다. 그 토지는 지금은 예전의 집지기가 빌려 쓰고 있었다.

레빈은 타작꾼 표도르와 그 토지에 대해 이야기했고, 내년에는 그 마을의 부자이자 사람 좋은 농부인 플라톤이 그 토지를 빌리지 않을까 하고 물어보았다.

"소작료가 비싸니까 플라톤에겐 벅찰 겁니다, 콘스탄틴 드미트리치." 농부는 땀투성이 셔츠에서 귀리 이삭을 떨어내면서 대답했다.

"그렇지만 키릴로프는 까딱없이 하고 있잖아?"

"미튜하(농부는 집지기를 경멸조로 이렇게 불렀다)가 안 될 턱이 있겠어요, 콘스탄틴 드미트리치! 그자야 어떻게 해서라도, 무슨 일이 있어도 자기 몫만은 챙기니까요. 그자는 같은 농부라고 봐주는 법이 없어요. 하지만 포카니치 아저씨(그는 플라톤 노인을 이렇게 불렀다)가 그렇게 사람의 가죽을 벗겨내는 짓을 할 수 있겠습니까? 빚이 있는 사람도 너그럽게 봐주고 있으니까요. 깡그리 긁어들이는 짓을 어떻게 할 수 있겠어요. 똑같은 사람끼리 말예요."

"그럼 어째서 그는 너그럽게 봐주는 거지?"

"그야 사람은 각양각색이니까요. 어떤 사람은 그저 자신의 욕심만으로 살고 있고, 미튜하 같은 놈은 그런 치입니다만, 그저 제 배때기에다 처쟁이는 짓만 하고 있습죠. 그런데 포카니치는 성실한 늙은이입죠. 그분은 자신의 영혼을 위해 살고 있습니다. 하느님을 기억하고 있습니다."

"어떻게 하길래 하느님을 기억하고 있다는 거야? 어떻게 하면 영혼을 위해서 사는 거야?" 레빈은 거의 외치듯이 말했다.

"빤하잖아요. 진리에 의해서, 하느님에 의해서 살아가는 것뿐예요. 사람은 각양각색이니까요. 이를테면 나리만 하더라도 사람을 모욕하는 짓은 하지 않으시니까요……"

"그래, 그래, 그럼 잘 가게!" 레빈은 흥분하여 숨가쁘게 말하고, 홱 돌아서서 스틱을 잡자 바쁜 걸음으로 집을 향해 걷기 시작했다.

새로운 기쁨의 감정이 레빈을 사로잡았다. 포카니치가 자신의 영혼을 위해, 진리에 따라, 하느님의 뜻에 따라 살고 있다는 농부의 말을 귀에 담자마자 어렴풋이나마 의미 깊은 상념들이 지금까지 유폐되어 있던 데에서 갑자기 떼를 지어 뛰어나오기라도 한 것 같았고, 그러한 상념들은 모두 한결같이 하나의 목적을 향해 돌진하면서 그 광채로 그의 눈을 부시게 하면서 그의 머릿속에서 소용돌이치기 시작했다.

12

레빈은 자신의 상념(그는 아직도 그것을 뚜렷하게 붙잡을 수 없었다)보다도 지금까지 한 번도 경험한 적이 없는 이 정신상태에 보다 많은 주의를 기울이면서 넓은 한길을 성큼성큼 걸어갔다.

농부가 한 말은 그의 마음에 전기 불꽃과도 같은 작용을 일으켜 여태까지 한시도 그에게서 떨어진 적이 없는 단편적이고 무력한 개개의 상념을 돌연 일시에 변형시켜 하나의 어떤 것으로 결합했다. 이러한 상념들은 그가 토지의 대부에 대해 이야기하고 있을 때에도 자신이 모르는 사이에 그의 마음을 차지하고 있었던 것이다.

그는 자신의 마음속에서 새로운 뭔가를 느끼고 아직 그 정체도 모르면서 왠지 기쁘게 그 새로운 것을 만져보았다.

'자신의 필요를 위해서가 아니라 하느님을 위해서 생활한다. 도대체 어떤 하느님을 위해서일까? 하느님을 위해서라. 그 사람이 말했던 것보다 무의미한 말이 또 있을까? 그 사람은 자신의 필요를 위해서 살아서는 안 된다고 말했다. 즉 우리가 이해하고 있는 것, 우리를 사로잡는 것, 우리가 원하는 것을 위해 살아서는 안 된다는 것이다. 무언가 불가해한 것, 어느 누구도 이해할 수도 정의할 수도 없는 하느님이라는 존재를 위해 살지 않으면 안 된다는 것이다. 그렇다면? 표도르의 이 무의미한 말이 나에게는 이해되지 않았던 것일까? 아니면 알고 있으면서도 그 올바름을 의심했던 것일까? 그것을 어리석고 모호하고 불확실한 말이라고 여겼던 것일까?

아니다, 나는 그 사람이 말한 것을 그 사람이 이해하고 있는 것과 완전히 똑같이 이해했다. 내가 이 인생에서 다른 사물을 이해하고 있는 이상으로 뚜렷하게 이해한 것이다. 그리고 여태까지 한 번도 그것을 의심한 적이 없고 또 의심할 수도 없었다. 그것은 나 혼자만이 아니라 모든 사람이, 온 세계의 사람들이 유일하게 완전히 이해하고 있고 의심하지 않으며 틀림없다고 여기고 있는 사실이다.

표도르는 말했다. 집지기 키릴로프는 오직 제 욕심을 채우기 위해 살고 있다고. 이것은 말할 것도 없이 당연한 이야기다. 우리는 모두 이성을 가진 존재로서 제 욕심을 채우지 않고는 살아갈 수 없는 것이다. 그런데 갑자기 그 표도르가 제 욕심을 채우기 위해 사는 것은 옳지 않다고, 진리를 위해, 하느님을 위해 살지 않으면 안 된다고 한다. 그러자 나는 그 암시만으로 그것을 이해해버렸다! 그러고 보면 나 레빈도, 몇 세기 전에 살고 있던 몇백만의 사람들도, 현재 살고 있는 사람들도, 정신적으로 가난한 농부도, 이 문제에 대해 생각하고 쓰고 자기들의 모호한 말로 똑같은 것을 말하고 있는 현인들도, 우리는 모두 무엇 때문에 살아야 하는가, 무엇이 옳은 일인가 하는 점에서는 의견이 일치하고 있는 것이다. 나도 모든 사람들과 더불어 오직 하나, 견실하고 의심할 나위도 없이 명백한 지식을 공유하고 있는 것이다. 하지만 이 지식은 이성으로는 설명할 수 없다. 그것은 이성의 밖에 있고 아무런 원인도 가지고 있지 않으며 아무런 결과도 가질 수 없는 것이다.

만약 선이 원인을 갖는다면 그것은 이미 선이 아니다. 만약 선이 결과를, 보수를 갖는다면 그것도 역시 선이 아니다. 그러고 보면 선은 원인과 결과의 관계 밖에 있는 것이다.

나는 그것을 알고 있다, 우리는 모두 알고 있는 것이다.

그런데 나는 여태까지 기적을 찾아다니며 나를 납득하게 할 기적을 만나지 못한 것을 유감스럽게 여겨온 것이다. 하지만 오직 하나의 가능한 기적, 끊임없이 존재하고 사방에서 나를 둘러싸고 있는 기적을 나는 보지 않았던 것이다!

과연 이보다 큰 기적이 있을 수 있을까?

정말로 나는 모든 것의 해답을 발견한 것일까? 과연 나의 고민은 지금 이것으로 끝난 것일까?' 레빈은 먼지가 자욱한 길을 걸으면서 더위도 피로도 느끼지 않고 오랫동안의 고뇌에서 풀려난 해방감에 젖어 생각했다. 이 느낌은 좀처럼 정말이라곤 느껴지지 않을 만큼 즐거운 것이었다. 그는 흥분으로 숨이 막혔고, 이제 더이상 걸을 힘이 없어졌으므로 길을 벗어나 숲속으로 들어가서 사시나무 그늘 아래 무성한 풀 위에 앉았다. 그는 땀에 젖은 머리에서 모자를 벗고 한쪽 팔꿈치를 짚으며 물기가 많고 파릇파릇한 숲의 풀 위에 누웠다.

'그렇다, 이것을 내 마음에 뚜렷하게 새기고 잘 이해하지 않으면 안 된다.' 그는 눈앞에 있는 아직 짓밟히지 않은 풀을 찬찬히 바라보면서, 그리고 각시개밀의 줄기를 기어오르다가 개쑥갓 잎에 막혀 망설이고 있는 푸른 딱정벌레의 움직임을 좇으면서 생각했다. '처음부터 완전히 다시 짚어보지 않으면 안 된다.' 그는 딱정벌레에게 방해가 되지 않도록 개쑥갓 잎을 젖혀주고 또다른 풀을 휘어 딱정벌레가 그 위로 건너가도록 해주면서 자신에게 말했다. '무엇이 나를 기쁘게 하는 것일까? 나는 무엇을 발견한 것일까?

이전에 나는 내 몸뚱이에서도, 이 풀과 딱정벌레(딱정벌레는 풀이 싫었는지 날개를 펴고 날아가버렸다)의 몸뚱이에서도 물리학적, 화학적, 생리학적 법칙에 의해 물질의 변화가 행해지고 있다고 말했다. 우리 인간은 물론 사시나무 속에서도 구름 속에서도 성운 속에서도 발전이 행해지고 있는 것이다. 무엇에서 발전하는 것일까? 무엇을 향한 발전일까? 무한한 발전과 투쟁이란?······ 바로 그 무한 속에 일종의 경향과 투쟁이 있을 수 있는 것처럼! 그리고 나는 지대한 사고력을 쏟아 이 길을 좇았음에도 불구하고 여전히 인생의 의의도, 충동과 갈망의 의미도 드러나지 않는 것에 경악했었다. 하지만 내 마음속에서는 그 충동의 의의가 뚜렷했으므로 그것을 좇아 줄곧 살아오고 있었다. 그래서 나는 농부가 그 사실을, 하느님을 위해 그리고 영혼을 위해 살아야 한다고 나한테 토로했을 때 깜짝 놀랐고 기뻤던 것이다.

나는 아무것도 밝혀내지 못했다. 나는 그저 알고 있던 것을 의식한 것에 불과하다. 나는 과거에 나에게 생명을 주었을 뿐만 아니라 현재도 이처럼 생명을 주고 있는 그 힘을 이해한 것이다. 나는 허위에서 해방되어 주인을 인식한 것이다.'

그리고 그는 빈사의 병상으로 사랑하는 형을 보러 갔을 때 일어났던 죽음에 대한 뚜렷하고 분명한 상념에서 출발한 최근 이 년간의 자기 사상의 전 경로를 간단히 마음속으로 되짚어보았다.

모든 사람들에게도 또 그에게도 그 앞길에는 그저 고뇌와 죽음과 영원한 망각만이 기다리고 있다는 것을 그때 비로소 분명히 깨닫고 이대로 살아갈 수는 없다, 자신의 삶이 그 어떤 악마의 심술궂은 조소라고 여겨지지 않도록 설명을 찾든가 자신의 머리에다 총알을 박아버리든가 하지 않으면 안 된다고 그는 굳게 결심했었다.

그러나 그는 그중 어느 것도 결행하지 않고 계속 살아가고 사고하고 감각하는 것을 계속했으며, 더구나 또 그 한 고비에 결혼까지 하여 많은 기쁨을 경험했고 자기 삶의 의의에 대해 생각하지 않을 때에는 행복하기까지 했던 것이다.

이것은 도대체 무엇을 의미하는 것일까? 이것은 그가 옳게 살아왔으나 그르게 사고했다는 의미다.

그는 어머니의 젖과 함께 흡수한 영적인 진리에 의해 (그것을 의식하지 않고) 살아가고 있었으나, 스스로 이 진리를 의식하지 못했을 뿐만 아니라 애써 그것을 피하면서 사고하고 있었던 것이다.

이제야 그에게는 자신의 삶을 계속해나갈 수 있었던 것이 오직 자기를 양육해준 신앙 덕분이었음이 명료해졌다.

'만약 내가 신앙을 가지지 않았고 나의 필요를 위해서가 아니라 하느님을 위해 살지 않으면 안 된다는 것을 몰랐다면 나는 어떤 인간이 되었을까? 어떤 삶을 살아왔을까? 약탈을 하고 거짓말을 하고 살인 같은 것도 했을지 모른다. 내 삶의 주요한 기쁨이 되어 있는 것들이 하나도 나에게 존재하지 않았을지도 모른다.' 그래서 그는 최대의 상상력을 발휘하여 만약 자기가 무엇 때문에 살고 있는지를 몰랐다면 아마 그렇게 되었으리라고 여겨지는 짐승 같은 인간을 그려내려고 해보았으나, 역시 그려낼 수가 없었다.

'나는 내 의문에 대한 해답을 찾아다녔다. 그러나 사상은 내 의문에 대한 해답을 줄 수 없었다. 그것은 내 의문과는 나란히 놓을 수 없는 것이었다. 해답은 삶 자체로, 선악을 식별하는 나의 지식 속에 주어져 있었다. 하지만 나는 이 지식을 무엇에 의해 얻은 것이 아니다. 그것은 모든 것과 함께 나에게 주어진 것이다. 내가 어디에서도 그것을 손에 넣을 수 없었기 때문에 주어진 것이다.

어디에서 나는 그것을 손에 넣은 것일까? 이웃을 사랑해야 한다, 괴롭혀서는 안 된다는 데까지 다다른 것은 과연 이성에 의해서였을까? 그것은 내가 어렸을 때부터 곧잘 들었던 말이다. 그리고 나는 그것이 내 마음에도 꼭 맞았으므로 기꺼이 그렇게 믿었던 것이다. 하지만 그것을 일깨운 것은 누구였을까? 이성은 아니다. 이성은 생존을 위한 투쟁과, 자기 욕망의 만족을 방해하는 모든 것을 압도할 것을 요구하는 법칙을 일깨웠을 뿐이다. 이것이 이성의 결론이다. 남을 사랑한다는 것은 이성이 일깨울 수 있는 것이 아니다. 왜냐하면 그것은 불합리하니까.'

'그렇다, 오만이다.' 그는 배를 깔고 엎드려 부러지지 않도록 조심스레 풀줄기를 매듭지으면서 생각했다.

'아니, 지혜의 오만만이 아니다, 지혜의 우둔이다. 하지만 가장 주요한 것은 기만, 즉 지혜의 기만이다. 즉 지혜의 협잡이다.' 그는 되풀이했다.

13

그때 레빈은 요즈음 돌리와 그녀의 아이들 사이에 일어난 한 사건을 생각했다. 애들은 자기들끼리 있게 되면 촛불로 나무딸기를 굽고 분수처럼 입안에 우유를 쏟아붓는 짓을 시작했다. 어머니는 그 현장을 목격하자 레빈이 있는 앞에서 그들이 부수고 있는 물건을 위해 어른들이 얼마나 노고를 들이는지 모른다고, 그리고 이 노고는 모두 그들을 위해서라고, 만약 그들이 찻잔을 부수면 그들에게도 차를 마실 것이 없어져버린다고, 또 만약 우유를 엎질러버리면 먹을 것이 없어져서 그들은 굶주려 죽게 되리라고 차근차근 타일렀다.

그때 레빈은 어머니의 이러한 말을 듣고 있는 아이들의 의기소침하고 음울한 불신의 빛에 큰 충격을 받았다. 그들은 그저 자기들의 재미있는 놀이가 중지당한 것을 슬퍼하고 있을 뿐, 어머니가 말한 것은 한마디도 믿지 않았다. 그들은 또 믿을 수도 없었던 것인데, 왜냐하면 그들은 자기들이 일상에서 이용하고 있는 물건들의 범위를 모두 상상할 수가 없었고, 따라서 자기들이 부수고 있는 것이 자기들의 생활에 꼭 필요하다는 사실도 상상할 수 없었기 때문이었다.

'그런 건 우리도 다 알고 있어요.' 그들은 생각할 것이다. '그런 건 재미있지도 않고 중요하지도 않아요. 그런 건 언제나 있는 것이고 앞으로도 있을 거니까. 언제나 똑같은 일이에요. 우리는 그런 걸 생각할 필요도 없어요. 당연히 존재하는 것이니까. 그보다도 우리는 무언가 우리 나름의 새로운 것을 궁리해보고 싶어요. 그러니까 찻잔 속에 나무딸기를 넣어서 촛불로 굽고 우유를 서로의 입안에다 분수처럼 붓는 것을 생각해낸 거예요. 그렇게 하는 게 재미있고 새롭고 찻잔으로 마시는 것과 견주어 조금도 나쁜 일이 아니에요.'

'자연력의 의의와 인생의 의미를 이성에 의해 탐구하는 현재 우리의 행동, 또 내가 여태까지 해왔던 행동도 이와 똑같은 것이 아닐까?' 그는 생각을 계속했다.

'모든 철학적인 이론이 인간이 이미 오래전부터 알고 있는 사실, 이제 그것 없이는 살아갈 수도 없을 만큼 확실히 알고 있는 사실을 굳이 인간에게 부자연스럽고 야릇하게 느껴지는 사상의 경로를 통해 알리려는 것도 그와 똑같은 게 아닐까? 그 어떤 철학자도 저 농부 표도르와 똑같은 정도로, 혹은 그 이하로 인생의 주요한 의의를 예지하고 있는 것에 불과하다는 것, 그저 모호한 지적 도정을 통해 모든 사람이 알고 있는 사실 쪽으로 되돌아가려는 것에 불과하다는 것이 그들의 학설 가운데 뚜렷이 보이고 있지 않은가?

가령 애들만 내버려두어 직접 식기를 만들게 하고 우유를 짜게 해보면 어떨까. 그래도 그들이 까불기 시작할까? 그들은 굶어죽을 것이다. 가령 우리에게 유일한 하느님과 창조주에 대한 이해 없이 우리의 성욕과 사상과 함께 남겨놓는다면 어떻게 될까! 아니면 선이란 무엇인가에 대한 개념 없이, 도덕적인 죄악에 대한 해석 없이 남겨놓는다면 어떻게 될까.

자, 그럼 그런 개념들 없이 뭔가를 건설해봐!

우리는 그저 파괴할 뿐이리라. 왜냐하면 우리는 정신적으로 배가 부르니까. 애들과 마찬가지로!

나는 농부와 공통된 이 기꺼운 지식을, 나에게 영혼의 평안을 가져다주는 유일한 것인 이 지식을 어디에서 얻은 것일까? 어디에서 손에 넣은 것일까?

한 사람의 기독교인으로서 하느님의 가르침 속에서 양육된 나는 기독교가 준 정신적인 은혜에 의해 나의 온 생애를 충만시켜왔고, 온몸이 그 은혜로 채워져 살고 있으면서도 마치 아이처럼 그것을 이해하지 못하고 파괴만 하고 있었던 것이다. 즉 자기가 의지해 살아가는 존재를 파괴하려 했던 것이다. 하지만 인생의 중대한 시기에 다다르자마자, 마치 추위와 굶주림에 고통받는 아이처럼 나는 갑자기 하느님 쪽으로 얼굴을 돌렸다. 그리고 아이처럼 분별없이 날뛰고 돌아다녔던 과거의 시도가, 철없는 장난 때문에 어머니에게 꾸중을 들은 애들보다도 더 적은 효과밖에 없었다고 통탄하고 있는 것이다.

'그렇다, 내가 알고 있는 것은 이성으로 알게 된 게 아니다. 그것은 나에게 주어지고 나에게 계시된 것이다. 나는 그것을 마음으로 알았던 것이다. 교회가 가르치는 주요한 것에 대한 신앙에 의해 알고 있는 것이다.'

'교회? 그렇다, 교회다!' 레빈은 되풀이하고 반대쪽으로 돌아누워 한쪽 팔꿈치를 짚고는 멀리 저쪽에서 개울로 내려가는 가축떼를 바라보았다.

'하지만 나는 교회가 가르치는 모든 것을 믿을 수 있을까.' 그는 자신을 시험해보면서 현재의 마음의 안정을 파괴할 만한 것을 모두 궁리해보았다. 그는 짐짓 평소 가장 야릇하게 여겨졌고 자신의 마음을 헷갈리게 했던 교회의 교리를 떠올려보았다. '창조란? 도대체 나는 무엇에 의해 존재를 설명할 수 있을까? 존재 자체에 의해? 그렇지 않으면 무無에 의해? 악마와 죄악은 어떤가? 하지만 나는 무엇에 의해 악을 설명할 것인가?…… 구세주란?……

나는 아무것도 모른다, 아무것도. 그저 모든 사람과 함께 나에게 얘기된 것 이외엔 아무것도 알 수 없는 것이다.'

그러자 이제 그에겐 교회의 교리에는 우리에게 가장 중요한 것, 인간의 유일한 사명인 하느님에 대한, 선에 대한 신앙을 파괴하는 것은 하나도 없을 성싶었다.

교회의 낱낱의 교리 아래에는 욕망 대신 진리에 봉사한다는 신앙을 놓을 수 있었다. 그리고 낱낱의 교리는 이것을 파괴하지 않을 뿐 아니라 끊임없이 지상에 발현되어 온갖 종류의 무수한 인간, 즉 현자든 어리석은 자든 어린이든 노인이든 리보프든 키티든 거지든 제왕이든, 무릇 삶을 누리고 있는 자들이 틀림없이 똑같은 하나의 것을 이해하고 그것만을 존중하고 그것만을 위해 사는 보람을 느끼는 영적 생활을 구축해나간다는 그 주요한 기적을 완성시키기 위해 필요불가결한 것이었다.

그는 반듯이 드러누워 구름 한 점 없는 드높은 하늘을 바라보았다. '저것이 무한한 공간임을 나는 안다. 궁륭이 아니라는 것을 나는 안다. 하지만 내가 아무리 눈을 가늘게 뜨고 시력을 집중해서 보아도 나는 하늘을 둥글지 않은 것, 끝없는 것으로 볼 수는 없다. 그리고 무한한 공간에 대한 지식을 충분히 가지고 있으면서도 명백히 푸른 궁륭을 눈으로 보고 있는 나 역시 의심할 나위 없이 올바른 것이다. 그 이상의 무엇을 보려고 시력을 긴장시킬 때보다도 오히려 더 올바른 것이다.'

레빈은 이제 생각하는 것을 그쳤고, 자기들끼리 뭔가 즐거운 듯이 열심히 얘기를 나누고 있는 신비로운 소리에 귀를 기울이고 있기라도 한 듯했다.

'과연 이것이 신앙이라는 것일까?' 그는 자신의 행복을 좀처럼 믿지 못하면서 생각했다. '하느님, 감사드립니다!' 치밀어오르는 오열을 꿀꺽 삼키면서, 그리고 두 눈에 넘쳐흐르는 눈물을 두 손으로 닦으면서 그는 말했다.

14

레빈은 자신의 앞쪽에다 시선을 주고 가축떼를 바라보고 있었다. 이윽고 그는 검정말이 끄는 자기 집의 짐마차와 가축떼에 다가가서 목부와 무슨 이야기를 하고 있는 마부의 모습을 보았다. 이윽고 그는 자기 가까이에서 마차 바퀴 소리와 살찐 말의 콧바람소리를 들었다. 그러나 완전히 자신의 생각에 잠겨 있었으므로 무엇 때문에 마부가 자기 쪽으로 오는지조차 생각지 못했다.

그는 마부가 바짝 그의 옆으로 다가와서 말을 걸었을 때에야 비로소 겨우 그 존재를 알아챘다.

"마님의 전갈입니다. 형님과 또 어떤 나리 한 분이 오셨답니다."

레빈은 짐마차에 올라 고삐를 잡았다.

꿈에서 막 깨어난 사람처럼 레빈은 잠시 동안 정신을 차릴 수 없었다. 그는 넓적다리 사이와 고삐가 문질러져 닳은 목 위에 함초롬히 땀방울을 내뿜고 있는 살찐 말을 바라보기도 하고 그의 옆에 앉아 있는 마부 이반을 바라보기도 하면서 자기가 형이 오길 기다리고 있었다는 것과 자기가 오랫동안 집을 비워 아내가 걱정하고 있으리라는 것을 생각하고, 형과 같이 온 손님은 누구일까 한참 상상해보았다. 형도 아내도 그 미지의 손님도 지금 그에게는 전과는 전혀 다르게 여겨졌다. 이제 그에게는 모든 사람과의 관계가 전혀 다른 것이 되어버린 듯한 느낌이 들었다.

'형과도 이젠 여태까지 둘 사이에 언제나 있었던 서먹함은 없어져버릴 것이고, 논쟁도 하지 않게 될 것이다. 키티와도 이젠 결코 싸움은 하지 않게 될 것이고, 손님에겐 설사 그게 누가 되었건 부드럽고 친절하게 대할 것이다. 그리고 하인들에게도, 이반에게도 완전히 변하게 될 것이다.'

초조하게 콧바람을 불어대며 한바탕 뛰고 싶어하는 귀여운 말을 튼튼한 고삐로 홱 잡아죄면서, 레빈은 고삐를 빼앗기고 할 일이 없어 어떻게 해야 할지를 모르는 두 손으로 바람을 머금고 부푸는 루바시카만 연신 잡아당기며 자기 옆에 앉아 있는 이반 쪽을 돌아보았다. 그는 이반에게 이야기를 걸 구실을 찾았다. 이반에게 말의 뱃대끈을 너무 높이 죄었다고 말하려 했지만, 그것은 잔소리로 들릴 염려가 있었다. 그는 더 정다운 이야기가 하고 싶었지만, 그 외에는 아무것도 머리에 떠오르지 않았다.

"나리, 오른쪽으로 잡으십쇼, 잘못하면 그루터기에 부딪힙니다." 마부는 레빈의 고삐를 바로잡으면서 말했다.

"제발 간섭하거나 지시하지 말아줘!" 레빈은 마부의 간섭에 발끈하며 말했다. 역시 여느 때와 마찬가지로 간섭은 그를 노여움으로까지 이끌었다. 그는 곧 현재의 정신상태가 현실과 접촉할 경우 당장에 자신을 일변시켜주리라는 예상이 잘못되었다는 것을 서글픈 마음으로 통감했다.

집까지 사분의 일 베르스타쯤 남은 지점에 못 미쳐서 레빈은 그를 마중하러 달려오는 그리샤와 타냐를 발견했다.

"코스탸 이모부! 어머니도 할아버지도 세르게이 이바니치도, 그리고 또 한 분의 어른도 모두 오고 계세요." 그들은 마차에 기어오르면서 말했다.

"그래, 누구야 그 사람은?"

"아주 무서운 사람이에요! 그리고 두 손을 이렇게 해요." 타냐는 마차 안에서 일어나 카타바소프의 흉내를 내면서 말했다.

"그래, 늙은 사람이야, 젊은 사람이야?" 타냐의 흉내로 대충 짐작을 한 레빈은 웃으면서 물었다.

'아아, 그저 불쾌한 사람만 아니었으면!' 레빈은 생각했다.

길모퉁이를 돌아서 이쪽으로 오고 있는 사람들을 보자마자 레빈은 그 속에서 밀짚모자를 쓴 채 타냐가 방금 해 보인 대로 활개를 젓고 있는 카타바소프를 알아보았다.

카타바소프는 한 번도 철학을 배운 적이 없는 자연과학자로서의 견해를 가지고 철학을 논하는 것을 아주 좋아했다. 그래서 모스크바에서도 레빈은 요즈음 자주 그와 논쟁을 벌였다.

그래서 레빈은 카타바소프를 알아보자마자 바로 그러한 논쟁의 하나, 카타바소프 쪽에선 분명히 자기가 이겼다고 생각하고 있을 논쟁 하나를 생각해냈다.

'아니다, 나는 이제 어떠한 일이 있어도 논쟁을 벌이거나 경솔하게 내 견해를 밝히거나 하진 않겠다.' 그는 생각했다.

마차에서 내려 형과 카타바소프에게 인사하고 나서 레빈은 아내에 관해 물었다.

"그애는 미탸를 데리고 콜로크(집 옆의 숲이었다)로 갔어. 거기서 아기를 보려는 거겠지. 집안은 무더우니까." 돌리가 말했다.

레빈은 갓난아이를 숲속으로 데려가는 것은 위험하다고 생각하여 아내를 말리고 있었으므로 이 소식은 그에게 유쾌하지 않았다.

"그애는 아들을 데리고 이리 갔다 저리 갔다 하고 있는 거야." 공작이 웃으면서 말했다. "그래서 나는 차라리 냉장실에라도 데리고 들어가는 게 좋겠다고 권했지."

"그애는 양봉장에 가고 싶어했어. 당신이 거기 있는 줄 알고. 우리도 그리 가는 참이었어." 돌리가 말했다.

"그래 요즈음 무얼 하고 있니?" 다른 사람들에게서 떨어져 아우와 어깨를 나란히 하면서 세르게이 이바노비치가 말했다.

"별로 이렇다고 할 만한 것도 없어. 여느 때처럼 농사를 짓고 있지." 레빈은 대답했다. "그보다도 형은 언제, 이번엔 오래 머물러주겠지? 오래전부터 기다리고 있었어."

"한 이 주일. 모스크바에 일이 아주 많아서."

이러한 말들과 함께 형제의 눈이 우연히 마주쳤고, 그러자 레빈은 형과의 관계를 친근하고 더욱 편안하게 만들고 싶다는 평소의 희망, 특히 지금은 더욱 강하게 느끼고 있는 희망에도 불구하고 그를 보는 것이 어쩐지 거북스럽게 느껴졌다. 그는 시선을 떨어뜨리고 무슨 말을 해야 좋을지 몰라했다.

세르게이 이바노비치에게 유쾌하면서 또 그가 모스크바에서 일이 많다며 넌지시 언급한 세르비아 전쟁과 슬라브 문제에서 그를 떼놓을 수 있을 화제를 찾다가 레빈은 세르게이 이바노비치의 저서에 대해 얘기하기 시작했다.

"언제, 형의 저서에 대한 비평은?" 그가 물었다.

세르게이 이바노비치는 이 질문의 숨은 뜻을 생각하고 씩 웃었다.

"그런 걸 염두에 두는 사람은 아무도 없어. 이미 누구보다도 나 자신이 잊고 있으니까." 그는 말했다. "저거 보십쇼, 다리야 알렉산드로브나,

아무래도 비가 한바탕 퍼부을 것 같습니다." 사시나무의 우듬지 위에 나타난 흰 비구름을 우산으로 가리키면서 그가 덧붙였다.

그리고 이러한 말들은 레빈이 그처럼 피하고 싶어했던, 적의라고 할 정도는 아니지만 일종의 냉담한 관계를 형제 사이에 재연시키기에 충분했다.

레빈은 카타바소프에게 다가갔다.

"정말 와주었군요." 그가 말했다.

"벌써 오래전부터 오려고 생각하고 있었어요. 이제부터 어디 한번 실컷 얘기해보죠. 스펜서는 이제 다 읽었나요?"

"아니, 아직 다 읽지 못했어요." 레빈은 말했다. "그러니까 이제 나에겐 그것이 필요하지 않거든요."

"어째서 또 그런 말을? 그거 재미있군요. 어째서죠?"

"말하자면, 나는 내 마음을 차지하고 있는 문제의 해답을 그나 그와 비슷한 사람들에게서 발견하는 것은 불가능하다고 확신했기 때문입니다. 지금은……"

그러나 카타바소프의 침착하고 즐거운 듯한 표정이 갑자기 그의 눈에 들어왔다. 그러자 이런 이야기로 인해 자신의 기분이 분명히 깨져버린 것이 몹시 안타까웠으므로 그는 자신의 좀전 결심을 떠올리고 갑자기 말을 멈춰버렸다.

"하지만 저, 이런 이야긴 나중에 하기로 하죠." 그는 덧붙였다. "만약 양봉장으로 가시려거든 이쪽으로, 이 작은 길로 갑니다." 그는 모든 사람들을 돌아보며 말했다.

좁은 오솔길을 따라, 한쪽으로는 빽빽이 자란 산뜻한 새애기풀이 덮여 있으며 그 가운데에 크리스마스로즈의 암녹색 높은 덤불이 빽빽이 우거져 있는 숲속의 아직 베기 전의 풀밭에 당도하자, 레빈은 어린 사시나무가 우거진 서늘한 그늘에 꿀벌을 두려워하는 방문객을 위해 특별히 준비해둔 벤치와 등걸 쪽으로 손님을 안내하고, 자기는 모두에게 빵과 오이와 갓 딴 꿀을 내오기 위해 양봉장 쪽으로 걸어갔다.

되도록 빠른 동작을 하지 않으려고 애쓰면서, 차츰 수를 더하여 옆을 날아가는 벌의 날갯소리에 귀를 기울이면서 그는 오솔길을 따라 초가에 당도했다. 입구에 들어서자 한 마리의 벌이 그의 턱수염 속으로 엉켜들어가 윙윙거리기 시작했으나, 그는 조심스레 그것을 날려보냈다. 그늘진 입구로 들어가면서 그는 벽의 나무못에 걸려 있던 그물을 내려 얼굴에 쓰고 두 손을 호주머니에 넣으며 울타리가 쳐진 양봉장 안으로 들어갔다. 거기에는 저마다의 역사를 가진 그의 눈에 익은 묵은 벌통들이 규칙적인 줄을 이루어 보리수의 속껍질로 말뚝에 묶인 채 베어버린 풀밭 한가운데 수없이 늘어서 있었고, 울타리 옆으로는 올해 들어 분봉된 햇벌의 벌통들이 묶여 있었다. 벌통 입구 앞에서는 무수한 꿀벌들과 수벌들이 한 곳을 뱅뱅 맴돌기도 하고 이리저리 날아다니기도 하면서 눈이 어지럽게 움직이고 있었다. 그중에서 일벌은 먹이를 가지러 가기도 하고 가지고 돌아오기도 하며 언제나 일정한 방향으로 숲속의 꽃이 핀 보리수와 벌통 사이를 계속 오가고 있었다.

두 귀에는 끊임없이 갖가지 소리가 들려왔다. 일에 쫓겨 바삐 날아가는 일벌의 날갯소리가 들리는가 하면, 게으름쟁이 수벌의 나팔이라도 부는 듯한 소리가 들리기도 하고, 적으로부터 자신의 재산을 지키기 위해 굉장히 흥분해서 다가오면 쏘려고 준비하고 있는 지킴벌의 날갯

소리가 들리기도 했다. 울타리 저쪽에서는 한 늙은이가 벌통 테를 깎고 있었으나, 레빈이 온 것은 미처 알아채지 못했다. 레빈도 굳이 그를 부르지 않고 양봉장 한가운데 발을 멈추었다.

그는 잠깐 동안이나마 그의 기분을 다시금 우울하게 만들었던 현실에서 떨어져 혼자 서 있으면서 자기 자신에게로 돌아갈 기회를 얻은 것이 기뻤다.

그는 자기가 그동안 이반에게 화를 내기도 하고, 형에게 냉담한 태도를 보이기도 하고, 카타바소프에게 경솔한 입을 놀리기도 한 것을 생각했다.

'그러고 보면 그것은 그저 순간적인 감정에 불과했던 것일까? 이제 흔적도 없이 지나가버리는 것일까?' 그는 생각했다.

그러나 그 순간, 그는 또다시 아까와 같은 기분이 되어 뭔가 새롭고 중대한 것이 자신의 몸안에서 솟아오른 것을 느끼고 기뻐했다. 현실은 그저 잠시 동안만 그가 발견한 정신적인 평안을 흐리게 했을 뿐, 그것은 온전히 그의 마음속에 남아 있었다.

마치 지금 그의 주위를 날아다니면서 그를 위협하고 그의 정신을 어지럽히는 꿀벌들이 그의 완전한 육체적 평안을 빼앗고 그로 하여금 그들을 피하기 위해 몸을 웅크리게 하는 것과 마찬가지로, 갖가지 걱정이 그가 마차에 탄 그 순간부터 그를 에워싸 그의 정신적인 자유를 빼앗아버린 것이었다. 그러나 그것은 그가 그 한가운데 있는 동안만 계속된 것에 불과했다. 꿀벌의 위협에도 불구하고 육체의 힘은 여전히 그의 안에 온전했듯이, 그에 의해 새로 인식된 정신의 힘도 온전히 간직되어 있었던 것이다.

15

"코스탸, 세르게이 이바노비치가 여기로 오시는 도중에 누구를 만나셨는지 알아?" 아이들에게 오이와 꿀을 나누어주고 나서 돌리가 말했다. "브론스키를 만나셨대! 그는 세르비아로 갔대."

"그래요, 그것도 혼자가 아니라 자비로 일개 중대의 기병을 인솔하고 있어요!" 카타바소프가 말했다.

"그렇군, 그 사람에겐 어울리는 짓이로군." 레빈은 말했다. "그러면 역시 아직도 의용병은 나가고 있나?" 그는 세르게이 이바노비치 쪽을 힐끔 쳐다보고 덧붙였다.

세르게이 이바노비치는 그 말에는 대답하지 않고, 하얀 봉방蜂房이 가득 들어 있는 컵에서 흘러나온 꿀에 들러붙은 채 아직 살아 있는 꿀벌을 무딘 나이프로 조심스레 꺼내고 있었다.

"아직도 나가고 있는 정도가 아닙니다! 어제 기차역의 광경을 보여주고 싶군요!" 카타바소프는 큰 소리를 내어 우두둑 오이를 씹으면서 말했다.

"아니, 도대체 그건 어떻게 해석해야 하죠? 설명해주지 않겠어요, 세르게이 이바노비치, 어디 내게 한번 설명해주십시오. 도대체 그 의용병들은 모두 어디로 가고 누구를 상대로 싸우는 건지?" 노공작은 분명 레빈이 없을 때부터 시작되었던 이야기를 계속하면서 물었다.

"터키인이에요." 세르게이 이바노비치는 꿀 때문에 새까매져 힘없이 발을 움직이고 있는 벌을 건져내어 사시나무의 튼튼한 잎 위에다 나이프로 옮겨주면서 차분한 미소를 띠고 대답했다.

"하지만 도대체 누가 터키인들에게 선전포고를 했습니까? 이반 이바니치 라고조프와 리디야 이바노브나 백작부인이 마담 시탈과 한통속이 되어 하기라도 한 겁니까?"

"아무도 선전포고한 사람은 없습니다만, 이쪽 사람들이 이웃의 괴로움에 동정하여 그들을 도와주기를 바라고 있는 거죠." 세르게이 이바노비치가 말했다.

"하지만 공작께서 말씀하시는 것은 도움에 대해서가 아니야." 레빈은 장인의 편을 들면서 말했다. "전쟁에 대해 말씀하시는 거지. 공작께서는 정부의 허가 없이 개인이 전쟁에 참가할 수는 없다는 것을 말씀하시는 거야."

"코스탸, 조심해, 이거 봐, 꿀벌이! 정말로 우리를 쏘려 하고 있어!" 돌리가 말벌을 쫓으면서 말했다.

"아니, 그건 꿀벌이 아니야, 말벌이야." 레빈이 말했다.

"그럼 당신의 의견은 어떤 건가요?" 분명히 쟁론을 거는 듯한 어조로 미소를 머금으면서 카타바소프는 레빈에게 말했다. "어째서 개인은 그럴 권리를 가지지 않는다는 거죠?"

"음, 내 의견은 말이죠, 전쟁은 한편으로 보면 굉장히 야수적이고 잔인하고 무서운 일이니까 기독교인은 물론 어느 누구라도 개인적으로 개전의 책임을 질 순 없어요. 그것은 다만 당시의 사정상 불가피하게 전쟁에 개입하지 않을 수 없는 정부만이 할 수 있는 일이죠. 또다른 쪽으로 보더라도, 학술적으로든 상식적으로든 국가의 일, 특히 전쟁에 관해서는 국민은 모두 개인의 의지를 버려야 하니까요."

세르게이 이바노비치와 카타바소프는 각자 준비가 된 논지를 내세우며 동시에 입을 열기 시작했다.

"바로 그게 요점입니다. 아무리 정부를 들먹거려도, 정부가 국민의 의지를 수행하지 못할 경우도 있는 것이니까요. 그때에는 사회가 자신의 의지를 표명하게 될 테죠." 카타바소프가 말했다.

그러나 세르게이 이바노비치는 분명히 이 논지에는 찬동하지 않았다. 그는 카타바소프의 말에 미간을 찌푸리고 다른 의견을 내세웠다.

"너처럼 그렇게 문제를 제기해서는 안 돼. 선전포고니 하는 것은 여기에선 문제가 되지 않아. 여기에는 그저 인간으로서의, 기독교인으로서의 감정의 발로가 있을 뿐이야. 피를 나누고 신앙을 같이하는 형제들이 죽임을 당하고 있잖아. 가령, 심지어 그들이 형제들이나 같은 교인이 아니고 단순히 어린애와 여자와 늙은이였다고 하더라도 러시아 사람들은 감정이 자극되어 그 엄청난 공포를 중지시키기 위해 달려갈 거야. 생각해보렴, 만약 네가 거리를 걷다가 주정뱅이들이 여자나 어린아이를 마구 때리는 것을 보았다면 어떻게 할까? 당연히 너도 그 사람에게 선전포고했는가 따위는 생각하지 않고 냅다 그들에게 달려들어 모욕을 당하고 있는 사람을 지켜주게 될 거야."

"하지만 죽이진 않았을 거야." 레빈이 말했다.

"아냐, 너도 죽일 거야."

"잘 모르겠어. 만약 그런 것을 보았다면 나 역시 직접적인 감정에 몸을 맡길지도 모르지. 하지만 그런 일을 미리 단정할 수는 없어. 더구나 슬라브인이 박해를 받고 있다는 사실에 대해서는 그렇게 직접적인 감정 같은 건 없을뿐더러 또 있을 수도 없으니까."

"그야 너에겐 없을지도 모르지. 하지만 다른 사람들에겐 있단 말이야." 세르게이 이바노비치는 불만스럽게 눈살을 찌푸리면서 말했다. "민중의 마음속에는 '죄 많은 아라비아인들'의 멍에 아래 괴로워하는 정교도들에 대한 봉사의 마음이 살아 있어. 민중은 자기네 형제들의 괴로움을 전해듣고 갑자기 술렁거리기 시작했단 말이야."

"어쩌면 그럴지도 모르지." 레빈은 모호하게 말했다. "하지만 나는 모르겠어. 나 역시 민중의 한 사람이지만, 그런 걸 느끼지 않거든."

"나도 그래." 공작이 말했다. "나는 외국에 있으면서 신문을 읽고 있었지만, 솔직히 말하자면 불가리아의 그 무서운 사건*이 일어나기 전까지는 어째서 러시아 전체가 이렇게 갑자기 슬라브 형제들을 사랑하기 시작했는지 이해할 수 없었어. 나 같은 사람은 그들에 대해 아무런 사랑도 느끼고 있지 않은데 말이야. 그래서 나는 무척이나 고민했지. 내가 비인간적이든지 아니면 카를스바트**에 영향을 받았기 때문이라고 생각하면서 말이야. 그런데 여기에 와서 보고 나는 완전히 안심했어. 나 이외에도 러시아에 대해서만 흥미를 가지고 있고, 슬라브 형제들에 대해서는 문제삼지 않는 사람이 있다는 걸 알았기 때문에. 이 콘스탄틴이 바로 그렇지."

"이러한 경우에 개인의 의견은 아무런 의미도 없는 거예요." 세르게이 이바노비치가 말했다. "러시아 전체가, 전 국민이 자기 의지를 표명했을 경우에 개인의 의견 따위는 문제가 되지 않아요."

"아니, 실례의 말씀이지만 나에겐 도무지 그 말이 납득이 되지 않아요. 민중이란 아무것도 모르고 있으니까요." 공작이 말했다.

---

* 1875년 터키인이 불가리아에서 행한 학살.
** 체코슬로바키아의 온천요양지.

"아녜요, 아빠…… 어째서 모른다고 하세요? 지난 일요일에 교회에서 보셨잖아요?" 그때까지 이야기에 귀를 기울이고 있던 돌리가 말했다. "저어, 수건 좀 갖다줘." 그녀는 미소를 지으며 아이들을 바라보고 있던 늙은이에게 말했다. "그럴 리가 없어요, 그날 모두가……"

"일요일에 교회에서 어쨌다는 거야? 사제에게 낭독을 명했어. 그래서 사제는 낭독했어. 하지만 사람들은 아무것도 이해하지 못하고 그저 여느 설교 때처럼 한숨을 지어 보였을 뿐이야." 공작은 계속했다. "그다음에 교회에서는 영혼 구제사업을 위해 기부금을 모집하고 있다는 얘길 했어. 그러자 사람들은 일 코페이카씩 꺼내서 기부했어. 하지만 무엇 때문인지 그들 자신은 모르고 있단 말이야."

"민중이 모를 리가 없습니다. 자기들의 운명을 의식하는 마음은 언제나 민중의 내부에 있습니다. 그리고 오늘날 같은 경우에는 그것이 명백하게 나타나는 겁니다." 세르게이 이바노비치는 벌 치는 늙은이 쪽을 보면서 결연하게 말했다.

군데군데 희끗희끗하게 센 검은 턱수염과 더펄더펄한 은빛 머리털을 한 아름다운 늙은이는 꿀이 든 찻잔을 손에 들고 자신의 키 높이에서 부드럽게 조용히 주인네를 바라보면서, 분명 아무것도 이해하지 못하고 또 이해하려고도 하지 않는 태도로 가만히 말뚝처럼 서 있었다.

"그건 그렇습니다." 그는 의미 있게 고개를 끄덕이면서 세르게이 이바노비치의 말에 대꾸했다.

"그렇지, 이 영감에게 물어보면 되죠. 그는 아무것도 모르고 아무것도 생각하고 있지 않으니까." 레빈은 말했다. "이봐, 미하일리치, 자넨 뭔가 전쟁에 관한 이야기를 들었나?" 그는 늙은이 쪽을 향해 물었다.

"교회에서 무엇을 읽어주던가? 자넨 어떻게 생각하나? 우리는 기독교 인을 위해서 싸우지 않으면 안 되는 건가?"

"우리가 생각할 게 뭐가 있겠어요? 알렉산드르 니콜라이치 폐하께서 우리 대신 생각해주셨고 무엇이든 폐하께서 생각해주실 겁니다. 폐하 께서는 뭐든 다 잘 알고 계시니까요…… 빵을 더 가져올깝쇼? 도련님 들에게도 더 드릴까요?" 그는 빵의 껍질까지 먹어버린 그리샤를 가리 키면서 다리야 알렉산드로브나를 돌아보았다.

"물어볼 필요도 없어." 세르게이 이바노비치는 말했다. "우리는 올바 른 일에 봉사하기 위해 만사를 내팽개치고 러시아의 구석구석으로부터 찾아와 솔직하고 명백하게 자신의 사상과 목적을 표명하는 수백의 사 람들을 보아왔고 또 현재도 보고 있으니까. 그들은 자신의 푼돈이라도 털어서 기부하든가, 아니면 자신이 직접 출정하고 있단 말이야. 그리고 무엇 때문인지를 솔직히 표명하고 있어. 이것은 무엇을 의미하는 걸까?"

"내 생각에는, 말하자면 그것은," 어느 틈에 흥분하기 시작한 레빈이 말했다. "현재처럼 팔천만 국민 가운데 언제나 수백 명 정도일 테고 나 머지는 모두 사회적인 지위를 잃어버리고 푸가쵸프 도당*이든 히바**든 세르비아든 아무데로나 가고 싶어하는 무분별한 무리에 지나지 않는 다는 것을 뜻하는 게 아닐까……"

"단언하건대, 그들은 수백 명 정도도 아니고 무분별한 무리도 아닌, 민중 가운데 가장 훌륭한 대표자들이야!" 세르게이 이바니치는 마치

---

* 푸가쵸프는 1773년에서 1775년에 걸친 러시아 농민전쟁을 통솔한 돈 카자크로, 1756~1763년의 칠년전쟁과 1768~1770년의 러시아-터키전쟁에 참전했다.
** 1873년 러시아의 보호령이 된 옛 히바한국(汗國)의 수도.

최후의 소유물을 보호하려는 듯이 안절부절못하면서 말했다. "첫째 기부금은 어떤가? 그거야말로 온 민중이 자신의 의지를 표명하고 있다는 증거 아니냔 말야."

"그 '민중'이라는 말이 참으로 모호한 것이니까." 레빈이 말했다. "면서기와 교사와 농부 가운데 천 명에 한 명쯤은 어쩌면 무엇 때문에 이러한 사건이 일어나고 있는지를 알고 있을지도 모르지. 팔천만 중 나머지는 미하일리치와 마찬가지로 자신의 의지를 드러내지 않을 뿐만 아니라 무엇에 대해 자신의 의지를 드러내야 하는지마저 전혀 분별하지 못하고 있어. 그런데 우리는 도대체 무슨 권리로 민중의 의지라느니 어쩌니 하고 말할 수 있는 것일까?"

16

변증법에 경험이 많은 세르게이 이바노비치는 굳이 항변은 하지 않고 이내 말머리를 다른 쪽으로 돌렸다.

"그래, 만약 네가 산술적인 방법에 의해 민중의 정신을 알려고 한다면 물론 그 목적을 달성하는 것은 굉장히 어려워. 그러니까 우리 나라에선 투표를 실시하지 않고 또 실시할 수도 없는 거야. 왜냐하면 그런 방법으론 민중의 의지가 표현되지 않으니까. 하지만 그것을 알기 위해서는 또다른 방법이 있어. 그것은 공기로 느껴지는 거야. 정지된 민중의 해저를 흐르고 있는, 편견을 갖지 않은 사람 누구에게나 명료하게 느껴지는 암류에 대해선 굳이 얘기하지 않겠어. 좁은 의미로, 사회를 한번 보렴. 이전에는 그처럼 적대시하던 지식계급의 온갖 당파가 모두 결합해버리지 않았냔 말야. 모든 분열이 없어지고, 온갖 공공기관이 동일한 의견을 반복하고 있으며, 모든 사람이 자기들을 붙들어 같은 방향으로 끌고 가는 불가항력의 힘을 느끼고 있지 않느냔 말야."

"그래요, 신문들은 어느 것이나 다 똑같은 말을 떠벌리고 있어요." 공작이 말했다. "그건 정말 그래요. 하지만 그건 마치 뇌우 전의 개구리와 마찬가지죠. 그런 개굴거림에선 아무것도 얻어낼 수 없어요."

"개구리든 아니든, 나는 신문을 발행하고 있지 않으니까 그들을 변호하려는 건 아니지만, 나는 지식계급 사회에서의 사상의 일치라는 것에 대해 얘기하고 있는 거야." 세르게이 이바노비치는 아우를 돌아보면서 말했다.

레빈은 그 말에 대답하려고 했으나, 노공작이 그를 가로막았다.

"그런데, 그 사상의 일치라는 것에 대해서도 전혀 다르게 얘기할 수 있으니까요." 공작은 말했다. "당신도 알고 있는 내 사위 스테판 아르카디치 말입니다. 그는 지금 어떤 위원회의, 뭐라든가 잘 기억은 나지 않지만 그런 기관의 위원을 하고 있습니다. 그리고 거기서 아무것도 하는 일 없이―괜찮아, 돌리, 별로 비밀도 아니니까!―팔천 루블이라는 봉급을 받고 있어요. 그런데 시험 삼아 그의 일자리가 사회에 유익한지 어떤지 한번 물어보세요. 그는 틀림없이 지극히 필요한 일이라고 단언할 테니까. 그도 정직한 인간입니다. 하지만, 그러면서도 팔천 루블이라는 수익을 생각하지 않을 수 없죠."

"그래, 나는 그 사람한테서 그 자리에 취임한 것을 다리야 알렉산드로브나에게 전해달라는 부탁을 받았죠." 세르게이 이바노비치는 공작이 딴전을 부리고 있다고 생각하면서 불만스러운 어조로 말했다.

"신문들의 의견 일치도 이것과 똑같은 거죠. 이건 남에게서 귀동냥한 이야기지만, 전쟁이 시작되기만 하면 신문사의 수입은 당장 갑절이 된다더군요. 민중과 슬라브 민족의 운명이야 어떻든 간에…… 그들이 어찌 그걸 생각하지 않을 수 있겠어요?"

"나도 신문이라는 걸 대체로 좋아하지 않습니다만, 그건 좀 불공평한 견해로군요." 세르게이 이바노비치가 말했다.

"나는 그저 한 가지 조건을 내걸고 싶어요." 공작은 계속했다. "알퐁스 카르가 프로이센과의 전쟁 전에 이러한 명문을 쓴 적이 있습니다.* '그대들은 전쟁을 불가피한 것이라고 생각하는가? 좋다. 그럼 먼저 그대들 주전론자들을 선두의 특별부대에 편입시켜 습격에도 돌격에도 전군의 선두에 세우리라!' 하고."

"저런, 편집자들은 훌륭하게 해낼 겁니다!" 자기가 잘 아는 편집자들을 그 선발부대의 한 사람으로 상상해보고, 카타바소프는 큰 소리로 웃으면서 말했다.

"무슨 말씀을요, 도망쳐버릴 거예요." 돌리가 말했다. "방해만 될 뿐이에요."

"만약 도망치면 뒤에서 산탄을 퍼붓든가, 카자크군에게 채찍을 들려 감시하게 하는 거야." 공작이 말했다.

---

* 알퐁스 카르는 프랑스 저널리스트이자 작가다. 풍자적 문집 『말벌』을 출간했으며 프로이센과의 전쟁 직전 『민족의 견해』지에 논설을 발표했다. 톨스토이는 그 논설을 자기의 첫 중편소설 「유년 시절」, 최후의 중편소설 가운데 하나인 「무도회 뒤」, 반전 논문 「고쳐 생각하라」에서 인용하고 있다.

"농담이시겠죠. 실례되는 말씀입니다만, 그건 좋지 않은 농담이에요, 공작." 세르게이 이바노비치가 말했다.

"나는 그걸 농담이라곤 보지 않습니다, 그것은……" 레빈은 이렇게 말을 시작했으나 세르게이 이바노비치가 말을 가로막았다.

"사회의 구성원은 제각기 자기 고유의 일을 할 사명이 주어져 있습니다." 그는 말했다. "따라서 사상가는 여론을 표현하는 것으로 자신의 사명을 실현하고 있는 것입니다. 일치된 여론의 완전한 표현은 신문 잡지의 공적이고 동시에 기쁜 현상이기도 합니다. 이십 년 전 같으면 우리는 침묵하고 있었을지도 모릅니다. 하지만 지금은 압박당하는 형제들을 위해 한목소리로 분연히 일어나 자기를 희생하려는 러시아 민중의 목소리가 또렷이 들립니다. 이것은 크나큰 진보이고 힘의 증명입니다."

"하지만 단지 자신을 희생하는 것만이 아니라 터키인을 죽이잖아요." 레빈이 소심하게 말했다. "민중이 자기를 희생하고 또 희생하기를 사양하지 않는 것은 오직 자신의 영혼을 위해서지, 살인을 위해서는 아니니까요." 그는 이야기를 자신의 마음을 차지하고 있던 사상과 부지중에 결부시키며 덧붙였다.

"영혼을 위해서라는 건 무슨 말인가요? 자연과학자에겐 참으로 난해한 표현이군요. 도대체 영혼이란 어떠한 것인가요?" 카타바소프가 싱글벙글하면서 말했다.

"아아, 잘 알고 있지 않나!"

"아니, 전혀, 나는 전혀 모르겠어!" 카타바소프는 큰 소리로 웃으면서 말했다.

"나는 평화가 아니라 칼을 가지고 온 자니라.' 그리스도께서 말씀하셨지." 세르게이 이바노비치는 마치 빤한 것을 말하는 듯한 어조로, 복음서 가운데 평소 레빈의 마음을 가장 괴롭히던 이 한 구절을 인용하여 자기 입장에서 간단히 반박했다.

"그건 그렇습니다." 그들 옆에 서 있던 늙은이가 우연히 자기 쪽으로 던져진 시선에 대답하면서 또다시 이렇게 되풀이했다.

"아니, 친구, 당했군, 당했어, 완전히 당했어!" 카타바소프는 유쾌한 듯이 외쳤다.

레빈은 노여움으로 얼굴이 새빨개졌는데, 그것은 논쟁에 졌기 때문이 아니라 자제하지 못하고 또다시 논쟁을 시작해버렸기 때문이었다.

'아니, 나는 이 사람들과 논쟁해선 안 돼.' 그는 생각했다. '이들은 뚫을 수 없는 갑옷으로 몸을 감싸고 있는데, 나는 알몸이니까.'

그는 형과 카타바소프를 설득하기란 불가능하다는 걸 알았다. 그렇다고 자기가 그들에게 동의하는 것은 더더구나 불가능한 일이었다. 그들이 설파한 것은 자칫 그를 멸망케 할 뻔했던 지식의 오만, 바로 그것이었다. 그는 형도 포함된 소수의 사람들이 수도로 올라온 수백 명의 입심 좋은 의용병들에게 들은 것을 근거로 자기들이 신문과 함께 민중의 의지와 사상을, 복수와 살인으로 표현되는 사상을 드러내고 있다고 말할 권리를 가지는 데 동의할 수는 없었다. 그가 그것을 승인할 수 없었던 이유는, 자기도 그중 한 사람인 민중 가운데에서 그와 같은 사상의 발현을 보지 못했고 또 자기 자신도 전혀 그와 같은 사상을 갖지 않았기 때문이었다(그는 자기를 러시아 민중을 구성하는 한 사람으로밖에는 달리 생각할 수 없었다). 더욱 주된 이유는, 그도 다른 사람들과 마찬가지로 민중 전체의 행복을 형성하는 것이 무엇인지를 알지 못했고 또 알 수도 없었기 때문이었다. 그러나 그는 민중 전체의 행복에 다다르려면 그저 각자에게 계시되어 있는 선善의 법칙을 엄격히 이행하는 것 외에 다른 길이 없다는 것만은 굳게 믿어 의심치 않았다. 따라서 어떤 공통의 목적을 위해서라도 전쟁을 바란다거나 구가할 수는 없었던 것이다. 그는 바랴그인*의 초대에 관한 전설 속에서 자신의 사상을 표명하고 있는 미하일리치며 러시아 민중과 함께 이렇게 말하고 있는 것이었다. '제왕이 되어 우리를 지배하라. 우리는 기꺼이 절대적인 복종을 약속하리라. 온갖 노고, 온갖 굴종, 온갖 희생을 우리는 스스로 떠맡으리라. 하지만 심판하고 결정하는 것은 우리가 아니다.' 그런데 지금은 이 민중이, 세르게이 이바니치의 말에 의하면, 그처럼 비싼 값을 치르고 사들인 권리를 포기해버렸던 것이다.

그는 또 이렇게 말하고 싶었다. 만약 여론이 그릇되지 않은 재판관이라면, 어째서 혁명과 지방자치제가 슬라브 민족을 위한 운동과 마찬가지로 합법적인 것이 되지 못하는가? 그러나 이러한 것들은 모두 아무것도 해결할 수 없는 사상에 지나지 않았다. 의심할 나위 없이 알 수 있었던 오직 한 가지는 현재의 논쟁이 세르게이 이바노비치를 안절부절못하게 한다는 것, 그러니 논쟁을 하는 건 좋지 않다는 사실뿐이었다. 레빈은 입을 다물어버리고 비구름이 몰려오니까 비가 오기 전에 돌아가는 것이 좋겠다는 쪽으로 손님들의 주의를 돌렸다.

---

* 9~10세기 무렵에 스칸디나비아에서 동유럽으로 남하하여 약탈과 상거래를 하거나 러시아와 비잔틴 제국에서 용병이 되었던 노르만인.

17

공작과 세르게이 이바노비치는 짐마차를 타고 돌아갔다. 나머지 일행은 걸음을 재촉하여 걸어서 귀로에 올랐다.

그러나 비구름은 하얘졌다가 까매졌다가 하면서 굉장히 빨리 움직여 왔으므로 비가 오기 전에 집에 도착하려면 더욱더 걸음을 재촉해야 했다. 전면에 나직이 깔린 새까만 그을음 같은 구름은 희한하게 빠른 속도로 하늘을 달려왔다. 집까지는 아직도 이백 걸음쯤 남아 있었는데, 벌써 바람이 일어 일 초 뒤에라도 소나기가 퍼부을 것만 같았다.

아이들은 놀라움과 기쁨의 아우성을 치면서 앞장서서 달렸다. 다리야 알렉산드로브나는 발에 휘감기는 치맛자락과 실랑이하면서 아이들한테서 눈을 떼지 않고, 이젠 걷는 것이 아니라 달음질을 치고 있었다. 남자들은 모자를 누르면서 성큼성큼 걸었다. 그들이 간신히 정면 현관의 층계까지 오자마자 굵은 빗방울이 뚝뚝 하고 철제 홈통 가장자리에 떨어져 부서졌다. 아이들도, 뒤이어 온 어른들도 쾌활한 이야기 소리와 함께 지붕의 차양 밑으로 뛰어들어갔다.

"카테리나 알렉산드로브나는?" 레빈은 비옷과 숄을 몇 장 가지고 현관방에서 그들을 맞은 아가피야 미하일로브나에게 물었다.

"나리와 같이 계시는 줄 알았는데요." 그녀가 말했다.

"그럼 미탸는?"

"틀림없이 콜로크에 계실 거예요, 유모와 함께."

레빈은 숄을 붙안고 콜로크 쪽으로 달려갔다.

눈 깜짝할 사이에 비구름은 벌써 그 중심을 태양의 정면까지 옮겨놓았으므로 태양은 일식 때처럼 캄캄해져버렸다. 바람은 끝까지 자기를 주장하려는 듯 완강하게 레빈을 멈추게 하고, 보리수의 잎과 꽃을 잡아 찢고 자작나무의 하얀 가지를 몰골사납고 야릇하게 발가벗기고 아카 시아도 꽃도 우엉도 풀도 수목들의 가지도, 모든 것을 똑같은 방향으로 쓰러뜨리며 불어댔다. 밖에서 일하고 있던 아가씨들은 요란하게 외치 면서 하인방의 지붕 밑으로 도망쳐 들어갔다. 내리퍼붓는 비의 장막은 이제 먼 숲 전체와 가까운 들의 절반을 뒤덮고, 굉장한 속력으로 콜로 크 쪽으로 움직이고 있었다. 잘게 부서져 흩어지는 빗방울의 습기가 대 기 속에서 느껴졌다.

레빈은 머리를 앞으로 숙이고, 쓰고 있는 머릿수건을 잡아채려는 바 람과 싸우면서 겨우 콜로크 가까이에 이르러 떡갈나무 뒤로 희끗하게 보이는 뭔가를 발견했다. 그때 갑자기 사방이 번쩍이고 대지가 온통 빨 갛게 변해버렸다. 마치 하늘의 둥근 천장이 머리 위에서 터지기라도 한 것 같았다. 레빈은 부신 눈을 뜨고서 이제 콜로크와 그 사이까지 가로 막아버린 굵은 비의 장막 너머로 무엇보다도 먼저 숲의 한가운데 있었 던 눈에 익은 떡갈나무의 푸른 우듬지가 기묘하게 그 위치를 바꿔버린 것을 보고 공포에 사로잡혔다. '정말 벼락을 맞은 것일까?' 레빈이 막 이렇게 생각하는 순간, 떡갈나무의 우듬지는 차츰차츰 낙하 속도를 더 하여 다른 나무들 뒤로 사라져버렸고, 다른 수목 위로 쓰러지는 거목의 굉음이 들렸다.

번갯불과 우렛소리와 찬 것을 끼얹은 듯한 오싹한 느낌이 레빈에겐 그저 하나의 공포의 인상으로 녹아들어갔다.

"하느님! 하느님, 그들 위가 아니도록 해주소서!" 그가 외쳤다.

그는 곧바로 이미 쓰러져버린 떡갈나무 밑에 깔리지 않았기를 빌어 봤자 이제는 무의미하다고 생각했지만, 이 무의미한 기원 외에 달리 취할 방법이 없었기에 계속해서 그것을 되풀이했다.

두 사람이 늘 다니던 곳까지 갔으나 그들은 보이지 않았다.

그들은 숲 저쪽 끝의 해묵은 보리수 아래서 그를 부르고 있었다. 검은 옷(아까까지는 엷은 빛깔이었으나)을 입은 두 사람의 그림자는 무언가의 위로 몸을 구부리고 서 있었다. 키티와 유모였다. 레빈이 그들 옆으로 달려갔을 때, 비는 이제 멎고 구름도 차츰 걷히기 시작했다. 유모의 옷은 옷자락 쪽이 말라 있었으나, 키티의 옷은 함빡 젖어 몸에 착 달라붙어 있었다. 비는 이제 그쳤는데도 두 사람은 여전히 벼락이 떨어졌을 때와 똑같은 자세로 그대로 서 있었다. 두 사람은 녹색 차양이 달린 유모차 위로 몸을 구부리고 서 있었던 것이다.

"살아 있나? 아무 일도 없었나? 다행이야!" 그는 물이 들어가 걷기에 고약한 반장화로 웅덩이 속을 철벅거리며 그들 옆으로 달려가면서 말했다.

키티는 비에 젖은 연짓빛 얼굴을 그에게로 돌리고 모양이 이지러진 모자 밑에서 조심스럽게 미소 짓고 있었다.

"그래, 당신은 부끄럽지도 않아! 이렇게 무모한 짓을 하다니, 이해가 되지 않아!" 그는 노여워하며 아내에게 대들었다.

"절대로 내 잘못이 아니야. 우리가 돌아가려고 하자 이애가 막 떼를 쓰지 뭐야. 그래서 기저귀를 갈아주지 않으면 안 되었어. 우리가 막……" 키티는 변명하기 시작했다.

미탸는 아무 탈 없이 젖지도 않고 색색 자고 있었다.

"그래, 다행이야! 내가 무슨 말을 하고 있는지도 모르겠어!"

모두 젖은 기저귀를 대충 주워모았다. 유모는 갓난애를 꺼내 안고 앞장섰다. 레빈은 자기가 화낸 것을 빌기라도 하듯 유모의 눈을 피해 살며시 아내의 손을 쥐고 그녀와 나란히 걸었다.

18

이날 하루종일 그저 건성으로 끼어드는 식의 지극히 잡다한 이야기를 계속하면서 레빈은, 마땅히 자기 안에서 일어나야 했을 변화에 대해 환멸을 느꼈음에도 불구하고 끊임없이 자기 마음의 충만을 기쁘게 감득하고 있었다.

비가 온 뒤라 산책을 나가기에는 길이 질었다. 게다가 또 천둥구름은 아직도 지평선을 떠나지 않고 우르릉거리거나 까맣게 변하면서 하늘가를 이리저리 서성이고 있었다. 모두들 남은 하루를 집에서 지냈다.

논쟁은 이제 시작되지 않았고, 그러기는커녕 저녁식사 후에는 모두들 기분이 몹시 좋아졌다.

카타바소프는 처음에는 초면인 사람들을 언제나 유쾌하게 만드는 그 특유의 농담으로 부인들을 웃겼으나, 이윽고 세르게이 이바노비치가 부추기자 방안에 있는 파리의 자웅의 습성뿐만 아니라 외양의 차이와 생활태에 이르기까지 흥미진진한 자신의 관찰을 이야기했다. 세르게이 이바노비치 역시 기분이 좋았고, 차를 들 때는 아우에게 꾀여 동방東方 문제의 장래에 대해 모두들 열심히 경청했을 만큼 간명하고 홀륭하게 자신의 견해를 피력했다.

오직 한 사람 키티만은 그의 이야기를 끝까지 듣고 있을 수 없었는데, 미탸를 씻기기 위해 불려나갔기 때문이다.

키티가 나가고 몇 분이 지나서 레빈 역시 아이방의 그녀한테로 불려갔다.

레빈은 마시다 만 차를 놓고 재미있는 이야기가 방해된 것을 서운하게 생각했으나, 이러한 일은 지금까지 중대한 경우가 아니면 없는 일이었으므로 어째서 자기를 불렀을까 걱정하면서 아이방으로 갔다.

해방된 사천만 슬라브 민족의 세계는 러시아와 함께 역사상 새로운 기원을 이룩하게 되리라는 세르게이 이바노비치의 이야기가 자기에게는 전혀 새로운 것이어서 굉장히 흥미를 끌었음에도 불구하고, 또 어째서 자기를 부른 것일까 하는 불안과 호기심이 그의 가슴을 두근거리게 했음에도 불구하고, 객실을 나와 혼자 있게 되자마자 그는 곧 오늘 아침의 자기 생각을 상기했다. 그러자 세계사에서 슬라브적인 요소의 의의에 관한 그러한 모든 고찰들도 자신의 마음속에서 일어난 것에 비하면 너무나 하찮은 것으로 여겨졌으므로, 그는 이내 그러한 얘기는 전부 잊어버리고 오늘 아침과 똑같은 기분 속으로 끌려들어갔다.

지금 그는 여태까지처럼 사상의 전 경로를 되짚어보지는 않았다(그런 것은 이제 필요하지 않았다). 그는 단번에 자기를 이끌고 있는 그 감정, 그 사상과 연결되어 있던 감정 속으로 빠져들었다. 그리고 자기의 마음속에서 그 감정이 이전보다도 한층 더 강력하고 한층 더 명확해졌음을 발견했다. 그래서 지금의 그에겐 이전의 부자연스러운 평안, 그 감정을 찾아내기 위해 사상의 전 경로를 다시 더듬어 올라가야만 했을 때 뒤따라오던 그 부자연스러운 평안은 이미 없었다. 그러기는커녕 지금은 그와는 반대로 환희와 평안의 감정이 이전보다도 생생해져서 사상이 감정을 따라갈 수 없을 정도였다.

그는 테라스를 지나가면서 이미 어두워진 하늘에 반짝이기 시작하는 두 개의 별을 바라보고 문득 이렇게 생각했다. '그렇다, 나는 하늘을 바라보면서 내 눈에 저것이 둥근 천장처럼 보이는 것은 잘못이 아니라고 생각했었다. 그때 나는 무엇인가를 끝까지 생각하지 않고 스스로에게 숨겨버렸던 것이다.' 그는 생각했다. '하지만 그것이 무엇이었건, 그것은 반박할 수 없는 것이다. 조금만 더 생각하면 모든 게 뚜렷해질 것이다!'

아이방으로 발을 들여놓으면서 그는 마침내 자기에게 숨겼던 것이 무엇이었는지를 생각해냈다. 그것은 이러한 것이었다. 만약 하느님이 존재한다는 첫번째 입증이 선이란 무엇인가에 대한 그의 계시라면, 어째서 그 계시는 기독교 교회에만 한정되는가? 똑같이 굳은 신앙을 가지고 있고 똑같이 선을 쌓고 있는 불교도와 이슬람교도의 신앙은 이 계시와 어떤 관계가 있는가?

그는 이 의문에 대한 해답이 자기 안에 있는 것처럼 여겨졌다. 그러나 그는 미처 그것을 자기 자신에게 밝혀볼 겨를도 없이 아이방으로 들어가버렸다.

키티는 두 소매를 걷어붙인 채 목욕통 속에서 씻기고 있는 갓난아이 위로 허리를 구부리고 있었다. 그러다 남편의 발소리를 듣고 그에게로 고개를 확 돌리고 미소 지으며 그를 자기 옆으로 불렀다. 그녀는 물속에 반듯하게 누워 다리를 벌리고 있는 통통한 갓난아이의 머리를 한쪽 손으로 받치고 고르게 그 근육을 잡아당기면서 아이의 몸을 해면으로 씻고 있었다.

"자, 이것 좀 봐, 좀 봐!" 남편이 옆으로 왔을 때 그녀는 말했다. "아가 피야 미하일로브나가 한 말이 맞았어. 이애는 이제 사람을 알아봐."

그녀가 그를 부른 까닭은 말하자면 미탸가 오늘부터 확실하게, 의심할 나위 없이 온 식구들을 알아보게 되었다는 것을 알리기 위해서였다.

레빈이 목욕통 옆으로 다가가자마자 곧 실험이 시도되었고, 실험은 훌륭히 성공했다. 그 때문에 일부러 불려온 식모가 갓난아이 위로 몸을 구부리자 아기는 얼굴을 찡그리고 고개를 살래살래 내저었으나, 키티가 몸을 구부리자 환하게 미소 지으면서 조그만 고사리손으로 해면을 움켜쥐었다. 그리고 키티와 유모뿐 아니라 레빈까지도 부지중에 탄성을 올렸을 만큼 흡족해하는 야릇한 소리를 내면서 입술을 움직였다.

유모는 갓난아이를 한쪽 손으로 목욕통에서 꺼내어 물을 끼얹고 타월로 감싸 닦아주었다. 아이는 한바탕 날카로운 울음소리를 내고 어머니의 손에 건네졌다.

"나는 당신이 차츰 이애를 귀여워하게 되어 정말 기뻐." 키티는 갓난애를 품에 안고 조용히 평소의 자리에 앉아 이렇게 남편에게 말했다. "정말 기뻐. 그전에 당신이 한 말이 나를 괴롭히고 서글프게 하고 있었거든. 당신은 이 아이에 대해 아무런 감정도 일어나지 않는다고 했잖아."

"아니, 아무 감정도 생기지 않는다고 말한 게 아니잖아? 나는 그저 실망했다고 말했을 뿐이지."

"뭐라고, 이 아이에게 실망했다고?"

"이 아이에게 실망했다는 게 아니야. 나 자신의 감정에 실망한 거지, 나는 보다 큰 것을 기대하고 있었으니까. 나는 경이로울 만큼 새롭고 유쾌한 감정이 내 마음속에서 솟아나길 바라고 있었던 거야. 그런데, 대신에 갑자기 야릇한 거부감과 가여운 느낌만이……"

그녀는 미탸를 씻기기 위해 빼놓았던 반지를 가느다란 손가락에 끼면서 갓난애 너머로 그가 말하는 것을 열심히 듣고 있었다.

"그래서 요컨대 말이야, 만족보다도 공포와 연민 쪽이 훨씬 컸었어. 그런데 오늘 번개가 쳤을 때 그 공포를 겪고 나서 내가 얼마나 이앨 사랑하고 있는지 비로소 깨달았던 거야."

키티의 얼굴은 미소로 빛났다.

"당신도 그렇게 놀랐어?" 그녀는 말했다. "나도 그랬어. 그렇지만 이미 지나가버린 지금에 와서 생각하니 더 두려운 느낌이 들어. 나중에 그 떡갈나무를 보러 가야겠어. 그건 그렇고, 카타바소프는 정말 재미있는 분이야! 그리고 또 오늘은 온종일 정말 즐거웠어. 당신도 마음만 먹으면 세르게이 이바니치와도 그렇게 점점 나아질 수 있어…… 자, 그럼 손님들에게 가봐. 여긴 목욕을 하고 난 뒤에는 무덥고 김이 서려서……"

19

아이방을 나와서 혼자 있게 되자 레빈은 이내 뭔가 미심쩍은 데가 있었던 아까의 상념을 떠올렸다.

이런저런 이야기 소리가 새어나오는 객실로 들어가는 대신 그는 테라스에 멈추어 난간에 팔꿈치를 짚고 하늘을 바라보았다.

벌써 완전히 어두워져 있었고, 그가 바라보던 남쪽 하늘에는 비구름이 없었다. 비구름은 반대쪽 하늘에서 서성거리고 있었다. 그쪽에서는 이따금 번개가 치기도 하고 멀리 천둥소리가 들려오기도 했다. 레빈은 뜰의 보리수에서 규칙적으로 떨어지는 빗방울 소리에 귀를 기울이면서 눈에 익은 세모꼴의 별자리와 그 가운데를 지나는 은하수와 그 지류들을 보았다. 번갯불이 번쩍일 때마다 은하수뿐만 아니라 반짝이는 별들도 홀연 모습을 감추어버렸으나, 번갯불이 멎자마자 마치 누군가가 익숙한 손으로 되던지기라도 하듯 이내 본디의 자리에 또다시 나타났다.

'내 마음을 어지럽히는 것은 도대체 무엇일까?' 레빈은 아직도 그것을 모르고 있었으나, 하여튼 자신의 의혹에 대한 해답이 자신의 마음속에 이미 준비돼 있음을 지레 느끼면서 이렇게 속으로 중얼거렸다.

'그렇다, 하느님의 존재에 대한 명료하고 의심할 나위 없는 유일한 표시는 계시로서 이 세상에 나타난 선의 법칙이며, 그것을 나는 내 마음속에서 느끼고 있다. 그 법칙을 인정함으로써 나는 다른 사람들과 함께 이른바 교회라고 불리는 신자들의 무리 속에 자진해서 결합한 것은 아니지만, 어쩔 수 없이 결합돼 있는 것이다. 그렇다면 유대교도나 이슬람교도나 유교도나 불교도, 그들은 도대체 어떻게 말해야 할까?' 그는 위험한 것으로 여겨졌던 바로 그 의문을 마침내 자기 앞에 드러내 놓았다.

'정말 몇억이라는 사람들이 이 최선의 행복, 그것 없는 삶이 무의

미해져버리는 이 최선의 행복을 상실하고 있는 것일까?' 그는 생각하기 시작했으나, 이내 생각을 바로잡았다. '그런데 나는 도대체 무엇을 묻고 있는 것일까?' 그는 자기에게 말했다. '나는 전 인류가 가지고 있는 온갖 신앙이 하느님과 어떤 관계인가를 묻는 것이다. 이토록 모호한 점이 많은 전 세계에 공통된 하느님의 표시에 대해 묻는 것이다. 도대체 나는 무엇을 하고 있는 것일까? 이 나라는 개인의 마음에는 이성으로 도달하기 어려운 지식이 틀림없이 열려 있는 것이다. 그런데도 나는 여전히 이성과 말로 그 지식을 표현하려 하고 있다.

그래, 나는 별이 움직이지 않는다는 것을 안다.' 그는 어느 틈에 자작나무의 높은 우듬지 위로 그 위치를 바꾼 밝게 빛나는 항성을 바라보며 자문했다. '하지만 나는 별의 운행을 바라보고 있으면, 이 지구의 회전을 상상할 수 없다. 별이 움직인다는 게 옳다는 느낌이 든다.

만약 천문학자가 복잡다단한 지구의 운동을 모두 계산에 넣어 생각했다면, 과연 무엇인가를 이해하고 산정할 수 있었을까? 천체의 거리와 무게와 운동과 섭동에 관한 그들의 경탄할 만한 결론은 모두 그저 부동한 지구의 주위에 흩어져 있는 발광체의 눈에 보이는 운동에, 현재 나의 눈앞에 있고 과거 몇 세기에 걸쳐 수백만의 사람들 앞에 동일했고 과거에도 미래에도 언제나 한결같고 언제나 믿어질 수 있는 그 운동에 기초를 두고 있는 것에 불과하다. 따라서 단순히 한 줄의 자오선과 한 줄의 지평선에 대한 관계에만 의거해 눈에 보이는 하늘의 관찰에 기초를 두지 않은 천문학자의 결론이 공허하고 불안정한 것과 마찬가지로, 만인에게 동일했고 언제나 동일한 선의 해석, 기독교에 의해 나에게 계시되고 영원히 내 마음의 신념이 될 수 있을 그 선의 해석에 기초를 두지 않는 나의 결론 또한 공허하고 불안정할 것이다. 그리고 또다른 신앙에 대한 의문, 그들과 하느님의 관계에 대한 의문을 해결할 권리와 능력은 나에겐 없는 것이다.'

"아, 아직 안 갔어?" 그때 갑자기 똑같은 길을 지나 객실로 가려던 키티의 목소리가 들렸다. "왜 그래, 무슨 언짢은 일이라도 있어?" 그녀는 별빛에 비친 그의 얼굴을 찬찬히 살펴보면서 말했다.

그러나 이때 만약 그 번갯불이 다시 별빛을 빼앗고 그를 비추지 않았다면, 그녀는 그의 얼굴을 충분히 분간할 수 없었을 것이다. 번갯불로 인해 그녀는 그의 얼굴을 온전히 보았다. 그가 침착하고 즐거운 얼굴을 하고 있는 것을 보자 그녀는 방긋 미소를 지었다.

'그녀는 알고 있다.' 그는 생각했다. '그녀는 내가 무엇을 생각하는지 알고 있다. 아내에게 이야기해볼까, 그만둘까? 그래, 이야기하자.' 그러나 그가 이야기를 시작하려고 했을 때 그녀도 말을 하기 시작했다.

"잘됐어, 코스탸! 당신을 심부름시켜서 안됐지만 말이야." 그녀는 말했다. "그 구석방에 가서 세르게이 이바노비치의 잠자리가 준비되어 있는지 한번 보고 와줘. 나는 좀 불편하니까. 새 세면기를 가져갔는지도?"

"좋아, 좋아, 내가 가보겠어." 레빈은 일어서서 그녀에게 키스하면서 말했다.

'아니, 얘기할 필요는 없다.' 그녀가 앞장서서 방안으로 들어갔을 때 그는 이렇게 생각했다. '이것은 비밀이다, 나 한 사람에게만 필요하고 중대한, 입으로는 말할 수 없는 비밀인 것이다.

이 새로운 감정은 내가 공상했던 것처럼 나를 변화시키지도, 행복하게 만들지도, 갑자기 밝게 해주지도 않았다. 꼭 내 아들에 대한 감정과 마찬가지로 아무런 경이도 일어나지 않았다. 이것이 신앙인지 신앙이 아닌지, 뭐가 뭔지 나는 모른다. 그러나 아무튼 이 감정은 내가 괴로워하고 있는 동안, 어느 틈에 내 영혼 속으로 들어와 거기에 튼튼하게 뿌리를 박아버린 것이다.

앞으로도 나는 여전히 마부 이반에게 화를 내기도 하고, 여전히 논쟁을 하기도 하고, 부적절한 때에 내 사상을 드러내기도 할 것이고, 여전히 내 영혼의 지극히 거룩한 곳과 남들의 영혼 사이에는, 심지어 아내의 영혼과도 장벽은 쌓일 것이고, 여전히 나의 공포 때문에 아내를 꾸짖기도 하고 그것을 뉘우치기도 할 것이고, 여전히 내가 무엇 때문에 기도하는지 이성으로는 알지 못하면서 기도할 것이다. 그러나 이제야 내 삶은, 내 온 삶은 나에게 일어날 수 있는 모든 것을 초월하여 그 삶의 매 순간이 이전처럼 무의미하지 않을 뿐만 아니라, 내가 나의 삶에 부여하는 의심할 나위 없는 선의 의미를 지니게 되리라!'

인생에서 선의 의미의 이해

1

1875년 『러시아통보』 1월호에 『안나 카레니나』의 제1부가 발표되었다. 톨스토이가 '과거에 관한 책'이라고 일컬은 『전쟁과 평화』 이후에 나온, 그의 '동시대 삶으로 이루어진 소설'은 내용의 일상성으로 독자의 심금을 울렸다.

개혁과 사회적 위기의 시기였던 1860년대에 톨스토이는 '민중사상'이 역사를 비추고 있는 소설 『전쟁과 평화』를 썼다. 한편 나라와 민중의 장래에 대한 문제가 첨예하게 제기되었던 1870년대에 쓰인 소설 『안나 카레니나』의 '가족사상'은 러시아 사회의 내면생활을 조명하고 있다. 이 시기에는 훗날 시인 알렉산드르 블로크가 '70년대식 불신과 의혹'이라고 적절히 일컬었던, 사회의식에서의 새로운 특징이 나타났다. 사회의식의 이 근본적인 특징을 톨스토이는 동시대인의 심리 속에서 포착했으며, 그것은 과도기 시대의 특징적인 징후로서 그의 소설 속에 자리잡았다. 소설의 주제상의 핵심을 이루는 "모든 것이 뒤죽박죽이 되어버렸다"라는 간결하면서도 여러 의미를 갖고 있는 공식화된 표현은 시대의 일반적인 법칙성과 가족제도의 개별적인 상황을 포괄하고 있다.

『안나 카레니나』는 백과사전적인 소설이기도 하다. 물론 이는 '시대의 징후'가 양적으로 풍부하게 나타난다는 의미가 아니다. 톨스토이의 소설 속에는 시대 전체가 그 희망, 욕망, 불안을 담아 반영되어 있다. 톨스토이는 자신의 소설에서 이 역사적 시대의 예술적 공식을 끌어냈다. 그는 "모든 것이 뒤집혔다가 이제 막 정리되고 있는 지금에 와서는, 이 상황이 어떻게 수습될 것인가 하는 문제만이 러시아에서는 유일하게 중요한 문제다"라고 밝히고 있다. 소설의 의도, 예술적 구조와 역사적 내용을 결정한 것도 바로 이 같은 그의 일반적인 생각이었다. 톨스토이는 농노제의 붕괴에서 제1차 러시아혁명에 이르는 러시아 역사의 분수령을 이 같은 말로 규정했다.

『안나 카레니나』는 위대한 세계문학 작품 중 하나이며 인류 보편적인 가치를 지닌 소설이다. 톨스토이를 빼놓고는 19세기 유럽문학을 상상조차 할 수 없다. 그는 심오한 민중성, 개인의 극적인 운명에 대한 통찰력, 선의 이상을 충실히 따르는 자세, 사유제 사회의 사회적 불평등과 사회적 죄악에 대한 비타협적 태도로 세계적인 명성을 획득하고 인정받았다.

총괄적으로 살펴본다면 매우 민족적인 톨스토이의 소설은 러시아의 역사와 불가분의 관계에 놓여 있다. 특정 시기의 러시아 현실생활에 대한 문제를 야기시킨 『안나 카레니나』는 다른 여러 나라와 민족의 독자들에게도 친근하게 이해되고 있다.

2

1870년경에 『안나 카레니나』의 슈제트Subject에 대한 구상이 처음으로 톨스토이에게 떠올랐다. 소피야 안드레예브나는 1870년 2월 24일자 자신의 일기에 이같이 적고 있다—"어제저녁에 그는 나에게 상류 사회 출신으로, 결혼을 했으나 자기 자신을 상실한 여성 유형에 대한 생각이 떠올랐다고 이야기했다. 그는 자신의 과제가 이 여성을 가련하고 죄 없는 존재로 만드는 것이며, 그에게 이 인물 유형이 떠오르고 난 뒤에는 이전에 떠올려두었던 다른 인물들과 남성 유형이 제자리를 찾고 이 여성 주위에 묶이게 되었다고 이야기해주었다. '이제 내겐 모든 것이 분명해졌소'라고 그는 말했다."

이후 톨스토이는 『안나 카레니나』에 대해서는 더이상 언급하지 않았다. 1873년이 되어서야 그는 소설의 초고를 마쳤고, 마무리되려면 이 주일이면 충분할 것으로 여겨졌던 이 작업은 그로부터 5년이나 더 뒤로 미루어졌다. 1878년에야 『안나 카레니나』는 마침내 마무리되어 단행본으로 나왔다.

『전쟁과 평화』가 전 민족의 역사를 다룬 소설이라면, 『안나 카레니나』는 한 가정 안의 사건을 통해 '행복의 문제'에 접근하고 있다. 『안나 카레니나』는 『전쟁과 평화』와 몇 년의 간격밖에 갖고 있지 않지만, N.

K. 굿지의 언급에 따른다면, 『전쟁과 평화』가 건강하고 잘 공명하는 삶과 그 지상의 기쁨과 숙원에 대한 찬양을 다루고 있다면, 『안나 카레니나』는 긴장된 불안과 깊은 내면적 당혹감의 분위기가 지배적이다. 이 장편소설에서 톨스토이는 '가정의 행복'이라는 목가적인 관념과는 달리 가정의 불행에 대한 현상학 연구를 자신의 목표로 삼았다. 불화의 그림자는 이 작품 구석구석에 스며 있다. 이 그림자는 특히 협소한 가정의 환경에서 눈에 띄게 나타나며 카레닌의 저택, 오블론스키의 가정, 레빈의 영지에서 각각 상이한 형태를 보이지만, 가까운 사람들을 갈라놓는 '그림자'로 남아 있는 것은 마찬가지다. '가족사상'은 특히 첨예한 성격을 띠게 되었고 시대의 긴장요소가 되었다.

소설 초고 중의 한 부분은 '두 결혼'이라고 이름 붙여졌다. 이후 톨스토이는 명칭을 바꾸었지만 '두 결혼'의 테마는 소설 속에 그대로 남았다. 다름 아닌 안나 카레니나와 레빈의 가족사다. 행복한 인간 유형으로서의 레빈이 불행한 카레닌에 대비되는 방식으로 두 집안의 가족사가 구성된 것으로 보인다. 그렇지만 완전히 그런 것만은 아니다. 카레닌의 가정은 자신의 저택에 '행복의 환경'을 유지하려는 그의 모든 노력에도 불구하고 파괴된다. 카레닌은 '결혼관계의 파기 불가'에 대한 단호한 지지자였다. 그러나 카레닌은 '공식적으로도 개인적으로도' 패배를 감수한다. 톨스토이는 카레닌에 공감하는 듯 가정에 대한 그의 견해를 올바른 것으로 여기지만 진실을 거스르는 잘못을 범할 수는 없었으므로, 새로운 시대와 생활의 사조 앞에 서게 된 그를 무력한 존재로 묘사한다. 그는 자신의 저택에 '행복의 환경'을 외양으로나마 유지하는 것조차 실패하고 만다.

레빈 또한 결혼관계는 파기될 수 없다고 생각하는 사람에 속한다. 그에게 '땅에 대한, 가정에 대한 의무'는 일관된 그 무엇이다. 그렇지만 그도 생활의 순조로운 진행이 파괴되어버렸다는 것을 의식하면서 어떤 당혹스러운 불안을 맛보게 된다.

레빈의 가족사에서 중심 역할은 키티에게 부여되고 있다. 키티는 레빈의 말을 이해한다기보다는 그가 무슨 생각을 하면 곧바로 알아차리는 편이다. 그들 둘은 마치 서로를 위해서 존재하고 있는 것처럼 보인다. 그들의 젊음과 사랑에 덧붙여 행복을 위해 더 나은 조건이란 생각할 수조차 없는 것처럼 보였다. 그렇지만 키티에게는 레빈의 불행을 예고하는 어떤 특징이 있었다. 그녀는 지나치게 이기적이었고 자신의 이기심을 포크롭스코예의 가정 관습 전반에다 옮겨놓았다. 그녀에게 레빈의 감정과 내면생활은 그녀 자신에게는 전혀 문제가 되지 않는, 오직 그의 양심에 속한 사항으로만 여겨졌다. 그녀는 정신적 내용과 '삶의 의미'가 점차 그녀를 외면하고 있다는 것을 알아차리지 못하고 자기 나름대로 행복의 형태를 받아들이고 유지한다. 생활을 간소화하고 사유재산을 거부하며 귀족 신분과 장원제도로부터 관계를 끊어야 한다는 생각이 차츰 레빈을 사로잡고 매혹함에 따라, 그가 '양심에 따른 생활'이라고 불렀던 도정으로 나아감에 따라 아내와의 관계는 복잡해져버린다. 카레닌이 가장 노릇을 하는 데 실패했다면, 레빈은 가정의 경제를 꾸려가는 데 실패했다고 볼 수 있다. 그는 가정 관습에서뿐만 아니라 경제적인 사업의 영역에서도 '간소화'를 모색하며, 자신의 기존 특권을 '포기'해야 한다고 생각하기에 이른다. 작가는 가족의 원리를 부활시켜줄 근원과 증좌를 가부장적 농민계층의 생활에서 모색했다.

따라서 『안나 카레니나』에서의 '민중사상'은 '가족사상'의 맹아로부터 자라난 것이라고 할 수 있다.

사랑이 레빈에게는 행복한 발견이었다면, 더이상 사랑이 없음을 인식하는 것은 카레닌에게 슬픈 발견이었다. '사랑의 의미'를 잃어버린 이 세상에서 레빈의 불안은 특히 현저하게 나타난다. 그는 자신이 영위하는 끔찍한 무위도식의 인위적이고 개인적인 생활을 열심히 일하며 순수하고도 보편적으로 살아가는 멋진 생활로 바꾸는 일이 그에게 달려 있다는 것을, 농부 이반 파르메노프의 생활을 보면서 처음으로 이해하게 된다. 레빈은 이런 변화는 오로지 그 자신에게 달려 있다고 굳게 확신하고 있었다. 그러나 삶은 제 나름대로 풀려나가는 법이다.

『안나 카레니나』에서 슈제트 발전의 내면적인 토대는 계층적 선입견, 개념상의 혼란과 분열과 증오의 법칙이 빚어내는 '고통스러운 거짓'으로부터 인간이 점차적으로 자유로워질 수 있다는 것이다. 안나의 삶에 대한 모색이 재앙으로 끝나버렸다면, 레빈은 의심과 절망을 거쳐 마침내 민중, 선, 진실에 이르는 분명한 길을 찾을 수 있었다. 그는 경제적이거나 정치적인 혁명에 대해서가 아니라, 그의 견해에 따르자면 이해관계를 화해시키고 사람들간에 '적개심과 불화'를 대신해 '화합과 연관'을 창조해내는 정신혁명에 대해 생각하고 있다.

이 소설 속에서, 진리에 대한 모색을 옛날부터 있어온 토지 개간에 대비시키는 부분보다 소설의 중심 사상을 더 심오하고도 뚜렷하게 규정해주는 것을 찾아보기란 어렵다. 이 은유야말로 『안나 카레니나』의 사회적, 도덕적, 예술적 의미의 핵심이다. 그에 대비되는 안나가 보여주는 마지막 은유, 빨리 지나가버린 그녀의 불행한 전 생애를 조명한 마지막 '구체화'도 매우 선명하며 '순간적'이다.

이 소설에 나오는 인물과 사건 또한 한 의미밖에 갖지 않는 단순한 규정으로 정리되지 않는다. 다양한 상황 속에서 각각의 인물과 사건은 새롭고 예기치 못했던 측면을 드러낸다.

카레닌은 '고관대작'의 전형으로 나온다. 그는 매사에 신중하고 정연하게 처신하며, 기계적이고 냉혹하다는 말을 들을 정도로 일처리를 분명하게 맺고 끊는다. 그렇지만 이러한 사실이 카레닌에게 인간적인 감정이 없다는 것을 의미하지는 않는다. 그는 기꺼이 안나를 용서하고, 브론스키에게 화해의 손을 내밀기도 한다. 카레닌의 성격에는 톨스토이가 창조한 주인공들의 성격에 특징적으로 나타나는 심리적인 역동성이 엿보인다. 카레닌이 등장하는 모든 장면이 풍자적으로 조명되어 있는 것은 아니다. 한편 브론스키는 듣고 말하기보다는 보고 느낌으로 판단하는 편이다. 브론스키도 자신의 일을 체계적으로 진행시키기를 좋아한다.

톨스토이는 갈등의 해결에서 가능한 다른 선택의 여지를 국한시켜 놓고 인물 성격의 논리를 엄격하게 준수하고 있다. 그렇지만 예기치 못한 급격한 슈제트 변환의 가능성은 매 순간 발생한다. 레빈은 자신의 생활을 급격하게 변화시키고픈 강력한 유혹을 받고 있고 그럴 준비가 되어 있다. 그에겐 아직 준비된 선택에 대한 대답이 없지만 그의 앞에는 여러 가지 가능성들이 생겨난다.

톨스토이 작품의 등장인물은 언제나 알려지지 않은 길을 따라 나아가지만, 톨스토이 심리분석의 의미는 자유로운 선택의 여러 형태 중에서 유일한 해결방식을 선택하게 된다는 것으로 귀착된다. 유일하게 가능한 길은 가장 특징적인 길로 여겨진다. 그래서 레빈은 자신이 당면한 물음에 대한 답으로 마음속의 '선의 법칙'을 찾게 된다. 레빈이 문득 자신의 머리 위로 별이 가득한 하늘을 바라보았을 때, 봄날의 거센 뇌우가 몰아치는 장면으로 소설은 막을 내린다.

다리야 알렉산드로브나 오블론스카야는 남편의 저택을 등지기로 결심한다. 그 같은 결정은 그녀의 감정 상태에는 완전히 부응하는 것일지는 몰라도 그녀의 성격에는 들어맞지 않는다. 결국에 가서 그녀는 집에 머무를 뿐만 아니라 스티바를 용서하기까지 한다. 그러고 나서도 그녀는 가끔 그때 남편을 버렸어야 했다고 후회하기도 한다.

톨스토이는 인생의 도정에 나타나는 여러 관계들의 다면적으로 얽혀 있는 복잡성을 묘사한다. 그의 소설 속에는 '악당'도 '선인'도 존재하지 않는다. 그의 견해에 따르면 이런 보통명사는 등장인물 성격의 한 가지 측면만 생각한 것이다. 그의 주인공은 자신의 행동이나 견해에서 자유롭지 못하다. 왜냐하면 그들이 지향한 바의 결과는 대립되는 의도에 의해 복잡하게 얽히고, 최초에 품었던 목적과 부합하지 못하기 때문이다.

그렇기 때문에 그는 안나를 고통받고 있는 진실한 영혼으로 묘사한다. 이런 면에서 볼 때 그를 불행한 여자를 논죄하는 '검사'로 보거나, 반대로 '변호인'으로 보는 견해는 둘 다 적절하지 않다. 그 스스로 안나에 대한 견해를 일면적으로 밝히지 않고 소설의 곳곳에서 때로는 긍정적인 시선으로, 때로는 부정적인 잣대로 그녀를 판단하며 항상 현실의 복잡한 관계 속에서 그녀를 파악하고 있다.

톨스토이는 문장을 수식하는 수단으로 은유를 즐겨 쓰는 편은 아니지만, 그의 소설의 내적 구성은 본질상 은유적인 요소로 이루어져 있다. 『안나 카레니나』의 각 부에는 여러 번 되풀이되어 나타나고 이 소설의 복잡한 구성의 미로 속에서 올바른 진행방향을 제시해주는 '핵심어'가 들어 있다.

제1부에서는 모든 상황이 '혼돈'의 징표하에 놓여 있다. 레빈은 키티로부터 거절당하고 브론스키는 모스크바를 등진다. 안나는 "열차가 앞으로 나아가는지 뒤로 가는지" 알지 못한다.

제2부에서 사건은 급속히, 돌이킬 수 없게 어지러이 전개된다. 레빈은 자신의 소유지에서 두문불출 칩거하고 키티는 독일의 요양지 이곳저곳을 방황한다. 오직 브론스키만이 자신의 행복을 이루는 꿈이 실현되어 승리를 맛보지만, 그도 안나가 "모든 것이 끝나버렸다"고 말하는 의미를 알아차리지 못한다. 이것은 이미 '혼돈'이 아니라 카레닌이 짐작하기 시작했던 다른 그 무엇인 '구렁텅이'다.

제3부에서 등장인물들이 처한 상황은 '규정되지 않은' 것으로 특징지어진다. 안나는 카레닌의 저택에 머무른다. 브론스키는 연대에서 복무하고 레빈은 포크롭스코예에서 산다. 그들은 자신의 바람과는 다른 결정을 받아들이도록 강요당한다. 그들의 생활은 결박된 '위선의 거미집'으로 나타난다. 톨스토이에 의해 선택된 은유인 '혼돈' '구렁텅이' '위선의 거미집'은 등장인물 전체를 조명하기도 하고 그들 각각을 떼어내서 개별적으로 강력하게 비춰보기도 한다. 그런 식으로 제1부에서는 레빈이 조명되고, 제2부에서는 안나가, 제3부에서는 카레닌이 집중적으로 조명된다. 그렇지만 한 상태에서 다른 상태로 이행하는 과정에서

보이는 규칙적인 연결은 그 어느 곳에서도 파괴되지 않는다.

제4부에서는 등장인물들이 서로에게 모욕받았다는 것을 감지하게 되어 막연한 적개심으로 갈라서며 그들간의 '위선의 거미집'을 파괴하고 새로운 관계가 성립된다. 여기서는 마침내 모스크바에서 만나게 되는 안나와 카레닌, 카레닌과 브론스키, 레빈과 키티의 관계가 서술된다. 등장인물은 자신에게 미치는 두 적대적인 힘—선, 동정과 용서의 도덕적 법칙과 고압적인 힘인 '세상의 여론'의 법칙—의 영향을 체험한다. 후자의 힘은 항상적으로 작용하지만, 전자의 힘은 안나가 갑자기 카레닌에게 연민의 정을 느끼고 브론스키가 그를 악하고 거짓에 차 있으며 우스꽝스러운 사람이 아니라 선량하고 소박하며 당당한 인간으로 새로운 견지에서 바라보는 통찰력이 생겨났을 때에야 나타난다.

제5부를 이끌고 나가는 테마는 '길의 선택'이다. 안나는 브론스키와 함께 이탈리아로 떠나간다. 레빈은 키티와 결혼하고 그녀를 포크롭스코예로 데려온다. 이전의 생활과는 완전한 결별이 이루어진다.

제6부의 슈제트는 '두 결혼'이다. 톨스토이는 레빈과 브론스키의 생활에 대해 이야기하며, 또한 오블론스키 가정의 파괴에 대해서도 보여준다. 이러한 대비의 방법으로 '합법적인' 결혼생활과 '불법적인' 생활, 올바른 가정과 그렇지 못한 가정을 묘사하고 있다.

제7부에서 등장인물은 정신적 위기의 최후 단계로 나선다. 여기서는 그것과 비교하면 모든 것들이 하찮은 듯이 여겨져야 했던 사건—레빈의 득남과 안나 카레니나의 죽음, 즉 시인 A. 페트의 표현에 따르자면 "이 두 명백한, 영원히 신비로운 창—출생과 죽음"이 일어난다.

마침내 소설의 제8부에 이르면 개인적인 것에서 보편적인 것, 곧 '민중적인 진리'로의 이행을 조명해주어야만 하는 '긍정적 프로그램'의 모색을 보여준다. 여기서 슈제트상의 중심은 '선의 법칙'이다. 레빈은 보편적 복지의 달성은 오직 각 개인에게 열려 있는 선의 법칙을 각자가 엄격히 완수해낼 때에야 가능하다는 사실을 뚜렷이 인식하게 된다.

톨스토이는 자신의 소설에 대한 비판적 견해를 경청하기는 했지만 늘 그에 동의하지는 않았다. 1878년에 S. A. 라친스키 교수는 소설 『안나 카레니나』에는 '건축양식'이라 할 만한 것이 없기 때문에 통일성이 결여되어 있다고 톨스토이에게 편지를 썼다. 톨스토이는 그에 대한 답장을 썼다―"『안나 카레니나』에 대한 귀하의 판단은 올바르지 못하다고 생각합니다. 정반대로 나 자신은 이 소설에 담긴 건축양식에 자부심을 느낍니다. 아치형 천장은 어디에 쐐기돌이 박혀 있는지를 눈치채지도 못할 정도로 꼼꼼히 만들어져 있습니다. 그리고 저는 이에 대해 다른 무엇보다도 더 노력을 기울였습니다. (…) 제 생각에 건축의 연결은 파불라fabula나 인물의 관계 속에서 이루어지는 것이 아니라 내적인 연결에 있다고 여겨집니다."

'넓은 호흡의 장편소설'이란 용어는 널리 쓰이고 있었다. 톨스토이 역시 조금도 익살스럽게 생각하지 않고 이 용어를 대하고 있었다. 이미 1862년에 그는 "지금 자꾸자꾸 자유로운 작업―장편소설에 끌리고 있다"고 고백했다. 1891년에도 작가는 일기에서 "사물에 대한 현재의 시각으로 장편소설을 조명하면서, 그것을 쓰면 어쩐지 좋을 것 같다고 생각하게 되었다"고 적어놓았다.

『안나 카레니나』는 모든 사건들이 작가의 독특한 관점으로 조명되는 '넓은 호흡의 장편소설'이다. 그리하여 '넓은 호흡의 장편소설'이란 용어는, 톨스토이가 만일 자기가 좋아하는 장르를 한결 단순하고 명백하게 '폭넓고 자유로운 장편소설'이라고 정의하지 않았다면 그 익살스러운 뉘앙스를 잃고 한낱 문학적 말장난이 되었을 것이다. 자유로운 장편소설에는 자유뿐만 아니라 필연성이, 넓이뿐만 아니라 통일성이 있다. 톨스토이는 특히 자기 장편소설의 예술적 전일성全一性, 사상의 조형적인 연결과 그 근저에 놓인 철학적 사고를 소중히 여겼다.

"그 내부에서 개연성 혹은 필연성에 따라 사건이 끊임없이 진행될 때 불행에서 행복으로, 혹은 행복에서 불행으로의 변화가 일어날 수 있는 그러한 정도면 부피의 제한으로서는 충분하다"고 아리스토텔레스는 가르쳤다. 필연성과 개연성에 따라 레빈과 안나 카레니나의 운명 속에서 불행으로부터 행복으로, 행복으로부터 불행으로 변화가 일어나고 있는 이 장편소설의 부피도 그렇게 정해져 있다.

톨스토이는 복수의 법칙이 어디에서나 작용하고 있다는 것을 이 장편소설의 제사題辭 ─ "원수 갚는 것은 내가 할 일이니 내가 갚아주겠다"로 가리키고자 했다. 톨스토이는 말 한마디한마디, 행동거지 하나하나에 대한 인간의 도덕적 책임을 깨닫고 있었다. "모든 것에 복수가 있으며…… 모든 것에 한계가 있은즉, 그것을 넘지 말아야 한다"고 작가는 주장한다. 그래서 그는 카레닌과 리디야 이바노브나가 안나를 심판하고자 할 때 그들을 익살스럽게 그렸다.

첨예한 사회적 문제군을 담고 있는 이 장편소설은 '현재의 상류사회 사람들'에게서 기쁨을 일깨울 수 없었다. A. 페트는 적고 있다. "아마 그들은 이 장편소설이 우리의 생활양식 전체에 대한 엄중하고 청렴결백한 심판임을 낌새채고 있는 것이리라."

톨스토이는 후기 저작 가운데 하나에서 이 장편소설의 주요 사상—오로지 허약하고 죄 많은 사람들이 다른 사람들을 처벌할 수 있는 권리를 떠맡음으로써, 사람들은 자기 자신과 서로에게 많은 나쁜 짓을 저지르고 있다—으로 되돌아왔다. "원수 갚는 것은 내가 할 일이니 내가 갚아주겠다" "신만이 벌을 내리며 인간 자신을 통해서만 그것을 할 수 있다". 위 구절은 톨스토이가 옛 격언을 현대 장편소설의 제사로 취하여 옮겨놓은 것이다. 그러나 톨스토이에게는 삶 자체가 신이었으며 또한 '개개 인간의 마음속에 있는' 도덕의 법칙이었다.

"톨스토이는 '내가 갚아주겠다'를 불만투성이 교사의 매가 아니라 '사물의 징벌의 힘'으로서 해석했다"고 페트는 쓰고 있다. 페트는 톨스토이의 예술에서 '사물', 즉 도덕의 영원한 법칙—최고 질서의 법정, 양심, 선, 정의의 징벌의 힘을 느꼈다. 작가는 이 장편소설 가운데 나타난 복수의 사상이 지닌 이 같은 본질적으로 종교 외적인, 즉 역사적이며 심리적인 해석을 아주 잘 알고 있었다. 그리하여 그는 그 글에 완전히 동의했다. "내가 이야기하고자 했던 것은 모두 이야기되었다"고 그는 『안나 카레니나』에 대한 페트의 글에 대해 언급하였다.

이렇게 하여 톨스토이에게 모든 것은 내적 내용, 즉 작품 전체를 채우고 있는 작가 자신의 삶에 대한 관계의 명확함으로 귀착되었다.

현대 장편소설의 많은 장면, 성격, 상황 속에는 예술적 통일과 '대상에 대한 작가의 특이한 도덕적 관계'의 통일이 엄격히 지켜진다. 이 원칙은 톨스토이의 장편소설에도 조화와 정연함을 준다. "지식의 영역에는 중심이 존재한다"고 톨스토이는 쓰고 있다. "그리고 그것으로부터 무수한 반경이 나온다. 모든 과제는 그러한 반경의 길이와 그것들 상호의 거리를 정하는 데 있다." '중심의 단일성'이라는 개념은 톨스토이에게는 자신의 생활철학, 특히 장편소설에서 가장 중요한 것이었다. 이 장편소설도 그렇게 짜여 있고, 게다가 또 레빈의 동아리는 안나의 동아리보다 훨씬 광범하다. 즉 레빈의 이야기는 안나의 이야기보다 먼저 시작되었고 안나가 죽은 뒤에도 계속되고 있다. 이 장편소설은 철도사고로 끝나는 것이 아니라 레빈의 도덕적 탐색 및 개인과 공동의 생활을 새롭게 하려는 '실제적 계획'을 만들기 위한 그의 시도로 끝난다.

이 장편소설의 사건의 집중성과 중심의 단일성은 톨스토이의 서사시적 구상의 예술적 통일성을 증명하고 있다.

'폭넓고 자유로운 장편소설'이란 대하서사적인 형태의 작품이다. 작품의 부피는 단순한 권수에 의해 규정되는 것이 아니라 창조적 구상의 내용성에 의해 정해진다. 톨스토이는 언젠가 무심코 독특한 고백을 한적이 있다. "대장편소설은 짧게 쓰는 것이 좋다." 짧은 길이와 대장편소설이란 두 개념의 결합을 자유로운 장편소설의 법칙으로 보지 않는다면, 톨스토이의 그러한 언급은 패러독스가 될 것이다. 적어도『안나 카레니나』에 대해서 톨스토이는 "거기에는 쓸모없는 군더더기라고는 하나도 없는 것으로 보인다"고 말할 충분한 근거를 갖고 있다.

3

『안나 카레니나』는 야스나야 폴랴나에서 집필되었다. 톨스토이의 친지들은 그의 작품에서 낯익은 풍경, 인물, 심지어 자기 자신을 알아볼 수 있었다. 톨스토이의 아들 S. L. 톨스토이는 다음과 같이 밝히고 있다. "『안나 카레니나』에 쓴 소재를 아버지는 그를 둘러싼 생활에서 취하셨다. 나는 그 안에 서술된 많은 인물과 에피소드를 알고 있다. 그렇지만 『안나 카레니나』에 등장하는 인물들이 실존하는 인물 그 자체는 아니다. 그들은 실제의 인물을 닮았을 뿐이다. 에피소드들도 실생활과는 다르게 조합되어 나온다."

그렇지만 역사적, 인식론적 의미에서도 여전히 원형의 문제는 연구자와 독자의 관심을 끌고 있다. 장편소설 『안나 카레니나』에는 특히 '레알리아'가 풍부하다. 톨스토이의 이른바 '정신적 위기'가 나타나기 시작했던 것은 일반적으로 그가 『안나 카레니나』를 구상하기 시작했던 시기라고 알려져 있다. 톨스토이는 이전처럼 자기 자신 및 가정과 조화를 이루며 살고 싶었지만, 그에게는 현실의 지주제도 속에 존재하는 자신의 신분과는 대립되는 방향으로 발전하게 된 중대한 철학적 동기가 일어났다. 이 같은 불안한 감정이 레빈에게도 있었다. 이 소설의 각각의 주인공에게는 작가가 인생의 가치를 재평가하는 과정에서 느꼈던 세계감각, 고통이 담겨 있다. 그렇지만 문제의 핵심은 바로 이것이 작가의 개인적인 세계감각이나 등장인물 성격의 특성에 담겨 있는 것은 아니라는 점에 있다. 그의 세계감각은 시대의 보편적 사조와 불가분의 관계에 놓여 있다. 소설의 마지막 장에서 톨스토이는 레빈이 추수를 할 때 단순한 농부 표도르를 만나는 장면을 묘사한다. 레빈이 민중에게서 보고 느낀 '자기희생의 비범한 긴장감'은 그의 사고방식을 완전히 바꾸어놓았다. 레빈은 마치 톨스토이의 길을 되풀이하고 있기라도 한 것 같다. 톨스토이는 「고백」에서 다음과 같이 쓰고 있다. "내 주변의 단순한 노동 인민은 러시아 민중이었다. 나는 그들에게 관심을 기울였고 그들이 인생에 부여하는 의미를 깨우치려고 힘썼다." 그럼으로써만 그는 절망의 위험으로부터 구원받을 수 있었다.

자기 동아리의 신앙, 전통, 생활조건으로부터 자기가 벗어나고 있음을 느끼면서 레빈은 '삶을 살고 있는' 사람들의 삶과 자기가 그것에 부여하고 있는 의의를 이해하고 싶어했다. 레빈은 다음과 같이 생각했다. '이제야 내 삶은, 내 온 삶은 나에게 일어날 수 있는 모든 것을 초월하여 그 삶의 매 순간이 이전처럼 무의미하지 않을 뿐만 아니라, 내가 나의 삶에 부여하는 의심할 나위 없는 선의 의미를 지니게 되리라!'

그렇지만 「고백」과 『안나 카레니나』 사이에는 동일시할 수 없는 경계선이 있다. 1883년에 G. A. 루사노프가 톨스토이에게 『안나 카레니나』를 집필할 때 이미 현재와 같은 관점으로 이행했었는가를 묻자, 작가는 아직 그렇지 못했다고 잘라 말했다.

이 소설의 집필에 매달릴 당시에 그는 일기를 쓰지 못했다. 그의 말대로 "『안나 카레니나』에 모든 것을 다 써넣었고 아무것도 달리 쓸 것이 남아 있지 않았다." 실제로도 『안나 카레니나』의 많은 에피소드들은 톨스토이의 일기나 메모에 나타난 내용과 비슷한 점이 많다. 레빈의 성姓도 톨스토이의 이름 레프에서 만들어진 것이다. 물론, 레빈과 톨스토이 사이에는 의심할 나위 없는 유사성이 있지만 차이점도 분명히 존재한다.

톨스토이 연구자 T. A. 쿠즈민스카야의 확신에 따르자면, 안나 카레니나의 원형은 푸시킨의 딸인 마리야 알렉산드로브나 가르퉁(1832~1919)이다. 톨스토이는 툴라의 한 장군 댁에 손님으로 초대받은 자리에서 그녀를 만났고, 그녀에게 많은 관심을 나타냈다. 그러나 톨스토이는 그녀의 외모만 따왔지 그녀의 성격이나 생애를 안나 카레니나의 원형으로 삼지는 않았다. 그의 아내 소피야 안드레예브나 톨스타야의 일기에서 안나 카레니나가 자살로 생을 마감하는 것으로 결말지어지는 모티프의 원천에 대한 암시를 찾을 수 있다. 이에 따르면 그녀는 불행한 사랑에 빠져 파멸에 이른 여인 안나 스테파노브나 피로고바야의 비극적인 운명에 대해 남편에게 이야기한 적이 있다. 안나 스테파노브나는 보따리를 손에 들고 집을 나선 뒤에 가까운 야센키역으로 가서 달리는 화물열차 밑에 몸을 던졌다. 이 사건은 1872년 야스나야 폴랴나 인근 마을에서 실제로 일어났다.

동시대인들의 증언에 따르자면 카레닌의 원형은 모스크바 궁정의 시종으로, '생각이 깊은' 인물로 알려진 미하일 세르게예비치 수호틴이었다. 1868년에 그의 아내 마리야 알렉세예브나 수호티나는 그와 이혼하고 새로운 상대와 재혼했다. 당시 톨스토이는 그녀의 동생 D. A. 디야코프와 알음알이를 맺고 있었고 그를 통해서 이 가정의 불행했던 결혼 이야기를 들을 수 있었으며 그것을 부분적으로 카레닌의 드라마를 쓰는 데 소재로 사용했다.

카레닌의 성도 나름의 연유를 갖고 만들어졌다. 1870년 12월경부터 톨스토이는 그리스어를 배우기 시작했고 이내 자신의 것으로 소화해서 호메로스의 시를 원문으로 탐독할 정도였다. 그는 호메로스의 시에서 '머리'라는 뜻으로 쓰이는 '카레논'이라는 단어를 차용하여 카레닌은 '머리로만 사는' 사람이고 그에게는 이성적인 판단이 가슴, 즉 감정을 압도한다는 의미를 부여했다.

물론, 현실의 실제 사건은 소설 속에서 톨스토이의 창조적 관념에 힘입어 새로운 형태로 재창조된다. 따라서 『안나 카레니나』의 등장인 물과 그들의 실제 원형을 동일시한다는 것은 불가능한 일이다.

『안나 카레니나』는 동시대 생활상을 충분히 재현하고 있는 장편소 설이다. 이 작품의 동시대성은 문제군의 절실함에 있을 뿐만 아니라 소 설 속에 반영된 시대를 생생하게 상세히 재현하고 있다는 것에도 있다. 『안나 카레니나』의 제8부에는 연대를 정확히 매길 수 있는 실제 에피 소드인 의용군 환송 장면이 나온다.

이 연대(1876년)로부터 장편소설 전체로 거슬러올라가보면, 사건의 모든 연대적인 배열체계가 한 치의 오차도 없이 정확하다는 것이 확연 히 드러난다. 안나 카레니나는 1873년 겨울이 끝날 무렵 모스크바에 도착한다(제1부). 오비랄롭카역에서의 비극은 1876년 봄에 발생한다 (제7부). 그해 여름에 브론스키는 세르비아로 떠난다(제8부). 이 소설 의 시간 구성은 사건이 일어난 연대상의 순차성에 기초하고 있을 뿐만 아니라, 동시대 생활에서 작가가 뽑아낸 사건의 세부적인 일정한 선택 에도 기초하고 있다.

4

톨스토이는 『안나 카레니나』가 마침내 세 권의 단행본으로 발표된 1878년까지 이 작품의 집필에 매달렸다. 이 작품은 톨스토이의 유명한 대작으로는 첫 단행본으로, 1875년부터 1877년까지 잡지 『러시아통보』에 연재를 시작하자마자 독자들로부터 큰 반향을 불러일으켰고『전쟁과 평화』보다 대중적으로 더 성공을 거두었다.

그러나 이 작품에 대한 비평가들의 평가는 결정적으로 엇갈렸다. 보수적 잡지『러시아통보』의 편집인 M. N. 카트코프는 세르비아의 러시아 의용군에 대한 톨스토이의 견해 때문에『안나 카레니나』에필로그의 인쇄를 거부하고, 톨스토이의 새 책에 자신의 해석을 부여하려고 서둘렀다.

카트코프 동아리의 비평가인 V. G. 아프세옌코는『러시아통보』1875년 5월호에 실린「톨스토이 백작의 새 장편소설에 관하여」란 논문에서『안나 카레니나』는 무엇보다도 먼저 상류사회 소설이며 톨스토이 자신은 '순수예술'파에 속한 예술가라고 단정하며, 이 장편소설의 사회적 의의를 '대체로 우리 사회에 결핍되어 있는 문화적 계승의 찬가'로 돌렸다.『안나 카레니나』를 상류사회 소설이라고 일컬으면서 이『러시아통보』의 비평가는 민주적 경향의 잡지들에 도전했다. 차르주의 상류사회 잡지인『러시아통보』는 톨스토이의 새 저작을 격찬했다. 이것으로도 급진적인 저널리즘에 분노의 폭풍을 불러일으키기에 충분했다.

『러시아통보』에 실린 글을 좇아 장편소설에 대해 비평하던 트카쵸프도「살롱예술」이란 논문을 발표,『안나 카레니나』가 '순수예술'의 법칙에 따라 쓰인 상류사회 생활에 대한 장편소설이라는 데 아프세옌코와 의견을 완전히 같이했다. 심지어 톨스토이에게『안나 카레니나』를『조국의 기록』에 발표하도록 권유했던 네크라소프마저도 장편소설이『러시아통보』에 발표된 뒤엔 톨스토이에게 완전히 냉담해진 것 같았다. N. K. 미하일롭스키만이 이 소설의 '상류사회적' 테마에 속지 않았다. 『조국의 기록』에 발표한 「한 문외한의 수기」라는 제목의 논평 가운데서 그는 『러시아통보』의 일반적 경향, 특히 아프세옌코의 논문과 톨스토이 장편소설의 명확하고 근본적인 차이점을 지적했다. 1870년대 『조국의 기록』에서 지도적 역할을 했던 살티코프-셰드린은 이 장편소설이 편집진의 타산적 목적에 이용당하고 있음을 분명히 보고 보수파에 대해서나 『러시아통보』가 이 소설을 귀족적, 반니힐리즘적이라고 정의하고 있는 것에 대해 분노의 감정을 지니지 않을 수 없었다. 그가 톨스토이 예술과 『안나 카레니나』의 커다란 사회적 의의를 이해하지 못했다거나 높이 평가하지 않았다고는 생각할 수 없다.

『안나 카레니나』의 운명은 극적으로 이루어졌다. '상류사회 소설' '살롱예술', 이러한 것들은 본질적으로 비난의 상투적 표현이다. 비평가들이 본 바와는 달리 소설 속에서 무언가 거대한 것을 발견한 독자들만이 톨스토이의 편에 섰다. 아프세옌코나 트카쵸프의 정의에서 출발해서는 이 소설이 독자들에게서 거둔 대단한 성공의 원인을 해명할수 없다.

이와 달리 도스토옙스키는 『안나 카레니나』에 대해 위대한 예술작품이라고 공공연히 말했다. 그는 「특별한 의의를 지닌 사실로서의 안나 카레니나」라는 논문을 통해 이 작품이 상류사회적인 것이 아니라 바로 동시대 현실에 충실한 소설이라는 것을 밝혔다. 톨스토이에게서 그는 '순수예술'에 대한 공감이 아니라, 예술적 진실과 단순함의 불변의 힘을 증명하고 있는 위대한 '푸시킨의 대작가군'에 속한 예술가를 보았다. 『안나 카레니나』가 동시대인에게 감명을 준 것은 비단 작품에 나타난 '내용의 일상성'뿐만 아니라 '인간 영혼의 거대한 심리 개발' '엄청난 깊이와 힘' 그리고 도스토옙스키의 표현에 따르자면 '지금까지의 러시아문학에서는 유례를 찾아볼 수 없는 예술적 묘사의 리얼리즘'에 의해서였다. 한 가지 흥미로운 사실은 정작 톨스토이 자신은 도스토옙스키의 이 논문을 무시하고 넘겼으며 마치 읽어보지도 않은 듯이 그것에 대해 단 한 번도 언급하지 않았다는 점이다. 그러나 도스토옙스키는 이 장편소설의 위대한 예술적 의의를 최초로 지적한 사람이었다. "『안나 카레니나』는 예술작품으로서 완전무결하다"고 도스토옙스키는 쓰고 있다. "그리고 현시대의 유럽문학 가운데 어떤 작품도 그것과 비교될 수 없다." 이 위대한 작가의 말이 옳았음은 러시아 및 세계문학사에 의해 뒷받침되었다.

　『안나 카레니나』는 세계 여러 나라의 언어로 번역되었고 그에 대해 연구된 저서와 논문만을 모아도 도서관을 만들 수 있을 정도로, 비단 러시아문학사뿐만 아니라 세계문학사에서도 한 획을 긋는 위대한 예술작품이다. 독일 작가 토마스 만의 언급은 『안나 카레니나』가 갖는 세계문학적인 의의를 확인시켜주고 있다. "나는 주저 없이 『안나 카레니나』를 전 세계 문학 가운데 가장 위대한 사회소설로 일컫는다." 이 소설에서는 '삶의 부정' '현실로부터의 떠남'이 삶과 그 실제적인 일과 격정, 인간의 삶과 그 영혼의 요구로 대체되어 있다. 그리하여 이 소설은 비극적 슈제트에도 불구하고 인생에 대한 긍정적 인상을 불러일으킨다. 톨스토이는 다음과 같이 언급한 바 있다. "지금의 아이들이 자라나 20년 뒤에 내 작품을 읽게 될 때 그들이 눈물을 흘리고 웃고 삶을 사랑하게 된다면, 나는 내 모든 생애와 힘을 다 바친다고 하더라도 여한이 없을 것이다." 백 년도 넘은 과거에 톨스토이가 한 이 말과 같이, 이제 그의 먼 후손들이 꾸준히 그의 작품을 대하며 그것을 통해 삶을 이해하고 사랑하는 법을 배우고 있다. 톨스토이는 오늘날에도 레오니드 레오노프의 말에 따르자면 "펜이 가리키는 바에 따라 독자에게 인간 감정의 스펙트럼 가운데 어떤 것이든 언제나 불가사의한 일을 당했을 때와 같은 소박한 놀라움의 뉘앙스와 함께 불어넣으면, 소리 없이 인간의 영혼을 한결 더 확고하고 한결 더 민감하게, 그리고 악에 대해 한결 더 가차없도록 하면서 그것을 개조하는 위대한 작가로 남아 있다." 톨스토이는 우리 시대에도 변함없이 위대한 예술가로 남아 있다.

이 역서의 텍스트로는 모스크바 '예술문학출판사'에서 나온 톨스토이 저작집 전22권 중 1981~1982년에 발간된 8, 9권을 사용했다. 역주도 같은 텍스트의 권말에 실려 있는 것을 선택적으로 차용했음을 밝혀 둔다.

박형규

1828년	8월 28일, 툴라현의 야스나야 폴랴나에서 퇴역 중령인 아버지 니콜라이 일리치 톨스토이 백작과 볼콘스키 공작 집안 출신인 어머니 마리야 니콜라예브나 톨스타야의 넷째아들(레프)로 태어남. 형은 니콜라이, 세르게이, 드미트리.
1830년	8월, 어머니가 막내딸 마리야를 낳고 곧 사망.
1833년	맏형 니콜라이에게서 모든 이에게 행복을 주는 비밀의 '푸른 지팡이'가 숲에 묻혀 있다는 이야기를 들음. '개미 형제' 놀이에 열중했던 것도 이 무렵임. 푸시킨의 시 「바다에게 K морю」와 「나폴레옹 Наполеон」을 암송해 아버지가 감동함.
1837년	1월, 가족이 모스크바로 이주. 6월, 아버지가 툴라로 가던 도중 뇌졸중으로 사망. 고모 A. I. 오스텐-사켄이 아이들의 후견인이 됨.
1841년	8월, 후견인 고모 사망. 세 형과 함께 또다른 고모 P. I. 유시코바의 집이 있는 카잔으로 이주.
1844년	9월, 카잔대학교 동양학부 아랍-터키문학과 입학. 사교계에 출입하며 방탕한 생활을 함. 이듬해 진급 시험에 떨어져 법학과로 전과.
1847년	일기를 쓰기 시작함. 루소, 고골, 괴테를 읽고, 몽테스키외의 『법의 정신』과 예카테리나 여제의 「훈령 Наказа」을 비교 연구함. 4월, 카잔대학교 중퇴. 고향 야스나야 폴랴나에 돌아와 진보적 지주로서 새로운 농사 경영, 농민들의 계몽과 생활개선에 노력하나 농노제 사회에서 그의 이상은 실현되지 못함.

1848년	10월부터 이듬해 1월까지 모스크바에서 방탕한 생활을 이어감.
1849년	4월, 페테르부르크대학교에서 법학사자격 검정시험을 치러 두 과목에 합격했으나 중도 포기하고 귀향. 가을, 농민 자제들을 위한 학교를 엶.
1850년	6월, '방탕하게 지낸 3년'을 반성함.
1851년	3월, 「어제 이야기Историей вчерашнего дня」 집필. 4월, 맏형 니콜라이가 있는 캅카스로 가 군대 복무.
1852년	1월, 사관후보생 시험을 치러 4급 포병 하사관으로 현역 편입. 5~8월, 퍄티고르스크에서 요양하며 「유년 시절Детство」「습격Набег」 집필. 9월, 네크라소프 추천으로 그가 주재하는 잡지 『동시대인Современник』에 중편 「유년 시절」 게재. 작가로서 첫발을 디딤. 중편 「지주의 아침Утро помещика」 집필 시작. 11월, 「소년 시절Отрочество」 집필 시작. 12월, 「습격」 탈고.
1853년	체첸인 토벌 참가. 전쟁의 부정과 죄악에 대해 일기에서 비판. 3월 『동시대인』에 「습격」 발표. 7~10월, 중편 「소년 시절」「카자크들Казаки」, 단편 「득점기록원의 수기Записки маркёра」 집필.
1854년	1월, 산민 토벌의 공으로 소위보로 임관. 3월, 다뉴브 파견군으로 종군하고, 크림 방면 군대로 전속. 10월, 『동시대인』에 「소년 시절」 발표. 11월, 세바스토폴 도착.
1855년	3월, 「청년 시절Юность」 집필 시작. 6월, 『동시대인』에 단편 「12월의 세바스토폴Севастополь в декабре」 발표. 9월 『동시대인』에 「삼림 벌채Рубка леса」 발표. 11월, 페테르부르크로 돌아가 『동시대인』 동인들의 환영을 받음.
1856년	1월, 셋째형 드미트리 사망. 퇴역. 1~5월, 「1855년 8월의 세바스토폴Севастополь в августе 1855 года」「눈보라Метель」「두 경기병Два гусара」 탈고, 『동시대인』에 발표. 7월, 발레리

야 아르세니예바와 3년간 사귀었으나 헤어짐. 11월,「강등병
Разжалованный」집필.

1857년   1월,『동시대인』에「청년 시절」발표. 첫 유럽 여행을 떠나 7월에
귀국, 야스나야 폴랴나에서 농사 경영.「루체른Люцерн」탈고,
『동시대인』에 발표.「알베르트Альберт」집필.

1858년   농사 경영에 전념. 농부農婦 악시니야와 관계함.

1859년   잡지『독서를 위한 도서관Библиотека для чтения』에「세 죽
음Три смерти」발표. 러시아문학애호가협회 회원이 됨. 농민
의 아이들을 위해 야스나야 폴랴나에 학교를 세우고 교육함.
「결혼의 행복Семейное счастие」집필.

1860년   3월, 최초의 교육 논문인「아동교육에 관한 메모와 자료Педаго
гические заметки и материалы」집필. 7월, 외국의 민중교육
제도를 돌아보기 위해 서유럽 여행. 9월, 맏형 니콜라이가 결핵
으로 사망.

1861년   4월, 약 9개월간 유럽 교육시설을 돌아보고 귀국. 교육잡지『야
스나야 폴랴나Ясная Поляна』간행. 5월, 투르게네프와 불화가
심해짐. 이듬해까지 농지조정원으로 활동하지만, 지주들의 반
감을 사 사임.

1862년   1월, 톨스토이의 교육사업에 대해 관헌의 비밀 조사가 시작됨.
5월, 바시키르의 초원에서 마유주馬乳酒로 요양. 논문「훈육과
교육Воспитание и образование」집필. 7월, 부재중 가택수색
을 당함.「국민교육의 중요성에 대하여О значении народного
образования」집필. 시의侍醫인 베르스의 둘째딸 소피야 안드
레예브나(당시 18세)와 결혼.

1863년   1월,『모스크바통보Московских ведомостях』에 잡지『야스나
야 폴랴나』정간 공고. 2~3월,『러시아통보Русский вестник』
에「카자크들」「폴리쿠시카Поликушка」발표. 6월, 맏아들 세

르게이 출생. 9월, 『전쟁과 평화Война и мир』 집필을 위한 자료 수집.

1864년 8월, 『L.N. 톨스토이 백작 전집Сочинений гр. Л. Н. Толстого』 1권 간행. 9월, 맏딸 타티야나 출생. 사냥중 낙마로 오른손을 다쳐 모스크바에서 수술받음.

1865년 1~2월, 『전쟁과 평화』 첫 부분이 「1805년1805 год」이라는 제목으로 『러시아통보』에 실림.

1866년 5월, 둘째아들 일리야 출생. 봄, 『러시아통보』에 「1805년」 2부 발표.

1867년 3월, M. N. 카트코프와 소설의 자비출판 계약을 맺음. 이때 처음으로 '전쟁과 평화'라는 제목 사용. 가을, 『전쟁과 평화』 집필을 위해 보로디노 옛 전장을 돌아봄. 12월, 『모스크바통보』에 『전쟁과 평화』 1~3권 출간 광고 게재.

1868년 3월, 『러시아문서고Русский архив』에 「『전쟁과 평화』에 대한 몇 마디Несколько слов по поводу книги 『Война и мир』」 발표.

1869년 셋째아들 레프 출생.

1871년 2월, 둘째딸 마리야 출생. 『알파벳Азбуки』(초등교과서) 1부 간행.

1872년 넷째아들 표트르 출생.

1873년 3월, 『안나 카레니나Анна Каренина』 집필 시작. 7월, 아내와 함께 사마라 지방에서 빈민 구제 활동. 읽고 쓰기 교육법, 사마라 지방 기근에 대한 글을 『모스크바통보』에 기고. 9월, 화가 크람스코이가 그의 첫 초상 두 점을 그림. 11월, 『L. N. 톨스토이 백작 전집』 전8권 간행. 넷째아들 표트르 사망. 12월, 과학아카데미 준회원이 됨.

1874년 4월, 다섯째아들 니콜라이 출생. 5월, 「국민교육에 대하여О

народном образовании」 집필. 6월, 맏딸 타티야나 사망. 『새 알파벳Новая азбука』(새 초등교과서) 편집.

1875년   1월, 『안나 카레니나』 『러시아통보』에 연재 시작. 2월, 다섯째아들 니콜라이 사망. 6월, 『새 알파벳』 간행. 10월, 딸(바르바라) 태어나자마자 사망. 「신은 진실을 보지만 이내 말하지 않는다 Бог правду видит, да не скоро скажет」 「표트르 1세Пётр I」 집필. 『새 알파벳』 보충 자료인 『러시아어 읽기Русская книга для чтения』 전4권 출판.

1876년   전년에 이어 아동교육에 전념. 12월, 차이콥스키와 알게 됨.

1877년   5월, 『러시아통보』에 『안나 카레니나』 제8부 단독 발표. 12월, 여섯째아들 안드레이 출생.

1878년   1월, 『안나 카레니나』 단행본 출판. 데카브리스트 연구를 위해 모스크바와 페테르부르크에 감. 4월, 투르게네프에게 화해의 편지를 보냄. 8월, 투르게네프가 야스나야 폴랴나를 방문. 「데카브리스트Декабристы」 집필 시작.

1879년   7월, 야스나야 폴랴나에 이야기꾼 V. P. 셰골료노크 방문, 훗날 그의 이야기를 토대로 해서 「사람은 무엇으로 사는가Чем люди живы?」 「두 노인Два старика」 「기도Молитвы」 등 민화 집필 구상. 10월부터 「참회록Исповедь」 「요약복음서Краткое Изложение Евангелия」 등 집필 구상. 일곱째아들 미하일 출생.

1880년   1월, 「교의신학 비판Критика догматического богословия」 집필. 3월, 「4대 복음서의 통합, 번역, 연구Соединение, перевод и исследование четырех Евангелий」 집필 시작. V. M. 가르신이 방문함. 종교 문제로 페트와 사이가 멀어짐. I. E. 레핀과 알게 됨.

1881년   2월, 도스토옙스키의 부고를 접하고 슬퍼함. 4월, 「요약복음서」 완성. 7월, 「사람은 무엇으로 사는가」 어린이 잡지에 발표. 9월,

가족과 모스크바로 이주. 10월, 여덟째아들 알렉세이 출생.

1882년 모스크바의 인구조사 참가. 논문 「그러면 우리는 무엇을 해야 하는가Так что же нам делать?」 기고. 5월, 「참회록」을 완성해 『러시아사상Русская мчсль』에 발표하나 발행 금지됨. 7월, 돌고하모브니체스키 골목의 주택 구매(후에 톨스토이박물관). 10월, 히브리어를 배워 구약성경을 읽음. 12월, 톨스토이의 종교적 저작을 위험시하는 포베도노스체프의 검열 강화. 중편 「이반 일리치의 죽음Смерть Ивана Ильича」 기고.

1883년 4월, 야스나야 폴랴나 저택 화재. 5월, 아내에게 재산 관리를 맡김. 7월, 파리의 잡지에 「요약복음서」 게재. 10월, 죽을 때까지 가까운 벗이자 사상의 동지로 남게 되는 V. G. 체르트코프와 알게 됨. 「나의 신앙은 무엇인가В чем моя вера?」 집필.

1884년 1월, 화가 게(Ге)가 「나의 신앙은 무엇인가」에 쓸 초상을 그림. 「나의 신앙은 무엇인가」 탈고, 당국에 압수당하나 사고로 유통됨. 2월, 공자와 노자를 읽음. 3월, 「한 미치광이의 수기Записо к несумасшедщего」 기고. 5월, 금연함. 6월, 아내와 불화로 가출을 시도. 셋째딸 알렉산드라 출생. 11월, 비류코프가 찾아와 체르트코프와 함께 민중을 위한 출판사 '중개자Посредник' 설립.

1885년 1월, 『러시아사상』 제1호에 게재된 「그러면 우리는 무엇을 해야 하는가」가 검열로 발매 금지됨. 2월, 키시뇨프에서 톨스토이의 사상에 촉발된 최초의 병역 거부자 나옴. 헨리 조지의 『진보와 빈곤Progress and Poverty』에 감명받아 사유재산을 부정하며 아내와 불화가 심해짐. 이후 모든 저작권을 아내에게 양도함. 2월 말, '중개자'를 위한 민화 다수 집필, 「두 형제와 황금Два брата и золото」 「소녀는 노인보다 지혜롭다Девчонки умнее стариков」 「불을 놓아두면 끄지 못한다Упустишь огоньне потушишь」「사랑이 있는 곳에 신이 있다Где любовь, там и Бог」「촛불Свечка」「두 노인」「바보 이반Сказка об Иване-дураке…」「사람에게는 많은 땅이 필요한가Много ли человеку земли нужно?」「캅카스의 포로Кавказский пленник」 등. 10월, 「참회록」「요약복음서」「나의 신앙은 무엇인가」 체르트코프 영역으로 런던에서 출판. 11월, 중편「홀스토메르Холстомер」 발표. 12월, 아내와 불화가 심해지자 헤어지기로 결심.

1886년   1월, 아들 알렉세이 사망. 2월, V. G. 코롤렌코가 찾아옴. 3월, 「이반 일리치의 죽음」 탈고. 5월, 희곡『최초의 양조자Первый винокур』 발표. 11월, 희곡『계몽의 열매Плоды просвещения』 집필 시작.

1887년   1월, 동서고금의 성현들의 가르침을 모은 『일력Календарь с пословицами на 1887 год』 발행, 수백만 부 판매됨. 이후 『독서의 고리Круг чтения』(인생독본)의 토대가 됨. '중개자'에서 희곡『어둠의 힘Власть тьмы』 간행. 이 희곡의 무대 상연이 검열로 금지됨. 3월부터 육식을 금함. 4월, 로맹 롤랑의 첫 편지 도착. 레스코프가 찾아옴. 9월, 은혼식 올림. 10월, 민화 발행 금지 처분. 12월, 『인생에 대하여О жизни』 탈고. 술과 담배를 끊으려고 노력함. 「빛이 있는 동안 빛 속을 걸어라Ходите в свете, пока есть свет」, 민화「빵조각을 보상한 작은 악마 이야기Как чертенок краюшку выкупал」「뉘우친 죄인Кающийся грешник」「달걀만한 씨앗Зерно с куриное яйцо」「세 현인Три старца」「일꾼 예멜리얀과 빈 북Работник Емельян и пустой барабан」「세 아들Три сына」 집필.

1888년   1월, 「고골에 대하여О Гоголе」 집필 시작. 코롤렌코가 찾아옴. 2월, 금연함. 아들 일리야 결혼. 막내아들 이반 출생. 파리의 극장에서 『어둠의 힘』 첫 상연. 4월, 종무원『인생에 대하여』 발행 금지. 『최초의 양조자』 상연 금지. 5월, 『일력』 판매 금지.

1889년 3월, 『인생에 대하여』가 소피야 부인의 프랑스어역으로 출간 됨. 『계몽의 열매』 집필. 4월, 『예술이란 무엇인가Что такое искусство?』 「크로이체르 소나타Крейцерова соната」 집필 시 작. 8월 「크로이체르 소나타」 탈고. 11월, 중편 「악마Дьявол」 기고. 12월, 「크로이체르 소나타」 후기 완성. 법률가 A. F. 코니 의 이야기를 쓰기 시작, 후에 『부활Воскресение』로 완성됨. 야 스나야 폴랴나 저택에서 『계몽의 열매』 상연.

1890년 1월, 연극 애호가의 노력으로 『어둠의 힘』 러시아 초연, 베를린 초연. 2월, 「세르기 신부Отец Сергий」 집필. 7월, 「신의 왕국 은 당신 안에 있다Царство Божие внутри вас」 집필. 「무저항 주의론Статья о непротивлении」 집필. 10월, 「빛이 있는 동안 빛 속을 걸어라」 영역 출판.

1891년 1월, 「왜 사람들은 취하는가Для чего люди одурманиваются?」 영 국 초역. 저작권 포기 문제로 아내와 대립. 4월, 아내가 페테르 부르크로 가 알렉산드르 3세를 알현하고 발행 금지되었던 「크 로이체르 소나타」를 전집에만 싣는다는 조건으로 공표 허가를 얻어냄. 「니콜라이 팔킨Николай Палкин」을 제네바에서 출판. 6월, 재산 문제로 처자와 대립, 가출을 고려함. 7월, 1881년 이 후의 저작권 포기를 톨스토이가 신문에 공표하려고 하자 아내 가 철도에서 자살을 기도함. 8월, 채식주의를 옹호하는 「첫 단계 Первая ступень」 집필. 9월, 중부와 동남부 21개 현에서 기근 이 일어나자 농민 구제 활동에 참여함.

1892년 1월, 『데일리 텔레그래프Daily Telegraph』에 「기근에 대하여 О голоде」가 영역으로 실려 큰 반향을 일으키고 정부가 기근 대책에 나섬. 5월, 「첫 단계」 발표. 7월, 아내와 자식들의 재산 분쟁.

1893년	1월, 『계몽의 열매』로 러시아극작가상 수상. 상금은 구제 기금으로 기부. 8월, 「종교와 도덕Религия и нравственность」 집필. 10월, 「그리스도교와 애국심Христианство и патриотизм」 「부끄러워라Стыдно」 「태형 반대론Против смертной казни」 「노동자 대중에게К рабочему народу」 등 집필.
1894년	1월, 모스크바심리학회 명예회원으로 추대됨. 헨리 조지의 「당혹한 철학자A Perplexed Philosopher」를 읽고 토지사유제도의 악습을 확인. 슬로베니아 의사 마코비츠키와 알게 됨. 9월, 「주인과 머슴Хозяин и работник」 집필을 이어감. 11월, 「종교와 과학Религия и наука」 탈고. 12월, 「종교와 도덕」 완성. 「복음서 해석Изложение Евангелия」 발표. 두호보르교도와 처음 알게 됨.
1895년	2월, 아들 이반 사망. 3월, 『북방 수기Северном вестнике』에 「주인과 머슴」 발표. 6월, 4천 명 두호보르교도의 병역거부 운동이 일어나자 그 지도자로 지목되어 당국의 탄압이 심해짐. 8월, 체호프에게 『부활』 초고를 건넴. 농민 체벌에 반대하는 논문 「부끄러워라」 발표.
1896년	5~11월, 「애국심인가 평화인가Патриотизм или мир?」 「가까운 종말Приближение конца」 집필. 「그리스도교의 가르침 Христианское учение」 집필. 8월, 『하지 무라트Хаджи-Мурат』 착수. 10월, 두호보르교도에게 원조금을 보냄.
1897년	여전히 가출을 생각하고 죽음을 바람. 2월, 호소문 「도와주시오 Помогите!」를 작성했다는 이유로 국외로 추방된 V. G. 체르트코프, P. I. 비류코프, I. M. 트레구보프를 전송하기 위해 페테르부르크로 감. 이듬해까지 『예술이란 무엇인가』 집필. 3월, 병상에 있는 모스크바의 체호프를 방문. 『하지 무라트』 「헨리 조지의 사상О проекте Генри Джорджа」 「국가와의 관계Об от-

ношении к государству」 집필. 6월, 시베리아에 유형되는 두 호보르교도를 모스크바 이송 감옥으로 찾아감. 8월, 스위스의 신문에 편지를 보내 병역을 거부하는 두호보르교도의 투쟁에 노벨평화상을 줄 것을 제안. 10월, 『예술이란 무엇인가』를 탈고하지만 검열 허가의 가망이 없음. 11월, 영문판을 위해 서문을 씀.

1898년 툴라현과 오룔현에서 기아 구제사업을 지속함. 1월, '중개자'에서 『예술이란 무엇인가』 출판. 7월, 두호보르교도의 해외 이주 자금을 얻기 위해 『부활』 탈고에 전념. 8월 28일, 일흔번째 생일을 맞음. 10월, 『부활』을 연재하기로 『니바Нива』지와 협의, 결정. 「세르기 신부」 완성. 「기근인가, 기근이 아닌가Голод или не голод?」 「두 전쟁Две войны」 「카르타고는 파괴되어야 한다 Карфаген должен быть разрушен」 등 집필, 탈고. 12월 19일, 모스크바 코르시극장에서 톨스토이 탄생 70주년 기념회가 열림.

1899년 1월, 체호프의 「귀여운 여인Душечка」을 낭독하고 감동함. 3월, 『니바』에 『부활』 연재 시작. 4월, 체호프가 찾아옴. 12월 18일, 일기에 "『부활』을 마쳤다"고 썼지만 계속 집필.

1900년 1월, 학술원 문학부문 명예회원이 됨. 고리키가 찾아옴. 가을, 희곡 『산송장Живой труп』 착수. 「죽이지 말라Не убий」 집필. 논문 「우리 시대의 노예Рабство нашего времени」 기고.

1901년 정교회에서 파문됨. 광범한 대중의 분노를 삼. 4월, 파문 명령에 대한 「종무원 결정에 대한 대답」 집필, 발행 금지. 레오니드 파스테르나크가 초상을 그림. 9월, 고리키가 찾아옴. 체호프가 찾아옴. 크림으로 요양을 떠남.

1902년 전제정치의 폐기, 이주와 교육과 신앙의 자유, 토지사유제 폐지를 요구한 「니콜라이 1세에게 부치는 편지」를 보냄. 1월 하순~

2월 초순, 폐렴으로 위독. 2~4월 폐렴과 장티푸스로 위독. 정부는 톨스토이가 죽더라도 보도하지 말라는 통제 명령을 언론사에 전달. 포베도노스체프는 성직자에게 톨스토이가 죽으면 곧바로 사람들에게 그가 죽음 직전 정교회로 개종했다고 거짓 보고를 하라고 지시. 5월, 코롤렌코가 찾아옴. 6월, 야스나야 폴랴나로 돌아옴. 가을~겨울, 논문 「일하는 민중에게K paбочему народу」 집필. 『하지 무라트』 재검토. 9월, 『하지 무라트』 집필. 「성직자에게K духовенству」 착수.

1903년　연초부터 심부전과 심근경색으로 쇠약해지나 『하지 무라트』를 쓰기 위해 니콜라이 1세 관계자료 조사. 8월, 단편 「무도회 뒤 После бала」 집필. 「아시리아 왕 아사르하돈Ассирийский царь Ассархадон」 「세 가지 의문Три вопроса」 착수. 8월 28일, 톨스토이 탄생 75주년 기념회가 열림. 9월, 논문 「셰익스피어와 드라마에 대하여О Шекспире и о драме」 집필. 12월, 「위조지폐Фальшивый купон」 「신의 것과 사람의 것Божеское и че- ловеческое」 집필.

1904년　러일전쟁 반대론 「깊이 생각하라Одумайтесь!」 기고. 둘째형 세르게이 사망. 10월, 『하지 무라트』 완성. 11월, 「나는 누구인가 Кто я?」 집필. 12월, 마코비츠키가 주치의로 입주.

1905년　1월, 체호프의 「귀여운 여인」 후기 집필. 2월, 「알료샤 고르쇼크 Алеша Горшок」 「코르네이 바실리예프Корней Васильев」 집 필. 「딸기Ягоды」 「세기의 종말Конец века」 「푸른 지팡이Зеле- ная палочка」 집필.

1906년　2월, 「내가 꿈속에서 본 것Что я видел во сне…」 집필. 4월, 단편 「무엇 때문인가За что?」 「두 길Две дороги」 집필. 11월, 딸 마리야 사망.

1907년　2월, 야스나야 폴랴나 학교를 다시 엶. 9~10월, 새 『독서의 고리』에 전념.

1908년　7월, 사형 반대를 주장한 「침묵할 수 없다Не могу молчать!」
를 국내외에서 발표. 9월, 『어린이를 위해 쓴 그리스도의 가르침
Учением Христа, изложенным для детей』 출판. 톨스토이
탄생 80주년이 되어 연초부터 축전을 조직하는 발기인회가 생
겼으나 정부, 종무원, 시당국이 방해. 그러나 9개월에 걸쳐 세계
각국 단체들, 개인들, 심지어 블라디보스토크 감옥의 죄수들까
지 축하 편지, 전보를 보내옴.

1909년　탄생 80주년 기념 톨스토이 박람회가 페테르부르크에서 개최
됨. 1월, 툴라의 사제가 교회와 경찰의 요청으로 소피야 부인
을 찾아와, 톨스토이가 죽기 전 참회했다고 민중에게 거짓으
로 알리기 위해 그의 죽음이 임박하면 알려줄 것을 강요. 3월,
「의식의 혁명Революция сознания」 착수. 「고골에 대하여」 발
표. 4월, 일기에서 베르댜예프, 불가코프 등의 논집 『도표Вехи』
에 대해 비판. 5월, 「혁명은 피할 수 없다Неизбежный перево-
рот」 집필을 이어감. 스톡홀름 평화국제회의에서 초대장을 보
냄. 아내와의 저작권 및 재산관리권 문제의 갈등으로 출석하지
못함.

1910년　1월, 문집 『인생의 길Путь жизни』 편집, 완성. 2월, 단편 「호딘
카Ходынка」 집필. 28일, 새벽 4시, 마코비츠키를 데리고 가출.
수녀인 여동생이 있는 샤모르디노의 옵티나수도원에 머묾. 31일,
샤모르디노에서 기차로 남쪽으로 향함. 도중에 오한으로 아스
타포보역에 하차, 역장의 숙사에 누움. 11월, 자식들이 찾아옴.
폐렴 진단. 7일(신력 20일) 오전 6시 5분 영면. 9일 이른아침 야
스나야 폴랴나로 운구되어 고별식 뒤 형 니콜라이가 '푸른 지팡
이'가 있다고 이야기해줬던 숲에 묻힘.

문학동네 세계문학전집 발간에 부쳐

세계문학은 국민문학 혹은 지역문학을 떠나 존재하는 문학이 아니지만 그것들의 총합도 아니다. 세계문학이라는 용어에는 그 나름의 언어와 전통을 갖고 있는 국민문학이나 지역문학의 존재를 인정하면서 그것을 넘어서는 문학의 보편적 질서에 대한 관념이 새겨져 있다. 그 용어를 처음 고안한 19세기 유럽인들은 유럽문학을 중심으로 그 질서를 구축했지만 풍부한 국민문학의 전통을 가지고 있는 현대의 문학 강국들은 나름의 방식으로 세계문학을 이해하면서 정전(正典)의 목록을 작성하고 또 수정한다.

한국에서도 세계문학 관념은 우리 사회와 문화의 변화 속에서 거듭 수정돼왔다. 어느 시기에는 제국 일본의 교양주의를 반영한 세계문학 관념이, 어느 시기에는 제3세계 민족주의에 동조한 세계문학 관념이 출현했고, 그러한 관념을 실천한 전집물이 출판됐다. 21세기 한국에 새로운 세계문학전집이 필요하다는 것은 명백하다. 우리의 지성과 감성의 기준에 부합하는 세계문학을 다시 구상할 때가 되었다.

문학동네 세계문학전집은 범세계적으로 통용되는 고전에 대한 상식을 존중하면서도 지난 반세기 동안 해외 주요 언어권에서 창작과 연구의 진전에 따라 일어난 정전의 변동을 고려하여 편성되었다. 그래서 불멸의 명작은 물론 동시대 세계의 중요한 정치·문화적 실천에 영감을 준 새로운 작품들을 두루 포함시켰다.

창립 이후 지금까지 한국문학 및 번역문학 출판에서 가장 전문적이고 생산적인 그룹을 대표해온 문학동네가 그간 축적한 문학 출판 경험을 바탕으로 새로운 세계문학전집을 펴낸다. 인류가 무지와 몽매의 어둠 속을 방황하면서도 끝내 길을 잃지 않은 것은 세계문학사의 하늘에 떠 있는 빛나는 별들이 길잡이가 되어주었기 때문이다. 우리가 자부심과 사명감 속에서 그리게 될 이 새로운 별자리가 독자들의 관심과 애정에 힘입어 우리 모두의 뿌듯한 자산이 되기를 소망한다.

문학동네 세계문학전집 편집위원
민은경, 박유하, 변현태, 송병선, 이재룡, 홍길표, 남진우, 황종연

세계문학전집 003

안나 카레니나 3

1판 1쇄 2009년 12월 15일
1판 35쇄 2024년 6월 28일

지은이 레프 톨스토이 ｜ 옮긴이 박형규

편집 김현정 신소희 이종현 김수현 김경은 오동규 ｜ 독자모니터 전혜진 한진미
디자인 랄랄라디자인 송윤형 최미영 ｜ 저작권 박지영 형소진 최은진 서연주 오서영
마케팅 정민호 서지화 한민아 이민경 안남영 왕지경 정경주 김수인 김혜원 김하연 김예진
브랜딩 함유지 함근아 고보미 박민재 김희숙 박다솔 조다현 정승민 배진성
제작 강신은 김동욱 이순호 ｜ 제작처 영신사

펴낸곳 (주)문학동네 ｜ 펴낸이 김소영
출판등록 1993년 10월 22일 제2003-000045호
주소 10881 경기도 파주시 회동길 210
전자우편 editor@munhak.com ｜ 대표전화 031)955-8888 ｜ 팩스 031)955-8855
문의전화 031)955-1927(마케팅), 031)955-1916(편집)
문학동네카페 http://cafe.naver.com/mhdn
인스타그램 @munhakdongne ｜ 트위터 @munhakdongne
북클럽문학동네 http://bookclubmunhak.com

ISBN 978-89-546-0904-3 04890
　　　 978-89-546-0901-2 (세트)

잘못된 책은 구입하신 서점에서 교환해드립니다.
기타 교환 문의 031) 955-2661, 3580

www.munhak.com

1, 2, 3 안나 카레니나 레프 톨스토이 | 박형규 옮김

4 판탈레온과 특별봉사대 마리오 바르가스 요사 | 송병선 옮김

5 황금 물고기 J. M. G. 르 클레지오 | 최수철 옮김

6 템페스트 윌리엄 셰익스피어 | 이경식 옮김

7 위대한 개츠비 F. 스콧 피츠제럴드 | 김영하 옮김

8 아름다운 애너벨 리 싸늘하게 죽다 오에 겐자부로 | 박유하 옮김

9, 10 파우스트 요한 볼프강 폰 괴테 | 이인웅 옮김

11 가면의 고백 미시마 유키오 | 양윤옥 옮김

12 킴 러디어드 키플링 | 하창수 옮김

13 나귀 가죽 오노레 드 발자크 | 이철의 옮김

14 피아노 치는 여자 엘프리데 옐리네크 | 이병애 옮김

15 1984 조지 오웰 | 김기혁 옮김

16 벤야멘타 하인학교 — 야콥 폰 군텐 이야기 로베르트 발저 | 홍길표 옮김

17, 18 적과 흑 스탕달 | 이규식 옮김

19, 20 휴먼 스테인 필립 로스 | 박범수 옮김

21 체스 이야기 · 낯선 여인의 편지 슈테판 츠바이크 | 김연수 옮김

22 왼손잡이 니콜라이 레스코프 | 이상훈 옮김

23 소송 프란츠 카프카 | 권혁준 옮김

24 마크롤 가비에로의 모험 알바로 무티스 | 송병선 옮김

25 파계 시마자키 도손 | 노영희 옮김

26 내 생명 앗아가주오 앙헬레스 마스트레타 | 강성식 옮김

27 여명 시도니가브리엘 콜레트 | 송기정 옮김

28 한때 흑인이었던 남자의 자서전 제임스 웰든 존슨 | 천승걸 옮김

29 슬픈 짐승 모니카 마론 | 김미선 옮김

30 피로 물든 방 앤절라 카터 | 이귀우 옮김

31 숨그네 헤르타 뮐러 | 박경희 옮김

32 우리 시대의 영웅 미하일 레르몬토프 | 김연경 옮김

33, 34 실낙원 존 밀턴 | 조신권 옮김

35 복낙원 존 밀턴 | 조신권 옮김

36 포로기 오오카 쇼헤이 | 허호 옮김

37 동물농장 · 파리와 런던의 따라지 인생 조지 오웰 | 김기혁 옮김

38 루이 랑베르 오노레 드 발자크 | 송기정 옮김

39 코틀로반 안드레이 플라토노프 | 김철균 옮김

40 어두운 상점들의 거리 패트릭 모디아노 | 김화영 옮김

41 순교자 김은국 | 도정일 옮김

42 젊은 베르테르의 슬픔 요한 볼프강 폰 괴테 | 안장혁 옮김

43 더블린 사람들 제임스 조이스 | 진선주 옮김

44 설득 제인 오스틴 | 원영선, 전신화 옮김

45 인공호흡 리카르도 피글리아 | 엄지영 옮김

46 정글북 러디어드 키플링 | 손향숙 옮김

47 외로운 남자 외젠 이오네스코 | 이재룡 옮김

48 에피 브리스트 테오도어 폰타네 | 한미희 옮김

49 둔황 이노우에 야스시 | 임용택 옮김

50 미크로메가스 · 캉디드 혹은 낙관주의 볼테르 | 이병애 옮김

51, 52 염소의 축제 마리오 바르가스 요사 | 송병선 옮김

53 고야산 스님·초롱불 노래 이즈미 교카 | 임태균 옮김

54 다니엘서 E. L. 닥터로 | 정상준 옮김

55 이날을 위한 우산 빌헬름 게나치노 | 박교진 옮김

56 톰 소여의 모험 마크 트웨인 | 강미경 옮김

57 카사노바의 귀향·꿈의 노벨레 아르투어 슈니츨러 | 모명숙 옮김

58 바보들을 위한 학교 사샤 소콜로프 | 권정임 옮김

59 어느 어릿광대의 견해 하인리히 뵐 | 신동도 옮김

60 웃는 늑대 쓰시마 유코 | 김훈아 옮김

61 팔코너 존 치버 | 박영원 옮김

62 한눈팔기 나쓰메 소세키 | 조영석 옮김

63, 64 톰 아저씨의 오두막 해리엇 비처 스토 | 이종인 옮김

65 아버지와 아들 이반 투르게네프 | 이항재 옮김

66 베니스의 상인 윌리엄 셰익스피어 | 이경식 옮김

67 해부학자 페데리코 안다아시 | 조구호 옮김

68 긴 이별을 위한 짧은 편지 페터 한트케 | 안장혁 옮김

69 호텔 뒤락 애니타 브루크너 | 김정 옮김

70 잔해 쥘리앵 그린 | 김종우 옮김

71 절망 블라디미르 나보코프 | 최종술 옮김

72 더버빌가의 테스 토머스 하디 | 유명숙 옮김

73 감상소설 미하일 조셴코 | 백용식 옮김

74 빙하와 어둠의 공포 크리스토프 란스마이어 | 진일상 옮김

75 쓰가루·석별·옛날이야기 다자이 오사무 | 서재곤 옮김

76 이인 알베르 카뮈 | 이기언 옮김

77 달려라, 토끼 존 업다이크 | 정영목 옮김

78 몰락하는 자 토마스 베른하르트 | 박인원 옮김

79, 80 한밤의 아이들 살만 루슈디 | 김진준 옮김

81 죽은 군대의 장군 이스마일 카다레 | 이창실 옮김

82 페레이라가 주장하다 안토니오 타부키 | 이승수 옮김

83, 84 목로주점 에밀 졸라 | 박명숙 옮김

85 아베 일족 모리 오가이 | 권태민 옮김

86 폭풍의 언덕 에밀리 브론테 | 김정아 옮김

87, 88 늦여름 아달베르트 슈티프터 | 박종대 옮김

89 클레브 공작부인 라파예트 부인 | 류재화 옮김

90 P세대 빅토르 펠레빈 | 박혜경 옮김

91 노인과 바다 어니스트 헤밍웨이 | 이인규 옮김

92 물방울 메도루마 슌 | 유은경 옮김

93 도깨비불 피에르 드리외라로셸 | 이재룡 옮김

94 프랑켄슈타인 메리 셸리 | 김선형 옮김

95 래그타임 E. L. 닥터로 | 최용준 옮김

96 캔터빌의 유령 오스카 와일드 | 김미나 옮김

97 만(卍)·시게모토 소장의 어머니 다니자키 준이치로 | 김춘미, 이호철 옮김

98 맨해튼 트랜스퍼 존 더스패서스 | 박경희 옮김

99 단순한 열정 아니 에르노 | 최정수 옮김

100 열세 걸음 모옌 | 임홍빈 옮김

101 데미안 헤르만 헤세 | 안인희 옮김

102 수레바퀴 아래서 헤르만 헤세 | 한미희 옮김

103 소리와 분노 윌리엄 포크너 | 공진호 옮김

104 곰 윌리엄 포크너 | 민은영 옮김

105 롤리타 블라디미르 나보코프 | 김진준 옮김

106, 107 부활 레프 톨스토이 | 박형규 옮김

108, 109 모래그릇 마쓰모토 세이초 | 이병진 옮김

110 은둔자 막심 고리키 | 이강은 옮김

111 불타버린 지도 아베 고보 | 이영미 옮김

112 말라볼리아가의 사람들 조반니 베르가 | 김운찬 옮김

113 디어 라이프 앨리스 먼로 | 정연희 옮김

114 돈 카를로스 프리드리히 실러 | 안인희 옮김

115 인간 짐승 에밀 졸라 | 이철의 옮김

116 빌러비드 토니 모리슨 | 최인자 옮김

117, 118 미국의 목가 필립 로스 | 정영목 옮김

119 대성당 레이먼드 카버 | 김연수 옮김

120 나나 에밀 졸라 | 김치수 옮김

121, 122 제르미날 에밀 졸라 | 박명숙 옮김

123 현기증. 감정들 W. G. 제발트 | 배수아 옮김

124 강 동쪽의 기담 나가이 가후 | 정병호 옮김

125 붉은 밤의 도시들 윌리엄 버로스 | 박인찬 옮김

126 수고양이 무어의 인생관 E. T. A. 호프만 | 박은경 옮김

127 맘브루 R. H. 모레노 두란 | 송병선 옮김

128 익사 오에 겐자부로 | 박유하 옮김

129 땅의 혜택 크누트 함순 | 안미란 옮김

130 불안의 책 페르난두 페소아 | 오진영 옮김

131, 132 사랑과 어둠의 이야기 아모스 오즈 | 최창모 옮김

133 페스트 알베르 카뮈 | 유호식 옮김

134 다마세누 몬테이루의 잃어버린 머리 안토니오 타부키 | 이현경 옮김

135 작은 것들의 신 아룬다티 로이 | 박찬원 옮김

136 시스터 캐리 시어도어 드라이저 | 송은주 옮김

137 고독한 산책자의 몽상 장자크 루소 | 문경자 옮김

138 용의자의 야간열차 다와다 요코 | 이영미 옮김

139 세기아의 고백 알프레드 드 뮈세 | 김미성 옮김

140 햄릿 윌리엄 셰익스피어 | 이경식 옮김

141 카산드라 크리스타 볼프 | 한미희 옮김

142 이 글을 읽는 사람에게 영원한 저주를 마누엘 푸익 | 송병선 옮김

143 마음 나쓰메 소세키 | 유은경 옮김

144 바다 존 밴빌 | 정영목 옮김

145, 146, 147, 148 전쟁과 평화 레프 톨스토이 | 박형규 옮김

149 세 가지 이야기 귀스타브 플로베르 | 고봉만 옮김

150 제5도살장 커트 보니것 | 정영목 옮김

151 알렉시 · 은총의 일격 마르그리트 유르스나르 | 윤진 옮김

152 말라 온다 알베르토 푸겟 | 엄지영 옮김

153 아르세니예프의 인생 이반 부닌 | 이항재 옮김

154 오만과 편견 제인 오스틴 | 류경희 옮김

155 돈 에밀 졸라 | 유기환 옮김

156 젊은 예술가의 초상 제임스 조이스 | 진선주 옮김

157, 158, 159 카라마조프가의 형제들 표도르 도스토옙스키 | 김희숙 옮김

160 진 브로디 선생의 전성기 뮤리얼 스파크 | 서정은 옮김

161 13인당 이야기 오노레 드 발자크 | 송기정 옮김

162 하지 무라트 레프 톨스토이 | 박형규 옮김

163 희망 앙드레 말로 | 김웅권 옮김

164 임멘 호수·백마의 기사·프시케 테오도어 슈토름 | 배정희 옮김

165 밤은 부드러워라 F. 스콧 피츠제럴드 | 정영목 옮김

166 야간비행 앙투안 드 생텍쥐페리 | 용경식 옮김

167 나이트우드 주나 반스 | 이예원 옮김

168 소년들 앙리 드 몽테를랑 | 유정애 옮김

169, 170 독립기념일 리처드 포드 | 박영원 옮김

171, 172 닥터 지바고 보리스 파스테르나크 | 박형규 옮김

173 싯다르타 헤르만 헤세 | 권혁준 옮김

174 야만인을 기다리며 J. M. 쿳시 | 왕은철 옮김

175 철학편지 볼테르 | 이봉지 옮김

176 거지 소녀 앨리스 먼로 | 민은영 옮김

177 창백한 불꽃 블라디미르 나보코프 | 김윤하 옮김

178 슈틸러 막스 프리슈 | 김인순 옮김

179 시핑 뉴스 애니 프루 | 민승남 옮김

180 이 세상의 왕국 알레호 카르펜티에르 | 조구호 옮김

181 철의 시대 J. M. 쿳시 | 왕은철 옮김

182 카시지 조이스 캐럴 오츠 | 공경희 옮김

183, 184 모비 딕 허먼 멜빌 | 황유원 옮김

185 솔로몬의 노래 토니 모리슨 | 김선형 옮김

186 무기여 잘 있거라 어니스트 헤밍웨이 | 권진아 옮김

187 컬러 퍼플 앨리스 워커 | 고정아 옮김

188, 189 죄와 벌 표도르 도스토옙스키 | 이문영 옮김

190 사랑 광기 그리고 죽음의 이야기 오라시오 키로가 | 엄지영 옮김

191 빅 슬립 레이먼드 챈들러 | 김진준 옮김

192 시간은 밤 류드밀라 페트루솁스카야 | 김혜란 옮김

193 타타르인의 사막 디노 부차티 | 한리나 옮김

194 고양이와 쥐 귄터 그라스 | 박경희 옮김

195 펠리시아의 여정 윌리엄 트레버 | 박찬원 옮김

196 마이클 K의 삶과 시대 J. M. 쿳시 | 왕은철 옮김

197, 198 오스카와 루신다 피터 케리 | 김시현 옮김

199 패싱 넬라 라슨 | 박경희 옮김

200 마담 보바리 귀스타브 플로베르 | 김남주 옮김

201 패주 에밀 졸라 | 유기환 옮김

202 도시와 개들 마리오 바르가스 요사 | 송병선 옮김

203 루시 저메이카 킨케이드 | 정소영 옮김

204 대지 에밀 졸라 | 조성애 옮김

205, 206 백치 표도르 도스토옙스키 | 김희숙 옮김

207 백야 표도르 도스토옙스키 | 박은정 옮김

208 순수의 시대 이디스 워턴 | 손영미 옮김

209 단순한 이야기 엘리자베스 인치볼드 | 이혜수 옮김

210 바닷가에서 압둘라자크 구르나 | 황유원 옮김

211 낙원 압둘라자크 구르나 | 왕은철 옮김

212 피라미드 이스마일 카다레 | 이창실 옮김

213 애니 존 저메이카 킨케이드 | 정소영 옮김

214 지고 말 것을 가와바타 야스나리 | 박혜성 옮김

215 부서진 사월 이스마일 카다레 | 유정희 옮김

216 사람은 무엇으로 사는가 레프 톨스토이 | 이항재 옮김

217, 218 악마의 시 살만 루슈디 | 김진준 옮김

219 오늘을 잡아라 솔 벨로 | 김진준 옮김

220 배반 압둘라자크 구르나 | 황가한 옮김

221 어두운 밤 나는 적막한 집을 나섰다 페터 한트케 | 윤시향 옮김

222 무어의 마지막 한숨 살만 루슈디 | 김진준 옮김

223 속죄 이언 매큐언 | 한정아 옮김

224 암스테르담 이언 매큐언 | 박경희 옮김

225, 226, 227 특성 없는 남자 로베르트 무질 | 박종대 옮김

228 앨프리드와 에밀리 도리스 레싱 | 민은영 옮김

229 북과 남 엘리자베스 개스켈 | 민승남 옮김

230 마지막 이야기들 윌리엄 트레버 | 민승남 옮김

231 벤저민 프랭클린 자서전 벤저민 프랭클린 | 이종인 옮김

232 만년양식집 오에 겐자부로 | 박유하 옮김

233 이상한 나라의 앨리스 루이스 캐럴 | 존 테니얼 그림 | 김희진 옮김

234 소네치카 · 스페이드의 여왕 류드밀라 울리츠카야 | 박종소 옮김

235 메데야와 그녀의 아이들 류드밀라 울리츠카야 | 최종술 옮김

236 실종자 프란츠 카프카 | 이재황 옮김

237 진 알랭 로브그리예 | 성귀수 옮김

238 말테의 수기 라이너 마리아 릴케 | 홍사현 옮김

239, 240 율리시스 제임스 조이스 | 이종일 옮김

241 지도와 영토 미셸 우엘벡 | 장소미 옮김

242 사막 J. M. G. 르 클레지오 | 홍상희 옮김

243 사냥꾼의 수기 이반 투르게네프 | 이종현 옮김

244 험볼트의 선물 솔 벨로 | 전수용 옮김

245 바베트의 만찬 이자크 디네센 | 추미옥 옮김

246 나르치스와 골드문트 헤르만 헤세 | 안인희 옮김

247 변신 · 단식 광대 프란츠 카프카 | 이재황 옮김

248 상자 속의 사나이 안톤 체호프 | 박현섭 옮김

● 문학동네 세계문학전집은 계속 출간됩니다